U0153420
凝煉知識品味閱讀

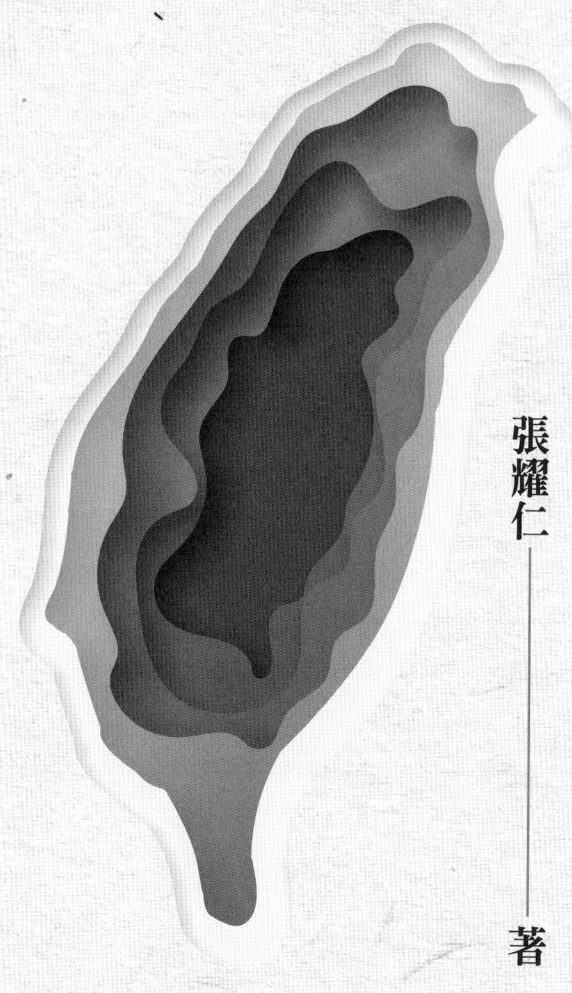

張耀仁——著

臺灣報導文學傳播論

從「人間副刊」到《人間》雜誌

The Practice of Taiwan Reportage

From Literary Supplement of *China Times* to *Ren Jian* Magazine

五南圖書出版公司 印行

【推薦序】

為何此刻，仍然必須談論報導文學？

對關心臺灣文學與文化的論者言，1980年代以降興起的「本土化論述」向來是一個重要課題。「本土化論述」的興起，一方面在逐漸撼動既有的文化霸權同時，亦促成了文學、歷史等相關領域的典範競逐，與知識重構。而當我們追索「本土化論述」興起的歷史動因時，「報導文學」常會隨之現形，兩者被如此關聯起來：「七〇年代報導文學」以對臺灣社會各角落的追蹤、踏查與報導之力，讓人重新「看見」臺灣社會，引領了一股認識「臺灣鄉土」的風潮，啓動了日後臺灣文化、文學的發展走向，甚至在生根茁壯過程中，挑戰了官方文化論述，因而對八〇年代的「本土化論述」之興起，功不可沒。但到了八〇年代末，報導文學逐漸陷入沒落之危機與命運，論者咸以爲其消亡，主因在於「藝術性不足」、「文學價值不高」，故有以致之。

相信臺灣文學／文化論者對「報導文學」的沒落談述並不陌生。然而張耀仁卻致力於《臺灣報導文學傳播論：從「人間副刊」到《人間》雜誌》書中，對此一已趨定型化的文學史觀進行了批判性反思。耀仁以爲，報導文學的研究起點，應在於對「報導文學是怎樣的文類？」的重新認識，若未能先回答此一根本之問，而直接採以「文體論」、「作者論」、「溯源論」等傳統文學研究模式來說解「報導文學」，研究視角所限，反而會讓一個必須，也等待被理解與闡釋的文類喪失其精神氣貌。即此，本書與既有研究的不同，便是在方法論上，推翻建立於文本分析、文獻探查的靜態式文學研究模式，轉而從社會行動者的角度，從法國學家社會 Pierre Bourdieu 的「場域」（Field）理論，將社會看成「行動者互動的場域」，而注意到：「探悉報導文學不應只著眼文本分析而忽略社會條件」、「文學不只是個人意志的實踐，也包含了場域的條件與個體行動的互動，是鉅觀分析的一環，也是微觀分析的對象」。

因著此一方法論的轉向，我以爲《臺灣報導文學傳播論：從「人間副刊」到《人間》雜誌》此刻現形於書市之意，除了是對臺灣報導文學史的重新書寫，也在於提供讀者重新反思臺灣文學研究的契機。關於這一點，我們或可借助美國科學哲學家 Thomas Kuhn 的「典範」（paradigm）理論說明之。Kuhn 曾指出科學研究者常讓自己在成功的學術典範領導下，開展自己的研究，如此的研究便是所謂的「精煉典範」（articulate paradigm）。「精煉典範」普遍地存在於學院的學術研究中，因爲學術研究常常意味著要站在巨人的肩膀上往前行，也就是要先爲自己選定一個學術典範，在接受其邏輯指引的前提下去發現問題、解答問題。即此，我以爲本書之於「認識報導文學」或「報導文學研究」的重要性，便在於將已趨於平扁化的「報導文學研究」重新問題化，讓「報導文學」具顯出新典範下的立體樣貌來。舉例而言，傳統報導文學研究中，研究者常常不問緣由地，直接從文體發展進行「溯源論」的追問，易言之，研究者只滿足於爲該文體找到歷史的起源點，卻甚少反思如此設問的意義：「爲什麼我們必須檢視三〇年代的報告文學」？但因著方法論的轉向，本書不僅將「報導文學」拉到「三〇年代報告文學」的歷史起點中，更進而對楊逵爲何提倡報告文學，做出了具歷史意識的全新解釋，再從此一端點，找出臺灣報導文學歷史發展的內在理路。本書在溯回歷史起點後，更指出：楊逵在 1937 年提倡的報告文學，不僅是要引領臺灣作家書寫我們所居住成長的臺灣社會，更希望藉著「本土性、民族性的結合可以形成去殖民化的可能」。

確實如此。本書在回溯了 1937 年楊逵的報告文學中，也從此一歷史起點找出／論述出了臺灣報導文學不絕如縷的內在理路，耀仁試圖在書中提出一套新的解釋架構，透過場域與行動者的互動，將報導文學嵌入臺灣社會、文化的變遷脈絡中，在通今昔之變外，隨之建構了臺灣報導文學傳播論，也同時是臺灣報導文學的發展史。讓人眼睛一亮。本書的核心概念，也同時是內在理路：

> 報導文學絕非只是文體論的傳播工具而已，它還是去殖民化、反文化霸權的載體。（頁 18）

透過此一內在理路，張耀仁全面地檢視了報導文學的發展，發現了從三〇年代到八〇年代作品的共同命題：「尋找被放逐的臺灣」。因此，臺灣報導文學在重新看見「被放逐的臺灣」之餘，也是對「文化霸權」的抵抗。這是因爲在文化霸權的脈絡下，臺灣向來是被當權者漠視、架空，乃至於屈辱損害的對象。

從去殖民化、反文化霸權的內在理路來看，我們不難看出本書的後殖民主義視角，這也是作者意欲還原／復原「報導文學」乃至「報導文學研究」的理想形貌所在。尚需注意的是，張耀仁在本書有一宏觀的創造性觀點：

> 本書將報導文學視為在市民社會中，進行文化霸權爭奪的行動主體，透過傳播體系的運作去奪取倫理教化詮釋權，在一系列作品的「抵抗」與「建構」下，報導文學的視角從「民族—群眾」出發，挑戰舊有論述的「民族—國家」。

從這個觀點回到文學傳播現場，不論是副刊或雜誌，七〇年代報導文學之興起，乃因報導文學是突圍國府當局禁錮體制、文化霸權的行動者，是重建臺灣主體的反思文類。而是時，正是國府當局在 1949 年遷臺以後，所建立的以「大中華主義」爲想像的「民族—國家」論述，開始遇到「合法性危機」之時，正因此一「合法化危機」，遂讓報導文學帶著反思，乃至強烈的社會實踐性，也因此即使「報導文學」被以所謂的「藝術性不足」、「文學價值不高」視之，卻能引領七〇年代的時代風潮。

此一創造性觀點的重要，我們或可藉由經濟史學家 Karl Polanyi 在《鉅變：當代政治、經濟的起源》一書提及的「抽離」（disembedded）概念稍加闡釋。從歷史情境來看，國府當局所以遭遇「合法性危機」原因，正是由於這套充滿倫理教化的「民族—國家」言說，是一套「抽離」（disembedded）臺灣社會脈絡的論述。它不僅以自己的邏輯獨自運作，甚至反過來讓臺灣社會臣屬其中，作爲認同的基礎。因而當國府當局力圖從「中國性」來定義臺灣同時，便無可避免地讓臺灣陷入主體匱乏困境。以故，本書致力於將報導文學重新置入時空脈絡，在挑戰官方政治論述之背景上，重新看見了「報導文學」，或更精確的說，是看見了「報導文學的看見」，那揭開了文化霸權外的一扇窗景之重要——唯有當我們如此的「看見」了報導文學，報導文學才被我們「看見」了。確實是鏗鏘質地的論述。

還需一提的是，張耀仁的臺灣報導文學傳播論，除了在方法論轉向中，以嵌入（embedded）臺灣社會文化脈絡的視角，重寫了報導文學發展史，更運用了新的解釋架構去反思、釐清種種文學史陳說，讓已趨於定型的論述獲致再次審視的空間。如既有報導文學研究中，每每援引陳映眞的「從文字與圖片去觀察、發現議題，並以弱小者的眼光去看『人』、看生活、看自然和看世界」爲報導文學核心觀念。但張耀仁在多方徵引史料後，將言說放在陳映眞整體的寫作與思維脈絡中，以綿密論證指出，如此結合紀實攝影的報導文學觀，正是對經由「寫臺灣、看臺灣」完成去殖民化，反文化霸權目的之「臺灣報導文學」傳統的背離。易言之，陳映眞的報導文學觀，澈澈底底是服膺於毛澤東第三世界論，打造中國民族意識的產物。更往下看，本書也檢討了報導文學所以在晚近式微沒落的原因：不在文學性的修辭技術，而是「看見」能力的削弱，甚至忘卻了。當報導文學不再以臺灣主體的關注，提供當道霸權外的一扇窗景，便是文類的喪失活力與精神之時。當然，反過來說，如何恢復「看見」能力，應是關心報導文學的作者、讀者、研究者可以攜手努力的方向。

臺灣報導文學本來就與傳播媒體有著緊密關係，特別的是，寫作本書的學者張耀仁，也同時具有文學與傳播的雙重背景：他是迭獲大獎的小說家，曾任記者，也在當今的網路傳媒展現極強活動力。如此複方背景，陶鑄了耀仁優異的論辯之筆，與極具現代意識的學術視域。閱讀此書，遂如打開了一扇「重新認識報導文學」的窗口，看到被長期遮蔽的文類特色景觀。故可將本書視爲是張耀仁在臺灣文學／文化位置上，對「臺灣報導文學發展史」的一次重要重寫，雖然本書前身早已獲得國立臺灣文學館「臺灣文學傑出博碩士論文獎」年度傑出博士論文肯定。

最後，透過本書對臺灣報導文學傳播論的建構，與對當代報導文學觀的反思性批判，我們也因之重省了報導文學的傳播本質，向來是與「發現臺灣」、「建構臺灣」的意念與行動相始終的。新世紀以降，臺灣在地球村形式的國際互動交聯處境中，中國結與臺灣結仍時時糾結纏繞，政治霸權外更有資本市場，在新聞生發處，甚或就是我們賴以維生的土地上，以種種經濟指標來置換我們的時空經驗，以商業思維來架空我們與土地依存的情感，可視爲是我們正遭遇的更集體、隱微、全面的霸權形式。那麼，如何還能看到霸權外的一扇窗景？有那扇窗景嗎？本書中，張耀仁也爲讀者發問，並解答了問題：「爲何此刻，仍然必須談論報導文學？」

是的，仍必須談論報導文學。

國立中正大學中國文學系教授　蕭義玲

【自序】

貓的靈魂

2020 年 3 月，書稿完成時，我的眼睛開始出血。

血塊初始像痣，漸漸轉成胎記般大小，最終染紅了整個眼白。

我開玩笑對朋友說：「該不會是『血輪眼』開眼了吧？」

——所謂「血輪眼」，乃是出自上個世紀連載於《週刊少年 Jump》的熱門漫畫《火影忍者》，意味著主角在歷經種種磨難後，啓動足以穿透虛幻與眞實的超級絕招。

想當然，只是用眼過度的微血管破裂罷了。

事實上，這本書自始至終就是我的夢魘。早在 2014 年 7 月完成博士論文初稿後，背上突如其來炸開無數或紅或白的疹子，那狀態彷彿身上生出了一條又一條的健康步道，密密麻麻的凸起物令人萬分絕望。

又過了這麼多年，原以爲可以調適得很好，未料身體還是對「博士論文」這樣的字眼，無端緊繃與揪心。但說起來，一切都是自己當初的選擇不是嗎？倘若當初繼續留在記者圈，而今光景應該兩樣吧？

可惜的是，人生從來就無法假設，歷史亦然。

只是沒想到，必須再延遲六年，這本書才得以面世。主要是，對於五、六〇年代內容的修訂與增補，尤其《異域》一節乃是新寫；而當時因應博士論文口試而刪減的片段如《新文藝》、《文壇》等，也逐一加以釐清與歸納。於本書而言，報導文學並非七〇年代橫空出世的產物，更非強調文體論、溯源論的文類，自三〇年代以來，它始終存在於臺灣文學界，只不過被變造、被損害、被屈辱。

也因此，在這個基礎上，當時撰寫博士論文其實有一個企圖，那即是重新建構臺灣報導文學史。而今，竟也只完成了三〇迄八〇年代的史論，餘者猶待後續戮力以赴，以使其發展脈絡更形完整。

回到這個時間點，還值得談論報導文學嗎？或者換個說法，談了又如何呢？但我總忍不住想起我所心儀的小說家王定國先生，在他自剖小說創作歷程裡，提及南投往返臺中的炎峰橋旁曾經豎立著一面大看板，看板上是光鮮亮麗的政治人物販賣伴唱機——王定國曾無條件、無怨無悔的贊助這位政治人物——未料那人後來換了立場，「立場一變竟連是非都不分了。明明是狗的軀殼，爲什麼一定要去借用貓的靈魂？」他這麼寫著：「在那座看板後面我曾掉過一次淚。我們從此沒有見面。」

我之所以堅持一定要把這本書完成，並且尋求出版，那心情約莫就是不忍臺灣明明擁有貓的靈魂，卻始終被當作狗一般的呼來喚去。

感謝中正大學中文系教授蕭義玲慷慨賜序，她的序言既細緻又溫暖，讓我忍不住想起校園裡那些錯落的陽光、黃花風鈴木，以及臘腸樹。也感謝兄弟洪書勤爲我親赴國立臺灣圖書館翻閱資料，那些乾杯的情誼永遠不醉不散。至於最初撰寫博士論文過程中，陳銘磻老師、心岱老師熱心提供資料、不吝提點，以及林文義大哥再三的鼓勵，他們的愛護與提攜是支撐本書完成的最大動力。也感謝陳芳明教授、須文蔚教授、林淇瀁教授、郭力昕教授、林靜伶教授，以及國立臺灣文學館「臺灣文學傑出博碩士論文獎」評選委員會匿名評審之指正與提點。最後，更要感謝父母親包容我這麼任性的孩子，尤其是父親，他在收到博士論文後，一字一句幫我把錯字挑出（參見附圖），那秀麗的字跡迄今都深深刻在我的心上。

「我終於可以出發前往那更遙遠，更寬闊的所在。」2014 年博士論文致謝詞我是這麼寫的。

祝願我們都能寬容、從容，以及更有餘裕的面向臺灣。

面對自我。

張耀仁

THEME

DATE:

PAGE: 1

1. p95：第二段第11行。「羅漢松等自然產物播收取殆盡」，播字是否要去掉。

2. p111：第三段第8行。「唯部份作者主張宜達成達成乎」，達成二字重複了。

3. p117：第二段倒數第三行。「的繼承而有了發的可能」。「發」字後似宜加個「展」字或其他字

4. p127：第一段第四行：終究因著報導文學發表園地減「示」微。「示」似為「式」之誤。

5. p127：第三段倒數第6行。故而引發當局的忌彈。「彈」字似為「憚」之誤。

6. p129：第二段第8行。該文以介紹阿美族人生活與文化習俗為「志」。「志」似應為「主」。

7. p136：第四段第4行。而非「向該加深瞭解，就有距連」。「連」字似為「離」字之誤。

8. p149：第8行。乃因他們比較擁有資源也比較「有」知道如何運作群眾。「有」字似為多餘。

9. p153：第二段第1行。這一「乎」之欲出的…。「乎」字似為「呼」之誤。

10. p158：第一段第8行。唯陳映真卻深信不「移」。「移」字似為「疑」之誤。

11. p194：倒數第2行。郭力昕談「道」：「道」字似為「到」之誤。

12. p200：第二段倒數第5行。）的拘攝該報導攝有之体化…。「攝」之後漏了個「影」字。

13. p206：第二段第8行。這也是讀者在閱讀當下感「當」沉重。「當」字是否改為「到」字較好。

14. p212：第二段第3行。拍得「污」漆抹黑的。「污」字是否為「烏」字之誤。

15. p219：第二段倒數第4行：例如第22期由阮義忠介「說」：「說」似為「紹」之誤

THEME

DATE :

PAGE : 2

16. p223：第三段第2行：基隆市政府邀請淡江和：「淡江」之後宜加「大學」二字。

17. p231：第一段第5行：不再將孩子從吃人礼教中：「人」字後似宜加個「的」字

18. p231：第二段倒數第3行：也就符應了陳映真。「符」字似宜改為「呼」字。

19. p232：第三段倒數第3行：在至個結構中：「至」字是否為「整」字之誤。

20. p239：第二段第6行：呼籲「帷有重視……」，「帷」字似為「惟」字之誤。

21. p240：第三段第2行：中產階級對於兒與青少年。「兒」字之後少了個「童」字。

22. p242：第二段第4行：以及人與文化如何互動受到。「受到」之後是否加個「重視」或其他用語。

23. p252：第五段第2行：他被社會和歷史的趨勢推上談灣：「談」字是否為「台」字之誤。

24. p256：第三段倒數第1、2行：成長奇跡及公害奇跡：「跡」字是否為「蹟」字之誤。

25. p257：第一段第3行：「我總會情不自津地和……」。「津」字似為「禁」字之誤。

26. p257：第一段第9行：報導內不見往常隨入……。「內」字之後是否加個「容」字。

27. p261：第二段倒數第2行：念其實非常初淺：「初」字似為「粗」字之誤。

28. p.268：第三段第5行：顯見其對報告文學情有獨衷。「衷」字似為「鍾」之誤。

本書中文摘要

作爲臺灣文學史上一度備受注目，卻又屢屢缺席的文類，報導文學無寧是尷尬的存在。在過往研究反覆關注溯源論、文體論的取向下，臺灣報導文學向來躑躅於該歸入於何種文類？是否夠資格歸入文學史？最終走向「報導文學已死」、「報導文學成長危機」等。

因此，本書另闢蹊徑，視報導文學的發展乃是攸關「建構臺灣」的詮釋論、傳播論，以《中國時報》人間副刊迄《人間》雜誌（1975.7-1989.9）爲研究範疇，探究兩個同樣名爲「人間」的媒體，如何以報導文學介入人間、建構人間以及影響了誰？就七〇年代報導文學家的作品而言，絕大部分旨在踏查臺灣，饒有興味的是，他們筆下極少觸及臺灣東半部，故而勾勒出來的圖像僅是「半個臺灣」。其內容泰半聚焦於：一、對於傳統民俗技藝與宗教信仰的理解；二、對於鄉鎮與地方產業特色的報導；以及三、對於社會問題的調查。其中，論者以爲「社會問題」乃報導文學被視爲「黑色文學」之故，但事實上，第一代報導文學家極少觸及社會問題，眞正促使當局動員論述予以「矯正」報導文學，乃因其涉及臺灣鄉土將引發臺獨意識之可能，這才是當局致力防堵報導文學的主因。

也是從這個觀點切入，我們才能有效理解，八〇年代陳映眞創辦《人間》的初衷，也才明白《人間》如何被論者曲解、誤解，乃因強力主張第三世界論、中國意識論的前提下，《人間》意欲經由報導文學與紀實攝影以抨擊臺灣意識、臺獨意識，從而導正報導文學作爲實踐第三世界論的傳播載體，最終達成中國民族的和平與團結。在陳映眞刻意的操作策略下，《人間》澈底展現了向「第三世界（中國）窮人」學習的取向，因此主張「從弱小者的眼光看臺灣」，也動輒指責資本主義、帝國霸權乃至冷戰體系、國安體制等，由此營造了彩色的中國、黑白的臺灣；壯美的中國、醜惡的臺灣，經由「飽食貪婪的臺灣」對照「質樸動人的中國」，《人間》成爲陳映眞實踐第三世界論的利器，也是宣揚左統意識的載體。然而無論陳映眞如何亟欲抵達中國，他都必須從臺灣出發，也就必須理解臺灣、建構臺灣。

至此，我們可以理解臺灣報導文學始終處於搶奪詮釋「臺灣」的過程。在時代條件的囿限下，七〇年代的報導文學淪爲「從愛出發」的附庸；在意識形態使然下，八〇年代的報導文學淪爲「第三世界論」的傳達者。兩造都侷限了報導文學的走向，也使我們再次回望三〇年代楊逵提倡報告文學之舉，他指出：「我們之所以提倡殖民地文學，是因爲我們要先寫我們所居住成長的這個臺灣社會，絕非把自己封閉在臺灣。」亦即楊逵意欲透過報導文學批判、抵抗殖民體制，而這正是爬梳楊逵提倡報導文學的必要性，也是本書經由研究發現，報導文學乃蘊含後殖民主義的文類、動員群眾的文類以及可資作爲建構臺灣歷史記憶的一環。從七〇年代的「何謂臺灣」到八〇年代的「臺灣結對決中國結」，報導文學的意涵轉折恰對應了這塊土地重新構思臺灣主體性的行動，也就是從內部殖民邁向去殖民化之可能。

也是由此切入，本書主張跳脫文體論、溯源論，就報導文學的詮釋論與傳播論加以探析，從中汲取去殖民化、抵抗霸權的精神，以此期許來日的臺灣報導文學再次奮起，以踏查田野的草根姿態面向臺灣，並建構臺灣不同於文化霸權的容顏，傳達反思鄉土、關懷臺灣的意志。

Abstract

Being the genre which has once been in the limelight yet often absent in the history of Taiwanese literature, the existence of reportage is indeed awkward. Reportage in Taiwan has always been ambiguous when it comes to genre classification since the focus of previous research is oriented to go back and forth from aetiology to stylistics. Much doubted is its qualification to be classified into the history literature. Ultimately the assumption goes to "Reportage in Taiwan is dead", "The crisis in the development of reportage in Taiwan" ... e.g.

This book sheds a different light on Taiwanese reportage, which takes the development of reportage in Taiwan as hermeneutics concerning the construction of Taiwanese identity. Research materials taken from the literary supplement of China Times "Ren Jian" and "Ren Jian" Monthly (1975.07-1989.09), this book explores how these two media, which both had been named "Ren Jian" (meaning: Midgard), intervene and construct Midgard by publishing reportage and on whom have they effected. As for the works written by the literary reportage writers in the 1970s, most of them concern on Taiwan investigation. Interestingly, they seldom mention Eastern Taiwan, thus only half of Taiwan is pictured, which mainly focus on: 1. the understanding of traditional folk tricks and folk religions, 2. the report of county features and local industry features, 3. the investigation into social issues. Researchers assume that social issue concerns are the reason why reportage in Taiwan has been redeemed as "blacklisted literature". In fact, the first generation of Taiwanese reportage writers rarely introspects into social issues. Taiwanese/ Taiwan independent identity, which is about to be provoked by reportage, is the real reason that causes the authority to mobilize the discourse of reportage to have it regulated and blocked.

Also from this aspect, only can we understand Chen Ying-zhen's initial purpose to found "Ren Jian" in the 1980s. Under Chen's intentional manipulation strategies, "Ren Jian" has profoundly performed its orientation to learn "from the poor in Third World (China)". Thus its allegation of "seeing Taiwan from the point of view of the vulnerable" has also criticized Capitalism, imperial hegemony and the Cold War systems to structure contrasts between a colorful China and a black and white Taiwan, between a grand China and an ugly Taiwan. "Ren Jian" has become the best sharp weapon for Chen Ying-zhen to practice the Third World theory through the contrast of "a Taiwan fed up with greed and gluttony" to "an unadorned and honest China".

However, despite the arguments over the purposes of Chen Ying-zhen and Kao Hsin-chiang, Taiwan has become an unavoidable subject back then, that is, Taiwan has to been seen, known and constructed. Accordingly, this book has derived the spirit of decolonizing, fighting against cultural hegemony from the development of reportage in Taiwan as a genre to wish another rise of this genre, to front Taiwan from the grassroots with field investigation and to construct a visage of Taiwan which is different from other cultural hegemony, delivering the will to concern and reflect on its own land.

目錄

圖目錄

表目錄

第一章 臺灣報導文學精神再評估

我是臺灣人，但我究竟知道臺灣多少？[1]

壹、一個後設的提問

1975 年 6 月 29 日，中國電視公司（以下簡稱中視）播出《芬芳寶島》第一集，署名張家木的讀者向媒體投書道：「幸好我們發現還有像《芬芳寶島》這樣的影片，從這個節目裡面我們看到了很多平常很少看到的鄉土事物和民俗，也看到了和我們不同環境下生活的人的情況……」[2] 這則投書透漏出當時在媒體論壇上「很少看到臺灣鄉土與民俗」，更遑論庶民生活景況，其中沒說出口的潛在命題即是：臺灣鄉土爲何很少出現在媒體上？臺灣鄉土被「誰」定義？如何定義？以及定義的圖像爲何？

被譽爲「第一部鄉土彩色電視影集」、「是第一部記錄性影集」，《芬芳寶島》不僅引起廣大閱聽眾的回響，也令投身報導文學領域的提倡者與創作者印象深刻，包括高信疆（高上秦）、陳映眞（許南村、陳永善）、古蒙仁（林日揚）、李利國、心岱（李碧慧）、翁台生等都曾於作品中提及該影集，可視爲七〇年代臺灣報導文學的「啓蒙者」，尤以黃春明執導、張照堂掌鏡的首播影片〈大甲媽祖回娘家〉[3] 最受矚目，描述農曆 3 月 23 日媽祖

---

1 心岱，〈創新與延續：臺灣民間傳說故事的寫作〉，《自立晚報》（1982 年 11 月 11 日），第 10 版。

2 張家木，〈芬芳寶島眾濁獨清〉，《聯合報》（1975 年 8 月 15 日），第 8 版。

3 該片已由國家電影中心「臺灣電影數位修復計畫」（Taiwan Cinema Digital Restoration Project, TCDRP）完成修復，於 2019 年 10 月 25 日發表相關消

誕辰前後，臺中縣（2010 年與臺中市合併改制爲臺中市）大甲地區數萬信眾，前往雲林縣北港朝天宮進香之歷程（自 1988 年起改爲「遶境進香」而非「謁祖進香」，2019 年遶境路線南至嘉義縣新港鄉奉天宮），「令我這土生土長的孩子，勾起了不少記憶……我感到既熟悉又陌生，熟悉的是這些景物人事都是在我生長的週（按：周）圍，陌生的是我從未眞正投以感情去對待……」這是報導文學家心岱當年收看〈大甲媽祖回娘家〉的觀影心情，她指出：「我是臺灣人，但我究竟知道臺灣多少？」箇中流露出面對臺灣信仰的震撼以及不知從何解讀的詫異，揭露文化霸權長期以來遮蔽的觀點：臺灣主體性的欠缺。

只消比較 1975 年 10 月 3 日，中國國民黨中央委員會文化工作會（以下簡稱「文工會」）致函《芬芳寶島》的內容，即可明白「臺灣鄉土」向來被置於以下脈絡：「主題正確，具有發揚民族精神，愛國意識，並有濃厚鄉土氣息與人情味，裨益社教。」[4] 亦即鄉土論述乃爲凸顯「愛（中）國意識」，最終目的則是爲了達成倫理教化的「（中華）民族精神」，此一詮釋也可見諸中國影評人協會函請教育部與行政院新聞局嘉勉《芬芳寶島》：「這部影集發揚傳統精神，內容珍貴而富有保存價值。」[5] 所謂「傳統精神」乃奉大中華主義（sinocentrism）爲圭臬的文化底蘊，經由「民族—國家」的論述邏輯，強調中華文化傳統值得歌頌、神州鄉土使人夢縈，以致臺灣鄉土抹消無蹤，這是報導文學家心岱目睹電視播出萬人朝拜媽祖而感到「既熟悉又陌

息，參見黃怡菁、郭俊麟，〈大甲媽祖回娘家紀錄片，數位修復後重現〉，《公視新聞網》(2019 年 10 月 25 日)。取自 https://news.pts.org.tw/article/451980?fbclid=IwAR0L8gBK0yMt10-g5v7fnyST2Uu6IB3g66vuW1sUtoBYa0c3ALzwmDabRig，另參見〈大甲媽祖回娘家〉，《國家電影中心「臺灣電影數位修復計畫」：2018 計畫成果》（無日期）。取自 https://tcdrp.tfi.org.tw/achieve.asp?Y_NO=7&M_ID=49

4 本報訊，〈文工會嘉勉芬芳寶島〉，《中國時報》（1975 年 10 月 3 日），第 5 版。

5 中央社臺北二十一日電，〈影評人將函請政府，嘉勉芬芳寶島影集〉，《中國時報》（1975 年 12 月 22 日），第 7 版。

生」之故，乃因長期以來「臺灣」被排除於文化霸權之外，「如果不是看了這個節目的報導，還不是一意認爲拜拜是迷信……」心岱的說法道盡當時面向自身鄉土的領悟與發現。

然而，所謂「臺灣鄉土」在七〇年代其實尚處於啓蒙階段，黨外抑或左翼雜誌仍亦步亦趨摸索前行，例如當時對於日本殖民時期臺灣新文學的挖掘運動，乃是順應大中華主義的抗日基調，也就是「中國性」的再確認[6]，是故，大中華主義版本土詮釋與臺灣本土主義兩造得以暫時合流，展現在報導文學裡即是一面描繪臺灣，一面不斷以中國作爲參照座標。不同的是，此一「中國性」的再確認乃是立基於臺灣，使得過往視臺灣爲點綴的鄉土意識得以浮現檯面，透過報導文學的踏查形成當時共同追索「臺灣鄉土」的風潮與認知，箇中值得探討的層面在於：

其一，何種社會條件導致「臺灣鄉土」的異化？

其二，「臺灣鄉土」被異化的情況？

其三，報導文學建構何種「臺灣鄉土」？

於此，引述 Michel Foucault 在《知識的考掘》（*The Archaeology of Knowledge*）等書所闡述的「論述」（discourse）概念，將七〇年代「臺灣鄉土」視爲一套糅合了語言規範、歷史條件、知識系譜等言說形式，勢必更能幫助我們瞭解報導文學的重要意義在於重建「臺灣鄉土」，也更能瞭解檢查單位（如文工會）、憲警機關（如警備總部）、黨刊（如《中央月刊》）何以發動一連串規訓手段去抨擊乃至收編報導文學，只因報導文學已然挑戰了當局宣稱「代表全中國」的論述合法性，也就是 Jurgen Habermas 考察晚期資本主義所提及的「合法性的危機」（legitimation crisis）：既有的政治秩序不再被社會認可，過往的政治論述出現了動搖。

這意味著，所謂「中國性」已無法完成鞏固大中華論述應有的使命，反而使得「臺灣性」、「臺灣意識」逐漸成爲公共論壇的論述主體，由此回望報導文學發展脈絡，才能理解報導文學受到當局打壓的原由並非起於「暴

---

6 蕭阿勤，《回歸現實：臺灣 1970 年代的戰後世代與文化政治變遷》（臺北：中央研究院社會學研究所，2008 年初版），頁 141-200。

露社會黑暗面」，而是反映「臺灣鄉土」的報導層面或深或淺凸顯了臺灣意識，甚至可能引發臺獨傾向，這恰是當局戒慎恐懼的論述觀。七〇年代國內外局勢的遽變，致令過往反共政策、愛國愛黨教育以及侍從媒體等控制力出現罅隙，「民間臺灣」開始浮現不同以往的面目，不再是反攻復國的跳板，也不再是神州故土的「生活在他方」，而是「斯土斯民」，故而縱使只有片斷、粗糙乃至神州化的描述，也令讀者乍然／悚然一驚，向來被論者視爲報導文學濫觴的《中國時報》人間副刊專欄「現實的邊緣」（1975.7.10-1976.6.2），其所刊載的讀者來函即印證了此一觀點：「躲在溫室裡展望將來的美麗和緬懷過去的繁華都不是我們需要的。我們需要的是像人間副刊裡提出的現實，雖然標榜的是『邊緣』，也足以反映其全貌了。」[7]

「足以反映其全貌」一語道破當時「臺灣」長期缺席於媒體空間、長期被當局放逐與架空的事實。故而「看見」絕不只是詹宏志觀察《人間》雜誌所言：「它用圖片和文字，發現並記錄臺灣社會中的眞實，讓你『看見』；而看見，正是關心的開始。」[8]「看見」倘若只是「關心」、「關懷」這類泛道德化的說法，何須獨沽報導文學？其他文類如新聞、散文、雜文難道不足以引領我們「看見」臺灣、「關心」臺灣？也因此，「看見」就報導文學而言包含了兩個層次：一是蘊含「重新發現」臺灣鄉土的意義與「重新建構」民間臺灣、現實臺灣；一是經由「寫臺灣、看臺灣」完成去殖民化（decolonization）、反文化霸權的目的，亦即報導文學乃是相對於禁錮體制的行動者，是重建臺灣主體的反思文類，儘管提倡者高信疆的初衷在於藉報導文學重振中國文化、中國精神，但其論述出發點乃著眼於「臺灣」，意味著「臺灣」已是當時無可迴避的課題，也就使得高信疆向來秉持的中國民族情懷無法發揮其「防火牆」功能，這也是高信疆在提倡報導文學過程處處受阻之故。

故而，探究七〇年代報導文學絕非單從文體論去評斷其良窳，還必須

---

7 張佩芬，〈來函〉，《中國時報》（1975年9月24日），第12版。

8 詹宏志，〈「看見」是關心的開始：「人間」雜誌的誕生〉，《天下》第54期（1985年11月），頁147。

留心其興起的作用爲何？如何建構「臺灣鄉土」？建構何種「臺灣鄉土」？產生何種效果？換言之，報導文學向來與臺灣主體息息相關，無論是「內部殖民說」（internal colonialism）抑或「遷占者國家說」（settler state）[9]，報導文學所蘊含的精神無非是主體重建（reconstruction），也就是具有後殖民主義的意涵。依循這樣的思考脈絡，將發現八〇年代末所謂「報導文學的危機」乃是問錯了問題，其根本的癥結不在文類界定不清、欠缺周延的方法論等，而是報導文學能否有效承擔「抵抗文化霸權」、「建構主體」的精神？具備批判、改造的傳播效果爲何？除了認識臺灣鄉土，報導文學還能建構什麼、啓發什麼？

也是從這個角度切入，方能理解報導文學晚近之所以式微，很大一部分乃是喪失了反抗文化霸權、建構臺灣主體的影響力。換言之，我們可以從後設（meta-）觀點提問：爲何此刻仍然必須談論報導文學？尤其 2015 年諾貝爾文學獎首度頒給報導文學家 Svetlana Alexievich[10]，儼然賦予了重新正視報導文學價值的必要性，原因之一在於市場導向新聞學（market-driven journalism）與假訊息（fake news）鋪天蓋地入侵媒體乃至壟斷媒體的當下，報導文學的精神遺產何其可貴：它有效抗衡了文化支配者逕付人民的單一信念，從而挑戰美國知名政治評論家 Lippmann 所言：媒體灌注個人腦海中的既存圖像（the pictures in our heads）[11]，是具備去殖民化、反文化霸權的

---

9 有關臺灣統治體制的探討可參見史明，《臺灣人四百年史》（臺北：蓬島文化公司，1980 年初版），頁 803-804。另參見黃智慧，〈中華民國在臺灣（1945-1987）：「殖民統治」與「遷佔者國家說」之檢討〉，收於臺灣教授協會主編，《中華民國流亡臺灣 60 年暨戰後臺灣國際處境》（臺北：前衛出版社，2010 年初版），頁 188。

10 Svetlana Alexievich（中譯「斯維拉娜・亞歷塞維奇」）（1948-），白俄羅斯人，著有報導文學《戰爭中沒有女性》、《車諾比的悲鳴》等書，獲獎贊詞指出：「她的複調敘事，充分展示了我們這個時代的苦難與勇氣。」（for her polyphonic writings, a monument to suffering and courage in our time.）取自諾貝爾獎官方網頁 http://www.nobelprize.org/nobel_prizes/literature/laureates/2015/

11 Lippmann, W. (1922). *Public opinion.* New York: Macmillan. p. 29.

左翼文類。這也是七〇年代「現實的邊緣」受到當權者打壓以致不得不停刊之際，左翼雜誌隨即宣稱：「報導文學將是本刊今後努力開拓的一個新園地。」[12] 而黨外雜誌更挪用報導文學的精神與形式進行「揭發內幕」以吸引讀者目光。換言之，報導文學揭露現實、重建主體的特質被草根媒體接收與轉化，使得左翼雜誌、黨外雜誌動輒銷售萬份以上，乃因它們透過「報導文學」引領讀者目睹了向來被遮蔽的現實臺灣、民間臺灣以及當局弊案。

臺灣鄉土從來就不是「自然的地理景觀」，它經常被論述、被曲解、被發明，而報導文學扮演的即是重新建構這一主體的重要文類，也是它足以成爲七〇年代十大文化事件之故[13]。倘若捨棄這一視角而僅著眼於文體論、溯源論，則報導文學研究無異於考據學、考古學，也不符合文類發展之史實，因爲這麼一來將無從解釋七〇年代前此的報導文學何以未受矚目，卻在日後引領風潮？故而報導文學既不是囿於特定文學獎的分析對象，也非溯源中國古籍抑或依附新新聞學（new journalism）的次級文體，更非個別獨立存在於作家的作品論，它是臺灣媒體場（field）、文學場以及政治場等多重角力下的行動主體，作爲形塑「想像的共同體」（imagined communities）的重要媒介，報導文學所展現出來的行動結果讓我們「看見」、「發現」：事實永遠有另一面；也讓我們「建構」、「再現」：臺灣鄉土的面貌與主體性爲何？

---

12 編輯部，〈我們的話〉（第三點），《夏潮》第5期（1976年8月），扉頁。《夏潮》創刊於1976年2月28日，至同年7月第4期增資改組並擴大版面，由蘇慶黎（1946-2004，其父爲臺灣共產黨創始人之一蘇新）接任總編輯，被論者視爲蘊含「社會主義」性格的左派雜誌，迄1979年2月遭查禁，共發行35期，相關研究可參見郭紀舟，《七〇年代臺灣左翼運動》（臺北：海峽學術出版社，1999年初版）。

13 編者，〈風雲十年：文化十事，文化十人〉，《中國時報》（1980年2月21日-22日），第8版。1980年2月21日，《中國時報》人間副刊在歷經月餘的策劃後，邀集百位各界重要人士，投票圈選七〇年代的「文化十事」及「文化十人」，其中，排名第七的文化事件即是「報導文學的蔚成風氣」。

貳、臺灣報導文學研究回顧

檢視臺灣過往報導文學研究，主要集中於五個層面：其一，探究報導文學的源起；其二，理解報導文學的文體特色；其三，析論報導文學的寫作方法；其四，陳述報導文學式微與消亡論；其五，分析報導文學作家與作品。

就第一點而言，旨在闡述報導文學從何而來，屬於哲學命題上的「本體論」（ontology）。就第二點而言，旨在探討報導文學該採取何種態度看待世界的「認識論」（epistemology）。第三點，乃針對該文類應具備何種寫作技巧作一討論，屬於「方法論」（methodology）。第四點則反思報導文學質量之良窳，可名之為「現象論」。至於第五點，乃秉持微觀分析的「作者論」。這五點都在為報導文學的文類歸類解套，因此泰半關注：（一）辨明報導文學的來源以確認其文學史之位置；（二）說明報導文學的特色以歸納其文類範疇；（三）強調寫作方法及其發展現象以陳述報導文學的文學造詣，凡此都是從文學研究的傳統概念出發，意欲將報導文學納入靜態文學之中，使得報導文學於八〇年代末陷入危機論、消亡論，主因在於其「藝術性不足」、「文學價值不高」。

也是偏執於文體論，報導文學縱使在臺灣文學發展歷程中盛極一時，卻在文學史裡備受冷落，例如葉石濤《臺灣文學史綱》僅聊備一格提及古蒙仁的報導文學集《黑色的部落》，且將林清玄的第一本報導文學集《長在手上的刀》誤認為「散文集」[14]。而彭瑞金《臺灣新文學運動四十年》則認為報導文學乃是「散文的變奏」[15]，是誠實而富有生命力的文類，忽略了報導文學從來就不是散文的附屬品，核心價值更非誠實而是「重建」與「抵抗」，是一場攸關「鄉土／現實」的主體再現。至於耗時十二年撰寫五十餘萬字的陳芳明《臺灣新文學史》，則將藍博洲頗受爭議的報導文學作品〈幌馬車

---

14 葉石濤，《臺灣文學史綱》（高雄：春暉出版社，2003年再版），頁162（1987年初版）。

15 彭瑞金，《臺灣新文學運動四十年》（高雄：春暉出版社，2004年再版），頁201（1997年初版一刷）。

之歌〉視爲政治小說[16]，全書隻字未提報導文學，揭示一文類的成立與否乃視其文學造詣之高低，則向來被視爲文學門檻不高的報導文學注定只能被遺棄，凸顯文類歸納乃是報導文學的罩門。

但從史實考察，報導文學的發展從來就不在追求「文學造詣」，因爲回到報導文學崛起的現場，係旨在訴求回歸鄉土、回歸現實的時代風潮，故而講究內在、脫離現實以及側重個人感受的修辭取向，並非報導文學意欲追求之目標，因此所謂「報導文學的文學價值」必須重新予以衡量。報導文學之所以在短時間內風行草偃，在於它的文字門檻回應了下鄉關懷等呼聲，故指出報導文學不具「文學性」這樣的說法並不公允，也是依循這個脈絡，才不至於將高信疆乃至陳映眞等人所謂「報導文學介入社會、關懷人間」視爲理所當然，因爲我們還必須追問：從「人間副刊」到《人間》，它們如何介入社會？關懷何種「人間」？假設報導文學必然隸屬於「人間」，那麼「人間」的對立面是誰？再者，報導文學建構了何種鄉土、何種「人間」？由此切入，「認識論」反而成爲探究報導文學的重點，乃因報導文學採取何種論述策略去重建臺灣主體，對誰產生作用？

據此，針對過往文獻考察，本書所持的分析觀點如下：

首先，爭論報導文學的本質隸屬於新聞或文學領域，以及爭論報導文學源起於《史記》、《詩經》抑或國外「新新聞」風潮等，固然對於理解臺灣報導文學發展有其助益，但就探析文類認識論而言有其侷限。這類可統稱爲「溯源論與文體論」的報導文學研究，於七〇年代一度蔚爲風潮，主要集中於探討報導文學與報告文學之異同[17]、報導文學之文體界定以及報導文學之

---

16 陳芳明，《臺灣新文學史》精裝本（臺北：聯經出版事業股份有限公司，2011 年初版），頁 628。〈幌馬車之歌〉曾選入爾雅版《七十七年短篇小說選》，並獲得推薦第七屆「洪醒夫小說獎」，編選者詹宏志於評介中指出：「我得先解決一個理論難題：它是小說嗎？」凸顯藍博洲的報導文學書寫難以定位，參見詹宏志主編，《年度小說第二十一集：七十七年短篇小說選》（臺北：爾雅出版社有限公司，1989 年初版），頁 240。

17「報導文學」一詞於三〇年代被譯作「報告文學」，就文類精神而言，都強調「介入社會」，而欲達成的目的與興起的條件則有所不同，尤其「報告文學」

「負面」作用，足見在戒嚴體制全面監控文學活動下，政治場與文學場對於文類歸納的掌控與規訓，透露統治者藉此宣示文化霸權不容質疑，故而不少反對報導文學的論述者都是來自官方或半官方組織，箇中關注焦點主要圍繞著「報導文學是否等同黑色文學」，並依循「正統中國」的符號系統去框限報導文學走向，對於報導文學究竟產生何種影響、具備何種功能等全然略而不提。

迄千禧年以降，此一溯源論、文體論仍是多數學位論文必然涉及的面向，儘管論述的理路已轉入爬梳三〇年代楊逵提倡報告文學，然而研究者仍少解釋：爲什麼我們必須檢視三〇年代的報告文學？它帶給我們什麼啓示？楊逵提倡的報告文學與日後的報導文學是否有其連結？爲什麼我們迄今仍然必須探討報導文學？也是偏執於文類溯源與文體論，使我們難以理解：何以七〇年代的提倡者不斷聲明報導文學是「對土地與人民的關心」，甚至言明報導文學乃是「由愛出發」、「是一種關愛的表現」，卻仍遭到當局毫不留情的打壓？而左翼雜誌、黨外雜誌卻急於表態挪用此一文類？

其次，報導文學的分析範疇固然包含文學獎，但文學獎不應是判準這一文類良窳與否的單一標準。有關文學獎——特別是兩大報文學獎——多位論者已提出重要討論[18]。作爲文學創作的競賽場、權力場，文學獎透過各方角力以促成文學典律（canon）的生成，故獲獎作品既是示範也是規範：示範「文學該有的樣貌」，規範「參賽者必須留心評審標準」。由此，回顧報導文學相關研究可區分爲兩個層面：一是因應文學獎而來的「文體論」；一是伴隨文學獎存廢與否的「消亡論」。就「文體論」而言，文學獎對於修辭的講究以及「此即典範」的學術撰寫模式，導致報導文學喪失了原本訴諸民間

早在1949年中國成立後，與臺灣逐漸失去脈絡連結，故本書以爲辨明此兩詞對於理解該文類並無太大意義，因之視論述脈絡或稱「報告文學」、或曰「報導文學」。

18 其中，莊宜文，《《中國時報》與《聯合報》小說獎研究》（中央大學中國文學系碩士論文，1998年6月）首開風氣之先，截至2020年2月已累積五十七次引用。

與田野的草根性與行動性，故論者試著提出「鬆綁論」[19]，以期報導文學重新回歸實在的文學、再現田野的文學。「鬆綁論」固然為報導文學提供更多元的可能，但更該關注的容或是：報導文學的草根性與行動性意欲達成何種目的？之於當代的精神意義為何？這才是此刻仍有必要繼續談論報導文學的關鍵。

至於「消亡論」起於1998年，因著第廿一屆時報文學獎報導文學獎首次從缺，加諸第廿三屆（2000年）時報文學獎報導文學獎首獎引述不當，招致抄襲爭議而停辦，使得「報導文學已死」的呼聲四起。然而，早於1983年第六屆時報文學獎即因「報導文學在文類上很難定義」[20]即停辦該獎項，則何以當時未曾「引爆」報導文學的危機？顯然此一論點係依循主流媒體的思考而來，倘若以文學獎作為評斷的依據，則九〇年代末以降臺灣各縣市地方文學獎多設有報導文學獎，包括新竹縣吳濁流文藝創作獎、苗栗夢花文學獎等（參見附錄一），則報導文學非但未見消亡反而更見榮景，如何解釋「消亡」之成立？

事實上，除了地方文學獎續辦報導文學獎外，九〇年代以降的報導文學發表形式乃是轉入社區報、特定讀本與專書出版，例如馮小非等人創辦的《中寮鄉親報》、向陽與須文蔚合編《報導文學讀本》、《人間》雜誌解散後多本集結成冊的作品如藍博洲《幌馬車之歌》（1991）、廖嘉展《月亮的小孩》（1992）等。而九〇年代末部落格（blog）崛起，也使得不少作品經由網路平臺發表，如朱淑娟「環境報導」（http://shuchuan7.blogspot.tw/）、胡慕情「我們甚至失去了黃昏」（http://gaea-choas.blogspot.tw/），更遑論因著網路近用越形普及的趨勢下，自媒體（self-media，或譯草根媒體）因應而生，箇中刊載為數不少的報導文學，例如報導者 The reporter、

19 須文蔚，〈再現臺灣田野的集體記憶：從社會運動與再現論考察下的臺灣報導文學史〉（初版一刷原題〈再現臺灣田野的共同記憶〉），收於向陽（林淇瀁）與須文蔚主編，《臺灣現代文學教程：報導文學讀本增訂版》（臺北：二魚文化事業有限公司，2014年二版二刷），頁29（2002年初版一刷）。

20 徐淑卿，〈報導文學死了嗎？〉，《中國時報》（1998年10月8日），第43版。

鏡傳媒、端傳媒等。故所謂「報導文學已死」乃是言過其實的說法，核心命題應是這些作品是否有效抵抗文化霸權？以考察地方文學獎報導文學獎內容爲例，泰半集中於地方產業而少批判、訴求文獻分析而少田野調查，等同弱化了報導文學的批判改造與重建主體力道[21]，則在「臺灣鄉土」已非禁忌的前提下，報導文學如何能夠吸引讀者閱讀？又如何引領閱聽眾面對事實的另一面向？

至此，可連接至第三點：由文學獎出身與由媒體崛起的報導文學作者論，宜考慮場域與時代的條件影響，而不僅止於微觀的文本分析。乃因七、八〇年代崛起的報導文學家係出於 Robert Escarpit 主張的「班底論」（equipe）[22]，是作家群集結而非單指個人書寫，例如由高信疆組成與陳映眞組成的報導文學寫作班底的組成有何異同？作品理念爲何？如何實踐報導文學？也因此，作者論不應只是文本分析、個人創作史的探究，也需納入同時代作者的評估與理解，否則極易產生類如《古蒙仁的報導文學作品研究》（2006）與《古蒙仁報導文學研究》（2011）近乎重複的研究命題（參見表 1）。

21 張耀仁，〈「實踐」的變貌：析論新世紀十年來臺灣地方文學獎報導文學作品（2000-2009）〉，《中國現代文學》第 21 期（2012 年 6 月），頁 74-75。

22 Robert Escarpit（埃斯卡皮）原著，葉淑燕譯，《文學社會學》（*Sociologic de la litterature*）（臺北：遠流出版事業股份有限公司，1995 年初版二刷），頁 46（1990 年初版一刷）。

表1　有關報導文學之博碩士論文

編號	研究者	年月	題目	學校系所	指導教授
1	陳　勤	1963.5	新聞小說研究	政治大學新聞學研究所	曾虛白
2	韓松沃	1992.6	報導文學之後現代寫實主義：理論與實踐	靜宜女子大學外國語文研究所	宋威廉
3	楊素芬	1999.6	臺灣報導文學研究	中央大學中國文學研究所	李瑞騰
4	劉依潔	2000.7	《人間》雜誌研究	東吳大學中國文學研究所	張雙英
5	林秀梅	2001.6	臺灣原住民報導文學作品研究	臺北市立師範學院應用語言文學研究所	陳光憲
6	蔡豐全	2002.5	國軍文藝金像獎報導文學獎得獎作品分析	政治作戰學校新聞研究所	林元輝
7	謝明芳	2003.6	當代臺灣報導文學的興起與發展	南華大學文學研究所	陳章錫
8	張明珠	2004.6	《中國時報》與《聯合報》報導文學獎得獎作品研究（1978-2000）	臺北市立師範學院應用語言文學研究所	陳光憲
9	陳　震	2004.7	原住民報導文學與原住民運動之聯繫：從公眾行動的角度探討報導文學的社會功能	東華大學民族發展研究所	須文蔚、孫大川
10	吳薇儀	2005.6	兩岸當代報導文學比較研究 (1976-2004)	臺灣師範大學國文研究所	張素貞、張堂錡
11	陳柳妃	2005.6	臺灣女性議題報導文學：以文學傳播理論為核心的初探	東華大學中國語文學研究所	須文蔚
12	陳弘岱	2005.6	《人間》雜誌紀實攝影對臺灣紀實攝影的影響	中國文化大學新聞學研究所	湯允一

編號	研究者	年月	題目	學校系所	指導教授
13	薛麗珠	2006.6	古蒙仁的報導文學作品研究	臺北市立教育大學應用語言文學研究所	陳光憲
14	郭曉萍	2006.1	陳銘磻報導文學作品研究	臺北市立教育大學應用語言文學研究所	陳光憲
15	胡文嘉	2007.7	《綜合月刊》報導文學作品之敘事分析	東華大學中國語文學研究所	須文蔚
16	曾彥晏	2008.7	敘事與記憶：藍博洲的報導類作品研究	臺灣師範大學臺灣文化及語言文學研究所	吳叡人、游勝冠
17	張卉君	2009.2	寫在邊緣：臺灣女性報導文學中的性別政治	成功大學臺灣文學研究所	李育霖
18	許振福	2009.6	人間報導・文學人間：《人間》雜誌及其影響研究	臺北教育大學臺灣文化研究所	林淇瀁
19	林雅雯	2009.1	九二一大地震報導文學研究	佛光大學文學系碩士在職專班	陳信元
20	林沛儒	2009.7	藍博洲報導文學與口述歷史互文之研究	東華大學中國語文學研究所	須文蔚
21	何恭佑	2010.1	《人間》雜誌本土議題中的影像與書寫	中山大學中國文學研究所	楊雅惠
22	陳翠屏	2010.6	原住民報導文學中的主體建構	輔仁大學大眾傳播研究所	林靜伶
23	王貞懿	2011.1	古蒙仁報導文學研究	中正大學臺灣文學研究所	解昆樺
24	林家儀	2012.6	臺灣報導文學獎傳播現象研究（1970-2010）	政治大學中國文學研究所	張堂錡
25	吳佩蓉	2013.6	古蒙仁報導文學中的土地關懷	世新大學中國文學研究所	蔡芳定

編號	研究者	年月	題目	學校系所	指導教授
26	陳宛瑜	2013.6	鄧相揚報導文學與電影改編之研究：以「霧社事件」與《賽德克・巴萊》為主	彰化師範大學臺灣文學研究所	黃儀冠
27	許程富	2014.6	再現樂生院：從報導文學到口述歷史	中正大學臺灣文學研究所	江寶釵、吳亦昕
28	張耀仁	2014.7	從「人間副刊」到《人間》雜誌：臺灣報導文學傳播論（1975-1989）	政治大學新聞學研究所博士班	陳芳明
29	花基益	2014.12	從雜誌的社會性質探究臺灣社經文化的變遷（1945-1990）：以人間雜誌為例	樹德科技大學建築與室內設計研究所	李允斐
30	彭正翔	2015.1	苗栗書寫與族群敘事：夢花報導文學獎作品研究	清華大學臺灣研究教師在職碩士學位班	柳書琴
31	柯景棋	2015.5	1980年代臺灣的社會反省：以《人間》雜誌為分析場域	中國文化大學史學系博士班	尹章義
32	李清貴	2015.6	源與變：兩岸報導文學發展歷程比較研究	佛光大學中國文學與應用研究所博士班	陳信元
33	周琬翔	2015.7	古蒙仁報導文學中的臺灣現象揭露及批判	中國文化大學中國文學研究所	朱雅琪
34	陳欣竺	2015.7	地方，記憶與想像：「臺中文學獎」報導文學類的地誌書寫	臺北教育大學臺灣文化研究所	林淇漾
35	鄭羽皓	2018.7	社福、監察、新媒體：2010年後臺灣報導文學初探	清華大學臺灣文學研究所	陳芷凡

※資料來源：本研究整理，其中除張耀仁、柯景棋、李清貴外，其餘皆碩士論文，共卅五筆。

除了前述的研究問題外，長久以來過度關注文體論的結果，也使得報導文學限縮於文字，忘卻自 1975 年「現實的邊緣」專欄推出以來，紀實攝影（realist documentary photography）與報導文學乃是相輔相成的角色，到了 1978 年「報導文學系列」專欄更加確立文字與攝影的互文作用，不僅標示攝影者的名字，也介紹攝影者的簡歷。至此，攝影者與作者並列於版面上，「掀起了臺灣『報導文學』的潮流，連帶推動了『報導攝影』的作用和地位」[23]。迄八〇年代《人間》雜誌更將紀實攝影視爲「揭露現場」的重要載體，透過銅版紙印刷、確立圖片編輯守門人制度等，使得畫面質感遠超乎人間副刊，也致令七〇年代未受重視的紀實攝影獲得備受矚目的機會，更將七〇年代猶有禁忌的社會問題如邊緣人、畸零者等，透過攝影公諸於世，構築日後論者普遍認同報導文學的「人道關懷」、「社會正義」等基調，渾然忘卻《人間》雜誌所主張的報導文學猶待反思與批判。

參、重新建構臺灣報導文學傳播論

綜上所述，探析報導文學不應只著眼於文本分析而忽略社會條件，宜將報導文學視爲場域中的互動產物，也就是法國社會學家 Pierre Bourdieu 所提出的場域觀（Field）：文學不只是個人意志的實踐，也包含了場域的條件與個體行動的互動，是鉅觀分析的一環，也是微觀分析的對象。然而，也不宜囿於結構決定論，進而忽略了史觀運用之必要，亦即報導文學興起的動機爲何？背後蘊含的論述邏輯爲何？誰來操作這個邏輯？操作的策略與結果爲何？

作爲七〇年代十大文化事件之一，報導文學在媒體推波助瀾、社會變遷與文學思潮更迭下，於七〇年代臺灣文壇掀起一股「探索現實」的風潮，被論者視同鄉土文學論戰的重要事件，包括林清玄《長在手上的刀》

---

23 杜南發，《風過群山》（臺北：遠景出版事業公司，1982 年 12 月再版），頁 171。本文係時任新加坡《南洋商報》「藝文」版、「文林」版編輯杜南發訪談高信疆談副刊編輯理念，題名〈燃亮龍族的歷史：高信疆談副刊主編的理想和責任〉，原載《南洋商報》（1981 年 5 月 24 日、28 日、31 日），文林版。

（1978）、古蒙仁《黑色的部落》（1978）、陳銘磻《賣血人》（1979）、馬以工《尋找老臺灣》（1979）、李利國《時空的筆記》（1979）、翁台生《痲瘋病院的世界》（1980）、心岱《大地反撲》（1983）等，皆允爲當時極富盛名的作品與作者，非但啓蒙讀者「看見臺灣」、「認識臺灣」、「建構臺灣」，也令作者深刻體認到「文學的功能不僅是欣賞，尙可傳播觀念，爭取支持」[24]。此一挾文學之名、行挖掘社會問題之實，向來被論者視爲突破政治嚴峻管控的新興文類，在新聞學與文學領域皆別具意義[25]，時任臺灣大學外國語文學系教授蔡源煌即一針見血指出：「報導文學以現實爲基

---

24 馬以工，《幾番踏出阡陌路》（臺北：時報文化出版事業有限公司，1982年初版），頁7。

25 以政治大學爲例，近幾年有關「報導文學」課程開設於中文系所與新聞系所的狀況如下（其中，2011年迄2017年僅新聞系開課，2018年、2019年未開課）：

學期／授課教師	96學年第二學期（2008）	97學年第一學期（2008）	97學年第二學期（2009）	98學年第一學期（2009）	98學年第二學期（2010）	99學年第一學期（2010）
林元輝（新聞系教授）	無開課	新聞系四年級（課名：分類報導訊息研究：報導文學）	廣播電視研究所一年級（課名：報導文學）	無開課	新聞系四年級（課名：分類報導訊息研究：報導文學）	無開課
張堂錡（中文系教授）	中文系四年級（課名：報導文學）	中文系（課名：進階國文：報導文學）	中文系四年級（課名：報導文學）	中文系（課名：進階國文：報導文學）	無開課	無開課

由上表可知，名稱相同的課程開設於傳播及中文兩領域，授課教師亦分屬不同領域，顯見報導文學跨文類的特殊性，亦即不同學門共享、共構其詮釋權，取自政治大學校務行政系統課程查詢系統https://wa.nccu.edu.tw/QryTor/。

礎的這個邏輯，連帶使臺灣文壇行之有年的文學寫作方針爲之一變：寫大陸寫過去歷史的做法開始爲寫眼前寫臺灣的新做法所取代。」[26]

從中國大陸回歸臺灣、從神州歷史書寫眼前現實，這無疑是臺灣報導文學的核心意義。然而起於歷史條件、文藝政策與媒體場域使然，導致研究視野侷限於溯源論、文體論、文學獎論以及作者論等，論者幾乎很少意識到兩個同樣名之爲「人間」的媒體，卻有志一同在不同年代提倡報導文學，暗示我們報導文學乃隸屬於「人間」。誠然，兩造媒體對於「人間」有著差異看法，「人間副刊」於 1955 年 9 月 16 日設立之初，編者即指出：「『人間』的園地是屬於廣大的人群的，願廣大的人群共樂『人間』。」[27] 亦即「人間」泛指廣大的群眾而言，是群體觀。至於《人間》雜誌的「人間」則係依循日文漢字而來，意指「人的存在」（human being），關注於「人如何存在於世間」，較偏向個人觀。因此《人間》更強調對「人」的關懷，把「人」視爲獨特的個體，開闢了不少人物報導專欄，而「人間副刊」則將「人」置於廣泛的群眾之中，故鄉土特色、民俗技藝等比起人物報導來得更爲常見。

儘管兩者容或不同，但陳映眞也指出「《人間》是指人的生活，人活動的範圍、空間或者社會」[28]，從這個角度來看，「人間副刊」與《人間》雜誌其實都志在聚焦人世，即人所組成的社會、文化等。也因此，指出兩造媒體提倡報導文學以走進「人間」，意味著其主張路線無論爲何，相對於前此秉持遙望神州的懷舊觀，迄七、八〇年代再也無法迴避「臺灣人間」的浮

---

26 蔡源煌，〈最後的浪漫主義者〉，收於楊澤（楊憲卿）主編，《七〇年代：理想繼續燃燒》（臺北：時報文化出版企業有限公司，1994 年初版），頁 182。此書係《中國時報》人間副刊自 1993 年 7 月 17 日迄 8 月 7 日，以及 1994 年 3 月 7 日迄 22 日分別企劃「七〇年代專輯一：理想繼續燃燒」以及「七〇年代專輯二：懺情錄」專欄集結，共分兩冊，一冊如前所引，另一冊名爲《七〇年代：懺情錄》（臺北：時報文化出版企業有限公司，1994 年初版）。本書所引以專書爲主。

27 編者，〈「人間」的話〉，《徵信新聞》（1955 年 9 月 16 日），第 6 版。

28 劉依潔，《《人間》雜誌研究》（東吳大學中國文學研究所碩士論文，2000 年 7 月），頁 104。此係劉依潔附錄於論文的「陳映眞訪談稿」，訪談時間爲 1999 年 12 月 8 日。前述有關「人間」的闡述，亦出自此處。

現。植基於此，才足以有效接合三〇年代楊逵提倡報導文學與七、八〇年代報導文學之發展，乃因楊逵提倡報導文學的初衷即是意欲反映「臺灣式的現實」，藉此傳達臺灣的看法與想法，從而給予「臺灣人生活力量的作品」[29]。如此一來，報導文學絕非只是文體論的傳播工具而已，它還是去殖民化、反文化霸權的載體，在這個脈絡下，我們可以發現無論是三〇年代抑或七、八〇年代的報導文學都致力於尋找「被放逐的臺灣」，相對於文化霸權而言，「臺灣」向來是被當權者漠視、架空乃至屈辱、損害的對象，否則三〇年代的楊逵不會致力於提倡以報告文學反映「臺灣式」的性格、生活與想法，而七〇年代的報導文學更不會出現大量以鄉鎮產業、宗教信仰、民情風俗爲踏查主題的作品。

由此切入，1949 年因內戰失敗而撤退來臺的國民黨政府，無論統治本質爲何，臺灣始終在地理或精神意涵上淪爲邊陲。尤其爲了鞏固政權而採取中央集權與威權統治，國民黨政府迄七〇年代猶對外宣稱代表「全中國」，對內則因爲沒有足以反對統治的力量而順利掌控臺灣，之所以沒有反對勢力乃與二二八事件中本土菁英消失有關。這一論述邏輯直到八〇年代中仍舊存留，一連串的政治措施包括以黨領政、禁止其他政黨設立、極力控管各產業上游等，皆使權力結構無可避免的落入外省人手中，臺灣人則處於權力邊緣，很長一段時間，臺灣本土政治勢力被限縮於地方派系，經由地方選舉以及賦予地方性經濟來交換政治輸誠[30]。在動員戡亂體制（1947-1991）以及戒嚴體制（1947-1987）的限制下，臺灣等同是反攻復國的跳板、緬懷神州的戰備地與偏安的溫柔鄉，這樣親遠（中國）賤近（臺灣）的統治論述心態，迄七〇年代因著一連串國內外的政經條件更迭終而產生鉅變，知識分子的認知視野不再偏執於中國大陸，而是回歸現實、回望臺灣，也就促成了報

---

29 楊逵，〈藝術における「臺灣らしいもの」について〉，《大阪朝日新聞》臺灣版（1937 年 2 月 21 日）。涂翠花譯，〈談藝術之「臺灣味」〉，收於彭小妍主編，《楊逵全集・第九卷・詩文卷（上）》（臺北：國立文化資產保存研究中心籌備處，2001 年初版），頁 476。

30 王振寰，《誰統治臺灣？轉型中的國家機器與權力結構》（臺北：巨流圖書公司，1996 年初版），頁 65。

導文學與鄉土文學論戰的興起。

此一視臺灣爲論述起點的立場，事實上也就是重建主體的歷程。早於1948年3月，臺灣知識分子即曾針對臺灣歷史的「特殊化」，進行去殖民化的清理工作，也就是《臺灣新生報》「橋」副刊所展開的一連串「重建臺灣新文化」論戰，過程中主要探討臺灣回歸中國後，如何與祖國社會與文化接軌？其中牽涉的即是如何定位臺灣、定義臺灣文學以及如何重估殖民地文學遺產，據以重建臺灣文化與人民民主等，可惜，在國民黨戰敗遷臺採取高壓嚴禁社會主義的措施下，此一去殖民化、後殖民的清理課題戛然而止，隨之而來的即是國民黨政府爲特定政治目的而施行的大中華主義論述，導致近在眼前的臺灣被遺忘，最終在七〇年代統治合法性逐漸鬆動的前提下，「臺灣」這才浮上檯面成爲行動者爭相定義的對象，而報導文學即是箇中重要文類，尤其鄉土文學論戰主張臺灣精神的回歸，更使得植基於「現實臺灣」的報導文學炙手可熱，縱然其他文類也回應了鄉土文學論戰關照鄉土的精神，但眞正獲得大眾關注的文類卻是報導文學，乃因其草根的踏查以及淺顯的文字易於理解，致令「正視現實臺灣」的呼聲得到回應，箇中表徵的即是對於土地的關懷、社會的關照以及激發人民愛鄉愛土的意志，是對統治者長久以來漠視臺灣的反思。

據此，本書在重構主體的後殖民主義詮釋架構下，意欲從三個取徑析論報導文學：

一、政治場、媒體場以及文學場：所有的社會現象皆應置於該現象所屬的社會情境與環境來進行解釋，這已是許多晚近史學家、人文社會學家的共識。同理可證，倘若報導文學只以文體論、文學獎論、作者論來演繹文類的傳播現象，勢必將文類抽離其所依存的社會脈絡，而作品意涵也將受到曲解，導致部分面向被忽略、部分片段過度被放大，以七〇年代報導文學被論者視爲「由愛出發」的概念爲例，多數論者認爲此係人道關懷、愛的實踐，殊不知此乃1978年1月高信疆重返副刊編輯臺後（1976年6月高氏被迫離開人間副刊），爲修正前此提倡報導文學「偏差」而衍生的修辭，伴隨此一修辭的佐證論述即是溯源中國古籍《詩經》、《史記》，以及大談「擁抱臺灣，熱愛中國」等依附大中華民族主義的話術。換言之，七〇年代中期臺灣報導文學初登場看似表面風光，實則掣肘於反對陣營與支持陣營的角力拉扯，它始終是當局的眼中釘，乃因它已觸及文化霸權向來遺棄的臺灣現實。

也因此，Bourdieu 的場域觀提供了本書適切的分析取徑。其關注行動主體與空間結構之間的關係，而此空間乃依各種社會地位與職務條件所構成，即所謂「場域」。研究者可探索場域中發生的行動、行動的過程以及行動的結果。因此，場域並非行動主體的純粹聚合，還必須聚焦行動主體在場域中的關係以及位置屬性，也就是場域包含了行動主體為爭奪或累積資本而展開的鬥爭。在場域中，行動者無時無刻想藉由鬥爭改變彼此的位置、對資本的評價以及場域的競爭規則，此即七〇年代《中國時報》、《聯合報》爭相提倡副刊之故，乃因副刊帶來了正向的報格評價，吸引大批願意單獨訂閱副刊的客戶，故而開發「極短篇」、「報導文學」、「新聞詩」等回應時代風潮的新文類。

也因此，場域是一個競爭空間，行動主體為了維護或提升其在場域中的地位必須作出回應。此外，場域中的行動主體也具有特定的地位或權威，因此場域也是一個權力分配的所在。這一概念與過往同樣關注結構與規範的「系統理論」，頗有異曲同工之處，惟場域理論更具能動性與機動性，避免墮入結構性的制約中。儘管在論述場域分析的過程裡，Bourdieu 不斷使用市場、資本、利潤等概念，但他對於場域的分析並非僅限於經濟交易，尚需考量場域當中取得「正當地位」的那一群人，他們控制了場域的競爭與文化走向，也就是前述所提及的論述合法性[31]。故而以分析報導文學為例，宜先論述其所處場域的特性及其運作之邏輯，並說明場域內的文化論述走向，而後關注報導文學所占據的位置，以及如何以行動獲取發言權與相關資源等，避免再次重蹈前此論述僅視報導文學乃靜態文學之盲點。

二、文化霸權與論述分析：Bourdieu 的場域分析有效提出了行動主體與結構的互動情態，並指出行動主體所占的位置與資源乃是來自累積，也就是長期以來所傳承的文化資本、象徵資本等。然而文化究竟如何達到共享、宰

---

[31] Bourdieu, P. (1980). The production of belief: Conribution to an economy of symbolic goods. *Media, Culture and Society, 2*, pp.265.

制甚至是共識的形式？Antonio Gramsci 提出「文化霸權」（hegemony）觀點顯然有助於我們理解箇中機巧[32]。其指出統治階層不僅依賴政治社會的規範，也透過教育單位、傳播機構於市民社會中施行智識與思想教育，由此形成文化支配的形式。作爲行動主體的報導文學，如何在文化霸權的籠罩下，使人們看見、發現長久以來被忽略的現實，這是 Gramsci 文化霸權之所以適用於本書的緣故。乃因報導文學甚至鄉土文學所欲爭奪、對抗的詮釋即是大中華主義，它壓抑並支配同時代的其他文化形式，而霸權階級爲了鞏固自身的論述，必然進行「民族—國家」論述以說服人民相信其合法性，即運用民族主義、愛國主義等修辭來維護其正統性。

亦即本書所指涉的文化霸權係大中華主義，其對立面即是臺灣本土主義。誠然，大中華主義也曾於七〇年代出現大中華主義本土詮釋，試圖將大中華主義本土化，藉由臺灣重新實踐大中華主義精神，故在論述報導文學家如何反文化霸權的脈絡上，本書係將「文化霸權」圈定於大中華主義以及大中華主義本土詮釋的範疇中，從中說明報導文學的論述位置，避免「文化霸權」一詞變成籠統而無疆界的詞彙。也是由反文化霸權的視角切入，可知報導文學的崛起與意涵並非「純文藝」，而是包含了政治性、行動性以及社會性的實踐文體，它基於田野調查的撰寫邏輯、探求臺灣民間的踏查視角，以及揭露社會問題的改造論，在在使得當權者視爲眼中釘，一旦「神州故土」鬆動的同時，也就是「新鄉土」重新打造的契機，也是本書視報導文學蘊含後殖民主義精神之文類，藉以探析其如何重塑臺灣的樣貌？

值得留心的是，Gramsci 並非主張將舊有的意識形態全部消除，而是拆解其中的進步元素，重新鍛造新的論述系統。因而文化霸權的改造一方面奪取既有的智識與道德，一方面則將之拆解、整合、再造新的體系，亦即文化霸權爭奪戰並非爲了建構一套違背人民意願的理念，而是從中找出重新論述的條件與元素。對此，Gramsci 指出對於文化霸權的轉換與改造，尚需知識階級也就是所謂「有機知識分子」去執行，它與社會某階級合爲一體，成爲

---

[32] Hoare, Q. & Smith, G. N. (Eds.). (1998). *Selections from the prison notebooks.* London, UK: Lawrence and Wishart. pp.261.

組織者、推動者、行動者而非光說不練的角色。它與群體、民族產生情感以及生活上的連結，與「民族—群眾」站在一起、去感覺群眾最根本的熱情，不僅瞭解他們、也將他們的知識提升至哲學思想的高度[33]。故Gramsci強調知識分子的實踐性，期許其從既有的傳播體系與教育機構、制度等，進行意識形態的文化霸權改造，透過對民族歷史進行重新詮釋，由此檢視文學批評、藝術批評，建立「民族—人民」的有機連結以產生新價值、新意涵。

由此觀之，Gramsci的學理貢獻在於扭轉左翼運動向來著眼於政治經濟決定論，而將革命轉向意識形態的文化鬥爭。在此過程中，知識分子面對的不僅是主流論述，還有論述背後所包含的民族—國家、文化—政治認同等信念，如何在符合人民意願又能再造新的智識與詮釋權，考驗著知識分子是否具備主動、積極的實踐性。於此，本書將報導文學視爲在市民社會中，進行文化霸權爭奪的行動主體，透過傳播體系的運作去奪取倫理教化詮釋權，在一系列作品的「抵抗」與「建構」下，報導文學的視角從「民族—群眾」出發，挑戰舊有論述的「民族—國家」，這也是報導文學受到讀者稱許與驚訝之處：稱許其展現了傳統的民族情感，驚訝於情感的投射對象不再是中國而是臺灣。在這裡，本書參照前述Gramsci指出霸權經由「民族—國家」、「文化—政治」施行於市民社會，則一旦翻轉爲「庶民—臺灣鄉土」、「族群—臺灣歷史」等符號，是否將有效對應於統治者所倡言的「國家」、「族群關係」以及「中國文化」，從而進行去殖民化、去文化霸權之可能？

三、議題設定與跨媒體議題設定：文化霸權固然透過共識而非宰制以灌輸統治者的價值觀、思想觀，但箇中傳播手段爲何？根據Gramsci的看法，係經由教育與傳播機構而來，尤以七〇年代臺灣傳播因爲兩大報業競爭日趨白熱化，報導文學一度成爲舉足輕重的文類要角。於此，除了檢視媒體組織與政治政策外，針對場域裡媒體與報導文學的關聯，不少論者提出議題設定（agenda-setting）予以詮釋[34]，主要著眼於高信疆運用新聞作業流程以編輯

---

33 Hoare, Q. & Smith, G. N. (Eds.). (1998). *Selections from the prison notebooks*. London, UK: Lawrence and Wishart. pp.418.

34 蔡源煌，《當代文化理論與實踐》（臺北：雅典出版社，1991年初版），頁66。

人間副刊，使得副刊性質不再是被動等待投稿，而是主動企劃，形成「議題設定」之效果。

然而，此一說法迄今在報導文學研究中尚未有確切的結果，僅停留於概述層次，故本書意欲對此加以具體說明。事實上，由美國傳播學者 McCombs 與 Shaw 於 1972 年針對美國總統大選發展而來的議題設定理論，原係指大眾媒介所強調的議題如何影響閱聽眾對議題的「認知」，旨在扭轉過往學界一味關注媒介影響閱聽眾的「態度與行為」，進而轉向對「認知」之探討[35]。故副刊的議題設定分析，理應從媒體與閱聽眾兩造切入，不單指媒體的「計畫編輯」而已，倘若意欲聚焦「誰」設定了新聞議題，這已是議題設定發展至九〇年代的第四階段理論[36]，也就是跨媒體議題設定（intermedia agenda-setting），意指主流媒體披露新聞後，導致其他媒體跟進而形成一連串的報導趨勢，即所謂「共鳴效果」（consonance effect）的延伸討論。

據此，欲進行跨媒體議題設定分析，需就媒體屬性與閱聽眾屬性等兩方面加以探究。而有關媒體屬性的部分，可區分為議題性質、媒體報導議題時間長短、議題地理接近性以及媒體影響力等，其中議題性質主要可區分為「強制性」（obtrusive）與「非強制性」（unobtrusive），也就是可否經由個人經驗獲知的問題，越具有切身性越屬於「強制性」。至於閱聽人屬性則

---

35 McCombs, M. E., & Shaw, D. L. (1972). The agenda-setting function of mass media. *The Public Opinion Quarterly, 36* (2), pp.183-184.

36 McCombs 與 Shaw 整理歸納指出，議題設定自 1972 年迄九〇年代共歷經四個發展階段：（一）1972-1977 年：基本的議題設定研究。（二）1978-1981 年：條件情境的議題設定。（三）1982-1991 年：新領域，其一是選民如何從報導獲得候選人的特質，其二是整體性評估，不再囿於單一層面。（四）1991 年後：關注媒體議題與議題屬性，主要集中在「誰設定了新聞議題」，跨媒體議題設定即屬於此階段的研究面向。參見 McCombs, M. E., & Shaw, D. L. (1993). The evolution of agenda-setting research: Twenty-five years in the marketplace of ideas. *Journal of Communication, 43* (2), pp. 59-60. 有關臺灣方面跨媒體議題設定的理論爬梳與反思，參見張耀仁，〈跨媒體議題定之探析：整合次領域研究的觀點〉，《傳播與管理研究》第 5 卷第 2 期（2006 年 1 月），頁 73-130。

需關注閱聽人使用頻率、人際討論、對於議題的理解等。惟因媒體屬性與閱聽人屬性間的關聯，必須經由統計數據加以檢驗，在時空相隔四十多年後的今日，有關閱聽人的回饋意向（feedback）已不可能獲得印證，僅能從當年的報章雜誌之讀者回響加以檢視，因此，本書在此部分主要關注「誰設定了報導文學議題」，也就是媒體如何傳散報導文學，即前述所提的媒體屬性、議題性質等，並佐以閱聽眾投書報章雜誌的說法，由此證諸議題設定確實形成閱聽人對於報導文學之認知。

自七〇年代《中國時報》人間副刊提倡（1975 年 7 月）迄八〇年代結合報導文學與紀實攝影的《人間》（1989 年 9 月停刊），橫跨十四餘年的時光儘管短暫，卻提供報導文學研究者一個值得關注的範疇：一方面是對於時代條件的考察，一方面即是報導文學在此時代條件下，如何展開行動？也因此，從「人間」到《人間》，本書關注的研究問題有三：

一、報導文學在場域中的傳播特質：本書旨在透過場域分析重新確立報導文學的行動性、批判性與改造性，探問報導文學的行動本質、行動的過程以及行動的效果，不僅從微觀的文本分析著手，也將從鉅觀的場域分析理解文類互動關係，由此扭轉過往視報導文學爲平面文學的刻板概念。此外，一直以來報導文學研究因爲側重文本分析、文學研究，往往輕忽其在傳播領域中的價值與功能，故諸如報導文學的傳播效應、與傳播思潮對話、論述策略等，本書將進一步深化之。

二、報導文學如何挑戰文化霸權、建構臺灣：當代之所以仍然必須談論報導文學，不在於它的文學造詣何其可貴，也不在於它曾經如何輝煌，而是它在壓抑的年代揭開了文化霸權以外的「一扇窗」。故析論七、八〇年代報導文學的崛起，也等同提供新世紀以降市場導向新聞學甚囂塵上的當下，敘事者如何重新具備「另類論述」的勇氣與策略，去面對「多樣媒體，寡量聲音」（many media, few voice）的扭曲現象。場域分析讓我們看見報導文學的位置以及行動，文化霸權理論則讓我們瞭解報導文學的特殊性與必要性，至於論述分析則讓我們看清媒體的修辭觀與認識論。

其三，報導文學與紀實攝影如何互文：過去論者少述及紀實攝影，但揆諸人間副刊提倡報導文學之初，紀實攝影即是報導文學的一環，迄《人間》

雜誌更是不可或缺的要角，故本書認為有必要針對紀實攝影與報導文學的傳播作一探析，以理解兩者如何看待「眞實／現實」？如何互文？其產製的訊息呈現何種意識形態、乃至何種鄉土的圖像？而這些圖像又如何影響了閱聽眾對臺灣的認知？

比起百科全書式的歷史資料整理，本書更關切如何在諸多報導文學文本以及理論中，進行適當的篩選與論述，將報導文學視爲一套涉及論述位置與策略的作品，而這套論述經由傳播以達成其影響效果，透過場域分析、文化霸權與論述分析的觀點，本書將報導文學發生的時空視爲立體空間而非平面，透過場域的橫座標與歷時性的縱座標，從中釐清參與場域的不同行動者如何詮釋報導文學、如何以報導文學建構臺灣以及如何產生傳播效應，乃至如何與社會運動、政治運動相呼應，在前行代論述的基礎上[37]，本書冀望爲臺灣報導文學建構動態的傳播史觀，避免淪爲檔案整理式的文本分析，也非結構決定論的宿命觀。

37 目前臺灣出版有兩本報導文學專書，包括：林淇瀁，《照見人間不平：臺灣報導文學史論》（臺南：國立臺灣文學館，2013 年初版）；楊素芬，《臺灣報導文學概論》（臺北：稻田出版有限公司，2001 年初版）。

第二章
三〇迄六〇年代臺灣報導文學傳播論

2

本書於前述歸納過往探析報導文學的五大研究視角，發現以探究「報導文學從何而來」的本體論，幾乎成爲「文獻探討」的論述套式，故而三〇年代楊逵提倡報告文學、三〇年代中國左翼作家聯盟提倡報告文學，以及七〇年代美國新新聞學影響報導文學的論調，在多數研究反覆論述下，已淪爲聊備一格而不假思索的史料爬梳，似乎意味著七〇年代的報導文學與三〇年代報告文學必然有其繼承關係，卻未能加以說明其關聯何在？又爲何必然產生關聯？

事實上，從現有資料來看，七〇年代報導文學與三〇年代報告文學並無太大關聯，此從高信疆主張以「由愛出發」作爲報導文學的核心精神，意欲破除報導文學等同三〇年代報告文學，也就是「赤色的」左翼文學論可窺知一二。起因「三〇年代文藝」在國共對峙時期，向來就是當局文藝政策之禁忌，故而對於三〇年代報告文學的論述與回顧，僅能作爲後設解讀而非當下文類繼承的脈絡。然而，本書並非否定三〇年代報告文學的重要性，相反的，本書以爲當時楊逵提倡報告文學以去殖民化、重建臺灣主體的企圖，極爲值得當代臺灣報導文學加以重視。惟基於三〇年代報告文學與七〇年代報導文學的繼承斷裂，本書主張宜將之視爲當代報導文學的對照，亦即：報導文學前此的精神爲何被忽略？是否被曲解？以及曲解的結果爲何？

於此，本書先就三〇迄六〇年代間的報導文學發展作加以爬梳，以作爲理解七、八〇年代報導文學之所以崛起的脈絡基礎。

壹、三、四〇年代臺灣報導文學傳播論：以楊逵爲論述核心

論者咸認爲陳映眞於 2001 年提出「三〇年代楊逵提倡報告文學」之觀

點[1]，使得臺灣報導文學史揭開嶄新的一頁。但早於1992年，陳映眞即曾撰文提出楊逵所撰〈報告文學問答〉[2]，惟當時並未受到學界重視，必須等到2001年底國立文化資產保存研究中心籌備處翻譯並出版楊逵全集[3]，在文獻取得容易與語言隔閡消除的情況下，「三〇年代楊逵提倡報告文學」的看法才廣爲學界所接納。

於此，必須追問的是：陳映眞爲何要提出楊逵提倡報告文學的觀點？爲何推崇楊逵的觀點？

首先，對於楊逵提倡報告文學的析論，顯然與陳映眞八〇年代創辦《人間》雜誌有關，其以八〇年代以來一貫主張的第三世界論，將報導文學崛起歸因於二〇年代第三世界殖民地的「革命風潮」、三〇年代左翼文學思潮的勃興，以及世界各民族反法西斯鬥爭的結果，其左翼性格、改造性不見容於反共主義，也不受現代主義文學青睞，如此一來，陳映眞認定楊逵之所以提倡報告文學乃起於個人向來秉持的左翼文學信仰，並斷言七〇年代中期以降的報導文學在喪失此一脈絡下，勢必無法產出具有深刻改造論的作品。

誠然，陳映眞對於七〇年代報導文學發展「尙無法產出具有深刻改造論」的觀察實屬正確，然而陳映眞以其機械式的第三世界論闡述楊逵提倡報告文學，卻架空了楊逵提倡報告文學的本意。在其論述中，楊逵提倡報告文學乃是爲了促進臺灣新文學的革命化與戰鬥化，然而此一革命與戰鬥意欲達成什麼目的？對象是誰？陳映眞並未加以說明，僅以1949年以來的極端反

---

1 陳映眞，〈臺灣報導文學的歷程（上中下）〉，《聯合報》（2001年8月18日-20日），第37版。本文係陳映眞應邀於2001年6月16日舉辦之「兩岸報導（告）文學的發展與未來研討會」所作的開幕專題演講〈從《人間》雜誌看臺灣報導文學的發展〉，後改題刊載於聯合副刊上。

2 陳映眞，〈先一時代之灼見：讀楊逵一九三七年「報告文學問答」的隨想〉，《聯合報》（1992年9月20日），第25版。

3 彭小妍主編，《楊逵全集》共十四卷，由國立文化資產保存研究中心籌備處於2001年出版。有關報導文學的論述皆收於全集第九卷「詩文卷（上）」，本書所引即以此版本爲主。惟譯者將原文「報告文學」一詞改爲「報導文學」，引發論者非議與誤解，故除了主標題外，本書盡可能保留楊逵所使用的字彙「報告文學」，未必全然依循該書譯者譯詞。

共、法西斯統治，導致臺灣報導文學長期受到壓抑等語帶過，也是因爲將楊逵置於第三世界論中，使得文中列舉楊逵於《力行報》「繼續提倡實爲報導文學的『實在的文學』」，忽略箇中的歷史脈絡，這是陳映眞向來慣於透過排比修辭以營造雄辯氣勢的論述模式，卻往往失之實質內容與佐證。

據此，本書以楊逵提倡報告文學爲論述核心，就楊逵提倡的目的、對象乃至方法等進一步說明，藉以理解三〇年代臺灣報導文學傳播論。

一、文藝大眾化與殖民地文學：報告文學作為表現手段

1937 年 5 月 16 日，由楊逵集資創辦的文學雜誌《臺灣新文學》4、5 月合併號（第 2 卷第 4 期）刊載一則徵文啓事〈募集報告文學（約十張稿紙與每月五日截稿）〉（〈報告文學を募る（十枚程度〆切每月五日）〉，文中指出：「報告文學被人稱爲文學的輕騎隊。它擁有豐富的題材及不受拘束的自由創作形式。圍繞著小孩子、店員、報社記者、教職員、官員、工人、醫生、律師、學者、百姓、無業者等職場人士或社會人士之有聲有色的喜怒哀樂。是全新的文學的豐饒園地。」[4] 該刊認爲報告文學可以透過小品文、書信體、日記體等方式呈現，甚至爲了鼓勵投稿而破例（該刊原本並無稿費）支付「薄酬」。

隨後，楊逵於 1937 年 6 月 15 日出刊的《臺灣新文學》6、7 月合併號發表〈報告文學問答〉，解釋欲借報告文學打破「文學即雕琢技巧」的扭曲心態，指出：「文學是藝術，並非雕蟲小技……技巧方面的抽象思考，只會帶來表現的窒礙不通。要解放這種窒礙不通的表現技巧，以及訓練客觀呈現的技術，報告文學是必要的文類。」[5] 亦即楊逵視報告文學乃追求眞實與平

---

4 〈報告文學を募る（十枚程度〆切每月五日）〉，《臺灣新文學》第 2 卷第 4 期（1937 年 5 月），無頁碼。此啓事係採文白夾雜之「古日文」語法寫成，爲求便於理解，譯文儘量貼近現代語法。又，《臺灣新文學》創刊於 1935 年 12 月 28 日。

5 楊逵，〈報告文學問答〉，《臺灣新文學》第 2 卷第 5 期（1937 年 6 月），頁 20。邱愼譯，〈報導文學問答〉，收於彭小妍主編，《楊逵全集・第九卷・詩文卷（上）》，頁 522。

實的文體，主張作者必須離開書房，經由思考與觀察去把握社會的現實面，最終的目的乃爲了達成「文學的社會化與大眾化」。

事實上，同年 2 月、4 月楊逵即曾分別發表〈談報告文學〉（報告文學に就て）、〈何謂報告文學〉（報告文學とは何か）[6]，連同前述〈報告文學問答〉等三文，即歷來研究者討論楊逵提倡報告文學的主要依據，論點不外乎印證三〇年代已有報導文學的存在，由此連結至七〇年代的報導文學有其「共通意涵」，並指出楊逵提倡報告文學空有理論，卻「無法望見有具體作品呈現」[7]。然而，只要稍加考察楊逵撰於 1937 年 6、7 月的〈飲水農夫〉（水呑み百姓）、〈攤販〉（行商人）等文[8]，即能瞭解楊逵不僅著墨於理論的倡導，還付諸行動撰寫相關作品，尤其在描述警察無理取締小販的〈攤販〉中，即於標題前註明該文係「ルポルタージユ」，也就是 reportage（報告文學）的日文音譯。亦即在提出三篇有關「報告文學」的論述後，楊逵仍持續針對此一文類加以闡述與實踐，甚至將理論轉化爲實際作品，意欲從地方與大眾輸入新血，讓大眾得以感知文學、親近作家，而非任由文壇與作品淪爲不知伊於胡底的象牙塔。至於楊逵提倡的報告文學是否與七〇年代報導文學一致，則應進一步追問：楊逵提倡報告文學試圖達成文學社會化與大眾

---

6 楊逵，〈報告文學に就て〉，《大阪朝日新聞》臺灣版（1937 年 2 月 5 日）；楊逵，〈報告文學とは何か〉，《臺灣新民報》（1937 年 4 月 25 日）。以上兩篇論述第一篇由涂翠花譯〈談「報導文學」〉、第二篇由邱愼譯〈何謂報導文學〉，譯文皆收於彭小妍主編，《楊逵全集・第九卷・詩文卷（上）》，頁 469-470、503-505。

7 須文蔚，〈再現臺灣田野的集體記憶：從社會運動與再現論考察下的臺灣報導文學史〉，頁 15。

8 陳水性（楊逵），〈水呑み百姓〉，《臺灣新文學》第 2 卷第 5 期（1937 年 6 月），頁 32。林泗文（楊逵），〈行商人〉，《日本學藝新聞》第 35 期（1937 年 7 月 10 日）。以上兩篇作品皆由邱愼所譯〈飲水農夫〉、〈攤販〉，收於彭小妍主編，《楊逵全集・第九卷・詩文卷（上）》，頁 533-534、541-543。又，〈水呑み百姓〉在《楊逵全集・第九卷・詩文卷（上）》改作〈水のみ百姓〉，然而應爲「呑み」才是。推論係譯者將「のみ」視作「呑み」之發音所致，惟「のみ」一般理解爲「飲み」，這也是譯文譯作〈飲水農夫〉之故。

化的目的爲何？爲何唯有報告文學能夠達成此一要求？爲何於 1937 年皇民化前夕提倡報告文學？

對此，林淇瀁整理歸納楊逵的報告文學理論架構指出：（一）就本體論而言：立基於馬克斯、恩格斯對文藝「眞實性」美學的基礎，爲大眾而寫；（二）就認識論而言：撰稿者必須透過「主觀的見解」將報導事件傳達給他人，但絕不允許憑空虛構；（三）就方法論而言：楊逵認爲報導文學比起一般文學更「重視讀者」、「以事實的報導爲基礎」、「必須熱心以主觀的見解向人傳達」[9]。

對照七〇年代報導文學之主張，與楊逵提倡報告文學頗有異曲同工之處，兩者皆強調作者走出書房、付諸行動以「看見臺灣、寫臺灣」，然而這類實踐究竟意欲達成什麼目的？林淇瀁將之歸因於「文學大眾化」的課題，也就是楊逵意欲透過報告文學來打破「文壇化」的雕琢創作，以使文學和大眾能夠相互結合。然而，只是爲了達成文學大眾化，又何必非報告文學不可？若依此對照七〇年代的報導文學，則其同樣爲了追求眞實、走入田野，那麼爲何仍遭到文化霸權的責難？換言之，楊逵在提倡報告文學以達成文學大眾化、社會化的同時，不僅爲了書寫臺灣，也爲了實現殖民地文學以對抗當局壓榨，這點在〈談「報導文學」〉中說的非常明白：「我們之所以提倡殖民地文學，是因爲我們要先寫我們所居住成長的這個臺灣社會，絕非把自己封閉在臺灣。」

所謂「殖民地文學」意欲批判、抵抗的即是殖民體制，亦即對外抵抗殖民文化的侵擾、對內則抵抗資產階級民族文化的支配，也就是說，楊逵提倡報告文學的動機，其實是伴隨著殖民地文學的討論而來，而殖民地文學修正了楊逵過往站在階級立場反抗資本主義的理念，轉而將殖民體制也視爲批判的對象，藉以達到階級立場與民族立場的結合，論者以爲殖民地文學的思索使得楊逵關懷的視角擴大了，不僅著眼於階級問題，也體會到臺灣人與日本

---

9 林淇瀁，〈擊向左外野：論日治時期楊逵的報導文學理論與實踐〉，《臺灣史料研究》第 23 期（2004 年 8 月），頁 141-142。

人之間存在的民族問題[10]。由此，揭示了楊逵的報告文學意在挑戰當權者、文化霸權，而不單是爲了破除文學的雕琢造作，也是由此觀點切入，才能印證楊逵確爲「先一時代之灼見者」（陳映眞語）。

換言之，「殖民地文學」即是認知所處的殖民環境，進而提出抗辯論述。故論者再三讚譽楊逵於 1935 年 6 月因應「新竹臺中烈震」所撰〈臺灣震災地慰問踏查記〉[11]，以及 1937 年 6、7 月陸續發表的報告文學〈飲水農夫〉、〈攤販〉等，其關鍵核心不在紀實與否，也不在楊逵是否實踐他所談及的「人道主義（ヒューマニズム，humanism）」或「文學大眾化」，而是文中如何基於思考、觀察與生活，針對國家機器乃至意識形態提出批判，以完成殖民地文學「去殖民化」（decolonization）的功能。從這個視角切入，才能彰顯楊逵提倡報告文學的意義，也才與其一貫主張文藝大眾化的理念一致，亦即「文藝大眾化」意味著經由文藝去激發大眾行動，也就是楊逵不厭其煩於論述中屢次提及 Ernst Grosse（1862-1927，德國藝術史家、社會學家）之理念：「藝術家創作的目標不僅是澈底表現自我，而且是要激發他人起而效尤。」[12]

有關「文學大眾化」所涉及的「大眾」，遠自二〇年代以來，立場迥異的知識分子即有著不同解讀，例如右翼知識分子將之理解爲「民眾」、左翼知識分子將之理解爲「無產階級」，至於新傳統主義者則將之理解爲「眾人」[13]，這也是楊逵於 1935 年下半年與劉捷展開筆戰，雙方就「大眾」一詞

10 趙勳達，《「文藝大眾化」的三線糾葛：一九三〇年代臺灣左、右翼知識份子與新傳統主義者的文化思維及其角力》（成功大學臺灣文學研究所博士論文，2009 年 6 月），頁 187。

11 楊逵，〈臺灣震災地慰問踏查記〉，《社會評論》第 1 卷第 4 期（1935 年 6 月）。邱振瑞譯，〈臺灣地震災區勘察慰問記〉，收於彭小妍主編，《楊逵全集・第九卷・詩文卷（上）》，頁 218-229。

12 楊逵，〈新文學管見〉，《臺灣新聞》（1935 年 7 月 29 日 -8 月 14 日）。陳培豐譯，〈新文學管見〉，收於彭小妍主編，《楊逵全集・第九卷・詩文卷（上）》，頁 307-308。

13 趙勳達，《「文藝大眾化」的三線糾葛：一九三〇年代臺灣左、右翼知識份子與新傳統主義者的文化思維及其角力》，頁 163。

針鋒相對[14]，楊逵批判劉捷硬將大眾區分爲「普羅大眾」和「遊食大眾」，是「沒有根據的『發明』」[15]，亦即就楊逵而言，「大眾」係相對於統治階級的眾人，且以「文化層次較低的勞工、農民」爲主，是非組織性、保守的一群，而劉捷則認爲係以「小布爾喬亞爲主體」，也就是自發的一群[16]。恰是在此基礎上，更能清楚理解楊逵 1935 年 7 月 29 日至 8 月 14 日於《臺灣新聞》發表的長文〈新文學管見〉，其提及寫實主義所欲描述的對象不僅是「個體」，還需將個體視爲全體的一部分來觀察，此處的「全體」推估係以勞工、農民爲主的大眾，故而楊逵才在論述中抨擊所謂「封閉在小小的象牙塔中的私小說、心境小說」，乃遠離社會的自然主義末流。

由此可知，楊逵於 1937 年提倡報告文學不僅是要引領臺灣作家「寫我們所居住成長的這個臺灣社會，絕非把自己封閉在臺灣」，更在於破除「文學屬於知識分子」的說法，意欲使「藝術（包括文學在內）是大眾的」、「眞正的藝術是打動人心、震撼人心的作品」，藉由報告文學排除虛假的結構、冗長的描寫以及作家的自以爲是。換言之，楊逵強力主張「文藝大眾化」，乃因其意味著與本土性、民族性的結合可以形成去殖民化的可能，故在其諸多論述中如：〈藝術是大眾的〉（藝術は大眾のものである，1935.2）、〈新文學管見〉（1935.7）、〈關於大眾：張猛三氏的無知〉（大眾について：張猛三氏の無智，1935.9）、〈臺灣文壇近況〉（臺灣文壇の近情，1935.11）等，楊逵再三闡述作家不僅爲了表達自我，也必須促使「大眾」採取同樣的積極態度，這也是楊逵推崇「眞實的寫實主義」之故。

所謂「眞實的寫實主義」乃是從「社會主義寫實主義」轉化而來，其與

---

14 有關楊逵與劉捷爭辯何謂「大眾」，參見許倍榕，《三〇年代啓蒙「左翼」論述：以劉捷爲觀察對象》（成功大學臺灣文學研究所碩士論文，2006 年 7 月）。另參見陳芳明，〈臺灣文壇向左轉：楊逵與三〇年代的文學批評〉，《臺灣文學學報》第 7 期（2005 年 12 月），頁 99-128。

15 楊逵，〈臺灣文壇の近情〉，《文學評論》第 2 卷第 12 期（1935 年 11 月）。涂翠花譯，〈臺灣文壇近況〉，收於彭小妍主編，《楊逵全集．第九卷．詩文卷（上）》，頁 414。

16 許倍榕，《三〇年代啓蒙「左翼」論述：以劉捷爲觀察對象》，頁 8。

「文藝大眾化」的探討是一體兩面。楊逵在〈藝術是大眾的〉一文裡提到：「如果主動、積極的文學不是立足於現實主義的話，目前就有陷入所謂法西斯主義的危險；沒有穩固的社會基礎，就是虛假的文學。」[17] 換言之，之所以提出「眞實的寫實主義」，在於楊逵憂心將造成排他主義的結果，也是爲了與當時文壇存在的兩種寫實主義做抗爭：一是向資產階級靠攏、見樹不見林的「自然主義的末流」；一是淪爲公式主義的普羅文學，故楊逵採取「眞實的寫實主義」這一較不具爭議的稱謂，以追求反對公式主義、具備活力、拋卻文壇式語言的普羅文學理論。他並非反對社會主義寫實主義，而是避免陷入被誤解乃至僵化教條的局面，「『社會主義寫實主義』所追求的『眞實性』，要求作家離開書房去凝視現實，這一點和楊逵提倡的『殖民地文學』路線以及作爲表現手段的『報導文學』不謀而合」[18]，因此楊逵提倡報告文學的出發點，乃是爲了實踐殖民地文學描述臺灣「眞實面貌」，以揭露殖民統治的支配現況，站在階級立場的根基上，藉由報告文學的手法去發現民族間的權力不對等關係。

因而，析論楊逵提倡報告文學必須置於其文學觀之中，否則易以偏概全，從而淪爲講究作品形式與訴諸理論論述的分析取徑，例如陳映眞在提及楊逵與報告文學的關聯時，僅就其「理論性認識」加以整理歸納指出：其一，楊逵認爲報告文學的要素乃是「思考與觀察」之辯證；其二，楊逵指出報導文學也需講究結構；其三，楊逵強調報告文學的文學性與「動能」（ダイナミック，dynamic）[19]，由此，陳映眞認爲楊逵提倡的報告文學乃是具有批判性與鬥爭性的「強烈取向」，唯獨陳映眞僅就字面之意解釋楊逵提倡報

---

17 楊逵，〈藝術は大眾のものである〉，《臺灣文藝》第2卷第2期（1935年2月）。邱振瑞譯，〈藝術是大眾的〉，收於彭小妍主編，《楊逵全集．第九卷．詩文卷（上）》，頁139。

18 趙勳達，《「文藝大眾化」的三線糾葛：一九三〇年代臺灣左、右翼知識份子與新傳統主義者的文化思維及其角力》，頁192。

19 陳映眞，〈臺灣報導文學的歷程（上）〉，《聯合報》（2001年8月18日），第37版。陳映眞於文中指出「楊逵幾次以dynamic來強調報導文學的紀實性」。

告文學，將此文類與楊逵向來被視爲無產階級作家之角色作一連結，導向楊氏乃爲「提倡報導文學來促進臺灣新文學的革命化和戰鬥化」，此一說法無異倒果爲因，畢竟楊逵並非專以報告文學爲擅，而係以文學行動家、小說家以及評論者等多重分身見長，亦即提倡報告文學與否，都無損於楊逵的「革命化和戰鬥化」。再者，楊逵提倡報告文學的動機與其說是革命化，反而應該視爲大眾化與戰鬥化，也就是經由大眾化的文學素養以激發群眾付諸行動。

二、從「鄉土素描」到「隨筆集」：報告文學的實踐

事實上，楊逵提倡「文藝大眾化」固然出於個人向來主張無產階級文學的理念，另方面也與日本文壇有關，他在〈藝術是大眾的〉一文中指出：「對我臺灣文壇而言，與日本文壇之間的關係要比與中國文壇的交流來得密切。」垂水千惠即曾對此加以闡述，指出楊逵與主張社會主義寫實主義的德永直（1899-1958，日本小說家）有著參照的密切關係，德永直與友人渡邊順三於 1934 年 3 月創刊《文學評論》，而楊逵的〈送報伕〉即是入選該刊「第一回應募原稿」第二獎，並刊載於該刊 10 月號上。

有關「文藝大眾化」的爭辯自 1928 年以來，即不斷在日本文壇交鋒著，並從中衍生出引用蘇聯作家同盟第一回組織委員會的說法，以「社會主義寫實主義」來取代原本的「唯物辯證法寫做法」[20]，其中，德永直一派即是主張引進社會主義寫實主義者。故而 1935 年 2 月楊逵撰寫〈藝術是大眾的〉，旨在回應日本文壇所發生的「藝術大眾化論爭」，文中稱許德永直「爲了擁護眞正的藝術而苦鬥的情形是悲壯的」。然而到了 1935 年 7 月，楊逵卻發表〈新文學管見〉對於「社會主義寫實主義」提出反思，認爲德永直等人自蘇聯引進社會主義寫實主義，因爲加入國家社會主義而淪爲某些單

---

20 垂水千惠原著，楊智景譯，〈臺灣新文學中的日本普羅文學理論受容：從藝術大眾化到社會主義 Realism〉，收於中央研究院中國文哲研究所、哥倫比亞大學蔣經國基金會中國文化及制度史研究中心主編，《正典的生成：臺灣文學國際研討會大會手冊論文集》（臺北：中央研究院中國文哲研究所，2004 年 7 月 15 日 -16 日），頁 72。

位的附庸，對此，楊逵深感人類言詞貧乏的悲哀，主張寧可使用「眞實的寫實主義」，避免因爲沒有穩固社會基礎而陷入虛假盲目的「社會主義寫實主義」，由此可知楊逵並非一個教條理論者，也引人好奇：前後差距不過五個月的時間，何以楊逵對於社會主義寫實主義產生了反感，轉而投向與德永直爭論「文學大眾化」的對手貴司山治（1899-1973，日本小說家、劇作家）之陣營？

乃因論戰過程中，貴司山治主張提倡文學大眾化的同時，不應因此而破壞了文學本身的藝術性，亦即除了創作者本身的努力之外，也必須提高大眾對於文學理解的教養（literacy），以有效「鬆動階級與政治的制約」[21]。在此前提下，貴司山治於1935年7月創辦了《文學案內》、10月創辦《實錄文學》以作爲實現文學大眾化與普羅大眾文學的平臺，這個做法引起了楊逵的熱烈歡迎與跟進[22]，故同年12月由楊逵創辦的《臺灣新文學》其實可以說是伴隨著貴司山治與德永直的「文學大眾化論爭」而來的雜誌，是受到貴司山治啓發而籌辦的雜誌，此從《臺灣新文學》幾乎每一期都刊登全版《文學案內》的廣告，可知楊逵對於《文學案內》的支持，乃因貴司山治認爲文藝大眾化的達成必須擁有自己的媒體以面對階級、政治等制約。

而比較《文學案內》與《臺灣新文學》的關聯，論者指出貴司山治於《文學案內》創刊詞提到，該刊乃是向勞動大眾傳授小說、詩歌等文類，這樣的理念也與楊逵向來主張文學必須普及於勞工、農民的主張若合符節。而爲了達到這個目的，《文學案內》認爲必須：一、爭取千名讀者；二、前三個月以小冊子的形式「無償奉送」；三、預付第4號開始三個月以上雜誌費的讀者將成爲「雜誌之友」。揆諸《臺灣新文學》也期許同仁可以拉到五名以上

---

21 垂水千惠原著，王俊文譯，〈爲了臺灣普羅大眾文學的確立：楊逵的一個嘗試〉，收於柳書琴與邱貴芬主編，《後殖民的東亞在地化思考：臺灣文學場域》（臺北：國家臺灣文學館籌備處，2006年初版），頁123。

22 楊逵，〈進步的作家と共同戰線：「文學案內」への期待〉，《時局新聞》第116號（1935年7月29日）。邱振瑞譯，〈進步的作家與共同戰線：對《文學案內》的期待〉，收於彭小妍主編，《楊逵全集・第九卷・詩文卷（上）》，頁278-279。

的「雜誌之友」，此外，凡是預繳半年期雜誌費即可成爲「雜誌之友」[23]，而《臺灣新文學》創刊詞更提到：「一個遵照臺灣現實的文學機關都是極有必要的……我們需要靠自己的力量相互鼓勵、並肩大幹一番。」[24]這一主張除了說明了《臺灣新文學》的創立緊扣臺灣現實，也呼應了貴司山治表達必須擁有自己的媒體以實踐「普羅大眾文學」的發聲，從中培養大眾具備文學之教養。

此外，爲了達到藝術大眾化，貴司山治在所創刊的《實錄文學》發刊詞指出：「作爲同現在的卑俗低級的大眾文學進行鬥爭、將這一領域的文學提升到原來高度的工作，提倡實錄文學，在社會上實行。」[25]從這裡，我們可以大膽推論楊逵提倡報告文學，一方面意欲貫徹向來主張文藝大眾化的信念，一方面則是受到貴司山治的啓發，這點從《臺灣新文學》創刊號上即有「鄉土素描」以及「街頭寫眞」，兩個與「實錄文學」相近的報告文學專欄獲得印證。所謂「實錄文學」，比起報導文學乃係更爲素樸而短小的文類，但其精神卻是相近的。故楊逵提倡報告文學的出發點，除了呼應貴司山治的論點外，也藉此實踐殖民地文學以描述臺灣「眞實面貌」，並揭露殖民統治的支配現況，進而激起大眾反抗而達到去殖民化的可能。

爲了達成此一目的，楊逵自《臺灣新文學》創刊號（1935.12）起開設專欄「鄉土素描」與「街頭寫眞」，以作爲發表報告文學的園地。在創刊號上，楊逵化名林泗文於專欄「鄉土素描」中發表〈我的書齋〉（私の書齊（按：齋）），該文擬仿講求眞實的日記形式，描述受資方壓迫的西裝師傅「我」，如何在「工作像瀑布那樣掉落下來」的超時勞動下，利用僅有的上廁所時間把握機會讀書與寫日記。而這樣的機會竟是來自老闆下午四點幽會情婦、老闆娘在同一時間與情夫關在房間內喝酒而獲得的空檔，揭露了資本家剝削勞工的惡行惡狀，也諷刺了資本家的糜爛生活，雖然「我」終究還是

23〈臺灣新文學社大綱〉，《臺灣新文學》第1卷第1期（1935年12月），頁I。

24〈創刊の言葉〉，《臺灣新文學》第1卷第1期（1935年12月），頁5。

25 垂水千惠原著，王俊文譯，〈爲了臺灣普羅大眾文學的確立：楊逵的一個嘗試〉，頁123-124。

想起了同村人依舊處於「嚴重的饑餓」，但因爲這份工作而得以避免母親、弟弟挨餓，所以他對於「連到廁所去都要我們在兩分鐘以內出來」的苛刻老闆，還是表示「感恩」。至於他爲什麼成爲西裝師傅，是因爲他敢於反抗地主：「將他們立在我家佃耕地『禁止入內』的牌子毀棄」，亦即自己是個敢言敢做而令人頭痛的人物。最後，「我」這麼寫著：「我這篇日記也是現在在這間廁所寫的，情況好的時候，可以在這裡偷偷地看一小時的書。這裡是我的書齋，所以我不知道外面的天氣如何，頂多以回憶秋高氣爽自己高興高興罷了。」[26] 優雅而傷感的筆觸，通篇流露著自嘲的語氣，這樣的作品竟是在權充「書齋」的廁所裡完成，不免令人啞然失笑，資本家壓迫勞工莫過於此，也說明了楊逵對於階級壓迫——地主以及西裝店老闆——的抗議與對勞工的關懷。

除了楊逵的作品外，另一篇由賴綠壑所撰的〈春之感傷〉（春の感傷）亦收入「鄉土素描」欄，旨在描述節氣變化之下的心境轉折，遙想島國上的暖春與年少無邪的夢想，而今卻意志消沉，無論是雙親乃至幸福都不在身邊，致使作者這麼寫著：「人們總在這寒冷日子到來時，才瞭解在父母膝下的溫暖日子有多麼幸福吧！我們從得到愛的日子起，同時瞭解到愛的溫暖和幸福，現在我卻因爲失去那份愛而對從前雙親的愛懷念不已……這眞是沒出息的感傷。然而，能即刻把我從前的春天還來，從這個無限的哀愁境界救贖出來的力量究竟在哪裡啊？（私を前の春に立ち返らして吳れ，無限のこの哀愁境から救つて吳れる力は何處にあるだらうか？（按：だろうか））」[27] 筆觸與描述的層面較接近抒發個人胸懷的小品文，與楊逵〈我的書齋〉帶有嘲諷現實的意味大不相同，可見楊逵主張「我們要先寫我們所居住成長的這個臺灣社會」的報告文學理念，未必在其他作者身上獲得落實，

---

26 林泗文，〈私の書齊〉，《臺灣新文學》第 1 卷第 1 期（1935 年 12 月），頁 52。廖清秀譯，〈我的書齋〉，收於彭小妍主編，《楊逵全集．第九卷．詩文卷（上）》，頁 431。

27 賴綠壑，〈春の感傷〉，《臺灣新文學》第 1 卷第 3 期（1936 年 4 月），頁 52。「賴綠壑」於《臺灣新文學》第 1 卷第 1 期目錄頁及第 43 頁皆作「賴緣壑」，本書依此改正。

尤其截至 1937 年 6 月停刊爲止，共一年多的時間，「鄉土素描」專欄除了前述兩文外，未再發表其他作品，顯見稿源極爲不足。

儘管，楊逵數度於編後語大聲疾呼踴躍投稿，但來稿量依舊不佳，使得楊逵在 1936 年 6 月的《臺灣新文學》忍不住抱怨道：「鄉土素描欄的貧弱一直受到責難，這是單靠編輯部怎樣努力都改變不了的事。我們拜託大家踴躍開拓這專欄使其日益茁壯。短評、讀後感或明信片來函都可以，我們期待能大大反映讀者們所要求的作品。因爲這雜誌對讀者的生活來說，能產生意義並得到幫助，而不是文學青年無聊玩玩的園地。」[28] 從其要求「短評、讀後感或明信片」可看出楊逵需求的報告文學形式，與他在〈何謂報導文學〉（1937.4.25）所舉的例子幾乎如出一轍，可見楊逵早在 1936 年即已思索報告文學的形式。

與「鄉土素描」同時登場的專欄，還有「街頭寫眞」，從第一期起由郭秋生以及楊守愚化名「街頭寫眞師」、「攝影手」所撰[29]。包括〈屠場一瞥〉、〈選舉風景〉（以上皆 1935 年 12 月第 1 卷第 1 期）、〈賊呵〉、〈捉姦〉（以上皆 1936 年 3 月第 1 卷第 2 期）、〈遺產〉（1936 年 4 月第 1 卷第 3 期）、〈做扣〉（1936 年 6 月第 1 卷第 5 期）、〈好額一時間〉（1936 年 7 月第 1 卷第 6 期），篇章皆充滿了諷刺時政之意味。這批作品多屬短文，內容旨在反映社會上各式各樣的人情世故與光怪陸離的現象，包括〈屠場一瞥〉描述中盤商剝削畜農的實況；〈選舉風景〉爲了獲得選票而對勞工農民鞠躬哈腰之人；〈賊呵〉、〈捉姦〉前者諷刺那些愛拈花惹草之

28〈編輯後記〉（第三點），《臺灣新文學》第 1 卷第 5 期（1936 年 6 月），頁 90。

29 有關「街頭寫眞」專欄的作者除創刊號署名「攝影手」外，其餘皆署名「街頭寫眞師」，此作者究竟是郭秋生抑或楊守愚，學界迄今仍有爭議，箇中論點參見許俊雅主編，《楊守愚作品選集（補遺）》（彰化：彰化縣立文化中心，1998 年初版），頁 115-166。陳韻如，《郭秋生文學歷程研究（1929-1937）》（東吳大學中國文學研究所碩士論文，2002 年 6 月），頁 29-32。其中，楊守愚於日記中明確指出「今天開始寫臺新七月號的街頭寫眞〈好額一時間〉」，故本書於該文署名街頭寫眞師後加以標示，參見許俊雅與楊洽人主編，《楊守愚日記》（彰化：彰化縣立文化中心，1998 年初版），頁 24。

人棄家庭於不顧，卻因返回家中偷錢被逮，後者則描述家庭內部的桃色風波，有著故事中的故事之捉姦過程。至於〈遺產〉則是常見的不孝子女爭奪遺產之故事，〈做扣〉則是後母與子媳之間爲爭奪家產與地位而勾心鬥角，而〈好額一時間〉則是描述一對務農的夫妻誤以爲神賜龍銀，最終不過是空歡喜一場。

這一系列作品對郭秋生而言，其實是延續早期1931年於《臺灣新民報》撰寫「社會寫眞」專欄而來，同樣是所謂「報導式短文」，取材自當下的社會事件、日常生活等，被日後論者視爲「臺灣早期的『報導文學』」[30]，其中有數篇描述甚爲眞實（〈好額一時間〉由楊守愚所撰）：

> 卻見那屠宰人，有的拈火柴枝，向一頭頭豚的肛門口，亂擋亂挖起來！霎時間，就見那豚的屎尿滾滾地流遍地面上。沒有流出屎尿的，他就再用起腳尖向豚腹上亂踢亂擂起來，弄得豚聲吱吱地怪叫。約莫沒半點屎尿在腹裡，才肯扛到磅秤那裡去秤量。（〈屠場一瞥〉，頁96-97）

> 穿孝服的阿二夫妻，和披著袈裟的道士，還有一些閒人，就像出喪的行列，被警官押著，跑街上過去了。越日的太陽，從東邊的山頂上露出臉來，再從西邊斜了過去。然而阿大家裡還是靜寂的，只有裕阿（按：阿裕）伯屍的（按：的屍）體，同樣挺直著。一隻黑狗子正在吃著牠（按：他）床簀下那碗「腳尾飯」。（〈遺產〉，頁97）

> 天，黑漆漆的，只有星星閃著微弱的光。茸茸的稻子上面，也有了無數的螢火蟲，一明一暗的亂照著。一大遍（按：片）的田稻裡，送來了閣閣的蛙叫聲。從那邊的竹圍下，時也叫了幾聲悽悽切切的蟪蛄。阿棕和他的妻，就在那茸茸的稻子包圍裡的長而

---

30 陳韻如，《郭秋生文學歷程研究（1929-1937）》，頁52。

又狹的田畔，踰手踰腳（按：躡手躡腳）地跑著。（〈好額一時間〉，頁100）

儘管當時的論者將之視為「小品散文」，指出類如「街頭寫眞」的作品有其諷刺性，「是印在作者腦中的事物的描寫，或是內在反映的傳達，對於作者所觀察的事物的主觀的評價」[31]，然而楊逵卻愼重其事將「街頭寫眞」以及「鄉土素描」視為實踐報告文學的重要園地，他在「編輯後記」裡這麼指出：「可以收入鄉土素描及街頭寫眞欄的報告文學作品幾乎沒有，然而這樣的輕視是不對的。以臺灣文學現在的水準來說，像這樣的短文正是臺灣文學日後產生偉大作品的前提，也是修煉表現技術不可或缺的舞臺。它是為了能成為生動踏實去描寫日常生活的片斷、社會生活一角之大作所必備的前提，也是為了介紹臺灣現實生活最好的舞臺。」[32]

以前述幾篇作品為例，〈屠場一瞥〉、〈選舉風景〉顯然都觸及了臺灣殖民者與被殖民者的現實壓迫，前者指責當局剝削養豬戶，但養豬戶面對有人指出箇中的壓榨實情時，竟又面面相覷敢怒不敢言。後者則明確指出「平時所認為知識階級的有錢人，項頸竟蔴糍一樣的柔軟，軟到好像掛不在肩胛上，而直要掉到地面般地亂晃起來」，這是對階級壓迫的反諷。此外，〈好額一時間〉男主角阿棕在談到若是發財後，意欲買二三甲地來種鳳梨，因為「種鳳萊比做田猶較有利頭」，不必被地主騷擾：今日漲田租、明日補糧稅等等，透過一對佃農夫妻誤以為在田裡挖到了一甕金銀財寶，從中揭露地主脅迫、當局課稅沉重等殖民不公的對待。這些作品泰半表達了殖民地臺灣的生活情狀，也等同陳述了殖民制度下臺灣人的生活如何遭到扭曲。

透過這些專欄，楊逵明確指出報告文學對於日後描述「偉大作品」有著極大助益，乃因它對於社會、生活有著深刻的描述，而這些描述也是楊逵

---

31 徐玉書，〈臺灣新文學社創設及「新文學」第一・二・三期作品的批評〉，《臺灣新文學》第1卷第4期（1936年5月），頁101。

32〈編輯後記〉（第七點），《臺灣新文學》第1卷第4期（1936年5月），頁106。

念茲在茲的「文藝大眾化」之實踐，亦即報告文學是足以達成去殖民化的文類。在這裡，楊逵係以鄭重的態度看待報告文學，而不認爲它是「沒有水準的文學形式」。除了設置專欄「鄉土素描」、「街頭寫眞」外，楊逵更以具體的行動於 1937 年 5 月 2 卷第 4 期《臺灣新文學》提出「報告文學募集」，透過公開徵文且給予稿酬的方式，欲使報告文學躋身與其他文類並列之地位。

此外，1937 年 6 月第 2 卷第 5 期《臺灣新文學》設置的新專欄「隨筆集」，也被楊逵視爲報告文學之一環，並在編輯後記裡指出：「只要能夠觸動我靈魂的作品，無論是哪一種範疇都不是問題。今後我想編輯各式各樣的東西。基於這樣的理由，我想大大的提倡報告文學。屬於現代文學領域的報告文學，它強調在文學方面的社會性和眞實性，對於作家眞摯的關懷社會等現實面向寄予厚望，它也是文學的新生命。」[33] 該專欄共收錄五篇作品：龍瑛宗〈爲了年輕的臺灣文學〉（若き臺灣文學の爲めに）、黑木謳子〈冬日雜稿〉、陳永邦〈住在火之國的女人〉（火の國に住む女）、吳濁流〈閑中之忙〉（閑中の忙）、陳水性〈飲水農夫〉（水呑み百姓）。

其中，楊逵以筆名陳水性撰寫的〈飲水農夫〉乃是五篇作品中最具殖民地反抗意識的篇章，描述農地被日本當局回收的農家之子，在學校與人發生衝突，當父親責問孩子爲什麼打架時，孩子回答因爲被同學林三郎捉弄強壓在水頭龍下喝水，成了名符其實的「喝水農夫」，也就是窮到只能依賴喝水而存活的佃農，這一貶抑詞使得敘述者「我」起而反抗，卻遭到林三郎偕同他的父親登門理論，放學一進家門就被父親狠狠打了一頓。等到林三郎和他的父親都走了，父親這才問敘述者「我」爲什麼和林三郎發生衝突？未料「我」回答後，竟惹得父親哭了。

楊逵在文末這麼描寫道：「『已經沒地可耕了，該如何過活？』父親說道。『爲什麼沒地可耕呢？』我問道。父親回說：『被收回去了。』」這裡的「被收回去了」意味著繳不出佃租而無田可耕，與楊逵另外一篇報告文學

33〈編輯後記〉（第二、三點），《臺灣新文學》第 2 卷第 5 期（1937 年 6 月），頁 67。

〈攤販〉提到「沒有保證金，所以沒有田」是一樣的心情。至於爲什麼沒錢繳佃租或保證金？這也凸顯佃農收入微薄不足以負擔田租，而之所以微薄很可能是受到殖民地當局的剝削，這正是楊逵意欲藉報告文學達成所謂「殖民地文學」的用意：一方面訓練寫作者的寫實能力，一方面透過寫實反映殖民地現況，進而達到去殖民化的行動實踐。

事實上，前此《臺灣新文學》已公開徵選過許多文類，諸如：1935 年 12 月舉辦「臺灣新文學賞」[34]、1936 年 3 月「全島作家競作號」[35]、4 月「評論募集」[36]、6 月「劇本募集」[37] 等，一連串的活動彰顯了致力於推動殖民地文學的楊逵，其所秉持的信念乃以文藝大眾化爲圭臬，而報告文學則爲箇中表現之手段，用以對外抗衡殖民文化的侵擾、對內則揭露資產階級的支配，這也是楊逵何以念茲在茲提倡報告文學的最終目標：「能傳達臺灣式的現實，給人臺灣式的印象。」[38] 也就是必須立足臺灣、書寫臺灣，從中接合階級立場與民族立場的實踐觀。

三、戰後報告文學再實踐：來自《大眾文藝叢刊》啓發的「實在的故事」

也是在前述的論述脈絡下，方能明白相隔十年後，何以劉捷於 1947 年 2 月發表於《臺灣文化》的〈關於報告文學〉中，必然提到「現實主義」乃至德永直、貴司山治等，這些人原是劉捷於三〇年代與楊逵爭論文學「是／不是」隸屬於大眾之際，加以批判之對象，迄四〇年代，劉捷忽而舉他們爲例指出：「評論家以及一些文學指導家，說是報告文學的形式，最適合於學習，高爾基的學習也就是這樣，德永直、貴司山治那些人即是這樣的告訴一

34〈臺灣新文學賞〉，《臺灣新文學》第 1 卷第 1 期（1935 年 12 月），頁 22。後於第 1 卷第 5 期（1936 年 6 月）第 15 頁發表審查結果，共有廿四篇參賽，計有吳濁流、太田孝等十二位作者分別入選與入選候補。

35〈全島作家競作號〉，《臺灣新文學》第 1 卷第 2 期（1936 年 3 月），頁 57。

36〈評論募集〉，《臺灣新文學》第 1 卷第 3 期（1936 年 4 月），頁 97。

37〈劇本募集〉，《臺灣新文學》第 1 卷第 5 期（1936 年 6 月），頁 90。

38 楊逵原著，涂翠花譯，〈談藝術之「臺灣味」〉，頁 476。

群他們周圍的愛好文學，志願文學的人。」[39] 於此，劉捷提出了楊逵頗尊崇的作家、「無產階級文學之祖」高爾基，指出「細讀他的文藝作品，很容易看出，他老人家是由於報告文學的形式生長的」（前引頁 15），此外，對於中國大陸的幾部報告文學作品如范長江《中國的西北角》、茅盾《速寫與隨筆》以及郭沫若、沈從文等人的作品，劉捷亦一併提及。唯獨通篇未提及楊逵提倡報告文學，僅於開場指出：「報告文學，在十年前（按：1937 年）的本省文藝上，已有人提起……」更遑論楊逵提倡報告文學乃爲達成殖民地文學之手段，顯示劉氏對於三〇年代中葉以降，與楊逵論戰「文藝大眾化」的敵對狀態依然幽微可見。

劉文開篇指出報告文學「可以對日帝國主義的殘暴，黑暗，做一種忠實的描寫，雖然未能充分達到藝術作品的境域，卻對某種事實，很可以簡明的表現出來」，又說報告文學「除去把握文學上之眞實之外，作者必有強力的社會感情，沒有社會感情的描寫，它只可以說是平面的新聞記事」（前引頁 15），由此可知劉捷對於報告文學意涵的掌握，其實與楊逵強調思考、觀察以及生活的說法若合符節，唯獨劉捷並未掌握到楊逵欲藉報告文學爲手段，扭轉囿於象牙塔之文學風氣，而從行文中也明顯可知劉捷對於此文類係抱持懷疑的態度：「沒有社會經驗，透澈的觀摩，報告文學，從何寫起……」（前引頁 15）而之所以沒有社會經驗，劉捷以爲乃因臺灣面積狹小、社會變化緩慢，故而作家很少有機會參與社會活動。

相較於劉捷的看法，1947 年 2 月的楊逵已逐漸將視野轉向「如何建立臺灣新文學」，尤其如何使文學具備「挑戰現實、和現實鬥爭」[40]，並成爲「人民的作家」：「以其智識來整理人民的生活體驗，幫助人民確切地認識其生活環境與出路……以人民的語言寫作……不斷的接觸，不斷的考察，因而達到眞實的認識與表現，這才不致爲空頭的人民作家。」[41] 亦即當劉捷依

39 劉捷，〈關於報告文學〉，《臺灣文化》第 2 卷第 2 期（1947 年 2 月），頁 15。

40 楊逵，〈夢と現実〉，《潮流》夏季號（1948 年 7 月）。邱愼譯，〈夢與現實〉，收於彭小妍主編，《楊逵全集．第十卷．詩文卷（下）》，頁 256。

41 楊逵，〈人民的作家〉，《臺灣力行報》（1948 年 8 月 23 日）。收於彭小

舊沉浸於十年前主張「文藝並非大眾的」論戰裡，楊逵已開始思索如何匯聚省內外作家，「使文學與人民大眾連繫一起，喚起群眾興趣，鼓勵群眾參加文藝工作及創抒（按：作），提倡寫實的報告文學。」[42]

在楊逵主持的《臺灣力行報》新文藝週刊第 11 期（1948.10.11），製作「實在的故事特輯」之徵文啓事與問答分別寫道：

> 假使作者們進一步去考察這些作品裡的人們（扁頭與囚人們）的來歷，他們與社會的關係，而使他們踏到這地步的因素，那麼作者與作（按：品）中人物就會發生血緣關係……這樣來，作品才會有力量地把讀者的感情發展為意志——統一的意志。創作的態度是需要這樣，就是寫「實在的故事」也不能脫離這基本態度。（中略）
> 能夠使我們感奮、高興、憤慨，傷心的事情我們皆要將其發端經過結末仔細考察一下，而把它紀錄起來，這叫做「實在的故事」，它已然曾震動我們的心，如果寫得不錯，應該也感動讀者的。在取材上、表現上採取這樣客觀認真的態度，才是「新文藝」的出路，也是文藝大眾化的捷徑。[43]

由這兩段話可知，楊逵不僅貫徹了自三〇年代以來所主張的「文藝大眾化」，也盡力推動伴隨文藝大眾化而來的報告文學，藉此喚醒群眾親近文學，他認爲作家如果能落實「實在的故事」，「只要切實地表現人民的眞實的心聲，文學有其促使人民奮起，刺戟（按：激）民族解放與國家建設的偉大力量」（前引頁 262）。

妍主編，《楊逵全集．第十卷．詩文卷（下）》，頁 258。

42 楊逵，〈如何建立臺灣新文學〉，《臺灣新生報》（1948 年 3 月 29 日）。收於彭小妍主編，《楊逵全集．第十卷．詩文卷（下）》，頁 244-245。

43 楊逵，〈「實在的故事」問答〉，《力行報》「新文藝」第 11 期（1948 年 10 月 11 日）。收於彭小妍主編，《楊逵全集．第十卷．詩文卷（下）》，頁 260-262。

事實上，「實在的故事」徵文行動還涉及了戰後臺灣清理殖民時期文學、文化，由此引發的《臺灣新生報》「橋」副刊「重建臺灣新文化」論戰。當時國共內戰逐漸趨近白熱化，因此有關「重建臺灣新文化」論戰裡的發言，有部分乃受到了共產黨在內戰中節節勝利之鼓舞。楊逵一方面鼓吹文學大眾化以批判國民黨統治，一方面也留心境外國共內戰的變化，並積極將大陸反映現實、提倡文藝大眾化的作品介紹給臺灣讀者，故而他在《力行報》「新文藝」副刊上轉載了來自上海《展望》、香港《大眾文藝叢刊》等部分文章，而這兩份雜誌其實都是地下共產黨掌握的公開刊物，這也說明了楊逵的左翼性格，儘管迄今尚無法證明他與共產黨有組織上的對應關係，只能呼應他向來主張「反映現實」論：「我們不能把臺灣看做是孤立的，爲了解臺灣的現實，大家需要了解整個的中國，整個的世界，這樣來才不致犯著『看樹不看林』的毛病。」[44]

也因此，「實在的故事」其實是仿效香港《大眾文藝叢刊》第一輯「實在的故事」專欄而來。《大眾文藝叢刊》係中國共產黨香港工作委員會文委組織直接領導的刊物，每兩個月發行一期，自 1948 年 3 月創刊迄 1949 年 3 月爲止，共發刊六輯，從第一輯起即陸續刊出「實在的故事」專欄，第一輯（1948.3.1）有六篇、第二輯（1948.5.1）有五篇、第三輯（1948.7.1）有五篇、第四輯（1948.9.1）有四篇，該刊編輯在專欄前說明：

> 「實在的故事」是一種新的文藝形式，這是參照蘇聯戰爭中所提倡的 Ture story 形式以及日本的「實錄」形式而創造的……它比報告文學要更加經濟，通俗，樸素；把人民鬥爭和生活中具有典型意義的事實，用說故事的方式樸素地記錄下來……為了加強文藝在革命中的教育和宣傳作用，我們以為這種形式的提倡是

44 楊逵，〈論「反映現實」〉，《力行報》「新文藝」第 19 期（1948 年 11 月 11 日）。收於彭小妍主編，《楊逵全集．第十卷．詩文卷（下）》，頁 264。

必要的。[45]

這段說明透露了兩點：一是「實在的故事」糅合了眞實、紀實的信念，一是《大眾文藝叢刊》之所以提倡「實在的故事」，乃是爲了記錄「鬥爭」與「生活現實」，並且達成「加強文藝在革命中的教育和宣傳作用」。這一「宣傳」的理念並不爲楊逵所接受，他主張實踐文學大眾化的同時，不應喪失了作品的藝術性，這也是日本殖民時期他認同貴司山治而提倡「眞實的現實主義」之故，乃因教條式的社會主義寫實主義隔離了大眾，因此楊逵並不像《大眾文藝叢刊》那樣擺明了將「實在的故事」視爲「宣傳手段」，他固然認同「文學抵殖」，但光是反映現實是不夠的，還要進一步考察人物的來歷、人物與社會的關係以及人物爲何變成這樣，如此一來，作者與作品中的人物才會「發生血緣關係」，也才有可能感動其他人、並且「把讀者的感情發展爲意志」。

這樣的看法其實與楊逵三〇年代主張「文學大眾化」一致，期望作家可以寫下「反映臺灣現實而表現著臺灣人民的生活思想動向的有報告性的文學」，這一刊載於《力行報》「新文藝」副刊創刊號的徵文啓事，明確表達了楊逵期望喚醒群眾親近文學、使人民奮起與激發民族解放、國家建設的力量。事實上，楊逵所欲對抗的，除了省外作家對於臺灣的誤解，還有當局對於臺灣「現實」的詮釋爭奪，例如：臺灣省行政長官公署宣傳委員會自1945年11月1日迄1947年2月27日止，共出版多冊「宣傳臺灣、建構臺灣」的書籍，包括《臺灣省行政長官公署三月來工作概要（34年10月25日—35年1月24日）》、《臺灣省政令宣導人員手冊》、《陳長官治臺言論集第一輯》、《臺灣省行政工作概覽》、《臺灣現況參考資料》、《臺灣指南》、《外國記者團眼中之臺灣》、《臺灣月刊》、《臺灣概況》、《臺

45 徐秀慧，〈二二八事件後楊逵的文化活動與《力行報》副刊研究〉，收於陳器文主編，《2005臺中學研討會：文采風流論文集》（臺中：臺中市文化局，2005年初版），頁100。有關香港《大眾文藝叢刊》「實在的故事」專欄除了本書親自翻閱之外，缺期的部分之統計乃參考自徐秀慧一文。

灣一年來之宣傳》等，其中展示的「臺灣」乃是「臺人日本化」、「臺人奴化」等論點[46]，也就是著眼於表相而非深入的理解，是一種宣傳而非楊逵念茲在茲的「反映現實」。

綜上所述，基於楊逵提倡報告文學的探討，我們確認了「理想」的報導文學本質在於「去殖民」、「看臺灣，寫臺灣」、「不允許憑空虛構，不能以事實的羅列始終其事」，要能夠有效傳達給讀者，如此才算完成報導文學。也是在這樣的脈絡下，才能清楚明白楊逵提倡報告文學的動機、過程以及結果，也才足以判讀須文蔚挖掘吳希聖發表於 1935 年 3 月的作品〈人間・楊兆佳：紀念的螺旋槳〉（〈人間・楊兆佳：形見のプロペラー〉）[47]有何意義。該文經由細緻的文本分析，意欲翻轉楊逵口中「婆婆媽媽、裝模作樣」的「楊肇嘉」，也就是指證〈人間・楊兆佳：紀念的螺旋槳〉一文並非小說而是報告文學。析論結果得出其作品形式近乎六〇年代興起之「新新聞」：具備主觀意識與優雅的文筆修辭，而作品精神則在於「反抗」當權，藉以說出當時普遍媒體「無法言說的民族情懷」[48]，並確認吳希聖一文乃是「臺灣文學史上首篇的報導文學作品」。於此，須文蔚首先釐清吳氏一文是否隸屬於報導文學的範疇，他跳脫主、客觀的傳統文體論而轉以採取「再現」（representation）的觀點，藉由再現的概念接合現實與語言之間的關聯，亦即「絕對的眞實」不可得，只能從「相對的眞實」看待報導文學。其次，須文蔚也留心到殖民地的限制，故「再現」眞實的看法，更適用於「客觀新聞」的判準，主因在於大眾媒體上的內容勢必受到殖民者干涉，故適度的小說筆法是必要的。最後，也是最重要的一點，須文蔚點出了吳希聖

---

46 張耀仁，〈建構「臺灣」：以臺灣省行政長官公署宣傳委員會之宣傳策略與論述爲例〉，「中華傳播學會 2007 年年會」（2007 年 7 月 5 日 -6 日），淡江大學。

47 吳希聖，〈人間・楊兆佳：形見のプロペラー〉，《臺灣文藝》第 2 卷第 3 號（1935 年 3 月），頁 112-125。後由陳怡君譯，須文蔚校訂，收於向陽與須文蔚主編，《臺灣現代文學教程：報導文學讀本增訂版》，頁 46-65。

48 須文蔚，〈吳希聖〈人間・楊兆佳〉之眞實再現與文體研究〉，《成大中文學報》第 30 期（2010 年 10 月），頁 165。

一文所凸顯的民族情懷，亦即對於殖民者統治加以抨擊，儘管隱而不顯，卻難能可貴。

這樣的嘗試是值得肯定的，只不過有必要理解的是作爲單篇作品，是否就足以判定其「策略形構」？亦即吳希聖撰稿時的參照文本爲何？置於他的文學作品中光譜爲何？固然須文蔚爬梳了吳氏的小說創作具備抵抗帝國文學的精神，那麼從小說過渡到報告文學，吳希聖如何認知「報告文學」此一文類理念？吳希聖發表該文時，楊逵還未提出報告文學的想法，迄 1935 年 12 月才在他創辦的《臺灣新文學》上開闢相關專欄，1937 年 2 月至 6 月間是楊逵致力於闡述報告文學理念的時期，惟隨著同年 4 月實施皇民化運動後，臺灣漢文與文學創作空間受到壓迫，連帶楊逵提倡的報告文學亦難有太大作爲，反觀中國，因爲二次世界大戰期間，報告文學如實反映戰爭而深受讀者歡迎，「因爲它的短小而尖銳的樣式，在『救亡』的運動中具有大型作品所不能負起的，不能完成的寶貴特點」[49]，卻也因爲強調現實的特質而成爲「一些政治陰謀家的工具。這些政治的陰謀家、野心家常常利用報告文做手段來攻訐敵對方面的人物或其他的一切」[50]，導致報告文學產生了「無恥的虛構」、「利用報告文做工具企圖這樣去引起讀者的不愉快，完成挑撥與離間的勾當」[51]，這幾段出自 1945 年《中央日報》中央副刊的說法，與七〇年代報導文學遭抨擊「黑色文學」如出一轍，顯見報告文學植基於「現實」的特性向來不爲當權者所喜，也就揭露了楊逵提倡報告文學的可貴，乃因它具備了挑戰當權者的可能。

貳、五、六〇年代臺灣報導文學傳播論：「寫實」如何可能？

1947 年二二八事件爆發後，政壇、文化界、新聞界等人士遭到逮捕與

49 余一夫，〈談報告文學（上）〉，《中央日報》（1936 年 12 月 11 日），第三張第 1 版。

50 吳笑生，〈報告文學的原理〉，《中央日報》（1945 年 6 月 21 日），第 6 版。

51 吳笑生，〈報告文學的原理（續）〉，《中央日報》（1945 年 6 月 22 日），第 6 版。

暗殺，肅殺的氛圍使得臺灣新文學噤聲，雖然楊逵於《力行報》新文藝週刊發表〈論「反映現實」〉、〈論文學與生活〉等，反覆強調現實之於文學的重要性，而現實又與生活脫離不了關係，然而國共內戰的激化，終究沒能使楊逵所發起的「重建臺灣新文化」獲得有效的「去殖民化」、「後殖民化」等實踐。在 1949 年楊逵因著「和平宣言」而賈禍入獄的情況下，伴隨著國民黨戰敗撤退來臺的戒嚴體制，加諸國府恐共、反共等文藝政策驅使，崇尚現實的報告文學遂被視同三〇年代左翼文學的一環，「暴露黑暗」成爲臺灣文壇認識報告／報導文學的刻板印象，如何控管報導文學的「社會主義寫實主義」，乃是五〇年代以降的文體論核心理念，也預示了報導文學被壓抑、被扭曲的命運。

也是在此脈絡下，五、六〇年代報導文學所處的位置極爲邊緣，論者恆常推論報導文學深具左翼政治色彩、蘊含寫實主義，由此推斷報導文學不見容於強調「反共」與「現代主義」盛行的五、六〇年代，是當時「罕見」、「提不得」的文類[52]。然而，只消參照以下這兩段出自朱嘯秋與王平陵的引文，將可窺見「現實」並非不存在於當時的寫作概念中：

> 文學是現實的反映，它原是現實生活的真實性的意識之反映最高形態之一，所以文學創作者便必須深入社會，在廣大的社會生活中獲取豐富的題材，通過具體的形象，來反映與表現現實的生活……因此，一個作家如果沒有充實的生活經驗，無疑的，他決不能寫出任何好的作品來的……[53]

---

52 須文蔚，〈再現臺灣田野的集體記憶：從社會運動與再現論考察下的臺灣報導文學史〉，頁 16。

53 朱嘯秋，〈寫生與深入〉，《文壇季刊》第 2 期（1958 年 6 月），頁 12。朱嘯秋（1923-2014），先後任記者、編輯、主編。1961 年創辦《詩・散文・木刻》季刊，1962 年創辦《青年俱樂部》月刊。1978 年起，接辦《文壇》月刊，並擔任中國文藝協會常務理事、中華民國青溪新文藝學會常務理事等。參見〈作家：朱嘯秋〉（無日期）。取自「2007 臺灣作家作品目錄」http://www3.nmtl.gov.tw/writer2/writer_detail.php?id=325

今天人人知道：「文藝作品是現實的反映，文藝作家的主要任務，就是反映現實。」但什麼是現實？什麼是值得用文藝來反映的現實？……現實性的意義，是指蘊藏在現象後面的真相……切實分析社會的矛盾性，透視形形色色的人類，在光天化日之下，或在神不知，鬼不曉的黑暗中，所表現的錯綜複雜的活動。[54]

前述兩則有關「文學反映現實」的說法發表於五、六〇年代，對照七〇年代提倡報導文學甚力的高信疆說法竟有不謀而合之處：「在參與社會的前提下，我們就有了很多反映現實、介入現實的努力……不單單侷限在他個人生活、情感的反應……」[55]無論是高信疆的「反映現實」，抑或前述引文：「必須深入社會，在廣大的社會生活中獲取豐富的題材」、「值得用文藝來反映的現實」，其所述的論點幾乎一致，尤有甚者，朱嘯秋陳述「現實」之於文學創作的重要性時，所舉例證也與高信疆若合符節：

我們先看左拉，他是如何地去做這工作吧：他要描寫天主教士的生活時，他到寺院裡去住幾天，觀察他們的容貌，聽他們禱告。描寫妓女，就到賣淫窟去消磨，跟妓女交朋友，並和一批有名的嫖客攀交情……巴爾扎（按：札）克在他的一篇黃金小說裡曾寫過：「我常到郊外去，看看那裡的生活方式，那裡的居民，和他們的性格……當他們大家站在一塊的時候，我也混進他們中間去，留心看他爭論各種生意經。」（前引頁 12）

54 王平陵（王仰嵩），〈現實的認識〉，《文壇》第 31 期（1963 年 1 月），頁 16。王平陵（1898-1964），浙江省立杭州第一師範、震旦大學法文科畢業。曾任暨南大學、政工幹校教授，曾主編上海《時事新報》學燈副刊、南京《中央日報》副刊、《文藝月刊》等，創作以小說及劇本爲主，參見〈作家：王平陵〉（無日期）。取自「2007 臺灣作家作品目錄」http://www3.nmtl.gov.tw/writer2/writer_detail.php?id=106。

55 杜南發，《風過群山》，頁 163。

以上，朱氏以左拉、巴爾札克爲例，指出兩位作者爲達到作品「寫生」的深刻性[56]，試圖介入描述對象的生活以體會其舉止，此一舉證同樣出現在高信疆的論述裡，只不過順序做了調換：

> 被譽為「最大的文學肖像畫家」的巴爾札克，是歐洲寫實小說的創立者。在他筆下曾寫出過兩千個不同的人物，每一個竟都栩栩如生！這種對現實人物的觀察、掌握的深透力量，來自他的信念：「個人只在和社會相關時才存在」……在以文學的筆追求真實、再現真實的小說家中，左拉也許是更澈底的一位……他晚年寫作《三都故事》之一的時候、曾在一封信裡說：「我已經做成了一千七百頁的紀錄，現在只差把它寫出來罷了。」[57]

高氏與朱氏都以左拉、巴爾札克爲例，說明文學如何從「求美」而走向「求眞」的歷程，論證脈絡幾乎一致，唯獨朱氏的說法發表於1958年，高氏則發表於1978年，兩造相隔二十年卻產生如斯雷同的主張，可知「現實」一詞並非不存在於五、六〇年代，而是不同年代對於「現實」的看法與行動有其差異，否則勢難詮釋如此巧合的論述從何而來？誠如郭澤寬析論「省政文藝叢書」（1965-1980）指出，這套以當時臺灣社會爲題材的叢書，「表

---

56 朱氏通篇以「寫生」而非「寫實」稱之，推測應與當時代迴避左翼文學有關，故相關字眼如「社會主義」改成「正義主義」、「寫實主義」改成「寫生」等。

57 高信疆，〈永恆與博大：報導文學的歷史線索〉，收於陳銘磻主編，《現實的探索》（臺北：東大圖書有限公司，1980年初版），頁36-37。本文原載《新聞學人》第5卷第4期（1978年12月），頁43-55。原題〈永恆與博大：報導文學的來龍去脈〉，係1978年11月3日高氏應政治大學新聞學人社之邀至政大新聞館進行演講，演講內容由該校新聞系第四十期學生嚴沁蕾、許曼娜記錄，經高氏加以整理寫成〈永恆與博大：報導文學的來龍去脈〉一文。另轉載於《愛書人》旬刊第117、118期（1979年9月1日、9月11日），學術／書介版（第3版）。亦被附錄於李利國，《時空的筆記》（臺北：時報文化出版事業有限公司，1979年初版），頁253-276。本書所引以《現實的探索》爲主。

現的全是臺灣經驗、臺灣鄉土」[58]，惟其與七〇年代盛行的「鄉土文學」意涵截然不同，旨在「宣傳政績」而非正視臺灣鄉土／本土的意義與價值。反映在朱嘯秋與高信疆的例子上，即是兩造論述的概念固然相同，但前者認為「寫實」的目的在於「反映這個偉大的時代……」（前引頁 13），而後者則指出「在西洋或東洋文化的大量感染之下，在經歷了種種超現實、存在的、虛無晦澀的風潮之後，也該落實到自身的環境裡」（前引頁 52），一是反映「偉大的時代」，一是「落實到自身的環境裡」，前者訴諸意識形態的「現實」，後者直視當下的「現實」，暗示不同政經條件影響下，相同詞彙產生相異的實踐取向。

同理，以「現實」爲基調的報導文學也並非不存在，即以「半官方」文藝組織中國文藝協會爲例，早自 1954 年起設置「新聞文藝委員會」，工作項目之一即在於「提倡並鼓勵『報導文學』之創作及出版」[59]，此一記載駁斥了所謂報導文學在臺灣五〇到六〇年代的文學史上是「罕見」的說法，也爲五、六〇年代的報導文學研究帶來新契機，即此一時期該關注的並非報導文學存在與否，而是該文類以何種方式存在？其與前行代及七、八〇年代的作品意涵差異爲何？此一時期向來遭到論者忽略，一方面起於國內圖書館搜尋系統建置不全[60]，一方面乃因研究者沿襲前行代說法與漠視不同典範有其不同運作方式，故有必要透過場域中不同行動者對報導文學的詮釋，及其所引發的傳播效應加以理解其在場域中的活動狀態，以證諸五、六〇年代報導文學並非不存在，而是存在的狀態與日後發展不同。從實史來看，基於國共

58 郭澤寬，〈臺灣社會「立字」形成的鏡與燈：「省政文藝叢書」中的現代化變遷書寫〉，《臺灣文學學報》第 18 期（2011 年 6 月），頁 58。

59 中國文藝協會（鍾雷【翟君石】執編），《文協十年》（臺北：中國文藝協會，1960 年初版），頁 163。文協下轄十七個委員會，其中「新聞文藝委員會」成立於第五屆理事會，而查第五屆理事會乃於 1954 年 5 月 4 日改選，參見前引書，頁 14。

60 不僅搜尋系統建置的時間起始點受侷限，部分資料亦不見容於搜尋系統中，以國家圖書館全球資訊網「臺灣期刊論文索引系統」爲例，《中華文藝》、《皇冠》、《戶外生活》之資料即難從該系統中獲取。

對峙的意識形態，官方做法從來就不只有邊緣化彼岸文類，還會祭出相關因應的反制策略，故除了打壓報告文學之外，典型的做法即是收編該文類，也就是一方面抨擊報告文學乃「共匪對內宣傳失效之物」，一方面則將其收編改造爲己所用。

對照中國大陸報告文學的發展，1963 年 3 月《人民日報》編輯部與中國作家協會舉行的報告文學座談，確立了「報告文學」正名，換言之，1949 年 10 月中華人民共和國建國後，曾一度將報告文學稱之爲「特寫」、「文藝性通訊」或「文藝性調查報告」等，並指出報告文學應該展現：一、階級鬥爭、歌頌先進人物的精神；二、必須強調革命精神；三、重視時代的眞實以及階級鬥爭的眞實，亦即報告文學具備了強烈的政治工具特質。再者，在該次會議中也指出古典文學的部分作品乃是報告文學之一環，例如《左傳》、《史記》等。由此可知報告文學在中國大陸的發展自 1949 年迄 1966 年間有著重新定義的過程，論者評述當時中國報告文學的發展指出「理論建樹顯得不足，沒有能在三十年代已經出現的報告文學理論的基礎上有重大的發展」[61]，儘管報告文學歷經轉型，但其爲政權服務的立場不變，故而在敵我對峙的意識形態下，1966 年第二屆國軍文藝金像獎於散文獎項下設置報導文學類，由此可知該獎項乃是其來有自[62]。

是故本書以爲，探究五、六〇年代的臺灣報導文學，應當關注的並非

61 朱子南，《中國報告文學史》（江西：百花洲文藝出版社，1995 年初版），頁 878。

62 1965 年 5 月 14 日由國防部公布〈國軍新文藝運動推行綱要〉第七點「作品評獎」，指出由國防部設置「國軍文藝金像獎」於每年評選優秀作品，共分十類徵文，其中第四類獎項「散文獎」包含「小品、雜文、報告文學、遊記等四種」，參見編者，〈國軍新文藝運動推行綱要〉，《新文藝》第 111 期（1965 年 6 月），頁 8。林燿德曾經提出「1966 年，國軍第二屆文藝金像獎已設立『報導文學獎』」，其論點顯然有誤，因爲報導文學乃是設置於散文獎項之下，參見林燿德，〈臺灣報導文學的成長與危機〉，《文訊》第 29 期（1987 年 4 月），頁 163。本文後收於陳幸蕙主編，《七十六年文學批評選》（臺北：爾雅，1988 年初版），頁 199-226。另收於林燿德，《重組的星空》（臺北：業強出版社，1991 年初版），頁 131-151。本書所引以《文訊》爲主。

報導文學如何去殖民化，而是報導文學在威權體制下呈現何種樣貌？從這個視角切入的解讀取徑有二：其一，官方文藝政策與單位如何看待報導文學？其二，媒體以及媒體教育如何呈現報導文學？這兩條脈絡在當時乃是相輔相成，也就是如何建構反共體制下的報導文學？除了官方運作外，這段期間最受矚目的作品當屬 1961 年由柏楊（郭衣洞）化名鄧克保所撰寫的《異域》，該書向來在屬性上究竟是報導文學抑或小說創作頗具爭議。此外，橫跨兩個年代的作家吳新榮，其自 1952 年迄 1966 年獨自踏查鄉土十五年，這位「業餘採訪家」[63] 所歷經的田野調查無非是該時代特殊的風景，這一特殊還包含了他的身分「醫師」，以致論者對其成就更爲推崇[64]，本書考量前述兩者皆係由文學家所撰，箇中內容涉及文學創作與文獻查考，故將之置於「從新聞文藝／文學到新新聞」一節加以析論，期能勾勒臺灣報導文學史上「空白」的一頁。

一、戰鬥，再戰鬥：反共體制與報導文學

五〇年代開場前夕，1949 年爆發「四六事件」導致臺灣左派組織及知識分子遭到整肅與逮捕，同年 5 月 19 日實施戒嚴令、5 月 24 日通過「動員戡亂時期懲治叛亂條例」、12 月 7 日國府遷臺，至此，臺灣被納編到國共對峙的延長戰中，也因爲 1950 年 6 月 25 日韓戰爆發，臺灣在戰略地理位置考量下被置於美蘇冷戰體系之中，迄 1954 年 12 月與美國簽定「中美共同防禦條約」，更使得臺灣與日本、韓國形成了圍堵共產政權的網絡，加諸 1950 年下半年度起美國開始給予臺灣經濟援助（economical assistance，1951-1965）與軍事援助（military assistance，1950-1973）[65]，使得國民政府

---

63 林清玄，《傳燈》（臺北：九歌出版社，1979 年初版），頁 137。該文標題爲〈洗落九重塵埃：記業餘採訪家吳新榮〉，頁 137-143。

64 莊永明在陳述吳新榮的報導文學成就時，即於圖說中指出：「以醫從文，在臺灣『以文學爲副業的醫師』中，數他的著作最豐。」參見莊永明，《臺灣紀事：臺灣歷史上的今天（下）》（臺北：時報文化出版企業有限公司，1989 年初版），頁 1021。

65 有關美援的影響已成晚近頗受重視的研究領域，與文學傳播相關者可參見王

有了喘息的空間與鞏固的地位。

作爲國民政府遷臺後的第一個十年，也是日文轉換成中文教育的頭十年，五〇年代不單在政治經濟上對於日後臺灣產生深遠影響，也對臺灣文學發展帶來新的衝擊。此一時期的文學活動宗旨乃是服務政治，而政治理所當然支配文學，從 1950 年 4 月成立中華文藝獎金委員會（以下簡稱「文獎會」）、同年 5 月 4 日成立中國文藝協會（以下簡稱「文協」），到 1951 年國防部推動「文藝到軍中去」、1953 年蔣介石發表《民生主義育樂兩篇補述》、1954 年文化清潔運動、1955 年戰鬥文藝等，在冷戰局勢與反共政策的雙重左右下，透過黨政軍的主導，臺灣文藝圈儼然確立了「反共」與「戰鬥」的文藝政策取向，文學創作場域遂淪爲行使國家機器意志、服膺政策乃至宣揚政績甚於藝術造詣的工具，此一現象尤以具備軍職身分作家爲最，例如瘂弦（王慶麟）、朱西甯、司馬中原等，其不時供稿給軍中刊物如《新文藝》、《青年戰士報》等[66]，反共、戰鬥文藝成爲五〇年代的主流價值，迄六〇年代仍與現代主義並行不墜。

在此一歷史背景下，五〇年代報導文學勢必不同於三〇年代楊逵意欲提倡報告文學以抵抗殖民者，也自然無法與中國左翼作家聯盟強調報導文學具備階級鬥爭性相類。多數論者參照報導文學於抗戰時期興起、卻遭左翼人士利用而被唾棄爲前提，推論此文類因強調介入現實、傾向社會主義現實主義，以致不見容於反共與冷戰時期，言下之意，報導文學於五、六〇年代威

梅香，《肅殺歲月的美麗／美力？戰後美援文化與五、六〇年代反共文學、現代主義思潮發展之關係》（成功大學臺灣文學研究所碩士論文，2005 年 6 月）。傳播領域方面則可參見程宗明，〈析論臺灣傳播學研究／實務的生產（1949-1980）與未來：從政治經濟學取向思考對比典範的轉向〉，收於林靜伶主編，《1998 傳播論文選集》（臺北：中華傳播學會，1999 年初版），頁 385-439。

66 瘂弦即曾於該刊發表多首新詩作品，例如〈金門之歌〉、〈偉大的星：爲領袖七秩晉九華誕而作〉，另有多篇介紹軍中詩人、軍中文藝活動等，參見瘂弦，〈金門之歌〉，《新文藝》第 94 期（1964 年 1 月），頁 40。瘂弦，〈偉大的星：爲領袖七秩晉九華誕而作〉，《新文藝》第 115 期（1965 年 10 月），頁 7-13。

權體制必然缺席，按此邏輯，前述五、六〇年代的寫實觀與七〇年代之巧合從何而來？再者，按陳映眞的看法，報導文學干預生活、改造生活的特質，與一味追求技巧玩弄的現代主義「格格不入」，則黃春明、王禎和等日後被視爲鄉土文學先鋒的作者，何以崛起於六〇年代？而邁入七〇年代後，報導文學爲何依舊遭到抨擊爲「社會寫實主義文學」？故所謂不見容、格格不入等語，都墜入文類線性化與平板化，尤其已有論者明確指出，五〇年代臺灣文壇所謂「反共寫實文學」係隨著時代變遷與美援影響，逐漸產生傾向現代主義的修正，「嘗試藉由西方文藝來改進或修正日漸八股的反共文學」[67]，亦即五、六〇年代的「寫實／現實主義」其實關乎反共主義、自由主義以及現代主義等三方角力。

五〇年代甫開場，中國文藝協會常務理事陳紀瀅於 1953 年 4 月 7 日的黨報《中華日報》「文藝」第 143 期指出：「『報告文學』興起後，一般人懷疑究竟文學作品與新聞作品有什麼差別？怎麼區別它們？」[68] 全文針對文學作品與報告文學加以比較，其中，陳氏指出報告文學的特質在於：一、把新聞文學化；二、把新聞內容加以豐富化；三、具有時間與空間性；四、具有主題性；五、美化新聞，經由這些手法「彌補了新聞文字的枯燥缺陷，使讀者既知道了新聞，又讀到了文學作品……這種體裁是新聞與文學互爲表裡，而相得益彰。這種寫法是新聞文字上的大進步，是文學上寫實主義的領域擴張」。

按陳氏字面所述，其對報告文學的認知顯然僅止於「新聞文學化」，而非四〇年代戰後批判報導文學遭有心人士利用、視其爲「政治陰謀家的工具」之看法。然而，身爲文協常務理事且曾任《大公報》記者，陳氏理應對於報告文學的良窳有著深刻理解與批判，但綜觀該文，僅批評指出「故意把一件極簡單而不重要的例行新聞硬寫成報告文學，至少是筆墨的浪費」，卻

67 王梅香，《肅殺歲月的美麗／美力？戰後美援文化與五、六〇年代反共文學、現代主義思潮發展之關係》，頁 80。

68 陳紀瀅，〈論文學作品與報告文學〉，《中華日報》「文藝」第 143 期（1953 年 4 月 7 日），第 6 版。主辦該版者爲中國文藝協會，徐蔚忱主編。

對「報告文學遭利用」這類強調報告文學行動性、影響性的觀點隻字不提，更遑論批判文類所具備的左翼色彩，不免使人納悶究竟是陳氏對報告文學的「弊端」一無所知，抑或刻意忽略？饒有興味的是，陳氏通篇從文學的角度出發，著眼於文學作品與報告文學的異同，並得出兩者可以相通的結論：「我們有理由這麼說：所有文學作品素材都是新聞資料，不過經過文學家的心靈和筆，把它誇張、組織、抽象化，和藝術化罷了。」此一說法與高信疆視「天下的好文學都沾了報導文學的福，即今之報導文學乃明日之好文學」如出一轍[69]，是對於「文學」的極端推崇，由此可知陳紀瀅與高信疆皆側重報導文學的「文學」性，惟高氏另外提出報導文學的「參與性」、「行動性」，而陳氏則致力於闡述「新聞文學化」，指出：「報告文學是美化新聞……新聞經過美化以後，不但把故事趣味地、生動地寫出，同時也使它有完整的結構和文學的意景（按：境）。」

此一視「報告文學是美化新聞」、「寫實主義的領域擴張」之看法，其實也出現在 1951 年 5 月第 1 期《文藝創作》小說〈大地震〉的創作動機中：「本來是新聞性的報告文學；但我想作一次新的試驗，站在客觀的立場，運用小說的體例來描寫，不知道能不能更眞實更容易得到文學上所需要的效果……」[70]此一運用小說體例以獲得報告文學在「文學上的效果」，其實與陳紀瀅論述報告文學的看法相近，即報告文學除了客觀之外，並不具備「文學造詣」，因此必須透過小說技法來補強其文學「寫實」、「眞實」效果，藉此將報導文學的行動性轉化爲文學修辭，透過文學「美化」新聞可能揭露的社會黑暗面，此乃依循民族主義而來的文藝看法，宣揚光明而隱晦破敗，至此，報告文學淪爲文體論之附庸，並衍生出後續的新聞文學／文藝／小說等講究修辭遠大於改造現實的作品。

多數論者認爲，有關報告文學的轉化乃是該文類沾染了「三〇年代新文藝運動」之色彩而遭到質疑，進而被馴服爲無害的文體與文類修辭。亦即「三〇年代，文藝運動則操之於左派分子與匪黨之手。他們利用『抗日』

---

69 顏元叔，〈談報導文學〉，《中國時報》（1980 年 1 月 12 日），第 8 版。

70〈編校後記〉，《文藝創作》第 1 期（1951 年 5 月），頁 158。

的大纛，來實施篡奪政權的陰謀」，在報告文學遭有心人利用而產生質變的情況下，「文藝運動的把柄，卻遺落於反對者之手；再加上政治環境，我們穩操對外戰爭之勝算，卻招致對內宣傳上的失敗。宣傳失敗中文藝工作最失敗……我們任憑毛共分子以文藝工作瓦解人心，以電影戲劇散佈毒素……」[71]，然而，這類看法顯然忽略了威權並不純然只是懲罰，還包含了規訓的過程，報告文學不是不可談，而是該怎麼談？亦即應區分成兩個層次來看：其一，五、六〇年代如何看待報告文學的「寫實／現實」？其二，依循前述，報告文學於五、六〇年代的發展情況爲何？

就第一點而言，恆常可見的論點在於反共文藝與現代主義主宰了此一時期的文學風潮，前者依循官方文藝政策，後者思索個人意志與困境；前者歸屬於集體行動，後者致力於打破傳統形式，衍生的改變即是「砸碎」與「簡化」[72]。由此，論者斷言五、六〇年代裡，前者係威權體制必然箝制的「左翼的寫實主義」，後者則爲逃脫威權監控而發展出更細緻與更難即時理解的文字密度，故而報導文學向來強調行動性、大眾化的文字必然遭到兩者捨棄或忽略，然而，這類取決於鉅觀論的觀點近年已轉入更爲細緻的微觀分析，即文藝人士如何論述寫實主義？

根據應鳳凰研究指出，這十年間官方支持的文學團體陸續創辦了近三十種文藝雜誌，透露「國民政府有意掌控文化生產，插足文學場域的強烈企圖」[73]，包括中華文藝獎金委員會創辦機關刊物《文藝創作》、軍中刊物如《軍中文摘》、《國魂》、《勝利之光》等，其中，應鳳凰針對文藝雜誌的性質將之區分爲：官方文藝雜誌類、學院派文藝雜誌類、大眾文藝雜誌類，例如《文藝創作》、《新文藝》、《文壇》、《幼獅文藝》乃官方文藝雜誌；《文學雜誌》係學院派文藝雜誌；《野風》、《半月文藝》則爲大眾文藝雜誌。於此，本書爲避免論述過於冗長與研究失焦，主要聚焦於代表官方論

---

71 兩句引文皆出自陳紀瀅，《文藝運動二十五年》（臺北：重光文藝出版社，1977 年初版），頁 2-3。

72 王文興，《書和影》（臺北：聯合文學出版社，1988 年初版），頁 185。

73 應鳳凰，〈五〇年代文藝雜誌概況〉，《文訊》第 213 期（2003 年 7 月），頁 29。

述的《文藝創作》，並由此向外擴散至與官方關係友好的《文壇》，以及軍方刊物《新文藝》作一析論。

就創刊於1951年5月4日的《文藝創作》而言，其旨在刊登中華文藝獎金委員會得獎以及錄取之作品，即文獎會的獎勵辦法有二：一為獎勵文藝創作，即獎金制度；一為徵求文藝創作，即稿費制度。前者的獎金高出後者許多，而後者係為前者獲獎的基礎，即必須獲得後者的採用且為最高稿費者，才得以應徵為獎金作品。換言之，獲獎的作者等於拿了兩次稿費，此一制度無非在確立文獎會的寫作「班底」，也因此，揆諸得獎名單可知諸如鍾雷、端木方（李瑋）、上官予（王志健）、郭嗣汾等人皆獲獎多次（參見表2），難免被視為特定人士與階級把持的文學場域。而高額的獎金也是誘因之一，以小說為例，稿酬每千字最少三十元，獎金換算則最少每千字一百元[74]，金額相差三倍多之譜，而對照1949年一名陸軍上尉的月薪為七十八元[75]，可知文獎會獎金與稿酬之高，只消撰寫千字且獲刊登即有相當近半個月的月薪稿酬，也難怪不少從軍的作者趨之若鶩，「在39年（按：1950年）5月4日以前，已收到各類稿件不下數百萬字。詩歌、散文、小說、戲劇、論文、曲譜、大鼓、小調以及各種通俗文學都以『反共抗俄』為主題，由少而多，由多而更多。社會上所有文稿都集中到文獎會來了」[76]，由此可見高額獎金成功吸引了大量的稿件，也令文獎會的政策取向宰制了作家的美學品味。

74 此處係以《文藝創作》第一期刊載之「中華文藝獎金委員會徵求文藝創作辦法」以及「中華文藝獎金委員會獎勵文藝創作辦法」計算之。前者每千字三十元至五十元不等；後者短篇小說（一萬字至三萬字）第一名三千元、第二名二千元、第三名一千元，以一萬字計獲獎第三名，則每千字一百元。參見〈中華文藝獎金委員會徵求文藝創作辦法〉，《文藝創作》第1期（1951年5月），頁159。〈中華文藝獎金委員會獎勵文藝創作辦法〉，《文藝創作》第1期（1951年5月），頁162。

75 彭瑞金，《臺灣新文學運動四十年》，頁77。

76 陳紀瀅，《文藝運動二十五年》，頁7。

表2　中華文藝獎金委員會獎勵作品獲獎名單[78]

年度	獎項	獲獎者
1950	五四歌曲獎金（無獎，一律稿費酬金）	白景山〈只要我長大〉、嘉禾（楊山華）〈反共抗俄進行曲〉、李中和〈打回大陸歌〉 、譚正律〈反共進行曲〉、佩芝（王沛綸）〈打回大陸歌〉、丁重光〈走上前線〉、星火（陳星火）〈反共大陸歌〉、方連生〈反共義勇軍進行曲〉、張哲夫〈抗俄進行曲〉、克共（劉韻章）〈前進，時代的新軍〉、于元〈從軍曲〉、李永剛〈進！進！進！〉、浥塵（葛琳）〈反共大陸歌〉、施正〈民眾反共動員進行曲〉、張龍華（張碩鑫）〈反共進行曲〉
	五四歌詞獎金	第一名：趙友培〈反共進行曲〉，第二名：章甘霖〈反共抗俄歌〉，第三名：孫陵〈保衛我臺灣〉 ＊稿費酬金：張勁〈反攻進行曲〉、紀弦〈怒吼吧臺灣〉、樂牧（康樂牧）〈懷大陸〉、張清徽〈自由生存〉、毛燮文〈我不再流浪〉、杜敬倫〈反共抗俄歌〉、郭庭鈺〈為了自由〉、劉厚純〈婦女反共歌〉、吳波〈一仗打得好〉、張奮嶽〈保衛海南〉、方聲〈保衛大中華〉、胡爾剛〈江河戀〉、林洪（林延民）〈反攻大陸回故鄉〉、何逸夫〈革命青年〉、萬銓（萬仲良）〈打回大陸去〉、小亞（曾光亞）〈反攻進行曲〉、宋龍江〈反極權反獨裁〉
	雙十節詩歌獎金	第一、二名從缺；第三名：鍾雷〈豆漿車旁〉 ＊稿費酬金：陳南夫〈臺灣頌〉
	雙十節短篇小說獎金[77]	第一名：潘人木〈如夢記〉，第二名：溫新榆〈誰殺死你的爸爸〉，第三名：涂翔宇〈陸維源之死〉 ＊稿費酬金：洪覆（楮宏溥）〈竹幕背後的軼事〉、倪清和〈游擊女將李小辮子〉
	雙十節中篇小說獎金[78]	第一名、二名從缺；第三名：端木方（李瑋）〈疤勛章〉 ＊稿費酬金：鐵吾（成彩鳳）〈鐵幕兒女〉、李光堯〈恨的教育〉

77 短篇小說字數限制爲一萬字到三萬字。

78 中篇小說字數限制爲三萬字到十萬字。

年度	獎項	獲獎者
1951	五四新詩獎金	第一名：上官予（王志健）〈祖國在呼喚〉，第二名：辛果（涂翔宇）〈啊！大陸我的母親〉，第三名：童華（張徹）〈魔鬼的契約〉、張自英〈黎明集〉、古之紅（秦孝）〈湖濱〉
	五四短篇小說獎金	第一名：李光堯〈泥娃娃〉，第二名：郭嗣汾〈黑暗的邊緣〉，第三名：溫新徠〈被騙者的覺悟〉 ＊稿費酬金：涂翔宇〈血染淡水河〉
	五四中篇小說獎金	第一名：從缺，第二名：黎中天〈死靈魂復活〉、張雲家〈為著祖國〉，第三名：端木方〈四喜子〉 ＊稿費酬金：司馬桑敦（王光逖）〈狂流〉、溫新榆〈再生〉、劉珍〈麥〉
1952	五四新詩短詩獎金	第一名：從缺，第二名：紀弦〈鄉愁〉，第三名：王藍〈我永遠不會失戀〉
	五四新詩長詩獎金	第一名：從缺，第二名：鍾雷〈黃河戀〉，第三名：從缺
	五四短篇小說獎金	第一名：從缺，第二名：徐文水〈血鬥〉，第三名：呂梁〈漁村神話〉、彭樹楷〈血濺阿西里河〉
	五四中篇小說獎金	第一名：從缺，第二名：端木方〈星火〉，第三名：段彩華〈幕後〉
1953	五四新詩短詩獎金	第一名：從缺，第二名：符節合（符滌泉）〈農人之歌〉，第三名：宛宛〈你應該拿槍〉、紀弦〈革命、革命〉
	五四新詩長詩獎金	第一名：從缺，第二名：從缺，第三名：鍾雷〈女學生和大兵哥〉，上官予〈季長青的歌〉
	五四短篇小說獎金	第一名：從缺，第二名：楊海宴〈二楞子〉、匡若霞〈迷途者的歸來〉，第三名：呂梁〈留東最後一課〉
	五四中篇小說獎金	第一名：從缺，第二名：郭嗣汾〈尼泊爾之戀〉、潘壘〈歸魂〉，第三名：胡宣積〈末日〉
1954	五四新詩短詩獎金	第一名：梁石〈祭黃花〉，第二名：紀弦〈飲酒詩〉，第三名：曹介甫〈海上進軍〉
	五四新詩長詩獎金	第一名：陳香〈紫藤花的繫戀〉，第二名：上官予〈孤女〉，第三名：侯家駒〈誓〉

年度	獎項	獲獎者
	五四短篇小說獎金	第一名：吳一飛〈風雨的啓示〉，第二名：郭嗣汾〈霧裡獻花人〉，第三名：徐文水〈蛙人的喜劇〉
	五四中篇小說獎金	第一名：從缺，第二名：端木方〈拓荒〉，第三名：涂翔宇〈夕陽紅〉、潘壘〈在升起的血旂下〉
1955	五四新詩短詩獎金	第一名：從缺，第二名：張自英〈壯麗的溪口鎮〉，第三名：華文川〈一江島〉
	五四新詩長詩獎金	第一名：從缺，第二名：蔣國楨〈庫米什的忠魂〉，第三名：毛戎〈寂寞歌聲〉
	五四短篇小說獎金	第一名：從缺，第二名：從缺，第三名：李明〈神燈〉、趙天池〈斜坡道上〉、舒亞雲〈鄰道〉
	五四中篇小說獎金	第一名：從缺，第二名：郭嗣汾〈黎明的海戰〉，第三名：徐文水〈寺院之戰〉
1956	五四新詩長詩獎金	第一名：周忠楷〈不滅的希望〉，第二名：王慶麟〈冬天的憤怒〉，第三名：左少乙〈木金的歌〉
	五四新詩短詩獎金	第一名：李夕濤〈遙寄母親〉，第二名：崔焰焜〈金門的風雲〉，第三名：符滌泉〈勵志詩集〉
	五四短篇小說獎金	第一名：從缺，第二名：蔣國楨〈克什拉草原的一夜〉、尹雪曼〈老古島〉，第三名：雲飛揚（胡正群）〈二哥〉、潘壘〈一把咖啡〉
	五四中篇小說獎金	第一名：從缺，第二名：李明〈紅蘿蔔〉，第三名：吳一飛〈女囚的故事〉、王韻梅〈養女湖〉

※ 資料來源：本研究整理。

自創設伊始，文獎會的徵件宗旨即是：「以能應用多方面技巧發揚國家民族意識及蓄有反共抗俄之意義者爲原則」[79]，亦即作品能夠凸顯「國家民族意識」以及「反共抗俄」爲主，形成所謂「命題式作文」高於創作意志的作品形式，亦即在文藝政策驅使下，致令文藝作品淪爲「宣傳」意涵遠高於「藝術」品味的工具。這一「宣傳」的手法即是強調反共寫實主義，也就是

79〈中華文藝獎金委員會徵求文藝創作辦法〉，頁 162。

主掌文協的大家長張道藩所言：

> 三民主義文藝的重視寫實，是中國文藝傳統的延續，也是時代與社會的要求……三民主義的民族主義文藝，應以寫實的創作方法為主體，綜合一部分浪漫派的表現技巧……三民主義的民權主義文藝，應以寫實的創作方法為主體，綜合一部分古典主義的表現技巧……三民主義的民生主義，應以寫實的創作方法為主體，綜合一部分理想主義的表現技巧……[80]

亦即張氏將黨國向來敏感的「寫實主義」置於三民主義之下，並設法與中國文藝傳統作一連結，從民族、民權以及民生主義等三方面切入，張氏分別闡述了民族主義事關大眾，故寫實與浪漫的結合應大眾與個人兼具，並去除「黑暗與汙穢」；而民權主義則事涉社會革命，故寫實與古典在描述「社會」與「個人」的關聯上，應使兩者「居於平衡地位，而非對立」；至於民生主義與經濟建設、各項制度有關，故其寫實的終極目標應能帶給大眾「理想的寫實主義」，張道藩不厭其煩、再三於四萬餘字的長文中反覆申述浪漫、古典乃至理想等三種流派技巧應如何變化組織與運用。他認爲此三種來自歐美文藝的流派技巧各有缺陷，不若「寫實主義的文藝，可以打破一切偏蔽錮塞，趨於中正宏大」（前引頁 4），由此說明張氏儘管試圖結合浪漫等三種流派，但其對於現實主義的要求乃超越三者，而箇中的依歸即是以三民主義爲準則。

然而，張氏對於歐美文藝思潮的接受，其實是與日俱增，在回顧 1952 年的反共文藝發展時，張氏指出：「一個不容否認的事實擺在我們面前：便是反共的文藝作品一年比一年產生得多了，廣大讀者對反共文藝作品的欣賞興趣卻一年比一年減少了。不僅是少數專家學者認爲這些作品，是屬於『宣

---

80 張道藩，〈三民主義文藝論（中）〉，《文藝創作》第 35 期（1954 年 3 月），頁 1、12-14。

傳』一類的東西；便是廣大的讀者，也把它們當作宣傳品看待。」[81]張氏認爲問題不是出在文藝宣傳的工具化，而是由於「藝術上表現得不夠」。以小說爲例，張氏認爲有幾個缺點：一、摸索不到最好的形式；二、不能瞭解小說以外的各種文學與藝術技巧；三、不注意小說的文字鍛鍊，甚至張氏嚴厲指出：「三年來反共的小說，很多是千篇一律的形式，千篇一律的佈局結構，千篇一律的敘述描寫，千篇一律的語言文字。」（前引頁 6）爲此，張氏認爲必須追求藝術與技巧層次的提升：其一，不僅要向中國傳統文藝多學習，也要向「歐美各民主國家當代的文藝傑作多學習」，使我國文藝水準「提高到與美英等民主國家的文藝水準一樣」（前引頁 7），亦即張氏不獨主張反共文學的重要性，也提出向歐美文藝作品師法技巧的必要性。然而，相對於反共寫實主義所強調的倫理教化，五〇年代的歐美文藝思潮無疑是以現代主義爲大宗，現代主義講求對於個人存在條件的探索，此與反共寫實主義顯然有著不小落差，因而張氏的說法顯得饒有興味，揭示在美援文化逐漸發揮影響力下，既有的反共寫實主義也不得不向其靠攏而進行修正，王梅香即針對張道藩的思索爬梳指出[82]：在 1942 年 9 月時，張氏認爲文藝必須腳踏實地，因而浪漫主義「不宜於我們的新文藝」[83]，迄 1953 年 5 月張氏則指出應在「寫實主義的基礎上，加上些浪漫主義的色彩和成份，較易激起他們愛國的熱情」[84]，再至 1954 年 3 月，張氏延續前述的說法指出「三民主義的民族主義文藝，應以寫實的創作方法爲主體，綜合一部分浪漫派的表現技巧」，至此，張氏已然承認歐美的文學流派可與反共寫實主義、三民主義寫

---

81 張道藩，〈論當前自由中國文藝發展的方向〉，《文藝創作》第 21 期（1953 年 1 月），頁 2。

82 王梅香，《肅殺歲月的美麗／美力？戰後美援文化與五、六〇年代反共文學、現代主義思潮發展之關係》，頁 74-80。

83 張道藩，《張道藩先生文集》（臺北：九歌出版社有限公司，1999 年初版），頁 625。出自〈我們所需要的文藝政策〉，《文藝先鋒》第 1 卷第 1 期（1942 年 9 月）。

84 張道藩，〈論文藝作戰與反攻〉，《文藝創作》第 25 期（1953 年 5 月），頁 10。

實主義作一結合，「今日及明日的三民主義的寫實主義文藝，應汲取中國傳統文藝中寫實派的優美技巧，從現代歐洲新的寫實主義再出發」[85]，由此開創反共寫實主義的高潮。

事實上，這番向歐美文學轉的歷程，早見其《文藝創作》創刊號的徵稿規則，除了徵求前述服膺文藝政策指導的作品外，另「新徵求下列文稿」：其一，有關自由中國優秀文藝作品的批評與介紹；其二，有關自由中國各種文藝運動之報導；其三，有關「歐美各民主國家近二十年來文藝思潮的分析與研究；各傑出作家及其作品的批評與介紹」[86]。此三點新徵求的稿件分別透露了《文藝創作》的意圖：首先，文藝批評其實是爲文藝創作的「路線」作一指引，避免文藝創作走向「偏鋒」，也得以適時在體制內出現路線之爭時，指導該怎麼寫？寫什麼？其次，對於文藝運動的報導，預設了報導文學已被轉嫁爲宣傳、宣揚國家政策之意涵。最後，對照《文藝創作》創刊日期乃 1951 年 5 月 4 日，恰是美援開啓之後的第二年，故徵文辦法第三點所謂關注「歐美各民主國家近二十年來文藝思潮的分析與研究」，不免凸顯箇中政經影響下，官方文藝如何回應美援的文化態度。

換言之，只消檢視《文藝創作》刊載有關「歐美各民主國家」的文藝思潮即可獲知，包括第 5 期季薇（胡兆奇）〈浪子回頭的紀德〉（1951 年 9 月，法國小說家）、第 6 期童眞譯〈辛克萊・劉易士暮年印象記〉（1951 年 10 月，美國小說家）、第 19 期鄧綏寧譯介〈威廉・福克納的小說藝術〉（1952 年 11 月，美國小說家）、第 24 期梁宗之〈現代短篇小說的性質〉（1953 年 4 月）、第 33 期盛成〈法國現代偉大詩人瓦乃理〉（1954 年 1 月）、第 38 期詩錚〈近代美國文學的源流〉（1954 年 6 月）等，凡此說明《文藝創作》對於引介、譯介歐美文學的意圖，雖不若日後白先勇、歐陽子等人所創辦之《現代文學》更具系統性，但就該刊所賦予論者與閱聽眾的反共抗俄、戰鬥文藝等印象而言，已是令人耳目一新，也揭示該刊在提倡反共寫實主義的同時，亦關注來自歐美文藝的現代主義思潮，這也一反過往論者

---

85 兩句引文分別出自張道藩，〈三民主義文藝論（中）〉，頁 12、6。

86〈本刊稿約〉，《文藝創作》第 1 期（1951 年 5 月），版權頁。

斷然二分的反共文學與現代文學之別。

換言之，從反共寫實主義到融合歐美文學攸關浪漫、古典以及理想的寫實主義，可知領導人張道藩乃至機關刊物的思路轉折。然則，張氏再三提出反共文藝作品之所以令閱聽眾，尤其是大陸同胞對這些作品的不滿足，「那必定是因爲我們反共文藝作品在創作技巧上不夠高明」[87]，此番言論引來彭歌認爲問題不在表現的技巧，而是「內容的貧乏尤爲十分嚴重」[88]，因此如何強化內容才是未來努力的重點，而不單是把「全部的創作精力完全放在狹義的反共抗俄上」（前引頁 117），此言顯然挑戰了張道藩的權威[89]，也揭示日後所謂「如何反共」的文藝路線之爭，從中衍生出三種文藝路線：一是主張自由文藝路線；一是主張戰鬥文藝路線；一是主張民生主義新寫實主義的文藝路線[90]，惟彭氏的用意旨在說明文藝應領導「反攻的工作」，而非耽溺於介紹「匪俄」的猙獰面目；再者，彭氏也指出反共作品之所以千篇一律，乃是文藝棄讀者於不顧，也就是反共文藝與人民的生活毫無關聯，因此彭氏主張「當前的文藝政策，不僅要鼓勵『蓄有反共抗俄之意義』的作品，更要鼓勵凡直接間接能有助於反共抗俄的作品」（前引頁 123-124），要能從現實生活中去激勵個人、振奮群體。

此番「命題式作文」的爭辯，不僅從反攻抗俄議論起，更衍生成日後戰鬥文藝同樣面對的問題：爲何而戰？如何而戰？唯獨這些爭論，終究依附於

---

87 張道藩，〈論文藝作戰與反攻〉，頁 9。

88 彭歌（姚朋），〈當前文藝發展方向的探討〉，《文藝創作》第 22 期（1953 年 2 月），頁 116。

89 張道藩於 1954 年 1 月號的《文藝創作》提到彭歌誤會其意，其並非只重視形式而忽略內容，然而綜觀張氏的主張始終如一，咸認爲反共文學並非內容不佳，而是技巧不足，此與彭歌的說法顯然相背反，惟此爭論並未引起後續討論，因爲「有些朋友們，認爲一談到形式與技巧，便會流於『形式主義』，只有緘默下去」，事實上，緘默的眞正原因應是張氏握有發表的「生殺大權」，這也使得張式期待的討論風潮落空，參見張道藩，〈四十二年度文藝運動簡述〉，《文藝創作》第 33 期（1953 年 1 月），頁 15。

90 長風（胡若谷），〈綜論戰鬥文藝路線〉，《文壇》第 49 期（1964 年 7 月），頁 9-10。

國家機器意志，所謂的筆下人物也只是被視爲寫作上的傀儡，無怪乎僅僅施行三年即背離讀者的閱讀口味，更遑論如何領導反攻工作。至此，可知五〇年代的反共寫實主義乃是依循三民主義、中國傳統而來，箇中揹負了反共、戰鬥、淨化人心等使命，而其受美援文化影響產生修正的結果，使得反共寫實主義與歐美文學技法試圖作一結合，而這修正了論者每述及此一時期，言必稱「反共文學」甚或「八股文學」，殊不知文藝團體並非無意識之機器，在政經環境的影響下，終究促使反共文藝團體作出適度修正。惟此修正值得留心的是：理論如何與實務作一結合？換言之，論者固然揭示了反共寫實主義修正的論點，但此論點並未有作品的佐證，很有可能淪爲「知行不一」的情況，因而所謂的反共寫實主義事實上最終仍以張氏所提出的三民主義寫實主義爲依歸，日後另由《文壇》加入戰鬥文學的呼聲，即以宣揚反攻復國、反共抗俄爲宗旨。

在張道藩及其領導的《文藝創作》影響下，報導文學必然涉及的寫實主義也淪爲服膺國府文藝政策、報導各式文藝運動的宣傳載體，由此決定了五、六〇年代報導文學的命運。據此，對照楊逵於三、四〇年代所提倡的報告文學觀來看，就認識論而言，楊氏強調「思考、觀察與生活」爲底蘊，而張氏則依循民族、民權與民生三主義爲依歸。就方法論而言，楊氏認爲應該走出書房、走進人群，最終的目標乃是完成描述臺灣、反映臺灣殖民地與殖民者的報告文學，張氏則指出必須依據「三民主義革命的現實與理想」[91]。故而報導文學並非不存在於五、六〇年代，而係與三〇年代、七〇年代以降主張的報導文學並不一致，其所關懷的社會乃是「中國神州」而非臺灣，其所宣揚的田野調查乃是戰士生活而非社會問題、臺灣風土，其所具備的本質乃是宣傳而非批判力道。

在反共寫實主義大纛的驅使下，可知三〇年代無論是楊逵或左翼作家聯盟所倡導的報告文學，皆不可能存在於當時的文壇氛圍，箇中除了暴露現實問題、主張批判改造乃至大眾化等左翼性質外，尚關乎寫實的宗旨在於反共

---

91 張道藩，〈三民主義文藝論（下）〉，《文藝創作》第36期（1954年4月），頁6-7。

與戰鬥、反迫害與爭自由[92]，此從以下《文藝創作》、《文壇》以及《新文藝》所刊載的報導文學可窺知一二。

二、戰鬥文藝與報導文學：從宣傳化到戰鬥化

從歷年獎勵文藝創作辦法來看，文獎會的徵件係以傳統分類小說、新詩、舞臺劇爲主，故報導文學僅見於徵求文藝創作辦法，而非前述的創作獎金（獎勵文藝創作辦法），亦即只發稿費而無法取得較高額的獎金。從最早的四十年度起，文獎會將報告文學納入小說項下而非獨立徵稿，可知報告文學在主事者眼中的文類性質與小說較相近[93]。初始，1951 年尚有「報告文學」投稿三件，字數約一萬三千餘字，惟全部未獲採用[94]，迄 1953 年已無報導文學的投稿，而以新詩、小說、文藝理論爲主[95]，再至 1954 年不僅沒有報導文學的類別，收稿種類更從之前的十數種銳減爲三種[96]，顯見報導文學在文獎會中並非主流，更遑論採用。即使採用，箇中刊載的報導文學多在呼應官方反共文藝政策或軍中前線參訪紀實，例如王藍〈金門之行〉（1955.9-10，《文藝創作》第 53-54 期）、王集叢的〈訪問澎湖記〉（1955.12，《文藝創作》第 56 期）等，顯見官方文藝單位已將報導文學定調爲宣傳作戰、強調反共的報導文體[97]。

---

92 此處的「迫害」並非左翼思潮所謂的反抗強權，而係反抗「共匪」惡行，《文藝創作》通常於邊欄刊出這類標語：「爲反迫害反奴役而戰！」「爲爭自由爭生存而戰！」參見《文藝創作》第 18 期（1952 年 10 月），頁 125。

93〈中華文藝獎金委員會徵求文藝創作辦法〉，《文藝創作》第 1 期（1951 年 5 月），頁 160。

94 張道藩，〈一年來自由中國文藝的發展〉，《文藝創作》第 9 期（1952 年 1 月），頁 3。該年度徵稿類別共計有十七種。

95 張道藩，〈四十二年度文藝運動簡述〉，頁 2。該年度徵稿類別共計有十五種。

96〈中華文藝獎金委員會四十三年度徵求文藝創作辦法〉，《文藝創作》第 33 期（1953 年 1 月），無頁碼（末頁）。分成詩歌、小說以及戲劇等三類。

97〈本刊第一期至第十二期總目錄〉，《文藝創作》第 12 期（1952 年 4 月），頁 138。

事實上，從《文藝創作》將報告文學納入小說一類的徵文辦法之中，可知其所採用的作品乃是小說，只不過冠以報導文學之名，或冠以報導之遊記，前者係以虛構爲本體論，後者則旨在闡述官方或軍方主導的前線參訪紀實；前者遠離了報導文學強調眞實爲主體的基調，後者則呈現了《文藝創作》所主張的寫實乃需根植於反共、戰鬥等意涵，因此類如王藍所撰之〈金門之行〉動輒述及「壯哉軍醫院」、「摸哨！摸哨！摸哨！」[98]，而王集叢的〈訪問澎湖記〉則透過漁民證詞闡述了「大恩人周連長」的愛民之情[99]，凡此揭露報導文學的底蘊乃是「宣傳的眞實」，而非秉於「反思的紀實」。以報導文學必然涉及之眞實論爲例，《文藝創作》在文藝理論曾數度述及「眞實」的意義，惟其「眞實」或「寫實」係指「民生寫實主義」：「基於民生史觀，認爲現實並非完全物質的，而是以民生爲中心由精神與物質兩者合一而成的」[100]，即論者試圖將「寫實」一詞導向「心物合一」，是客觀與主觀的統一，而非如共產黨的寫實主義一味強調「辯證法的唯物論」，也就是一味以自身主觀去「扭曲事實」。至於作品如何反映現實，論者指出：「除了反映正確的現實而外，一併也要反映理想的人生。現實固然有其光明的一面，也有其黑暗的一面，而理想的人生則應該努力化黑暗爲光明，爲繁複的人生指出一條光明的康莊的大道！」[101]換言之，多數論述視「共匪」所反映的現實乃「政治性的宣傳所歪曲了的現實」，即使提出「社會改革」這樣敏感的字眼，論者也試圖將之導向「使這地球成爲極具正義與自由的樂土」[102]，對照七〇年代報導文學受到反方人士圍勦之說詞，前述的主張幾乎

---

98 王藍，〈金門之行（報導）（上下）〉，《文藝創作》第53-54期（1955年9-10月），頁21、40。

99 王集叢，〈訪問澎湖記〉，《文藝創作》第56期（1955年12月），頁53-54。

100 王集叢，〈論創作方法〉，《文藝創作》第37期（1954年5月），頁101。

101 社論，〈反映現實與反映人生：略論戲劇上的一個問題〉，《文藝創作》第63期（1956年7月），頁2。

102 梁宗之，〈左拉的自然主義文藝〉，《文藝創作》第43期（1954年11月），頁57。

與七〇年代的尹雪曼（尹光榮）、吳東權等人如出一轍。

而從前述可知，反共寫實主義固然在美援文化的影響下，曾向「歐美各民主國家當代的文藝傑作多學習」，然而最終在反共抗俄的強勢文藝政策主導下，主題仍以服膺國府文藝政策、報導各式文藝運動爲主，此從《文藝創作》第 18 期指出，將自 19 期起增加「各民主國家最近文壇的報導文章」[103]可知一二，即所謂報導文學乃是工具性的載體，故前述陳紀瑩從「文學美化新聞」的角度出發，指出報導文學的提出乃是「寫實主義的領域擴張」。換言之，論者係從文學的角度去析論報導文學，故而報導文學的「報導」功能只是附加屬性，核心命題仍在「文學」，而文學的創造必須服膺反共抗俄的文藝政策，故張道藩在述及如何普及戰鬥文藝時，指出「新聞與文藝要密切合作」，因爲「文藝作品的能否普遍和深入，固然要靠文藝界自己的努力，而有賴於新聞界的支持」[104]，即所謂「新聞」與文藝的合作乃是藉助媒體的傳播影響力，而非產生報導文學此一文類，這類想法迄六〇年代仍是根深柢固的主流，認爲新聞媒體不過是傳播的載體，文藝作品只要能夠於媒體曝光，自然能夠促進戰鬥與反共氛圍的形成，殊不知，傳播內容良窳、傳播的認識觀往往才足以左右閱聽眾有效認知與否。由此可知，《文藝創作》所提倡的寫實觀無非旨在傳達光明、積極、向上之目的，對照報導文學向來傳達社會問題的寫實主張儼然不同，加諸不受文獎會青睞採用，報導文學遂在《文藝創作》中淪爲邊緣化文類。

事實上，不單是《文藝創作》所主張的報導文學具有政治宣傳目的，即是另一本甚爲知名的文學刊物《文壇》亦將報導文學視同宣傳工具，而非具備探究社會現實的利器。這本 1952 年 6 月創刊的雜誌，曾因銷量不佳而一度停刊，後於 1957 年 1 月重新復刊改爲《文壇》季刊，後自 1961 年 6 月起，恢復爲月刊[105]，主要刊登文藝理論、散文、新詩以及長中短篇小說，尤其

103〈編後〉，《文藝創作》第 18 期（1952 年 10 月），頁 125。

104 張道藩，〈戰鬥文藝新展望〉，《文藝創作》第 57 期（1956 年 1 月），頁 4。

105 穆中南，〈本刊進入第十年：兼談恢復月刊〉，《文壇》第 12 期（1961 年 6 月），頁 6-7。

小說部分，即使長達十餘萬字的作品亦一次刊完，每期雜誌約一百三十頁、總字數達三十餘萬字，字數容量驚人。

在發行人穆南中的堅持下，《文壇》自始即肩負「戰鬥文藝」的使命，此一強調「戰鬥文藝」的路線，曾引起胡適在中國文藝協會會員大會演講時批評，認為「一個自由國家裡面，政府對於文藝應該完全取一個放任的態度，這完全是對的」[106]，此番言論引起穆中南的反對，認為所謂的文藝政策未必有一個實體，而是一個共同的認識，即「共匪所給我們老百姓的痛苦」，也因此「我們所要的文藝政策，是輔助文藝業務，糾正錯誤的意識如赤色的作品，保障作家的創作自由」[107]。而任卓宣更將文藝政策的施行與憲法作一連結，指出不要求文藝政策，就有「不實行憲法，不加強反共，不發展文藝之嫌」[108]，自由主義與反共主義兩方陣營激烈交鋒，惟反共與戰鬥聲浪在《文壇》復刊初期顯然占了上風，再三申述戰鬥文藝的重要性，並指出戰鬥文藝路線包含的範圍最廣也最適用，無論是自由文藝路線、民生主義新寫實主義路線等，皆可歸入戰鬥文藝之流，乃因「這是一個戰鬥底時代」，「凡是與非戰鬥及反戰鬥的一切文藝作品進行戰鬥的文藝活動，以及一切具有建設性的文藝創作或文藝活動，也都是戰鬥底文藝」[109]。

儘管反覆強調戰鬥文藝路線，但該刊反對「反共八股形式主義的作品」，殊不知過度提倡戰鬥文藝也是一種「八股」，因而在以文藝「激起國民的愛國心反攻大陸撲滅共產主義思想與共產社會的生活」[110]的前提下，已然可以預知報告文學之於《文壇》，將非三〇年代用以「誇大和歪曲性的」批判社會文類，而係與戰鬥文藝相關的作品，是瞭解反共戰役、軍中與

---

106 胡適，〈中國文藝復興・人的文學・自由的文學：五月四日在中國文藝協會會員大會講演全文〉，《文壇季刊》第2期（1958年6月），頁6。

107 兩句引文皆出自穆中南，〈關於文藝政策〉，《文壇季刊》第2期（1958年6月），頁5。

108 任卓宣，〈文藝政策論〉，《文壇季刊》第4期（1959年5月），頁7。

109 兩句引文分別出自長風，〈綜論戰鬥文藝路線〉，頁10、12。

110 兩句引文皆出自穆中南，〈本刊進入十五年〉，《文壇》第72期（1966年6月），頁7-8。

戰地生活的工具，此從論者歸納哪些文藝屬於「共匪所說的『三十年代文藝』」可知一二：

> 一類是散文，又稱雜感……一類是報告文學，又稱報導文學，即現在稱作「特寫」一類的文章。這類文章，本來係以真切而生動地反映某一個地方的情況或某些事件的真相為旨趣，是新聞報導的方式之一，而較之一般新聞（指電訊或本報專訊之類）更富有感染力。但是，共匪早在「三十年代」便已利用這類文章，作誇大和歪曲性的報導……對於我們的政治和社會情況，則歪曲地描繪得如同人間地獄，「黑暗」和「悲慘」萬分，藉收「美化自己，醜化敵人」的宣傳效果。[111]

在「共匪善於利用那些政治色彩並不明顯的作家用『超然』的姿態來寫這類文章」（前引頁 10）的前提下，「黑暗」與「悲慘」成了報告文學的罩門，是故，包括楊逵於三〇年代曾提及的茅盾所編之《中國的一日》、夏衍《包身工》，乃至過往論者必然提及的德國報導文學家 Kish 之《祕密的中國》皆被視爲「爲匪張目」，此番刻板印象迄七〇年代報導文學興起時，仍舊深植於不少論者之中，故而報導文學等同「黑色文學」或「赤色文學」。事實上，「超然」的文體認知與「主觀」的撰寫意志，恰是報告文學之於五、六〇年代的尷尬處境，也是報導文學置於七〇年代仍受到非議之處。兩者都是對於三〇年代左翼文藝餘緒的忌憚，由此可知《文壇》所刊載的報導文學作品勢必朝向正面、積極、帶有宣傳意味，期許藝術家和作家「寫出戰鬥報告文學……以表現反共戰鬥精神，激勵反共戰鬥情緒」[112]。

檢視《文壇》自復刊第 1 期迄 1969 年 12 月第 114 期所刊載的報告文學作品，就數量而言幾爲鳳毛麟角；就內容而言則與「戰鬥」或「正面消息」有關，包括 1966 年 6 月重提（施卓人）〈折不斷的蘆葦〉書寫一名有志於

---

111 長風，〈論三十年代文藝（一）〉，《文壇》第 82 期（1967 年 4 月），頁 9。
112 長風，〈綜論戰鬥文藝路線〉，頁 18。

創作的家庭婦女，如何進入中國文藝協會所設的文藝研究班小說組就讀，乃至日後患病開刀等歷程[113]，文章採取正敘法寫成、平實交代了考進文藝研究班的心情，儘管呈現了箇中過程，但與三〇年代楊逵所提倡的報告文學抑或七〇年代高信疆提倡的報導文學，其精神與內容皆相去甚遠，反較接近記錄個人生活的散文，尤其文末提到講師王藍談論郭良蕙的《心鎖》，一味附和王氏的抨擊而渾然沒有自己的看法，只做到了紀實而毫無報導文學價值可言。至於李芳亭〈烽火憶〉[114]則是描述與共軍作戰過程中，包括戰爭的殘酷與飢餓的痛苦，穆中南在編後語如斯寫著：「『烽火憶』雖然是作者報導眞實的經過，但有人物，有故事，有主題，是用小說的手法表現出對匪作戰的勇敢……這和新聞記者的筆下不同，非身臨其境的人，無法表現得這麼逼眞。」[115]由此可知穆氏對於報告文學的認知在於：其一，求眞；其二，求文學的表現，也因此〈烽火憶〉一文固然冠上「報告文學」一詞，卻在目錄裡編入「長篇小說」一類，顯示報告文學在當時的分類並不清楚。

除了前述兩篇被冠予「報告文學」的作品，其餘多爲官方藝文單位所策畫的作家下鄉訪談或抒發個人感懷之散文，如劉枋以及張放參與文藝界所舉辦的「仁愛計畫」訪問團，分別寫成〈在「仁愛」的氛圍中旅行〉、〈旅行記感〉[116]；而呼嘯（胡秀）與季薇參與國軍新文藝運動輔導委員會澎湖地區訪談工作，分別寫成〈澎湖行〉、〈黃沙碧海青天高：澎湖七十二小時〉[117]；至於盧克彰以及朱介凡則同樣參與國軍新文藝運動輔委會嘉南地區

---

113 重提，〈折不斷的蘆葦（報告文學）〉，《文壇》第72期（1966年6月），頁82-97。重提日後亦出版了多本著作，包括《愛的書簡》、《家有餘歡》等書。

114 李芳亭，〈烽火憶（報告文學）〉，《文壇》第79期（1967年1月），頁154-177。

115〈編後〉，《文壇》第79期（1967年1月），頁178。

116 張放，〈在「仁愛」的氛圍中旅行〉，《文壇》第71期（1966年5月），頁6-11。劉枋，〈旅行記感〉，《文壇》第72期（1966年6月），頁60-62。

117 呼嘯，〈澎湖行〉，《文壇》第87期（1967年9月），頁16-17。季薇，

的訪談工作，分別寫成〈金門紀行〉、〈嘉南行〉[118]，這幾篇作品固然都涉及地域風景人情的報導，但多侷限於軍方或官方的安排，故流於走馬看花、應酬抒懷，劉枋即寫道：「我們如此匆忙一跑而過，只落得一個『我走過橫貫公路』而已。」（前引頁 62）既難以成就文學造詣，更遑論完成報導的可感與可信度。由此，也可推知穆中南所創辦的文藝函授學校中，分設的「新聞班」無非是以報導國家發展、強調反共復國、新聞戰鬥爲主[119]，並非秉持新聞專業、關注公共利益、挖掘社會問題。

值得注意的是，儘管報導文學在《文壇》中並未獲得重視，但 1967 年 9 月《文壇》第 87 期卻曾以《冷血》的作者 Truman Garcia Capote 作爲封面人物，由尹雪曼撰文介紹 Capote，指出《冷血》係一部「非虛構小說」，「描寫的雖然是眞人眞事，甚至每一個字，每一個想像，都是眞實的；但它跟凱波特（按：Capote）過去所寫的虛構小說，卻幾乎是一模一樣，裡面充滿了怪誕和奇異」[120]，尹雪曼認爲該書與其說是 Capote 融合了小說技法與眞實事件，倒不如說是該書凸顯了「美國的悲劇」、「時代性的悲劇」，顯示尹雪曼在介紹這本涉及凶殺案的作品，仍不免回到文藝政策所主張的倫理教化。惟尹雪曼認爲：「我們有多多提倡『非小說（的）小說』的必要。這種非小說的小說，由於它第一個著眼點在於發掘社會問題，所以很接近於近年來若干朋友們所研討的『新聞文學』。」[121] 由此可知，非虛構小說在尹氏的認知中，係以「挖掘社會問題」爲出發點，此點又與興起於六〇年代初

〈黃沙碧海青天高：澎湖七十二小時〉，《文壇》第 87 期（1967 年 9 月），頁 18。

118 盧克彰，〈金門紀行〉，《文壇》第 89 期（1967 年 11 月），頁 9-12。朱介凡，〈嘉南行〉，《文壇》第 89 期（1967 年 11 月），頁 13-17。

119 該校共分六個班級：國文先修班、國文進修班、文學班、小說班、新聞班、小說研究班，其中除小說研究班修業一年外，其餘各班皆修業半年、共廿六週。參見〈文壇函授學校招生〉，《文壇》第 92 期（1968 年 2 月），封底。

120 尹雪曼，〈杜魯門・凱波特和他的「冷血」〉，《文壇》第 87 期（1967 年 9 月），頁 15。

121 尹雪曼，〈從美國文壇上的兩個問題談起〉，《文壇》第 42 期（1963 年 12 月），頁 13。

的新聞文學相類。然而，參照六〇年代所出版的一系列新聞文學著作，箇中普遍未著眼於「社會問題」，反而多關注「文學」如何運用於報導之中（參見本書下節「從新聞文藝／新聞文學到新新聞：報導文學修辭論」），故尹氏的認知顯然與時下討論有不小的落差。

事實上，穆中南稱許尹氏寫作風格趨近 Capote 指出：「因爲他做新聞記者，已有二十年。本身在文學創作上的造詣，又相當的高。雖然，他自謙他過去的作品都不夠好；但一位作家能在讀者印象中，歷久不衰，也足以證明他的作品，必有感人的地方。」[122] 倘若非虛構小說與新聞文學如尹雪曼所言，係著眼於「發掘社會問題」，則向以提倡戰鬥文學著稱的穆中南，如何能將 Capote 與尹雪曼作一聯想？故尹氏對於非虛構小說的認知固然是準確的，但新聞文學在臺灣的發展乃是擇取箇中文學主觀意識，縱使觸及社會問題也僅著眼於「過去大陸上宣傳赤化的文藝，現在可說已絕跡於臺灣——即說未曾絕跡，至少不敢公開活動……惟有黃黑二類，雖屢經大力抑制，惡風仍未稍戢，這不獨是文藝界的責任，一般社會也該通力合作纔行」[123]，即如何發奮圖強、自強不息才是新聞文學所關注之處。

除了視報導文學爲宣傳工具、戰鬥工具外，尚有將報導文學視爲軍事作戰的手段，箇中以《新文藝》爲代表，其前身係 1950 年 6 月 1 日創刊的《軍中文摘》，後 1954 年 1 月更名爲《軍中文藝》，又於 1956 年 4 月更名爲《革命文藝》，迄 1962 年 3 月再更名爲《新文藝》，後於 1983 年 7 月起與《國魂》合併出版[124]。由此簡介可知《新文藝》所表徵的軍方立場，故在軍方視文藝乃戰鬥體系的一部分，報導文學的意涵與取向已不言而喻。惟在六〇年代初新聞文學崛起的影響下，報導文學的意涵被歸入講究文學造詣的一環，此從第一屆國軍文藝大會散文組逕付討論時可知：

---

122 穆中南，〈創作三十年的尹雪曼〉，《文壇》第 69 期（1966 年 3 月），頁 29。

123 蘇雪林，〈談文藝功用與其對國民品性的影響〉，《文藝創作》第 57 期（1956 年 1 月），頁 10。

124 張騰蛟，〈筆與槍結合的年代：簡述早期軍中文藝及文藝刊物之興起與發展〉，《文訊》第 213 期（2003 年 7 月），頁 39-40。

報導文學應否列入散文範圍，曾引起代表們的熱烈討論，認為報導文學應劃出散文圍範（按：範圍）之外。現任中副主編的名作家孫如陵先生，也採取同樣的見解，他說，報導文學應屬新聞文學，與普通的散文稍有不同，報紙上的「特寫」文字就是一種報導文學，在未來的反攻聖戰中，報導文學運用最廣，這種文字也最難寫，必須具有新聞文學的素養，再加上流暢生動的文筆和純客觀的態度，才能寫出一篇成熟的報導文章。[125]

由此可知報導文學的歸屬問題並非七〇年代才受爭議，早於六〇年代即已提出，且納入散文類型中予以討論，此後 1965 年 5 月 14 日由國防部所公布的〈國軍新文藝運動推行綱要〉第七點「作品評獎」，即指出由國防部設置「國軍文藝金像獎」，旨在評選每年的優秀作品，其下共分十類徵文，其中第四類獎項「散文獎」包含「小品、雜文、報告文學、遊記等四種」[126]，故八〇年代末向來被論者沿襲引用、由林燿德所提出的論點「1966 年，國軍第二屆文藝金像獎已設立『報導文學獎』」[127]，顯然未深入瞭解國軍文藝金像獎並無報導文學獎項，而係置於「散文獎項」下。從前述國軍文藝大會的討論，也可知文壇對於報導文學的認知尚停留於新聞文學的討論，也就是接近「新新聞學」的理解：

在分組討論散會以後一位名記者告訴我，報導文學不一定要以純客觀的態度去描寫，它可以注入作者的情感，把讀者吸引到所

---

125 方里，〈散文的路線：散文作家座談會雜記〉，《新文藝》第 110 期（1965 年 5 月），頁 22。

126 編者，〈國軍新文藝運動推行綱要〉，《新文藝》第 111 期（1965 年 6 月），頁 8。

127 林燿德，〈臺灣報導文學的成長與危機〉，頁 163。此處稱「報導文學獎」並不恰當，宜稱爲「報導文學類」，因其係置於「散文獎項」下，參見〈第二屆文藝金像獎評選準則〉（第三點第三項「散文——報導文學」），《新文藝》第 118 期（1966 年 4 月），頁 113。

> 描寫的事態中去，發生共鳴作用。這位名記者也是應邀出席大會，而擔任散文組的指導，他同意將報導文學劃出散文範圍之外，另成一個單元，與其他文藝門類同時設立獎金，為軍聞工作人員開闢一條努力的道路。[128]

由此可知彼時報導文學的意涵係以文學造詣、改造新聞報導爲宗旨，主要著眼於宣傳而非介入或批判，此一論點也呈現於張道藩、蘇雪林、謝冰瑩等人爲響應國民黨第九屆五中全會所通過的「當前文藝政策」，聯名發表專文〈我們爲什麼要提倡文藝〉指出：「一般新聞報導都是事實的紀錄，新聞評論是對事實發表的主張……但若僅有這兩部分，仍未能盡其傳播的能事；必須注重文藝性的內容和技巧……假如從新聞中除去文藝，所剩下的將只有複雜的事實，瑣碎的知識，公式化的報導…… 」[129] 此語無非將文藝的功能極致化，似乎新聞報導失去了文藝即失去了文類作用，也凸顯所謂文藝與新聞的結合乃是爲表彰文藝底蘊，而文藝則爲激勵士氣而來。來自聯勤的文藝工作者即再三陳述「新文藝的路線，應澈底與官兵員工的生活結合、工作結合、生產結合、戰鬥結合」，其中在聯勤文藝的進程中，「報導文學的確有其特出的成就，這些文藝作家們，他們把自己的彩筆先與員工們的工作、生活密切結合起來，在基層中發掘寫作的素材，這些素材多半是描寫員工們在生活工作中的優良事蹟，以及他們的精神表現」[130]，透過主、客觀的態度與文藝的筆調，論者認爲這批作品充分表達了官兵員工的心聲和功勞，而這些說法無非將報導文學視爲戰鬥文藝的附庸。

基本上，從第一個時期的戰鬥文藝迄第二階段的革命文藝，《新文藝》乃是作爲推廣第三階段的「新文藝運動」之開展[131]，也就是致力於宣揚國

---

128 方里，〈散文的路線：散文作家座談會雜記〉，頁 22。

129 張道藩等，〈我們爲什麼要提倡文藝〉，《新文藝》第 142 期（1968 年 1 月），頁 29。

130 方里，〈高潮！高潮！再高潮！〉，《新文藝》第 112 期（1965 年 7 月），頁 20。前引聯勤亦出自此文，頁 19。

131 在第一次國軍文藝大會上，總政治作戰部副主任胡莊如針對軍中文藝工作區

軍文藝運動，故而報導文學的刊載多以軍隊爲主，內容則多爲正面之宣導，惟刊載作品的數量遠不及其他文類，例如第 92 期（1963 年 11 月）爲向蔣介石七十七歲祝壽而刊出報告文學五篇：新人〈跟隨著領袖前進〉、劉光軍〈碧海丹心〉、張牧〈聖心明駝〉、瑞生〈鐵衛，硬漢〉、李闉〈筆隊伍〉，五篇皆以歌頌軍隊生活、蔣介石如何英明，宣傳性質遠大於文學意涵，更遑論報告的精神。而第 100 期（1964 年 7 月）刊出的兩篇報告作品：長笛〈山東去來〉、維綸〈六壯士〉，前者是神州懷舊的描述，後者旨在激發官兵的鬥志，此外即未見更多的報導文學作品。與《文藝創作》、《文壇》相較，《新文藝》由於係以軍隊爲訴求對象，故在作品的陳述上較少理論而多選刊有關軍隊生活、作戰之作品。惟從前述的討論可知，報導文學與新聞文學的概念之於六〇年代基本上是混合使用與理解，其本質在於趨近文學而非志在揭露或批判事實，這是時代的侷限，也是當時報導文學的典範觀。

三、從新聞文藝／文學到新新聞：報導文學修辭論

透過前述的爬梳，可知報導文學於五〇年代並未受到重視，多數雜誌並未刊載報導文學，即使刊載也屬少數，其內容與三〇年代楊逵提倡報告文學、七〇年代高信疆提倡報導文學的概念截然不同，多以宣傳士兵生活或回憶戰爭爲主，此與 1951 年國防部號召「文藝到軍中去」、1955 年總統蔣介石提倡戰鬥文藝有關。換言之，五〇年代有很大部分的文藝創作者，因著場域的運作而必須或不得不遵循文藝政策，產製宛若官方宣傳品般的報導文學作品，其中，「修正的反共寫實主義」意味著反共文學與現代主義修辭在反共作家、國府官方的思考中，並非截然對立，亦即寫實擺盪於反共主義與現

分爲三個時期：（一）始於 1950 年的戰鬥文藝時期：軍中文藝工作者致力於民心士氣的鼓舞；（二）始於 1958 年（八二三金門砲戰）的革命文藝時期：強調對金門前線官兵英勇作戰的理解；（三）始於 1964 年的新文藝運動：因著「毋忘在莒」運動而進入另一個新階段的反攻文藝的開展。參見胡莊如，〈軍中文藝工作概況及推行新文藝運動報告〉，《新文藝》第 110 期（1965 年 5 月），頁 11。

代主義之間，惟就作品主題而言，反共與戰鬥仍爲此時期文學創作大宗。

迄六〇年代，論者多定位此一年代乃現代主義時期，過往論者咸信現代主義的興起乃爲抗衡反共文學這類歌功頌德的作品，展示在文學創作上，即是對於現實的疏遠與對自我意識的開發[132]，此係就微觀分析而得的結果，而從鉅觀分析來看，之所以產生現代主義乃與美援（元）文化以及《現代詩》、《現代文學》、《筆匯》等刊物影響有關，亦即1950年迄1973年間，美國對臺進行了軍援（1950-1973）以及經援（1951-1965），由此美國文化對於臺灣產生了重大影響，透過新聞外交（information diplomacy）以及文化外交（cultural diplomacy）等方式，美國試圖爭取東亞「自由地區」的民心，前者以廣播、電影等宣傳有利於美國形象的資訊，後者則透過藝術、書籍、學者等來影響外國知識分子對美國的觀感。

王梅香即針對美國新聞總署（United States Information Agency）國外分支機構美國新聞處（簡稱「美新處」，Unites States Information Service, USIS）如何引介美國相關雜誌與書籍至臺灣，從中說明美援文化影響反共文學與現代主義的情況，指出在美援的影響下，「到了1955年現代主義諸流派和戰鬥文藝又很巧妙地被聯繫起來」[133]，誠然此一論點並非全部作者認同，但已顯示過往論者涇渭分明的探究忽略了場域條件的考量。故而「現代」固然是六〇年代的思考依歸，但反共文藝並未就此消逝，那是一個反共與現代並存的時代，因而可見作家一手寫反共宣傳作品，一手卻專注於個人意志的探索，如朱西甯、瘂弦等。事實上，伴隨美援文化而來的「現代主義」之於臺灣乃是特殊產物，因爲現代主義旨在回應高度工業化、現代化的社會所產生之種種物化、異化乃至疏離等，故1977年迄1978年鄉土文學論戰之際，曾有多位作者回顧五、六〇年代「現代／西化」文學時，對於所謂「現代化」意涵有其疑慮與辯證，諸如柯慶明認爲現代化含有帝國主義入

---

132 楊照，《霧與畫：戰後臺灣文學史散論》（臺北：麥田出版，2010年初版），頁33。

133 王梅香，《肅殺歲月的美麗／美力？戰後美援文化與五、六〇年代反共文學、現代主義思潮發展之關係》，頁85。

侵的疑慮，「我們在西化過程中是心不甘情不願而老想加以抗拒的」[134]。陳映眞則指出新一代成長的臺灣作家和「五四」傳統斷絕之後，「只好轉向西方去擷取，這是個很自然的現象」[135]。至於尉天驄則從美國與臺灣簽訂「中美共同防禦條約」切入，指出在中美關係緊密下，「我們可以看到，約在四十四、四十五年（按：1955年、1956年）以後，臺灣整個文藝界和文化界的風氣是一步步地步入西方的道路」[136]，這些說法皆透露彼時論者對於現代／西化的思考，也暗示著一時代精神未必如斯牢不可破，即主流價值永遠受到挑戰，而這也是晚近學界關注美援文化對臺灣文學影響的啓發。

其中，柯慶明針對現代主義時期裡的文學創作，歸納三點特色（前引頁184-185）：其一，文學藝術性備受重視；其二，現代詩對於「白話新詩」的反動；其三，軍中作家的小說亦具有現代性。第三點無疑點出了六〇年代裡，反共主義與現代主義乃是並行的結果：撰寫反共小說的作者，同時也創作現代主義小說，而這是探析臺灣文學史複雜之處，例如：有多少作家兼具反共與現代創作雙軌進行？作品的互文性爲何？作品美學的轉折？也因此，現代主義時期仍可見戰鬥文學舉足輕重的論述，而其陣營也曾對現代主義加以抨擊：「所謂『未來派』的迷惑的、新奇詭稚（按：智）作品之興起……看不懂就是大傑作……自認是『曲高和寡』……其有害於國家社會人群……」[137]尤有甚者指出：「『現代文學』無法存在，稱之爲『荒唐文學』也比用『現代』妥切。」[138]

---

134 柯慶明，〈「現代化」與文藝思潮〉，收於丘爲君與陳連順主編，《中國現代文學的回顧》（臺北：龍田出版社，1978年初版），頁182。

135 陳映眞，〈從「西化文學」到「鄉土文學」〉，收於丘爲君與陳連順主編，《中國現代文學的回顧》，頁175。

136 尉天驄，〈西化的文學〉，收於丘爲君與陳連順主編，《中國現代文學的回顧》，頁156。

137 吳若，〈注意阻止文藝工作中的兩股逆流〉，《文壇》第60期（1965年6月），頁8。

138 穆中南，〈過新年．隨便談〉，《文壇》第67期（1966年1月），頁7。

（一）從新聞文藝到新新聞：以真善美為準則

正是在反共主義與現代主義並行的當下，反映於報導文學寫作上，其論述係游移於宣傳與文學訴求之間，從前述所謂「中國傳統與寫實主義」著手，朝向文體論的美學觀而非行動性前進，箇中顯著的例子即是「新聞文藝／文學」的出現，此可見諸邁入六〇年代前夕，時任政大新聞系主任王洪均指出：「我曾研究中外各國新聞發展史，發現歷史、文藝、新聞，在最初實為三位一體。我國古人係以文藝（多採歌謠、美術、詩……各種形式）報導自古流傳下來的社會新聞……所以，無文藝即無新聞……無新聞即無文藝……」[139] 此語無異與七〇年代，高信疆溯源中國古籍以提倡報導文學的看法如出一轍，也凸顯新聞講究修辭與美感的文體論。對此，曾任中國文藝協會創會理事的王藍加以申述指出，文藝與新聞必須加以結合，乃因共產黨當年利用「新聞紙」（即報紙）進行文藝宣傳，而文藝是「最有力的武器，在瓦解我們精神的戰鬥中，發揮了強大的效果……文藝是最能攻心的；是以共匪從無一日放鬆文藝工作，更無一日不在以新聞工作為基地為後盾來支撐來加強文藝工作的發展與壯大」（前引頁 5-6）。王藍更進一步舉于衡《滇緬游擊邊區行》（1955）、曹志淵《蛙人忠烈傳》（1959）等書說明何謂新聞文藝，他指出：「我們應當有勇氣承認自己過去的失敗，應該承認過去我們沒有把文藝工作做好，同時最能支持、協助文藝工作的新聞報紙也沒付出全力。如果說新聞紙能夠護育文藝工作的成長，那麼我們過去的新聞紙似乎並未善盡她的褓姆責任。」（前引頁 6）因此，王氏大力呼籲「讓文藝到新聞中去」，藉此創造美好的「新聞文藝」及「文藝新聞」以抗衡中共文藝。

於此，王氏係採用「新聞文藝」而非「新聞文學」一詞，其認為前者包含的範疇較廣，不僅限於文字的描寫，還包括了圖畫、攝影等，由此可知「新聞文藝」與「新聞文學」二詞有其不同意義，前者統稱所有與文藝創作相關的新聞作品，後者則係針對文學而來，此與目前學界多談「反共文學」

---

139 此係王藍引述王洪鈞 1958 年自美返國茶會上的談話，參見王藍，〈文藝到新聞中去〉，《作品》第 1 卷第 2 期（1960 年 2 月），頁 5。

而少論「反共文藝」頗有相通之處。換言之，五〇年代反共不僅限於文學，而是全面性的文藝投入，同理，「新聞文學」必須肩負反共之責，「新聞文藝」更需喚起國人的憂患意識，日後集中於文學的探討乃係歷史條件使然[140]。亦即六〇年代初的文學論述，尚且包含了文學以外的文藝概念，這也是王藍在文中特別針對「新聞文藝」與「新聞文學」作一區別與定義的緣故，惟其說法模糊籠統：新聞文藝係指「在報紙上刊登的圖畫、木刻、攝影、以及一切廣播的文藝節目」（前引頁 6）；至於文藝新聞則是「各報刊記者、廣播電臺記者、每天採訪、撰述、報導、播出的有關文藝方面的消息」（前引頁 6），前者係由創作者自行傳播、後者則由記者傳播，惟此分別的最終目的在於導向「宣傳」，藉此文類「喚起全民與政府重視文藝……發揮文藝力量摧毀匪俄的任務」[141]。

綜觀王氏全篇旨在闡述新聞媒體之於宣揚文藝內容的影響力，而非日後報導文學強調新聞與文學交軌的實踐文類，其主張係與國防部政策「文藝到軍中去」相呼應，這也使得王氏的建議顯得樣板而浮面，包括「目前大家都不愛八股教條閉門造車的文章，何不從每天的新聞中覓取題材」、「增加富有文藝氣氛的特寫、通訊、大小專欄與介紹優良讀物，足以造成讀書風氣的文章…… 」、「縱令是社論評論也應力求字裡行間充滿眞摯情感，而不是八股教條」[142]，王氏所言恰反映了當時如何看待「新聞文學」的概念，其關乎新聞寫作修辭與宣傳工具性，此從 1956 年 9 月出版，政工幹部學校新聞組撰寫的《新聞文學》可窺知一二，書中指出新聞體裁包羅萬象、加諸傳播迅速，故可獨立爲新聞文學，而「『眞、美、善』三字，可以說是新聞文學的最高準則」[143]，該書進一步指出「新聞文學導源於史」（前引頁 1），

---

140 楊照，《霧與畫：戰後臺灣文學史散論》，頁 49-50。楊照此處旨在評述王鼎鈞《文學江湖》一書，指出「反共文藝」中最活躍的是戲劇而非文學，但因戲劇形式多元分散了討論度，加之難以保存而使得文學獲得較多的關注。

141 王藍，〈新聞文藝與文藝新聞〉，《報學》第 2 期（1952 年 1 月），頁 73。王藍〈文藝到新聞中去〉部分論點與此文相類。

142 三句引文皆出自王藍，〈文藝到新聞中去〉，頁 7-8。

143 政工幹部學校新聞組，《新聞文學》（臺北：政工幹部學校，1956 年初

乃因史筆無法達成新聞記載之事，故演變爲新聞文學，其特質在於重視時間性、通俗性、趣味性，而與副刊的關聯衍生出兩種傾向：一是文藝新聞，即以報導文壇活動爲主；一是新聞文藝，「以文學筆調，寫狀新聞，融化新聞與文藝爲一爐，特寫專欄之外，多刊之副刊」（前引頁 27），此一說法與前述王藍無異，由此可知「文藝新聞」、「新聞文藝」、「新聞文學」等詞早見於五〇年代，而後漸由「新新聞」的興起而轉譯爲「新聞小說」，亦即新聞文學與新聞小說乃是該時代混雜的用法，兩者皆指涉新聞如何朝向更精緻、更可讀的文學修辭進行。

就新聞文學而言，論者認爲其乃「新聞的文學化」，就文學方面來說，「是寫實擴充到新聞去」（前引頁 27），透露新聞文學乃講究修辭的文體，其本質需服膺「眞善美」的宣傳功能，揭示自五〇年代中葉以降，在新聞人士、文壇人士的論述建構下，報告／報導文學轉嫁爲強調宣傳、強調美感的「新聞文學」，不再類如三〇年代左翼知識分子主導下的反映現實論、改造論，更非七〇年代擺盪於民族主義文化情懷與揭露鄉土意識的報導文學觀。此一著眼於新聞如何強化文學修辭的文體論，不僅活躍於五、六〇年代，迄七、八〇年代猶受論者青睞，只要稍加查詢國家圖書館全球資訊網「臺灣期刊論文索引系統」，即可證諸多筆相關資料（參見表 3）。換言之，「新聞文學」一詞在時代條件的誘發下，不僅主宰了五、六〇年代理解「報導文學」的視野，更使「文學修辭」、「政治正確」、「宣傳工具」等意涵延伸至七〇年代，並一度列入大學新聞科系的專業課程之中。以政治大學新聞系爲例，1955 年在臺復系第一年的課程中，即由成舍我開設「新聞文學」，迄 1959 年又加入馮志翔與成舍我共同教授該課程，至 1963 年尚且列入兩學分的必修科目，並另外開設「新聞寫作」課程[144]。

版），頁 2。

144 林元輝主編，《一步一腳印》（臺北：國立政治大學新聞系，1995 年初版），頁 65。後復系四年該課程加入馮志翔授課，迄 1963 年仍可見該科目，且列爲新聞系必修科目共兩學分，參見前引書，頁 67、72。

表 3　六〇迄八〇年代歷年有關新聞文學之期刊論文

研究者	日期	篇名	刊物及頁碼	備註
王藍	1952.1	新聞文藝與文藝新聞	《報學》第 2 期，頁 72-74	
王藍	1960.2	文藝到新聞中去	《作品》第 2 期，頁 5-8	
陳勤	1963.6	新聞小説研究	《報學》第 3 卷第 1 期，頁 33-41	本文係濃縮該氏碩士論文《新聞小説研究》而來
林友蘭譯	1963.12	論新聞小説	《報學》第 3 卷第 2 期，頁 36-38	後收於氏著《文學與報學》，頁 3-8
陳諤	1966.6	文學與新聞文學：談新聞文學的涵義及其範圍	《報學》第 3 卷第 6 期，頁 22-28	
張其昀	1975.9	談談新聞文學	《展望》第 106 期，頁 30	
荊溪人	1976.6	新聞文學及其形成	《報學》第 5 卷第 6 期，頁 22-27	
皇甫河旺	1980.12	什麼是新聞文學？	《報學》第 6 卷第 5 期，頁 45-48	
林淑蓉	1981.6	新聞文學研究的途徑	《社教系刊》第 9 期，頁 81-83	
黃肇珩	1982.6	新聞文學的創作	《社教系刊》第 10 期，頁 79-88	
馬驥伸	1982.12	報導性新聞文學創作的分析探討	《社教系刊》第 10 期，頁 10-13	

※ 資料來源：本研究整理，共十一筆。

報導文學由此轉入了新聞文學領域，包括林友蘭《文學與報學》（1964）、姚朋《新聞文學》（1965）、樓榕嬌《新聞文學》（1979）、季薇《新聞・文學》（1980），四人的論點皆大同小異：「就『新聞的文學』而言，主要在求建立新聞寫作的理論體系……如何使得報導事實的新聞寫作也能具有文學的價值……」[145]、「新聞文學就是研究新聞文體的一種文學」[146]、「新聞文學的提倡，是爲了提高新聞報導的可讀性」[147]、「有時不免徘徊顧盼於文學與科學之間，至少有時想要把寫下來的文字，『寫得稍有點永久性，待事過境遷之後，還值得一讀。』」[148]由此可知，新聞文學的出現乃是爲了追求文學修辭以增加可讀性，與七〇年代「發掘社會問題」、「發掘鄉土意識」的理念不同，也與楊逵意欲藉報告文學來反映殖民地壓迫之情不同，故在論及報導文學時，成書於七〇年代的樓榕嬌全然未提當時備受注目的報導文學專欄「現實的邊緣」，而八〇年代初出書的季薇更只專注於新聞如何與美學連結，「更直接了當地說，適應反共的需要，我們所做的（按：新聞文學），也正是文化作戰的一環。沒有理由可以僥倖取勝，除非切切實實努力到底」（前引頁12），此語反映官方論述內化的結果，置於八〇年代初，顯然忽略了彼時報導文學已被廣泛認知，而臺灣意識已經逐漸抬頭的事實。

事實上，新聞文學在傳播教育體系裡開課，以及新聞文學著作的發行，對照當時學院內傳播學知識的產出，乃是以「反攻復國」爲首要目標，因此，新聞學具備規範性的理論動輒可見，強調媒體具有「社會責任」，不應牴觸國家政策。而以國府爲中心的「歷史大敘事」更印證在中國新聞史的撰寫，例如1966年政大新聞研究所主管曾虛白邀集所內教師共同撰寫、出版《中國新聞史》，即強化以國府爲中心的大敘事：首先，視國府乃中國道統的繼承者；其次，排斥或邊緣化中共新聞事業；最後，它忽略了臺灣新聞事業的發展，顯示臺灣只是中國的邊陲。儘管隨著六〇年代中期留美傳播學人的歸國，引進了美國主流的大眾傳播學研究，然而這個時期講求的仍是對

---

145 彭歌，《新聞文學》（臺北：仙人掌出版社，1969年初版），頁1。

146 樓榕嬌編著，黃天鵬校訂，《新聞文學概論》（臺北：臺灣學生書局，1979年再版），頁2。

147 季薇，《新聞・文學》（臺北：水芙蓉出版社，1980年初版），頁5。

148 林友蘭，《文學與報學》（臺北：文星書店，1964年初版），頁2。

於媒體制度、新聞史的關注[149]。更進一步析論，臺灣學院中的傳播知識產出，與美援——也就是新殖民主義——有著密切關係，以政大新聞研究所與新聞系爲例，五〇年代中期透過美新處獲得「傅爾布萊特」交流獎學金，聘請八位美、日籍教授來訪，其中最主要乃是爲了協助建構心戰策略的學術知識。而爲了壯大東南亞反共心戰計畫，美援在十五年計畫中，共提撥一百餘萬美元興建宿舍、補助僑生刊物、日常生活費用等，共計招收一千四百餘位僑生，學成返回東南亞從事新聞工作者達一百六十人，此外，政大英文實習報刊曾於 1958 年獲得美新處的贊助[150]。

新聞文學的概念基本上係與美國新聞界興起的新新聞相呼應[151]，這一盛行於六〇年代中期的新聞寫作手法，透過小說筆法（like a novel）撰寫新聞，一反過往新聞從業人員強調速寫與報導大事件的獨家（scoop）心態，採取特寫方式對事件深入觀察與析論，意在抨擊制度、挖掘社會問題，被稱之爲「非虛構小說」（non-fiction novel）[152]。彭歌介紹此一新興文體時，即依據新新聞學健將 Wolfe 的說法，指出因爲傳統小說放棄了寫實主義的特質，使得新聞小說家「遂像一群鬥志勃勃的蠻族一樣，侵入陣地，有異軍突起之勢」[153]，儘管「新新聞學」一詞的譯名曾經引起傳播學界的非議，認爲應譯爲「新的新聞寫作或報導方式」[154]，但在譯名簡潔又能夠準確表達傳統新聞學撰寫方式受到挑戰的情況下，此譯詞仍爲後世所採用。

新新聞學之於報導文學的影響，曾於七〇年代中葉以降由論者提出，包

---

149 林麗雲，《臺灣傳播研究史：學院內的傳播知識生產》（臺北：巨流圖書有限公司，2004 年初版），頁 116。

150 程宗明，〈析論臺灣傳播學研究／實務的生產（1949-1980）與未來：從政治經濟學取向思考對比典範的轉向〉，頁 404。

151 蔡源煌，《當代文化理論與實踐》，頁 63-64。

152 Wolfe, T. (1973). The new journalism. In T.Wolfe & E. W. Johnson, (Eds.), *The new journalism*. NY: Harper & Row. pp. 23.

153 彭歌，〈新新聞與小說〉，《聯合報》（1974 年 6 月 7 日），第 12 版。

154 方村（徐佳士），《符號的遊戲》（臺北：九歌出版社，1978 年初版），頁 65。

括高信疆、蔡源煌、彭家發[155]等人皆秉持此一觀點，認為國內報導文學的發展或多或少受了新新聞學的啓發，然而迄今仍未見具體的研究成果證明兩者有何關聯？惟回到六〇年代新新聞學崛起之際，其係呼應六〇年代美國動盪之局勢：外有越戰、內有反越戰示威等，多事之秋使得既有的強調公正客觀之新聞報導形式，難以令閱聽眾滿足其報導，故為求翔實與平衡報導，新新聞學係以超越傳統新聞的限制，透過主觀報導、運用文學的形式與技巧、密集訪談以及主觀新聞學等概念，藉此扭轉傳統新聞備受質疑的客觀性、即時性，從而衍生出以更長的篇幅去挖掘、去瞭解社會問題的新興報導形式[156]。由此觀之，可知臺灣六〇年代強調新新聞的研究或撰寫，不免淪為南橘北枳之憾，僅僅注意到形式而未見文類源起之因，其理念被誤解為新聞小說化，其筆法被挪作新聞文學，全然未見面對社會問題、探究社會制度等意涵。對此，學者 Dennis 曾將新新聞文體區分為五種形式：報導文學、另類新聞學（alternative journalism）、抬轎新聞學（advocacy journalism）、地下新聞學、精確新聞學[157]，顯見新新聞學的形式頗為多樣，也可窺見新新聞學的興起乃因非虛構小說家的投入、傳媒求新求變以及地下報業崛起。其中，報導文學被視為新新聞學一環，主因在於它既是主觀的報導，也糅合了文學的技法，迄 1965 年卡波提出版《冷血》一書，新新聞學的寫作模式達到高潮，而這也反映在國內論述上，陳勤、林友蘭等分別於六〇年代中期發表有關新聞小說的論述，《文壇》更於 1967 年 9 月第 87 期以卡波提作為封面人物，由此可知，新聞文學吸納了新新聞學的討論。

其中，1963 年由陳勤所撰的碩士論文《新聞小說研究》，乍看之下是

155 高信疆，〈永恆與博大：報導文學的來龍去脈〉，頁 54。蔡源煌，《當代文化理論與實踐》，頁 69。彭家發，〈細說新新聞與報導文學〉，《新聞鏡周刊》第 263 期（1993 年 11 月 22 日 -28 日），頁 31-32。

156 彭家發，《新聞文學點．線．面》（臺北：業強出版社，1988 年初版），頁 16-27。

157 Dennis, E. E. (1971). The new journalism: How it came to be. In Dennis, E. E. (Ed.), *The magic writing machine: Student probes of the new journalism* (pp. 1-10). Oregon, Eugene: School of Journalism, University of Oregon. pp. 4.

對「新聞相關小說」之研究，但事實上乃是析論「新聞報導小說化」之課題，也就是日後被傳播學界稱爲「新新聞」的報導作品析論，唯獨陳勤指出這類新聞報導方式「還沒有引起人們廣泛的對它的正確的認識」[158]，故其從「新聞文學」面向切入，而非從「報導文學」的概念出發。然而，揆諸陳勤分析的文本 John Hersey《阿丹諾之鐘》（*A bell for Adano*），以及 James Michener《獨孤里之橋》（*The bridges at ToKo-Ri*）二書，作品性質更接近「小說」，尤其《阿丹諾之鐘》曾於 1945 年獲得普立茲小說獎（Pulitzer prize for the novel）[159]，故陳勤所指涉的主題「新聞小說」，無寧在概念上猶待釐清，其針對「新聞小說」與「新聞文學」闡發指出：「新聞小說是新聞文學的一種新表現方式」（前引頁 41），這句話凸顯新聞小說在彼時仍屬新興文類，尚未有明確的認知，故陳氏引用 Ford 的說法先就「新聞文學」一詞加以定義：「凡以報導，解釋或者評論新聞（請特別注意必須是新聞）爲目的的文學作品（請再特別注意必須夠資格列爲文學作品）就是新聞文學。」（前引頁 43）然則，擁有了這些特質，對於理解新聞小說並無太大助益，尤其陳氏指出：「寫實小說家寫出來的小說，雖是事實，但卻未必是成爲新聞的事實。」（前引頁 44）此一論述凸顯陳氏誤解了文類特性，即小說的本質乃是「虛構」（fiction），就算是「寫實小說」也非呈現「事實」，而是「基於事實的虛構創作」，這也是日後「新新聞」意欲正名其乃「非虛構小說」（the nonfiction novel），以免外界誤認爲「新新聞」乃提倡「新聞小說化」，故衍生出「不是虛構的虛構作品」這樣令人費解且矛盾的名詞。

其中，陳氏指出「新聞小說」在新聞報導上有三點價值：其一，呈現新聞全貌進而產生整體效果；其二，對新聞意義加以深入解釋與評論；其三，發揮最大的傳播效力[160]。然而除了第二點外，另兩點詮釋不免淪於常識性

---

158 陳勤，《新聞小說研究》（政治大學新聞學研究所碩士論文，1963 年 5 月），頁 41。

159〈John Hersey〉（無日期）。上網日期：2019 年 4 月 25 日，取自 WikipediA 網頁 http://en.wikipedia.org/wiki/John_Hersey

160 陳勤，《新聞小說研究》，頁 38-42。

描述，即就新聞全貌而言，調查性報導（precision journalism）或深度報導（in-depth reports）同樣能夠達到此一敘述效果，至於傳播效力大小與否，陳氏僅從作品銷量予以斷定，未免有失公允。

儘管有不少論述上的缺失，但陳勤一文在於揭示當時學界對於「新聞小說」或「新聞文學」的理解情況，此可參照中國文藝協會自 1954 年起即設有「新聞文藝委員會」提倡報導文學。惟從陳勤論文看來，其影響力顯然並不大：「關於討論新聞文學的論著太少了，在中文方面我只看過一本黃天鵬先生編的《新聞文學講義》[161]……」由此可見陳氏撰寫碩士論文當時，臺灣新聞界對於新新聞、新聞文學、新聞文藝乃至報導文學等新類型的報導並不甚瞭解，更遑論系統性的詮釋。

除了陳勤的論述外，《中國時報》人間副刊曾於 1975 年推出「現實的邊緣」專欄後，刊登有關新新聞學之探討來增強其與國際的接軌。其中，劉雲适介紹了數本來自美國的相關著作，並指出「新新聞學也稱為新聞小說。十年前，國內已有不少報章推出類似的內幕報導，以新聞事實的結構為主，而加以虛構的描述」[162]，就劉文發表的時間點推算，恰是 1964 年之譜，對照前述新聞文學著作出版時間兩相吻合，可知臺灣係將新新聞學轉化為新聞文學的一環，這也是新聞文學迄八〇年代初猶有論者提及，唯獨新新聞學迄八〇年代已少被論述。劉雲适指出新新聞之所以興起，乃因過去十數年間，新聞從業人員過度執著於公平超然的角色，故新新聞學具有高度主觀與詮釋性，「把寫小說的技巧運用到小說以外的文藝寫作」[163]，因之又被稱為參與

---

161 本書遍尋國家圖書館、中央圖書館臺灣分館、臺灣大學圖書館、政治大學圖書館等，皆未尋獲黃天鵬此書。惟政治大學傳播學學院圖書分館藏有政工幹部學校新聞組所著之《新聞文學》，內容與陳勤所提之說法相近，而考黃天鵬生平，其曾任教政工幹部學校，故本研究認為此處所指《新聞文學講義》，當是未具名黃天鵬的政工幹部學校新聞組教材《新聞文學》，參見前引政工幹部學校新聞組，《新聞文學》。

162 劉雲适，〈新新聞學在臺灣〉，《中國時報》（1975 年 12 月 6 日），第 12 版。

163 劉雲适，〈我看新新聞學〉，《新聞評議》第 15 期（1976 年 3 月），頁 2。

新聞學、變體新聞學、新聞小說、地下新聞學、非虛構小說等。

至於臺灣是否需要新新聞報導方式？當時正在美國讀書、後任教臺大商管系所的徐木蘭認為有其必要，主因在於國民教育水準提升，「除了正統新聞報導外，另外要以其他方式提供更多的消息給國民……有待臺灣新聞記者挖掘的社會問題可多哩！『大專聯考的窄門』、『留學潮』、『農村人力的不足』……」[164]徐氏的這番話發表於《中國時報》人間副刊，對照「現實的邊緣」關注偏遠地區之漁、礦、工等，不啻是為該專欄「挖掘社會問題」予以背書。而同樣的看法也出自劉雲适，其指出新新聞學可運用於報導青少年犯罪、政府官員廉能效率、崇尚士大夫觀念等，「在在都是新新聞學貢獻社會的好題材」，但問題在於「報館與雜誌社的老闆願不願多花費用，記者願不願去挖掘」[165]，畢竟新新聞學自發想、調查、訪談至撰稿，「時間上的投資要很大，這點是報社記者目前無法單獨作到的，除非報社另外聘請特任的記者，給予時間上的便利」[166]，就此點而言，報導文學與新新聞有其共通之處，這也是古蒙仁、林清玄等人在任職媒體後，報導文學的主題逐漸從耗時費日的田野調查轉向人物特寫、新聞事件等，顯示時間投注對於報導文學的影響。

（二）柏楊《異域》與報導文學：文類界定之辨

如前爬梳，五、六〇年代報導文學摒棄新聞的行動性，轉入講究文學修辭的文體美感，此係囿於時代條件所致，故報導文學淪為宣傳工具而非反映現實的載體、純粹導向懷舊而非挖掘臺灣鄉土意識，故而此一時期經常被論者視為報導文學「缺席」的年代。換言之，在官方文藝政策的驅使下，報導文學於五、六〇年代間發展出兩種主流路線：一是強調戰鬥文藝的「宣傳工具」；一是講求「文學修辭」的新聞文學，兩者都旨在鞏固統治者文化霸

164 徐木蘭，〈新新聞學試探〉，《中國時報》（1975年10月29日），第12版。

165 劉雲适，〈我看新新聞學〉，頁3。

166 徐木蘭，〈新新聞學試探〉。

權的載體，只不過前者通常出現於軍中，後者則爲傳播學院所講究。新聞報導之所以必須強調修辭，乃是爲了形塑新聞事件的可讀性、感染性，以激發民眾的反共心理，這不單是文藝政策的需求，也與傳播教育服膺國家政策有關。前述已指出，早期臺灣傳播教育與國府政策有著密切呼應的關係，傳播學者的責任即是將政策轉化爲學術用語，並宣告其正當性。故五〇年代民營報業爭取新聞自由時，傳播教育學者隨即指出媒體本就有「社會責任」以促成反攻復國的目標。而在六〇年代中，當美援不再，反攻大陸被認定希望渺茫，原本的媒體社會責任論已難說服外界，故又改稱新聞自由之所以必須受限，是爲了避免惡性商業競爭[167]。

此一時期至爲特殊的作品，當屬化名「鄧克保」的柏楊《異域》一書，該書以《血戰異域十一年：我來自中緬邊境游擊區》爲題於《自立晚報》連載，自 1960 年 12 月 30 日迄 1961 年 3 月 11 日連載 72 天，共刊登 60 篇，後交由柏楊所創辦的平原出版社出版[168]。之所以更名爲《異域》，柏楊指出原因有二：一是原書名太像電影片名，一是只寫了前六年。其後 1977 年 11 月，《異域》交由星光出版社重新出版，「今年四月（按：1977 年 4 月 1 日柏楊自臺灣警備司令部綠島指揮部獲釋），我回到臺北的第二天晚上，就聽到這本書的消息。《異域》已銷售了六十萬冊」[169]，且書市上出現仿作

---

167 林麗雲，《臺灣傳播研究史：學院內的傳播知識生產》，頁 97。

168 鄧克保，《異域》（臺北：平原出版社，1961 年初版）。平原版《異域》一書版權頁並未標示出版日期，僅能從葉明勳推薦序所署日期 1961 年 8 月 1 日加以推敲當是 1961 年。平原出版社係由柏楊所創，該出版社除了出版雜文、小說等，也於 1966 年、1967 年各出版《中國文藝年鑑》（臺北：平原出版社，1966 年、1967 年初版），被應鳳凰評爲「打破了臺灣文壇從未出版《文藝年鑑》的歷史紀錄」，參見應鳳凰，〈猛撞醬缸，帶箭怒飛：回顧柏楊一生的寫作歷程〉，收於林淇瀁編選，《【臺灣現當代作家研究資料彙編】19 柏楊》（臺北：國立臺灣文學館，2012 年初版），頁 224-225。本書以下除非另外說明，所引皆以平原版爲主。

169 鄧克保，《異域》（臺北：星光出版社，1990 年九版），頁 197（1977 年重排初版）。

如《異域烽火》（1976）、《異域下冊》（1976）等[170]，而當年（1977年）大學聯考作文〈一本書的啓示〉，《異域》名列最多考生選書之一[171]，迄1990年9月《異域》星光版已再版九刷，銷售量「高達一百餘萬冊」[172]。此外，1988年由導演朱延平開拍電影，於1990年8月上映，伴隨著主題曲〈亞細亞的孤兒〉令許多閱聽眾留下深刻印象。凡此種種，顯示《異域》一書確實具備巨大的影響力，然而，自七〇年代末期起，即有論者對於《異域》的文類性質提出質疑：「他老先生（按：柏楊）同我一樣，自三十八年隨政府播遷來臺，壓根兒就窩在臺灣，沒有出過『國門』，他之所以寫滇緬邊區，也只是在地圖上『旅行』之外，根據新聞報導來編編罷了」[173]，但查此一爭議係因柏楊出獄後，旋即於《中國時報》人間副刊開設專欄而遭致相關單位關切，「對《中國時報》竟讓一個叛亂犯開闢專欄，繼續爲共匪宣傳，挑撥政府與人民之間的感情，（有些人）簡直義憤塡膺、痛不欲生」[174]，容或是這個緣故，當時已有論者指出：「誰又能相信寫起小說來感人肺肺的郭衣洞先生就是因《異域》一書而得享大名的鄧克保先生？」[175]亦即「鄧克保乃

---

170 兩書皆由姜穆化名所撰，分別爲：卓元相，《異域烽火》（臺北：廣城出版社，1976年初版）。馬克騰，《異域下冊》（臺北：迅雷出版社，1976年初版）。

171 陳長華，〈作文命題留餘地，考生大可運巧思：少數文不對題啓示竟成啓事，閱讀範圍狹窄值得教界深思〉，《聯合報》（1977年7月5日），第3版。陳長華在報導中指出此係「根據非正式統計」，然而《民生報》以六位閱卷老師、共兩千份考卷「客觀統計」，前十五名並未見《異域》一書，參見本報專稿，〈聯考試題：一本書的啓示獲得好評，各界紛紛推薦優良參考書目〉，《民生報》（1978年4月16日），第5版。

172 鄧克保，《異域》，頁後記。倘若柏楊所言屬實，《異域》一書自1961年迄1990年平均每年賣出三萬四千四百餘冊。

173 姜穆，〈由「役」談起〉，收於柏楊65編委會主編，《柏楊65》（臺北：星光出版社、時報出版公司、學英文化公司、歐語出版社、遠流出版公司，1984年初版），頁233。原載《文壇》第219期（1978年9月）。

174 周碧瑟，《柏楊回憶錄》（臺北：遠流出版事業股份有限公司，1996年初版二刷），頁363（1996年初版一刷）。

175 李震洲，〈評「活該他喝酪漿」〉，收於梁上元主編，《柏楊和我》（臺

是柏楊」早在1978年已是公開的認知，顯見柏楊爲文賈禍的身分即使出獄後仍餘波盪漾，連帶使得《異域》的文類歸屬除了作品本身條件外，也帶有個人際遇所招致的爭議。

就柏楊個人而言，其於1984年參與美國愛荷華大學國際寫作計畫（International Writing Program）的報告中指出，《異域》一書「帶給我第一個從事報導文學作家的頭銜」，甚且指稱：「在這本《異域》出現之前，我的國家文壇上甚至沒有『報導文學』這個名詞，自從《異域》問世，『報導文學』才埋下第一顆種籽」，顯見柏楊對於《異域》定位之自信，而此自信容或來自於1982年，《中國時報》贊助柏楊深入泰緬邊區，實地探訪金三角而撰成《金三角・邊區・荒城》（後改爲《金三角・荒城》）[176]。殊不知，誠如本書前述所言，「報導文學」早見諸中國文藝協會、國軍文藝金像獎等，而在國軍文藝大會上亦多有討論。對此，柏楊進一步解釋：「1964年（25年前）（按：1960年），我在臺北《自立晚報》，一連三個月（按：兩個多月），爲這一支流亡孤軍，報導他們的生存與搏鬥的血淚遭遇，並於連載完畢後出書，定名爲《異域》。」[177]然而所謂「報導」乃係由《自立晚報》駐板橋記者馬俊良「每天訪問一、二位從泰國被部撤退到臺灣的孤軍，他把資料交給我（按：柏楊），由我撰寫」[178]。換言之，柏楊並非依循一般新聞報導親身訪談當事人，而是經由二手資料加以改寫而成。之所以交

北：星光出版社，1979年初版），頁348。原載《臺灣新聞報》（1978年5月2日），第12版。

176 〈《金三角・荒城》提要〉，收於柏楊，《柏楊全集・第9冊》（臺北：遠流出版事業股份有限公司，2000年初版），頁3（《金三角・荒城》部分）。

177 柏楊，〈報導文學與我：在美國愛荷華大學「國際寫作計劃」所作報告〉，收於林淇瀁編選，《【臺灣現當代作家研究資料彙編】19柏楊》，頁172。前述所引兩句亦出自該書同一頁，原發表於1984年10月號香港《百姓》半月刊。此一說法試圖爲《異域》一書定位，迄1988年11月，《異域》改由躍昇文化事業有限公司出版，負責人林蔚穎亦將之視爲「二十世紀最暢銷的報導文學」。參見林蔚穎，〈出版緣起〉，收於柏楊著，《異域》（臺北：躍昇文化事業有限公司，1988年初版），無頁碼。

178 周碧瑟，《柏楊回憶錄》，頁246-247。

由柏楊撰寫，乃因當時總編輯李子弋認爲「他們的血戰故事非常珍貴，不能蹧蹋掉，最好由寫作能力高強的人主稿」[179]，發表時署名「鄧克保」係柏楊「初戀」的小學女同學之名。

至於爲什麼非得使用化名？《自立晚報》編輯部在刊登《血戰異域十一年：我來自中緬邊境游擊區》前，特別闢欄解釋：「本報駐曼谷記者於上週從曼谷寄來一稿，對中緬邊區建立的始末及發展，報導甚詳，全文定名爲『血戰異域十一年』，於明天開始在本報連載……」並批露該記者寫給編輯部的信函：「在一個旅客並不很多的一家酒店中，記者遇見本文的作者鄧克保先生，他是記者讀大學時的同窗……他一度是李彌將軍的高僚級幕（按：高級幕僚）……」當時鄧克保剛從香港返回中緬邊境，於是記者請他談談該區之種種，並將之整理記錄希望予以發表：

> 他愴然不語，後來，他即加以刪正……然後應記者之請，簽上一個名字——鄧克保，這是一個假名，是他一個戰死在他身畔的亡友的名字，而他自己的名字，他不能公開……請萬勿將記者姓名刊出，因四國會議後，與游擊戰士接觸，便成非法，可能被驅出泰國也……[180]

---

179 自立晚報報史編纂小組，《自立晚報四十年》（臺北：自立晚報，1989年二版），頁143（1987年初版）。關於《異域》最初撰稿情形，亦見諸2015年10月30日應鳳凰於文化部網站「臺灣文化工具箱」（https://toolkit.culture.tw/literatureinfo_155_156.html）介紹《異域》指出：「地方記者訪問了一兩位從泰北撤退到臺灣的孤軍，文稿送到『副總編輯』柏楊手中，卻因讀來平鋪直敘無法刊登。柏楊只好根據訪問資料從頭改寫」，此一敘述有兩處值得商榷，其一根據《自立晚報四十年》載明柏楊係任職採訪主任、後主編副刊八年，而《柏楊回憶錄》亦未提及「副總編輯」一職，故推論應是筆誤。其二，依新聞作業流程，通常無法刊登的稿子會發回記者重新修改，極少「從頭改寫」甚或替換記者之名。

180 本報編輯部，〈寫在「血戰異域十一年」前〉，《自立晚報》（1960年12月29日），第4版。

究竟爲什麼必須使用假名，編輯部的說明並不清楚，反而是不使用記者之名的理由較爲明確。然而從當時報導可知，眞正在乎撤軍與否的國家乃是緬甸而非泰國[181]，也凸顯編輯部的說法顯得牽強。而從後事之師的觀點來看，已然瞭解這一切都是報社托詞，眞正用意在於「（馬俊良）採訪到的事蹟太零散，必須有一主線把它串起來，並將感情注入其間。所有故事都是眞實的，只有主角鄧克保是虛構的」[182]，故而鄧克保的存在乃是爲了行文流暢所創造的角色。也由於虛構了「鄧克保」，使得該文迄今面臨了究竟是新聞報導抑或小說的文類爭議。即使依《自立晚報》編輯說詞，該文署名鄧克保、實則係該報記者報導，也難免啓人疑竇：內容究竟出於新聞記者之筆，抑或鄧克保見證？

儘管文類歸屬有所爭議，但揆諸最初發表條件，該文係刊載於第四版，也就是俗稱的「社會版」，而非強調消閒性質的副刊[183]，加諸搭配圖片、甚至二度登上頭版（1961 年 1 月 1 日、1961 年 1 月 23 日）[184]，尤其連載第

---

181 葉公超，〈外交部長對撤退問題的聲明全文〉，收於李利國編著，《從異域到臺灣》（臺南：長河出版社，1978 年初版），頁 11-15。原載《中央日報》（1953 年 10 月 9 日），第 1 版。原新聞標題：〈對緬邊境游擊隊撤退問題，葉外長昨聲明：我仍準備簽署撤退協定，能否成功胥視緬甸行動〉。

182 自立晚報報史編纂小組，《自立晚報四十年》，頁 144。對此，2003 年 11 月 8 日柏楊與應鳳凰於臺灣文學館「週末文學對談第一季」座談時，指出「有位記者馬俊良先生，有次採訪邊區一位退伍軍人的新聞，寫了一篇報導，寫得不錯，總編輯就要他採訪一位從邊區回來的營長，採訪回來就講故事，由我記錄。本來只準備寫三、五篇就結束，後來他越採訪越多，因之改爲每天連載」。此外，柏楊也提及因爲連載是先預留版面，因此經常需要向馬俊良詢問相關消息，「寫了很久之後，孤軍的一位團長李國輝找到我，我就變得非常輕鬆了。」這一敘述對照《自立晚報四十年》，顯然係柏楊解釋不清或記憶錯誤所致，畢竟採訪寫稿係記者本份，爲何必須採訪後回到報社由柏楊記錄？這並不符合現實的新聞作業流程。參見柏楊，《天眞是一種動力》（臺北：遠流出版事業股份有限公司，2004 年初版），頁 192-193。

183《自立晚報》僅有版別，未見版名，此處係依其內容歸納之。

184 習賢德指出「暢銷的《異域》純以小說筆法撼動人心，連一張足以佐證的照片都沒有」，此一說法顯然忽略了《異域》刊登最初的情況，參見習賢德，

59篇（1961年3月10日）刊登了「作者鄧克保先生」的肖像照片，凡此種種皆使得該文具備了「眞實」、「可信」的新聞條件，而非小說向來所強調的虛構性。亦即自1960年12月30日迄1961年3月11日，共刊載60篇的《異域》被《自立晚報》設定爲「新聞」而登場。其連載日期大致連貫，但偶有停刊；其刊頭與作者署名皆採手寫呈現，但文中小標則爲鉛印，自第一篇〈原始森林中的一群「棄兒」〉，迄最後一篇〈傷心極處且高歌，不洒男兒淚〉皆設有小標，共計刊載頭版兩次、照片廿二幀、圖片六張[185]。其中，照片部分包含鄧克保居住的茅屋、李彌將軍官邸、鄧克保肖像等，儼然有著系列報導的特質。也是爲了添增其可信度，《異域》的序言係由曾任中央通訊社社長、時任《自立晚報》社社長葉明勳撰文指出：「本報駐曼谷記者倪華明先生於去年從泰國寫來一稿，對中緬邊區基地建立的始末及發展，報導甚詳……」至此，葉氏筆鋒一轉：「原作者鄧克保先生，以生花之筆，寫下他和他的妻子兒女以及伙伴們輾轉入緬，和歷次戰役的經過。」[186]此一說法和編輯部的說明有所出入，因爲該文係由記者所撰、鄧克保所改，所謂「原作者鄧克保」以及「生花之筆」並非實情。

也由於「題材特殊：邊區及少數民族背景，頗具異國風味，主軸又是國民黨打敗仗的血淚戰事，勾起讀者多少當年逃難撤退的歷史記憶」[187]，《異

〈柏楊：以常識和良知捍衛尊嚴的人權作家〉，《新大學政論專欄》（無日期）。取自http://theintellectual.net/zh/political/moon-and-moon-earth/45-bo-yang-human-rights-writers-who-share-the-dignity-of-common-sense-and-conscience.html）

185 其中，報紙所刊載之圖片，僅1961年1月31日收錄於書中附圖二，參見鄧克保，《異域》，頁65。此外，1961年3月7日《自立晚報》社論談及緬寮泰邊境「孤軍」撤退議題，也強化了鄧克保所撰之文的眞實性，參見〈誰有權撤退「孤軍」？談緬寮泰邊境反共義民的撤離問題〉，《自立晚報》（1961年3月7日），第4版。

186 葉明勳，〈序〉，收於鄧克保著，《異域》，頁1。「駐曼谷記者倪華明」後於星光版改爲「李華明」。「倪華明」難免令人聯想柏楊第四任妻子「倪明華」。

187 應鳳凰，〈從《蝗蟲東南飛》到《異域》血淚：郭衣洞與臺灣反共文學〉，

域》因此吸引了廣泛閱聽眾的目光，也影響了後來的報導文學家如李利國繼續追蹤報導，甚至迄 1978 年仍有人寫信給《異域》的「孤軍精神領袖」丁作韶，詢問如何去滇緬加入反共游擊行列[188]。但因該書涉及眞實人事，而描述的內容又是國軍敗逃，甚至提及部分高級將領臨陣脫逃，「像一個父親在苦難時拋棄了他的親生兒女一樣，他們拋棄了那些爲他們流血效命的部下，輕騎走了」[189]，特別是在《自立晚報》連載第21篇（1961年1月20日，成書第三章）指名道姓：「他們的團長羅伯剛是一直和他們一道行動的，可是因爲他的妻子在很早的時候便飛到臺灣的緣故，到了小猛捧（按：緬甸北部）之後，他第一件事便是出賣他部下手中的槍械」[190]，此一描述引起當事人羅伯剛不滿，「曾派人來社並來函要求調查鄧先生地址和身分」[191]，這使得連載過程中，編輯部不得不附加啓事指出：

> 「血戰異域十一年」，本報於連載完畢之日，將出單行本問世，以期國人對邊區孤軍的歷次戰役，有一系統的認識，全文雖係私人回憶，但所述均為史實，涉及人員，多仍在人世，且半數以上，身在臺灣，是非虛實，自有定論，但或因時代久遠，如有錯誤，請（按：贅字）與實際有距離之處，敬請有關人士，將事實見告，本報當於出書時補充或修正。[192]

收於張清榮主編，《柏楊與監獄文學：2007 柏楊學術國際研討會論文集》（臺南：國立臺南大學，2008 年初版），頁 160。原發表於 2007 年 11 月 10 日至 11 日於臺灣舉辦之「2007 柏楊學術國際研討會」。

188 馬以工，〈訪「孤軍的精神領袖」丁作韶夫婦〉，收於李利國編著，《從異域到臺灣》，頁 236。

189 鄧克保，《異域》，頁 41。

190 鄧克保，〈血戰異域十一年：我來自中緬邊境游擊區〉，《自立晚報》（1961 年 1 月 20 日），第 4 版。

191 鄧克保，〈鄧克保先生致本報編輯部航函〉，《自立晚報》（1961 年 2 月 11 日），第 4 版。該說明於書本出版時作爲附錄之一，惟出版已將當事人名姓塗去。

192〈本報編輯部啓事〉，《自立晚報》（1961 年 2 月 7 日），第 4 版。

此一涉及「是非」的內容，也在連載過程中，「使那些一臉忠貞的傢伙大爲憤怒，因此引起國防部對報社的強大壓力」，甚至憲兵司令部政戰主任至報社警告柏楊再寫下去將要對他不利，「（我）感到危機四伏，也因此發現自己的孤獨，一支筆無法對抗龐大的國家機器，我決定停筆」[193]，而這正是《異域》只寫了血戰十一年中的前六年，卻未見下文之故。換言之，鄧克保固然是虛構角色，但所述人物俱在，且都以眞實名姓示人，使得《異域》一書呈現虛實並陳的效果，也使其文類界定屢有爭議。李瑞騰於 1984 年認爲該書「毫無問題，那是一本報導文學的佳作」[194]，迄 2000 年編纂《柏楊全集》則指出《異域》的文類歸屬有些爭議，「此處從舊說納入報導」[195]，這句話頗耐人尋味，乃因應鳳凰指出《異域》一書「極少被推薦、討論或進入學術研究。除了被廣大讀者接受，它從未得什麼獎，很少書評」[196]，則從「舊說」是藝文圈抑或閱聽眾的認定？目前可知的書評乃由林雙不所撰，其開宗明義即說：「鄧克保的《異域》是一本讓人熱淚盈眶的報導文學」，林氏認爲該書「有血有淚，最能啓發我們中學生的國家民族情操，培養我們中學生堅毅的人格」[197]，這類著眼於民族主義而視《異域》爲報導文學的說法，也見諸張大春所謂「一貫於《異域》行間的是，一種沛然莫之能輕侮的民族主義的吶喊」[198]，而朱俊哲則進一步指出「如果說它（按：《異域》）

---

193 兩句引文皆出自周碧瑟，《柏楊回憶錄》，頁 247。

194 李瑞騰，〈從愛出發：近十年來臺灣的報導文學〉，《文藝復興》第 158 期（1984 年 12 月），頁 50。

195 李瑞騰，〈《柏楊全集》總序〉，收於柏楊著，《柏楊全集・第 9 冊》，頁 IX。

196 應鳳凰，〈從《蝗蟲東南飛》到《異域》血淚：郭衣洞與臺灣反共文學〉，頁 159。

197 兩句引文皆出自林雙不，〈談《異域》〉，收於《柏楊 65》，頁 451、456。該書註明該文原載《自由日報》（1983 年 3 月 4 日）。然而經查《自由日報》，並未見該文。

198 張大春，〈泰北滄桑的歷史見證：談《金三角・邊區・荒城》〉，收於《柏楊 65》，頁 436。原載《時報雜誌》第 134 期（1982 年 6 月）。

是報導文學，那是由於滇邊英雄來歸是曾經引起全國矚目的大新聞」[199]。

對於《異域》一書的文類歸屬探討，應鳳凰當屬箇中最早也最具系統的探究者。其在1999年研討會論述柏楊1950年代小說的當下，並未提及《異域》[200]，迄2003年再次述及柏楊小說時，則指出「《異域》的出版與暢銷同樣出人意料。它的形式題材很特殊，是以新聞報導的手法寫一支流落在中國滇緬編區的孤軍……」[201]，惟並未觸及《異域》的文類歸屬問題，反而著眼於《異域》暢銷以致平原出版社逐漸打響名聲之連結。迄2007年，應氏論述柏楊與臺灣反共文學已將《異域》入題，並提問：「郭衣洞與《異域》——是小說，還是報導文學？」該文就《異域》最早發表於《自立晚報》的形式談起，而後連結至《柏楊回憶錄》揭露該書並非由其訪談的說法，指出柏楊係透過記者訪問資料加以記述、拼湊與改寫而成，「換句話說，本文中第一人稱獨白，男主角內心感受：不論是痛苦時的呼天與哀號，或對政府偏安臺灣，拋棄孤軍的怨懟不滿，都是作者透過僞裝的『紀實形式』所發出的個人感慨。」應氏認爲該書：「或借『眞相報導』的形式，借題發揮，包括虛構出一個『正在書寫眞相的情境』……在在都顯示這是一本以第一人稱敘述、有情節有結構的創作」，她並針對《異域》的形式加以指出該書的想像成分比實地報導要大一些，「稱得上小說創作，而非『報導』或『報告文學』。再根據其主題人物與環境背景，歸入反共小說也沒有錯」[202]，換言

---

199 朱俊哲，〈現實的探索：報導文學的社會功能與價值〉，收於陳銘磻主編，《現實的探索》，頁115。原載《愛書人》旬刊第68期（1978年3月11日），第1版。

200 應鳳凰，〈柏楊1950年代小說與戰後臺灣文學史〉，收於林淇瀁編選，《【臺灣現當代作家研究資料彙編】19柏楊》，頁281-295。原發表於1999年6月10日至11日於香港舉辦之「柏楊思想與文學國際學術研討會」。

201 應鳳凰，〈「文學柏楊」與五、六〇年代臺灣主導文化〉，收於李瑞騰主編，《柏楊文學史學思想國際學術研討會論文集》（臺北：行政院文化建設委員會，2003年初版），頁161。原發表於2003年10月18日至19日於臺灣舉辦之「柏楊文學史學思想國際學術研討會」。

202 應鳳凰，〈從《蝗蟲東南飛》到《異域》血淚：郭衣洞與臺灣反共文學〉，頁161。

之，應鳳凰係以親身採訪與否，再加上對於柏楊文學思維的解析，認為《異域》一書應當納入小說而非報導文學。

此一主張亦見諸張堂錡發表於研討會上的析論，其針對《異域》及其他衍生作品如《異域烽火》、《異域下冊》加以分析：「作者柏楊與姜穆都沒有親歷現場採訪，採用的是史料彙整、資料剪輯的方式，在表現上當然無法有訪問者的身分，而必須虛構人物來進行敘述。」他認為《異域》一書的寫作方式和《冷血》親身訪問不同，但呈現的形式卻又相近，「都屬於接近新聞體寫作的『非虛構小說』」，故而張氏認定該書是較接近新新聞學的寫作方式，難以稱之為報導文學。此外，其亦從柏楊的文學主張「雜文小說」，認為「《異域》這部以眞實素材為基礎的『虛構小說』，在柏楊的性格與文學的雜文天平上，向小說傾斜」[203]。對此，當時評論人之一即針對張堂錡一文指出：「《異域》的結構鋪排形式是新聞資料，故事不全是憑空虛構，只是用間接材料作為藍本而已，有人把它說成是報導文學，顯然是牛頭不對馬嘴，當他（它）是一部寫實主義小說比較恰當。」[204]另一位評論人則認為「逕說《異域》就是『一部社會小說』，是否更直截了當」[205]，而這一將《異域》視為小說的說法，早見諸葉石濤《臺灣文學史綱》，其提及柏楊小說時，指出「有《異域》較著名」[206]，唯獨葉氏並未加以闡述之。

相對於前述視《異域》乃小說的看法，林淇瀁認為美國新新聞學的寫作

---

203 張堂錡，《跨越邊界：現代中文文學研究論叢》（臺北：文史哲出版社，2002年初版），頁99。前引第一句與第二句出自該書頁94。原文〈從《異域》到《金三角・荒城》：柏楊兩部異域題材作品的觀察〉發表於1999年6月10日至11日於香港舉辦之「柏楊思想與文學國際學術研討會」。

204 羅琅，〈講評〉，收於黎活仁、龔鵬程、李瑞騰、劉漢初、黃耀堃、梁敏兒、鄭振偉主編，《柏楊的思想與文學：「柏楊思想與文學國際學術研討會」論文集》（臺北：遠流初版事業股份有限公司，2000年初版），頁296。

205 李志文，〈講評〉，收於黎活仁、龔鵬程、李瑞騰、劉漢初、黃耀堃、梁敏兒、鄭振偉主編，《柏楊的思想與文學：「柏楊思想與文學國際學術研討會」論文集》，頁299。

206 葉石濤，《臺灣文學史綱》，頁102。

形式亦屬於臺灣報導文學源流之一，其依據係來自提倡報導文學甚力的高信疆之說法，故而容許「主觀主義」（subjectivity），不再以客觀爲尚，因此縱使《異域》「形式上接近小說，實質上仍可視爲報導文學的一種」[207]，言下之意，林氏認爲《異域》當可歸入報導文學的一環。但事實上，新新聞學主張的是「立基於事實，以更豐富的方式進行報導，也允許作者投入自我情感」[208]。換言之，新新學一反新聞界過於依賴新聞來源提供消息的傳統，也批判「客觀主義」（objectivity），認爲記者應該經由一個又一個的情境建構、對話，找回新聞的臨場感，亦即新新聞學強調的是寫作的風格及描述的品質，而非僅是採取「新式非虛構小說」（new nonficiton）即可視之爲報導文學，也就是說，新新聞學仍主張記者到現場對事件加以深入觀察、詳盡分析，故而《異域》挪用他人採訪資料的做法，實際上與新新聞學的主張並不一致，且新新聞學主張的並非虛構，而是「允許作者投入自我情感」，經由多元、豐富的層次去呈現新聞事件。在這點上，柏楊於 2003 年對於《異域》的說法容或可以參考：

> 記得一段寫一個女英雄騎在馬上，這是看美國西部武打片，看太多的緣故，一提韁繩，馬就揚起前蹄，揚頭嘶鳴。李國輝大笑說：「邊區只有驢子。」所以我寫的雖不算小說，也不能完全說是拓印本的報導。人生本來就是這樣，寫回憶錄、自傳，假使字字都要真實，恐怕十輩子也寫不出。[209]

綜上所述，《異域》之所以文類歸屬受到討論，最早出於柏楊個人際遇使然，以致當年虛構鄧克保之事遭到揭露，而該書當年之所以被視爲可信的報導，一方面在於《自立晚報》形塑「新聞」的設定，一方面則是民族主

---

207 林淇瀁，《照見人間不平：臺灣報導文學史論》，頁 78。

208 Dennis, E. E. (1971). The new journalism: How it came to be. In Dennis, E. E. (Ed.), *The magic writing machine: Student probes of the new journalism* (pp. 1-10). Oregon, Eugene: School of Journalism, University of Oregon. pp. 2.

209 柏楊，《天眞是一種動力》，頁 193。

義、大中華主義使然，再一方面也有《中國時報》報導文學風潮之推波助瀾，使得《異域》一度想當然爾被視爲報導文學，但本書以爲該書有違報導文學主張「不允許憑空虛構，不能以事實的羅列始終其事」，加諸五、六〇年代對於報導文學的看法原就是以強調修辭的新聞文藝、新聞小說出發，故本書主張應納入小說或新聞文學的範疇予以看待。

（三）吳新榮《震瀛採訪錄》與報導文學：文獻史料式的採訪錄

如何在五、六〇年代找到所謂「報導文學作品」，向來是本體論者必然涉足的研究命題。而從前述爬梳可知，五、六〇年代的報導文學作品顯然與七〇年代截然不同，除了宣傳式作品外，也有未經親身採訪卻深受讀者歡迎的作品《異域》，而這類以官方媒體爲依據、以大中華民族主義爲訴求的作品脈絡下，論者另闢蹊徑，指出尙有以「文獻史料式」呈現的田野調查，箇中又以吳新榮所撰之《震瀛採訪錄》爲代表。

該書被譽爲「報導文學的前驅作品」（莊永明語），由出身鹽分地帶文學領導人吳新榮自 1952 年迄 1966 年，獨自踏查臺南、嘉義等地十五年之著作，相較於七〇年代報導文學亦包含了諸多類如文獻史料式的鄉土踏查作品，《震瀛採訪錄》固然類如七〇年代踏查蘭嶼、美濃、北港之報導文學作品，但必須探問的是，七〇年代的鄉土踏查報導文學乃是基於「發現臺灣」、「回歸鄉土」，則吳新榮意欲發現什麼？回歸什麼？《震瀛採訪錄》置於該時代自有其特殊性，但絕不能因其撰寫鄉土即無庸置疑視爲報導文學之先驅，否則 1965 年迄 1980 年間，著眼當時臺灣社會爲題材的「省政文藝叢書」[210]，豈非報導文學之一環？但考察其內容係「官方視角下的鄉土」，與論者所謂「寫眼前、寫臺灣」、「強調民間視角」的報導文學截然不同。

回到吳新榮身上，目前著眼於其田野調查訪談錄的研究者仍少，泰半以其所表徵的醫事作家、醫學人文、鹽分地帶詩創作等作爲探究面向，且多集

---

210 郭澤寬，〈臺灣社會「立字」形成的鏡與燈：「省政文藝叢書」中的現代化變遷書寫〉，頁 59-64。

中在日本殖民時期的文藝創作[211]，顯示吳新榮與報導文學的連結並不受研究者重視，也凸顯吳新榮這七十四篇加諸其他篇章，輯爲「震瀛採訪錄」的作品猶待深化探析。

這冊《震瀛採訪錄》在吳新榮1966年的出版構想中，乃是「震瀛全集」中第二卷，其他兩卷爲上卷《震瀛隨想錄》，下卷《震瀛回憶錄》[212]，依其日記說法，前者預計1966年出版、後者預計1976年出版，其中《震瀛回憶錄》最常爲論者引用，被視爲臺灣文學史重要史料之一。但因吳新榮於1967年突然病逝，故於1977年才由吳氏後嗣輯錄出版，次子吳南圖於後記中指出《震瀛採訪錄》的編纂與吳氏的構思有些出入，主因在於除了原訂的採訪錄外，另收錄其他文獻著作、民間傳承、俚諺等，故原預定於1971年出版，延遲六年才問世，目前普遍所見的版本爲1981年臺南縣政府編印[213]。

就吳新榮的訪談方法而言，吳南圖以其與父親一同訪談的經驗指出：「第一期作概念性，面的採訪；第二期作普遍性，線的採訪；第三期作精密性，點的採訪。」（前引頁440）可見其細緻看待田野調查。對此，王詩琅在該書序中指出：「整個文獻工作就是這區域研究的綜合工作……他時常邀同南縣市的這些同工們，遍踏縣內偏陬僻地，歷盡千萬辛苦，查古蹟，詢故老，逐一記錄下來。」[214]王氏開宗明義即指出吳新榮的訪談工作乃是爲文獻史料奉獻而來，其方法乃是以田野調查與訪談的方式加以完成，就行動而

---

211 其中較具代表性者可參見陳祈伍，《激越與戰慄：臺南地區的文化發展——以龍瑛宗、葉石濤、吳新榮、莊松林爲例》（中國文化大學史學系博士論文，2011年6月）。

212 吳新榮著、張良澤主編，《吳新榮全集卷七：吳新榮日記（戰後）》（臺北：遠景出版事業公司，1981年初版），頁164。出自1966年9月9日之日記內容。

213 吳南圖，〈後記〉，收於吳新榮著、臺南縣政府民政局編校，《震瀛採訪錄》（臺南：臺南縣政府，1981年初版），頁440。該後記完成於1977年3月27日。

214 王詩琅，〈王序〉，收於吳新榮著、臺南縣政府民政局編校，《震瀛採訪錄》，頁I-II。

言與日後的報導文學一致，就關注的對象而言皆爲鄉土，惟在目的上大相逕庭，前者係爲臺南與嘉義地方的文獻史料加以記錄，以作爲他日研究參考之用，是偏向文獻知識系譜的積累；後者則爲實踐社會服務運動、回歸現實、回歸鄉土，是帶有批判、改造乃至關懷社會之行動意識。

由前述可知，訪談耆老、實際探究、逐一記錄乃是吳氏的田野調查方法，也可看出其在撰寫這七十四篇作品的過程中，是走出書房、走進田野的實地訪談，比起一般文學更強調「以事實爲基礎」。惟吳新榮並非意圖以報導滿足閱聽大眾，而係採集鄉土資料以作爲日後學術分析比較之用，故在回答臺南縣文獻委員會各鄉鎮採集站員的提問時，指出人物的忠奸善惡之別，應以著重實事求是爲主，故無論善惡皆可予以採集，「只有在歷史上有價值，什麼東西都可爲文獻。」[215]此外，吳氏也指出採集站員若發現古蹟，宜先通知文獻委員會，「等待觀察其結果如何再做報告」，另建議每月舉行地方耆老座談會，並報請縣政府應設法保護所謂的地方八景，包括白河鎮（現爲臺南市白河區）關嶺雲岩、六甲鄉（現爲臺南市六甲區）珊瑚飛泉等，由此可知吳氏所謂的文獻工作更接近於考古調查，因而當時知名的民俗學者婁子匡稱許：「吳新榮氏的臺南縣採訪記十六篇中，我感興趣的是他親身經歷……每一次採訪的時候，可以說都有充分的準備，在那采風問俗的對話之中，就能聽出提出問題的中肯；在發現新的事物之時的處理和追跡，除了擷取現場和實務影像，又復諮詢切要的問題，更可以看出吳氏的素養是深湛的。」[216]這類以考證、查證史料的訪談歷程，其本質論與認識論較接近考古學、人類學，惟透過吳氏文學化的筆法，可從中獲知當時種種庶民生活：

> 我們回到市內已為半晡，七時南市文獻委員許丙丁先生招待一同到「度小月」吃「擔仔麵」，意欲使這群青年學者知些「人間

---

215 吳新榮著、臺南縣政府民政局編校，《震瀛採訪錄》，頁88。

216 婁子匡，〈婁序〉，收於吳新榮著、臺南縣政府民政局編校，《震瀛採訪錄》，頁V。

> 味」。但楊教授（按：楊雲萍）似不夠體得這樣「人間味」，後招筆者蹓躂運河邊看夜景，往夜市吃點心，我們所點的是「高雄日月蟫」及「澎湖芳螺」，楊教授嘖嘖稱好，並同意筆者「點心是表現地方文化」之說。（前引頁132）

> 看這處真正的寒村後，我們的車駛新化鎮訪問洪委員所介紹的陳龍吟先生，他展示胡南溟的遺稿。胡南溟為南市的名詩人，其詩風被稱為連雅堂之上，但他貧苦不堪言，看其詩稿用日據時期國民學校的國語簿粗紙就可知道。陳龍吟先生聞我們今日要訪他，他就往大池釣一大鮘魚要饗我們，但我們只好說一句「看較好食」就向蜈蜞潭來。（前引頁230）

> 將軍庄也是筆者的故鄉，筆者在此生長、在此過了童年時代，在此過了封建時代的農村生活，一木一草都有認識，都有遺香，都有懷念。但是現在呢？我都像陌生人到這裡，無人招呼無人歡迎，甚至荒廢的舊屋無人居住……我們一行在路邊買了十八碗的田草水（按：仙草水）止渴，買了八碗的炒米粉做頓。聽說此小吃店的女人，就是我們幼少的時候最親熱的賣碗粿婆仔的三代孫女，這是意外的奇緣。（前引頁235）

凡此，可知吳新榮在田野調查的歷程中，加入了許多個人主觀敘事，這類主觀敘事由於披露了作者所見所聞，遂被論者如婁子匡視爲「著實的顯出他底能力和才學，也就是把學術性、新聞性兩難合併，多多少少建樹了臺灣文化的田野採訪的初模」（前引頁IV）。惟這類敘事並非楊逵所欲實踐的「必須熱心以主觀的見解向人傳達」[217]，也非促使「大眾」採取一樣的態度而創作，而僅止於個人情感的抒發、懷舊傷古的表達，故林清玄記錄這位「業餘採訪家」指出：「吳新榮的《震瀛採訪錄》雖是他一生最有價值的一

---

217 楊逵原著，邱愼譯，〈何謂報導文學〉，頁503。

本著作，可惜採取的是直敘式的追訪，文字流於鬆散，從文字技巧上，還不及其他的著作。」[218] 此一觀察頗為中肯，也說明了所謂「報導文學的前驅作品」未免流於浮面說法，忽略了吳新榮所關注的鄉土層面係為繼承考證而來，這也是婁子匡再三稱許其訪談「在文獻上的學術價值相當高」（頁VI）之故，諸如 1960 年 7 月 3 日追跡洪雅族後裔、1961 年 2 月 16 日追溯蚊港及青峰闕、1966 年 7 月 26 日訪北門鄉南鯤鯓王爺巡禮等皆屬此例。

事實上，從前述三則引文看來，論者多著眼《震瀛採訪錄》具備濃厚鄉情，然而此乃田野調查中必然涉及的日誌，故揆諸這七十四篇作品多聚焦於臺南與嘉義之風俗民情、古蹟寺廟等考察，其中，與日後報導文學最相關者，莫過於 1962 年 7 月 2 日訪烏腳病村，當時美國海軍第二醫學研究所派人來搜尋相關病史資料，加諸臺南縣醫師公會也要求參與研究及協助救濟，吳新榮遂認為有必要前往探詢。訪談過程中，吳新榮述及該病症在當時仍未有正確學名、且病因不明，全程僅與醫師溝通而未訪談病患，故通篇所記乃依主治醫師為主，是病徵記錄而非喚起世人檢視醫療體系良窳之觀點，最終吳新榮的觀察僅止於照護者的愛心，全然不聞患者的苦楚：「他（按：主治醫師王金河）在這樣環境中負起一切的責任，如患者的痛苦集中在其身上一樣，他的奉仕的態度，犧牲的精神，使我們想像是『聖者』的再臨。」（頁190）相較七〇年代中《夏潮》刊載由張良澤報導的烏腳病內容，張氏係從年僅八歲的病患林東雪視角切入，細數其發病的心路歷程，並從中揭露林東雪的成長背景：父母皆在臺北做工，獨留她在北門烏腳病防治中心治病：「張總務說她是最年輕的病患者，剛鋸掉一足。輕撫一下包紮得圓圓的足踝上部，她便抽痛地收回了腿。」[219] 該文傳神勾勒了林東雪在學校活動的樣態：「東雪沒有腳盤的那隻腳，像撐著硬梆梆的木棍，點著地面，一跛一拐地跳著拍球…… 」（頁 54）也適切傳達出身為病患的難受：「東雪就寢。我坐在床邊的凳子上，看她伸出棉被外的腳，因趾間紅腫而發癢，不停在床

---

218 林清玄，《傳燈》，頁 142。

219 張良澤，〈小烏腳病者的一天生活〉，《夏潮》第 15 期（1977 年 6 月），頁 52。

沿來回摩擦；臉上現出愛睏又不勝其煩的表情……」（頁 56）

而經由細筆描述神學博士富蘭克林、蘇姓傳道士等人探尋烏腳病患者的情景，張氏一文也凸顯出報導文學應有的批判精神：

> 走在鹽田，遠遠便聽到由一間破草寮傳出哀號聲。入草寮，臭氣撲鼻，只見一老人輾轉於竹床上；掀開油黑的破絮，一腿已潰爛不堪，敷著草藥，蛆蟲鑽動。富蘭克林蹲下，一邊捉去蛆蟲，一邊哀傷道：「臺灣的基督教會還在睡覺。如果上帝存在的話，祂一定先來北門。」（頁 56）

兩相比較，可知吳新榮的採訪錄較傾向爲考古文獻背書，尤其他於 1952 年應聘擔任擔臺南縣文獻委員兼編纂組長，主編《南瀛文獻》，並主修《臺南縣志稿》，「發掘鄉間碩彥，整理鄉土文物，彙集俚言俗語，考訂古今異同」[220]，故其《震瀛採訪錄》是否能與報導文學相通，考察其訪談動機與目的，顯然更貼近文獻史的鄉土考察。事實上，吳新榮之所以備受稱許，固然與其文學家、鹽分地帶文學領導人身分有關外，尚有「醫師」此一頭銜光環：「如果他是一位文獻的專業人頑，對地方採訪的努力就不足爲奇，然而他是位專業醫生，所有的採訪都是在看患者的空閒去做，因此更值得讚佩……」[221] 惟置於五、六〇年代訴諸反共抗俄、神州懷舊的文藝政策，吳新榮前往田野進行調查並留下紀錄成果，仍可視爲該時代的特殊風景，特別是以嘉南平原爲考察範疇，有別於彼時臺灣媒體以神州爲尚，儘管最終結果在於完成文獻史料之積累，但吳新榮向來著重調查式的報導[222]，仍值得後續論者加以探析之。

---

220 張良澤，〈吳新榮先生傳略：爲先生逝世十週年紀念而寫〉，《夏潮》第 13 期（1977 年 4 月），頁 60。

221 林清玄，《傳燈》，頁 141。

222 吳新榮曾於《暢流》半月刊連載多篇〈臺灣山地傳說〉，該文篇幅雖短但帶有報導性質，參見吳瀛濤，〈臺灣山地傳說〉，《暢流》第 23 卷 2-11 期（1961 年 3-7 月），頁 21、22、21、20、22。

儘管論者對於新新聞學漸有瞭解，然而六〇年代的報導文學主流仍以新聞文學為主，其強化文學筆法的運用、關注新聞是否具備更深刻的感染力與宣傳性，期能藉此說服閱聽眾、宣揚政策，故迄七〇年代初，論者仍持此文學至上論指出倘若要提升報導文學的本質，「最好的方法應該是從小說中——當然是古今最好的偉大小說作品中去汲取教訓」[223]。換言之，無論是新聞文學抑或新新聞，皆在詮釋文學價值更勝於實踐的重要性、政策服膺與宣傳政績，儘管此時期出版數本記者訪談錄，包括曹聚仁《採訪新記》、魏景蒙等《採訪集粹》、蘇玉珍《我的世界：一個女記者的採訪實錄》等[224]，但充其量只是訪談工作的甘苦談，稱不上報導文學作品。而事實上，從1964年11月5日至7日中國國民黨中央委員會於臺北召開「第二次新聞工作會談」，會中通過「加強新聞與文藝工作合作，以擴大文藝戰鬥功能，促進反攻大業」[225]一案可知，彼時提倡結合新聞與文藝的文類，無論名為「新聞文藝」、「新聞文學」抑或「報導文學」等，皆具強烈的政治宣傳、社會責任論功能，這也是報導文學日後崛起之際，不斷被拔除社會意識、講究報導手法之故。

前述針對五〇年代《文藝創作》、《文壇》以及《新文藝》等仨雜誌析論，可知報導文學在五〇年代基本上是邊緣化的文類，其被扭轉為宣傳意味、軍事化之載體，在反覆強調文學造詣的前提下，三〇年代報告文學的左翼性格已然消失殆盡，取而代之的是全然服膺於內部殖民體制與新殖民主義的右翼路線，報導文學的作用不在揭露社會問題、去殖民化、反文化霸權，而是透過更為精準、優雅的文學修辭去形塑新聞事件的可讀性、感染性，以完成為政治服務的目的，最終成為六〇年代盛極一時的新聞文藝，透過眞善

---

223 彭歌，〈報導文學與小說〉，《中華文藝》第1卷第3期（1971年5月），頁4。

224 包括曹聚仁，《採訪新記》（臺北：創墾，1956年初版）、魏景蒙等，《採訪集粹》（臺北：臺北市新聞記者公會，1965年初版）、蘇玉珍，《我的世界：一個女記者的採訪實錄》（臺北：東方與西方，1966年初版）。

225 中央社訊，〈新聞工作會談閉幕，通過四大中心議題，加強精神武裝鞏固心防，發揮傳播力量策進反攻〉，《聯合報》（1964年11月8日），第2版。

美的準則，與新新聞學交相混雜使用，迄七、八〇年代猶爲論者統括報導文學之概念，凸顯五、六〇年代的報導文學並非「罕見」，而是轉化爲強調文學、文藝的文類，尤有甚者擴張爲新聞媒體上刊登之藝文作品即可稱之爲「新聞文藝」，也說明了此時期的報導文學乃是服膺文藝政策使然，其根本不在彰顯臺灣、更遑論批判改造，這也使得七〇年代中葉以降以「現實的邊緣」登場之報導文學備受矚目，卻又在「報導文學系列」中呼應吳新榮式的民俗考證與文化懷舊，欲言又止的性格說明了報導文學從來就非憑空而生的文類，也非自七〇年代拔地而起。

五、六〇年代的報導文學從來就沒能引起廣泛閱聽眾的關注，一方面因爲它的左翼特質遭到邊緣化，一方面寫實內容被轉化爲對文體的修飾與講究，成爲新聞報導的遺緒，也就受限於新聞報導的規範，這也是報導文學一度被視爲承續新新聞學而來的緣故，既然是新聞報導的一部分，又何足道哉？媒體裡多的是樣板式的、心戰喊話式的新聞報導，然而它們已經無法吸引讀者、激勵民眾，這也是到了七〇年代初官方派作者要爲戰鬥文學「招魂」[226]。深究之，臺灣報導文學的崛起背景乃至精神意涵等，都與六〇年代臺灣所闡述的講求修辭之新新聞學並不相類，就媒體來說，報導文學乃是因應報業競爭而進行的副刊改革之產物；就社會氛圍來說，報導文學的崛起乃是呼應回歸鄉土、回歸現實之需求；就文體來說，臺灣報導文學並不在乎修辭筆法，踏查鄉土、建構鄉土、挖掘社會問題才係箇中的核心價值。

---

226 鍾鼎文，〈爲戰鬥文藝招魂：民國六十三年五四文藝節獻言〉，聯合報（1974年5月4日），第2版。

第三章
七〇年代臺灣報導文學場域論

3

——一九七〇年代從開頭的幾年便在客觀環境的驅動下鼓舞著一股民族主義的風潮……從客觀的環境轉到主觀人為去推動的文壇大事，最引人注目的莫過於報導文學及鄉土論戰。[1]

走過五、六〇年代的沉寂，在七〇年代結束前，報導文學赫然成爲該時代文學界最受矚目的「新興」文類，尤有甚者被視爲足以與鄉土文學論戰並列的兩大「文壇盛事」。然而，同樣是內部殖民時期，何以深具左翼色彩的報導文學在歷經五、六〇年代的文藝政策規訓後，一躍而爲七〇年代十大文化事件之一？於此，本書擬就以下取徑析論七〇年代臺灣報導文學之發展：其一，報導文學與場域條件：何種條件促成報導文學的崛起？尤其五、六〇年代報導文學被視同宣傳文學、戰鬥文學。其二，高信疆與報導文學：高氏向來被論者視爲報導文學的提倡者，其信念與策略爲何？跟隨者與反對者爲何？其三，黨外民主運動與報導文學：報導文學的發聲固然始於主流媒體，但不可忽略的是黨外雜誌、左翼雜誌也挪用了此一文類，其如何看待報導文學？其四，報導文學與文化霸權：文化霸權的施行使得「臺灣」無論是地理名詞或文化意涵，皆被排除於公共論壇之外，則報導文學如何以實踐行動反抗文化霸權，並達成新詮釋、新論述乃至去殖民化之可能？以下即分成兩個小節加以析論。

壹、政治場、媒體場與文學場：七〇年代報導文學場域論

面對七〇年代的政治與文化變遷，論者或從世代交替論切入、或從場域

1　蔡源煌，〈最後的浪漫主義者〉，頁181。

觀加以探析、或從主義流派比較檢視、或以政經條件分析之，取徑多以鉅觀分析爲主，無論何種分析視角，七〇年代被大部分論者視同「回歸現實」、「回歸鄉土」的年代。然而，何謂「現實」（reality）？何謂「鄉土」（local/native）？何種條件促成此一「現實」與「鄉土」的理解？「現實」與「鄉土」如何被論述？

亦即「臺灣」的浮現乃是七〇年代的論述特色，而報導文學通常被視爲箇中有力的傳播行動者，那麼，報導文學傳播臺灣鄉土的歷程具備何種意義？發揮何種作用？影響了誰？從後設的視角回望，對照報導文學此消彼長的態勢，我們不能不意識到：報導文學的興起有其特定時空的條件組合，而這些條件恰可回歸到本書所秉持的場域論以及後殖民論，因爲正是文化霸權架空現實臺灣，因而面對回歸現實的七〇年代，可從三個主要面向理解報導文學所處的場域變化：首先，伴隨學生運動、黨外運動而來的，有關本省籍政治人物對於「鄉土本位」的靠攏及其參與社會的實踐，而參與社會正是報導文學的核心精神。其次，伴隨中產階級、知識分子的興起，媒體——尤其副刊提供「回歸鄉土」、「回歸現實」的論述空間——如何建構臺灣鄉土觀？報導文學乃是箇中代表性的文類。其三，伴隨現代詩論戰、鄉土文學論戰而來的，有關「文學」與「現實」如何相呼應的探索，而這正是知識分子、中產階級對於文化霸權的反思，也是報導文學所欲表達的文學與現實的對應關係。三者除了與政治經濟條件有關，也與社會文化影響有關，箇中反映的即是新興知識分子如何看待新現實與舊意識的糾葛，也就是對於內部殖民體制的反思，而報導文學正是反思的重要手段之一。

有關七〇年代的開場與結束，乃是伴隨著一連串外交失利而來的「革新保臺」呼聲。縱使七〇年代初猶有幾件事振奮著臺灣，包括美國副總統 Spiro Theodore Agnew 於 1970 年 1 月與 8 月二度來訪、「飛躍的羚羊」紀政接連在國際賽事締造佳績，然而接續而來的卻是 1970 年年底的釣魚臺事件以及延續至隔年的保衛釣魚臺運動、1971 年退出聯合國、1972 年美國總統 Richard Milhous Nixon 正式訪問中國以及中日斷交等，接二連三的外交受挫促使得新興知識分子意識到：國民黨政府過往的論述何其可疑，也意識到：臺灣的定位與認同問題必須重新定義，故「現實臺灣」成爲論述的核心，無論是現代詩論戰（亦稱「關、唐事件」）[2]、鄉土文學論戰乃至《夏潮》、《臺灣政論》創刊等，都是在此脈絡下針對眼前的臺灣加以闡發，儘管箇中夾纏了中國民族主義、大中華主義以及本土主義的糾葛，但「臺灣」的浮現意味著文化霸權已然受到挑戰，儘管官方仍以中國正統自居，動輒提出「加強對匪作戰」、「發揮戰鬥精神」、「堅持反共立場」等延續五、六○年代的論述策略，但政治與經濟政策已因國際與國內局勢變化而不得不作出修正。

首先，就國內政治活動來說，當局在退出聯合國而喪失國際地位後，意識到政治論述的危機，故在歷來「開放地方、封閉中央」的二元體制下，逐步對政治菁英甄補採取「本土化」與「臺灣化」之措施，一方面是中央層級的政黨與行政部門甄補臺籍菁英；一方面則適度開放中央層級的國會改選，意欲透過本土化政策尋求社會更深厚的支持。因此在蔣經國接任行政院長後，積極展開本土化與臺灣化的作爲：其一，透過增額選舉以增加國會的臺灣代表人數；其二，在國民黨內部人事選用上確立「啓用青年才俊」的新政策；其三，在國民黨政府內閣與國民黨中常會增加臺籍比例，也就是後來俗稱的「催臺菁」政策。主要表現在 1977 年 11 月 19 日五項公職人員選舉競選，其表徵的乃是國民黨藉由擴大政治參與來鞏固民間社會的支持，該屆選舉包括臺灣省第八屆縣市長選出二十人、臺灣省第六屆省議員七十七人、臺北市第三屆市議員五十一人、臺灣省第九屆縣市議員八百五十七人、臺灣省第八屆鄉鎮現轄市長三百一十三人，是臺灣實施地方自治以來「規模最大，競選最熱烈」的選舉，不論黨外人士或支持群眾的情緒皆是前所未見的高

2　有關現代詩論戰，主要集中於探討「爲人生而藝術」以及「爲藝術而藝術」兩路線，參見陳芳明，《詩和現實》（臺北：洪範書店有限公司，1983 年三版），頁 70（1977 年初版）。另，李葵雲歸納指出過去研究主題多集中於：七○年代新興詩社與五、六○年代創作主流的歧異、時代環境與民族認同的背景、西方現代主義的誤讀與在地化，參見李葵雲，〈詩和現實的理想距離：一九七二至一九七三年臺灣現代詩論戰的再檢討〉，《臺灣文學學報》第 7 期（2005 年 12 月），頁 46。

張[3]，也讓選舉後的第六屆省議會總計有廿一席無黨籍人士、占全體近三分之一，對於國民黨而言是「空前的挫敗」。其中，因著中壢二一三號投票所遭民眾質疑「妨害投票」，最終導致上萬群眾包圍中壢警察分局並焚毀停放在外座車的「中壢事件」，揭露了當局歷來選舉舞弊層出不窮，在選戰激烈下引發選民與參選人的不滿，也揭露民心思變的意圖，國民黨政府再也無法像從前那樣一手遮天。

開放選舉的結果，使得原本侷限於地方的臺籍政治菁英，得以晉身中央層級，也就使得二元體制的水平流動轉爲垂直流動，各部門參與者開始對於黨的權力分配、屬性乃至路線有了分歧的看法，知名的例子即是 1984 年從行政層級拔擢出身的李登輝被蔣經國提名擔任副總統，並於九〇年代初導致國民黨的分化，甚至一度引爆所謂的「二月政爭」之說[4]。這批臺籍政治菁英多屬黨外人士，在選舉過程中主要論述管道係以平面媒體雜誌爲主，其中，1975 年 8 月由黨外人士創辦的第一本政論雜誌《臺灣政論》發刊，延續《自由中國》、《大學雜誌》、《文星》等雜誌「反應民間輿論發言臺」的精神：「我們只看到執政方面的想法與要走的方向，而民間方面始終沒有一個園地來反應他們的要求和希望……」[5]在這裡，「民間」的發聲揭示了官方論述所強調的「神州夢」已難符合臺灣民意的期待，1975 年 8 月創刊的《臺灣政論》充分表達了此一心聲。這份由黃信介擔任發行人的刊物，集結了社長兼編輯康寧祥、曾任《大學雜誌》發行人的總編輯張俊宏，明示這是一本結合戰後新生代本土政治人物與知識分子的雜誌，意味著戰後臺籍知識分子開始學著提出自身的政治理論[6]，也揭開了利用媒體傳達「反對意

---

3 李筱峰，《臺灣民主運動四十年》（臺北：自立晚報，1987 年初版），頁 123。

4 倪炎元，《再現的政治：臺灣報紙媒體對「他者」建構的論述分析》（臺北：韋伯文化國際出版有限公司，2005 年一版二刷），頁 89-93。

5 黃信介，〈我們想做的：發行人的話〉，《臺灣政論》第 1 期（1975 年 8 月），頁 1。

6 韋政通，〈三十多年來知識份子追求自由民主的歷程：從《自由中國》、《文星》、《大學雜誌》到黨外的民主運動〉，收於中國論壇編輯委員會主編，

識」、「政治動員」的選舉模式[7]，它最主要的啓示在於促使「民間」的意見進入媒體之中，引領閱聽眾聽見、看見不同於主流價值的聲音，這也是康寧祥受訪時言明該刊係爲傳達「臺灣人民的聲音」（the voice of Taiwan people）[8]。

《臺灣政論》的重要意義在於運用「民間」論述以挑戰官方的文化霸權，因此吸引了大量閱聽眾，短短時間內即達到兩萬五千份的發行量，首期更是再版五次、停刊前的第五期甚至擁有五萬份銷量及兩千份海外訂戶[9]，在在顯示閱聽眾對於「民意」躍上媒體的矚目與渴望，故而當時具有官方色彩的政論雜誌《中國報導》（1973.8 改名發行，原名《香港報導》，1965 年 4 月創刊）趕緊出面批判該刊係「亡國臺獨」。隨後，1976 年 2 月 28 日《夏潮》創刊，自第四期起增資改組並擴大版面，被論者視爲蘊含「社會主義」性格、定位於「反對分離主義」的左派雜誌，它不僅是當年左翼知識分子的集結地，也引介了諸多臺灣日本殖民時期的文學、鄉土文學，並致力於批判資本主義、報導工農生活，對於一代人的左翼啓蒙甚大。至於 1979 年 6 月與 8 月分別創刊的《八十年代》及《美麗島》，則是反映了中壢事件後，黨外運動領導路線的分歧，前者強調體制內改革，後者關注改革體制，兩造都是對於民間力量的重新檢視與省思。《八十年代》以康寧祥爲首，強調新聞報導的專業性與編輯格式；《美麗島》則以黃信介爲首，網羅了全臺重要的黨外人士，在編輯架構上與《八十年代》相近，惟《美麗島》企圖結合黨

《臺灣地區社會變遷與文化發展》（臺北：中國論壇雜誌，1985 年初版），頁 369-370。

7 林清芬，〈一九八〇年代初期臺灣黨外政論雜誌查禁之探究〉，《國史館學術集刊》第 5 期（2005 年 3 月），頁 260。

8 黃年與尹萍，〈大學生與康寧祥談公正與理性〉，《綜合月刊》第 92 期（1976 年 7 月），頁 27。此文係《綜合月刊》編輯黃年、尹萍以及八位大學生，於立法院圖書館三樓與康寧祥對談，以一問一答的方式撰稿，惟康氏事先並不知情對談內容將發表於該刊。

9 馮建三，〈異議媒體的停滯與流變之初探：從政論雜誌到地下電臺〉，《臺灣社會研究季刊》第 20 期（1995 年 8 月），頁 182。李筱峰，《臺灣民主運動四十年》，頁 116。

外公職與非公職人士，被冠以「美麗島政團」、「黨外黨」等稱號，創刊伊始即有《疾風》雜誌成員於創刊會場外叫囂，史稱「中泰賓館事件」，最終官方再也難以忍受其言論與組織化政黨規模，遂爆發武力鎮壓的「美麗島事件」。

事實上，七〇年代初在前述外交失利的情況下，即有出身《大學雜誌》的青年知識分子張俊宏、許信良等人針對舊式地主、農民、知識青年、財閥等社會群體的處境、思想與政治態度作一析論，文章集結爲《臺灣社會力的分析》[10]，引起當時政治圈與知識界的關注。然而囿於時代的政治條件所限，縱使《臺灣社會力的分析》意欲表達臺灣的社會問題何其嚴重，但論述思維仍停留在美國式資本主義與社會功能論，也就是呼籲政府當局應正視勞工、農民等待遇不公的情況，以避免衍生更多的社會問題，故所主張的乃是「體制內改革」。這一思索無非是青年知識分子面對國內外局勢巨變，再難忍受國民黨政府向來強調的「安定中求進步」，轉而主張「以進步求安定」。以臺大學生爲首發起的「社會服務與調查」即是這一主張的實踐，1972 年 12 月 7 日，臺大、政大以及師大總計廿三位學生社團負責人，共同於媒體發表〈我們的呼籲〉一文，指出在外交受挫、保釣運動的情勢下，青年必須覺醒與自強，「勇敢的走出封閉的自我世界，擁抱國家和人民」，隨後由王杏慶（南方朔）、臺大學生代聯會主席王復蘇等人發起成立「社會服務軍」（後更名爲「社會服務團」），意欲從事五項調查項目，包括「農村問題、都市中的貧民、警民間的關係、勞工問題、一般民眾對地方選舉的態度」，期望藉此發揮青年應有的正義感和服務精神，也就是所謂的青年下鄉關懷運動。當時《聯合報》稱許此舉「是一次『洗禮』。多少年來，讀書人一直是接受社會供養的一群，現在他們走出了『象牙塔』，走出了書堆，開始做對社會實際有益的工作」[11]，包括南方朔、王拓（王紘久）等人在多年

---

10 張景涵等，《臺灣社會力的分析》（臺北：環宇出版社，1976 年初版）。作者包括張紹文、張景涵（張俊宏）、許仁眞（許信良）、包青天（包奕洪）。

11 劉復興，〈臺大學生代聯會，籌組社會服務軍：走出封閉的自我世界，腳踏實地爲國家盡力；挖掘出最迫切的問題，作政府與民眾的橋梁〉，《聯合報》（1971 年 12 月 9 日），第 3 版。

後回顧此一運動，都認爲它促使年輕人得到最爲「眞實」的教育經驗[12]，而此「眞實」的喪失，也就意味著過往文化霸權乃與臺灣現實脫勾、與眞實脫節。

此後，1973 年 3 月臺灣大學學生代表聯合會發起「百萬小時奉獻」運動，要求每一個臺大學生每週奉獻兩小時爲社會服務，期許年輕人能因此更加瞭解臺灣社會，也因而挑起了回歸鄉土的情懷。儘管過程中遭到當局介入，但其仍展現了知識分子（指導老師）與準知識分子（學生）走出校園、走進社會的企圖。有關這一連串與校園息息相關、且多以臺大師生爲首的學生運動，一方面肇因於保釣事件，一方面則可視爲蔣經國出任行政院長前後的「空窗期」，黨國機器權力重組之際，以《大學雜誌》爲首的「大學雜誌集團」展現了民間批評與張力，藉由 1971 年 1 月的改組，《大學雜誌》被論者視爲「蔣經國與知識分子集團（intellectual group）聯合，藉此保護並支持蔣經國以對抗黨內的保守勢力」[13]，此一「聯合陣線」係因應局勢所需，迄 1972 年 6 月 1 日蔣氏取得行政院長之職後，逐漸產生了權力關係上的變化。南方朔即曾針對《大學雜誌》及其集團發展指出，從初創期、大聯合時期、「土」「洋」內鬥時期以及「土」「土」分裂時期，該集團乃是一個「不斷分裂的過程」[14]。由於當局並非眞心支持知識分子的理性改革，故一旦雜誌內部的學者試圖「領導」學生運動時，當局再難忍容其作爲，失去外部奧援的《大學雜誌》、加諸集團成員間意見分岐日漸加大，最終在 1973 年 5

---

12 南方朔，〈那時，臺灣才長大〉，收於楊澤主編，《七〇年代：理想繼續燃燒》，頁 117-125。王拓，〈文學與社會正義〉，收於丘爲君與陳連順主編，《中國現代文學的回顧》，頁 258。

13 Huang, M（黃默）. (1976). *Intellectual ferment for political reforms in Taiwan, 1971-1973*. Ann Arbor, Mich.: Center for Chinese Studies, University of Michigan. pp. 66.

14 南方朔，〈中國自由主義的最後堡壘：大學雜誌階段的量底分析〉，《夏潮》第 4 卷第 2 期（1978 年 2 月），頁 51。南方朔一文受黃默著作啓發甚多，例如「大學雜誌集團」（Ta-hsyeh tsa-chih group）、蔣經國與大學雜誌的聯合陣線等皆出自黃默。

月提出休刊決議，也就是「大學雜誌集團」的解體。

從內部殖民體制予以理解，統治者豈容殖民地異議分子的存在？早在集團解體前，當局已是動作頻頻，包括 1972 年 4 月《中央日報》連續六天刊載署名「孤影」的論述〈一個小市民的心聲〉、1973 年 2 月情治單位約談臺大哲學系師生等，其中，臺大哲學系自 1973 年 6 月起迄 1974 年 7 月一年內共解聘十三位教師及助教，此一「臺大哲學系事件」透露了當局不再放任知識分子質疑其論述的合法性，被論者視爲上層者對下層者的「階級鬥爭」，統治階層與知識分子的「聯合陣線」宣告破裂，並揭櫫統治階層之權威不容挑戰。迄 1975 年 4 月蔣介石過世，依法繼任總統的嚴家淦發布誌哀辦法，規定全國軍公教人員綴佩喪章一個月、各部隊機關等下半旗三十日、全國各娛樂場所停止娛樂一個月等，種種規範皆說明了「帝王駕崩的禮節」，也證諸舊意識形態何其牢固。

然而，當年的學生運動並未因著「臺大哲學系事件」而退縮，反倒更加積極參與社會政治改革活動，投入以年輕一輩本省籍民意代表如黃信介、康寧祥爲首的黨外政治運動，1975 年 8 月《臺灣政論》創刊、次年 2 月左翼雜誌《夏潮》創刊，以及其後的《八十年代》、《這一代》以及《美麗島》等，一系列的黨外發聲凸顯民間迫不及待想要找到意見宣洩的出口，也凸顯中產階級不再甘於接收歷來文化霸權的單一論述，它們渴望更有效率、更民主的生活。對此，當局的解決之道乃是從經濟提升以及行政革新回應其需求，包括修正五〇年代進口取代工業化、六〇年代出口導向工業化，經由「十大建設」進行基礎工業深化的第二次進口取代工業化。此外，在中央的各項國會選舉中，增加臺灣區應選的名額，不再增補大陸地區名額，經由與本土菁英的結盟以尋求更多的社會支持。

此一時期，比起緩慢成長的民主政治，經濟成長之於七〇年代頗爲驚人，箇中雖然遭遇 1974 年石油危機而導致物價波動上漲，但國民所得自 1971 年的三百廿八美元增加至 1975 年的六百六十四美元，迄 1979 年更達一千七百廿美元，顯示經濟結構的轉變獲得了相當成效，而經濟的成長也帶動了中產階級的興起，自五〇年代以來，國民黨政府從農業部門擠壓人力與資源到工業部門[15]，依此加速工業的發展，因此到了七〇年代，初級產業勞動人口已從1950年占全部就業人口的50%，降至1970年的36.7%，迄1980年更是降至19.5%。故而七〇年代縱使農村建設喊得震天價響，但農業生產成長率卻逐年下降終至負成長，相對於農村的負債與廢耕，工業體系卻自1962年第一個「六堵工業區」設立伊始，迄1963年的工業產值比例已經超過農業產值，而後1966年於高雄設立加工出口區，並擴及潭子、楠梓等地，工業化已然成爲臺灣主要的經濟取向。只消翻閱六〇年代下半葉迄七〇年代末的媒體報導，無一不是以工業經濟建設爲主，其中，以女工爲主力的加工出口區以及環繞著農村而興建的小型工廠，更是當年「農工同源」的表現，也就是農村釋出人力供給工業，而工業工資又對農戶進行實質的「補貼」作用，看似相輔相成，實則是政府透過掌控糧食生產去達到管制勞力流動的結果，所謂「農業扶持工業」的宣傳說法，乃是釋出既有農業勞力進入工業體系，如此一來，農村經濟的惡化情況非但未能獲得改善，反而促使年輕人自農村流向新興的工業部門，農村人口結構因而逐漸走向老化，此即小說家楊青矗創作《工廠人》（1975）、《工廠女兒圈》（1979）的背景脈絡，也是楊青矗在1975年「現實的邊緣」專欄撰文〈加工出口區的女兒圈〉之故。

農村的沒落意味著農民階層的式微，新興的階級則是表徵中產階級的知識分子，他們成爲戰後接受完整教育的年輕一代，根據教育部歷年統計，1969年各級學校學生人數共計三百八十餘萬人，迄1979年已達近四百五十七萬餘人，十年間成長了近八十萬人。其中，大學生由1969年的十三萬餘人，迄1979年增加爲廿三萬餘人；碩士生則由1969年的兩千一百七十七人，擴增爲1979年的六千兩百七十一人[16]，當時的媒體這麼報導：「學齡兒童就學率爲99.64%……高中畢業生升學率爲

---

15 李登輝，《臺灣農業發展的經濟分析》（臺北：聯經出版事業公司，1984年二刷），頁293-315（1980年初版）。

16 教育部統計處，〈歷年校數，教師，職員，班級，學生及畢業生數（39-100學年度）〉。取自 http://www.edu.tw/statistics/content.aspx?site_content_sn=8869

74.27%……」[17] 這批年紀介於廿五至卅五歲的新興一代，在畢業後大量進駐各級機關，使得既有體制擴編乃至重編，並由此展開嶄新的文化探索與認同，被論者稱爲回歸鄉土或回歸現實的世代，也是歸屬於中產階級的一代，反映在報導文學的作者群上，他們恰是戰後的一代，學歷遠比他們的父執輩來得更高、歷練的工作也多以白領階層爲主。

中產階級的興起以及新知識分子對於各個領域的「新論述」，其實也就是意味著「更好的生活」的需求，他們越來越不耐煩於威權統治的壓抑，遂成爲引領政治反對運動的主角，在中下階層的支持下成爲七〇年代末的新興現象，主要訴求族群與民主，前述黨外運動之所以風起雲湧的背景也即在此。然而，相對於民間需求民主的呼聲日益高張，當局仍試圖以舊有的倫理教化論述來面對新興階級與政經條件，不斷透過動員黨政系統、媒體論述等去強化文化霸權的施行。1977 年爆發的「鄉土文學論戰」即是臺灣一次空前的文化論述體系總動員，儘管前此已有 1972 年至 1973 年的現代詩論戰、1973 年《文季》創刊[18]、1975 年《臺灣政論》創刊、探索洪通與朱銘的文化造型等，但鄉土文學論戰涉及「鄉土」背後所蘊含的文化觀點、國族認同等攻防，不僅談論文學與現實的關聯，甚至因其對「鄉土」的關懷而涉及「社會正義與社會改革意識」[19]。從 1977 年 4 月迄 1978 年初，鄉土文學論戰引發正反兩方針對何謂「鄉土」、何謂「現實」的激烈辯論，從文學層面

---

17 本報訊，〈在校學生人數，逾四百五十萬〉，《中國時報》（1979 年 5 月 8 日），第 2 版。

18《文季季刊》係 1973 年 8 月 15 日創刊，由尉天驄、何欣任召集人、陳達弘任發行人，發刊詞指出：「文學不但應該是生活的反映，更重要的還是如何透過這些反映在現實中教育自己……現代文學最大的任務不是別的，而是在於如何透過藝術把人們從以往那種傷害、鬥爭中引向一個合乎理性的新社會。」參見〈發刊詞：我們的努力和方向〉，《文季季刊》第一期（1973 年 8 月），頁 1-2。《文季季刊》乃延續《文學季刊》（1966 年創刊，1970 年 2 月停刊）的寫實主義精神而來，對於現代主義多所抨擊，共發行三期，於 1974 年 5 月 15 日停刊。

19 陳正醍原著，路人譯，〈臺灣的鄉土文學論戰〉，《暖流》第 2 卷第 2-3 期（1982 年 8-9 月），頁 61。

提升至政治層面，雙方人馬各說各話、欠缺理論基礎而流於情緒對立，經此一役，過往被壓抑的「臺灣」終究被看見，回歸鄉土、關懷本土的意識已然反撲，對於當時的文藝創作與賞析產生了深遠的影響。

其中，報導文學之所以在短時間內取得極高的聲譽，一方面固然與高信疆大力提倡有關，一方面也是它符合了當下回歸素樸、直白的書寫風格，換言之，追問報導文學「文學造詣」良窳與否，也宜回到鄉土文學論戰的時空，如此才能知曉黃春明、楊青矗等人備受稱許、而王文興備受攻擊的原因，也才能明白報導文學並非欠缺文學，而是文學的講究與現今的認知有其時代的差異。

鄉土文學論戰從原本意欲逼視的「鄉土現實」，轉而成為民族主義修辭的攻防，也就是鄉土文學論戰不僅著眼於文學該怎麼寫、寫什麼，也涉及更深層的命題：「能寫什麼？」在工業化、加工出口的政策導向下，被破壞、被壓榨的鄉土／農村無人問聞，最終演變為意識形態的對決：即《當前文學問題總批判》與《鄉土文學討論集》相互對峙[20]，前者捍衛文化霸權，處處質疑鄉土文學別有居心；後者意欲挑戰文化霸權，儘管許多論述仍基於中國民族主義的鄉土尋根詮釋，卻在當時本土主義本土詮釋尚處於萌芽期的前提下，難於媒體公共論壇言說，故而大中華主義版本土主義與臺灣本土主義其實有著短暫的合流，至七〇年代末兩造才逐漸產生齟齬，迄八〇年代初形成論爭，而這一大中華主義本土詮釋也正是高信疆提倡報導文學的動機：在臺灣重建中國文化、再確認中國精神，經由知識分子共同追索鄉土的風潮下，鄉土文學論戰襲捲了文化界，連帶促成日後臺灣本土論述的源頭。

在這裡，我們可以試著追問：為什麼必須透過文學範疇去進行階級分析、社會分析乃至經濟分析？這意味著當時作家也在追問：文學為誰服務？文學寫什麼？文學要影響誰？按此脈絡，等同從左翼的理念去理解文學，也

20 彭品光主編，《當前文學問題總批判》（臺北：中華民國青溪新文藝學會，1977 年初版）。尉天驄主編，《鄉土文學討論集》（臺北：遠景出版事業公司，1980 年三版），1978 年自費出版初版，後於 1980 年由遠景出版事業公司出版第三版，本書所引以遠景版為主。

就暗示著歷來黨國教化詮釋系統受到挑戰，而這也說明了：七〇年代是「文學動員」的年代，也是草根民主萌芽的年代，兩者可放在同一個脈絡下理解：知識分子如何看待內部殖民體制？在外交接連受挫的條件下，儘管美日兩國對於臺灣仍有影響，但知識分子關注的已非抽空本土脈絡的「現代主義」，而是如何「在臺灣」救亡圖存？因此，所謂「文學動員」也就意味著文學重新洗牌、知識分子重新論述、舊有現實重新定義，也是在這個理路下，報導文學的出現饒有意義：它回應了文學動員的需求，也開啓了文學動員的動能，這也是本書將報導文學視爲引發「論述革命」的文類，也就是報導文學究竟經由文學完成了何種反文化霸權、去殖民化？正如鄉土文學論戰意欲檢視的並非止於文學，而是伴隨文學而來的「社會學」、「政治學」乃至「經濟學」，報導文學同樣涉及了這類命題，這也使得報導文學名聲響亮的同時，遭到當局抨擊爲報憂不報喜的「黑色文學」、「赤色文學」。

其中，王拓檢視美日帝國對於臺灣影響甚深的「殖民經濟」，指出由於臺灣的工商業過分仰賴外來資源，所以無從擺脫外國的控制，導致外國資本家壓榨本國勞工，「必須仰賴他國且被他國所控制」，這是八〇年代陳映眞動輒發言、撰文的論述模式，亦即抨擊國民黨政府附從美日帝國霸權，故而臺灣一切凡屬美日形塑云云。這一論述就七〇年代而言頗爲敏感，故王拓開篇就闡明其所指乃「經濟的殖民地」而非「政治的殖民地」，藉此規避政治屬性的討論，他指出：「由於我們的經濟性質是一種殖民經濟的型態，我們的資本家大多只是一種替外國資本家『加工』而已……」[21] 按此邏輯，本國的資本家是外國資本家的代理人，也就是外國資本家殖民了本國資本家，則國民黨政府難道不是美日殖民地的代理人？從這個角度檢視，王拓意欲探究的乃是政治殖民，只不過假經濟殖民之名遂行討論。國民黨政府乃美日殖民代理人、是對臺灣施行內部殖民體制者，此一說法當然不容於當局，故王拓

21 王拓，〈「殖民地意願」還是「自主意願」：孫伯東「臺灣是殖民經濟嗎？」讀後〉，收於尉天驄主編，《鄉土文學討論集》，頁 585。另可參考王拓，〈擁抱健康的大地：讀彭歌「不談人性・何有文學」的感想〉，收於尉天驄主編，《鄉土文學討論集》，頁 348-362。

不得不八股指出：要先具備強烈的「自主意願」與技術獨立才能挽救殖民經濟的可悲地位，而「自主意願」實際上也就是呼喚著臺灣的自主意識，等同要將臺灣從中國意識、崇洋意識分離出來，這是王拓一文的未表之言。

事實上，觀察鄉土文學論戰的內容固然是藉文學探索農村沒落的土地與生活，並由土地延伸其對臺灣鄉土的關注與發現，但大部分參與討論的作者其實都是中產階級，對於農村的理解相當有限，也因爲有限，農村也就成爲表達批判當局內部殖民體制的托詞，這也是何以鄉土文學論戰逐漸朝向政治化之故。1978 年 1 月 18 日至 19 日由官方與軍方主導的「國軍文藝大會」，防止鄉土文學論戰的擴大，一場論戰就此逐漸平息。然而經此論戰，「鄉土」已成爲當時論述較勁的重要命題，它意味著內部殖民統治者向來強調的大中華主義、正統中國論，開始受到民間社會的挑戰，也是在這個脈絡下，報導文學的出現絕非「報導」或「文學」這類攸關文體論的探討，而是大中華主義版本土詮釋以及臺灣本土主義詮釋的「發聲」管道，兩造暫時合流的當下都在爲各自「理想中的鄉土」作論述，從這裡我們可以看出七〇年代報導文學之所以被視爲十大文化事件之一，乃是不同陣營皆可運用報導文學回應回歸鄉土、回歸現實的呼聲。

經過鄉土文學論戰的洗禮，所謂「鄉土意識」其實是對大中華主義文化霸權論述的反撲，而大中華主義所表徵的即是內部殖民文化同化與臺灣原質文化的失眞，這也是何以當局最終必須祭出武力手段予以恫嚇黨外的緣故，乃因內部殖民體制已瀕臨危機。其中值得注意的是大中華主義版的本土論述，如何將臺灣鄉土與中國做一連結？亦即七〇年代的鄉土論乃是介於「中國結」與「臺灣結」之間拉扯前行，只是當時的「中國結」和「臺灣結」沒這麼明顯而已。然而伴隨著外部國際局勢的變動，也就是美國於 1975 年 4 月宣告退出越南戰爭，並且採取協商而非對立的外交策略與中共互動，宣告了全球冷戰、兩岸內戰體制的鬆動，也間接宣判了臺灣當局之於國際地位論述的可疑。七〇年代初起，美國國家安全事務助理 Henry Alfred Kissinger 與美國總統 Richard Milhous Nixon 先後訪問中國大陸，爲冷戰時代的行將結束透露了些許端倪，而 1977 年年中美國國務卿 Cyrus Roberts Vance 率員訪問北京當局、總統 Jimmy Carter 表示將「加速」進行與中共建立「正常關係」，最終於 1978 年年底提出對臺斷交聲明，外交的節節挫敗致使臺灣內部心生不滿、質疑威權統治的合法性，尤其 1975 年 4 月蔣介石過世象徵了強人政治的結束，蔣經國的「催臺菁」政策著眼於結盟與吸納臺籍政治人才，在選舉失利下，地方派系影響力增加，加諸黨外民主運動興起，「臺灣」終究已非過往被控管與被架空的名詞。

在舊意識（反共、威權主義）與新現實（國府國際地位不保、蔣經國接班）的糾葛下，知識分子成爲歷史舞臺上擁有證明自我、協調庶民與當局溝通並且追尋「新意義」的中介者，它們的崛起不僅取代了舊有的農工階級，也爲社會帶來了新的論述面貌，伴隨而來的就是對於輿論管道的需求：媒體。當時主要以報業作爲傳播的管道，尤其是兩大報的競爭。1959 年 8 月 16 日，《聯合報》正式宣稱發行量突破七萬五千份，超過原來位居臺灣報業之首的《中央日報》，成爲發行量最大的報紙，此一「超越」的局面距離《中央日報》1949 年 3 月在臺復刊不過十年時間，凸顯報業場域的運作邏輯並非如論者所言「保護主—侍從關係」（patron-client relationship）之僵化論述，也就是民營報紙只能聽命於官方，否則黨營媒體應不致在十年後落敗於民營報紙，箇中尙且包含了新聞編排策略、廣告行銷等隸屬於侍從與侍從之間的競爭策略。換言之，歷來學者向以「侍從報業論」（clientelism）[22] 來詮釋戒嚴前臺灣媒體的性格，在這一上下的從屬關係中，當權者透過經濟資源分配以左右報業的意識形態發展，並以恩威並施的方式馴服侍從，例如各報能享有寡占或壟斷的局面、可於非政治性訊息上加以「變化」，但也因爲保護主的壓制，報業獲得好處的同時，也喪失了新聞自主的性格，例如臺北報紙無法揮軍南下、大報與地方報之間爭寵奪利，其培植對象尤以《中國時報》與《聯合報》爲代表。

經由「保護主—侍從的關係」，這些民營報紙固然擁有了經濟資本得

---

22 林麗雲，〈臺灣威權政體下「侍從報業」的矛盾與轉型：1949-1999〉，收於張苙雲主編，《文化產業：文化生產的結構分析》（臺北：遠流出版事業股份有限公司，2000 年初版），頁 89-148。羅世宏，〈自由報業誰買單？新聞與民主的再思考〉，《新聞學研究》第 95 期（2008 年 4 月），頁 213-238。

以擴充報業設備、雇請更好的員工以強化其競爭力，但光是擁有經濟資本還不足以被社會認可為「大報」。以《聯合報》為例，崛起之初係以社會新聞獲得廣大讀者青睞，卻也招來官方媒體批判，創辦人王惕吾即以「社會新聞大論戰」一詞說明該報在 1965 年所遭遇的窘境，指出在黨營媒體刻意攻詰下，社會新聞成為低俗、不入流的同義詞，迫使各報討論社會新聞報導的標準，也引起《聯合報》內部的危機感，最終於 1970 年起，《聯合報》開始轉向重視體育新聞，並於 1973 年將「社會新聞組」改為「綜合新聞組」，以此鼓勵記者努力挖掘「新的社會新聞」。亦即報業的「報格」乃是取決於倫理教化的作用，它劃分了新聞場域中參與者的資格，並確保原先行動者的資本價值，即 Bourdieu 所謂「同構性作用」（the effect of homologues），亦即行動者在外部場域所占據的位置，對其進入場域所占據的位置有其同構性，其所累積的習性（habitus）與性情傾向（disposition）都左右著行動者在場域中的生產定位[23]，因此即使《中央日報》的銷路不如《聯合報》，但其原先擁有的位置與資源，仍讓該報具備較諸《聯合報》更崇隆的大報性格。此一「倫理教化」、「正派辦報」的信念，對應的即是保護主意欲施行的文化霸權觀，故從六〇年代起，歷年中國國民黨所舉辦的新聞工作會談皆聚焦於「新聞自律」、「新聞道德」等，包括：1963 年 4 月 16 日至 17 日，第一次新聞工作會談強調「積極推行新聞自律運動，以促進新聞事業之健全發展」；1964 年 11 月 5 日至 7 日召開第二次新聞工作會談，總統蔣介石蒞會指示與會者提高新聞道德、促進社會心理建設；1969 年 6 月 24 日至 26 日舉行第三次新聞工作會提議：「加強我國新聞自律制度，以防止社會新聞不良影響」等，迄七〇年代末，新聞工作會談共舉辦了五次（參見表 4），其主旨翻來覆去都在闡述健全新聞事業、加強全民團結、打擊匪偽政權，意味著新聞應肩負文化作戰功能。

---

[23] Bourdieu, P. (1996). *The rules of art: Genesis and structure of the literary field* (S. Emanuel, Trans.). Stanford, Calif.: Stanford University Press. (Original work published 1992) pp.52-53.

表4　六〇迄七〇年代歷年新聞工作會談

名稱	舉行日期	探討主題	地點
第一次新聞工作會談	1963.4.16-17	案一：鞏固國內心防，強化宣傳作戰 案二：加強國際宣傳工作 案三：加強新聞從業同志之組織關係，以貫徹黨的新聞政策，培養健全輿論，迎接戰鬥任務 案四：積極推行新聞自律運動，以促進新聞事業之健全發展	中山堂光復廳
第二次新聞工作會談	1964.11.5-7	案一：發揮大眾傳播力量，以促進社會心理建設 案二：加強精神武裝，鞏固國內心防，以利軍事動員 案三：加強海外及國際宣傳，策進反共團結 案四：加強新聞與文藝工作合作，以擴大文藝戰鬥功能，促進反攻大業	中山堂光復廳
第三次新聞工作會談	1969.6.24-26	案一：如何加強我國新聞自律制度，以防止社會新聞不良影響 案二：新聞工作者應如何避免職業上利益之衝突，以提高新聞事業之品質 案三：如何強化軍中宣傳工作，以鼓舞民心士氣 案四：如何加強匪情報導，藉使國內外人士對當前共匪混亂情勢，及其即將崩潰命運，有正確認識 案五：如何群策群力，加強國際宣傳，以爭取國際人士對我反攻復國之同情與援助 案六：如何加強國內外新聞界之聯繫與團結，以充份發揮聯合作戰之功效 案七：如何發揮輿論功能，促進政治革新 案八：如何加強宣揚中華文化復興運動，以達成文化復興之預期目標	中山堂堡壘廳

名稱	舉行日期	探討主題	地點
第四次新聞工作會談	1974.4.7-9	案一：如何宏揚立國精神，建立三民主義新聞政策，以達成復國建國之目標 案二：如何動員新聞傳播工具，推動整個社會，發揮全民力量，支援國家建設，並藉以轉移風氣，激勵人心 案三：如何配合有關機關，掌握大陸敵情變化，適時對匪偽政權的重大暴政措施，予以有力打擊 案四：如何改進編採評論業務，以促進新聞事業之健全發展，加強維護國家利益	中山堂光復廳
第五次新聞工作會談	1978.11.6-8	案一：如何發揮新聞傳播功能，加強對匪文化作戰，以澈底粉碎共匪統戰陰謀 案二：發揮大眾傳播力量，增進民主教育之功能，宏揚民主法治精神 案三：積極發揮大眾傳播事業功能，以加強全民團結，革新社會風氣，建設現代化國家，貫徹國家目標	中山堂光復廳

※資料來源：本研究整理。

在不符「倫理教化」的原則下，《聯合報》未獲得足以與經濟資本相提並論的名聲，故如何從經濟資本過渡到象徵資本，向來扮演「報屁股」的副刊遂在此考量下，於七〇年代取得前所未有的重要地位，它既是文壇結構的一部分，也是傳播藝文文化的重要管道；它既是文化認同（cultural identity）的象徵，也是文化價值的生產機器；它既是文化產品也是對價商品[24]，挾帶了超然於報社的文化氛圍，副刊扮演了賦予報紙象徵資本的文化高蹈地位。然而前此的五、六〇年代，報禁與官方文藝政策使得副刊具備的文化性格一度受到限縮，反對左翼文學、不問世事的純文藝路線衍生了靜態消閒的文藝副刊，作家不再被允許成為文化運動者，文藝賞析才是主流，這與七〇年代強調企劃參與、融合新聞報導的「文化副刊」大相逕庭。

24 林淇瀁，《書寫與拼圖：臺灣文學傳播現象研究》（臺北：麥田出版，2001年初版），頁77。

在報業競爭越趨激烈前提下，民營報紙透過場域內部的鬥爭（民營報紙間爭權奪利），加諸外部條件的變化（外交失利、增張政策等），取得生存必須的資源。在衣食無虞之後，如何被外界認可爲「大報」，遂成爲報社亟欲爭取的目標。在社會新聞、政治新聞拓展空間有限的情況下，如何在新聞傳播領域一貫強調「社會責任」、「新聞道德」的理念下，取得與經濟實力相符的地位，作爲象徵財貨也是商品的副刊遂成爲報紙文化教養的來源，它不僅是財貨的交換，也肩負傳遞知識的文化性格以搏取報社正面的名聲，故王惕吾指出：「我於63年（按：1974年）2月1日，將副刊擴充爲一整版……並且增加了副刊的投資，66年（按：1977年）6月我又正式在編輯部成立副刊組，使副刊形成編輯部門獨立的功能組織……」[25]之所以寧可損失廣告收入，也要闢版爲報社爭取副刊內容的緣故，乃因副刊具備了豐盈的象徵資本，而象徵資本又可以提升報紙的文化形象，進而達到名實相符的結果。

至此，副刊從軟調性的「文藝」角色，一躍而成爲新聞產製一環的「文化」版面。從文藝副刊轉變爲文化副刊，意味著副刊不再是過去的靜態版面而是動態編輯，透過座談、演講、邀稿等計畫，在七〇年代社會氛圍變遷、知識分子追索文化新意義以及兩大報競逐銷售量的情況下，以《中國時報》人間副刊爲主的報業，於七〇年代儼然興起了一波「副刊革新」風潮。1973年5月1日，高信疆接任桑品載成爲副刊主編[26]，一改過往被動的副刊編輯概念，將新聞作業流程引入副刊版面，接連推出數個專欄與座談，包括「外國人看中國」（1974.1.22）、「回顧與前瞻」（1974.4.2）、「當代中國小說大展」（1974.10.2）、「現實的邊緣」（1975.7.10）、「人間參與」（1976.3.8）、引介洪通（1976.3.12-16）、引介朱銘（1976.3.19-23），由此打破前此強調文藝、文學的副刊路線，副刊成爲介入現實、反哺大眾的文化產物。「當年的『人間』版被別人偷呵，很多讀者問我們，光要《中國時

---

25 王惕吾，《聯合報三十年的發展》（臺北：聯合報社，1981年初版），頁122-123。

26 桑品載自1969年7月6日迄1974年7月18日擔任人間副刊主編，與高信疆接編時間略有重疊。

報》的『人間』版行不行？」[27] 高信疆於多年後如斯回憶，凸顯人間副刊在當年報業中的分量，而曾擔任人間副刊撰述委員的作家季季（李瑞月）也證實：「發行部開始接受讀者要求，只訂『人間』副刊，每月十五元。」[28]

在動輒舉辦專訪、座談、演講、論戰到大型文學獎等運作下，副刊發揮了前所未有的魅力與影響力，其中透過報導文學、報導攝影等形式發現臺灣、建構鄉土更令閱聽眾耳目一新，也令其他報章雜誌紛紛舉辦座談、企劃專題探討「副刊面面觀」[29]，一時間，副刊近乎等同「高信疆現象」，也激發對手《聯合報》聯合副刊起而效尤。1977 年 10 月 1 日瘂弦接替馬各（駱學良）成爲主編後，光是 1978 年一年，接連開闢多個連結新聞性與社會性的專欄，包括：「報導文學」專欄（4.22）、「新聞詩」專欄（4.30）、「第三類接觸」專欄（8.3）、「啄木鳥」專欄（8.26）、「大特寫」專欄（11.1）等，使得七〇年代後半葉的媒體與閱聽眾將目光聚焦於副刊。至此，副刊與副刊主編不再具備「客卿」的身分，而是納編至新聞部門當中，共同與其他新聞版面承擔報社發行量的責任，因而《中國時報》回顧自身報史時，讚譽人間副刊乃是「文藝新聞版、學術新聞版、藝術新聞版」，惟聯合副刊主編瘂弦始終抱持質疑態度，認爲副刊不該「急功近利」，而應回歸文藝本質[30]。

---

27 夏榆，〈高信疆：講述「人間」的消息〉，《南方周末》第 1074 期（2004 年 9 月 9 日），第 D27 文學版（原文爲簡體字）。

28 季季，〈一來生動機：當代中國小說大展與人間雅集之懷想〉，收於季季、郝明義、楊澤、駱紳主編，《紙上風雲：高信疆》（臺北：大塊文化出版股份有限公司，2009 年初版），頁 60。

29 包括《書評書目》、《中華文藝》、《報學》、《文訊》等皆刊登相關討論。參見〈中國時報、聯合報副刊評議〉，《書評書目》第 66 期（1978 年 10 月），頁 4。〈「現階段我們期盼的報紙副刊」座談會〉，《中華文藝》第 93 期（1978 年 11 月），頁 8-9。〈副刊在現代報業中的地位〉，《報學》第 6 卷第 4 期（1980 年 6 月），頁 4。〈報紙副刊特輯〉，《文訊》第 21 期（1985 年 12 月），頁 41。

30 瘂弦，〈「風雲三十年」序：當前我國報紙副刊的困境與突破〉，收於聯副三十年文學大系編輯委員會主編，《風雲三十年：聯副三十年文學大系史料在報紙增張、外交局勢詭變、知識分子的覺醒等條件下，副刊挾其報業廣大的發行量，一舉取代文學雜誌之於文壇的論述核心，成爲七〇年代知識分子與創作者的主要發聲管道，並從中建立與驗證文學品味、文學批評與塑造文化明星等機制。副刊的崛起絕非只是爲了提供讀者「精神糧食」，還包括了媒體競爭需求、文化需求以及政經條件等，這也是報導文學之所以興起的緣故，乃因報導文學一方面呼應了回歸鄉土的田野調查需求，一方面在千篇一律的政治、社會新聞中突圍而出，開發了新的報導面向。從 Bourdieu 的再製理論出發，本書指出報業藉由重視副刊以獲取象徵資本，最終用以鞏固經濟資本的正當性，從中揭露報業身處場域爭權奪利的考量，也凸顯兩報副刊其實都處於體制之內，故從場域的結構論來說，兩者皆必須衡諸保護主的「底線」以避免受罰，因而過度褒揚人間副刊的「反對」、「進步」性格，抑或過度貶抑聯合副刊的「保守」、「守舊」作風，都是分析副刊學的風險，因爲對於體制內的副刊而言，所謂「進步」與「保守」只是相對的概念，未必是絕對的分野。

除了兩大報之外，前述已經提及的黨外雜誌包括《臺灣政論》、《八十年代》、《美麗島》，以及左翼雜誌《夏潮》等，在不具「保護主—侍從」的從屬關係下，相較於《中國時報》以及《聯合報》等主流媒體更具有反抗文化霸權的行動力，在論述上也更爲尖銳，惟其終究是非主流媒體，在傳播受眾有限的情況下傳播效果自然也有限，其重要的意義是爲當時的臺灣開啓了一扇窗，讓閱聽眾得以窺知「黨政內幕」。儘管，黨外雜誌以及左翼雜誌仍受到戒嚴體制的監控，但其反抗已表徵「新論述」時代的到來，黨外知識分子意欲探尋「新意義」的邏輯與兩大報副刊並無二致。而報導文學的草根性格正是實踐回歸現實、回歸鄉土的利器，當它首次在人間副刊停刊後，左翼雜誌《夏潮》旋即挪作「深入瞭解土生土長鄉土社會」的文類。報導文學受到主流媒體與另類媒體的青睞，凸顯了七〇年代論述乃是體制內與體制外的分進合擊，也凸顯了統治者的舊論述越來越受到質疑，最終文鬥輸陣只能祭出武力予以鎮壓，也就產生了美麗島事件。

卷》（臺北：聯合報社，1982 年初版），頁 39-40。

副刊的風風火火，其實必須置於內部殖民體制下才能瞭解其意，亦即戒嚴體制限制了媒體的傳播功能，尤以政治新聞、社會新聞備受干預，故而一旦原本講求文藝的副刊釋出版面，那些不吐不快的「新論述」遂有了發聲的空間。在原有的論述受到質疑的情況下，副刊提供知識分子提出「新論述」，藉此賦予報社文化地位，也由於新聞性的加入而拉近與讀者之間的關聯。惟人間副刊與聯合副刊向來就不在同一陣線上，雙方秉持的編輯立場殊異，此可見諸 1979 年 12 月 11 日《愛書人》旬刊所企劃的專題「一個概念的兩面觀」，以二十個問題向兩報副刊主編提問[31]，於紙上各自表述其編輯策略。其中，高信疆認爲副刊應該爲整體文化展示新指標、新意涵，讓閱聽眾得以傳承與創造、回顧與前瞻。瘂弦則認爲雅俗共賞、令閱聽眾樂於接近的副刊才是理想中的載體，顯示人間副刊追求社會意識的「文化副刊」，而聯合副刊則傾心於「文藝副刊」，前者回應並迎合當年知識分子想要積極參與政治改革的願望，後者則投射了威權統治者的「正面形象」；前者聚焦鄉土意識，後者關注中國傳統[32]。

不同的編輯理念也表現在鄉土文學論戰之際，1977 年 8 月 29 日至 31 日當局匯聚黨、政、軍、救國團以及藝文界力量召開「第二次文藝會談」，

---

31 陳銘磻、吳梅嵩、游淑靜、林麗貞與羅緗綸，〈一個概念的兩面觀：概念——副刊編輯；兩面觀——人間副刊主編高上秦，聯合副刊主編瘂弦〉，《愛書人》旬刊第 127 期（1979 年 12 月 11 日），專輯／專題、學術／書介版（第 2-3 版）。二十個問題從副刊的定義迄兩報副刊能否放棄連載小說、如何拔擢新人，乃至較受閱聽眾歡迎的文類、如何兼具閱聽眾興趣與副刊質地等，討論面向廣而精確，對於「副刊學」的建樹甚爲重要，也在當年備受矚目，「因爲當年兩大報競爭幾乎進入白熱化，兩報副刊主編根本不可能碰面」，參見張耀仁，〈一切是劍：訪報導文學家陳銘磻〉，《明道文藝》第 416 期（2010 年 11 月），頁 82。其中，林淇瀁擇錄八個題目整理成表格，據此理解兩報副刊主編的理念，參見林淇瀁，《書寫與拼圖：臺灣文學傳播現象研究》，頁 40-43。

32 張誦聖，〈臺灣七、八○年代以副刊爲核心的文學生態與中產階級文類〉，收於胡金倫主編，《臺灣小說史論》（臺北：麥田出版，2007 年初版），頁 293。

兩報分別於會談第一天刊登社論表述當前文藝政策與路線，《聯合報》以〈當前的文藝路線〉指出：「在戰鬥文藝的涵蓋下、要求下，無所謂『鄉土文學』、『寫實主義』，更無所謂『工農兵文藝』……如果把臺灣復興基地作爲我們今天寫作的基地，那麼任何籍貫人寫的都是鄉土文學，臺灣文學，便沒有籍貫的區分。」[33] 而《中國時報》則對現階段的文風提出批評：「散文仍趨於柔靡而乏陽剛之美，新詩的奇誕冷僻，縈心於舶來文化橫的移植，與九年前相較（按：1968 年 5 月 27 日至 29 日舉行第一次文藝會談），沒有什麼改變。我們很少能從現代的詩作裡摸出時代的脈息，群以捕捉個人的超現實靈感爲務。」[34]《聯合報》顯然服膺於文化霸權論述，試圖爲其補強論述的合法性，至於《中國時報》則較具挑戰文化霸權的意味，因此《聯合報》反對「把反映現實變質爲有意鼓吹社會內部對立的手段」，《中國時報》則強調「當前我們所需要的文藝，必須植根於我們民族文化的土壤中」，前者攻擊鄉土文學、臺灣文學，後者批判現代主義、提倡鄉土文學，兩報對於鄉土文學所秉持的立場儼然對立。弔詭的是，人間副刊固然引領鄉土文學風潮，卻在論戰期間「嚴守中立」、「保持緘默」，論者或以爲人間副刊怯戰，但這其實是侍從報業的限制，也就是報老闆擔任國民黨中央委員，不得不聽命於中央指示而責成所屬媒體不得作聲[35]。

在兩報主編刻意競爭下，副刊於七〇年代建立了高蹈的文化地位，也爲報社帶來了相對崇隆的象徵資本，更開啓了臺灣副刊學的「黃金期」。兩大報於彼時競逐銷售量而逐漸形成報團傾向，意味著媒體越來越具備自主性，相對而言，保護主的控制力也逐漸產生了鬆動，文化霸權的傳播不再如過去那樣容易，報導文學的崛起即是在媒體具備自主空間、知識分子訴求新論述、當局拉攏本土菁英以及文學思潮走向鄉土寫實的條件下，成爲一時代極富盛名的新興文類，對於認識臺灣、建構臺灣起了莫大作用，相對的也就成

---

33 社論，〈當前的文藝路線〉，《聯合報》（1977 年 8 月 29 日），第 2 版。

34 社論，〈論當前文藝政策〉，《中國時報》（1977 年 8 月 29 日），第 2 版。

35 王健壯，〈沒有人間，哪來鄉土〉，收於季季等主編，《紙上風雲：高信疆》，頁 66。

爲當局意欲「矯正」乃至拔除的眼中釘。

貳、高信疆與報導文學：理念論述與編輯策略

外部國際情勢的轉變、內部國家機器權力的重組、加諸經濟結構的轉變，促使當局長久以來漠視的臺灣歷史情感，終究在民間亟欲宣洩情緒與改革的前提下，迸發出正視底層社會問題的呼聲，回歸現實、回歸鄉土的新興知識分子於焉成形，侍從報業競爭的矛盾則提供了改革副刊的契機，使得七〇年代成爲尋找「新意義」的年代，而報導文學的崛起即背負著實踐「新意義」的使命，這一使命乃是：認識臺灣、建構臺灣，依此達成救亡圖存的可能。

欲探析報導文學去殖民化、反文化霸權，必須先就提倡者高信疆的信念以及報導文學傳播的面向作一析論，其中包括高氏對於此一文類的主張、提倡的策略以及提倡的取向？提倡過程中有誰附和、有誰反對？提倡影響的層面？換言之，從後設的角度來看，我們已然明白報導文學確實在七〇年代備受矚目，但它如何進行這場新興文類的傳播？傳播內容論述爲何？爲了理解上的方便，本書先就文類傳播歷程做一說明，而後再於下文析論文類內容與影響，其中，尤其關注報導文學不僅受到主流媒體的關注，也引起體制外媒體的共鳴，故本節以人間副刊爲核心加以闡述，而於下一節再行討論體制外媒體與報導文學的關聯。

一、高信疆與中國精神的再確認：主張與方法

細察高信疆提倡報導文學的理念，1973 年他爲《龍族詩刊第九期・評論專號》撰寫的序言，無寧足以總括他在七〇年代對於「文學社會化」、「文學本土化」之思索。儘管該文旨在針砭現代詩之良窳，但在這篇長達近六千字的序言中，高信疆反覆舉證以說明其核心論點：文學作品應該爲現實而寫、爲中國而寫、爲臺灣社會而寫。首先，他針對「詩是少數貴族階級的享樂」提出反駁，認爲任何人都可以共同參與現代詩的討論，故而評論專號即是透過各種不同角度對現代詩廿年來的得失作一剖析，是社會大眾的參與而非僅限於少數「貴族階級的享樂」。其次，他指出文學作品必須扎根於現

實，「盲目的捨棄傳統，不承認現實社會的意義」，都不是現代文學創新的精神。在這裡，高信疆乃是將臺灣視為中國的代名詞，也就是「中國精神」、「中國文化」如何實踐於臺灣？因此他提到：「當我們進入瑞芳的煤坑，走過蚵寮的鹽村，面對雲林的海難時，我們又當如何慚愧而又警惕於自己筆底的表現呢？」甚至直指：「年輕的一代，已經驚悟到面對現實，接近社會與民族背景的重要；年輕人越來越相信，假使我們不愛這塊生我育我的土地，不去認識它，並為它流血流汗辛勤耕耘的話，我們將成為歷史上一群最可悲，也最沒有面目，沒有責任的人了。」這番論述幾乎是高信疆對七〇年代臺灣文壇的宣誓：「我將介入現實」、「我將參與臺灣社會」、「我將與大眾站在一起」，所以他說：「現代詩不可能長久停留在閉關自守、孤芳自賞的階段。它必須跨出自己的門楣，望一望外界的實在，投入到生活的原野，與我們周圍的人群同哭同笑……」[36]於此，「投入到生活的原野」也就是報導文學踏查田野的概念，「與我們周圍的人群同哭同笑」則是報導文學參與社會的原則，高信疆不憚其煩的指出「社會的、生活的、鄉土的諸般層面」乃是寫作者必須關注的對象。

一廂情願將中國民族主義投射到臺灣這塊土地與居民身上，幾乎是當時臺灣論者的普遍思索，也就是大中華主義版的本土詮釋。透過關注社會而擺脫雕飾文風的觀點，縱使置於現今臺灣也頗具振聾發聵之效，充分表達了高信疆強調「文學社會化」的立場，揭露日後編輯人間副刊的方針：認識自己、參與社會、反哺大眾。換言之，高信疆主張文學參與社會的前提乃是為了認識自己的精神瑰寶，其目的在於回饋社會大眾，也等同回應當時回歸鄉土、回歸現實的呼聲。

然而值得注意的是，高信疆一面指陳必須認識「生我育我的土地」的同時，也指出創作者必須「接近社會與民族」，而所謂「民族」乃指中國而非

---

36 高上秦，〈探索與回顧：寫在「龍族評論專號」前面〉，收於高上秦主編，《龍族詩刊第九期・評論專號》（臺北：林白出版社，1973 年初版），頁 5-7。《龍族》詩刊創刊於 1971 年 1 月 1 日，發起人為辛牧、施善繼、蕭蕭，另有林煥彰、蘇紹連、陳芳明等人加入，允為七〇年代頗具代表性的新興詩社。

臺灣。也因此，「文學本土化」對於高信疆來說，其實是伴隨著「中國精神的再確認」，也就是意欲彰顯民族主義的文化情懷，這一文化情懷一方面緣於高信疆祖籍河南武安，另一方面則是作爲遺腹子的身分，使得他跟隨母親來臺的過程中屢見困苦與坎坷，使他早熟認知到「家事、國事、天下事」，尤其念茲在茲：「中國人該怎麼辦？」高信疆在八〇年代中期的一場演講自述，面對六〇年代《文星》雜誌中西論戰之際，恨不得發起一個「中國文化的十字軍運動」，「以西方傳教士的精神爲中國文化佈道，爲中國人佈道」，也就是重建屬於中國文化的自我尊嚴與價值，他常自問：「你是誰？作爲一個人的實存，你能做些什麼？你過去所焦慮的中國文化又眞是些什麼呢？它們的現代意義何在？」[37]這些疑問正是高信疆面對文學本土化、社會化的根本想法：如何在臺灣重振中國文化的精神？

在這個過程中，他既向西化取法，也惦記著傳統中國的可貴，最終爲他解決這一困惑的是俄羅斯「民粹派」之主張，他們一方面提倡「民間文學」、一方面也提出「到民間去」的第三力量，使得高信疆意識到無論西化或傳統，「總要適合於我們今天的生活和社會」，故而擁抱「此時此地」成爲高信疆的領悟，也是高信疆七、八〇年代共十年任職人間副刊的信念：擁抱臺灣、熱愛中國、胸懷世界。這一信念其實和前述的編輯方針：認識自己、參與社會、反哺大眾相呼應，也就是擁抱臺灣（參與社會）的同時，不能忘卻中國文化（認識自己），並由此和社會一同面向世界（反哺大眾）。亦即高信疆的編輯邏輯在於：欲與世界平起平坐，必先建立新中國文化；欲先建立新中國文化，必先踏查臺灣社會；欲先踏查臺灣社會，必先反求諸己去到民間、和群眾站在一起。

高信疆闡述的文學概念凸顯了兩點：一是前述所提「大中華主義版本土詮釋」，也是他提倡報導文學用以防止當局刁難的「防火牆」；一是作爲實踐民間文學的概念，報導文學的用字遣詞乃是訴諸「不扮高深，力求傳

37 高信疆，〈掙扎、迷惘與突破：我的徬徨少年時〉，收於季季等主編，《紙上風雲：高信疆》，頁 275。文末備註 1986 年 3 月 25 日之演講，惟未說明在何處演講。

眞」。前者的主張乃是試圖讓臺灣變成「理想的中國」、達成「更好的中國生活」；後者對應的乃是當時民間意識崛起，奪回民間語言成爲創作者有意識的書寫策略，關於這點將於下文進一步闡述。相對於尙處於萌芽也難以在主流媒體言說的臺灣本土主義，大中華主義本土詮釋顯然在當時獲得較爲有利的論述空間，故早於「現實的邊緣」所推出的欄目，包括「我家我鄉」（1973.5.9）、引介洪通（1973.6.1）、「回顧與前瞻」（1974.4.2）等，這些被視爲與鄉土有關的作品其實皆可視爲大中華主義本土主義的主張，也就是「如何重振中國文化在臺灣」，它與當時還未明確浮上檯面的本土版民族主義合流，形塑回歸現實、回歸鄉土的務實風潮，也造就了報導文學備受矚目的景況。這樣隱含著「中國性再確認」的取向，其實也見諸左翼雜誌、黨外雜誌以及其他創作中，亦即「中國結」、「臺灣結」在當時尙未壁壘分明，故而論者也指出七〇年代有關日據時期的文史研究，幾乎與「抗日」基調有關，等同接收了官方的論點而形成了「中國民族化」[38]。

換言之，整個場域情境固然強調回歸鄉土、回歸現實，但文化霸權根深柢固的意識內化與驅動，仍在論述時成爲重要的參照對象。也是在立基於中國意識的前提下，高信疆提倡報導文學以達成「擁抱臺灣，熱愛中國」的信念。1975 年推出「現實的邊緣」、1978 年再推「報導文學系列」，加諸 1978 年時報文學獎報導文學獎的設置，使得報導文學的聲勢如日中天，也致令高信疆更加堅信「選擇報導文學，正是一個年輕人接觸人生眞實的具有反哺意義的事業」[39]。然而誠如前述，場域裡的統治者固然開始拉攏了本土菁英，但實際上仍處處防範臺灣意識、臺灣鄉土，當「現實的邊緣」本土篇引領讀者認識臺灣、看見社會的「黑暗面」：包括女工、舞女、酒吧女等，加諸題材偏向漁、礦、工，沾染了工農兵文學之左翼色彩的情形下，使得向來喜於「光明向上」、「大中華意識」的文化霸權芒刺在背，故發動黨務系統（文工會）、情治系統（警備總部、調查局）、政戰系統（軍方政工單

---

38 蕭阿勤，《回歸現實：臺灣 1970 年代的戰後世代與文化政治變遷》，頁 141-200。

39 高信疆，〈永恆與博大：報導文學的歷史線索〉，頁 47。

位）等施壓於人間副刊，以致「現實的邊緣」推出近一年後戛然而止，高信疆於 1976 年 6 月 8 日被迫離開副刊編輯臺。而後，1977 年鄉土文學論戰爆發之際，人間副刊更成爲當局召開「第二次文藝會談」檢討的眾矢之的。事實上，人間副刊一直以來就是有關單位的箭靶，時任主編的王健壯即指出，「明槍暗箭從來都沒停過」[40]，而這也是 1978 年 1 月高信疆重返人間副刊後，「遲遲不敢推出」第二次報導文學專欄的緣故。

然而，縱使高信疆有所猶豫，終究還是因爲對手聯合副刊搶先於 1978 年 4 月 22 日推出報導文學專欄，加諸《中國時報》發行人余紀忠表態支持的前提下，再次於 1978 年 4 月 23 日迄 11 月 25 日推出報導文學專欄「報導文學系列」，也就是這一專欄以及時報文學獎報導文學獎的設置，使得報導文學成爲當年盛極一時的新興文類，甚至引發文化霸權詮釋爭奪戰。在相關期刊文獻中計有廿一筆資料集中於 1978 年 7 月迄 1979 年 4 月之間（參見表 5），占全部尋獲篇章總數（共六十九筆）近三分之一強（參見附錄二），而這段期間恰是高信疆推出「報導文學系列」專欄三個月後的時間點。此外，包括《文藝月刊》、《書評書目》[41] 等皆曾就報導文學議題訪談高信疆，其中《書評書目》二度訪談高氏（第一次 1978.7；第二次 1978.10），而高氏亦受邀至大專院校包括政治大學（新聞學人社邀請，1978.11.3）、臺灣大學（中文系學會邀請，1979.12.13）等校闡述報導文學議題，顯示報導文學在當時無論在媒體抑或民間皆獲得廣大矚目與討論，連帶也就引起當局所屬文藝、情資等單位的注意，紛紛舉辦座談會予以抨擊報導文學挖掘社會問題的傾向。

---

40 王健壯，〈沒有人間，哪來鄉土〉，頁 67。

41《書評書目》於 1972 年 9 月 1 日創刊，由洪建全教育文化基金會發行，標榜三分之二的篇幅爲書評，其餘皆爲書目，是七〇年代重要的讀書雜誌，相關學位論文參見黃盈雰，《【書評書目】雜誌之研究》（臺北市立師範學院應用語言文學研究所碩士論文，2001 年 6 月）。《文藝月刊》於 1969 年 7 月 7 日創刊，「是一本以青年學生爲對象的文藝刊物」。

表 5　1978-1979 年有關報導文學之期刊論文

研究者	日期	篇名	刊物及頁碼	備註
李凡	1978.7	報導文學的兩個層面	《書評書目》第 63 期，頁 14-15	訪談黃年
李凡	1978.7	報導文學的基礎與體認	《書評書目》第 63 期，頁 16-18	訪談翁台生
王谷 林進坤	1978.7	報導文學的昨日、今日、明日	《書評書目》第 63 期，頁 6-13	共訪談四人，依序為：聯副主編瘂弦如是說、《户外生活》社長陳遠建如是說、時報副總編輯高信疆如是說、雄獅美術主編蔣勳如是說
碧玉（彭碧玉）	1978.7	訪副刊編輯・談寫作投稿：智慧・心血・理想：高信疆先生談「報導文學」	《文藝月刊》第 109 期，頁 48-62	
沈明進（沈萌華）	1978.9	報導文學的表象與實質	《文藝月刊》第 111 期，頁 37-48	
何欣	1978.9	報導文學報導什麼	《中央月刊》第 10 卷第 11 期，頁 116-119	
何欣	1978.10	報導文學與文學創作	《現代文學》（復刊）第 5 期，頁 7-22	
思兼（沈謙）	1978.10	報導文學與第三類接觸：接觸瘂弦，報導高信疆，兼談文藝性的副刊傳統	《書評書目》第 66 期，頁 36-41	本期製作「中國時報・聯合報副刊評議」專題，本文係該專題排序最末之作品，也是唯一一篇訪談稿

研究者	日期	篇名	刊物及頁碼	備註
劉毅夫（劉興亞）	1978.11	所謂報導文學	《國魂》第396期，頁12-13，後轉載於《文學思潮》第3期（1979年1月），頁75-78	由劉毅夫迄張放的文章，係源起1978年9月27日刊載於《青年戰士報》第11版〈新文藝座談：報導文學創作的路線〉。該座談由《青年戰士報》召開（未註明開會日期），與會者計有劉毅夫、尹雪曼、羊令野、魏子雲、吳東權、張放、李元平（李夫）等七人，由該報副刊主編胡秀說明舉辦座談宗旨。座談後，各自撰稿刊登於《國魂》，並由《文學思潮》轉載。惟尼洛以及刊登於《文學思潮》的文壽二文，係由雜誌邀稿
魏子雲	1978.11	是「非虛構」，而非「非小說」	《國魂》第396期，頁13，後轉載於《文學思潮》第3期（1979年1月），頁79-80	
尹雪曼（尹光榮）	1978.11	從新聞學觀點看報導文學	《國魂》第396期，頁13-14，後轉載於《文學思潮》第3期（1979年1月），頁81-83	

研究者	日期	篇名	刊物及頁碼	備註
吳東權	1978.11	明責任，展純真	《國魂》第396期，頁14-15，後轉載於《文學思潮》第3期（1979年1月），頁85-88	
張放（司徒海）	1978.11	報導文學的發展方向	《國魂》第396期，頁15-16，後轉載於《文學思潮》第3期（1979年1月），頁89-92	
尼洛（李明）	1978.11	橋歸橋，路歸路	《國魂》第396期，頁16後，轉載於《文學思潮》第3期（1979年1月），頁93-95	
沈明進	1978.12	談報導文學的寫作	《幼獅文藝》第300期，頁171-175	
高信疆	1978.12	永恆與博大：報導文學的來龍去脈	《新聞學人》第5卷第4期，頁43-55	後收於陳銘磻主編，《現實的探索》（臺北：東大圖書有限公司，1980初版），頁26-47（惟題目稍有更動，改為〈永恆與博大：報導文學的歷史線索〉）。另轉載於《愛書人》旬刊第117、118期（1979年9月1日、11日），學術／書介版（第3版）。另收於李利國著，《時空的筆記》（臺北：時報文化出版事業有限公司，1979初版），頁253-276

研究者	日期	篇名	刊物及頁碼	備註
文壽（趙滋蕃）	1979.1	談報導文學	《文學思潮》第3期，頁73-74	
尹雪曼	1979.4	從報告文學到報導文學	《新文藝》第277期，頁74-77	
吳文蔚	1979.4	一本最好的報導文學：〈關山煙塵記〉	《中外雜誌》第25卷第4期，頁60-65	
朱介凡	1979.11	報導文學跟長篇小說	《中華文藝》第18卷第3期，頁177-185	
陳飛龍	1979.12	論報導文學：兼談司馬遷的史記	《國立政治大學學報》第40期，頁177-194	

※資料來源：本研究整理，共廿一筆。

其中，多數論者乃從「暴露黑暗」的面向切入，指出報導文學在「有心人」的運作下已然變質，經由《青年戰士報》、《國魂》、《中央月刊》等軍方或黨營媒體的強力動員論述下，報導文學被汙名化為「社會寫實主義文學」、「黑色文學」以及「不亞於赤色文學」等，「暴露黑暗」幾乎成為報導文學的罩門，在當時的座談會中被激烈爭論著（參見表6），包括七〇年代的兩場座談會：由《青年戰士報》主辦「新文藝座談：報導文學的創作路線」（1978.9）、由臺灣大學中文學會主辦「面對面談報導文學」（1979.12.13），以及八〇年代的三場座談會：由青溪新文藝學會、《臺灣新聞報》、救國團高市團委會合辦「文藝主流座談：報導文學往何處去？」（1980.10.25）、由《大華晚報》主辦「報導文學座談會：報導文學的現況與未來」（1982.10.22）、由《文訊》雜誌主辦「當代文學問題討論會之二：報導文學的成長與危機」（1987.3.7）。

表6　有關報導文學之座談會

主辦單位	座談日期	座談主題	主席、與談人	備註
青年戰士報	1978.9	報導文學的創作路線	主席：劉毅夫 與談人：尹雪曼、吳東權、張放、羊令野、魏子雲、李元平	地點：臺北市《青年戰士報》貴賓室。 時間：未標示，僅記錄「溫暖的午后」。
臺灣大學中文學會	1979.12.13	面對面談報導文學	主席：顏元叔 與談人：方瑜、高信疆	地點：臺北市耕莘文教院。 時間：晚上。
青溪新文藝學會 臺灣新聞報 救國團高市團委會	1980.10.25	報導文學往何處去？	主席：沈岳、尹雪曼、施家順 與談人：尹雪曼、趙滋蕃、公孫嬿、李牧、陳銘磻、胡有瑞、簡靜惠、呼嘯、臧冠華	地點：高雄市國民黨市黨部禮堂。 時間：下午二時卅分。
大華晚報	1982.10.22	報導文學的現況與未來	主席：耿修業、潘霦 與談人：馬星野、高信疆、尹雪曼、馬驥伸、潘家慶、李明水、孫如陵、楊月蓀、李元平、陳銘磻、邵德潤、周錦、劉紹唐、趙寧、葉建麗、張任飛、彭河清、徐佳士、劉毅夫、盧幹金、袁暌九、鄭貞銘、王志健	地點：臺北市中國電視公司會議室。 時間：下午二時卅分。
文訊雜誌社	1987.3.7	報導文學的成長與危機	主席：李瑞騰 與談人：林燿德、古蒙仁、李利國、心岱、陳銘磻、潘家慶	地點：臺北市文訊月刊編輯部。 時間：無標示。

※資料來源：本研究整理。

五場座談會共計三場具有黨政軍色彩，不難想見報導文學在七〇年代末迄八〇年代初，因其踏查社會、「投入生活的原野」而遭到當局關切與警惕。這些座談會的目的不在建樹報導文學理論與方法，而是亟欲「矯正」報導文學的行動特質，乃因行動極易產生「以文抵殖」的效果，也就是文藝政策自五〇年代以來防堵作家成為文化運動者，故幾場座談會一致導向六〇年代盛極一時的「媒體社會責任論」，試圖將報導文學置於講求修辭的文體論下，也就是前述五、六〇年代的新聞文學取向，黨營媒體如《中央月刊》即刊出多篇這類文體以示範何謂「純正的報導文學」，其中以姜穆〈穗浪稻香〉為例[42]，該文旨在報導屏東枋寮與萬巒鄉的第三期稻作之收成，搭配報導文學必然常見的紀實照片，也描述了農村如何令人眷戀等，通篇充斥著抽象的形容詞藻、稱許農村收成如何歡愉的場景，洋溢著國泰民安、樂天知命的氛圍，卻未提及當時農村如何受到政策影響而被迫人口外流的情狀。換言之，當局主張的報導文學乃是將新聞寫得更具文學性的內容，全然背離了當時報導文學的信念：參與社會、反哺大眾。在論者刻意抹煞報導文學的批判反省功能下，報導文學遂陷入進退維谷的文類歸屬中，林燿德於八〇年代末發表的〈報導文學的成長與危機〉即反映了此一焦慮與矛盾，凸顯林氏誤解報導文學的核心精神從來就不在文學修辭，而是必須走出書房、具備思考、觀察以及生活三位一體的改造性格，且其全文隻字未提《人間》雜誌創刊及其衍生的議題，也令我們對林燿德是否清楚瞭解報導文學的發展脈絡產生疑義。

此番「暴露黑暗論」、「黑色文學論」深植於該時代作者心中，即使對於報導文學頗有涉獵的小說家黃春明，亦曾於 1981 年 7 月 16 日的演講中指出：「報導文學是社會的良心……即使報導黑暗面或沒照顧到的地區，也可使社會在不完美中求進步……」[43]而所謂「暴露黑暗」論，乃是直指報導文學所表徵的社會主義寫實思潮，亦即長年以來恐懼「三〇年代文藝遺毒」的

42 姜穆，〈穗浪稻香〉，《中央月刊》第 8 卷第 5 期（1976 年 3 月），頁 94。

43 本報訊，〈黃春明談報導文學走向，應本諸良心勿歪曲事實〉，《民生報》（1981 年 3 月 16 日），第 10 版。

併發症。聯合副刊主編瘂弦即在 1979 年 1 月《中央月刊》指出：「我們反對只揭發黑暗，不呈現光明的文學，反對因爲有蟲害、就要把整棵樹連根砍伐的文學……很不幸的，這兩年來（按：1977、1978 年），在我們的文學界，出現了很多墮落的文學、砍樹的文學，以及文學藝術其表、政治野心其中的文學……」[44] 1977 年迄 1978 年間恰是鄉土文學論戰正熾之際，由此可知瘂弦對於鄉土文學論戰與報導文學其實是站在文化霸權的立場，試圖維護文化霸權的合法性與正統性，因此他期許作家不能只做喜鵲，也不能只做烏鴉，而應憂喜俱陳，也就是社會責任論的功能觀，表現在聯合副刊上的報導文學，瘂弦也維持一貫對報導文學的質疑，刊登的多數作品「遠離臺灣現實與鄉土」，且佐以虛構的小說筆調以轉化報導文學可能觸及社會問題的敏感度，有關聯合副刊與報導文學的關聯將於下文加以論述。

面對文化霸權強勢運作，原本抱持再造中國精神的高信疆，內心必然五味雜陳，畢竟他所欲達成的目的乃是要求作家對自己的「中國屬性再覺悟」，本質信念其實與文化霸權意欲鞏固中國神州一致，唯獨視角轉向了「臺灣」，也就是臺灣如何活出新的大中華精神。顯然，高信疆輕忽了報導文學著眼於現實的寫作邏輯，亦即踏查臺灣鄉土的同時，除了與青年下鄉關懷、百萬小時奉獻運動有著相呼應之處，另一方面也極可能養成臺灣意識，而這正是當局盡其可能防堵之處。也是媒體公共空間因著浮現臺灣鄉土、臺灣庶民，從而與大中華主義文化霸權產生了衝突，無論是「現實的邊緣」本土篇揭開中下階層庶民的生活，抑或「報導文學系列」關注民間宗教儀式與民俗技藝等，皆與長期以來公共論壇架空臺灣的文化霸權做法截然不同，也使得舊政權坐立難安。

也因爲高信疆欲重振中國精神，面對大中華主義的曲解，他所採取的回應策略乃在於解釋而非反擊。1978 年 11 月 3 日於政大新聞館所作的演講中，高信疆提出了《詩經》的功能旨在報導、《史記》等同報導文學之說法，該文日後被收入陳銘磻主編的《現實的探索》中，幾乎被視同七〇年代

---

44 瘂弦，〈啄木鳥與砍樹者〉，《中央月刊》第 11 卷第 3 期（1979 年 1 月），頁 105。

高信疆重要的報導文學主張[45]。其透過中國經典古籍為報導文學的正統性尋找背書，然而就連這一政治正確的辯護也受到了論者抨擊，認為高氏硬與古代文類攀親帶故，古代文類並無可與之相提並論者，「只有古人的遊記可以略備一格」[46]，凸顯當時論者對於報導文學的排斥已到了極點，故而「中國經典古籍說」未能為報導文學獲取論述的合法性。事實上，透過古典文學為報導文學正名的論述邏輯，早於六〇年代初中國重新定義報告文學即曾提出類似說法：「報告文學自古以來即在中國文學中占有重要的位置。」甚至提出陶淵明、柳宗元、蘇東坡等都曾寫下諸多優秀的「報告」、「特寫」，等同將反映當前社會變動的報告文學，混雜了史傳文學、傳記文學等紀實文學的樣式，而這會否是身處於臺灣的論者之所以反對從古籍合理化報導文學？

從對照的觀點切入，高信疆主張報導文學與傳統古典文學的連結乃是晚了大陸十五年，當時中國正從文化大革命（1966.8-1976.10）復甦過來，迄 1978 年以降，報告文學在大陸出現極為「興旺」的現象，「不斷有作家投身到報告文學領域」，也就是在理論建樹上出現新的探索，其作品不再以「歌頌式報導」為滿足，而在內容中增強了社會評析與社會批判的色彩，「報告文學作家不僅在向人民群眾傳遞生活中的信息，也在向領導機關與領導人員傳遞生活中的信息與群眾情緒。報告文學已不再是單純用以『激勵』群眾的工具，而成為多層次、全方位地傳播信息的載體。」[47]依此對照 1978 年高信疆對於報導文學的詮釋，中國大陸報告文學的勃興肯定給了高信疆激勵與壓力，激勵來自報導文學同樣扮演了群眾與政府之間的溝通橋梁，壓力則是報導文學是否也和中國一樣沾染了政治鬥爭的色彩？尤其社會批判向來為國民黨文藝政策所不容，則從目前可知的文本來看，我們無從判斷高信疆當時是否曾經讀過中國大陸方面相關的報告文學討論？但當局之所以對報導文學如斯戒慎恐懼，除了源自三〇年代左翼文學以及社會寫實主義的忌諱

---

45 高信疆，〈永恆與博大：報導文學的歷史線索〉，頁 26-47。

46 魏子雲，〈是「非虛構」，而非「非小說」〉，《國魂》第 396 期（1978 年 11 月），頁 13。

47 朱子南，《中國報告文學史》，頁 1034。前引中國重新定位報告文學之說法亦出自該書，頁 875。

外，勢必也與報告文學在中國大陸重新發展有關，這也就使得高信疆的「大中華主義版本土主義」難以說服當局。

除了溯源古籍以求文類「正名」外，高信疆也提出「關愛人間、反哺人生」來爲報導文學辯護，強調「由愛出發」乃是報導文學的基本精神，試圖將報導文學形塑成「無害的文類」、「關愛的健康文類」。在 1978 年 4 月推出第二次報導文學專欄「報導文學系列」時，高氏五度於專欄前附加編者說明[48]，指出「『報導文學』原是一份充滿生機的愛的出發與實踐」，旨在引領讀者更深入生活、更廣泛的觀察。自 1978 年 1 月重新接任人間副刊編輯以來，高信疆即持續對報導文學的左翼特質不斷提出修正，包括反省「現實的邊緣」本土篇違反平衡編輯之理念、指出副刊媒體應作爲媒體與讀者之間的一座橋或一扇窗等，之所以這般戒愼恐懼，在於「現實的邊緣」觸及了染有「赤色」色彩的工農兵題材，故「報導文學系列」轉而挖掘「若干大家熟悉事物的背後的意義」，例如民間宗教信仰、民俗技藝等。高信疆試圖將報導文學導向「關愛的文學」，這是六〇年代傳播學界盛行一時的「媒體社會責任論」，始於美國傳播學者 Schramm 撰於 1957 年的《大眾傳播的責任》（*Resposibility in Mass Communication*），主張媒體應與政府、閱聽眾一同合作以肩負應有的責任，此一責任即是維護資本主義自由傳播制度的運作，是爲了鞏固既有秩序的學說，卻被六、七〇年代的臺灣傳播學界奉爲圭臬，乃因七〇年代進入了國家建設發展階段，國府除了動員媒體來宣傳國家建設、三民主義優於共產主義，也需要學術界產製相關理論與研究來協助國家建設[49]。

故而當局不容「現實的邊緣」、「報導文學系列」這類觸及社會底層報導曝光，乃因其有違三民主義表徵富強、光明的形象，更多是可能沾染了

---

48 此五篇說明分別爲〈由愛出發〉（4 月 23 日）、〈由愛出發：人間副刊策劃經年，正式推出報導文學〉（4 月 26 日）、〈關愛人間，反哺人生，人間副刊，又一突破〉（5 月 1 日）、〈關愛人間，反哺人生，人間副刊，又一突破〉（5 月 3 日）、〈由愛出發：人間副刊策劃經年，連續推出報導文學〉（5 月 14 日），內容基本上大同小異，皆旨在闡述報導文學與關愛之連結。

49 林麗雲，《臺灣傳播研究史：學院內的傳播知識生產》，頁 151-153。

社會寫實主義的「遺毒」，以致喚起臺灣意識、臺獨意識之可能。高信疆透過「古籍背書」與「由愛出發」試圖爲大中華主義本土詮釋下的報導文學辯護，並未獲得大中華主義文化霸權認可，然而「關愛」、「關懷」等詞卻成爲日後理解臺灣報導文學的主流說法，迄八〇年代在陳映眞主張第三世界反抗強權的取向下，轉而成爲「人道主義」的代名詞。這一堂而皇之、試圖將報導文學導向溫情文學的說法，引發當年致力於報導文學創作者的不滿：「我們強調關懷和愛，可是我認爲，眞正好的報導文學作品，不應該出現這樣的字眼……」[50]亦即作爲文學文類的一環，刻意對創作者「下指導棋」，無非違背了文學乃是社會良知的基礎原則，更何況在文學動員的七〇年代，報導文學的核心精神在於發掘社會問題、挑戰文化霸權，並非僅僅流於樣板口號的宣揚而已。

至此，深入探知高信疆提倡報導文學的諸多觀點，可知其係迫於文化霸權的壓力而不得不提出修正，也就說明了當局無法接受大中華主義版本土詮釋。歸納之，高信疆對於報導文學的重要主張在於：一、文學必須參與社會和人群，因此報導文學必然反映現實：文學不再是少數人的專利，報導文學的特質即在於與社會發生關聯，是走出書房、走入現實的文類。二、文學必須關懷鄉土，因此報導文學必然踏查臺灣：文學應該關切我們的生活環境、理解我們的土地，報導文學並非爲了形成偏狹的地方色彩，而是爲了促使讀者瞭解自己、認識自己。三、文學必須傳達民族精神，因此報導文學旨在重建中國精神與文化：根植於土地的文學才足以傳達社會所思所想，也才能救亡圖存，所以報導文學踏查臺灣不僅爲了理解現實，也爲了重建「新中國在臺灣」的理想生活，進而激發群眾的意志以救亡圖存。

儘管高信疆爲了凸顯他念茲在茲的「新中國文化」，特別尋求中國古籍、「從愛出發」等去辯護報導文學的合法性、合理性，然而以現實、行動爲基礎的報導文學終究超乎了高信疆的預期，它非但沒有按照高信疆的意願

50 丁琬，〈行者的路：奔波在報導爲學路上的古蒙仁〉，收於周寧（周浩正）主編，《飛揚的一代》（臺北：九歌出版社，1982 年五版），頁 156（1981 年初版）。

彰顯文化中國的民族主義，反而揭開了追索臺灣鄉土的風潮，親臨現場的報導文學終究不是披露中國的事物，而是確確實實的臺灣，一如六〇年代引起側目的紀錄片《劉必稼》（1965），談的雖然是退伍士官劉必稼參與花蓮豐田水壩建設的歷程，卻透過「眞實的人」、「眞實的生活」、「現場的描述」記錄了榮民在臺灣如何生存的議題，使得該片深受好評也震撼人心，卻導致導演陳耀圻日後遭到當局以不明理由押走，平白無故在獄中度過二十餘天。報導文學踏查臺灣的行動特質不僅建構了臺灣鄉土，也對臺灣意識的思考提供可能的載體，終究使得黨外雜誌、左翼雜誌為了論述本土而以其作爲發聲管道，不僅藉其抨擊當局施政，也被當局認定爲工農兵文學的一支，是黑色文學、社會寫實主義文學、赤色文學的翻版。從這個角度切入，我們瞭解報導文學不單是新興文類，也是場域裡積極的行動者，引領了一時代的社會議題，由此激發讀者的情感與行動之可能。

儘管高信疆的主張未受到當局青睞，但他的努力並沒有白費，畢竟所謂「中國」與「臺灣」的區分在當時都還未明朗，他一方面與當局論述周旋，一方面也透過時報文學獎報導文學獎的設置爲報導文學定調，在議題設定功能奏效的前提下，報導文學成爲時代寵兒、媒體寵兒：媒體競相刊登此一新興文類，而讀者也紛紛投書給媒體表達對報導文學的感動。議題設定的形成也意味著高信疆並非單打獨鬥，其中，尤以 1980 年 4 月出版、由報導文學家陳銘磻蒐羅各家之言編纂而成的《現實的探索》，是千禧年以前臺灣唯一一本報導文學理論書，箇中蒐羅 1978 年迄 1979 年發表的論述共卅六篇，近半數共十七篇來自陳銘磻主編之《愛書人》旬刊，另有五篇出自時報文學獎報導文學獎決審評語、四篇是報導文學作品出版之序言（其中兩篇出自時報文化出版公司的出版品[51]），另有三篇來自《書評書目》，其餘七篇則分別來自報刊雜誌，包括《臺灣時報》、《臺灣日報》、《幼獅文藝》等（參見表 7）。陳銘磻自述，原欲透過《愛書人》旬刊的版面來拓展探討層面，但在其他媒體相繼提出論述下，遂就個人能力所及蒐集較具代表性的言論和

---

51 時報文化出版公司成立於 1975 年 1 月，參見《中國時報三十年》（臺北：中國時報社，1980 年初版），頁 42。

觀點，因而說起來這也是一本「陳銘磻如何看待報導文學」的論述集，而陳氏恰是高信疆報導文學寫作班底之一，故書中少見對報導文學的抨擊，多仰賴高信疆詮釋的觀點，試圖爲「報導文學＝黑色文學」去汙名化，擺盪於「文學」（藝術性）與「報導」（實踐性）的文體論、方法論探討，忽略報導文學意欲達成什麼的認識論？

表 7　《現實的探索》作品出處

撰文者	篇名	原發表處與日期	本書頁碼
陳銘磻	打開一個新的文學領域：《現實的探索》編輯記實	《臺灣新聞報》（1980 年 12 月 29 日），第 12 版（原題：打開一個新的文學領域）	目錄前 1-7
荊溪人	泛論「報導文學」	《世新二十年》（臺北：世界新聞專科學校編印，1976 年初版），頁 124-142	1-25
高信疆	永恆與博大：報導文學的歷史線索	《新聞學人》第 5 卷第 4 期（1978 年 12月），頁 43-55（原題：永恆與博大：報導文學的來龍去脈），後轉載於《愛書人》旬刊第 117 -118 期（1979 年 9 月 1 日、11 日），學術／書介版（第 3 版）	26-47
何欣	報導文學與文學創作	《現代文學》（復刊）第 5 期（1978 年 10 月），頁 7-22	48-67
張系國	歷史、現實及文學	《中國時報》（1978 年 10 月 9 日），第 12 版（原題：歷史、現實及文學：報導文學獎評審心得）	68-73
周錦	新文學第二期的報告文學	《中國新文學史》（臺北：長歌出版社，1976 年初版），頁 487-196	74-84
尹雪曼	從報告文學到報導文學	《新文藝》第 277 期（1979 年 4 月），頁 74-77	85-90
林清玄	我們吃白米飯：報導文學的一個概念	《愛書人》旬刊第 86 期（1978 年 9 月 11 日），第 1 版	91-94

撰文者	篇名	原發表處與日期	本書頁碼
林清玄	竹筍與報導文學	《愛書人》旬刊第83期（1978年8月11日），第1版	95-99
白冷（沈萌華）	報導文學是竹筍嗎？	《臺灣日報》（1978年9月4日），第12版	100-103
向陽	呈現以及提出	《愛書人》旬刊第68期（1978年3月11日），第1版	104-106
朱俊哲	現實的探索	《愛書人》旬刊第68期（1978年3月11日），第1版	107-117
彭歌	必須深入人性	《中國時報》（1978年10月2日），第14、15版（本文係第一屆時報文學獎決審會議紀錄片段）	118-121
胡菊人	寫客觀事實	《中國時報》（1978年10月2日），第14、15版（本文係第一屆時報文學獎決審會議紀錄片段）	122-123
張系國	落實的社會面	《中國時報》（1978年10月2日），第12版（本文係第一屆時報文學獎決審會議紀錄片段）	124-125
陳奇祿	報導事實的真象（本研究按：相）	《中國時報》（1978年10月2日），第14、15版（本文係第一屆時報文學獎決審會議紀錄片段）	126-127
李利國	從擁抱自己的土地開始：高信疆先生談報導文學	《大高雄雜誌》革新第1期（1978年8月），頁45-53（原題：聽高信疆談報導文學）。原文與收錄於本書的版本在小標上有所差異，內文亦有部分不同，尤以闡述「報導文學的回顧」做了不少變動。後轉載於《愛書人》旬刊第84期（1978年8月21日），第2版，編者於文前說明：「（本文）經高信疆先生親自修訂後，我們特予轉載披露。」故《愛書人》旬刊之版本即為本書收錄之版本	128-139

撰文者	篇名	原發表處與日期	本書頁碼
林進坤	報導文學的昨日、今日、明日	《書評書目》第63期（1978年7月），頁6-13	140-149
李凡	報導文學的兩個層面	《書評書目》第63期（1978a年7月），頁14-15	150-152
李凡	報導文學的基礎與體認	《書評書目》第63期（1978b年7月），頁16-18	153-156
吳瓊埒	訪黃春明談報導文學	《臺灣時報》（1978年6月7日），第9版（原題：〈生活在群眾中的黃春明〉）	157-164
林清玄	報導文學的根與果：高信疆的心願	《愛書人》旬刊第99期（1979年1月21日），第2版，後收於林清玄著，《難遣人間未了情》（臺北：時報文化出版事業有限公司，1980年初版），頁215-220	165-169
游淑靜	不能只是江湖過客：尉天驄談報導文學的再深入	《愛書人》旬刊第99期（1979年1月21日），第2版	170-173
東籬	擺對位子：阮義忠談報導文學的攝影	《愛書人》旬刊第99期（1979年1月21日），第2版	174-178
燕萱	自我覺醒的認知：王鎮華談報導文學的展望	《愛書人》旬刊第99期（1979年1月21日），第2版	179-182
柳暗	為歷史見證：楊春龍的「報導文學作品系列」	《愛書人》旬刊第99期（1979年1月21日），第2版	183-187
游淑靜	不敢回頭看牽牛：林清玄與他的報導文學工作的使命	《愛書人》旬刊第106期（1979年4月1日），第3版	188-198
林全洲	獨騎瘦馬踏殘月：陳銘磻與其報導文學生命的千重世界	《愛書人》旬刊第114期（1979年6月21日），第3版	199-208

撰文者	篇名	原發表處與日期	本書頁碼
陳銘磻	痛苦中的震撼：關於《賣血人》一書	《愛書人》旬刊第115期（1979年7月1日），第4版（原題：痛苦中的震撼：《賣血人》自序），收於陳銘磻著，《賣血人》（臺北：遠流出版社，1979年初版），頁1-7（原題：痛苦中的震撼：自序）	209-214
楊月蓀	《冷血》譯後的話	《冷血》（臺北：洪建全教育文化基金會與書評書目出版社，1975年四版），頁313-317（初版出版於1973年）	215-221
雷蒙	勇之決與行之極：評介古拉格列島	《幼獅文藝》第306期（1979年6月），頁14-17	222-225
李亦園	千古傳承話絕藝：邱坤良的《民間戲曲散記》	收於邱坤良著，《民間戲曲散記》（臺北：時報文化出版事業有限公司，1979年初版），頁1-9（原題：千古傳承話絕藝：序邱坤良的《民間戲曲散記》）	226-232
湯碧雲	再溫一壺酒：林清玄的《長在手上的刀》	《愛書人》旬刊第83期（1978年8月11日），第1版	233-236
唐文標	我來，我見，我……：古蒙仁的《黑色的部落》	《中國時報》（1978年11月15日），第12版（原題：「我來、我見……我……」：談談古蒙仁的報導文學《黑色的部落》），後收於古蒙仁著，《黑色的部落》（臺北：時報文化出版事業有限公司，1982年四版），頁1-12（原題：我來，我見，我……），乃該書序文	237-248
楊克明	歷史的激情與理解：李利國的《紅毛城遺事》	《愛書人》旬刊第77期（1978年6月11日），第2版（原題：歷史的激情與理解：《紅毛城遺事》讀後）	249-252
胡菊人	我看臺灣「新生代」：陳銘磻的《賣血人》	收於陳銘磻著，《賣血人》（臺北：遠流出版社，1979年初版），頁1-11（原題：我看臺灣「新生代」：序陳銘磻的《賣血人》）	253-261

撰文者	篇名	原發表處與日期	本書頁碼
山契	部落的徬徨：陳銘磻的《部落・斯卡也答》	《野外》第114期（1978年8月），頁80-81（原題：部落的徬徨：書介〈部落，斯卡也答〉），後轉載於《愛書人》旬刊第84期（1978年8月21日），第2版（原題：部落的徬徨：書介《部落・斯卡也答》）	262-266

※資料來源：本研究整理，共卅六篇，其中十七篇選錄自《愛書人》旬刊。

從前述爬梳高信疆對於報導文學的看法，可知報導文學於七〇年代出現伊始，即被賦予了強烈的「社會化」角色：踏查田野、建構臺灣。既然是趨向「社會化」的文類，它所擁有的「文學餘裕」也就相對偏少，亦即作爲文學必須經常沉澱、反求自我的取向，與報導文學致力於向外求索並講求實用的取向並不相同，故用字遣詞不扮高深而務求使大眾理解，這也是日後論者認爲報導文學藝術層次不高之故，然而這無非是離開了歷史現場的後設觀點，因爲以當時的文學創作取向來說，王拓《金水嬸》（1976）、宋澤萊《打牛湳村》（1978）、洪醒夫《黑面慶仔》（1978）、楊青矗《工廠女兒圈》（1979）等，一系列強調以寫實爲本的文學創作，對應的也就是回歸鄉土風潮的呼聲，這些作品講究的並非修辭而是意念的宣達，故意念先行成爲這些作品面對藝術造詣檢驗的致命傷。甚至我們可以宣稱，這批文學創作者是以小說這一載體針對臺灣鄉土進行反省，而這一反省也與報導文學發生了對照關聯，例如洪醒夫獲得第一屆時報文學獎短篇小說優等獎的〈吾土〉，箇中阿榮伯吶喊著：「土地是我們的，不管怎樣，都要勤儉打拚再拿回來！」[52]這句話其實也是蔣勳在爲馬以工《尋找老臺灣》作序的概念：「就像這塊土地，開墾了幾百年，有過無數次的災難，從殖民地再光復了的，我們爲什麼不能好好守護它呢？」[53]而「土地是我們的」一語，其實最

52 洪醒夫，《黑面慶仔》（臺北：爾雅出版社，1978年初版），頁240。

53 蔣勳，〈土地是我們的：序馬以工新書尋找老臺灣〉，收於馬以工著，《尋

早出自楊逵作詞、後經李雙澤改詞作曲的〈愚公移山〉（1977）：「土地是我們的，是祖先開墾的，土地是我們的，我們要團結幹下去！」[54]

從這個角度檢視，我們期望報導文學講究修辭是否緣木求魚？在回歸鄉土的寫實文學成為主流，深受大眾歡迎的報導文學如何可能以美文問世？亦即報導文學的本質從來就不在雕琢字句，而是素樸的行文與傳達參與社會意念，是為了喚醒冷漠的人們、希冀群眾共同瞭解社會，誠如讀者林秀珍為了呼應「現實的邊緣」而提筆撰文報導文學，期望對臺灣「擁有更深的瞭解，更大的同情」[55]，亦即報導文學的「文學性」即是淺白直接的文字表達，其用意乃是為了靠近讀者、啓蒙讀者。故七〇年代報導文學在一片文學檢討聲浪中脫穎而出，乃因其在文學與現實間，找到了較諸其他文類更適切接軌的表達方式，也就是它的門檻遠比其他文類來得更低，可說是「全民寫作」的先行者。此一文類形式對應了文學走向鄉土寫實的風潮，致令知識分子興起「尋找臺灣」的行動激情，另一方面在主流報紙競爭白熱化下，得以吸引更多讀者「認識臺灣」、「建構臺灣」以重建新的文化氣質，並刺激銷量。如此一來，報導文學滿足了戰後新興知識分子與中產階級追索鄉土的需求，它以更直接、更容易接近的內容建立起讀者的聯繫，也促使文學創作者有了具體表達「現實」的新形式。

這一新文類的傳播之所以受到廣泛矚目，除了高信疆的主張，尙有媒體推波助瀾的效果，出身於文化大學新聞系，高信疆編輯副刊的策略迥異於其他媒體副刊主編，自大學時期起，他即心儀傳播學者 McLuhan，認為可以藉助其學說發展所長，表現在「現實的邊緣」裡，即是實踐了 McLuhan 於 1964 年所提出的概念：「熱媒介」（hot media）與「冷媒介」（cool media）之交軌。「熱媒介」乃是以高解析度、閱聽眾低參與度著稱，例如廣播、電影、照片均屬此類，也就是廣播、電影以響亮的、鮮豔華麗的姿態朝

找老臺灣》（臺北：時報文化出版事業有限公司，1982 年二版），頁 11（1979 年初版）。

54 楊逵，〈追思吳新榮先生〉，《夏潮》第 13 期（1977 年 4 月），頁 61。

55 林秀珍，〈靈秀荒島：三仙臺〉，《中國時報》（1975 年 8 月 21 日），第 12 版。本文文前附有作者來函與編者回覆。

感官迎面撞擊而來。至於「冷媒介」則以低解析度、閱聽眾參與度高爲主，例如電話、電視、象形文字等，其以模糊婉約的方式召喚參與者浸淫其中、加以塡補不足之處[56]。因此自推出「現實的邊緣」伊始，高信疆即刻意打破過往專欄慣以搭配手繪插圖的取向，改以紀實攝影取代，使得出現在藝文版面的「現實的邊緣」也具備了新聞報導的特性，既是感性的渲染、也是理性的形式訴求，等同爲閱聽人建立了雙重感受：同時驅動文字與照片的互文功能，閱聽眾必須自行調度其感官功能來面對此一文本內容，這對於當年向來以插畫爲主的副刊而言可說是令人側目之舉。

其中，最具代表性的例子莫過於古蒙仁〈一個沒有鼾聲的鼻子：臺灣的最北端：鼻頭角滄桑〉（1975.11.18-25），該文連載首日搭配照片組裝而成的臺灣地圖（參見圖 1），這一圖像在當時以人工排版的情況下，排版師傅必須「拿著空鉛占著位置，一小塊一小塊慢慢兜，問題是空鉛不好計算，第一次盤，剩下太多字，拆開再盤，這次文字卻不夠，師傅邊罵邊盤」[57]，大剌剌的臺灣地圖儼然向讀者宣示：報導文學將引領讀者一同踏查臺灣、認識臺灣、建構臺灣，等同挑戰行之有年的大中華主義論述。這一臺灣地圖，事實上也就是日後黨外雜誌普遍運用的圖騰，例如《八十年代》的封面即是一臺灣地圖的剪影（參見圖 2）[58]，使得「現實的邊緣」幾乎成爲臺灣意識的先聲。向來被忽略的「臺灣」被刻意凸顯、向來縮小的「臺灣」被放大，「臺灣鄉土」一夕之間躍入公共論壇，不只有形體還有實質的內容，這也意味著回歸鄉土、回歸現實的風潮已難遏止，一股新論述藉由副刊版面逐步崛起。

---

56 鄭明萱譯，《認識媒體：人的延伸》（臺北：貓頭鷹出版，2006 年初版），頁 54-59。（原書 McLuhan, M. [1964]. *Understanding media: The extensions of man*. New York: McGraw-Hill）。

57 駱紳，〈人間戰鬥〉，收於季季等主編，《紙上風雲：高信疆》，頁 119。

58《八十年代》創刊（1979.6）以來的封面圖乃是一艘雙桅帆船行駛於臺灣地圖上，迨 31 期（1983.2）改爲臺灣地圖置中，後自 33 期（1983.4）起改爲以新聞圖片爲主。

台灣的最北端：鼻頭角滄桑

一個沒有鼾聲的鼻子

現實的邊緣：本土篇

■古蒙仁■

緣起

上部：鼻頭角概述

一、歷史的回顧

二、地緣位置探討

三、古老的傳說

1.長山帆影

2.隊籟昇天

3.神燈

4.媽祖顯靈

5.出爐

四、現階段漁民的生活型態

五、焚寄網漁業的作業方式

六、漁民的經濟情況

圖 1 〈一個沒有鼾聲的鼻子：臺灣的最北端：鼻頭角滄桑〉插圖

資料來源：1975 年 11 月 18 日《中國時報》人間副刊，第 12 版。

圖 2　《八十年代》封面

資料來源：1983 年 2 月《八十年代》，第 31 期。

也是爲了凸顯新論述的即時性、便捷性以及重要性，高信疆執掌人間副刊以來，一貫的編輯策略即是打破冷、熱媒體截然二分的狀態，因此在版面上突破了副刊過往的方正設計，改以所謂「圓曲型」版型面世；其次，依循新聞作業流程，讓副刊也擁有自己的記者與評議員[59]。此外，高氏大量起用照片以取代既有的插畫，「現實的邊緣」幾乎每篇作品皆搭配一至三幅照片，在每隔數日即刊出的情況下，「現實的邊緣」形同當時候盛極一時的《芬芳寶島》紙上版，形成電子與平面媒體兩相參照、共築臺灣鄉土氛圍，也成就了以文學動員挑戰舊意識的可能。

二、人間副刊報導文學編輯論：從「現實的邊緣」到「報導文學系列」

值得留心的是，以「現實的邊緣」爲核心出發的報導文學乃是崛起於1975年7月，當年有幾個重要事件值得關注：其一，美國越戰挫敗，意味著冷戰體系將產生鬆動，也意味著臺灣的戰略位置將產生改變，當局過往宣稱代表「全中國」的意志勢必受到挑戰，果不其然，1978年底的中美斷交印證了國民黨政府即將面對八〇年代的政治危機。其二，蔣介石逝世，意味著一個舊時代的終結，蔣經國的繼承使得本土勢力逐漸獲得發展。其中，《臺灣政論》的發刊，意味著第二波黨外民主運動有了具體的論述思考，對於國民黨政府形成競爭壓力，也使其與地方派系產生更爲緊密的依存關係，連帶地方派系也對黨及中央影響日益加深，有關《臺灣政論》將於下文再行討論。其三，《芬芳寶島》於中視播出，獲得廣大觀眾的回響，也刺激了報導文學家的思索，其與「現實的邊緣」有著啓蒙與相互參照的關係。

除了前述事件外，自六〇年代以來出口導向工業化使得中產階級、知識分子崛起，也因著國內外局勢而展開反思威權體制，扮演了政府與民間的溝通橋梁。而大型資本的出現，則加速了資本主義的發展，資本流動與市場邏

---

59 陳義芝，〈副刊轉型之思考：以七〇年代末《聯副》與《人間》爲例〉，收於瘂弦與陳義芝主編，《世界中文報紙副刊學綜論》（臺北：行政院文化建設委員會，1997年初版），頁167。

輯越來越不是威權統治所能掌控，也由於經濟影響力越來越大，各大財團對於國家機器既有的調節政策遂漸漸感到不滿。至於文化方面，歷經現代詩論戰、鄉土文學論戰，臺灣鄉土意識的建立已成為當時趨勢，無論是大中華主義本土主義抑或臺灣本土主義，「臺灣」已非前此架空於大中華主義下的名詞，它從「被動的自然地理」一躍而成為各家搶奪詮釋的場域，不再是客體而是主體。

從這些背景切入 1975 年 7 月 10 日登場的專欄「現實的邊緣」，代表的不單是報導文學的濫觴，還呼應了社會與媒體變遷而引發的文體需求。其主張「透過作者親身的體驗與尋訪，以及深入的挖掘與同情的理解」[60] 以達成踏查臺灣的實踐，此一「親身體驗與查訪」無疑是七〇年代初，因應保釣運動而來的社會服務團、百萬小時奉獻等學生運動精神，也回應了現代詩論戰所帶來的「文學應反映現實」。它吸收了新聞報導的形式，將千篇一律的政治新聞、煽腥的社會新聞轉化為對「民間臺灣」的關注，經由文學筆法補足了「新聞工作者採訪不到的新聞、推不出的報導，或因職業客觀條件的限制而產生不了的作品」[61]，這是報導文學得以在副刊上雷霆萬鈞之故。換言之，文學創作必有一定的門檻限制，但在寫實主義被簡化為意念先行的前提下，則小說創作與報導文學的界限不再那麼涇渭分明。論者咸認為，「現實的邊緣」專欄（1975.7.10-1976.6.2）乃是人間副刊提倡報導文學的起點，相隔三年的「報導文學系列」（1978.4.23-11.25）專欄則在首屆時報文學獎報導文學獎的加持下，將報導文學風潮推向發展的最高峰，自 1975 年迄 1979 年間，隸屬於《中國時報》體系的時報文化出版公司密集出版了林清玄、古蒙仁、李利國、邱坤良、馬以工等十餘本報導文學作品，而這批作者又皆曾獲得時報文學獎報導文學獎，且多數在撰文上曾受益於高信疆「指導」，儼

---

60 編者按，〈無標題〉（按：係「現實的邊緣」域外篇編輯語），《中國時報》（1975 年 7 月 10 日），第 12 版。

61 林元輝，〈從「人間副刊」談起〉，《新聞學人》第 4 卷第 2 期（1976 年 1 月），頁 32。林元輝係政治大學新聞學系卅六期畢業生（1972-1976），撰寫此文時乃大四學生，後任職政治大學新聞學系教授、系主任、傳播學院院長等職。

然形成報導文學寫作上的「高信疆世代與班底」[62]。

報導文學的興起固然與副刊編輯形態、新興知識分子以及鄉土意識的文學思潮有關，但其如何經由傳播、挑戰文化霸權而成為七〇年代文化十大事件之一、「極熱門的文學形式」以及「最受歡迎的文學形式」？於此，爬梳「現實的邊緣」的同時，不能忽略的是同時期的「鄉土彩色電視影集」：《芬芳寶島》。這齣由國聯工業公司委託國禾傳播公司（以下簡稱國禾）製作、黃春明等人所執導的影集，論者指出有著兩大意義：其一，是第一部由國人自製純影片的節目：並非錄影節目，而是透過十六釐米底片拍攝成影片而非錄影帶的形式，因此也就考驗著執導者的專業與態度；其二，是第一部記錄性質的影集：既異於劇情片也異於新聞片，是透過鏡頭記錄對象的習性與思考方式，是深入而非浮面的作品。當年的《芬芳寶島》不僅受到觀眾青睞，也獲得「六十五年度優良廣播電視節目金鐘獎」的「社會建設服務獎」，並引領日後其他電視臺製播深度報導節目如中視《六十分鐘》（1978.8.25 首播）、中華電視公司（以下簡稱華視）《三百六十度》（1978.9.7 首播）、臺灣電視公司（以下簡稱臺視）《鄉土情懷》（1979.12.9 首播）等，而這些電視臺製播的節目內容，又往往請報導文學家操刀，例如《鄉土情懷》由古蒙仁編劇撰稿，部分節目內容出自其報導文學作品如〈黑色的部落：秀巒山村透視〉、〈阿苦拉溪畔的絃歌：瑞峯國小的山路旅程〉等。然而，有關《芬芳寶島》與報導文學的論述，前此僅有陳映眞於〈臺灣報導文學的歷程〉簡短描述黃春明拍攝〈大甲媽祖回娘家〉，且還將篇名誤植為〈北港媽祖回娘家〉，近乎空白的研究凸顯影視內容取得不易，致使研究者無從進一步論述。

《芬芳寶島》於 1975 年 6 月 29 日每週日晚間七時至七時卅分在中視播出（10 月起改為每週二同時段播出），較「現實的邊緣」推出早約十來天左右，對於當時以及日後紀錄片與報導文學創作者的視野有著重大影響，例如 1978 年 4 月 23 日高信疆第二次推出報導文學專欄「報導文學系列」時，

62 張堂錡，〈「高信疆世代」報導文學寫作「班底」創作轉型現象：以陳銘磻為主要考察對象〉，《中國現代文學》第 21 期（2012 年 6 月），頁 46-49。

曾指出《芬芳寶島》是包容性大、象徵意義強的作品：「使人看了會愛鄉土、愛同胞，慶幸自己是生在這個時代，甚而會想到應該貢獻自己。」[63]至於古蒙仁在第一本報導文學集《黑色的部落》中，提及與黃春明會面時，「他那時正忙著拍攝《芬芳寶島》的鄉土影集……他脫下手套，端起咖啡，和我談鄉土的整理和報導，談他個人的願望，及我們這一代年輕文化人應有的覺醒……」[64]由此，古蒙仁動身前往鼻頭角、九份、金瓜石、礁溪等地，開啓報導文學的創作生涯。此外，李利國在兩篇作品中分別提到了《芬芳寶島》的內容：「幾年前電視播演〈大甲媽祖回娘家〉影片，是由黃春明策劃，張照堂攝影。黃春明對於臺灣社會、民俗和群眾心理均有深刻的瞭解，他把一個原來枯燥無味的題材，賦予了新穎、感人的生命。」（〈臺灣的宗教都市：北港〉）、「民國六十四年中國電視公司《芬芳寶島》節目，播演一輯〈阿里山的老火車頭〉，畫面上有一幕是老火車頭和新式柴油機頭在交力坪錯車……」（〈長出葉子的金礦：阿里山開拓史〉）[65]李利國撰稿的時間是 1978、1979 年之交，卻仍提及 1975 年的《芬芳寶島》，顯見該節目的影響力頗深。

而翁台生則在描述整建三峽祖師廟的畫家李梅樹的報導文學〈爲蓋廟而活下去的人〉也提到：「中國電視公司的『芬芳寶島』節目在上個月（按：1975 年 11 月）也介紹了這座花時間最久的廟宇。」[66]其所指乃是 11 月 4 日播出的第十九集〈三峽祖師廟〉，顯見翁氏撰文也受到《芬芳寶島》的啓發。而心岱更確切表達了當時觀影的心情，面對《芬芳寶島》中的〈我們的好朋友：鷺鷥鳥〉（按：誤植爲〈白鷺鷥故鄉〉）、〈恆春一遊〉（按：誤

---

63 碧玉，〈訪副刊編輯・談寫作投稿：智慧・心血・理想：高信疆先生談「報導文學」〉，《文藝月刊》第 109 期（1978 年 7 月），頁 56。

64 古蒙仁，《黑色的部落》（臺北：時報文化出版事業有限公司，1982 年四版），頁 15。

65 李利國，《時空的筆記》，頁 56、88。

66 翁台生，〈爲蓋廟而活下去的人〉，《綜合月刊》第 85 期（1975 年 12 月），頁 13。後收於翁台生，《痲瘋病院的世界》（臺北：皇冠出版社，1980 年初版），頁 78-91，惟第二段刪去《芬芳寶島》云云。

植爲〈恆春的瓊麻人家〉）等影片，令她既熟悉也陌生，尤其〈大甲媽祖回娘家〉深深震撼了她，沒想到那些被視爲「迷信」的事物竟躍入螢幕之中，而此一心情正是七〇年代讀者面對報導文學的普遍認知，他們沒想到「臺灣民間」也能浮上檯面，故而縱使只是「現實的邊緣」也認爲「足以反映其全貌了」。

比較《芬芳寶島》與「現實的邊緣」的主題，兩者其實有著許多相呼應之處，例如第七集劉壽華執導的〈觀音山下的石匠〉（8.10），與「現實的邊緣」林佛兒〈土公榮仔與雕刻匠有土師〉（8.18-20），兩者不約而同提到世居觀音山且同樣都是從事雕刻的石匠。至於第十四集夏祖輝執導的〈無名英雄的貢獻：瑞芳礦業〉（9.28），與子于（傅禺）〈瞧！他們礦工〉（8.12-13）一在瑞芳、一在暖暖，但都是以礦工爲主題。此外，由黃春明執導的〈咚咚響的龍船鼓〉旨在介紹鼻頭角以及當地划龍舟，此與古蒙仁〈一個沒有鼾聲的鼻子：臺灣的最北端：鼻頭角滄桑〉（11.18-25）描述當地沒落的漁村生活，都是以鼻頭角當地生活作爲探訪對象。賴敬文〈蘭嶼去來〉（7.22-23），則與1979年廖賢生執導的〈神奇的蘭嶼〉一致，唯獨前者深思雅美族人（後正名爲達悟族）生活與文化如何受文明侵擾，後者則花了兩天拍攝當地原住民「特有文化、習俗」，包括舞蹈、生活方式等，就內容而言前者顯然比起後者更具反思性。漢寶德（也行）〈鐵馬・秋風・太武岩：關於金門及其民間建築的沉思〉（8.7-8），取材對象與〈民族文化的縮影：金門〉一致，該片甚至獲得1979年第十六屆金馬獎優等紀錄片獎（參見表8）。

由此可知，《芬芳寶島》與「現實的邊緣」並非兩造不相干的文本，而是相互參照的作品，除了題材取向相近外，前述報導文學家不斷提及《芬芳寶島》的內容也印證了該影集確實有其影響力。《芬芳寶島》重新改寫了臺灣紀錄片的意義，也帶動了報導文學的撰寫風潮，耗費比一般節目多出三至五倍的資金進行拍攝，意欲挽留深受現代工商業社會侵襲而逐漸消失的風俗文物、鄉土人情，共播出兩季廿四集（另一說廿三集），日後另播出第三季，惟再次播出的時間已是八〇年代初。目前可確定播出的日期、劇名以及導演計有（參見表9）：第一集〈大甲媽祖回娘家〉（6.29，黃春明）、

表 8　《芬芳寶島》與「現實的邊緣」主題對照

節目、專欄 日期	芬芳寶島	現實的邊緣
1975.7.22-23		蘭嶼去來
1975.8.7-8		鐵馬・秋風・太武岩：關於金門及其民間建築的沉思
1975.8.10	觀音山下的石匠（第七集）	
1975.8.12-13		瞧！他們礦工
1975.8.18-20		土公榮仔與雕刻匠有土師
1975.9.28	無名英雄的貢獻：瑞芳礦業（第十四集）	
1975.11.18-25		一個沒有鼾聲的鼻子：臺灣的最北端：鼻頭角滄桑
日期不確定	咚咚響的龍船鼓	
1978	民族文化的縮影：金門	
1979	神奇的蘭嶼	

※ 資料來源：本研究整理。

第二集〈我們的好朋友：鷺鷥鳥〉（7.13，彭光照）、第三集〈恆春一遊〉（7.16，黃春明）、第四集〈臺北圓山動物園〉（7.27，彭春夫）、第七集〈觀音山下的石匠〉（8.10，劉壽華）、第八集〈金色中港〉（8.17，余學宜）、第十集〈元宵節〉（8.31，王菊金）、第十四集〈無名英雄的貢獻：瑞芳礦業〉（9.28，夏祖輝）、第十六集〈日月潭傳奇〉（10.14，吳桓）、第十九集〈三峽祖師廟〉（11.4，王童）、第二十集〈靠海吃海的討海人〉（11.11，劉壽華）等，另有〈淡水暮色〉、〈咚咚響的龍船鼓〉（以上兩部由黃春明與張照堂執導）、〈賽鴿〉、〈毒牙下的英雄〉、〈毒蛇與蛇毒〉（以上三部由王菊金執導）、〈阿里山的老火車頭〉（第十三屆金馬獎優等紀錄片獎）、〈烏魚來的時候〉（王菊金執導，第十四屆金馬獎優等紀錄片獎）、〈北港牛墟〉、〈臺灣的蝴蝶〉、〈民族文化的縮影：金門〉

（以上三片獲第十六屆金馬獎優等紀錄片獎，王菊金執導的〈臺灣的蝴蝶〉另獲最佳紀錄片攝影獎）、〈傳統小鎮：美濃〉、〈古厝：中國傳統的建築〉（第十七屆金馬獎最佳紀錄片獎，以上兩部由張照堂、余秉中執導）、〈淡忘中的鄉土舞曲〉等，其中，〈北港牛墟〉、〈阿里山的老火車頭〉與後來創刊的《戶外生活》互有參照，且阿里山的老火車也曾出現於李利國〈長出葉子的金礦：阿里山開拓史〉（收入《時空的筆記》），凸顯報導文學議題的重複性，也意味著議題設定的共鳴效果之形成。

表 9　《芬芳寶島》各集節目名稱與導演

日期	集數	節目名稱	導演	備註
1975.06.29	第 1 集	大甲媽祖回娘家	黃春明	
1975.07.13	第 2 集	我們的好朋友：鷺鷥鳥	彭光照	
1975.07.16	第 3 集	恆春一遊	黃春明	
1975.07.27	第 4 集	臺北圓山動物園	彭春夫	
1975.08.10	第 7 集	觀音山下的石匠	劉壽華	
1975.08.17	第 8 集	金色中港	余學宜	
1975.08.31	第 10 集	元宵節	王菊金	
1975.09.28	第 14 集	無名英雄的貢獻：瑞芳礦業	夏祖輝	
1975.10.14	第 16 集	日月潭傳奇	吳桓	
1975.11.04	第 19 集	三峽祖師廟	王童	
1975.11.11	第 20 集	靠海吃海的討海人	劉壽華	
		淡水暮色	黃春明、張照堂	
		咚咚響的龍船鼓	黃春明、張照堂	
		賽鴿	王菊金	
		毒牙下的英雄	王菊金	
		毒蛇與蛇毒	王菊金	

日期	集數	節目名稱	導演	備註
		阿里山的老火車頭		第十三屆金馬獎優等紀錄片獎
		烏魚來的時候	王菊金	第十四屆金馬獎優等紀錄片獎
		北港牛墟		十六屆金馬獎優等紀錄片獎
		臺灣的蝴蝶	王菊金	十六屆金馬獎優等紀錄片獎、最佳紀錄片攝影獎
		民族文化的縮影：金門		十六屆金馬獎優等紀錄片獎
		傳統小鎮：美濃	張照堂、余秉中	
		古厝：中國傳統的建築	張照堂、余秉中	第十七屆金馬獎最佳紀錄片獎
		淡忘中的鄉土舞曲		

※資料來源：本研究整理。部分節目無法確認播出時間，也無法確定集數。

《芬芳寶島》的內容固然呈現了臺灣鄉土之美，但當時輿論並非依循「建構臺灣」的視角去理解，而是將之視爲倫理教化的一環：「從〈大甲媽祖回娘家〉影片中，可以看到國人純樸、虔誠、自由的宗教信仰外，還可以看到寶島豐衣足食的富裕生活情形。」[67]也因此《芬芳寶島》受到新聞局的稱許，並獲得當時廣播電視節目金鐘獎的「社會建設服務獎」，由此可見統治者乃是將所謂「認識臺灣」、「建構臺灣」的題材，導向教化閱聽大眾「珍愛優良傳統」、「愛國意識」與「傳統文化」。事實上，早在《芬芳寶島》送審時，新聞局即曾對原本的名稱《芬芳鄉土》加以質疑：「臺灣是芬

67 本報訊，〈芬芳寶島，後天播出〉，《中國時報》（1975年6月27日），第5版。

芳鄉土，可是大陸也是我們的鄉土，難道大陸不芬芳嗎？」[68]對於《芬芳寶島》動輒拍攝「老舊的房子」，新聞局也有意見：「爲什麼不拍總統府？」同樣的情況也發生在曾經參與《芬芳寶島》拍攝的張照堂身上，當他日後以新聞節目《映象之旅》〈礦之旅〉獲獎時，新聞局指責他：「你們怎麼拍那麼破敗的、勞動、下層的人物。」[69]由此可知《芬芳寶島》一如「現實的邊緣」，兩者的「臺灣鄉土」、「庶民階層」終究是大中華主義論述的禁忌，相對而言，也就說明了報導文學具備「以文抵殖」的意涵。

《芬芳寶島》以及「現實的邊緣」震撼了長年以來接受「光復神州」論述的閱聽眾，因而兩者均吸引了驚奇的目光，也召來了統治者的關切。儘管這一「新論述」的出現自覺或不自覺包含了文化霸權中的中國符碼，但 Antonio Gramsci 早就提示過我們，文化霸權爭奪戰並非爲了建構一套違背人民意願的理念，而是從中找出重新論述的條件與元素，故而在既有的文化霸權架構上，新論述增添的是對於眼下現狀的理解與強化，即重新認識臺灣、建構臺灣以達成救亡圖存的目的。《芬芳寶島》與「現實的邊緣」於 1975 年先後出現，一方面繼承了現代詩論戰、學生社會關懷運動以來對於現實與鄉土的關注，一方面也呼應了時代氛圍的轉變，預示即將到來攸關鄉土、國族認同的鄉土文學論戰。因而，《芬芳寶島》與「現實的邊緣」無寧是體制中反抗文化霸權的實踐者，它們影響了後續的報導文學創作者，無論在題材的選擇上、議題的思索上，《芬芳寶島》以及「現實的邊緣」都起了示範的作用，過往全然被置於大中華主義下的臺灣終於撥開霧障，向世人展示它真正的面貌。可惜的是，《芬芳寶島》現今保存甚少，除了〈大甲媽祖回娘家〉之外，極難尋獲其他內容而僅留篇目，故有賴後續研究者再行探

68 李道明，〈訪彭光照〉（1998 年 6 月 16 日）。取自「臺灣電影資料庫：紀錄片口述歷史記錄」http://cinema.nccu.edu.tw/cinemaV2/recordOralList_show.htm?RMOPID=25，此一口述歷史另同時訪談張文雄、彭春夫。彭光照曾任國禾傳播公司企劃部經理、製作部主任張文雄、導演彭春夫。

69 王慰慈，〈訪張照堂〉（1998 年 8 月 1 日）。取自「臺灣電影資料庫：紀錄片口述歷史記錄」http://cinema.nccu.edu.tw/cinemaV2/recordOralList_show.htm?RMOPID=21

析，本書僅就相關訪談內容，佐證《芬芳寶島》對於報導文學家乃至「現實的邊緣」的啓蒙意義，亦即說明 1975 年報導文學崛起之際的幾項重要條件中，《芬芳寶島》所扮演的關鍵角色。

《芬芳寶島》與「現實的邊緣」之所以有著密切關聯，乃因根據新聞室的工作常規，觀看電視係編輯的重要職責，儘管當年電子媒體不若現今發達，但從高信疆等人言談可知其如何關注《芬芳寶島》，前述已提及高信疆出身新聞系的背景，加諸個人對於 McLuhan「冷／熱媒介」的傾心與運用，表現在「現實的邊緣」無寧是紙上版《芬芳寶島》。從 1975 年 7 月 10 日迄 1976 年 6 月 2 日，伴隨高信疆去留而開設的「現實的邊緣」共區分爲三個小輯：「域外篇」、「離島篇」、「本土篇」，除了發表廿一篇作品，也刊登了共九篇讀者來函，日後於 1975 年 12 月集結出版同名書籍《現實的邊緣》，自出版日起迄 1976 年 2 月，不到三個月的時間即印行四刷、共約八千本[70]，可知閱聽眾對於報導文學這一「新形式」的作品深感共鳴。

雖然在此之前，人間副刊即已積極推出諸多與鄉土有關的文學欄目與篇章，但與「現實的邊緣」相較，其篇幅短小、主題未必只限於鄉土、刊登的版面也不甚起眼，不若「現實的邊緣」篇幅長而深入、主題觸及臺灣離島與本土人事物、刊登版面顯著且搭配照片，更重要的是運用了新聞與小說交軌的筆法，在非虛構的前提下，主觀涉入客觀事件的陳述方式，使得作品保留了既眞實又可感的情節鋪陳，透過一系列的作品安排，「現實的邊緣」不僅受到閱聽眾的稱許，也引起青年學子的關注，當時就讀政大新聞學系、日後亦投入報導文學創作的林元輝即曾針對「現實的邊緣」指出：「利用文學的筆法，對社會那些一生默默工作，生滅無人關心，甚至做的是：無名英雄工作的態度，道德與勇氣的典型，或是對被社會忽視的高値文物與珍貴的藝術

---

70 該書收錄 7 月 10 日迄 10 月 13 日共十三篇發表於人間副刊的作品，另附有六篇讀者回應與作者回覆，自 1975 年 12 月出版迄 1976 年 2 月，不到三個月的時間即印行四刷（按：推估一刷約兩千本，共印刷約八千本），參見高上秦主編，《現實的邊緣（第一輯）》（臺北：時報文化出版事業有限公司，1976 年四版，1975 年初版）。

遺跡等，所做的詳盡而深入的報導……」[71] 此外，多位知識分子在悼念高信疆的紀念文集中，也不約而同提到「現實的邊緣」如何重新看見臺灣、建構鄉土：「那就是臺灣報導文學的濫觴『現實的邊緣』。在他的經費援助之下，我以半年的時間，走訪了臺灣四座各具特色的漁村、礦村、農村以及原住民部落……」[72]

這個以王尚義中篇小說〈現實的邊緣〉命名的專欄[73]，在當時並非從報導文學的角度去理解，而是依循回歸鄉土的寫實主義脈絡，實踐的乃是高信疆七〇年代初爲《龍族詩刊第九期．評論專號》所寫的序言：如何重新正視中國屬性、如何面對此時此地的生活與土地？在高信疆刻意運用紀實攝影而非插圖的取向下，「現實的邊緣」兼具了熱媒體（hot media，照片）與冷媒體（cool media，文字）交軌的效果，與當時深受歡迎的影集《芬芳寶島》相呼應，吸引了不少讀者關注「現實臺灣」、「民間臺灣」，等同啓蒙了讀者的「臺灣圖像」。

讀者之一的黃海即稱許該專欄讓他「看到歷史與現實的另一個層面」，並指出應以更多關注與行動去面對那些貧苦的邊緣人，瞭解他們卑微的需求，「擁抱他們，協助他們，理解他們」[74]。而報導文學家馬以工當初也曾被這個專欄「震撼得什麼話都說不出來」，並指出許多男性友人看專欄看得淚流滿面[75]。其中，最具代表性的說法當屬讀者張佩芬，她指出專欄在朋友

71 林元輝，〈從「人間副刊」談起〉，頁 36。

72 古蒙仁，〈至高無疆，信而有徵〉，收於季季等主編，《紙上風雲：高信疆》，頁 152。

73 高信疆，〈掙扎、迷惘與突破：我的徬徨少年時〉，頁 274。王尚義（1936-1963），臺灣小說家、散文家。該篇小說係描述兩個文藝青年如何從希望到失望、從純粹到世故的歷程，文中寫道：「上一代所留給我們的是什麼……現實只承認金錢才是生存的資本，你知道我以前想過多少事，我想獻身文學，獻身藝術，獻身政治和社會運動，但這一切都與現實牴觸，與現實走著相反的路……」參見王尚義，《野鴿子的黃昏》（水牛出版社，1978 年第五次再版），頁 52（1966 年初版）。

74 黃海，〈請大家想一想〉，《中國時報》（1975 年 9 月 22 日），第 12 版。

75 馬以工，《尋找老台灣》，頁 195。

圈中大受歡迎，因爲「從風花雪月鳥獸蟲魚的層面走入了人的層面——現實的層面」，又說：「躲在溫室裡展望將來的美麗和緬懷過去的繁華都不是我們需要的。我們需要的是像人間副刊裡提出的現實，雖然標榜的是『邊緣』，也足以反映其全貌了。」[76]「邊緣」即「全貌」，這句話幾乎道盡當年追索臺灣鄉土伊始，媒體與讀者面對當局控管輿論拿捏箇中分寸的全求心情，也凸顯歷來在大中華主義當道的前提下，「臺灣」在公共論壇中何其匱乏。

「現實的邊緣」之所以吸引廣大讀者的目光，不單是它踏查了臺灣鄉土、臺灣庶民，也挖掘了過往媒體淺談即止的「社會問題」，例如子于〈瞧！他們礦工〉（1975.8.12-13，礦工議題）、陳正毅〈河邊骨〉（1975.8.27-29，臺籍日軍議題）、楊青矗〈加工出口區的女兒圈〉（1975.11.27-28，勞工議題）、丘延亮〈一根根或深或淺的樁子：圓環的現在、過去、或許……未來〉（1976. 5.31-6.2，公共建設議題）[77]等，它描述了底層人物、批評政府施政不當等，揭露了當局向來避談的「社會黑暗面」，引發傾向官方立場的作者反擊其爲「黑色文學」、「赤色文學」、「社會寫實主義文學」，凸顯臺灣雖然在經濟層面已進入國際分工體系，但威權統治的舊思維仍趕不上因應經濟成長而來的社會變動，它的論述邏輯仍停留在「反攻復國」的前提下。對於統治者而言，「臺灣鄉土」是不可言說的議題，一方面鄉土底層經常是破敗的農村、不假修飾的庶民，有損於統治者宣傳政績。再者，從五〇年代以來即施行的中央集權與威權統治，也使得中央政府主張代理的主權爲「全中國」，則作爲神州一部分的臺灣豈可成爲論述的主體？一旦臺灣鄉土受到正視，則可能產生臺灣意識、臺獨意識，這才是當局憂畏報導文學之處。儘管當權者在當時意識到國際與國內局勢的轉變，採取了因應對策如「催臺菁」、強化對地方派系的依賴、發展經濟等作爲，但文化霸權論述仍是不斷強化「全中國」的必要性，即使到了八〇代初面對來自民間社會的政治要求，也還是採取打壓與反擊的姿態去合理化壓迫

76 張佩芬，〈來函〉，《中國時報》（1975年9月24日），第12版。

77 楊青矗、丘延亮等二文，並未收入《現實的邊緣》一書。

的行爲，終究引爆了八〇年代的統治危機。

故七〇年代中，當局者透過警總、文工會等單位予以防堵的舉措並不令人意外，然而隨著中產階級、新興知識分子越來越強烈要求民主化、效率化的訴求，相對於國民黨政府宣稱「代表中國」的論述因著政治、外交局勢而受到質疑，也就越發凸顯其力猶未逮的衰弱體質。透過「民族─群眾」的論述連結，新興知識分子意欲透過傳播機構改造文化霸權、甚至奪權，在政治威權化／中國化、民間欲求民主化、文化鄉土化／臺灣化的三方角力下，最初試圖以「民族主義的文化情懷」、透過「現實的邊緣」去面對臺灣鄉土，藉此凸顯中國文化、中國特色的高信疆主張，最終因著報導文學涉及敏感社會議題而遭到當局封殺，於 1976 年 6 月 8 日調離副刊編輯臺，「現實的邊緣」戛然而止。然而，「現實的邊緣」終究勾勒了報導文學的雛型，也爲左翼雜誌如《夏潮》、黨外雜誌如《臺灣政論》、《八十年代》帶來了傳播啓示，那即是如何運用報導文學去揭露鄉土、建構臺灣，這也意味著報導文學分歧成兩條路線：一是大中華主義版的本土詮釋，一是臺灣本土主義的本土詮釋。至此，當局控管再難依其意志而收放自如，故施予好處以換取侍從報業回報忠誠，1976 年 11 月《中國時報》發行人余紀忠、《聯合報》發行人王惕吾分別出任國民黨第十一屆中央委員、1979 年 12 月當選中央常務委員皆屬此例。

「現實的邊緣」以及《芬芳寶島》再加諸黨外雜誌《臺灣政論》，預知了七〇年代中期以降，一場攸關鄉土詮釋的爭奪戰勢必無法避免。這一爭奪戰固然表現在 1977 年的鄉土文學論戰上，但直到八〇年代仍爭論不休，最終演變成「中國結」與「臺灣結」的對決，迄今仍舊糾葛難分。歷經一場鄉土文學論戰後，高信疆於 1978 年 1 月 1 日再次重掌人間副刊，同年 4 月 23 日迄 11 月 25 日，第二次推出報導文學專欄「報導文學系列」，儘管針對前此的「現實的邊緣」作了修正，並且不斷宣稱報導文學是「愛的文學」，甚至援引中國古籍如《詩經》、《史記》作爲背書，但大中華主義版的本土詮釋仍舊無法獲得當局認同，汙名化的攻擊依舊持續。雖不盡人意，但「報導文學系列」專欄的推出有著三項指標性意義：

其一，爲報導文學正名：比起 1975 年 7 月 10 日被視爲報導文學發軔之專欄「現實的邊緣」，「報導文學系列」首次明確標示此文體乃「報導文學」，等同宣告報導文學正式登場。

其二，確立報導文學的意涵：相較於「現實的邊緣」分作域外篇、離島篇、本土篇，「報導文學系列」幾乎以臺灣本土作爲撰寫對象，除了現場訪談並加入大量紀實攝影，照片與文字的搭配成爲報導文學的重要特色，也更確立了「冷媒體」與「熱媒體」的交會。

其三，認識鄉土與建構臺灣：鄉土已成爲必須正視的議題，乃因救亡圖存必須改造臺灣，故而撰寫主題不再從域外（海外）回望臺灣，而是直接面向臺灣。

這一以「調查社會」、「關懷社會」爲宗旨的文類，其實原本已存在於媒體之中，例如《綜合月刊》於七〇年代初即主動報導社會問題，可惜並未引發熱烈回響，一方面在於《綜合月刊》並非大眾媒體、也非每日出刊，另一方面在於《綜合月刊》的意圖從來就不在建構臺灣、認識臺灣，而是透過綜合性內容「增加民眾的知識」，近似於《讀者文摘》的匯集功用。換言之，七〇年代報導文學的登場，不只是社會問題的挖掘而已，也涉及了重新認識臺灣的意圖。再者，從議題設定理論來看的話，主流媒體議題通常會流向非主流媒體，反之則較形困難，在威權體制仍箝制新聞議題的前提下，類如《綜合月刊》的報導文學未能像人間副刊產生議題設定效果論，無法完成非主流／另類媒體訊息傳向主流媒體的溢散效果（spill-over effect）。

從議題設定理論比較「現實的邊緣」與「報導文學系列」，可區分爲議題時間與議題特性。就刊載時間而言，「現實的邊緣」約十一個月，遠比「報導文學系列」的七個月多出四個月，然而實際考察將發現，「現實的邊緣」主要密集刊載作品的時間爲 7 月 10 日迄 11 月 30 日，開場五篇分別每隔五天刊出一次，接下來的七篇則間隔六至七天，甚或隔月餘或隔十餘天，按月統計如下：7 月六篇、8 月六篇、9 月至 10 月各一篇、11 月兩篇、12 月迄隔年 1 月各一篇、隔年 4 月一篇、5 月兩篇，共廿一篇（參見表 10）。由此可知自 9 月以降，刊登的數量已然銳減，惟除了正文外，期間另穿插九篇讀者來函，因而即使篇數減少，在刊載讀者回響的情況下，仍於版面上形成議題的連續討論現象，就議題設定的時間而言，已屬密集且能見度高，而從讀者來函的肯定與建議，也印證了人間副刊設定的報導文學議題，確實在閱聽人認知中形成正向關係。

表 10　「現實的邊緣」刊登之作品

作者	日期	篇名	備註
李昊（李歐梵）	1975.7.10-11	美國的中國城	專欄名為「現實的邊緣」域外篇，篇首刊有編者説明。以下迄 7.18-19 漢寶德〈華埠？華埠！自另一個角度看華埠及其建築〉皆標示「域外篇」
譚雅倫	1975.7.14-15	天涯路：美藉（按：籍）華裔作家的過去・現在與未來	
漢寶德	1975.7.18-19	華埠？華埠！自另一個角度看華埠及其建築	
賴敬文	1975.7.22-23	蘭嶼去來	本文篇首標示「離島篇」，以下迄 8.7-8 的漢寶德〈鐵馬・秋風・太武岩：關於金門及其民間建築的沉思〉皆屬「離島篇」
吳敏顯	1975.7.26-27	龜山島：一個即將被人們淡忘的島嶼	
菩提	1975.7.28-29	南海的門檻：「千里石塘」東沙島	
琮余	1975.8.2-3	珊瑚玉盤擎南沙	
漢寶德	1975.8.7-8	鐵馬・秋風・太武岩：關於金門及其民間建築的沉思	
子于	1975.8.12-13	瞧！他們礦工	本文篇首標示「本土篇」，以下迄 12.9-14 尤增輝〈鹿港斜陽〉皆屬「本土篇」

作者	日期	篇名	備註
林佛兒	1975.8.18-20	土公榮仔與雕刻匠有土師	
林秀珍	1975.8.21	靈秀荒島：三仙臺	本文乃受「現實的邊緣」之啓發而來，前文附有作者感言與編者回應
陳正毅	1975.8.27-29	河邊骨	
林清玄	1975.9.8-10	土過河卒子：電影基層從業員訪問實錄	
漢寶德	1975.10.12-13	歲月無情人有情？臺灣傳統建築的危機	
古蒙仁	1975.11.18-25	一個沒有鼾聲的鼻子：臺灣的最北端：鼻頭角滄桑	
楊青矗	1975.11.27-28	加工出口區的女兒圈	
尤增輝	1975.12.9-14	鹿港斜陽	
菩提	1976.1.8	東沙島的河邊骨	本文篇首標示「離島篇」
劉安安	1976.4.30-5.3	飄盪的女人	本文篇首標示「本土篇」，迄 5.31-6.2 丘延亮〈一根根或深或淺的樁子：圓環的現在、過去、或許……未來〉皆屬「本土篇」
劉玲	1976. 5.17-19	蝴蝶翩翩燕子飛：各說各話談舞女	
丘延亮	1976. 5.31-6.2	一根根或深或淺的樁子：圓環的現在、過去、或許……未來	

※資料來源：本研究整理，共刊載廿一篇，其中域外篇三篇，離島篇七篇，本土篇十一篇，皆出自第 12 版。

就「報導文學系列」而言，自 1978 年 4 月 23 日闢設專欄以來，4 月計刊載兩篇、5 月五篇、6 月兩篇、7 月與 11 月各一篇，8 月與 9 月各兩篇，共十五篇（參見表 11）。與「現實的邊緣」相較，該專欄刊登作品的間隔天數較長，初始前兩個月採密集式刊登，七篇約間隔七天刊登一篇，自 5 月中起則較不規則，有時兩週一篇、有時近一個月一篇，刊出的間隔時間比起「現實的邊緣」長，所幸專欄明確標示「報導文學」一詞，加強閱聽眾對此新興文類的認知，而最關鍵的條件莫過於為了慶祝《中國時報》發行一萬號，第一屆時報文學獎分設報導文學獎與小說創作獎，於該年 10 月 2 日揭曉，10 月 5 日起陸續刊登報導文學獎得獎作品迄 1979 年 1 月，期間 11 月 24 日至 25 日刊登最後一篇「報導文學系列」。亦即該專欄在 9 月 30 日刊出第十四篇「報導文學系列」後，即由時報文學獎報導文學獎作品接續刊登，等同延長了報導文學的能見度與議題性，在文學獎的加持下，獲獎作品不僅具備高蹈的文化地位，也帶有示範性質，透過人間副刊持續刊登，報導文學乃成為閱聽眾與創作者腦海中深切的認知，當年《愛書人》旬刊調查「讀者最喜愛的副刊專欄」，「報導文學系列」即列名其中[78]。

表 11　「報導文學系列」刊登之作品

作者	日期	篇名	備註
張毅	1978. 4.23-24	星塵之外	專欄名為「報導文學系列」。編者說明附於文章左上角
徐仁修	1978. 4.26-27	逐花而居：牧蜂人	

78 愛書人編輯部，〈您喜愛的副刊專欄：抽樣調查〉，《愛書人》旬刊第 78 期（1978 年 6 月 21 日），第 2 版。該調查由十六位學生執行一千份問卷調查，後收回問卷八百五十九份，調查對象主要集中於大學生與高中生，兩者合計兩百五十七人。其中，習慣閱讀人間副刊的讀者計有四百二十六人，而習慣閱讀聯合副刊則有三百七十八人，幾乎占全部調查人數的九成五，顯見兩報副刊的影響力。

作者	日期	篇名	備註
李利國	1978. 5.2	臺灣的宗教都市：北港	
馬以工	1978. 5.8	憶昔舟師縱橫地：鹿耳門究竟在那裡？	
邱坤良	1978. 5.14-15	「大道」之行：臺北保安宮大道公的迎神遊藝表演	藍率直攝影
施叔青	1978. 5.18	在黑暗中彈出人生的安慰：香港的南音瞽師杜煥	
林清玄	1978. 5.31	將相本無種	
陳怡真	1978. 6.6-7	歷史造就的行業：古董商	王信攝影
蔡仁堅	1978.6.30-7.2	被遺忘的一個醫藥世界！來認識臺灣民間醫藥	
馬以工	1978. 7.9-10	人間一條河流的故事：基隆河滄桑五百年	
陳銘磻	1978. 8.8-9	賣血人	文末後記：「謹此向夏元瑜、白中錚、郭立誠、胡秋原以及不願我發表姓名的先生致謝，由於他們協助提供資料，得以使這篇報導順利完成。」
阿盛	1978. 8.19-20	人神間的一座心橋：抽靈籤、卜聖筶	林柏樑攝影
施叔青	1978. 9.13	變羽不復奏，粵劇恁滄桑：沒落中的香港傳統戲曲	
朱邦彥	1978. 9.29-30	死亡的危機：臺灣面臨絕種的野生動物	
李哲洋	1978.11.24-25	矮靈祭歌舞	朱立熙、李哲洋攝影

※資料來源：本研究整理，共刊載十五篇，其中兩篇書寫香港，其餘都以本土為主，皆出自第12版。

此一連續刊登的手法，顯然是高信疆有意識的編輯策略，藉由議題的延長以強化議題的認知效果，在「報導文學系列」結束後，第一屆時報文學獎報導文學獎旋即於10月6日登場亮相，迄第二屆由於新增散文和敘事詩獎，在參賽者指出截稿時間過於匆促之下，主辦單位決議將報導文學、散文及敘事詩獎延後截稿，由原本的8月31日延至9月30日，揭曉日期也因而延至1980年2月10日，故報導文學作品的刊登自1979年1月27日第一屆作品刊載結束後，遲至1980年3月4日才又陸續刊登至6月30日，而後第三屆於10月2日揭曉，自10月3日率先刊登由心岱撰寫的首獎作品〈大地反撲〉，迄1981年9月25日刊畢佳作楊明顯〈無根草〉。適時，第四屆時報文學獎報導文學獎揭曉，得獎作品自10月11日起迄1982年7月28日。其後，第五屆刊出兩篇甄選獎獲獎作品，一篇〈泰北行記〉自1982年10月12日迄14日刊登，另一篇〈被遺忘的一群〉則自12月3日迄4日刊登（參見表12），由此可見第二至第五屆時報文學獎報導文學獎的接續時間幾乎

表12　時報文學獎揭曉與報導文學獎作品刊登時程

屆數	截稿日期	揭曉日期	作品刊登起始日	作品刊登結束日	甄選獎參加與獲獎件數
第一屆	1978.8.15	1978.10.2	1978.10.6	1979.1.27	參加：180件；獲獎：9件
第二屆	1979.8.31（小說創作獎） 1979.9.30（報導文學、散文、敘事詩等獎）	1980.2.10	1980.3.4	1980.6.30	參加：291件；獲獎：5件
第三屆	1980.6.10	1980.10.2	1980.10.3	1981.9.25	參加：197件；獲獎：7件
第四屆	1981.8.5	1981.10.2	1981.10.11	1982.7.28	參加：365件；獲獎：7件
第五屆	1982.8.5	1982.10.2	1982.10.12	1982.12.3-4	參加：169件；獲獎：2件

※資料來源：本研究整理。

未嘗間斷，惟第五屆與前此情況相較，僅有兩篇甄選獲獎的作品以及由柏楊撰寫的推薦獎《金三角・邊區・荒城》，儼然預示了報導文學在時報文學獎中的風光不再，尤其在定義方面屢屢出現爭議，果不其然，隔年（1983年3月）高信疆離開編輯臺後，時報文學獎報導文學獎隨即遭到取消，必須等到《人間》雜誌創刊後，才又開啓另一波報導文學的高潮。

在編者刻意的安排下，直到1982年12月底前，報導文學仍舊陸續出現於副刊版面，故「報導文學系列」雖自1978年11月25日結束刊登，但後續的報導文學獎使得此專欄得以延伸。換言之，臺灣報導文學有系統性與延續性的議題設定，乃是始自「報導文學系列」及後續一連五屆的時報文學獎報導文學獎，此從相對應的期刊論文發表日期可以獲得印證，多篇論述發表於1978年7月以降，顯見「報導文學系列」的議題設定效果較「現實的邊緣」來得更爲明顯。

相對於人間副刊大張旗鼓推動報導文學，其競爭對手聯合副刊於1976年3月28日張貼第一屆「聯合報小說獎」徵文辦法，以短篇小說（五千至一萬五千字）競賽爲主，而後1978年5月26日人間副刊張貼第一屆時報文學獎，區分爲小說創作獎（八千至一萬八千字）與報導文學獎（一萬至兩萬字），由此開啓兩大報文學獎競逐文學光環的「權力遊戲」，一方面爲了宣揚「中國文學」的正統性，一方面也憑藉文學獎高蹈的文化地位賦予報刊文化資本與象徵資本，而文化資本與象徵資本又可提升「報格」，並藉此構築文學知識與權力的表述，如此一來，文學獎不單是「獎文學」本身的展現，更是一種文學位階的授予與報刊形塑文化風格的象徵，經由它的舉辦賦予了文類的名聲與正當性，報導文學即是一例。

除了議題時間的設定之外，探究議題設定宜先探問「事件」究竟如何形成「議題」？所謂「事件」，即「沒有一個清楚的定義，也就是在議題設定裡，無法賦予實際的意義」，而成爲議題的條件必須透過其他媒體「在某個關鍵時間點裡檢視事件後，具有其重要性」[79]，亦即議題設定的基本概念

---

[79] Rogers, E. M., & Dearing, J. M. (1988). Agenda-setting research: Where has it been, where is it go? *Communication Yearbook, 11*, pp.565-566.

乃是具有爭議點的新聞事件，經由眾多新聞媒體披露討論而被設定爲議題。據此檢視「現實的邊緣」與「報導文學系列」，前者雖被視爲報導文學的濫觴，但並未引起諸多新聞媒體的回響，而後者則引發眾多新聞媒體加以跟進，包括《臺灣時報》、《愛書人》旬刊、《綜合月刊》、《戶外生活》、《皇冠》等都刊登了相關作品。故就議題設定效果而言，顯然「報導文學系列」較「現實的邊緣」誘發更多討論，也更符合議題設定論的結果。

揆諸「現實的邊緣」，初始並非訴諸「鄉土」、「現實」或「民間」，而是遠在美國的中華文化，這是文化霸權中擅用的「民族—國家」、「文化—政治」之觀點，即美臺兩國的合作有助於反共、反攻，而美援文化則標榜了美國是進步、民主政治的形象，雖然箇中對於中華文化在異鄉的呈現作了反思，但終究是倫理教化的一環。然而，1975 年在歷經保釣事件、現代詩論戰、蔣經國出任行政院長、蔣介石逝世、美國撤出越南等，中產階級對於當局壓抑民主與族群越來越感不耐，尤其高信疆意欲再造中華民族精神，投射的對象不是中國卻是臺灣本土，且涉及下層階級如礦工、撿骨師、舞女、酒吧女、小吃攤販等，這一沾染「工農兵文學」的書寫色彩，惹來當局懷疑其左翼思想作祟。在本土化民族主義逐漸登場的前提下，「現實的邊緣」被視爲訴諸「民間」的文類，且刊載了多篇讀者回響，等同將「群眾」與報導文學連結在一起。其中，「本土篇」使得後期的「現實的邊緣」啓蒙了人民回歸鄉土的認知，從「民族—群眾」出發挑戰舊有論述的「民族—國家」，而這一挑戰其實也挑戰著它早先推出的「域外篇」：介紹美國的中國城與美籍華裔作家如何面對中國文化。換言之，從初始的「域外」到「本土」，透露了高信疆最初確實意欲透過親身探訪、深入挖掘以及同其情的理解，藉由在異鄉的華人重新審視中國精神與文化再造。但美國華人文化未必等同臺灣，卻透露了美援文化的影響，而這顯然也是高氏的編輯策略之一，乃因其自 1970 年 8 月主持「海外專欄」以來，「海外」即是高信疆最熟悉的聯繫窗口，而「海外」在高壓統治之下，表徵著開放、進步、文明，故而「海外」在當時也擁有著相對自由的言論權。

當年爲「現實的邊緣」撰寫第一篇作品的李歐梵（李昊、奧非歐）回憶道，高信疆爲了邀稿和他在越洋電話上長談兩個小時，「受到他那種特有的文化情操所感動，立刻提筆，寫下第一篇此類文章：〈美國的中國城〉」[80]，李氏指出高信疆透過龐大的電話和交通費用，廣交文友而創造一個「大中華」媒體文化的世界，「他有一個理想和信念：臺灣不是一個孤島，它可以成爲『海外中華』的文化中心」，這樣的信念無寧是高信疆向來秉持的大中華主義本土觀，故「現實的邊緣」初始並非著眼於臺灣，而是反思國府向來論述的「中國文化」：

> 「什麼中國文化？你們這些留學生滿腦子裡就是中國文化⋯⋯」⋯⋯這一席話把我聽得目瞪口呆，不過我還是鼓足了勇氣問他一句：「作一個黃面孔的華人，難道你對於中國文化毫無嚮往嗎？」（李昊，〈美國的中國城〉）

> 今日美華作家們，像站在迷茫的十字街頭。泰山壓頂般的中國傳統包袱他們背不了，完全美國化（指白種美國人社會）的現實他們亦被摒諸於外。他們在民族運動爭取認同地位之時，又常被老一輩的華人誤會⋯⋯（譚雅倫，〈美藉（按：籍）華裔作家的過去・現在與未來〉）。

> 早年華埠的建築雖然很土氣，但經由華僑的影響力，傳回到國內，可說是最早的中西合璧的形態。如中山北路上的美而廉（按：美而廉西餐廳，負責人是陳雁賓，與攝影頗具淵源）就屬於這一類。而國內再一次輸出，不但把正統宮殿的趣味帶進華僑社會，取代了早年太過地方性的趣味，而且把中西合璧的問題的表面化、意識化也帶到華僑社會，使華埠建築失掉了早期純真、樸實、自然反應式的插殖（漢寶德，〈華埠？華埠！自另一

---

80 李歐梵，〈時代忘卻了「紙上風雲第一人」〉，收於季季等主編，《紙上風雲：高信疆》，頁236。該文說明李歐梵當年撰稿的經過，惟文中將「現實的邊緣」筆誤爲「海外專欄」。

個角度看華埠及其建築〉）。

換言之，這一距離臺灣既遙遠又靠近的美國意象，在彼時臺灣尚未開放觀光（1979.1.1開放觀光）的情況下，深具傳播吸引力與影響力，是帶有「獵奇」性質的異國風情。接續而來的「離島篇」則將視角拉回了臺灣，也服膺了專欄主題「現實的邊緣」，暗示著「現實」在七〇年代的臺灣並不可碰，只能從離島對比本島，也因爲離島具有議題上的新鮮感，故日後成爲多數報導文學家必然造訪之地。最終，也是最受讀者青睞與引發當局不滿的部分：「本土篇」將現實拉回臺灣本土，包括首篇〈瞧！他們礦工〉寫暖暖地區的「中臺煤礦」礦工甘苦談、〈土公榮仔與雕刻匠有土師〉談淡水一帶的撿骨師與墓碑師、〈過河卒子：電影基層從業員訪問實錄〉談電影行業裡的燈光助理與場記等、〈飄盪的女人〉關注酒吧小姐生態、〈蝴蝶翩翩燕子飛：各說各話談舞女〉關注舞客看待舞廳小姐的態度……多篇作品以中下階層爲訪談對象，加諸〈河邊骨〉、〈一個沒有鼾聲的鼻子：臺灣的最北端：鼻頭角滄桑〉、〈加工出口區的女兒圈〉涉及特定地區的工人、漁民及其社會福利制度等，故當年一提到報導文學「容易讓人聯想到是寫些農人、漁人、礦工的生活」[81]之作品。

這些作品的出現，呼應的恰是當時回歸鄉土的追求，在大學生發起「百萬小時奉獻」運動，加諸蔣經國啓用臺灣本土政治青年人才，「地方臺灣」遂因著外交局勢的受挫、國內政局的變化，轉而成爲新興知識分子與媒體關注的焦點，尤其是自六〇年代起，出口導向工業化以及外資的進入，使得大量人口自鄉村遷移至都市，都市中產階級的出現其實與臺灣開放外資進入有著密切關係。也因爲中產階級的興起，逐漸對於威權統治壓抑族群與民主感到不滿，這也是何以七〇年代末期政治反對運動興起多由中產階級帶領的原因。放在這個脈絡下，報導文學訴諸的其實是中產階級的需求：如何重新認識臺灣，從而找到更好的「民主生活」與「族群關係」，也由於七〇年代的

81 碧玉，〈訪副刊編輯・談寫作投稿：智慧・心血・理想：高信疆先生談「報導文學」〉，頁51。

民間社會力係由下層勞工支持中產階級，故報導文學多以工、農、兵作爲書寫對象，一方面契合新知識分子下鄉的需求，一方面也吻合了社會的氛圍，也是由此，報導文學面臨了當局的打壓，因爲它挑戰了當局隨著社會變化而越形緊張的制度與結構，固然當局動員論述予以反擊，但在鄉土文學論戰、媒體競爭、社會結構轉變的洗禮下，報導文學已成爲主流、非主流／另類媒體的普遍認知，「新論述」的發聲已非當局過往由上而下的管理所能控制，在實質的政治反對勢力崛起下，中央最終不得不祭出鎮壓手段以掩飾其論述的左支右絀。

故而從今日的眼光來看，當年的報導文學無論在主題的發掘與描述上，看似平凡無奇，但若回到歷史現場，將因長久以來公共論壇充塞著大中華主義，對於「臺灣區」得以成爲主流媒體的議題而深感震撼，無怪乎刊載的讀者回響多數是「令人思維爲之一新」、「看到歷史與現實的另一個層面」、「寫作者應往自己的歷史與文化裡看」等觀點，凸顯報導文學引領閱聽眾重新認識臺灣並與之重建，其中本土篇的出現意味著「臺灣民間」被正視，它不再只是過往反共復國、緬懷神州下的背景而是主畫面，也因爲深入「民間」，讀者得以看見同是庶民的訪談，也就往往看到「眞實」的一面，例如古蒙仁提到鼻頭角漁民的經濟情況：「漁夫指指空無一物的漁網，十分感慨的嘆口氣，本來想說些安慰他的話，也不知如何的開口……」[82] 至於追討日本殖民時期「軍郵存款」爲旨的〈河邊骨〉（1975.8.27-29），更凸顯了政府無力爲其代討相關儲蓄金：「以往，我們有很多理由去原諒日本人。然而這件事，我們不該讓步，臺籍日軍或其遺屬應該想一想卅年前，這筆錢是怎麼賺來的，就不該輕易放棄。」此語暗示民間不僅應對日本提出行動，當局也應作爲行動的後盾而從旁協助。至於楊青矗〈加工出口區的女兒圈〉

---

82 古蒙仁，〈一個沒有鼾聲的鼻子：臺灣的最北端：鼻頭角滄桑（二）〉，《中國時報》（1975 年 11 月 19 日），第 12 版。編者於首刊之「作者簡介」後寫道：「這是本報開闢『現實的邊緣』專欄以來，一系列動人心弦的報導中，又一篇震撼人心的文字。本文不僅揭露了臺灣極北的一個漁村的各個層面，也同時抒寫了整個臺灣漁民的生活，他們的悲喜苦樂——我們以鉅大的篇幅來推出它，也希望您以整個的心靈與愛，來關懷他們，瞭解他們。」

（1975.11.27-28），更是毫不留情的批判現實：

> 我們加工區的女工所得並沒有多少成長，仍是處於十年前的廉價犧牲中。民國五十四年加工區建設之初，新進女工底薪每月六百元，十年後的今天新進女工的底薪一千四、五百元，所多出的，只是十年來物資波動的指數而已……這十年來廠商老闆已在我低廉的勞工身上獲得了足夠的利潤。十年前我們的女工騎腳踏車上班，所賺的供她一人餬口之外所剩無幾，十年後仍然如此，仍然是騎著腳踏車望著廠商老闆的眼色，收入沒有增加，地位也不能與資方平等。

楊青矗指出：「有關方面不應該再以就業機會的提高爲滿足了。下一步應該是以提高勞工待遇，改善勞工生活爲依歸，協助加工區的女工們爭取較好的待遇…… 」楊青矗一文凸顯的恰是七○年代簡單加工出口所衍生的現象，也是資本主義國家擴張的結果，使得跨國公司將部分生產轉移至臺灣，乃因爲臺灣工資低廉、勞工順從以及國家機器提供各種優惠條件，故楊青矗毫不留情面的指出此一面向，也就間接批判了當局的勞工政策，以及面對帝國主義剝削勞工卻一籌莫展的窘況，更遑論酒吧小姐、舞女等特種行業的報導，無異暴露了政府對於「社會福利」、「工作制度」的管理顢頇，也暴露臺灣的社會黑暗面，這與當局向來「報喜不報憂」的媒體政策自是相互牴觸。即使是以地景、建築爲例的篇章，同樣也可能涉及當局政策，由漢寶德撰寫的〈歲月無情人有情？臺灣傳統建築的危機〉，對於彼時盛行的「宮殿式」建築與古建築保存即提出批評：「地方政府應直接負責古建築之維護。因爲古建築之存在受益最大的是地方……我們不但要使古建築存在，而且要使它們在都市公共生活中占有重要地位，使它成爲地方上值得驕傲的資產。」又說：「我們不要忘記今天在臺灣建北平式的宮殿，都是照公式抄來的，沒有創造的成份，缺乏匠師因時、因地變化，不受法則束縛的自由。」[83] 這無疑是對當局崇尚宮庭式建築的抗議，雖說漢氏將批判的對象限縮於「地方政府」，但宮殿式建築表徵的就是大中華主義，批判宮殿式建築不合時宜，豈非意味著大中華主義也不合時宜？

至於〈一根根或深或淺的椿子：圓環的現在、過去、或許……未來〉（1976. 5.31-6.2）則闡述了建成圓環的歷史，以及伴隨「重慶露店」（伴隨圓環發展而成的露天商店街）拆除，導致圓環形成「孤立」、不知往後該何處何從的景況，文中指出：「不可避免的在變動中，舊有的事物難免多少受到犧牲，問題不是犧牲不犧牲，而是犧牲的是什麼……在進步堂皇的旗幟下，換來的只是生活方式的制式化，生活內涵的貧化和生活實體的僞化……」[84] 一長串的探問顯然是對都市計畫、都市開發以及資本主義的反省，等同運用報導文學挖掘社會問題，也是對於當局論述合法性的質疑，也難怪當時從事報導文學的創作者忍不住爲高信疆「捏一把冷汗」，畢竟在新聞媒體也被視同作戰的前提下，如何「宏揚立國精神」、「激勵人心」以及「打擊匪僞政權」乃是新聞媒體的使命，故而負面黑暗、批評時政的報導如何可能被當局允許？最終只能以主編下臺收場。

儘管，「現實的邊緣」啓蒙了閱聽眾看見臺灣民間，但同時期的其他媒體並未有明確的奧援，多數媒體乃從鄉土文學論戰後才投入報導文學領域，故「現實的邊緣」終究孤掌難鳴。可以確定的是，鄉土意識已然成爲彼時媒體嘗試論述的對象，故《聯合報》聯合副刊於 1975 年 9 月 12 日，連載近五個月的「臺灣鄉土傳奇小說」〈紙鳶：廖添丁的故事〉，著眼淡水觀音山下的臺灣傳奇英雄，雖然撰稿者心岱自陳曾親赴廖添丁的故鄉進行訪談，但小說終究不是報導文學，箇中強調廖添丁的「抗日」行止、重情重義，仍屬國府向來秉持的「抗戰」倫理教化觀，故雖名爲「臺灣鄉土傳奇小說」，但其精神與「中國意識」的文化霸權並不相悖。然而「現實的邊緣」並非如此，

83 漢寶德，〈歲月無情人有情？臺灣傳統建築的危機（下）〉，《中國時報》（1975 年 10 月 13 日），第 12 版。

84 丘延亮，〈一根根或深或淺的椿子：圓環的現在、過去、或許……未來（下）〉，《中國時報》（1976 年 6 月 2 日），第 12 版。

它觸及的農漁工礦本身就是媒體較少出現的下層階級，也就是庶民並不那麼光彩的生活，加諸對於臺灣鄉土的踏查，最終在政治壓力升高、余紀忠再也無法替高信疆說話的情況下，高信疆不得不離開副刊編輯臺，原本該交由時報文化出版事業有限公司出版的《現實的邊緣》第二輯也宣告無疾而終。

所以當 1978 年 1 月 1 日高信疆重掌人間副刊憶及此專欄時，自我檢討道：「當『現實的邊緣』走到後期，可能也有某些偏差，所以，現在的報導文學便著重在另一個更平實的角度上。副刊的平衡功能是我以前所忽略了的。」[85]「平衡」相對的即是「失衡」，凸顯「現實的邊緣」刊登時間雖短，卻形成了不小的傳播效果，但並不符合高信疆以及當局對它的期許。故二度推出報導文學專欄，高信疆聲稱他不只想讓人們看到事實，「還要人們相愛」，並且大聲疾呼報導文學的精神在於：一、是參與和關懷的文學；二、是認同國家意識、民族情感的愛的文學；三、具有平衡社會欠缺的即時功能；四、具有融合大我與小我的永恆價值。從平衡社會、認同國家意識到關愛彼此，高信疆的說法乃是針對「現實的邊緣」予以修正，甚至是對當局文化論述提出「同一陣線」、「師出同門」的輸誠表態。

然而，高信疆顯然錯估了報導文學存在的意義：它既非由愛出發，也非爲了融合大我小我這類泛道德化的說法，而是經由現實的考察與主觀的介入，訴諸群眾以完成去殖民化之可能。因此縱使「報導文學系列」改以強調臺灣民俗技藝、宗教信仰，其所植基的現實仍是「臺灣鄉土」而非「神州鄉土」，尤其隨著本土政治反對運動高漲、本土政治競選占上風、鄉土文學論戰洗禮等，報導文學與黨外民主運動處處強調「本土」的論述觀若合符節，也使得黨外雜誌挪用了報導文學以作爲傳達「民間」、「民意」的手段。高信疆意欲重新打造中國文化、中國精神，反而因爲揭露鄉土使得報導文學成爲認識臺灣的重要載體，二度推出的「報導文學系列」乃是承續「現實的邊緣」而來，是更入世、更生活層面、觀察現實幅度更廣的專欄，雖然試圖兼顧媒體社會責任論，但在時報文學獎報導文學獎以及跨媒體議題設定的共鳴

85 碧玉，〈訪副刊編輯・談寫作投稿：智慧・心血・理想：高信疆先生談「報導文學」〉，頁 60。

效果下，「報導文學系列」的議題性比起「現實的邊緣」更強，道德訴求已難遮掩箇中的衝突，比方陳銘磻〈賣血人〉（1978.8.8-9）、朱邦彥〈死亡的危機：臺灣面臨絕種的野生動物〉（1978.929-30）二文即是一例：

> 「其實這是個很值得去探究的問題，他們把賣血當做職業般的視若平常；況且用健康換來的酬勞，又要被牛頭居中抽取佣金，你說，如果換做你，會有什麼反應？」……那些人賣血雖然也是社會的義舉——我之稱為義舉，實在是醫院需要更多、更新鮮的血液。如果只靠少數人賣血人的血，根本無法解決問題。不論使用賣血人的或捐血中心供應的血，重要的關鍵是，血液本身的素質乾不乾淨。（陳銘磻，〈賣血人〉）

> 然則臺灣瀕臨絕種的野生動物又有那（按：哪）些？……根本的辦法還是要讓社會大眾真正瞭解為什麼要保護野生動物。在一般人的心中，認為這只是出於人類「民胞物與」的情懷，殊不知保護野生動物正等於是在保護人類自己。因為，人類和野生動物之間本來就存在著一種生態平衡關係。（朱邦彥，〈死亡的危機：臺灣面臨絕種的野生動物〉）

這兩篇作品前者關乎醫療制度、後者則與生態保育有關，兩者都指涉臺灣社會問題，惟後者談論資本主義擴張下，生態如何遭到破壞的問題，涉及的不只是當局施政，也是對於帝國主義的批判。其中，陳銘磻〈賣血人〉一文曾選入中國大陸報告文學選集中，並被「北平的廣播電臺」拿去做廣播，形成「不正當宣傳」[86]。除了這兩篇直指社會問題外，其餘諸篇則延續或強化鄉土文學論戰中的「鄉土」概念，也就是關注現實臺灣。故而本土宗教信仰、民間醫藥、抽籤卜卦等成爲主題大宗，另有國片幕後工作人員、養

---

86 馮景青，〈古蒙仁・李利國・心岱・陳銘磻・潘家慶〉，《文訊》第 29 期（1987 年 4 月），頁 177。

蜂人、職業軍人、古董商、戲曲師等行業的介紹，這一系列由高信疆「出題目」撰寫而成的作品，延續了「現實的邊緣」本土篇的精神：關注臺灣民間生活、建構臺灣庶民現實，固然在主題的選擇上盡可能避開工農兵等敏感議題的報導，轉而關注臺灣鄉土之美，但這時期的「報導文學系列」已非單打獨鬥，在其他媒體爭相刊登報導文學的趨勢下，讀者對於「臺灣鄉土」越來越熟悉，它呼應了社會回歸鄉土的需求、學生下鄉關懷運動以及黨外民主運動強調本土的訴求，迄七〇年代末，短短幾年內已令報導文學聲名大噪，成爲七〇年代後半段最具代表性的新興文類。

「現實的邊緣」與「報導文學系列」最大分野在於，鄉土文學論戰使得「鄉土關懷」、「參與社會」成爲更明確的概念，儘管雙方對於「臺灣文化」的認知仍籠罩在大中華主義下，但臺灣文壇已因鄉土意識的伏流、民間的批判、中產階級興起等，在在使得「報導文學系列」已非單純的、定義不清的「事件」，而是帶有鄉土文學「議題」延伸的意涵，故可發現兩造刊載的首篇作品出發點不同，「現實的邊緣」係從「域外篇」美國華人作家的處境談起，而「報導文學系列」則是關注國片產製流程與內容的良窳，前者是生活在他方，後者是此時此地，地點的不同也說明了「報導文學系列」一開場即關注「眼前」、「當下」，包括北港（李利國〈臺灣的宗教都市：北港〉）、臺南鹿耳門（馬以工〈憶昔舟師縱橫地：鹿耳門究竟在那裡？〉）、基隆河（馬以工〈人間一條河流的故事：基隆河滄桑五百年〉）、臺北市大龍峒（邱坤良〈「大道」之行：臺北保安宮大道公的迎神遊藝表演〉）等地，除了施叔青的兩篇報導以香港傳統戲曲爲主外，其他作品都與臺灣相關，而議題圍繞著宗教、醫療制度、生態保育等，呼應了議題設定裡的性質區分，即議題屬於「強制性」：可透過個人經驗感知的命題，當然也就落實了高信疆對於「報導文學系列」的期許：「我希望報導文學能跨昇到一個時代的每一件事物，它的範圍可以觸到每一個角落。」[87]議題的親近性帶來了議題設定的具體效果，即讀者的認知更易與媒體設定一致，也

87 碧玉，〈訪副刊編輯・談寫作投稿：智慧・心血・理想：高信疆先生談「報導文學」〉，頁 51。

就更容易挑戰既有的文化霸權。

然而，對於「報導文學系列」修正取向，顯然已不能滿足當時知識分子意欲建構臺灣主體的「新論述」，所以引發論者認爲「報導文學系列」失去發掘眞相的「扒糞」性質，「徒然流於浮面的獵奇和遊記」[88]，此一說法顯然是著眼於報導文學的批判力道，殊不知，挑戰文化霸權並非全盤否定既有論述，而是拆解其中進步的元素予以重新組裝，亦即文化霸權的爭奪並非爲了建構一套違背人民意願的概念，而要運用既有智識與道德，將之組合成新論述的條件。在政治環境的侷限下，報導文學儘管做出修正與讓步，致使命題看來無害，但無論北港、鹿耳門、基隆、大龍峒等，都是閱聽眾過往在媒體甚少接觸的對象，凸顯報導文學在文化霸權的爭奪戰裡，一方面運用了人民向來熟悉的宗教信仰、民俗技藝，一方面也在敘述過程中加入了新的元素：肯定與反思，肯定民間事物的重要性，反思民間事物的缺失，比如提到宗教信仰必然提及迷信的防範，提到河流則是反思基隆河沿岸的村落與建築興衰……凡此種種說明了「報導文學系列」的題材取向更具鄉土性、本土化，雖然箇中運用論述邏輯係從宗教儀式出發，但這是搶奪文化霸權的策略之一，並非只流於獵奇與遊記，否則豈能爲黨外雜誌與左翼雜誌所用？

於此，比較「現實的邊緣」與「報導文學系列」，就報導對象來說，「現實的邊緣」著重未見、未知或知之不深的人事物，表現在作品上從域外篇、離島篇乃至本土篇，而本土篇使得報導文學等同庶民階層的代言人。至於「報導文學系列」則將本土篇從原本強調的「邊緣題材」轉化爲大眾所知之事，故宗教以及伴隨而來的民間醫事成爲「認識鄉土」的捷徑，帶有懷舊氣質的古董師以及宣揚國威的職業軍人則是折衝庶民與國家機器意識，民間與現實至此不再是陌生的理念。其次，就報導方法論來說，「現實的邊緣」強調「親身的體驗」、「深入的挖掘」以及「同情的理解」，而在「報導文學系列」方面，則是更入世、更生活化、觀察層面更廣的參與，是對現實生活、鄉土情狀的關注。第三，就報導目的而言，「現實的邊緣」主要爲閱聽

---

88 王浩，〈從報紙的副刊獨佔化談副刊〉，《夏潮》第31期（1978年10月），頁47。

眾的生活與思考帶來「一個全新的觸角和視野」，而「報導文學系列」則欲達成「充滿生機的愛的出發與實踐」。亦即「現實的邊緣」對於閱聽眾來說是陌生而新穎的文類，而「報導文學系列」則是閱聽眾已瞭解但必須附加「其他功能」的文類。

至此，可清楚發現「報導文學系列」雖然承續「現實的邊緣」而來，但無論其書寫對象、形式以及目的皆在鄉土文學論戰的洗禮下，成為「再確認」與「再追索」鄉土與現實的符碼，兩相比較之下，可知「現實的邊緣」儘管實現了社會服務、社會關懷的本意，卻也因為揭露「不為人知」的臺灣社會角落、含括批判意識與正視鄉土的意涵，不為當局所喜而導致高信疆離開人間副刊編輯臺。迄「報導文學系列」則因前此鄉土文學論戰中，對於鄉土／本土、現實／寫實的攻防與各自定義，以致忌憚當局藝文政策而「從愛出發」，但終究因著內容多以臺灣鄉土風情如宗教、民間習俗為主，致使臺灣民間再次浮出檯面、不再是被忽略的角色。也由於訴諸民間的「民族—群眾」觀，等同挑戰了過往文化霸權的「民族—國家」觀，故官方動員論述抹黑報導文學乃「黑色文學」、「赤色文學」，也令報導文學蒙上了汙名化的陰影。事實上，當局之所以戒慎恐懼，乃因鄉土文學論戰中，部分論述者試圖將「臺灣獨立」這一禁忌話題帶入公領域，故當局意欲遏止此一可能與左傾思想共謀的鄉土命題。因而「報導文學系列」批判的力道比起「現實的邊緣」明顯弱化許多，但文學動員的年代終究促使報導文學有著即時性、有效性以及行動性的可能，也因此引發了當年媒體的「報導文學熱」。

第四章 七〇年代臺灣報導文學傳播論

4

——蔣經國總統過去以兩手策略控制報紙，他將黨內及媒體分為兩條路線：一是保守派，包括警總、政戰系統，以及王昇，再加上《聯合報》；另一條則是開明派，像是李煥、黨務系統，媒體則是《中國時報》。當蔣經國需要改革時，就會用《中國時報》鼓吹，再請自由派的學術團體發表言論、寫專欄。如果過頭了，就讓保守派透過《聯合報》出來批判。當年中時與聯合的矛盾，固然有市場因素，但當政者的操弄，也是原因。[1]

壹、報導文學議題設定論：從商業媒體到黨外雜誌

圍繞著《中國時報》人間副刊提倡報導文學而輻射出去的媒體，可區分爲兩類，一是商業媒體——也就是體制內媒體，計有《聯合報》聯合副刊、《臺灣時報》時報副刊、《愛書人》旬刊、《綜合月刊》、《戶外生活》、《皇冠》以及《漢聲》等。另一則是異議媒體——也就是體制外媒體，例如《夏潮》、《八十年代》、《美麗島》等。報導文學之所以能夠在七〇年代下半葉取得盛大聲勢，一方面固然歸功於人間副刊大力推廣、時報文學獎報導文學獎設置，另方面則是在媒體中產生議題設定的效果。於此，本節先就報導文學如何在商業媒體中傳散加以析論，論述焦點以聯合副刊爲主，乃因

1 何榮幸策劃導論、臺灣大學新聞研究所（張錦華主持，林麗雲、洪貞玲協同主持），《黑夜中尋找星星：走過戒嚴的資深記者生命史》（臺北：時報文化出版企業股份有限公司，2008年初版），頁381。出自楊渡（楊炤濃）訪談錄〈以報導文學實踐文人理想〉。

其係人間副刊的重要競爭對手，也是當局刻意培植的兩大報業之一，故其如何詮釋報導文學與人間副刊有著相對應的影響力。其次，就其他商業媒體作一析論，最後，再針對異議媒體加以闡述。

本書已於前述提及聯合副刊在鄉土文學論戰中扮演著攻擊角色，且對於富含社會意識、鄉土題材的報導文學始終抱持遲疑態度，故在作品取向與文類塑造上偏向中產階級商業品味，例如極短篇或錄音文學等，尤其極短篇（short short story 或 flash fiction）的塑形與聯合副刊有著密切關係，其宣揚消閒性的文藝作風不言而喻。當 1975 年 7 月以降人間副刊「現實的邊緣」大受好評之際，聯合副刊在爭奪場域資源的前提下，也由主編平鑫濤推出以臺灣鄉土題材為主的「鄉土傳奇小說」，依此回應新興知識分子追尋鄉土風潮。此一發想實際上來自鍾肇政 1973 年 4 月迄 12 月以及 1974 年 1 月迄 11 月，分別在聯合副刊撰寫一系列「臺灣民間故事新編」與「臺灣高山故事新編」有關，在《芬芳寶島》的影像衝擊下，平鑫濤試圖將臺灣的民間傳說故事做一整理與記錄，交由心岱撰寫臺灣人熟悉的義賊廖添丁，而廖添丁恰是《芬芳寶島》第七集〈觀音山下的石匠〉（1975.8.10）所描述的對象。心岱表示，當她甫收到此一任務時，不知從何著手，乃因當時本土題材還很少見，對於鄉土的陌生使她懷疑自己是否能夠順利完成作品？除了親自走訪廖添丁的故鄉臺中清水（舊名秀水），也閱讀相關史料[2]，最終寫成了糅合訪談與虛構的「鄉土小說」〈紙鳶：廖添丁的故事〉，於 1975 年 9 月 12 日迄 1976 年 2 月 7 日連載於聯合副刊，儘管心岱自陳該文有部分來自想像與小說化，但撰寫過程中親赴現場訪談廖添丁舊識、走訪淡水八里廖添丁廟等，不僅完成了小說創作，也成為她日後投身報導文學領域的契機。惟廖添丁事蹟透過長期以來的口語傳播早被神格化、傳奇化，故所謂「鄉土意識」乃是「抗日英雄」、「劫富濟貧」等倫理教化體系下的詮釋意涵，也是服膺當權

---

2 心岱，〈「紙鳶」序〉，《聯合報》（1975 年 9 月 12 日），第 12 版。另參見蘇惠昭，〈心岱：編輯檯上的筆耕者〉，收於鄉敏良主編，《20 堂北縣文學課 Part II：臺北縣文學家採訪小傳》（臺北：印刻文學生活雜誌出版有限公司，2009 年初版），頁 113。

者向來所主張的「愛國意識」、「民族主義」等論述。

由此可知聯合副刊的做法乃是在不違背文化霸權的論述下，試圖符合回歸鄉土世代的需求，它的論述基調仍是從「民族—國家」的方向著手，而非「現實的邊緣」本土篇係從「民族—群眾」的角度出發。迄 1977 年 10 月 1 日瘂弦接掌聯合副刊，他指出首要之務即是如何以「冷靜公正」的態度處理鄉土文學論戰，直到 1978 年元月，聯副陸續推出「一年來的我國文壇」（1978.1）、「尋找中國小說自己的路：『小說的未來』座談會」（1978.4）、「傳下這把香火：『光復前的臺灣文學』座談會」（1978.10）等，試圖修復被鄉土文學論戰「撕裂的文壇」，也捍衛當局對於臺灣歷史文化的詮釋權。故接連幾個座談會或專輯的用意遭到左翼質疑與抨擊，其中火力最猛烈的當屬《夏潮》：「今年元旦起又有計畫地邀請一些人寫稿，表面上是一年文壇之回顧，實際上卻有計畫地要在鄉土文學討論已沉寂時再掀起浪濤」、「由於聯副部分作家曲解鄉土文學作品，而引起了鄉土文學論爭，聯副又剝奪了對方作家的辯駁的機會，這件事引起社會上許多人的不滿」[3]。

基本上，聯合副刊在回歸鄉土、回歸現實的思潮中，乃是立基於「傳統價值」、「中國的古代，世界的現代」等取向，此從瘂弦反覆思索編輯定位以及緬懷舊時客座副刊主編風采可知一二：「我對中國傳統的文藝副刊充滿著懷舊的心情。我以為，如果在我們這一代——特別是在提倡精緻文化的今天，把這樣寶貴而全世界僅有的文藝副刊傳統中斷、消失，是非常可惜的……」故對於人間副刊大力提倡報導文學，瘂弦多次表示懷疑：「我以為新聞文學（或稱報導文學）基本上不是純文學……報導文學常常只是作家的副產品，如傑克倫敦與史坦貝克就有不少這類作品，但光靠報導文學而想成就文學上的永恆價值，就嫌份量不夠了。」[4] 顯然瘂弦是從文學造詣去理解報導文學，殊不知報導文學從「現實的邊緣」起迄「報導文學系列」，三

3　陳鼓應，〈聯副違背新聞道德！〉，《夏潮》第 24 期（1978 年 3 月），頁 7。曾心儀，〈評言給聯合報副刊〉，《夏潮》第 26 期（1978 年 5 月），頁 36。

4　瘂弦，〈「風雲三十年」序：當前我國報紙副刊的困境與突破〉，頁 40-41。前引瘂弦出自同書，頁 39。

年不到的發展時間，如何能夠奢求「文學上的永恆價值」？也因此，瘂弦認爲若要強調報導文學，就必須注意其背後的「社會參與」動機是否會造成「社會悲劇」？此一看法乃與當權者一致，都是對於報導文學會否淪爲「黑暗文學」的憂畏。故而在瘂弦主持之下的聯合副刊，儘管刊出了報導文學，甚至搶在人間副刊「報導文學系列」（1978.4.23）前一天推出「報導文學」專欄，但比起人間副刊有系統的編輯報導文學策略，聯合副刊顯然舉棋不定，它在首刊〈乘風破浪五十天〉編輯語指出：「在我們不能觸及的經驗世界裡，也有一樣的美醜、善惡、歡樂和痛苦，它的形式可能與我們所熟知的大不相同，爲了延伸更多感覺的觸鬚，對於事實，我們求助於新聞；對於人性，我們求助於文學——而兩者合一的『報導文學』正領著我們進入廣大的陌生世界，告訴我們，有更多要看的東西，有更多要關心的人和事…… 」此語與人間副刊提倡報導文學的編輯說明頗有異曲同工之處，都是強調未知世界與關懷，並強調走入社會的必要性。

首刊作品龔剴〈乘風破浪五十天〉，該文描述海洋學院（今海洋大學）的兩位老師登上能源航運公司廿三萬噸油輪「亞能號」，進行爲期五十天的環球之旅，文中記載所到之處的種種生活，既是航海所見所聞，也提供了尚未開放觀光的臺灣讀者「獵奇」經驗，並適度融入文學的運用，例如引用了多首詩作來對照當時的心情與處境。此篇與人間副刊「現實的邊緣」域外篇都是以海外作爲描述的對象，不同的是，〈乘風破浪五十天〉並未有意識的將中國文化或意識帶入作品之中，通篇近乎觀光記遊，是旁觀的、興奮的描述，不若「現實的邊緣」域外篇意欲檢視中國文化如何在異地自處，具有強烈的中國意識在其中。而與晚一天推出的人間副刊「報導文學系列」第一篇作品〈星塵之外〉相較，該文係針對國片製作過程與過程裡的小人物作一描述，旨在闡述「中國電影」在臺灣賴以生存的熱情與情狀。由此觀察，聯合副刊正式登場的報導文學與臺灣關係是疏離的，它強調的是「處處有文學，人人是作家」的信念，但究竟要關心什麼人和什麼事，或者打算達成什麼效果與目標，聯合副刊顯然避開敏感的回歸鄉土、回歸現實、凝望臺灣，而係依循當局強調大中華主義、中國傳統文化去召喚讀者的情感。

這樣的堅持，實際上與當時新興知識分子追尋鄉土、定義現實的信念背道而馳，也因而相對於同時期的人間副刊「報導文學系列」專欄，聯合副刊在〈乘風破浪五十天〉刊出之後，再無刊載第二篇作品，等同「報導文學」專欄旋即腰斬。迄同年 11 月 1 日才另闢「大特寫」專欄刊出一系列報導文學作品，顯示瘂弦對於報導文學抱持一貫的質疑態度，再三強調文學參與社會不應超過文學被賦予的功能，並指出「大特寫」乃是具建設性、文藝風格的專欄。「大特寫」結束後，聯合副刊再推出「吾土吾民」（1980.1.2）以及「傳眞文學」（1980.1.4）兩個專欄來呼應報導文學（參見表 13），儘管名稱一變再變，但內容其實並無太大的分別，皆以海外華人爲報導對象，且各個專欄的編輯說明語皆大同小異，尤以「大特寫」與「報導文學」專欄之說明語幾乎一模一樣（參見附錄三之表 1），顯見瘂弦在「報導文學」專欄缺席的這段期間，並未對報導文學提出新的思索，只是另闢名稱試圖將報導文學引向新聞報導常見的「特寫」、「特稿」等手法，其中不斷強調「處處有文學，人人是作家」，這一論調其實是提倡極短篇的說詞，亦即聯合副刊並非主張「文學爲人民服務」的左翼文學理念，而是採取消閒品味的普羅文化去感染大眾、說服大眾，這也是 1985 年以降該刊推出了「小小報導文學」，也就是縮減篇幅、轉向社會溫情的文類取向。儘管意圖與人間副刊互別苗頭，然而聯合副刊推出報導文學的專欄說明語裡，不少字句與理念皆與人間副刊有關，例如：「『報導文學』正領著我們進入廣大的陌生世界，告訴我們，有更多要看的東西，有更多要關心的人和事……」此語和人間副刊同時期推出的「報導文學系列」有著異曲同工之處：「『報導文學』系列……是更入世的、走入生活層面更深、觀察幅度更廣的一次文學界的大量參與。」（參見附錄三之表 2）

表 13　《聯合報》聯合副刊之報導文學

作者	日期	篇名	備註
龔剴	1978.4.22-24	乘風破浪五十天	專欄名為「報導文學」。編者說明附於主標之下。惟後續再無第二篇作品

作者	日期	篇名	備註
張毅	1978.11.1-2	油與石圍牆的故事	專欄名為「大特寫」，莊靈攝影。以下迄 1979.8.25〈飄洋過海：早期華工的血淚史〉共八篇作品皆屬此專欄。編者說明附於文前，本文描述臺灣石油開採的早期歷史演進
關宇	1978.12.29-30	路是華工開出來的	編者說明附於文前，指出：「十九世紀中葉，上萬華工為美國築成了東西橫貫鐵路，其間經歷的千辛萬苦，令人難以想像。本文即描寫這一段史實，蒐集的資料彌足珍貴。國內影劇界、小說界的有志之士，何妨就此題材發展，創造精采的作品？」
翱翱（張錯）	1979.1.25	大來	描述海外移民的生活與心情，「大來」為當時之娛樂場所，現改為博物館
季季、彭碧玉、丘彥明	1979.3.8-9	她們：女作業員的文藝生活	本文乃為「婦女節專訪」而作
桂文亞	1979.3.18	會說話的手：聾劇團的龍舞	
關宇	1979.3. 22	天使島的故事	描述當年中國移民在移民站「天使島」被拘留之情景
關宇	1979. 7.23	再訪天使島	
關宇	1979. 8.25	飄洋過海：早期華工的血淚史	
丁流	1980.1.2-3	滇邊叢林中的大學：一個「反共抗俄大學」畢業生的回憶	本文係「吾土吾民」專欄首篇，以下除「傳真文學」等三輯外，其餘皆出自此專欄

作者	日期	篇名	備註
洛夫等	1980.1.4	傳真文學1：旗正飄飄：總統府前元旦升旗典禮傳真	採組稿方式完成此一專題，分別為洛夫〈在萬人中仰望升起的旗〉、管管〈國旗是我們每個人的臉〉、商禽〈歌聲中的國旗〉、袁瓊瓊〈群眾〉、羅英〈巨樹〉（以上全是一千字以內的短文）
喜樂	1980.1.5	中國第一架木竹飛機	本文闡述抗戰時期製造木質飛機的經過
關宇	1980.1.17	失落姓名的人：早期美國華工的悲慘遭遇	
袁瓊瓊等	1980.1.26-27	傳真文學2：多氯聯苯事件：往者可鑒，蓄艾不晚	採組稿方式完成此一專題，分別為袁瓊瓊〈女〉（小說）、吳念真〈黑嬰傳奇〉（小說）、向陽〈鏡子看不見〉（新詩）
秀文（潘蔭文）	1980.2.1-2	海哭	描述越南難民於海上逃難的驚險歷程
洛夫、小野	1980.3.30-31	傳真文學3：假酒案	採組稿方式完成此一專題，分別為洛夫〈液體炸彈：擬飲假酒後作〉（新詩）、小野〈清晨〉（小說）
藍菱	1980.4.3	義山行	描述菲律賓華僑葬身之地義山，李啓輝攝影
鍾白文	1980.5.25	清瀾港的七百條漢子	描述海南島文昌縣之海港
曉風	1980.10.10-12	承受第一線晨曦的	描述蘭嶼「蘭嶼幼稚園」設立的過程與結果，謝嘯良攝影
江聲	1980.11.5	快樂考古隊	轉載自《漢聲》第8期（1980年10月），頁48-56

※資料來源：本研究整理。1979年7月23日〈再訪天使島〉以前刊於第12版，以降則刊於第8版。

聯合副刊口口聲聲爲了理解陌生的世界，意欲求助文學與新聞合而爲一的「報導文學」，然而從實踐的結果來看，1978 年 4 月的「報導文學」專欄迄同年 11 月的「大特寫」專欄，再至 1980 年 1 月的「吾土吾民」與「傳眞文學」專欄，幾年間頻頻更動的專欄名稱與內容，讓我們看見聯合副刊對於報導文學的取決始終游移不定。從名稱和編輯的手法看來，聯合副刊無非是想將報導文學引導至六〇年代的「新聞文學」，也就是標榜新聞報導的文學性，而非強調報導對於現實臺灣的踏查與建構，藉此避開當局質疑其社會寫實、社會批判等色彩，也貫徹瘂弦主張文學的純粹性。然而，報導文學終究不是書房裡的產物，它立基於現實的書寫邏輯促使作者必須走向戶外、走進田野，也就難以避免觸及臺灣現實、臺灣鄉土以及社會問題，爲了免除這一左翼文學的色彩，「大特寫」題材取向幾乎以美國華工、華人移民爲主，僅穿插少數的臺灣報導。而「吾土吾民」除了兩則以臺灣爲報導範疇的作品外，其餘皆是有關海外華人的報導，亦即在議題上帶有「非強制性」的內容，讀者感受不到切身性，也與當時回歸鄉土、回歸現實的思潮相背反，箇中反覆強調中國傳統刻苦精神、服務精神，以及中國文化之可貴，是文化霸權向來亟欲宣揚的黨國倫理教化，也就是再次闡揚了中國意識，等同聯合副刊提倡的報導文學是向當局靠攏的文類。

聯合副刊不認同報導文學卻又刊登報導文學，乃是因應人間副刊的競爭張力，只消對照兩造推出報導文學的時程即可證諸此事：「報導文學」搶在人間副刊「報導文學系列」推出；「大特寫」是爲了不讓第一屆時報文學獎報導文學獎專美於前；而「吾土吾民」、「傳眞文學」則是因應第二與第三屆時報文學獎報導文學獎而來（參見表 14）。然而無論是哪個專欄，大部分內容皆非以臺灣爲主，縱使名爲「吾土吾民」，所謂「吾土」乃指中國神州、「吾民」則指中國人，在廿篇作品中，圍繞著美國華工、海外華人血淚史的作品計有十篇，占了二分之一強，餘下的諸篇中計有兩篇係以抗戰或海洋生活爲主，若再扣除轉載的作品以及「傳眞文學」偏向新詩、小說的作品，只有四篇作品合於當時報導文學踏查臺灣的形式，至於內容仍是不脫積極向上的倫理教化。也是在此概念下，張毅〈油與石圍牆的故事〉、季季與彭碧玉與丘彥明共同訪談的〈她們：女作業員的文藝生活〉以

表 14　聯合副刊與人間副刊之報導文學推出時程比較

日期＼刊名	聯合副刊	人間副刊
1978.4	推出「報導文學」專欄（4.22-24）	推出「報導文學系列」專欄（4.23-）
1978.10		第一屆時報文學獎報導文學獎揭曉（10.2），開始刊登作品（10.6）
1978.11	推出「大特寫」專欄（11.1）	「報導文學系列」專欄刊畢（11.25）
1979.1		第一屆時報文學獎報導文學獎作品刊畢（1.27）
1979.8	「大特寫」專欄刊畢（8.25）	
1980.1	推出「吾土吾民」（1.2）與「傳真文學」專欄（1.4）	
1980.2		第二屆時報文學獎報導文學獎揭曉（2.11）
1980.3	「傳真文學」專欄刊畢（3.31）	第二屆時報文學獎報導文學獎作品開始刊登（3.3）
1980.6		第二屆時報文學獎報導文學獎作品刊畢（6.30）
1980.10		第三屆時報文學獎報導文學獎揭曉（10.2），開始刊登作品（10.3）
1980.11	「吾土吾民」專欄刊畢（11.5）	
1981.6		第三屆時報文學獎報導文學獎作品刊畢（6.25）

※資料來源：本研究整理。

及桂文亞〈會說話的手：聾劇團的龍舞〉，三篇作品受訪對象殊異，但一致著眼於受訪者積極、向上的一面，故聾人也能如常人般演出舞臺劇，卻未見臺灣社會福利如何照護聾人；而加工區裡的女工不僅具備品鑑文學的能力，甚至還學畫、愛唱西洋歌曲，「每一個女作業員都善良、本份、敬業；有一顆上進的心；努力充實自己，這個簡單的事實告訴我們：她們活得平凡，她們活得尊嚴」，這類「安分守法」的論述與楊青矗〈加工出口區的女兒圈〉（1975.11.27-28）抨擊勞工政策大相逕庭，女工在聯合副刊裡展現了積極開朗的形象，但在人間副刊卻是被剝削而過著辛苦日子的一群：「在外面自租房子住的女孩，三餐大多在飯攤子打游擊，買麵包充充饑」、「前鎭古老的房子騰出來租給女工住的，大多又窄又矮又暗……在這情形下她們晚上沒有屬於自己的電視可看，到房東的客廳去跟他們坐著看一下，或到鄰居門口站著看，或約三、五個相邀逛逛街，花幾塊錢坐在冰果室看看電視來打發時間」，凸顯聯合副刊與人間副刊對於報導文學的主張極爲不同。

「大特寫」與「吾土吾民」皆在題材的地理接近性上，試圖營造遠距離與異文化感受，經由報導異地華人的努力，激發閱聽眾感同身受「先民」的奮鬥史，尤其工作的地點又是美國，除了服膺美援文化的影響，也透過中國與美國的連結來證諸自身的正統性。其次，就題材的撰寫取向，無論在題旨或報導手法上都以「光明」爲主，尤其「吾土吾民」將題材轉向中國傳統、反共抗俄等，在刊載的八篇作品中，僅有兩篇與臺灣有關，一篇係張曉風所撰有關蘭嶼「蘭恩幼稚園」的〈承受第一線晨曦的〉，一爲轉載自《漢聲》[5]第 8 期的〈快樂考古隊〉，可知其所傳達的「吾土吾民」乃是以文化中國爲依歸。它刻意拉開現實臺灣與報導文學的距離，並強化「正統中國」的意象，而這一手法其實也見諸「大特寫」推出之際，穿插兩則發表於三〇年代的報導文學作品：張郁廉〈在前線〉、方令孺〈古城的呻吟〉，頗有爲報導文學溯源作一正名的意圖，也藉此肯定報導文學的正面功能、揚棄報告文學的左翼性格，除了展現遠距離文化的「獵奇」之外，也挪用了「民族—國家」的論述邏輯，強調華工開鑿鐵路對於現代美國何其重要，無寧體現了大中華民族性及其重要性，是文化霸權裡慣用的「民族—國家」論。

到了「傳眞文學」，聯合副刊對於報導文學的主張更趨近新聞文學，指出新聞報導往往因著事過境遷而易降低閱讀的意願，故欲運用文學手法來達

---

5 1978 年 1 月創刊，爲 ECHO Magazine 中文版，扉頁指出該刊旨在介紹「無與倫比的中華文化」。

成「藝術的純粹性與永恆性」，並且「突破新聞與新聞文學的意義」，箇中訴求的核心意義即是非政治化的主觀表達、轉化報導文學可能觸及社會問題的敏感度。例如發生於 1979 年 3 月臺中惠明盲校誤食含有「多氯聯苯」的米糠油中毒事件，「傳眞文學」經由小說創作予以呈現，卻因爲遠離事件本身而多流於作者自說自話，致令閱聽眾無法理解事件眞相，甚至可能產生誤解：「『都怪你們學校，亂買油吃！』『對不起，對不起！』盲生不停地點頭喃喃說道。」[6] 這是吳念眞控訴米糠油中毒事件的〈黑嬰傳奇〉，明明該被譴責的是製造米糠油的不肖廠商，故事角色卻反而譴責盲生及其學校處置不當，固然這是小說慣用的諷刺手法，卻未必有效傳達給閱聽眾瞭解，反而成爲加害的共犯，亦即「傳眞文學」意欲透過文學手法來達成報導文學的藝術性、永恆性，此舉無非是倒果爲因、弄錯了報導文學的本質，乃因報導文學的興衰從來就不是因爲它的文學性不足，而在於是否具備了反文化霸權、去殖民化的批判力？

從美國華工、華人移民爲主的「大特寫」，到強調域外或離島生活的「吾土吾民」，乃至透過小說筆法寫成的「傳眞文學」，聯合副刊淡化報導文學行動性、批判性的意圖不言而喻，它以「正統中國（意識）」抗衡人間副刊強調的「民間臺灣（意識）」；以「消閒文學」回應「行動文學」；以「華人移工」面對「臺灣庶民」；以「光明積極」化解「社會問題」，在瘂弦不斷強調報導文學應是「和煦的春風」而非「疾雷暴雨」的前提下，報導文學的社會批判、行動性格遭到忽略，它是偏向文化中國的再造與懷舊，與回歸鄉土、回歸現實的思潮背反，也無從發揮報導文學應有的影響力，使得報導文學形同文學創作的餘緒，渾然喪失了報導文學應有的作用。

除了主流媒體競逐報導文學外，其他非主流媒體也因著主流媒體設定議題而產生所謂的共鳴效果。《臺灣時報》時報副刊自八〇年代初，在

---

6 吳念眞，〈黑嬰傳奇（下）〉，《聯合報》（1980 年 1 月 27 日），第 8 版。文中的阿梅產下了黑嬰孩（多氯聯苯中毒影響），卻因此被丈夫誤以爲她與黑人有染而割腕自殺，所幸後來撿回一命，此段對話即是阿梅在鬼門關前走一遭後，於醫院聽見護士與中毒盲生的對話。

周浩正的主導下（1980 年 7 月 22 日接編），陸續推出專欄「愛與文學」（1980.8.4）、「新聞小說」（1980.8.79）以及「飛揚的一代」（1980.9.9）（參見附錄三之表 3），其中「飛揚的一代」出版後集結出書頗受好評[7]，儘管周浩正有志於開拓報導文學，但主要發行市場位於高雄的《臺灣時報》終究未能如人間副刊，較難邀得具份量的作品，且在規劃上也不夠嚴謹，以「愛與文學」第一篇來說，乃是轉載自《戶外生活》的作品，而多數篇章也不足以被視爲報導文學，除了陳銘磻〈最後的粧粉：不時髦的美容師〉外，餘者充其量只是紀實散文。而「飛揚的一代」關注新興知識分子如《美濃週刊》黃森松、出版人沈登恩等，則是八〇年代以降報導文學轉向聚焦個人的書寫趨勢，忽略個人與群體的對位關係，這使得後來創刊的《人間》雜誌將此風潮加以擴大爲人民論、民眾論，進而成爲其傳播利器。

至於創刊於 1975 年 1 月的《愛書人》旬刊，原係聯絡讀者之用的郵購刊物，由陳中雄等人主編，後 1977 年 6 月與 9 月交由封德屏（現《文訊》雜誌總編輯）以及陳銘磻主編，轉型爲一報紙型的書評書目刊物，由於陳銘磻身爲「高信疆報導文學寫作班底」，故對於推廣報導文學不遺餘力，無論是書評、專欄乃至特輯等皆刊載或轉載相關內容（參見附錄三之表 4），而這也反映在「報導文學系列」甫推出時，高信疆於編輯語中特別提及：「今年（按：1978 年）3 月 11 日的《愛書人》旬刊，曾以頭版專題推介了我們即將於 4 月份刊出『報導文學』的事，這對我們，是一個很好的動力⋯⋯」也因此，《讀書人》旬刊在議題設定的共鳴效果上，乃是依循高信疆的理念「由愛出發」，而該刊在 1978 年 2 月舉辦的「愛書人文藝創作獎徵文比賽」設有報導文學類，是六〇年代國軍文藝金像獎設有報導文學類外，第一個設置報導文學獎的民間單位，可惜來稿量甚少，僅有五篇進入複選，最終也只有一篇作品獲獎，首獎與其他獎項皆從缺，顯示當時讀者對於報導文學還認識不清，也凸顯身爲非主流媒體的影響力有限。

在雜誌方面，1968 年 11 月 1 日創刊的《綜合月刊》已有學位論文針對其報導文學作品的敘事方式加以論述，區分成新聞敘事與文學敘事，指出新

---

7 《飛揚的一代》於 1981 年初版，迄 1982 年五刷，推估印刷一萬冊。

聞敘事方面以「人」爲依歸，且站在讀者立場思索其感興趣的新聞話題，而文學敘事則透過戲劇性的場景、修辭性文學寫作技巧表達批判性等，以加深閱聽眾的印象[8]。事實上，最初的《綜合月刊》乃是以報導、專論以及文摘爲主體的雜誌，故稱之爲「綜合」，其風格趨向《讀者文摘》，多以校園教育、特殊行業、懷舊傳統爲主，且篇幅短小，直到翁台生、吳英玉、尹萍、林秀英等人的投入下（參見附錄三之表 5），才有了較深刻的報導內容，尤其翁台生將原本發表在《綜合月刊》的〈痲瘋病的故事〉（1976.1）增添資料、改寫爲〈痲瘋病院的世界〉，獲得第一屆時報文學獎報導文學獎優等獎（第二名，1978.10），且集結出版《痲瘋病院的世界》（皇冠，1980）[9]，也是由於他在後記裡提及《綜合月刊》對於報導文學的貢獻，使得《綜合月刊》受到論者重視。

《綜合月刊》確實在報導文學發展過程中扮演著重要的先行者角色，儘管七〇年代的媒體發展係以兩大報團爲主，但《綜合月刊》長期刊載多篇報導文學作品，卻深化了主流大眾媒體新聞未能進一步處理的內容，例如翁台生所撰的〈我碰上了海盜〉、〈皇軍廟三十年滄桑〉等都是箇中知名例子。然而由於《綜合月刊》係屬綜合雜誌，報導文學僅是其中一部分，且非志在挑戰文化霸權，而是謹守傳統新聞分際，難免予人較趨保守的報導立場，這也是翁台生在後記裡提到自己的作品算不上報導文學，只是眞實表達受訪對象的遭遇，並且再三反思如何達成報導上的平衡與客觀，「這是『報導文學』寫作取材角度上較難處理的地方。特別是報導的題材屬於暴露一些社會上黑暗或死角，看了會讓某些人感到不愉快……」[10]這段敘述透露翁台生對於報導文學的看法，受到當時報導文學場域汙名化的影響，也就是視報導文

8 胡文嘉，《《綜合月刊》報導文學作品之敘事》（東華大學中國語文學研究所碩士論文，2007 年 7 月），頁 156。

9 該書係皇冠出版社企劃「社會參與專輯」套書之第四冊，其他三冊分別爲：邱坤良《野臺高歌》（專輯之一）、陳小凌《抽象世界的獨裁者》（專輯之二）、陳怡眞《鶯歌的脈搏》（專輯之三），皆爲 1980 年出版，凸顯報導文學受到當時出版社的重視與跟風。

10 翁台生，《痲瘋病院的世界》，頁 226。

學乃黑色文學、赤色文學之流，這是對於報導文學的誤解。

除了《綜合月刊》外，《戶外生活》、《皇冠》以及《漢聲》這幾本帶有強烈商業性質的雜誌，也都曾追隨《中國時報》人間副刊刊載過報導文學，其中《戶外生活》原是作爲觀光指南，開設了兩個專欄「失去的地平線」：報導某村某鎮的生活；以及「忘鄉？望鄉！」：報導某地某鄉的風俗民情，這兩個專欄使得《戶外生活》與報導文學產生了連結（參見附錄三之表 6），並且受到多個媒體轉載，包括《中國時報》海外版、《綜合月刊》、《婦女雜誌》、《夏潮》等，而且部分報導文學家的題材亦與其相近，例如第一屆時報文學獎報導文學獎的古蒙仁〈黑色的部落：秀巒山村透視〉（原載《時報周刊》海外版 1977.3.23-5.4）與〈一個看不到少女的地方：秀巒〉（1976.9）、古蒙仁〈失去的水平線：草嶺潭崩潰始末記〉（1980.4.16-5.1）與〈草嶺風情〉、〈草嶺老故事〉（1977.8），尤其古蒙仁的第二本報導文學集又名爲《失去的水平線》（1980），名稱與「失去的地平線」相近，顯見古蒙仁應是參閱過《戶外生活》以作爲報導的發想。

然而，《戶外生活》終究是基於觀光指南而帶有獵奇性格的媒體，受歡迎轉載的效果揭露了當年媒體對於「追索臺灣」的迫切需要，卻沒有多餘人力去踏查臺灣鄉土，故而縱使是觀光獵奇亦視作報導文學的一環，這也是黃春明批評部分報導文學：「就像一個老嫖客在尋找新目標一樣，今天佳洛水好玩，明天那裡那裡又有什麼新鮮的玩藝（意）。」黃春明抨擊：「如果有人自以爲到一些地方住上幾天，就能洋洋灑灑的寫起報導來，我覺得可恥。」[11] 黃春明此語指責的應是《戶外生活》、《皇冠》、《漢聲》等雜誌，它們爲了開發更多大眾閱讀的興趣，故而將重心放在「如何藉由回歸鄉土題材以增加收益」。《皇冠》於 1977 年 11 月第 285 期改版，指出編輯方針將由「靜態進軍動態」，並增闢專欄刊載心岱等人撰寫的報導文學，看似意欲追索鄉土，實則爲了吸引讀者目光，所以才有「彩色至四十頁，改進內文紙張，成本激增一倍」這類商業意味濃厚的說詞，其訴求是以消閒性文學

---

11 吳瓊埒，〈訪黃春明談報導文學〉，收於陳銘磻主編，《現實的探索》，頁 158。

爲主，例如愛亞（李丌）〈讓我們認識廣告影片〉（1977.11）、馬以工〈趙寧回來了〉（1978.7）、愛亞〈司機飯店：奇特的街景〉（1979.8）等，都是流於表相的作品，無法有效以主觀見解向人傳達作者意念，使得報導文學淪爲商品的一環，用以接合懷舊與現代文明（參見附錄三之表 7）。

而同樣視鄉土爲商品的還有《漢聲》，經由精美印刷、訴諸懷舊情調等，報導文學形同精緻的修辭學，在獲得第二屆（1979 年）時報文學獎報導文學獎推薦獎的第五期中，《漢聲》興奮的宣稱將「迎接一個報導文學的盛季」，並指出一件優良的報導文學作品必須深入淺出、具備吸引讀者的文筆與格式，故立訂了三種工作性質的掛名方式：一是初步在現場的調查者，稱爲「報導」；一是提供研究的專家，稱爲「資料」；最後是整理成文的作者，稱爲「撰寫」[12]，這一細緻區分的撰寫方式立意固佳，卻喪失了報導文學原有的草根性格，反而更趨近學術性寫作格式，意味著報導文學走向精緻化、菁英化，也就是迎合中產階級的懷舊與感嘆，徒然遺漏了「與現場同在」的精神，而更關鍵的問題乃是《漢聲》裡的報導文學充斥著強烈的中國意識，連帶使我們意識到，第二屆時報文學獎報導文學獎將獎項頒給它，也蘊含了回應高信疆意欲以報導文學重新確認中國精神的意圖（參見附錄三之表 8）。

事實上，比較《戶外生活》、《皇冠》等三雜誌，基於商業行銷考量、爲使讀者產生「新鮮感」的前提下，報導內容也出現了重複現象，例如高雄縣美濃鎮不僅出現於《戶外生活》的〈黃蝶・菸樓・美濃鎮，吃苦・守舊・客家人〉（1977.3），也出現在《皇冠》由心岱執筆的一系列有關美濃的主題，包括〈山色下的客人：美濃圖之一〉（1978.11）、〈煙草路：美濃圖之二〉（1979.1）、〈紙傘的故鄉：美濃圖之三〉（1979.3），兩造報導都出現了菸樓、東門城樓。至於《戶外生活》〈鹿港的美麗與哀愁〉（1978.11），同樣出現在《皇冠》裡的〈話說鹿港〉（1978.4）、〈話說鹿港之二：神祕的暗訪〉（1978.7）、〈話說鹿港之三：鄉情〉（1978.10），

12〈迎接一個報導文學的盛季：編後語〉，《漢聲》第 5 期（1979 年 7 月），頁 132。

而《漢聲》同樣製作了鹿港專輯〈鹿港三不見傳奇〉（1981.8），此一主題又可追溯至人間副刊「現實的邊緣」〈鹿港斜陽〉（1975.12.9-14），顯見報導文學家筆下的主題屢有重複性，也就意味著議題設定產生了「多樣媒體，寡量聲音」的結果，意味著我們認識的臺灣只是片面的、放大某些訊息而忽略某些訊息，故歷來指稱報導文學「踏查臺灣」，其實可以進一步追問：究竟踏查了臺灣的哪些地方？是否側重於某些面向？關於這點下文將進一步爬梳。

在人間副刊的企劃下，報導文學確實形成了媒體議題設定的效果，從報紙到雜誌無論基於何種出發點，皆可見報導文學的刊載，固然從議題設定理論來說，閱聽眾腦海當中的認知檢驗著理論是否達成效果，但議題設定理論發展第四階段也曾提過，「誰」設定新聞議題也關乎著議題設定理論能否成立，故在事隔多年而讀者的意見難以取得下，本書採取反推論的方式，也就是從媒體競相採用報導文學的現象來看，報導文學確實足以吸引閱聽眾，否則媒體不可能一窩蜂刊載該文類，畢竟商業媒體運作的邏輯仍需考量廣告收入，而廣告收入高低來自訂戶數或收視率，越有吸引力的內容越容易成為媒體採用的對象，從這裡切入，議題設定理論顯然是成立的。惟我們肯定報導文學形塑議題設定的效果之餘，也不能不留心部分媒體乃是利之所趨，而非眞正建樹報導文學，故幾個媒體礙於自身的定位或人力調派，往往由單一作者撰寫此一文類，例如心岱之於《皇冠》、翁台生之於《綜合月刊》、馬以工之於《戶外生活》，這也使得報導文學呈現單一作者的觀點、宛若媒體攏絡市場的點綴物。

也因此，體制外媒體刊用報導文學的現象，較諸體制內的媒體來得更值得注意，當「現實的邊緣」因著高信疆離開編輯臺而停刊，左翼雜誌《夏潮》隨即宣稱：「報導文學將是本刊今後努力開拓的一個新園地。我們盼望讀者諸君踴躍嘗試勾劃鄉土的一草一木、一人一物，將它投寄給『夏潮』。讓我們能從中更眞實更深入地了解我們土生土長的鄉土社會。」《夏潮》的這番話，意味著它們注意到了報導文學與回歸鄉土的連結，當然也意識到報導文學具備反文化霸權、去殖民化的動能。再者，左翼雜誌並非致力於推廣「文學」的載體，則報導文學被採用也印證了報導文學一反修辭的文體論，以其淺顯易懂的遣詞造句、踏查鄉土引領著讀者一同愛鄉愛土，這也是《夏潮》改組、改版後所標榜的精神：「社會的、鄉土的、文藝的」，而報導文學同樣被稍晚的《八十年代》、《美麗島》等採用，不由使人追問：何以黨外民主運動獨衷報導文學？其扮演何種角色？如何被呈現？

作爲臺灣黨外民主運動傳達意念的重要工具之一，籌辦雜誌幾乎成爲各路人馬共同發聲的管道。之所以是雜誌而非報紙，乃因報禁限制使得辦報證不易取得，反倒是雜誌登記證較易申請，以鄭南榕爲例，即曾一口氣申請了十八張登記證以作爲雜誌遭查禁之用。故綜觀七〇年代中期以降，除了 1978 年（1978.3.1-1979.2.28）因爲行政院新聞局爲了「遏止少數人圖以雜誌斂財」而停止受理雜誌登記一年，導致雜誌成長負 4.5% 外，自 1979 年 3 月解除雜誌登記禁令後即呈現逐年成長的態勢，從 1980 年共 1,982 家迄 1981 年 2,244 家、1982 年 2,331 家、1983 年 2,543 家、1985 年 2,869 家[13]，多達數千家的雜誌登記說明了七〇年代末籌辦雜誌風氣之盛，也意味著在報禁前提下，申辦雜誌乃是諸多「有話想說」者除了著書立說以外的主要選擇，箇中關鍵在於雜誌可以吸引報紙無法滿足的閱聽眾需求，事實上這也是當時黨外雜誌著墨的重點：如何突圍主流媒體？如何反文化霸權？在國府侍從主義的特意培植下，七〇年代下半葉乃是《中國時報》與《聯合報》兩大報朝向報團、形成寡占局面的開端，故黨外雜誌抵抗的乃是主流媒體以及文化霸權，雜誌成爲當時黨外人士與社會大眾溝通的重要管道，除了能夠有效表達政見，也能夠動員群眾、爭取社會大眾認同，故而臺灣黨外民主運動與雜誌之間有著密不可分的關聯。

儘管雜誌登記證申請較報紙容易，但當局在整頓雜誌而暫停受理雜誌登記一年，仍以「加強雜誌管理執行要點」加以查禁雜誌，包括內容涉及「捕風捉影，捏造事實者」、「以報導內幕新聞爲號召，揭發個人隱私者」[14]，

13 皇甫河旺，〈雜誌事業之發展與現況〉，收於中國新聞學會主編，《中華民國新聞年鑑（八十年）》（臺北：中國新聞學會，1991 年初版），頁 372-373。

14 張炎憲，《戰後臺灣民主運動史料彙編（八）新聞自由（1961-1987）》（臺北：國史館，2002 年初版），頁 252。

此外，另有出版法以及出版法施行細則等，對於雜誌等出版品的箝制可說甚爲嚴厲。在高度控管下，七〇年代的雜誌發展出兩條路線：其一，商業化雜誌的興起；其二，黨外雜誌的試探。前者傾向大眾化與娛樂面向而少涉及敏感議題，係寓商避禍的典型，也是普遍雜誌經營的考量策略，與報導文學相關的《皇冠》、《戶外生活》、《漢聲》都屬此例；後者則展現了民間意識的崛起，暗示當局對於媒體的控管手段已難密不透風，儘管 1975 年《臺灣政論》僅發刊五期旋即停刊、《夏潮》秉持三民主義的大纛以宣揚左翼思想，然而黨外雜誌勇於揭露政治乃至社會內幕的做法已深獲群眾認同，《美麗島》第 1 期與第 2 期發行量約有十五萬餘本，遠遠超乎《臺灣政論》的數量，凸顯短短幾年間，在強人逝世、冷戰局勢鬆動、蔣經國促成政治本土化的取向下，民間力量的勃發已非前此可相較量，而這也是國民黨之所以在 1977 年 11 月五項公職人員競選中「空前挫敗」之故。雖然舊政權試圖以美麗島事件重拾其威權，然而其文化霸權已難說服知識分子與群眾，七〇年代末遭遇的困難終究在八〇年代演變成政治與經濟上的危機。

雜誌登記恢復後，黨外並未有人立刻申請，論者推估可能原因出在申請書中規定雜誌的發行旨趣，必須包括「宣揚反共國策，激勵民心士氣」等內容，難以爲異議人士所接受，故非法的地下刊物由此而生，卻也因爲它們的廣爲流傳而遭到查禁，自 1979 年起迄 1985 年達到最高峰，被查禁的期數占該年度出刊期數的 58.7%，等於近六成的刊物出刊後遭到查禁，財務損失達三千萬。儘管威權統治仍不願鬆手，但 1979 年國民黨政府解除新雜誌登記禁令，也意味著國家機器不再能夠有效控管異議雜誌。事實也證明，美麗島事件非但未能有效遏止黨外民主活動，反而促使更多知識分子投身其中，此後，因爲政治反對路線的分歧，造成黨外雜誌走進市場競逐之中：一方面縮短生產週期，期望藉此刺激讀者求新求速的口味，一方面出於符合讀者的偏好，每當市場上出現暢銷內容或議題，短時間就引發爭相仿效的熱潮，導致言論內容及表現手法的同質現象屢見不鮮，卻也瓜分了黨外雜誌的銷量[15]。

15 此段落財務損失等，皆參考馮建三，〈異議媒體的停滯與流變之初探：從政論雜誌到地下電臺〉，頁 183-185。

歐陽聖恩以《臺灣政論》（1974.8-12）、《美麗島》（1979.8-12）、《八十年代》系統（1979.6-1984.12.22）、《深耕》系統（1981.6.1-12.31）以及《前進》系統（1983.3.14-1984.12.31）等黨外雜誌爲分析對象，發現它們刊載「內幕報導」的比例依序是 0%、1.2%、6.7%、8.1% 與 14.9%[16]，顯示爲了求生存，黨外雜誌越發趨向訴求「報導」，也就是易於讓群眾瞭解的撰文模式，尤其發展至八〇年代中期，黨外雜誌由月刊改爲發行週刊，在每期銷售量需八千本以上才能達成收支平衡的情況下，只能尋求刺激讀者的某些特定議題，也使得「內幕化」消息成爲風行一時的傾向。針對這些黨外政論雜誌，論者曾歸納提出當時黨外雜誌的三個時期：其一，知識分子雜誌如《大學雜誌》、《臺灣政論》、《夏潮》等；其二，政論雜誌如《八十年代》、《美麗島》雜誌；其三，分眾政論雜誌如八十年代系統（《八十年代》、《亞洲人》、《暖流》）等[17]，而隨著時期的推移呈現出三個特徵：

之一，影響層級向下扎根：也就是大眾化的來臨，不再崇尚傳統知識分子的高蹈地位，使得影響力向下扎根，對於社會實務有了更多的關切，表現在雜誌編輯方針上即是報導增加、評論減少，其中尤以「報導文字」的大量增加爲最大特色，此一特色乃是黨外雜誌挪用了報導文學「抵抗」、「建構」的精神，它被轉化爲「內幕消息」的報導，而這也說明了自七〇年代中期以來，由中產階級領軍的黨外民主運動，逐漸於八〇年代走向更靠攏群眾路線的訴求，終究使得「新聞刊物」成爲黨外雜誌的主流。

之二，臺灣化傾向：從《臺灣政論》起即強調臺灣本土色彩，以臺灣的觀點評論時事，而這是相對於主流媒體服膺文化霸權的大中華主義，導致臺灣被架空的結果，也是閱聽人對於主流報紙與電視報導越來越不信任的緣故，也是黨外雜誌屢屢作爲宣傳訴求的切入點，當時《美麗島》稿約即寫

---

16 歐陽聖恩，《無黨籍人士所辦政論雜誌在我國政治環境中角色功能之研究》（文化大學政治研究所碩士論文，1986 年 1 月），頁 89-124。

17 李旺台，〈野火燒不盡，春風吹又生！黨外雜誌發展史略〉，《八十年代》（半月刊）第 1 期（總號第 33 期）（1984 年 4 月），頁 11。李旺台在文中將《八十年代》、《美麗島》稱爲「政客辦報」，並非貶意，而是爲了區別傳統「士」與從政人員各持不同的編輯風格。

道：「歡迎所有不願讓禁忌、神話、權勢束縛，而願意站在自己的土地上講話的同胞，共同來耕耘美麗島。」[18]「站在自己的土地上」揭示的正是臺灣意識的甦醒，而對於禁忌、神話的掙脫則說明了批判與挑戰文化霸權的必要性，這兩點都在報導文學中得到實踐的可能，也是「報導文字」、「內幕消息」成為日後的主流。

之三，專業雜誌黨工的出現：黨外公職人員從早期培養班底，到後來與職業雜誌黨工發生代溝，使得雜誌黨工紛紛自辦雜誌，這表現在 1982 年浮現的群眾路線與議會路線之爭尤為明顯。李旺台觀察指出新生一代資質甚佳，故不願屈就於黨外公職人員之下，也是由於黨工的出走使得黨外新社會於焉出現，成為一個新的契機，而這也意味著黨外公職人員與黨工之間必須相互學習行政管理等經驗，「只注意到群眾與選票的時代似乎已經過去了」，這也使得黨外雜誌更加關注如何達到有效的傳播訴求。

這些有關黨外雜誌的觀察，透露著黨外雜誌的興起與黨外運動有著密不可分的關係，主要著眼於戒嚴時期執政當局的嚴厲控管手段，在主流媒體壟斷下，迴異於文化霸權的意見不易流通於公共論壇，故而黨外雜誌的出現恰恰奪回了其發言權，也與鄉土文學運動相呼應。隨著民間意識的崛起，黨外雜誌開始轉向刊載大量「報導文字」、減少評論的傳播方式，手段之一即是挪用報導文學以作為傳播工具，強調報導文學的行動性格、也凸顯報導文學建構臺灣與挖掘社會問題的精神：建構臺灣旨在正視臺灣的主體性以去殖民化；挖掘社會問題則是反文化霸權，也意味著經由對於鄉土更深入的探索，得以喚起群眾愛鄉愛土的精神。事實上，左翼、黨外雜誌對於報導文學的青睞，也暗示著報導文學文類的本質不在矯飾的修辭，而在於能否確實踏查臺灣、為「次等人」發聲？

所謂「次等人」乃是印度籍學者 Gayatri Spivak 針對印度無產階級人民所提出的概念，她指出這群人通常不具「系統論述」，故通常經由知識分子採集其觀點以為其發聲，這也就涉及了論述的機制問題[19]。從這個角度切

18〈美麗島雜誌稿約〉，《美麗島》第 1 期（1979 年 8 月），頁 16。

19 Spivak, G. (1988). Can the subaltern speak? In Nelson, C. and Grossberg,

入，黨外雜誌乃是中產階級爲中下階層發聲的傳播模式，故而臺灣黨外民主運動也就是中產階級與中下階層的結合，從黨外雜誌不斷攀升的銷售量來看，它確實也吸引了主流媒體以外的閱聽人，凸顯群眾對於國民黨政府壟斷輿論的不耐，也凸顯黨外雜誌論述的有效性與影響力。對應其實踐過程，黨外雜誌挪用報導文學的編輯思維，恰也可以依循這個脈絡作檢視，即報導文學深入鄉野的行動性，恰爲黨外雜誌代言次等人提供了田野調查的實踐，不再只是停留於論述的層次，而是內幕式的挖掘，這也是越到後期，黨外雜誌越重視報導之故。在這裡我們並不僵化於理論的套用，畢竟 Gramsci 早已提出「次等人」一詞，其所指涉的是臣服於統治階級霸權之下的人民，故黨外雜誌爲次等人發聲也就是對於統治者論述的反抗。

據此，本書關注的是黨外雜誌如何挪用報導文學及其精神，以實踐爲次等人、底層人發聲？它傳達了何種報導文學的樣貌？從中建構何種臺灣圖像以引領群眾愛鄉愛土？囿於黨外雜誌範疇之廣，且已有多篇擲地有聲的論述[20]，本書乃將論點集中於與報導文學有關的面向，且足以對照七〇年代報導文學崛起之黨外雜誌爲主，故挑選《夏潮》、《八十年代》以及《美麗島》等三本雜誌爲例，析論報導文學在黨外雜誌中所扮演的角色。這三本雜誌恰分別代表了前述論者所歸納的知識分子雜誌以及政論雜誌，也意味著，當黨外雜誌進入八〇年代後，因著分眾雜誌的興起而形成分進合擊、也瓜分了讀者的注意力。其中，被論者視爲左翼批判力道與啓蒙觀的《夏潮》雜誌，其秉持的信念乃是大中華主義詮釋的本土觀，故自創刊以來即主張反分離主義，此從它的英文譯名「China Tide」也可窺知一二。儘管心繫大中華

L. (Eds.), *Marxism and the interpretation of culture* (pp. 271-313). Urbana: University of Illinois Press.

20 其中，彭琳淞一文對於黨外雜誌無論是主流或非主流發展，都有極爲詳盡的整理製表與析論，參見彭琳淞，〈黨外雜誌與臺灣民主運動〉，收於胡健國主編，《二十世紀臺灣民主發展：第七屆中華民國史專題論文集》（臺北：國史館，2004 年初版），頁 693-782。另，林清芬一文也對八〇年代黨外雜誌作了極爲詳盡的爬梳，參見林清芬，〈一九八〇年代初期臺灣黨外政論雜誌查禁之探究〉，頁 253-325。

主義，但因內容涉及當局不喜的勞工、政經制度等議題，所以被當時的國內右派視為「國民黨眞正的敵人」，而被海外左派臺獨人士視為「小資產階級的典型傾向」。也因為主張大中華主義版本土論述，故當高信疆第一次因著刊載報導文學等作品而離開人間副刊，《夏潮》旋即宣稱報導文學將是該刊「今後努力開拓的一個園地」，除了刊載古蒙仁、王拓、張良澤的報導文學作品外，還轉載了來自《戶外生活》「失去的地平線」專欄之報導文學作品，並結合山地服務社團以呼應下鄉關懷運動。

這一「接收」報導文學的理念其實饒有興味。從《夏潮》的宗旨予以考察，顯然符合該刊「社會的、鄉土的以及文藝的」理念主張，也就是報導文學走出書房的田野性格；但就反分離主義以及大中華主義詮釋理路對照的話，高信疆主張的「文化中國式的報導文學」，又與《夏潮》的主張相近，如此一來，報導文學在《夏潮》肩負了兩種功能：一是挖掘鄉土與社會問題；一是經由對鄉土的田野調查與描寫，從而建立「新中國」形象，藉以激發讀者愛鄉愛國愛民族的可能。故而《夏潮》於 1977 年 1 月以「我一天的工作」為徵文題材，字數不拘、文體不拘、不計名次，共選入七篇作品（參見表 15），字數多在一千五百字迄五千字不等，內容以勞工階層為主，包括清道夫、苦力、工人、蕉農、工讀生、化妝品促銷小姐等，其符合《夏潮》訴求群眾的撰述精神，也是報導文學貼近大眾、貼合社會的實踐。這一徵文構想乃是來自 1936 年上海「文學社」向全國各階層徵稿，書寫 5 月 21 日這一天各地方各行業所發生的事。當年文學社徵文反應熱烈，全國有三千多篇來稿，後由主編茅盾選出四百六十九篇共八十餘萬字，編纂成《中國的一日》[21]，此書的創意發想乃是模仿自高爾基編纂《世界的一日》，而《夏潮》則將它轉化為「我一天的工作」，等於參照了收錄於《中國的一日》中

---

21 茅盾，〈關於編輯的經過〉，收於茅盾主編，《中國的一日》（上海：生活書店，1936 年初版），頁 6。生活書店帶有明確的左傾風格，直接接受中國共產黨指導。本書出版後，另有華美出版公司於 1938 年出版《上海一日》，旨在描述上海「八一三事變」（也稱「淞滬會戰」）當天的情景，由左派文人朱作同與梅益（陳少卿）共同編纂，來稿量亦驚人，多達近兩千篇、近四百萬字。

的作品：〈我在這一天的工作〉[22]，將原本網羅各行各業的撰述篇幅放長，使作者能夠說得更加詳盡而清楚。

表 15　《夏潮》刊載的報導文學作品

作者	日期	篇名	卷期及頁碼	備註
張文雄	1976.7	活在另一個世界裡的人：訪慕光盲人復建中心	4 期，頁 22-26	
古蒙仁	1976.8	幾番蘭雨話礁溪・話礁溪（一）、（二）	5-6 期，頁 44-71	後收於古蒙仁，《黑色的部落》，頁 123-164，惟題名稍有變動〈幾番蘭雨話礁溪〉
謝男	1977.2	少女的祈禱：清潔夫的一天	11 期，頁 53-54	此文係「我一天的工作」之徵文入選作品 1
劉不揚	1977.3	一個苦力的自述	12 期，頁 47-48	此文係「我一天的工作」之徵文入選作品 2
李蘭	1977.4	一個化妝小姐的自述	13 期，頁 45-47	此文係「我一天的工作」之徵文入選作品 3
王拓	1977.4、6	跟我來訪「恆春」（一）、（二）	13、15 期，頁 16-19、10-14	
塵塵	1977.5	作（按：做）工的	14 期，頁 45	此文係「我一天的工作」之徵文入選作品 4
徐麗美	1977.5	小學老師手記	14 期，頁 46-48	此文係「我一天的工作」之徵文入選作品 5

22 楊易心，〈我在這一天的工作〉，收於茅盾主編，《中國的一日》，頁 2・24-2・25。

作者	日期	篇名	卷期及頁碼	備註
無作者	1977.5	花草都懶得活的鹹鄉：鹽田	14期，頁32-35	本文文末標明轉載自《户外生活》二月號，惟未署名該文作者陳季生，且出自該刊「失去的地平線」專欄，參見本研究表18
張良澤	1977.6	小烏腳病者的一天生活	15期，頁52-56、22	
鳳鳴	1977.8	蕉農兒女的自述	17期，頁53	此文係「我一天的工作」之徵文入選作品6
黃淑鈞	1977.10	暑期工讀雜感	19期，頁20-23	此文係「我一天的工作」之徵文入選作品7
曾心儀	1978.2	我們活在廣告的世界裡	23期，頁36-39、47	
崑崙	1978.9	為美好的社會而奮鬪：一個山地服務工作者的報告	30期，頁28-30	此文係「走出象牙塔」專輯之一

※資料來源：本研究整理。

其中，〈少女的祈禱：清潔夫的一天〉、〈一個化妝小姐的自述〉採用了小說的形式呈現，其餘多從第一人稱「我」來強化眞實的感受力，以工農爲主的報導，挑戰了公共論壇忌諱出現這類報導篇章，因爲其可能沾染了赤色文學的氛圍，這一以清潔夫、苦力、做工的、蕉農等爲報導主題的作品，顯然受到了人間副刊「現實的邊緣」取材之影響，亦即「現實的邊緣」後期以農、礦、女工、舞女等爲主題的作品。基於左翼思索的《夏潮》自是以勞工、農民政策乃至社會福利等議題爲底蘊，不同於主流媒體係以當權者視察地方爲圭臬。此外，開放給民眾投稿的舉動也意味著，《夏潮》欲將報導文學帶往民間，設法使其與群眾作一緊密結合，也就是高信疆提倡報導文學將之視爲民間文學的概念。

儘管《夏潮》徵文的篇章篇幅短小，主要著眼於職業「內幕」的揭露，甚至〈少女的祈禱：清潔夫的一天〉、〈一個化妝小姐的自述〉運用了小說化筆法，然而本書並非認爲小說化筆法就無以稱之爲報導文學，相反的，只要先決條件能夠確認其爲「非虛構」，則筆法並不重要，重要的是作品是否具備足夠批判力、改造力以及行動力。從〈少女的祈禱：清潔夫的一天〉對於垃圾車隨車員的細緻描述，雖無法斷定箇中真假，但關於人與清潔人員、清潔人員與清潔人員之間的對照，藉由退伍軍人轉入清潔夫的際遇，從中說明大時代的不得不，其中還描述了退伍的外省軍人與原住民的買賣婚姻，雖然故事刻板印象式的涉及了「戴綠帽」的情節，但該文深刻描述了這一中下階層的心境轉折：「對！吃飽了找樂子……二十幾年了，二十幾年沒動過凡心了——去罷？——對——試試寶刀老了沒有？——嗯！還是帶我那個兄弟一起去。嘿嘿！唐守成有點神經質的乾笑著。」該文凸顯中下階層被商業社會壓迫、被當權者玩弄的悲哀。

《夏潮》這一系列從報導文學視角出發的徵文，頗符合報導文學踏查民間、介入社會的要求，作者一方面描述勞工勞動情景，一方面也深入反思人與勞動關係，儘管部分作品囿於篇幅而將反思的筆觸輕輕帶過，卻也足以使讀者瞭解到中下階層被剝削、被壓迫的情狀：

> 下午我們開始工作了，做苦工，拿鐵鏟，一鏟一鏟的往地上挖，挖、鏟，就不知要流多少汗，整個下午，我們努力的挖幾條溝，兩尺寬、一尺半深，將近三四十公尺長的溝，我們一個下午要挖一條，而代價只是一百塊……這些做粗工的工人都是被現實壓得不能翻身呀！在這種情況下，我們又能要求他們什麼呢？各方面的恩賜，讓我們讀了十幾年書，雖然不很多，但比起那些缺少教育的人們，我們實該感恩涕泣呀！（〈一個苦力的自述〉，第 12 期，頁 47-48）

> 楊經理是個聰明人，懂得以小資本做大噱頭生意，儘量縮小投資，隨便刊登人事廣告，招募一批「求職心切」的女孩，來替自己推銷產品……這一天的工作經驗，李蘭見識到了商場不健康、自私、虛偽的現象。不過，為了生活，她還是要加入它，她還是必須把自己改變成現實環境所要求的模式。（〈一個化妝小姐的自述〉，第 13 期，頁 45-46）

> 我常思想著，為什麼農產品的價格都是由商人決定，任由他們擺佈，始終不能拿出一個合理的價格出來，好像，你只能流血流汗，沒有權利享受，所以一般青少年往外跑，為人父母者把痛苦承擔下來，也要讓孩子出外謀生，供他們讀書……我盼望我們政府能做到產銷工作，不至於使人民處於困窘的境地。（〈蕉農兒女的自述〉，第 17 期，頁 53）

其中，〈蕉農兒女的自述〉論及農產品遭商人剝削，無疑是宋澤萊〈打牛湳村〉[23]裡描述的問題，也是報導文學家筆下關注的議題，例如李利國〈面對香蕉癌症：黃葉病〉（收於《時空的筆記》）、古蒙仁〈一串枯萎的香蕉：當前蕉農面臨的困境〉（收於《失去的水平線》）、林清玄〈香蕉王國〉（收於《鄉事》）等篇章都是對於蕉農生存之道的探討。此外，也有〈暑期工讀雜感〉深刻探討了國中生暑期工讀備受歧視的情況：「在工廠裡，不僅工作的分配和管理的態度上對國中生有些不公平的地方，一些第一次離開父母到社會上做事的國中小女生，便成了一些不良之徒的受害者」、「工廠的女孩們雖然唱的是時下的流行歌曲，他們唱的是自己的歌，他們不喊『唱我們自己的歌』……那些閒逛在西門町……抱著洋裝書走在校園裡的大學生，把大批錢送往國外去的人，他們關心的是什麼呢？」這段話與楊青矗〈加工出口區的女兒圈〉（1975.11.27-28）有著異曲同工之處，都是對於

---

23 宋澤萊（廖偉竣），《打牛湳村》（臺北：遠景出版社，1981 年初版）。其中，同名小說〈打牛湳村〉曾獲得第一屆時報文學獎短篇小說推薦獎。

中產階級知識分子的批評，尤其是對於當時抱持「牙刷主義」：也就是一心一意嚮往美國生活的菁英分子之抨擊，故而相對於「洋」而言，《夏潮》所表徵的「土」即指本土，大量刊用攸關工農論述的編輯策略也就成為該刊的特色：「更要命的是上三班，人家睏在溫熱的被窩中，而輪班的我，卻要從暖和的家中走出，站在街道旁，等候交通車載我去工廠做我一天的工作！尤其像最近的雨天，更是吃不消，不過由此更給人體驗到『應知袋中鈔，張張皆辛苦』生活的另一面。」（〈作工的〉，第 14 期，頁 45）這些作品充分展現了《夏潮》的左翼批判風格。

可惜的是，《夏潮》對於報導文學的挪用，並非志在完成報導文學理論或追求更為縱深的書寫格局，而是著眼於報導文學「揭露」的特質，故蕉農的心聲、苦力的告白、做工的辛酸，凡此種種都是為《夏潮》刊登的勞工、社會論述提供有力的佐證，亦即《夏潮》固然刊登了較長的篇幅如古蒙仁撰寫礁溪種種、王拓訪談恆春的發展史、張良澤為烏腳病患者發聲等，但其用意旨在藉由報導文學將民間現實呈現出來，依此作為知識分子論述的背景，也因此，報導文學在《夏潮》裡扮演的角色類如「內幕挖掘」，而從《夏潮》刊用的作品也能發現：這些作品其實都不脫人間副刊「現實的邊緣」本土篇取向，從礁溪、臺南縣七股鄉、北門鄉、恆春等，踏查地點之匱乏、撰寫作者之有限，在在凸顯《夏潮》採用報導文學乃是植基於回歸鄉土、回歸現實世代的需求，它所呈現出來的臺灣圖像是零碎而不連貫的，故而報導文學在《夏潮》裡展現的，乃是對於論述的證實與補充，亦即在《夏潮》不斷挖掘臺灣史料、析論臺灣社會的當下，論述文字固然支撐了《夏潮》所宣稱的「社會的、鄉土的、文藝的」之理念，但報導文學則將論述內容帶入民間、走進社會，讓讀者看到更多具體的內容。

論述多於報導的事實，凸顯了早期左翼或黨外雜誌多以知識分子、中產階級引領中下階層的編輯風格，一方面投讀者之所好，以尖銳論述批評當時主流媒體不敢抨擊之時政，一方面也展現知識分子的論述能力，而論述帶來的主觀效果比起客觀報導更加直接，儘管報導文學並非客觀報導，但在 1976 年當下尚未形成日後的議題設定聲勢下，對於讀者來說仍是較為陌生的文類，且撰稿者未必清楚報導文學的核心精神為何？事實上，早於《夏潮》創刊的《臺灣政論》同樣是以論述居多，偶有報導出現如王拓〈小事情所反映的大問題：八斗子所見、所聞、所思〉（第 1 期，1975.8）、何文振〈臺灣大地主〉（第 3 期，1975.10）、何文振〈被漠視的一群〉（居住問題，第 4 期，1975.11）、陳意〈閒話選舉舞弊〉（第 5 期，1975.12），這些作品雖然具備了報導的性質，但更根本的邏輯是夾敘夾議：不純然是新聞報導、也不完全是論述，而主要的訴求是透過臺灣觀點看待社會問題，無論是地價、房價抑或選舉等，一方面爲了讓讀者瞭解現況，一方面爲了深入評析，因此若從報導文學的作用去理解這批作品，可以視其乃引領閱聽眾看見「內幕消息」，進而達成「去殖民化」的可能：

> 「這是我大女兒買回來的，她說，家裡要有這些東西才有面子啊，不然，會更給人家看不起！」我的內心不禁為此而感到激動悲傷起來！這就是現代社會的價值觀念！連我的這些純樸的鄉親們，都以這些電氣化的物質作為衡量社會地位的唯一標準了。然而，我對他們只有同情，對那個為了幫助家計在臺北的餐廳做事、而又堅持家裡必須有電視冰箱的女孩，更感到無限同情了。（〈小事情所反映的大問題：八斗子所見、所聞、所思〉）

> 在這種暴露嚴重的住宅問題地區，居住著來自農村的工人、失業遊民、無家可歸的流浪漢，甚至黑社會人物。從他們陰鬱的臉色，反社會的表情，以及面對「仁愛敦化區」高級大廈的憤怒，我們能不憂慮這將成為社會暴亂之源嗎？能不憂慮野心家的煽動嗎？（〈臺灣大地主〉）

> 也許執政黨並不授意或指揮選務人員如此做，但選務人員這麼做，仍未曾見執政黨徹查嚴辦過這類人員，清潔選政的工作既不能由執政黨、政府確實地來做，只有由選民、國民們共同來做了，否則選舉公平的制度建立不起來，我們的社會很可能還是會回復到原始打破人頭的社會。（〈閒話選舉舞弊〉）

這類報導基本上離「文學」的層次很遠，離評論的層次較近，但到了《夏潮》號召讀者一起投身報導文學，則其文學的手法顯然較《臺灣政論》高明許多，且以〈蕉農兒女的自述〉爲例，文中寫道協助母親「落秕」（將香蕉分割成一秕一秕），作者這麼描述道：「香蕉一秕一秕的割下來，整齊的排列成一堆……對地上的香蕉如寶貝般的移到車上，一層香蕉一層紙，如保護幼兒般的，怕有任何的搓（按：剉）傷…… 」又說：「在家裡雖然須要做艱苦的工作，但是他們不知在家中心靜如止水，夜晚有潺潺的流水聲，蟲鳴蛙叫聲，靜靜的聆聽那交雜而有節奏的美妙音律，豈是在都市生活的人們可以享受到的…… 」用字固然淺白，但形容的方式是文學的，而「文學」的成立乃是報導文學之所以稱之爲「文學」的緣故，否則何需另外再造報導文學？換言之，《夏潮》徵文「我一天的工作」所呈現的文學造詣，實踐了文學大眾化的可能，不僅傳達了中下階層的心聲，也適度表現了文學素養，之所以強調報導「文學」，乃因提倡者高信疆欲讓文學走進民間，藉以喚醒群眾擁抱臺灣、熱愛中國的意識，這是時代條件氛圍所致，也是長久以來文藝政策迫使文學離人間越來越遠所致。故而《夏潮》挪用報導文學的用意，除了與其自身具備左翼色彩有關，也是意欲透過報導文學讓文字更貼近群眾，雖然群眾被定義爲工農階級的生活，但對於向來專以報導領導階層的媒體公共論壇來說，無寧是一大突破。在報導文學的傳播下，《夏潮》讓讀者看見「新臺灣人」、「新鄉土」的情狀，儘管極爲片段，但過往被壓抑的「臺灣」終於得以在媒體發聲，這是報導文學的效果，也說明了主流媒體對於非主流媒體的影響。

強調評論而少報導的黨外或左翼刊物特色，到了 1979 年 6 月創刊的《八十年代》，逐漸轉爲多報導而少評論。由康寧祥擔任發行人的這本雜誌，期許自己能夠在決定性的時代，運用集體的智慧積極爭取存在的機會，「我們必須覺悟到，只有透過參與才能把許多個人對權利和機會的主張，融合成整體的權利和機會的主張」[24]，因此他們提供一個公開的論壇，希冀大

24〈共同塑造我們的八十年代〉，《八十年代》第 1 卷第 1 期（1979 年 6 月），扉頁。

家能夠以智慧塑造八十年代。該刊最大特色乃是由出身《中國時報》的記者司馬文武（江春男）擔任總編輯，故在編輯方針上頗具新聞專業水準，區分了許多欄目如「政情評述」、「國際現勢」、「中共問題」、「民意之窗」、「海外通訊」等，而這一套新聞學的編輯策略又影響了稍晚創刊於同年 8 月的《美麗島》。

其中，第 1 卷第 5 期（1979.10）新闢的專欄「臺北耳語」，旨在報導國內報紙上看不到的「內幕消息」，以政壇爲主或提供同一件事的另一觀點，「取材是以不妨害國家利益爲原則，範圍則不分國內或國際，我們認爲我們登出來的東西，都是老百姓所應該知道的」，主要的目的是希望百姓能擁有知道事實眞相權利，並由此培養自己的判斷能力，篇幅雖然短小，卻大受歡迎，例如：「國內曾作過有關大專學生的政治態度測驗，發現師專及師範生是民主程度最低，而權威人格最高的學生……」（第 1 卷第 5 期，〈「南海血書」列入教材〉，頁 68）「如果有言論自由的話，根本不必靠私下的吃飯和喝酒來溝通，有話可以公開談。如果遵守憲法，嚴守法治的原則的話，也不會發生那麼多需要靠政治解決的法律案件。」（第 1 卷第 6 期，〈意外事件造成的「政治溝通」〉，頁 71）「名小說家陳映眞和富堡之聲總編輯李慶榮，同時被情治單位依涉嫌叛亂，逮捕一天多就釋放回家，這種捉放的故事，引起種種猜測。」（第 1 卷第 6 期，〈捉放陳映眞李慶榮〉，頁 72）等，迄第 2 卷第 1 期（1979.12）更將「臺北耳語」擴大篇幅，舉凡政治內幕、新聞評論以及其他特別事件之分析等，都透過精簡的方式予以描繪，「以補本刊新聞性之不足」，甚至指出將加強採訪性的文章，「逐漸朝著新聞性雜誌努力」，凸顯新聞報導對於告知以及動員民眾的影響力與日俱增。

除了「臺北耳語」外，《八十年代》自創刊號起即闢設「黨外動態」，報導黨外人士的活動，如〈美麗島高雄服務處開幕〉：「9 月 28 日，美麗島雜誌社在高雄舉行服務處開幕茶會，鑑於 9 月 8 日臺北中泰賓館事件，許多人擔心會舊事重演，結果在黨外人士與治安單位的合作下，一切風平浪靜，一片祥和。」（第 1 卷第 6 期，頁 69）或者《鼓聲》雜誌遭查禁：「黨外人士針對書籍、雜誌連續被查禁於 9 月 20 日聯合發表一份共同聲明『我們決心爲言論自由奮鬪到底！對當局一再濫權查禁書刊的抗議』。」（第 1 卷第 5 期，頁 67）透過這類輕薄短小的報導，《八十年代》與稍後創刊的《美麗島》有著不同的風格與理念，對於《八十年代》而言係採言論報國，也就是主張新聞自由與言論自由，而《美麗島》則是將雜誌與黨外運動結合在一起；《八十年代》在行動上較爲保守，《美麗島》則志不在爲文論政，乃是藉雜誌結合黨外公職與非公職菁英的組織化企圖，故而《八十年代》日後在八〇年代「批康」（批判康寧祥）的風潮中，被黨外運動譏諷爲「放水派」。

可惜的是，「臺北耳語」正欲擴大之際，《八十年代》就因爲美麗島事件而被禁刊一年餘，至 1981 年 2 月才又出版第 2 卷第 2 期，並將「臺北耳語」改爲「臺北話題」，內容以捕捉「漏網消息」、「精確明快地分析眾人皆知的公開祕密」爲主，比起「臺北耳語」側重報導層面，「臺北話題」以更犀利的字眼批評時政、臧否人物，受到廣大讀者歡迎，例如：「選舉之前，黨外雜誌全被封殺。選完之後，報紙言論轉趨開放，政治溫度計上的升升降降，非常清楚也非常現實……言論自由沒有一定尺度，全視政治氣氛而定，執法機關也缺乏法治觀念」（第 2 卷第 2 期，〈政論雜誌春風吹又生〉，頁 48）；「在民主國家，報人是最崇高，受尊敬的頭銜，現在卻要比賽黨內的地位，而且用這種方式來競爭，這種現象可以透露出我國新聞自由的困局何在了」（第 2 卷第 4 期，〈報老闆選舉萬歲〉，頁 30）；「一本刊物，仍未發行，即被沒收，與我國出版品採取事後審查制度，必須公開上市，才負法律責任，才能採取司法行動的規定，顯有違背，不符正當法律程序」（第 2 卷第 5 期，〈「進步」混淆視聽？〉，頁 34），凡此種種都是以「內幕報導」來吸引閱聽眾的注意，也與《八十年代》走向「體制內改革」的路線有關，其依循傳統新聞學編輯雜誌，使得它的讀者近六成來自大專或研究所，在驅動讀者積極參與選舉的取向上，論者的研究結果也顯示，《八十年代》的讀者具備近七成五的民主權力取向，而這些讀者認爲民主法治未能貫徹是臺灣政治最大的隱憂[25]。

---

25 馮建三，《政論雜誌讀者型態的比較分析》（政治大學新聞研究所碩士論

除了「臺北話題」外，復刊的《八十年代》也開設了「文學思想」、「新聞之窗」等專欄，可以看出該刊對於新聞報導的專業堅持外，也開始重視人文藝術思索，從第 2 卷第 5 期（1981.5）起甚至增加了文藝作品的刊載，包括林義雄之妻方素敏〈這一年來〉（第 2 卷第 3 期，散文）、廖莫白〈請珍重——雅美的朋友〉（第 2 卷第 4 期，新詩）、〈錫婚紀念日〉（第 2 卷第 5 期，散文）、詹澈〈大海，請緊緊的擁抱它〉（第 2 卷第 6 期，新詩）等，凸顯《八十年代》在後期越發走向溫和的改革路線，也由於黨外人脈組織多數整合至《美麗島》，《八十年代》遂成爲黨外的「非主流」。

《八十年代》強調新聞報導的做法，使得後來出現的黨外雜誌競相模仿，有的甚至以報導掛帥如《前進週刊》等，專門報導、分析、預測當局高層人物的動態等，而這樣的趨勢到了八〇年代中期越發明確，也因爲資訊市場的飽和，使得黨外雜誌的內容必須多元化，並開發所謂「文化市場」。其中，《八十年代》即是率先嘗試多元發展的黨外雜誌，透過三本雜誌相互搭配：《八十年代》以選舉、政治理論、報導爲主；《亞洲人》則以廣義的反對文化爲主；《暖流》則是文化與思想的「黨外副刊」，種種軌跡顯示《八十年代》對於以文抵殖、以文報國的堅持。基本上，《八十年代》採用的新聞報導乃是針對主流媒體意見壟斷而來，意欲彰顯「臺灣的聲音」，也就是報導文學所表徵的核心精神：恢復次等人的聲音，藉以抵抗文化霸權。是故，在司馬文武主持下的《八十年代》，再三強調「內幕報導」、「內幕消息」，也就是「在報紙上看不到眞正發生的新聞。要看眞的新聞，就要看我們的雜誌，我們才是臺灣眞正的聲音」[26]。《八十年代》是否受到報導文學的影響，從第 1 卷第 1 期迄第 2 卷第 1 期來看，《八十年代》顯然是將報導文學做了變形，形成夾敘夾議的文體，主要表現在專欄「歷史・人物」裡，例如黃煌雄〈蔣渭水先生遺訓〉（第 1 卷第 4 期，1979.9）、李筱峰〈日本殖民下臺灣的宗教自由〉（第 1 卷第 4 期，1979.9）、沈雲龍〈追懷我的朋

文，1983 年 6 月），頁 97-98。

26 何榮幸策劃導論、臺灣大學新聞研究所，《黑夜中尋找星星：走過戒嚴的資深記者生命史》，頁 69，出自司馬文武訪談錄〈只想當「眞正的記者」〉。

友李萬居〉（第 1 卷第 5 期，1979.10）、李欽賢〈淺探三百年來臺灣美術的時代意義〉（第 1 卷第 5 期，1979.10）、編輯部〈偉大的醫者：昔日臺灣社會的傑出醫師〉（第 1 卷第 6 期，1979.11）、楊祖珺〈苦旦歌仔的滄桑〉（第 2 卷第 1 期，1979.12）、陳永興〈蘭嶼島上的憂思：訪廖醫師對談〉（第 2 卷第 5 期，1981.5）等，從內容來看，越後期的雜誌越具備報導文學的特質。

以〈苦旦歌仔的滄桑〉爲例，作品形式與內容皆呼應了時報文學獎報導文學獎的三大取向之一：懷舊與現代的衝突，儘管篇幅僅六千字左右，卻清楚說明了歌仔戲的興衰，並採訪福聲歌劇團團主松山娥女士，其中一段即透露了國家機器與現代文明介入傳統的荒謬性：「我們現在唱戲都要加入很多愛國歌曲咧……現在唱歌仔戲一定要熱鬧，要加入很多流行歌曲，有時也配上流行的舞劇，觀眾才會愛看。」[27] 當年的歌仔戲演出前必須向當地警察局申請，申請書若遲遲不下來而照樣登臺的話，將遭到取締與逮捕。該文不僅爬梳了歌仔戲在臺灣的歷史，還加入了文學性的描述：「只見一分鐘前尚在臺上汗水淋漓認眞唱作的一位女旦，在她下場準備再度上場的一小段時間裡，懷抱起一個尚未足歲的嬰兒，迅速地解開了她的戲服，悄悄地在後臺的邊上餵哺著她的幼兒…… 」這篇關於傳統戲曲的報導，顯然與主流媒體人間副刊第二次闢設「報導文學系列」，轉向傳統戲曲、宗教信仰等報導取向有關。

此外，〈淺探三百年來臺灣美術的時代意義〉則依循時報文學獎報導文學獎的學術寫作風格，採取夾敘夾議的論述方式，旨在爬梳多年來臺灣美術如何抵抗文化霸權的意義，文中指出：「幾十年來，臺灣美術得自外域的甘露，賴以滋長，也從世界潮流中，學到不少的經驗。今天若能回到民族的大方向，懷抱對自己社會的關懷，則一度放眼歐美所開啓的遼闊胸懷，正表示已經過了一番取捨。」[28] 箇中提及的「對自己社會的關懷」，儼然就是

27 楊祖珺，〈苦旦歌仔的滄桑〉，《八十年代》第 2 卷第 1 期（1979 年 12 月），頁 93。

28 李欽賢，〈淺探三百年來臺灣美術的時代意義〉，《八十年代》第 1 卷第 5

高信疆提倡報導文學的說法，而面向「民族的大方向」則意味著臺灣民族意識的覺醒。至於〈蘭嶼島上的憂思：訪廖醫師對談〉則透過一問一答的方式，從中展示在蘭嶼從事醫療的辛酸，以及自身文化與達悟族文化的對照，出發點也是從關愛的角度出發，主要著眼於年輕醫師在蘭嶼工作的情狀，文前雖然對於文明入侵蘭嶼作了反思：「雅美族人現在會向拍照者伸手要錢；島上的蝴蝶蘭、羅漢松等自然產物被收購殆盡……」但由於對談內容集中在工作甘苦談，難免攙雜了工作上的情緒以及內化成意識形態的漢人中心論，故對於達悟族的誤解與曲解不時見諸於對談內容：「到居民的家裡，他們的地窖屋子環境衛生那麼髒，我穿白衣服進去，自己的行動和工作都不便……」、「你說病人還沒死就移到屋外棄置？眞是難以了解」、「我眞的感覺這裡的人情味很難適應」[29]，這篇以對答形式完成於 1980 年 10 月的作品，與聯合副刊由張曉風所撰〈承受第一線晨曦的〉（1980.10.10-12），兩篇同樣是以年輕人到離島工作爲報導對象，惟陳永興較關注漢人與達悟族的相處與觀察，而張曉風則全然站在漢人角度意欲「教化」島上的孩子，惟它們都將蘭嶼視爲落後的蠻荒之地，並且不約而同提到達悟族人「很怕鬼」，殊不知，那是因爲達悟族的靈魂觀並不同於漢族所致，他們認爲人是多靈魂的，而所謂的「死靈」（anito）乃是達悟族對於人力所不能掌控的生命災厄之傳統詮釋，故如何加以防範也就成了其處處可見的文化的一部分，如下水典禮的下水祭、房屋落成典禮等，全副武裝的達悟人要對抗的乃是死靈而非具體的敵人，但漢人不察，反而認爲其畏懼亡靈不近情理。

觀察第 1 卷第 1 期迄第 2 期，仍是依附文化霸權強調的「民族－國家」，故藉由諸葛亮、文天祥等中國歷史人物來對照臺灣現狀，或再三陳述國父孫中山的維新理念，也就是論者指出，在臺灣意識猶處於萌芽之際，黨外抑或左翼雜誌仍不時依循大中華主義的論調去看待歷史，形成了「中國性」的再確認。惟本書以爲，這也不排除是一種障眼法，透過靠近文化霸權

期（1979 年 10 月），頁 87。

29 陳永興，〈蘭嶼島上的憂思：訪廖醫師對談〉，《八十年代》第 2 卷第 5 期（1981 年 5 月），頁 85-89。

的倫理教化觀，取得不被當局干擾的可能。自第 1 卷第 4 期（1979.9）起，「歷史・人物」開始將視野面向臺灣，從蔣渭水、日本殖民時期的臺灣宗教與美術、歌仔戲演員等，顯見《八十年代》在編輯方針上做了調整，一方面挖掘過去的臺灣史料，一方面也運用報導文學「發現內幕」的特質形塑該刊的報導題材。這一「體制內改革」的道路，使得主張「言論報國」的《八十年代》面臨了行動派的不滿與譏諷，對於所謂「放遠擴大爲建設一個品質良好的人類社會的遠程目標」，令行動者心急也頻頻質問其成效。

《八十年代》開啓了黨外雜誌以報導爲內容的編輯策略，這一「內幕式」的報導精神，與報導文學踏查臺灣以抵抗霸權文化的方式足以相提並論，然而比起《夏潮》採用較具結構式的報導文學，《八十年代》顯然更專注於「內幕化」的小道消息，縱使採用較具報導文學形式的作品，也只存「報導」而喪失了「文學」性，這或許是爲了更直接有效的訴求大眾之故，然而這麼一來，報導文學在《八十年代》裡徒存「空殼」而無實質意義，自然也就無法爲報導文學作出較爲深刻的貢獻。同樣的情況也發生在 1979 年 8 月創刊的《美麗島》裡，這本由黃信介擔任發行人、張俊宏任總編輯的著名黨外雜誌，其眞正的作用不在爲文論政，而是透過雜誌匯聚各方人馬，也就是組黨的前身，故《美麗島》雜誌社總社即是黨部，各地服務處則是分支黨部，也就是選民服務處，透過《美麗島》的運作，《美麗島》期許自己結合黨外公職與非公職者，以行動去進行體制外的改革，包括舉辦選罷法座談會、設立「黨外選舉罷免法草案試稿研討小組」，儼然打著辦雜誌的旗幟，卻進行實質的在野黨運作，處處與文化霸權、與當局論述抗爭。整本雜誌規劃多個小欄，井然有序的編輯手法泰半取經自《八十年代》，例如「省市政情」仿「政情述評」、「國際時事」仿「國際現勢」、「黨外報導」仿「黨外動態」、「大眾心聲」仿「民意之窗」等，惟議題性質更爲尖銳且更具切身性，除了刊載多篇黨外立委或省議員動態與質詢內容外，也針對時事舉辦座談會並加以刊登其內容，包括「選舉罷免法草案座談會記錄」（第 2 期）、「中小企業問題座談會記錄」（第 3 期）、「勞工座談會：如何促進當前工會功能」（第 4 期）等，對於時政的批評占其他小欄內容 42.7%，比起《八十年代》的 32.9% 高出近十個百分點[30]。

相對於《八十年代》批評時政較爲溫和，《美麗島》在論述上充滿了攻詰政府的訊息，例如指責國民黨政府一黨專政的統治意識，「企圖阻遏這整個民主運動的蓬勃發展」、「自從五十年代初國民黨政府實施報禁以來，臺灣就無所謂『新聞自由』了」、「由於政府不允許在野黨人士組黨，所以臺灣的選舉事實上是一黨包辦……這算什麼民主政治？」凡此種種都呼應了《美麗島》的發刊詞：「三十年來，國民黨以禁忌、神話隱蔽我們國家社會的許許多多問題，扼殺了我們政治的生機，阻礙了社會的進步……我們必須澈底從禁忌、神話中解脫出來，深入、廣泛地反省、挖掘、思考我們國家社會的種種問題……」[31] 這一呼聲使得《美麗島》的論述基本上是貼合「民族—群眾」的訴求，並透過臺灣觀點的論述將「文化—政治」作一重新連結，藉此教育大眾、影響大眾，根據《美麗島》自身統計：第 1 期共發行六萬五千本、第 2 期發行八萬七千本，遠遠超乎七〇年代中期創刊的《臺灣政論》銷售量（最高五萬餘本），顯見《美麗島》確實吸引了諸多讀者。

從第 1 期起，《美麗島》採取了《八十年代》強化報導取向的編輯方針，闢設「黨外報導」，形同是《八十年代》的「黨外動態」與「臺北耳語」之擴大版。其中，《美麗島》與《八十年代》等多個黨外雜誌曾共同聯名抗議官方「一再濫權查禁書刊」，指出自 1978 年 5 月迄 1979 年 9 月有多本雜誌與書籍遭停刊或查禁，要求官方應依循憲法保障人民的發言權[32]。此外，《美麗島》另開闢「特別報導」、「美麗島」、「大眾心聲」等富含報導性質的專欄，「特別報導」主要著眼於社會問題如臺北市攤販、政治議題如綠

---

30 歐陽聖恩，《無黨籍人士所辦政論雜誌在我國政治環境中角色功能之研究》，頁 96-102。

31 黃信介，〈共同來推動新生代政治運動！〉，《美麗島》第 1 期（1979 年 8 月），扉頁。

32 〈我們決心爲言論自由奮鬥到底！！對當局一再濫權查禁書刊的抗議〉，《美麗島》第 1 卷第 2 期（1979 年 9 月），頁 66。共同聯名的單位計有八十年代雜誌社、拓荒者出版社、春風出版社、春風雜誌社、鼓聲雜誌社、禁書作者聯誼會、美麗島雜誌社等七個單位。

卡等；「美麗島」則旨在介紹臺灣史及人物如蔣渭水、義民廟、日本殖民時期的體制、文化講演等；至於「大眾心聲」雖名爲「大眾」，但其實多是黨外人士的建言，包括王拓〈不要再使「改革」成爲空談！〉、陳博文〈嚴防法西斯傾向：從「反共義士」騷擾中山堂的事件談起〉、王正言〈誰說民主潮流擋不住？〉等。

就報導文學而言，《美麗島》一如《八十年代》，承續的都是報導文學反文化霸權、去殖民化的精神，也就是勇於去除文化霸權遮蔽的禁忌，並試圖喚起群眾的臺灣意識，然而就文學造詣來說，《美麗島》顯然也志不在此，故而與前述《夏潮》相比擬，報導文學在《美麗島》以及《八十年代》中，都是被轉化成內幕報導而弱化文學的文類。其中，《美麗島》第 2 期（1979.9）刊登魏廷朝〈新竹義民廟的祭典：客家人最大的拜拜〉，該文頗具報導文學的架構，除了訪談新竹縣關西當地飼養神豬的農戶外，也闡述有關義民廟的歷史：

> 據得獎的信士說，飼養七、八百臺斤以上的大豬，是純賠錢的玩意兒，不過表示信士的虔誠而已。伺候神豬，簡直比伺候躺在病床的大小姐還要麻煩。大豬終日趴著，得找一塊乾燥陰涼的地方（室外也可以），搭蚊帳、吹電扇（或冷氣），甚至於播放音樂，每天要由固定的人親手餵食營養品並加愛撫，隨時注意保持周圍的清潔……義民廟修建於乾隆五十三年（一七八八）。光緒二十一年（一八九五），因附近居民組織義軍抗日，廟宇竟被日軍燒成廢墟。光緒二十五年（一八九九），十四大莊民眾捐款重建，五年後竣工。嗣後年久失修，陳舊不堪，又於民國五十三年興工重修，六十年竣工至今。[33]

就報導文學的構成來說，首先，這篇作品以主觀見解，意欲傳達由林爽

---

33 魏廷朝，〈新竹義民廟的祭典：客家人最大的拜拜〉，《美麗島》第 1 卷第 2 期（1979 年 9 月），頁 77-78。

文起義而形成的義民廟之「義勇事蹟」，並提出質疑：「林爽文到底是革命家還是流寇？」其次，作品立基於事實之上，對於義民廟的地理位置以及相關祭典等，都有詳盡的說明。最後，該文文字平實，推論一般大眾應無閱讀上的困難，尤其題目已標舉「客家人最大的拜拜」，也就凸顯該文關注與大多數人相關的議題，而非小眾之論。此外，這篇作品搭配了三幀照片，在形式上儼然向人間副刊借鏡，擷取熱媒體與冷媒體的交軌，至於內容上則同樣複製了「報導文學系列」的題材：關注民間宗教信仰乃至民間技藝，對人間副刊來說，這是爲了向強烈反對報導文學者的妥協。殊不知，民間的揭露已是一種挑戰文化霸權的可能，畢竟長期以來公共論壇欠缺現實民間的題材，也是因爲深入鄉土、挖掘社會問題，使得報導文學被視爲三〇年代文藝的「餘毒」，最主要的即是可能從中激發讀者的臺灣意識、臺獨意識，故報導文學成爲黨外雜誌挪用而轉化爲內幕報導的文類。

魏廷朝透過反思林爽文與義民廟之間的關聯，卻引起文學創作者陳冠學極爲嚴厲的批評，認爲所謂「義民」其實是清國奴的代稱，若必不得已談到史實，「可避重就輕就『小義』上爲保鄉而死這一節來寫，那『攘夷』的『大義』上可以故意加以忽略，如此也不傷大雅。」[34] 通篇對於魏氏撰文書寫「義民」卻不加以區辨乃「清國奴」的同義詞，認爲有刻意羞辱客家人之嫌。然而，陳冠學通篇引證林爽文事蹟，僅止於連横的《臺灣通史》，且措詞十分情緒化，又因他直接跳過編輯部而將稿件逕寄發行人黃信介，遂引發編輯部不滿，將陳氏一文以「讀者來信」而非以一般文章的形式刊出，並於編輯按語中指出：「本刊歡迎討論，但以謾罵逞能如陳先生者，本刊沒有義務屈服於此種無賴之下。」此語引起署名「鄭穗影」的讀者於第 4 期（1979.11）「讀者來信」中，加以指責《美麗島》不夠容忍批評的氣度。事實上，魏廷朝一文最大的爭議，即是在欠缺足夠史料佐證下，斷言林爽文乃心胸狹窄之漳州人，引起陳冠學不滿而撰文加以駁斥，這也凸顯魏氏在處理報導文學時，主觀意識過重而缺少更有力的論點。魏氏一文旨在闡述「義

---

34 陳冠學，〈「新竹義民廟的祭典」一文的荒謬〉，《美麗島》第 1 卷第 3 期（1979 年 10 月），頁 108。

民」從何而來，卻因畫蛇添足而意外擦出火花，《美麗島》編輯部乃於第 4 期刊載專文〈革命家呢？還是流寇？「林爽文起義」的一些觀察（上）〉，從史料爬梳探討「林爽文究竟是革命家抑或流寇」，可惜的是，下文還來不及刊出即因爆發「美麗島事件」而被處以永久停刊。

除了魏廷朝一文外，《美麗島》自第 2 期起所開設的「特別報導」，亦具有報導文學的特質，其中，第 3 期（1979.10）〈放眼看臺北市攤販問題：女攤販個案訪問〉先從《中國時報》一則警方取締攤販的報導談起，而後轉述當事者女攤販蔡女士的說法，指出警察刻意找麻煩的經過，在這個段落裡，撰稿者以第三人稱的細筆描述了蔡女士的妹妹遭到警察逮捕的過程：「警員猛拖，她的雙手手臂都被磨傷了。蔡女士的小女兒大喊：『阿姨被抓了！』蔡女士走出來，正看到妹妹上半身被抓進警車、腳還在外面，警員抓人就好像捉豬一樣。」這篇作品同樣具備以主觀意見向讀者傳達內容的條件，並且也是基於事實的訪談過程，不僅對當局取締攤販的方式提出控訴，也對主流媒體的偏頗報導提出反駁，藉此達到對文化霸權的反擊。儘管已盡力「讓讀者感受到作者的氣氛情感」，惟描述的文筆仍稍嫌生硬，通篇文體乃是夾敘夾議，較難稱之為文學作品，但箇中仍區別了主流媒體慣以客觀報導為尚的陳述，我們試著將《中國時報》的報導內容與《美麗島》作一比較：

> 警員見狀，為避免與攤販們發生衝突，遂分別返回警車欲離開現場但這些攤販仍圍住不放，並有數名女性攤販，伸手入警車內亂打亂抓，警員不得還手，只有任其逞悍，一名李姓警員，雙手被啃抓得血痕斑斑，而混亂中警車後部亦遭人敲裂，幸好一些旁觀的市民出面制止，警車方能離去。（本報訊，〈取締萬華流動攤販，警員被抓傷不還手：混亂中警車後部遭敲裂〉，《中國時報》（1979 年 10 月 13 日），第 3 版）

> 此時，四周圍滿了民眾擠得馬路上水洩不通，有人拿著照像機，拍下這些鏡頭。有些女攤販看到蔡女士的妹妹被抓，就要把她拉出來，拉拉扯扯，與警方發生爭執。圍觀的民眾看到警察如

> 此抓人，群情譁然，大聲喊打，有些民眾想動手，一位年輕人喊：「警察穿制服是不能隨便打的，打了麻煩就大了。」這位年輕人勸導大家讓警員離去，警員始開車離開。（陳涵昱，〈放眼看臺北市攤販問題：女攤販個案訪問〉，《美麗島》第1卷第3期（1979年10月），頁45）

兩段描述一是從警方視角出發，一是立基於民眾視角，敘述立場落差頗大。《中國時報》展現的是典型的新聞報導模式：誰（who）、做了什麼（what）、在什麼時間點（when）、在哪裡（where）、爲什麼這麼做（why）以及如何做（how），也就是新聞寫作向來強調的「5W1H」法則，它經常被視爲公正客觀，但事實上，往往是藉由此一撰寫形式將記者的意志蘊含其中，故「警員們亦好言相勸」、「警方於取締時所採取的態度，仍將一本勸導的原則」，這些敘述都是將所謂的「群眾」、「人民」遮蔽無蹤，也就凸顯出《美麗島》與主流媒體的背反：它是從「群眾」、「人民」的角度去看事件，故而「一個持拐杖的老人家責問：『抓人爲什麼穿便服？』」、「警員抓人就好像捉豬一樣」、「警員取締攤販，可以隨便抓人嗎？合乎法治？」而這也是八〇年代《人間》從「人」——尤其是弱小者——看世界之故，因爲它區別了主流媒體向來忽略庶民的編輯策略，儘管《人間》以「人」爲本的報導取向有其強烈的政治目的性，但仍令當時的閱聽眾深受感動。以庶民的敘述視角抵抗依附文化霸權的主流媒體，這是黨外雜誌乃至報導文學的核心精神。

誠然，前述這篇出自《美麗島》的作品距離本書所主張的「理想的報導文學」仍有不小落差，無論在行動性、批判改造性以及傳播性與文學性上，這篇作品還可以走向更爲縱深的層次，惟從黨外抑或左翼雜誌的宗旨在於傳達「臺灣人民的聲音」，則從前述觀察報導文學崛起的脈絡來看，報導文學踏查臺灣鄉土的意義，也就在於將公共論壇的言說權力還給所謂的次等人、底層之人，由此激勵人民的熱情並建立其愛鄉愛臺灣的意識，進而達成反文化霸權、去殖民化之可能，則黨外雜誌挪用報導文學的精神、形式，也足見報導文學在當時代所具備的啓發與價值。

綜觀之，《美麗島》大部分的篇章乃以評論取向爲主，故在報導上不如《八十年代》來得多，而無論《美麗島》或《八十年代》都做到了報導文學該有的立基於眞實、主觀意見的詮釋，但在情感的傳達上以及文學的構思上仍有待加強。然而，黨外雜誌確實也經由中產階級的視野，爲中下階層的次等人傳達其聲音，也由於《八十年代》與《美麗島》的實踐路線不同，使得報導文學在運用上較《夏潮》更爲直接、淺白，它挪取的是報導文學抵殖、反文化霸權的精神，轉化爲更注重「內幕」報導、「去文學」的表達方式，類如人間副刊深入田野踏查與動輒五、六千字的篇幅幾乎難以得見。在跨媒體議題設定的潮流下，報導文學成爲主流與非主流媒體共同採用的文類，故在黨外雜誌大部分的篇章上，雖然無法找到較具系統性的報導文學，但我們可以大膽推論諸如「特別報導」、「黨外報導」乃是受到報導文學的啓發，惟在黨外雜誌爲了更直接表達「臺灣的聲音」的運作下，報導文學轉化爲夾敘夾議、內幕化的文類。這類作品的興起也印證了主流媒體的訊息受到質疑，尤其政治訊息長期因侍從媒體而遭到扭曲與控制，故而「內幕報導」挑戰的不只是七〇年代的媒體環境，也是對當局文化霸權論述的質疑，透過「民族—群眾」的論述連結，在報導文學崛起的當下，現實臺灣、民間臺灣再難被遮蔽，加諸外交受挫、國際地位飽受質疑，當局的論述合法性終究產生危機，在文攻輸陣的情況下，最終只能交由武鬥來進行鎮壓，卻也開啓了八〇年代黨外民主越發勃興的局面，此將於下文進一步說明。

經由前述爬梳，我們可知報導文學的崛起與傳播，乃是伴隨著時代回歸鄉土、回歸現實的氛圍而來。透過追索「新意義」的政治階級觀、伴隨回歸現實世代的社會觀以及關乎現代詩論戰的文化觀，報導文學引領讀者共同踏查臺灣、認識臺灣、建構臺灣，最終的目的意欲喚起群眾參與社會、關心臺灣，由此塑造全新的自己與救亡圖存。也是因爲民間意識的覺醒，短短幾年間，「報導文學這個嶄新的文學型式，由萌芽而成長，由理論到實踐，由批評中再出發，到今天（按：1980 年），無可否認地，它已在當前的文壇，乃至整個的社會中，發生了一定的影響」[35]，這個影響是什麼？當時的報導

35 古蒙仁，《失去的水平線》（臺北：時報文化出版事業有限公司，1980 年初版），頁 2。

文學家認爲是將「愛」與「光明」傳散至社會各個角落，這一說法無非是對應於當局指責報導文學乃「黑暗文學」的辯解。

事實上，從左翼以及黨外雜誌挪用其文體與精神看來，報導文學絕不可能只有愛與光明這類泛道德化的說法。換言之，整個報導文學的傳播歷程，其實也就是報導文學如何與文化霸權奪取詮釋臺灣的過程，也就是對於當局舉措、論述的質疑，以下即就報導文學與去殖民化作一析論。

貳、報導文學與去殖民化：「臺灣」建構論

透過跨媒體議題設定的傳散，報導文學在主流媒體以及黨外媒體形成共鳴效果，直至七〇年代末已是各個媒體競相採用、廣為傳播的文類。經由冷媒體（文字）爲主、熱媒體（照片）爲輔，報導文學呼應了回歸鄉土、回歸現實的需求，也實踐了文學動員的可能。迄八〇年代中，《人間》創刊更將報導文學建構成廣爲人知的形式：紀實攝影與報導文學相輔相成。報導文學的興起意味著「新詮釋」系統的產生，也意味著文化霸權受到挑戰與質疑，尤其箇中涉及的工農兵議題被當局視爲政治敏感的一環，故而報導文學聲勢壯大的同時，當局的監控力量也越發增強，最終策動親黨政軍立場的作家甚或黨務系統（文工會）、情治系統（警備總部、調查局）、政戰系統（軍方政工單位）等，試圖「矯正」報導文學的發展，一場攸關文化霸權詮釋權的爭奪戰遂由此產生，前述五場分別由黨務、政工等單位舉辦的報導文學座談會即印證了此事，也說明了報導文學確實令當局芒刺在背。

一、高信疆報導文學班底：特色與主張

其中，環繞著高信疆而來的報導文學班底，勢必是七〇年代報導文學發展至爲關鍵的一環。誠然，依循高信疆報導文學班底作爲分析依據，也必然排除其他同時代的作者例如尤增輝、林元輝、柏楊、徐仁修、楊渡、韓韓（駱元元）、陳怡眞、陳小凌等，惟這些作者未必有志於此（如柏楊、韓韓、尤增輝）、或著述不豐（如林元輝、楊渡、陳怡眞、陳小凌）、或以國外叢林生態報導爲志（如徐仁修），縱使他們對報導文學有所助益，但時代條件的限制（當局檢查與打壓）以及文類特殊性（媒體必須願意刊登較長篇

幅的作品），終究致令單打獨鬥的個人之傳播影響有限，故而無論是報導文學崛起的七〇年代，抑或將報導文學推向另一次高峰的八〇年代，報導文學作者皆是以集團式寫作爲主，其中，七〇年代爲「高信疆報導文學寫作班底」、八〇年代爲「陳映眞報導文學寫作班底」。至於左翼或黨外雜誌固然也可視爲運用報導文學發聲的一環，惟經前述爬梳，七、八〇年代黨外雜誌的訴求志不在建構報導文學，而是喚起臺灣意識、民主政治之可能，故相對於高信疆一派較具組織化且身處主流媒體的條件，較難看出其文類論述的企圖，只能說黨外雜誌去殖民化、反文化霸權的概念與報導文學的精神是一致的。

因此，本書主要著眼於一時代引領風潮的集團式作者，一方面得以聚焦討論，一方面也呼應前述議題設定的過程，也就是這批報導文學作者如何透過時報文學獎報導文學獎、人間副刊以及出書等傳播歷程發揮影響力，故以高信疆報導文學班底作爲討論核心，以此向外輻射至其他報導文學作者是較具詮釋力的析論方式，因而如何在這批作者與作品中，篩選出適合詮釋的研究文本與對象有其必要性。本書已於前述提出百科全書式的檔案分析並非所願，故與其依循線性而機械的年代次序（例如報導文學出版日期）予以探析，本書以爲「如何勾勒出一個具有知識次序的內容」更具深義，故本書的分析方式在於：首先，理解這批報導文學家在場域中的位置，理解其所掌握的行動資源爲何，是否影響了他們看待報導文學的視角，箇中共通與差異爲何？其次，這些共通與差異之處，如何實踐於他們的報導文學之中，並由此建構臺灣圖像？最後，他們建構了何種臺灣圖像？運用何種論述符號的連結？如何達成反文化霸權甚至去殖民化？

就高信疆報導文學班底來說，在高氏向來強調冷媒體與熱媒體的編輯理念下，其實可區分爲文學家與紀實攝影家，亦即高氏不僅培養報導文學作家，另方面也起用報導攝影作爲報導文學相輔相成的載體，例如阮義忠、張照堂、林柏樑、梁正居、王信等，藉由「人間副刊生活攝影展」（1978.10）搭配第一屆時報文學獎報導文學獲獎作品，使得報導文學與報導攝影的關聯更加密切，故指稱高信疆報導文學班底，實際上也應指稱紀實攝影才是，亦即報導文學在臺灣包含了文字與攝影兩者。惟觀察七〇年代的報導文學發展，紀實攝影不若八〇年代來得聲勢壯大，七〇年代仍是側重文字的報導文學時代，故本書將紀實攝影安排於八〇年代作一統整論述，使其具有系統化也易於閱讀理解。

高信疆之所以能夠組成報導文學班底，乃因其握有人間副刊（主編）以及時報文化出版公司（總編輯）的掌控權。因而高信疆操作報導文學的模式乃是將報導文學作品先交由人間副刊發表，之後再轉由時報文化出版公司出版，等同將副刊版面當作出書前的宣傳與文化資本積累，匯聚了當時七十餘萬份的銷售目光，將副刊高蹈的文化資本授予這些作品，一旦作品集結出版的當下，再透過知名學者、專家、作家等推薦——往往這些推薦也率先刊登於人間副刊——等同除了副刊的加持，還有專家學者的背書，也就是極盡可能的爲報導文學添加文化資本，林清玄就曾提到「爲了擴大報導文學的影響力，高先生把我寫的報導都結集出書」[36]，由此可知高信疆是有計畫的提倡報導文學。儘管《現實的邊緣》出書時沒有名家推薦，但刊載了多名讀者的回函，集結出版兩個月內即再版四刷，顯見讀者回響仍爲其帶來了傳播效果。

至於「報導文學系列」則有邱坤良、陳銘磻、馬以工等人出書，分別由唐文標、李亦園、柏楊、蔣勳等人撰寫推薦序，這些專家學者被賦予了高蹈的文化位階，他們不僅是時報文學獎報導文學獎的評審，也經常於人間副刊發表論述。更關鍵的是，高信疆在其中所扮演的「導師」角色，往往於作品完稿前給予提示、指導撰寫，包括古蒙仁、林清玄、李利國、陳銘磻、馬以工、邱坤良以及心岱等人，都經由高信疆提點、於人間副刊發表與獲獎乃至出書，透過這些場域機制，年輕的報導文學家增加了作品必然的曝光率，也使其對高信疆報導文學班底更具向心力，從中說明了高信疆對於報導文學的影響力。

1978 年，第一屆時報文學獎報導文學獎設立，爲報導文學帶來了不同以往的崇隆象徵，揭示報導文學具備躋身文學殿堂的條件，並且足以效法與

---

36 林清玄，〈永遠的高先生〉，收於季季等主編，《紙上風雲：高信疆》，頁64。

追隨，總計五屆的時報文學獎報導文學獎共頒出卅六個名額，其中唯一的「特別獎」頒給當時身繫牢獄的魏京生（第二屆，1979），另有一項推薦獎並非頒給個人，而是頒給 1978 年 1 月創刊的《漢聲》第五期「國民旅遊專集（一）」（第二屆，1979）。卅六個名額意味著卅六篇作品獲獎，等同卅六篇報導文學範本，具體化「此乃報導文學」以及「有爲者亦若是」的標竿。也因此，高信疆也在年輕的報導文學家出版作品集時，將評審語附加於作品之後，強化作品的「文學正統性」，以喚起閱聽眾對於作品的認同。透過副刊、文學獎、出書以及明星專家學者的名聲賦予，在一連串打造報導文學文化資本與象徵資本的條件下，作品尚未被閱讀，閱聽眾已對此文類產生遠超乎作品本身的崇敬，較諸稍早之前的「現實的邊緣」與「報導文學系列」，報導文學獎時期的出版模式更重視「名聲」的賦予，也就是賦予報導文學正名化以及文學化，從報導文學家出版年份始於 1978 年 12 月以降來看，確實也反映了第一代報導文學家挾時報文學獎報導文學獎聲勢以面對讀者。而從出版的時間點與出版量亦可窺知箇中一二，1978 年迄 1983 年高信疆二度離開人間副刊編輯臺，光是時報文化出版公司就出版了十五本報導文學集，平均一年出版三本，其中有多本是報導文學家的第一本作品，包括古蒙仁、林清玄、馬以工、邱坤良等，這批圍繞著高信疆的作者可稱之爲「高信疆報導文學寫作班底」。

換言之，多數第一代報導文學家的場域位置與資源，乃是經由高信疆與時報文學獎報導文學獎授予而來。其中，古蒙仁、林清玄與高氏有著最直接也最緊密的人際互動，兩人任職的單位《時報周刊》與高氏有關，其報導文學作品也多交由時報文化公司出版，日後悼念高氏的紀念文集中也各自闡述了他們對於高氏的知遇之恩：「『聯副』爲了培養年輕作家，願意每月提供五千元生活費……我竟然婉拒了，我說：『高先生很提拔我，我想把每個月優先的作品寄給他！』」[37]、「高信疆可說是我職場上的第一個貴人。我正沿著他的足跡，一步步地往媒體文化人的目標前進。」[38] 至於陳銘磻、李利

37 林清玄，〈永遠的高先生〉，頁 63。

38 古蒙仁，〈至高無疆，信而有徵〉，頁 152。

國、馬以工除了在「報導文學系列」專欄發表作品外，都曾於作品中提及高信疆的指導或論述，例如陳銘磻〈賣血人〉的初稿曾被高信疆評爲：「焦點不夠集中！」而馬以工則在《尋找老臺灣》後記中首先感謝高信疆夫婦：「沒有他們的催促與鼓勵，這本書根本不可能出版…… 」李利國則在《時空的筆記》收錄了高信疆對於報導文學的闡述〈永恆與博大：報導文學的歷史線索〉，故陳、李、馬等三人雖與高信疆的關聯不若古、林兩氏密切，仍可見高氏對於他們的影響力。

而當時專注於戲曲研究的邱坤良，其實志不在報導文學，儘管他曾於「報導文學系列」專欄發表作品、也曾於時報文化公司出版報導文學集，但他更關注的是如何推動民間戲曲、臺灣戲劇以及劇場文化等，故連續的幾本作品都與民間戲曲有關。儘管因緣際會成爲「高信疆報導文學班底」之一，但關係比起其他幾位作者較爲疏離，只能說他向來關注的民間戲曲剛巧趕上了當時追索鄉土的風氣，遂被視爲報導文學的一環，畢竟林清玄、古蒙仁也都寫過類似的主題，惟邱坤良是以學術研究的方式進行田野調查。同樣和時報體系較爲疏離的是心岱，她在邁入八〇年代初期獲得第三屆時報文學獎報導文學獎首獎，獲獎時程晚於其他幾位作者如古蒙仁、林清玄、陳銘磻等。其時任《皇冠》雜誌特約記者，曾於平鑫濤主編聯合副刊（1963.6-1976.1）任內受到平氏提攜，後又至平氏創辦的《皇冠》任事，故心岱可視爲臺灣第一代報導文學家，但未必是高氏班底。另，出身《綜合月刊》的翁台生，雖曾獲得第一屆時報文學獎報導文學獎優等獎（第二名），但幾乎與高信疆報導文學班底沒有任何交集，反而受《綜合月刊》影響甚大，也就是翁台生第一份任職的媒體工作。

綜上所述，古蒙仁、林清玄、李利國、陳銘磻、馬以工、邱坤良、心岱以及翁台生等八人可視爲第一代報導文學家，而古蒙仁、林清玄、李利國、陳銘磻、馬以工、邱坤良等六人則可視爲高信疆報導文學班底，這批作者除了與高信疆有所著不同深淺程度的接觸外，最大的特色在於（參見表16）：

一、戰後接受完整教育的一代：除了林清玄、陳銘磻、心岱爲五專、高職畢業外，其餘作者皆具備大學學歷乃至碩士學歷，就當時臺灣教育水準而言，已屬高知識分子，與本書前述分析七〇年代報導文學興起的場域條件之

表 16　第一代報導文學家之學經歷

作者	出生與籍貫	學歷	經歷	與高信疆之關聯
林清玄	1953 年生 高雄縣旗山鎮	世界新聞專科學校（現世新大學）電影技術科技術組	《中國時報》記者、《時報雜誌》主編	受高信疆提攜進入《中國時報》工作
古蒙仁	1951 年生 雲林縣褒忠鄉	輔仁大學中文系	《時報周刊》記者	受高信疆提攜進入《時報周刊》工作 ※最高學歷：美國威斯康辛大學麥迪遜分校東亞研究所碩士
李利國	1954 年生 山東昌邑	淡江大學歷史系	《書評書目》主編、《中國時報》記者	受高信疆指導撰稿 ※最高學歷：美國聖約翰大學亞洲研究所碩士
陳銘磻	1951 年生 新竹市	世界新聞專科學校廣播電視科	小學教師、《老爺財富》編輯、《愛書人》主編	受高信疆指導撰稿
邱坤良	1949 年生 宜蘭縣蘇澳鎮	文化大學史學研究所碩士	文化大學戲劇系講師	※最高學歷：法國巴黎第七大學文學博士
馬以工	1948 年生 南京	紐澤西州立大學都市與區域計畫碩士	觀光局、內政部營建署	受「現實的邊緣」啓發
心岱	1949 年生 彰化縣鹿港鎮	育達商職	《皇冠》特約記者	無關聯，受《皇冠》雜誌社長平鑫濤啓發
翁台生	1951 年生 廣東化縣	政治大學新聞系	《綜合月刊》記者	無關聯，受張任飛啓發 ※最高學歷：美國紐約州立大學環境科學系碩士

※資料來源：本書整理，學歷與經歷部分以 1980 年以前為主。

一：知識分子回歸鄉土、回歸現實以救亡圖存有著相對應的關係。他們深入田野、踏查臺灣以撰寫報導文學，與當時知識青年下鄉參與社會服務的風潮若合符節，也造就了報導文學引領閱聽眾走出書房、走進鄉土的取向。事實上，由於必須深入窮鄉僻壤、四處採訪調查，故體力充沛的新生代也就成為這一文類的箇中主力[39]，日後，1982年高信疆雖邀請柏楊至泰北金三角一帶實地採訪，但那是為了呼應、完結柏楊《異域》一書情節，並非柏楊眞正有志於報導文學撰寫。

二、無論省籍共同追索鄉土：除了前述的學歷外，「籍貫」也值得留心。在總計八位的第一代報導文學家中，外省籍與本省籍的比例為三比五，包括馬以工（南京）、李利國（山東昌邑）、翁台生（廣東化縣）等皆是所謂「外省第二代」，從比例上來看，似乎本省青年知識分子更關注臺灣現實，但事實上，引領他們的「導師」高信疆亦是外省第二代（河南武安），等同報導文學的崛起乃是由外省第二代引領讀者面對臺灣、認識臺灣、建構臺灣，這一現象對應到高信疆提倡報導文學的初衷：中國精神再確認，似乎與其籍貫也有著若合符節之處，另方面也說明了「回歸現實」、「回歸鄉土」乃是七〇年代，不分省籍的中產階級共同致力追求之目標。此一「省籍論」無關乎「省籍情結」，而是就場域的政治資源與規範來說，在國民黨政府施行中央集權、威權統治的前提下，使得權力結構落入撤退來臺的外省人手中，加諸媒體、教育等莫不是以大中華主義為尚的倫理教化詮釋，致令臺灣文化、臺灣風土形同陌路。也因此，由高信疆引導的這批作者，凸顯的不單是臺灣青年知識分子對臺灣的關注，也表徵外省第二代如何從神州視角轉向臺灣，箇中對於踏查臺灣、認識臺灣的方式值得加以關注。而事實上，當時大部分報導文學家以及紀實攝影家眼中的臺灣，也就是「閩南裔的臺灣」，固然部分作者已觸及原住民族群，但踏查臺灣的先決條件，仍是必須先學會臺語，曾經任職《人間》的紀實攝影家郭力昕，即曾提起梁正居為了拍攝《臺灣行腳》（1981），「硬是下了功夫，在接觸拍攝對象的同時，一

39 李瑞騰，〈從愛出發：近十年來臺灣的報導文學〉，《文藝復興》第158期（1984年12月），頁54。

點一滴的練就一口流利的閩南語」[40]，而郭力昕也描述他爲了採訪臺南縣佳里鎮西側的小農村塭子內，以當地人爲師學會臺語的會話能力[41]。

三、依存大眾傳播媒體以從事報導文學：第一代報導文學家除了邱坤良未任職於媒體外，其餘作者或專職或特約於大眾傳播媒體，例如林清玄之於《時報雜誌》、古蒙仁之於《時報周刊》、陳銘磻之於《愛書人》旬刊、馬以工之於《戶外生活》與《皇冠》、心岱以及李利國之於《皇冠》、翁台生之於《綜合月刊》，這些媒體恰都在人間副刊推出「報導文學系列」後，競相刊登報導文學作品而產生議題設定理論的共鳴效果，也就是議題從主流媒體流向非主流媒體，迄八〇年代初，人間副刊不再刊登報導文學、時報文學獎報導文學獎取消，則共鳴效果的主要來源消失，只有可能發生反向的溢散效果（spill-over effect），即議題從非主流媒體流向主流媒體，但從本章前述爬梳可知，其他非主流媒體並非將報導文學當作主要文類來作處理，因此溢散效果的達成並不容易，這也是八〇年代《人間》何以能異軍突起之故，因爲它是專門以報導文學爲主的雜誌，並且將報導文學作了縱深的改變，不少由《人間》製作的專題都受到了主流媒體的青睞，此點將於下文闡述之。

由此可知，第一代報導文學家因著工作之便而得以進行報導文學撰寫，也使得報導文學擁有發表的園地，儘管聯合副刊在人間副刊停辦時報文學獎報導文學獎後，一度提倡「小小報導文學」試圖重振報導文學的可見度，但對於需要較長篇幅以區別一般新聞報導的文類來說，無異是杯水車薪，故報導文學較諸其他文類更需要大眾傳播媒體的發表園地，乃因「報導」本就是帶有新聞講求告知、傳播的特質，故九〇年代報導文學逐漸走下坡、千禧

---

40 郭力昕，〈執著與叛逆的味道〉，收於楊澤主編，《七〇年代：理想繼續燃燒》，頁211。

41 郭力昕，〈有個地方，叫塭子內……〉，《人間》第18期（1987年4月），頁120、127。有關梁正居拍攝《臺灣行腳》的歷程可參見馬以工，《幾番踏出阡陌路》，頁62-67。該文篇名〈梁正居的臺灣行腳〉，文中指出：「『慢慢地我發現我工作的地方已慢慢從我熟悉的臺北市轉移到鄉村，尤其是山地鄉村，每次總有很多新鮮有趣的題材，在你意料之外，我覺得我的世界變得更遼闊……』」

年以降地方文學獎報導文學獎顯得蒼白無力，乃因它們已然喪失傳播的有效性，畢竟當一般新聞不再被報禁甚或政治箝制而擁有更大篇幅的報導空間，報導文學如何凸顯其特殊性？更遑論那些通常束之高閣、乏人問津的得獎合輯？也因此，七〇年代報導文學的崛起與傳播媒體有著極爲密切的關係，經由人間副刊、時報文學獎報導文學獎、各大媒體刊登、出版作品等，媒體的支持使得第一代報導文學家得以傳播其作品，也是這批作者得以受到高度矚目之故。

這群外省籍與本省籍混雜的第一代報導文學家，從 1977 年迄 1983 年共出版廿八本作品（參見表 17），其中不少作品都曾再版印刷，甚至達三、四刷，亦即銷售量約在四千冊迄八千冊之譜，顯示報導文學確實受到不少閱聽眾的青睞。在高信疆報導文學班底中，林清玄的產量最豐也最迅速，對於報導文學的主張最多，陳銘磻主編的《現實的探索》一書中即收錄了林氏三篇論述，其中一篇訪談高信疆，另兩篇收錄自林清玄的第一本報導文學作品《長在手上的刀》（1978.12）自序：〈竹筍與報導文學〉與〈我們吃白米飯〉。林清玄認爲撰寫報導文學就像在竹林中挖竹筍，把隱藏在角落、不容易見到、明天可能就要出青（筍頭轉綠易苦澀）的白筍挖出來，也就是「找出一般人不容易見到，卻眞正有價値有意義的事物呈現出來，促使大家的注意與關心，使這些事物不至於湮沒無聞」。此外，林清玄也認爲報導文學可以滿足現代人要求「訊息」的欲求，它既是新聞的也是事實而具體的。也因爲報導文學結合了報導與文學兩者，故林清玄認爲報導文學不同於一般新聞，應具備文學永恆保存的特質，並且從平凡中取材、由小見大，藉由「平等」的態度面對受訪者，尤其主題必須反映此時此地「中國人的現實面貌」。

表 17　第一代報導文學家出版品

編號	作者	出版日	書名	出版社	備註
1	翁台生	1976.8	西門町的故事	龍年	
2	李利國	1977.9	紅毛城遺事	長河	
3	李利國	1978.1	從異域到臺灣	長河	

編號	作者	出版日	書名	出版社	備註
4	林清玄	1978.12	長在手上的刀	時報文化	1979年三刷
5	古蒙仁	1978.12	黑色的部落	時報文化	1982年四刷
6	陳銘磻	1979.7	賣血人	遠流	
7	邱坤良	1979.9	民間戲曲散記	時報文化	
8	林清玄	1979.10	傳燈	九歌	
9	李利國	1979.11	時空的筆記	時報文化	
10	馬以工	1979.12	尋找老臺灣	時報文化	1982年二刷
11	邱坤良	1980.1	野臺高歌	皇冠	
12	翁台生	1980.1	痲瘋病院的世界	皇冠	
13	林清玄	1980.4	鄉事	三民	
14	李利國	1980.8	我在人類文明的生死分水線上	時報文化	
15	林清玄	1980.9	在暗夜中迎曦	時報文化	1982年二刷
16	林清玄	1980.9	難遣人間未了情	時報文化	
17	古蒙仁	1980.9	失去的水平線	時報文化	1982年二刷
18	古蒙仁	1982.11	天竺之旅	時報文化	
19	古蒙仁	1982.11	蓬萊之旅	時報文化	
20	林清玄	1982.3	在刀口上	時報文化	1984年二刷
21	林清玄	1982.3	誰來吹醒文化	時報文化	1984年二刷
22	陳銘磻	1982.4	現場目擊	遠流	
23	馬以工	1982.5	幾番踏出阡陌路	時報文化	1985年二刷
24	韓韓·馬以工	1983.1	我們只有一個地球	九歌	1983年三刷
25	古蒙仁	1983.1	臺灣社會檔案	九歌	1983年二刷
26	古蒙仁	1983.2	臺灣城鄉小調	蘭亭	
27	邱坤良	1983.4	現代社會的民俗曲藝	遠流	
28	心岱	1983.6	大地反撲	時報文化	

※資料來源：本書整理，共廿筆資料。

林清玄的說法顯然不脫高信疆對於報導文學的主張，認為報導文學乃是以文學的筆、新聞的眼去從事人生探訪，除了講求深化也講求平等對待。此外，林清玄還認為「偉大的報導文學家」應是記者、史學家以及文學家的合體，此一看法也與高信疆認為中國第一個「偉大的報導文學家」乃司馬遷有著相通之處，顯見七〇年代末甫出版第一本報導文學集的林清玄受高信疆影響頗深。直到八〇年代初，林清玄出版另一本報導文學集《鄉事》（1980.4）才深刻自剖對於報導文學的看法：「現今報導文學的走向，使很多人誤以為報導文學就是寫一些鄉土民俗的事，其實，它還有很大的廣闊天地，像都市的人情世故一向就是被忽略的，像卅年來臺灣文化的轉型，政治，經濟的轉型也是被忽略的，像倫理、家族的變革也是被忽略的……」[42]從1978年迄1980年，不過短短兩年的時間，林清玄對於報導文學的認知已從新聞文體的思索轉入「臺灣文化的轉型」，已從依附「導師」高信疆的史記論轉入「經濟的轉型」，這一明確指出「臺灣文化」、「臺灣經濟」的論點，對照兩年前著眼於正確新聞事實的挖掘、從愛出發等倫理教化的說法，凸顯在跨媒體議題設定（橫跨報紙、雜誌、電視）以致報導文學作品大量產出的情況下，報導文學家勤於寫作之際，也更有自信思考此一新興文類的意涵而未必屈從於文化霸權。而從實際的出版來看，八〇年代以降，報導文學已逐漸走出踏查鄉土，轉而關注環保議題、傑出藝文人士訪談，也顯見林清玄思索報導文學的轉折其來有自。

這類轉折的思索也反映在古蒙仁身上，在高信疆的鼓勵下，最初「連報導文學的一些概念也沒有」的古蒙仁出發前往鼻頭角二十餘天，「和漁民們一起出海，和小孩們在海邊游泳，晚上則在漁村裡閒逛，或上山找國校的老師們胡蓋一番」，因而古蒙仁認為認為自己的第一篇報導文學作品〈一個沒有鼾聲的鼻子：鼻頭角滄桑〉，無寧是一篇散文，「記錄個人生活的遊記，而不是報導文學」。也由於自己對於報導文學理解不深，故在第一本報導文學作品集《黑色的部落》（1978.12）自序裡，古蒙仁並未思及報導文學的眞諦，僅停留在宛若口號式的吶喊裡：「感動之餘，我不禁想

---

42 林清玄，《鄉事》（臺北：東大圖書有限公司，1980年初版），頁4。

說：朋友！更堅定、更刻苦地走下去吧！讓我們一起努力，走向更光明、更理想的地方！」[43]這樣的論述乃是呼應文化霸權的觀點：報導文學必須具備「光明」、「積極」面。迄第二本報導文學作品集《失去的水平線》（1980.9），古蒙仁反思兩本作品集的差異指出：一、立場不同：《失去的水平線》的多篇作品乃是爲《時報周刊》而寫，是帶有目的性的、爲大眾而寫；二、題材擴大：《失去的水平線》不再囿限於漁、礦、農村，而深入更底層的社會；三、新聞事件的介入：《失去的水平線》是隨時變動的事件，不再是靜態的觀察。此外，古蒙仁也對報導文學的方法論提出探討，指出報導文學「比一般的創作更直接地觸及現實的層面」，而眞實也就是美的呈現。也因爲報導文學仍在發展之中，故各種文學形式都可以拿來做實驗，所以他「開始嘗試將一些小說上的技巧，運用到報導作品上，如倒敘、對白，敘述觀點以及文字的映象效果等……」[44]。古蒙仁意識到小說與報導文學之間的微妙關係，指出報導文學必須吸取其他文學類型的優點以發展自身形式，進而躋身文學殿堂。

就古蒙仁論述而言，可知他認爲報導文學不再是承載鄉土風俗的文類，而是對照時事、深入社會問題的作品，此一看法與林清玄在《鄉事》中的闡述頗爲一致。換言之，在不斷致力於撰寫報導文學的過程中，報導文學家也對報導文學文類的本質加以思考，尤其受到日後職業的影響，例如林清玄、古蒙仁在度過學生時期之後皆投身新聞從業人員，故對於報導文學的題材、立場等不再囿於鄉土民俗，反而朝向其他層面如文化政策、農村經濟等範疇加以思索。也由於報導文學受到矚目，「報導文學能否構成文學條件」的方法論不斷被提出，遂成爲第一代報導文學家頗爲焦慮之處。這一焦慮除了來自評論家的質疑外，也來自前述高信疆力抗黨、政、軍的施壓：亦即報導文學究竟是什麼文類？憑什麼存在於文壇之中？爲何獨領風騷？在「文學」這一緊箍咒下，報導文學因其名聲暴漲而淪爲眾矢之的，到底該歸入何種文類？構不構得上是文學作品？凡此種種，乃是七、八〇年代報導文學必然被

43 古蒙仁，《黑色的部落》，頁23。

44 古蒙仁，《失去的水平線》，頁8。

追問的重點。而這類說法也就是本書第一章所提出的研究盲點：在戮力探索文體論的同時，忘了報導文學為何存在的核心價值？事實上，身為報導文學家的古蒙仁已在八〇年代初觀察到：「然而，我們社會本身又如何呢？這個活力充沛、品流紛雜的龐然大物，進入當前瞬息萬變的時代後，因著各種刺激與挑戰，似乎也顯出了窮於應對的疲態。」[45] 報導文學即是在探索那「宿命的源頭」，促使社會具有再生力與凝聚力。

除了古蒙仁與林清玄的論述，出書甚勤的李利國同樣在高信疆的影響下，指出報導文學有三個層面值得重視：其一，高度的社會參與；其二，從愛與客觀出發；其三，素材必須以事實為根據。「報導文學必須以事實為基礎，不是小說的虛構，但是處理眞實事件的手法，可比較重視修飾、伏筆、氣氛、感情等以達到作者理想的境界。所以報導文學的基礎為二，一是報導，要建立在眞實的材料上，二是文學，容納多種表現方式和文學寫作的技巧。」在他個人著作的第一本報導文學集《時空的筆記》（1979.11）裡，李利國指出報導文學允許作者流露自我情感與觀點，並特別重視事實背後延伸的意義，因此他期許筆下的作品能夠「幫助大家更確切的認識自己生存的環境，以及在這環境中的各種生活態度和生活方式的眞象（按：相）」[46]。此外，李利國也認為報導文學工作者應有一顆愛心、平等心，以免扭曲或浮誇了大眾的現實人生。對於報導文學的思索，李利國顯然是依循高信疆論述而來，故「社會參與」、「從愛出發」這類高信疆式的詞彙也為其所用。也因此，在方法論上李利國乃是將報導與文學拆開來，也就是根植於現實的新聞報導可以透過文學筆法去表現。然則，倘若這是報導文學的意涵，我們又何必醉心於「報導＋文學」？直接閱讀文學或者直接閱讀調查報導豈不是獲得更多的效益？換言之，李利國的說法仍是文體論的一環，未能洞悉文類背後所蘊含重建臺灣鄉土的意圖。

同樣受到高信疆影響的，還有馬以工在第一本報導文學集《尋找老臺

---

45 古蒙仁，《臺灣社會檔案》（臺北：九歌出版社，1983年再版），頁5（1983年初版）。

46 李利國，《時空的筆記》，頁3。

灣》（1979.12）後記中指出：「更要一提的是上秦兄（按：高信疆）所推出的現實的邊緣以及這幾年來一系列的特輯，從不動搖的是對自己土地與人民的關心。」[47] 惟馬以工並未闡述太多報導文學理念，僅著眼於關愛土地、愛護土地的意念，這或許與她自認必須迄《幾番踏出阡陌路》（1982.5）才算交出「第一張及格的成績單」有關。馬以工在第二本作品自序中指出報導文學的出現，使得「理性敘述的文字」也被承認是文學的一種，且不僅具備欣賞的功能，還得以傳播觀念、爭取支持。馬以工認爲自己的文筆偏向理性，因此報導文學的出現使她再次燃起「作家夢」。這樣的說法事實上仍是從「報導文學如何成其文學」的思路切入，未能有效解答報導文學存在的必要性究竟爲何？

至於創作甚豐的陳銘磻，雖未在時報文化出版公司出版報導文學集，卻在第一本報導文學集《賣血人》（1979.7）扉頁引述高信疆的話語：「選擇報導文學，正是一個年輕人接觸人生眞實的、具有反哺意義的事業。」[48] 全書編排幾乎仿造時報文化出版的報導文學集形式：扉頁附有照片、名人推薦序、內文收錄名人評語等，顯示時報文化出版公司對於報導文學集編排形式的影響。在自序中，陳銘磻依循高信疆的看法重讀了《史記》、《詩經》、《古文觀止》等，發現意欲深入採訪、報導土地必須藉助這些中國古籍，「作爲一名立志從事報導文學的工作者，除了向知性探索、學習客觀……我仍需回歸到中國文學的殿堂裡，追索更踏實、有力的源流」，此一說法顯然複製自高信疆之主張，而所謂運用知性與感性挖掘事實、分析社會問題，也與前述幾位報導文學家如出一轍，都是將報導文學拆解成「報導＋文學」的說法。比起其他作者，陳銘磻更在乎報導文學被汙名化爲「黑色文學」，因此他也針對這點再三強調並非意圖暴露社會的黑暗面，而是爲了讓大多數人去注意、討論並且關懷，「唯有先從關愛我生長的土地上的一些人事物開始；我才可能去關愛一個大群體，甚至國家、民族」，由此可知陳銘磻乃是將報導文學視爲「民族—群眾」的連結，而其作用則是爲了達成「民族—國

---

47 馬以工，《尋找老臺灣》，頁 196。

48 陳銘磻，《賣血人》（臺北：遠流出版社，1979 年初版），扉頁。

家」的倫理教化。

除了陳銘磻外，翁台生也針對報導文學「黑暗面」加以說明。在《痲瘋病院的世界》（1980.1）後記中，翁氏指出：「特別是報導的題材屬於暴露一些社會上黑暗或死角，看了會讓某些人感到不愉快，但又無法不面對『事實』的存在，就必須有相當圓熟的表現手法……」話雖如此，翁台生也意識到，過度光明的作品將降低讀者「深沉的感受」，因此他認爲報導文學作者最好事先掌握資料、瞭解問題背景，以求得「平衡」報導。他指出報導文學的取材無所謂新舊，只要能夠以新的角度看待老問題，也得以使老問題獲得重視，例如臺灣漁船在菲律賓海域被非法拘留的消息，原本是屬於地方性的新聞並不受重視，但翁台生加以擴充資料、多方採訪，「綜合分析事件本身反映的社會現象，試圖從各個角度說明，讓讀者也能掌握事件延伸的意義」，終究使得該事件受到政府的關注。換言之，圍繞著「黑色文學」而來的報導文學汙名化，使得報導文學家在下筆時必須壓抑「激昂的情緒」，轉述受訪者的意見也必須「考慮政府處理事件的立場」。此看法也見諸《大地反撲》（1983.6）的作者心岱，在後記中她這麼寫著：「導致此種狀況的原因尚待求證時，我們無妨從一個環境問題來反省……文學的力量果眞達到了我的目的，我將繼續爲這個目標努力與奔走。」亦即看似尋常的事物，只要對生活在臺灣的我們「有深刻意義和價值」，那麼就足以喚起眾人的理解與自我的思索，這是第一代報導文學家普遍對於報導文學的信心，也是第一代報導文學家認爲報導文學足以挖掘問題、協助大眾更確切認識自己的生存環境，以及箇中的背後意義，也就是報導文學具有動員、激發公眾起而效尤的特質。

作爲新興的文類，報導文學之於七〇年代的出現伊始，本就被賦予了強烈的「社會化」角色：踏查田野、建構臺灣。然而所謂「社會化」，也意指一個文類的成熟度、操作度，比如小說的基礎概念是「虛構」，散文往往被認定是「眞實」，而新詩在歷經七〇年代初的論戰後，呈現了重新評估與檢視自我的氣象，與這些已然建置化的文類相比擬，報導文學卻遲遲找不到它歸屬的座標，也就是它究竟屬於何種文類？如何操作、撰述？這也形成「社會化」的文類反而「最不社會化」的尷尬處境，而這一無從歸屬也成爲報導文學日後發展的罩門，每令論者憂心忡忡，但從前述爬梳可知，報導文學之所以「最不社會化」，乃因它在七〇年代不斷被外力扞格，也就使得報導文學始終走在「擁抱臺灣，熱愛中國」的糾葛中。

於此，歸納第一代報導文學家對於報導文學的認知在於：

其一，基於社會功能論以挖掘社會問題：社會問題既是報導文學的核心價值，也是報導文學備受攻擊的罩門，故而在時代氛圍的驅使下，挖掘社會問題的前提在於解決社會問題，並從「關懷中國人切身的問題」這一層面著手，以求得心靈的淨化，使讀者深刻感受到眞實乃至積極的報導內容。換言之，對於這批新興的文學家而言，如何透過事實以傳達關懷的精神去面對社會問題，乃是擴大讀者視野的基礎。這一說法顯然是對應於文化霸權向來主張的「民族—國家」論述邏輯，也就是文學必須動機純正、積極向上，尤其應該化黑暗爲光明，而非著眼於衝突論的層面，故而多數報導文學家在闡述如何看待報導文學的興起，總不免提到：「將『愛』與『光明』的訊息，傳佈到社會的每個角落…… 」（古蒙仁，《失去的水平線》）、「報導文學的最終目的不是以社會現況爲基石邁向更好的指標嗎？」（林清玄，《長在手上的刀》）、「讓大眾普遍的認識每一種不同生活方式和其獨有的甘苦、普遍的瞭解臺灣每一角落的人、事，有助於社會全面的發展，也有助於人的相互關心」（李利國，《時空的筆記》），亦即第一代報導文學家是從功能論看待報導文學與社會問題的關聯，也就是社會黑暗面也有助於提升社會動能，而這一強調「愛」、「關懷」、「向上」的說法其實也就是高信疆基於民族主義發展而來、爲報導文學辯護的「防火牆」。

其二，基於媒體社會責任論以理解臺灣鄉土：因著戒嚴體制的氛圍，冷戰時期發展而來的媒體社會責任論成爲這群報導文學家的中心信念，認爲媒體應透過報導文學的觀察去幫助所有人確認自己的生存環境，並且讓內容廣泛傳播出去，促使大眾共同關懷參與、注意討論，讓大眾得以瞭解臺灣「每一角落的人、事」，如此一來有助於人們相互關心，也就能夠促使人民關心土地與自己，從而達成國家與社會再造，走向更光明的所在。這番話當然是從倫理教化的角度出發，透過媒體社會責任論的連結，試圖將報導文學導向光明面。然而此一「將文學推動至民間」、「讓文學動員群眾」的論述邏輯，其實隱含著報導文學家等同文化運動者的概念，而這正是當局向來致力於防堵之事。故而儘管報導文學家不斷宣稱將促成「社會全面的發展」，甚至依附主流傳播論述，終究難以說服當局認同其想法。

其三，基於主觀與情感流露的文體論：「社會黑暗面」的處理必須擁有「圓熟的表現手法」，而這一筆法的表現可基於感性、理性，最主要是必須具備作者的觀點以延伸「事實背後的意義」，但其背後的意義爲何？顯然第一代報導文學家只從關愛、積極、光明等功能論切入。故而所謂「圓熟的表現手法」，多半是表現在如何書寫以取得「文學」的認可，部分作者嘗試運用小說的筆法撰寫，而大部分作者則主張必須流露自己的情感與觀點，這一「主觀闡述問題」的主張乃是第一代報導文學家，認爲報導文學不同於一般新聞報導的差異處。而個人情感的流洩則是意欲賦予報導文學更多「感性文學」的可能，惟部分作者主張宜達成平衡報導，也有部分作者認爲報導文學促成理性文字亦被承認是文學的一種，凡此種種的文體論，意欲解決的仍是報導文學被汙名化爲「黑色文學」，於是乎，文體論又與「由愛出發」等倫理教化的說法結合在一起，從而忽略報導文學存在的意義爲何？（參見表 18）

綜觀此一時期的報導文學家意欲形塑「報導文學該有的樣子」，因此不斷闡述取材宜由小見大、資料宜翔實、理性沉思與情感抒發，凡此種種聚合起來，可以看見七〇年代高信疆報導文學班底試圖修正報導文學左傾的痕跡。誠然，本書第一章也曾提及，欲保持適當的彈性看待七〇年代以降的報導文學，避免淪爲唯心或唯物的教條主義，故而該時代報導文學家對文類的修正或主張，其實也應放在場域中加以理解，那即是報導文學家如何面對不利於己的場域條件？修正乃是爲了獲取相對有利的資源，並非意味著修正即能獲得必然的預期結果，因爲信念主張與實踐終究未必合一，尤其報導文學自發展以來就非旨在潤文飾詞，而是植基於踏查行動與記錄現實，這也是高信疆的文化中國情懷未能有效發揮「防火牆」作用之故。故而儘管不少第一代報導文學家的主張受到高信疆的影響、甚至承襲自高信疆，但報導文學關懷、踏查土地的信念，使得底層臺灣、民間臺灣被揭露、被認知，故而更值得關注的是：這批報導文學家筆下建構、認識的臺灣鄉土與現實爲何？再

表 18　第一代報導文學家如何看待報導文學

信念 作者	本體論	認識論	方法論	備註
林清玄	1. 一方面求問題的解決，一面求心靈的淨化 2. 關切中國人切身的問題，能在看似平凡之處寫出別人未見之問題	1. 平等的對待報導對象 2. 站在「人」的基礎上 3. 必須是記者、史學家以及文學家三者綜合 4. 結合新聞與文學的寫作形式，結合理性沉思和感情抒發，結合敏銳觀察和有效面對問題 5. 報導文學題材不僅止於鄉土民俗，還有文化、經濟以及政治轉型等	1. 自平凡中取材，由小見大 2. 報導文學是理性的，但感情不可或缺	部分看法與高信疆雷同
古蒙仁	1. 題材擴大視野，提出問題加深瞭解，關懷的精神與日俱增	1. 走向更光明、更理想的地方 2. 走入社會生活的底層	1. 不只是文學的手法，也不僅是新聞寫作的形式 2. 各種文學上的形式技巧都可以拿來做實驗 3. 嘗試使用小說的技巧	
李利國	1. 必須以事實為基礎，藉由較為文學的筆法達到作者理想的境界 2. 報導文學既是報導也是文學，既建立在真實材料上，也容納多種表現方法	1. 透過自己的觀察幫助大家更確切認識自己的生存環境 2. 讓大眾普遍瞭解臺灣每一角落的人、事，有助於社會全面的發展，也有助於人們相互關心	1. 允許作者流露自己的情感和觀點，重視事實背後延伸的意義	部分看法與高信疆雷同

作者＼信念	本體論	認識論	方法論	備註
馬以工		1. 對自己土地與人民的關心 2. 文學不只是欣賞，也可傳播觀念 3. 信息廣泛傳遞才能使大眾共同關懷及參與	1. 理性敘述的文字	
陳銘磻	1. 應該提供完整、有力、深度的觸角，使讀者能感受一份真實、積極以及震撼的報導	1. 知性探索，學習客觀，回歸中國文學殿堂 2. 報導文學並非意圖暴露社會黑暗面，而是要有更大的勇氣去開發和重視可能感染大多數人的現象 3. 關懷生長土地的人事物	1. 用知性與感性挖掘事實的真相，分析與感悟出整個問題的要點	部分看法與高信疆雷同
翁台生	1. 深入翔實的題材，不宜過分注重平衡報導	1. 需有圓熟的表現手法去呈現社會上的黑暗面 2. 報導文學的取材多少具有新聞性，經過處理後，地方新聞也能躍上全國版面 3. 對於經驗以外的事物，總有一番遲疑與不安	1. 掌握翔實資料，瞭解問題產生的背景，寫出平衡的報導 2. 主觀的筆法，由作者出面講述問題	
心岱		1. 對生活在臺灣這塊土地的我們有深刻意義和價值的東西	1. 不妨從一個環境問題來反省，以文學的力量去說服大家接受環保觀念	

※資料來源：本研究整理。

者，這一建構產生了何種作用？

儘管大部分的第一代報導文學家帶著媒體社會責任論、功能論去面對報導文學，但這是囿於時代氛圍所致，也是追隨高信疆重建中國精神的論述脈絡，更多是來自對於「報導」一詞的「公正、客觀、眞實」等傳統新聞學認知。儘管這批報導文學家不斷強調媒體責任論，但從實踐層面來看，高信疆主張的「由愛出發」仍未能有效防止報導文學的左翼文學特質，因爲此時期的報導文學從來就不符合五、六〇年代強調光明積極、關注前線生活的報導文學樣式，它被親官方論者視爲「專門暴露黑暗」的黑色文學，即使迄1985年《人間》雜誌創刊，同樣背負著「暴露黑暗」、「製造社會矛盾」的輿論質疑，凸顯報導文學長期以來被誤解、誤讀的困境，也凸顯文化霸權何其根深柢固，使得倫理教化的國家意識形態不斷試圖馴服報導文學，相對而言，這也說明了報導文學確實對文化霸權形成威脅性。

歷來論者多針對報導文學進行敘事分析，包括歸納報導主題、報導形式、報導架構等，在號稱臺灣第一本也是唯一一本的相關研究《臺灣報導文學概論》中，楊素芬即特闢一章撰寫「臺灣報導文學的寫作題材類型」，針對歷來報導文學文本加以分類共六大項：「生態環境」、「原住民」、「古蹟古道、民俗與歷史」、「社會現象」、「海外的觀察」以及「人物報導」，楊氏指出「企圖整理出報導文學在臺灣生根發展二十餘年的寫作範疇」，這一整理固然有助於讀者理解報導文學關注的對象，卻未能解釋此一寫作範疇究竟有何意義？事實上，從楊素芬的分類整理來看，除了「海外的觀察」外，其餘都旨在重建臺灣鄉土、打造臺灣意識，也就是後殖民主義重建主體的歷程。誠然，從本書前述爬梳可知，高信疆報導文學班底對於報導文學的認知雖然有超越傳統新聞報導之處，但基本上仍依循「由愛出發」的精神去實踐報導文學，然而與前行代最大的差異在於，「臺灣」已成爲無從迴避的對象，從「臺灣」出發與從「中國」出發不僅是地理概念上的差異，也是看待「臺灣」的差異。

也因此，報導文學家無論是秉持大中華主義版本土詮釋抑或臺灣本土主義，其實都是對於大中華主義的挑戰，也是從這個視角切入，才足以理解何以報導文學在七、八〇年代成爲場域中主流媒體、非主流媒體爭相採用的文類，乃因報導文學有效回應了回歸現實、回歸鄉土的呼聲，順著這個脈絡去理解，我們才能看清七〇年代報導文學踏查臺灣所爲何來？又呈現何種圖像？也是到了八〇年代，何以陳映真要藉報導文學搶回國族認同的詮釋權？

是故，如何篩選有效的文本以達成對七〇年代報導文學的理解，本書以爲可先就報導文學勾勒何種臺灣圖像作一析論，這一圖像不是主題的歸納，而是作爲踏查鄉土的重要文類，報導文學究竟完成了何種人間描述？其次，從「庶民—臺灣鄉土」、「地域—臺灣人民」以及「族群—臺灣歷史」等相對於統治者所謂的「國家」、「族群關係」以及「中國文化」之符碼探究其內容，由此解析報導文學如何抵抗文化霸權，並如何達成去殖民化？最後，本書追問報導文學如何構成其「文學」條件？

二、何謂「臺灣」：高信疆報導文學班底作品主題論

就勾勒臺灣圖像而言，本書以爲 1975 年 11 月 18 日迄 25 日刊載於人間副刊、由照片組裝而成的臺灣地圖（參見圖 1），允爲七〇年代報導文學重要的精神指標，它強烈而明確的指出：報導文學將開啓讀者面對臺灣、認識臺灣、建構臺灣的新頁。因爲就當時場域的概念而言，「臺灣」意指「臺灣地區」、「臺灣省」，是相對於中國大陸「主權領土」的一部分，無論是實際地圖抑或腦海中的圖像都顯得渺小而形同陪襯，關於這點在 1970 年《中國時報》臺灣光復節社論中表達得至爲清楚：「建設臺灣不只是爲光復大陸作準備，在建設臺灣這一目標下的一切努力，它本身就是光復大陸行動的一部分……一個國家在失去絕大部分的領土之後，而猶能以一中興復國的基地維繫其法統於不墜，猶能爲全體國人仰望嚮往，並被全世界大多數國家所支持和承認，這在歷史上是缺少先例的。」[49] 時隔五年 1975 年光復節，《中國時報》社論依舊指稱：「無論從理知上來講或者從情感上來講，臺灣都負有歷史的任務，來光復大陸…… 」[50] 自 1949 年國民黨政府撤退來臺，臺灣始終被視爲「三民主義的模範省」、「反攻復國的跳板」，在緬懷神州、反

49 社論，〈二十五屆光復節獻辭〉，《中國時報》（1970 年 10 月 25 日），第 2 版。

50 社論，〈風雨同舟，完成光復使命：臺灣光復三十週年感言〉，《中國時報》（1975 年 10 月 25 日），第 2 版。

共抗俄、反攻大陸的大敘事下，「臺灣」淪爲地區概念、地方性政府，相關論述必須依循「反攻復國」之要點，也必須時時惦記「拯救呻吟於毛共魔掌之下的同胞」。至於文藝創作必須服膺文藝宣傳政策，故自五、六〇年代起有所謂文化清潔運動、反共文學、戰鬥文藝等，此一論述風氣直至七〇年代初，縱使戰鬥文藝已然沒落，曾任國民黨中央委員會祕書處文書處長鍾鼎文仍撰文意欲爲「戰鬥文藝招魂」，顯見當局的論述思維猶將文學視爲政治工具，故不利於施政等負面論述必然排除於媒體公共論壇之外，甚至在大中華主義的論述下，包括臺灣的日常生活、鄉土風情等都是「難登媒體大雅之堂」，也難怪當黃春明執導的影片〈大甲媽祖回娘家〉播出時，震撼了諸多報導文學與觀眾，乃因鄉土宗教由來被認定爲「迷信」，更遑論臺灣從來就只是「全中國的一部分」，蕞爾小島如何比之廣袤神州而展示其優美、庶民之虔誠？

從這個視角切入，就能清楚掌握人間副刊刊出「臺灣地圖」的意義，那不僅是編輯方針的重大改變，也意味著「臺灣」不再是徒具地圖輪廓的樣板，它擁有實質內容：報導文字與紀實攝影相互結合。這一花了排版師傅四個小時完成的圖片，不僅創造了「史無前例的怪版」，也說明了第一代報導文學家將從踏查臺灣入手，引領讀者認識臺灣、建構臺灣，過去僅限於文字敘述的平板化「臺灣」，在報導文學家的描述下終究浮現具體形象，從「現實的邊緣」、「報導文學系列」乃至第一屆時報文學獎報導文學獎，無論什麼主題的報導文學都可以統籌至「踏查臺灣」這一理念下，它既回應了知識分子的要求：青年下鄉關懷運動，也回應了政治場域的取向：拉攏本土派菁英，更呼應了文學思潮：回歸鄉土、回歸現實。報導文學實現了高信疆念茲在茲的「我能爲中國文化做些什麼」，它走進民間、走向社會，將文學的詮釋權從當權者、菁英分子的手中賦歸予民眾，這也是報導文學論者始終覺得報導文學不夠「文學」之處，此乃是忘卻報導文學所扮演的角色所致，將於下文加以析論。

針對報導文學如何勾勒臺灣圖像，其中馬以工的第一本報導文學作品《尋找老臺灣》（1979.12）允爲這一波認識臺灣、建構臺灣、踏查臺灣的代表作。在近兩百頁的作品中，馬以工從北到南，探尋了淡水鎮、大溪鎮、宜蘭縣、新竹市、屏東縣等地，並踏查了基隆河、磺溪（發源於臺北七星山）、鹿耳門等流域，也對昔時的名園如林安泰古厝、林家花園、歸仁的歸園等作了檢視，足跡幾乎涵蓋了整個西半部的地理風情，加諸引述明清資料以及現代資料的佐證，是同期報導文學作品中最具系統性的「臺灣踏查」，這一踏查與馬以工留學美國修習都市規劃的背景有關，因此書中對於古城之闢建、建築之風格乃至庭園之歷史等，作了大量的資料描述，例如：「滬尾在咸豐十年（1860）開爲通商口岸國際港，竹塹北方的臺北占了淡水河航運的便利而崛起，光緒元年（1875），淡水廳又因人口過多升格爲臺北府，下面分轄新竹、淡水、宜蘭三縣」（〈竹塹舊城：風城故事〉，頁 72）、「這一帶有一座小山，漳州人爲紀念其故鄉芝山，就改名爲芝山岩，到了乾隆十七年（1752）也有一說是乾隆五十三年（1788）建有一座祭祀漳州人的英雄也是守護神的開漳聖王廟，廟址的風水也是絕佳……」（〈磺溪溯往〉，頁 162），這類引述資料的寫法使得全書宛如「教科書」或「工具書」，文字描述少帶感情，形成一種第三人的旁觀氛圍，誠如馬以工自陳「理性的我所占的比例仍是遠大於感性的我」，也由於理性敘述多於感性，《尋找老臺灣》若置於今日臺灣書市宛若「嚴肅的學術書」，這麼一來，也就凸顯報導文學崛起時空之必要與重要。

換言之，馬以工的《尋找老臺灣》如果拿到當代出版，勢必無法有效引起讀者的興趣，但在七〇年代回歸鄉土、回歸現實的迫切呼聲下，長期以來被架空的臺灣擁有了被具體論述的可能，過往強調內在的、個人的以及雕琢唯美的文學被資料性文字打破，成爲雖然枯躁但寫實易懂的文字，這也是何以馬以工驚訝自己理性的文字得以浮上檯面、「也被承認是文學的一種」，乃因臺灣在當時仍是公共論壇裡缺席的角色，否則在當今臺灣已被諸多「愛玩客」踏查上傳網路的情況下，臺灣鄉土又有何可尋？誠然，馬以工著眼於「老臺灣」也暗示著「新舊臺灣之別」，也就是回望「老臺灣」以喚醒現代人對於「珍貴文化遺產」的重視，並喚起現代人思索何謂臺灣的精神價值，然而，爲什麼必須保留這樣的價值？這時期的報導文學家普遍無法有效解釋，只能以感嘆或懷舊尋根的心情作結，也就遭致論者如黃春明的抨擊：

「難道只容許自己成長，不要別人進步？」[51]

儘管不時充斥著喟嘆，但馬以工踏查臺灣的方式在同期報導文學作品中，撰寫方向明確、主題較具系統性，不若其他報導文學家較爲零散，例如林清玄《長在手上的刀》或寫宗教信仰或寫民俗技藝或談地方誌，而古蒙仁同樣未做主題式的書寫，故在踏查了東北角一帶後，忽又出現「送貨員的苦樂人生」，因而凸顯馬以工踏查臺灣的特殊性，其細分爲古城老街、名園古厝以及流域部落之考察，三個主題相互扣連，系統性的表達了踏查臺灣的決心，儘管在後記裡馬以工提到，最初乃是爲了將現存傳統建築與臺灣開拓史作一連結，藉以喚醒大眾對於保存文化遺產的重視，是較偏向古蹟存留的文史工作使命，但該書仍允爲七〇年代踏查臺灣鄉土的代表作。

在此前提下，馬以工確確實實將「臺灣」（西部臺灣）走一遍，回應了當時救亡圖存的行動之一：下鄉關懷，也是馬以工所言：「給自己一個機會，重新認識自己生活了這麼久的土地。」其中，〈磺溪溯往〉一文是對於 1697 年元月來臺採集硫磺的郁永河足跡之回溯，考察磺山裡的磺溪流經之地，包括北投、石牌、芝山岩等，此文在她的第二本報導文學集《幾番踏出阡陌路》中加以擴大，從臺北驅車至臺南郁永河當年登陸之地，北迄北投開採硫磺的路線，逐一按《裨海遊記》所述一路向北而行，可以說是現代版的郁永河踏查，也可視爲含括馬以工從事報導文學以來的代表作品，主要是爲了達成：「看看臺灣二百八十年滄海桑田的變化。」然而，馬以工僅花了四天的工夫即走完郁永河長達九個月的蹤跡，引來張大春批評：「很難不讓人困惑：報導文學和『觸景生情』的遊記該如何釐清和澄清？」[52] 顯然，張大春批評的立場是從八〇年代中期予以回望，然而《幾番踏出阡陌路》的出版乃是 1982 年，對照報導文學的發展仍處於踏查臺灣的熱潮，內容自然與「觸景生情的遊記」有部分雷同，這是因爲「臺灣」還是個陌生地，不若 1985 年《人間》創刊而引發報導文學的第二波高潮：挖掘社會問題、環保

---

51 吳瓊埒，〈訪黃春明談報導文學〉，頁 159。

52 張大春，〈幾番阡陌草率行：馬以工的報導文學成績單〉，《文訊》第 21 期（1985 年 12 月），頁 255。

議題，並深化新聞時事。再者，郁永河所處年代的交通又如何以現代估量？故以四天對比九個月而加以抨擊，未免有失公允，等同張大春漠視了「踏查臺灣」在當時的必要性。

面對馬以工曾經獲得1983年第六屆吳三連文學獎報導文學類，也是其自認「及格」的《幾番踏出阡陌路》，箇中仍然延續了《尋找老臺灣》的踏查精神，惟這本作品有幾處不同於《尋找老臺灣》：其一，從地方誌考據轉向對生態保育的呼籲；其二，對於鄉土的踏查轉向對文化議題的觀察；其三，長篇論述轉向篇幅短小的描述。生態保育意識的崛起是八〇年代報導文學的重要特色，馬以工檢視了山坡地濫墾、水土流失、沿海生態體系失衡、節約能源等，顯示其報導對象自古蹟建築轉向了環保議題。對於文化議題的探析則對應了八〇年代初期，新興社會運動逐漸興起的現象，至於篇幅的縮短則是暗示了媒體發表場域的轉向，意味著消費社會、消費社群的逐漸成形，惟整體來說，《幾番踏出阡陌路》有數篇作品——尤其是文化篇——只稱得上是評論而非報導文學，也就凸顯報導文學角色偶有混淆，這容或與馬以工講究引述資料、與踏查對象保持距離的寫作習慣有關。但從馬以工這兩冊作品集涉及「尋找」與「踏出」，恰恰展示了七〇年代報導文學的重要意義，它意欲尋找臺灣鄉土、踏查臺灣鄉土，故而建構臺灣鄉土成為第一代報導文學家的共通經驗，他們基於「我們還不夠瞭解臺灣」而付諸行動，無論從地方誌、民俗、宗教儀式等描述臺灣，這些內容從現在的觀點回望難免類如「觸景生情的遊記」，那是因為我們已然理解「臺灣」是怎麼回事，但在臺灣鄉土仍被架空於媒體公共論壇的七〇年代，宜將抨擊改為理解：箇中踏查的臺灣面貌為何？

林清玄第一本報導文學作品集《長在手上的刀》（1978.12）同樣展現了踏查臺灣的意圖，從中可區分為鄉土民俗、地方誌以及文化意識等，無論是臺灣地方戲、宋江陣與八家將、北港媽祖誕辰、民俗才藝大賽、地方戲大賽、特技團、划龍舟無一不是對於民間傳統技藝的探究，而鄉土踏查則北自板橋林家花園、南至臺南鹿耳門、億載金城等，整本報導文學透露著濃濃的懷舊情感，甚至夾纏了高度的「中國意識」，此乃無可迴避的意識型態，只因報導文學的提倡者高信疆原就希冀經由報導文學達成「中國精神再確認」，則作爲與高氏有著濃厚情感的林清玄，筆下難免流洩對中國文化、中國意識的傾慕，惟其情感描述仍是奠基於臺灣，例如〈來唱中國人自己的歌〉固然提到「中國音樂的大傳統」，卻也提到「從草地的觀點看來，我們聽年輕人唱現代民歌，應不只感動於他們充沛的情思，更應感動於這些也許不怎麼樣的歌，它自有一種母土的親情」[53]，這裡的「母土」指的是臺灣，等同林清玄的作品其實夾纏著臺灣與中國意識在其中。除了鄉土踏查外，林氏也在作品中涉及文化意識，反映在電影基層從業人員、現代民歌、現代舞。對照馬以工的作品，鹿耳門、林家花園同樣出現在林清玄的作品集裡，顯然由於歷史性強、加諸鄭成功又是國民黨政府所形塑的「民族英雄」，故鹿耳門成爲報導文學家早期必經之地，而林家花園這類的古蹟保存問題因爲涉及傳統與文明的衝突，撰寫上容易彰顯其故事性，也成爲報導文學家筆下競相涉取之題材。

與林清玄幾乎同時間崛起、又同樣受高信疆提攜的作者古蒙仁，他的第一本報導文學作品《黑色的部落》（1978.12）則聚焦於地方踏查，包括鼻頭角、九份、金瓜石、宜蘭縣、新竹縣尖石鄉秀巒村、富貴角以及臺南縣西港鄉等，其對於新竹縣尖石鄉的關注，與同時期陳銘磻著眼於新竹縣尖石鄉那羅村〈最後一把番刀：高山族的昨日、今日、明日〉（1978.12.24-28）有著異曲同工之處，都是探索原住民的風俗民情，這一題材取向也是第一屆時報文學獎報導文學獎引領的風潮，亦即對於「他者」的凝視與發現，「黑色的」意味著未開發的神祕地帶，「最後一把」則暗示著原住民文化不斷受到外來者侵蝕。換言之，無論是古蒙仁抑或陳銘磻，他們踏查的範疇不再囿於漢人的生活圈，這也凸顯早期報導文學發展時，爲了踏查臺灣而衍生出「少數即美」的傾向，誠然，更多是來自於政治氛圍使然，在臺灣踏查帶有臺灣意識、臺獨意識的敏感度下，「離島偏鄉」、「文化古城」幾乎成爲報導文學家的抉擇之地，這也呼應了高信疆最初從「現實的邊緣」切入報導文學的視野：「邊緣的現實」成爲「眞實」，而「核心的現實」卻逸失無蹤，凸顯

53 林清玄，《長在手上的刀》（臺北：時報文化出版事業有限公司，1979年初版），頁263。

當時報導文學家尚未有條件與能力去處理這類議題，必須等到八〇年代才因爲《人間》的繼承而有了發揮的可能。從海外回推離島再回推臺灣，這是高信疆當年提倡報導文學的策略，一方面實踐高氏一直以來念茲在茲的中國精神再覺醒，一方面淡化「臺灣鄉土」之於媒體公共論壇的敏感度。

至於同樣積極從事報導文學的作者李利國，在他第一本系統性的報導文學集《時空的筆記》（1979.11）共分二輯，輯一明確標示爲「鄉土的採訪」，共收錄十一篇作品，分別踏查了淡水、臺北日本人公墓（今林森公園）、霧社、北港、田尾、東港、恆春等，寫作手法與馬以工相近，大量引述歷史資料，惟筆法較爲感性，往往流洩出作者的主觀情感：「他們的血染滿了青青山頭，日人栽種的櫻花年復一年的吐露春聲，花開花謝之間，誰還記得這紅花綠草曾經是屍骨滿地，是血與滄桑命運的痕跡」（〈走出大千世界的驛站：霧社掠影〉，頁 21）、「如今『石門古戰場』在觀光客的踐踏裡，已經變得太沉默。它的寂寞，只有那青山秀水了解，唯有那些嚎哭著的烈魂爲伴，那一個遊客會記得憑弔這段抗敵的歷史和忠魂呢？」（〈恆春半島紀行〉，頁 49）、「在菊花田裡，嬌黃青翠相映，給人清曠諧和的感覺，但在玫瑰園裡，只覺光耀奪目，芳香撲鼻」（〈臺灣最大的花園：田尾〉，頁 70）。事實上，以同一地點「關渡」的描述加以比較，李利國與馬以工皆曾提及淡水河旁的「靈山宮」以及淡水港開港後，關渡沒落的情形，李氏說：「關渡附近腹地不大，淡水開港後，商業地位完全被取代，如今除了一條老街，錯落著幾幢古屋舊宇，在那裡暗示著昔日曾有的輝煌，只剩下數十艘舢板船停靠在關渡宮前的碼頭，默默地在現實世界中隨波搖擺」（〈我在淡水河兩岸作歷史的狩獵〉，頁 110）。「默默地在現實世界中隨波搖擺」以文學手法傳神的表達了一種空寂失落之感，而面對同樣的場景，馬以工則顯得務實與理性：「淡水開港，再接上關渡一帶腹地狹窄，幾乎無農地可墾，於是幾十年短暫的繁華就此煙消雲散了。現在只剩下一條長長的老街沿著山麓，清水紅磚，簡樸的民房冷冷清清的立在那裡⋯⋯」（〈磺溪溯往〉，頁 157-158），也因爲理性，馬以工的作品缺少了感性的層次，使得她像立基於旁觀者而非參與者的角色。除了前揭書外，李利國還編著過多本報導文學集，包括《紅毛城遺事》（1977）、《從異域到臺灣》

（1978）、《我在人類文明的生死分水線上》（1980）等，不過當 1987 年 3 月 7 日李利國參與由《文訊》舉辦的「當代文學問題討論會」，會中卻否認其作品乃「報導文學」，甚至指出「我從來沒有想到我所寫的東西是『報導文學』，我被認定爲從事報導文學是別人附加的，不是我自稱的」[54]，但揆諸《時空的筆記》自序，他如斯寫道：「我深深感覺到，報導式的文體有其獨特的影響力和功能。從此，我有意的參與報導文學的工作行列。」前後不一的說詞不免令人納悶：李利國爲何否定當初他所寫的作品並非報導文學？

從馬以工到李利國，甚至後來的翁台生、心岱等，踏查鄉土始終是第一代報導文學家的使命，他們所欲完成的無疑就是那幅耗費排版工人四個小時的「臺灣圖像」，而爲了建構這一圖像，如何艱困抵達現場的「行腳」成爲第一代報導文學家再三強調之事：

> 一個冬日的午后，我搭高雄客運轉入許多曲曲折折的村路，走進了寧靜的水安社區。首先看到的是小鄉村的純樸，在純樸的村景中，許多年輕人穿著大紅大綠的鮮豔襯衫，顯得格外刺眼，審美觀在水安村是很原始的，色彩，被大膽的調配在身上。（林清玄，〈宋江陣與八家將：武的中國民俗〉，頁 44）

> 筆者走完這段路，總共花了兩天的時間。當我放下二十公斤的大背包時，只覺得渾身輕飄飄的，整個人像要飛起來一般。卻顧所來徑，一片暮雲低垂。山上，看不見落日，落日在山的那一邊；那兒，已是另外的一個世界。（古蒙仁，〈黑色的部落：秀巒山村透視〉，頁 169）

> 清晨五點，我離開旅社，從永靖徒步走兩公里到田尾。那時雲層很厚，天色陰暗，我穿著毛線衣在迷濛的霧中行走，還覺得冷風

54 馮景青，〈古蒙仁．李利國．心岱．陳銘磻．潘家慶〉，頁 171。

刺骨，不久之後，卻達到「忘我」的境界。（李利國，〈臺灣最大的花園：田尾〉，頁69）

類似敘述不勝枚舉，「行腳」成了踏查臺灣的必要歷程，也建立了所謂「眞實」經驗的可能，儘管從傳播學理來看，「完全的眞實」並不可得，更何況七○年代報導文學的首要條件並非「眞實」而是「重建眞實」，畢竟其他一般新聞報導也宣稱自身爲眞實，惟其眞實明顯是「樣板眞實」，故如何予以「重建」也就成爲報導文學的核心價值。事實上，強調「現實」以吸引讀者的這個邏輯也曾遭到濫用，部分媒體打著「報導文學」的頭銜卻未必行報導文學之實，例如《臺灣時報》時報副刊的專欄「愛與文學」即有多篇作品乃是「新聞事件小說化」，既沒有眞實的本質也沒有「重建」的批判能力，根本稱不上報導文學，但該刊卻將「愛與文學」定調爲報導文學，以高信疆提倡報導文學的說法爲此文類辯護。在這裡必須提出的說明是，本書並非反對小說化報導文學，而是反對沒有觀點、沒有重建能力的報導文學，否則《中央月刊》等官方媒體所刊載的作品也足以稱之爲報導文學了。

經由踏查的歷程，第一代報導文學家爲我們建構了公共論壇當中缺席的臺灣。以他們第一本著作內容爲考察對象（參見附錄四），我們可以歸納出從北到南的踏查足跡包括（此處縣市按2010年以前的舊制）：宜蘭縣南澳鄉、宜蘭市、礁溪鄉、二龍村（三次）、臺北市北投、板橋、臺北縣鼻頭角、九份、金瓜石、富貴角（三次）、淡水（三次）、新店、三峽、桃園縣大溪鎭（兩次）、新屋鄉、新竹市、新竹縣尖石鄉秀巒山村、那羅村、五峰鄉、苗栗縣南庄鄉、南投縣水里鄉（三次）、臺中縣霧社鄉、大甲溪、彰化縣田尾鄉、鹿港鎭（兩次）、雲林縣北港鎭（兩次）、嘉義縣阿里山（兩次）、臺南縣西港鄉、歸仁鄉、臺南市安南區鹿耳門（兩次）、屛東六堆、東港鄉（兩次）、小琉球、恆春（五次）、澎湖（兩次）、臺東縣延平鄉武陵村……從中可知，第一代報導文學家對於西部臺灣的探索頗深，尤以臺北縣市、桃竹苗等地爲主，而東半部則偏重宜蘭縣市，花蓮竟付之闕如，而臺東也僅著眼於武陵一地，凸顯交通的便捷與否決定了報導文學家踏查的意願，故而按照作品出版先後順序，我們最早認知的「臺灣」乃是經由臺北縣、宜蘭縣所展開，而後逐漸往中南部擴展而來的「半個」臺灣，也就是聚焦於臺灣西部，等同報導文學家第一本作品踏查的乃是「西臺灣」而非「全臺灣」。

縱使我們再把範疇擴大，針對這批報導文學家的第二、三本報導文學作品加以考察，將發現他們的視角仍聚焦於西部鄉鎮，例如：宜蘭縣礁溪、太平山林場、臺北市北投、華西街、迪化街、臺北縣福隆、鶯歌、東北角、桃園縣大溪鎮、苗栗縣泰安鄉、南投縣中寮鄉、鹿谷鄉、埔里鎮、臺中縣武陵農場、和平鄉環山部落、彰化縣田尾鄉、芬園鄉、雲林縣北港鎮、虎尾鎮、古坑鄉、嘉義縣梅山鄉、阿里山、臺南縣南化鄉、七股鄉、烏山頭、鹽水鎮、高雄市、高雄縣美濃鎮、旗山鎮、茂林鄉、屏東縣東港鄉、恆春、澎湖縣西嶼鄉小門嶼、臺東縣蘭嶼、金門、綠島……其中，連同前述統計，澎湖已經出現四次，而北港、東港計有三次，礁溪、北投、田尾、阿里山則是兩次，越發印證第一代報導文學家筆下勾勒的臺灣乃是以西半部爲主，東臺灣則再次成爲名符其實的「後山」，是報導文學家足跡未及之處。

這並非指責報導文學家踏查不夠全面，而是指出所謂「臺灣鄉土」這一具有全面含括性的詞彙，在報導文學家筆下只表達了「一半」。事實上，作爲初始的寫作者，第一代報導文學家面對的是猶如「黑色部落」般的臺灣，它長期缺席於媒體公共論壇，故而踏查的精神可以視作拓殖的開端。早在「現實的邊緣」乃至「報導文學系列」中，走進人群、介入社會即是報導文學的核心精神，從域外篇、離島篇乃至本土篇，早已透露報導文學家踏查的臺灣僅止於基隆市暖暖、臺北市建成圓環、大龍峒、基隆河臺北縣淡水、新竹縣芎林鄉、五峰鄉、彰化縣鹿港鎮、雲林縣北港鎮等，這些未觸及南部的報導文學作品令讀者爲之驚豔，也就凸顯「踏查臺灣」必須回歸場域細察，那意味著所謂介入社會、關懷大眾乃是「青年下鄉」，也就是知識分子回歸現實、回歸鄉土的結果，使得報導文學家筆下的篇章初始集中於容易入手的題材，例如七股鹽田、美濃油紙傘、恆春瓊麻等，偶或點綴蘭嶼、綠島等離島，故高信疆提倡報導文學的信念之一「擁抱臺灣」，實則擁抱了「半個臺灣」，而非普遍論者概括式的「全臺灣」。這容或與報導文學家因著交通便捷、採訪慣例、作者大部分出身於西臺灣有關，以致產生「以偏概全」的踏查現象，而這一現象也說明了統治者長期以來經營臺灣的結果：繁華的西半部、疏漠的東半部，故而報導文學家專以踏查西部臺灣為尚，就形式而言，意味著依循統治者策劃而來的交通動線，也凸顯臺灣在媒體公共論壇中何其欠缺，只消「現實的一半」已足以滿足讀者、使讀者動容。

對於第一代報導文學家來說，如何對臺灣鄉土與民俗做一瞭解，只能憑藉自我力量去踏查、去訪問，因為當時的媒體幾乎欠缺相關報導，想對「鄉土文物以及民間習俗做一番深刻的認識，實在是一件吃力的工作」[55]。即以多次出現於報導文學乃至《芬芳寶島》的北港為例，查閱 1971 年迄 1978 年《中國時報》，多數消息乃聚焦於蔣經國下鄉視察或流於告知性報導，例如：〈蔣院長昨巡視雲嘉地區，參加北港媽祖廟揭匾儀式，鄉民熱烈歡呼〉（1975.12.23，第 3 版）、〈北港媽祖廟有孝子釘，蔣院長講述故事由來〉（1977.4.5，第 3 版）、〈媽祖行善，濟世活人，北港朝天宮，建綜合醫院〉（1978.1.27，第 3 版）等，其中北港朝天宮內「有一顆孝子釘」，乃出自蔣經國「對隨行人員講述的故事」，故事始於清道光年間，一孝子與母來臺尋父，未料遭大浪沖散，後孝子向北港朝天宮拜禱若能尋得父母，則鐵釘亦能貫入石中，故名之「孝子釘」。這類倫理教化的論述乃是當時媒體習以為常的報導取向，據此，北港只是被「視察」而非被「踏查」的所在，它被視為當權者的背書工具，徒留架空的朝天宮或北港本地之文史脈絡，故而當電視上出現〈大甲媽祖回娘家〉時，心岱等報導文學家才會如此激動，因為北港不再是客體而是主體，它受到了重新的認識與具體的論述。

對照報導文學家筆下的北港，李利國不僅介紹了朝天宮的興建始末，也闡述了北港的發展甚至擴及泉州人當年的內鬩：「北港退居內陸，貿易衰落，使曾有『一府二笨三艋舺』之譽的貿易港，成為宗教中心」、「因為許楊兩姓械鬥，使漳州人陳姓反而得以中立，不似其他地方有漳泉械鬥」（〈臺灣的宗教都市：北港〉，《時空的筆記》，頁 61、63）。此外，兩度書寫北港媽祖遶境的林清玄則感性寫道：「在北港的幾天，我每次找人問起朝天宮的事，鎮民們都稱是『我們的媽祖』，一提起拜拜，他們也說『我們

---

55 尤增輝，《鹿港斜陽》（員林：大昇出版社，1976 年初版），頁 182。

的媽祖如何如何』，從言談中我體會到，媽祖是北港文化的發源，也是他們生活中很重要的一部分。」（〈燃香的日子：波瀾壯闊的北港媽祖誕辰〉，《長在手上的刀》，頁 71）由此可知刊載報導文學家作品的副刊與政治版內容有著天壤之別，一是著眼於為當權者背書，一是側重民間信仰發展的歷程，使得庶民有了被重視的可能、鄉土有了被看見的管道以及民間臺灣不再只是流於平板的教科書名詞。

主流媒體對於臺灣認知的匱乏可從前述北港朝天宮窺知一二，而這不免使我們詫異，北港在當時已是頗為著名的宗教聖地，卻仍少見於媒體公共論壇，更遑論偏鄉離島如何能進入主流媒體版面？例如，日後成為報導文學家競相探訪的蘭嶼，同樣被視為當權者視察而非踏查的對象，故可見《中國時報》如斯報導：〈蘭嶼雅美族，健康差得很〉（1973.11.12，第 3 版）、〈蔣院長巡視花東地區，慰北迴鐵路開路英雄：抵蘭嶼實地察看雅美族環境，對山胞能說流利國語感興奮〉（1974.2.17，第 3 版），這類奉承上意的樣板報導反覆闡述當權者居高臨下、被視察者蠻荒無知：「蔣院長立即下車與歡迎他的山胞握手，並話家常，對山胞居民都能說一口流利的國語表示興奮。」固然這樣的敘述也出現在當時報導文學家的筆下，但因著報導文學主觀介入、關照當地生活情境的觀點，使得它一改征服者的獵奇視野，探究漢人文化如何入侵蘭嶼，導致當地原住民居住場所以及生活習慣產生了偌大改變：「往昔，雅美人多以能自營自建房子為榮，住家的大小、裝飾，代表了他們一定的社會地位……可是這種冀求上進的社會信念，已被國宅摧毀無餘了……」[56]、「文明人又引進了經濟觀念：雅美人破天荒第一次看到花花綠綠的鈔票；他們薄弱的經濟觀念，使他們對族內以往自給自足的生產方式之被錢幣制取代，大感迷惑……」[57]

事實上，還有許多我們而今耳熟能詳，卻在當時全然不被重視的鄉土報導，例如臺南市鹿耳門——也就是當年鄭成功登陸之地，而鄭成功向來

56 古蒙仁，《蓬萊之旅》（臺北：時報文化出版事業有限公司，1982 年初版），頁 15。

57 賴敬文，〈蘭嶼去來〉，《中國時報》（1975 年 7 月 22-23 日），第 12 版。

就是國民黨當局極度推崇的「民族英雄」—— 1971 年迄 1978 年間在媒體上竟未見隻字片語，反倒是林清玄、馬以工做了翔實的報導與考據：「鹿耳門建公園的問題到這裡已算得到一個概略的答案，大家都愛鄉土，都希望鄭成功是在自己的土地上登陸，但是鹿耳門滄海桑田，已不再有昔日的面貌，因此爭執它的歸屬是毫無意義的。」這是林清玄報導當地顯宮里與土城爲爭執鹿耳門歸屬問題而寫下的〈我們的鹿耳門〉（收於《長在手上的刀》，頁 197），箇中呈現了當地人爲了觀光發展而爭取「鹿耳門登陸公園」之興建，讓讀者瞭解到鹿耳門就是鄭成功登陸之處，也描述了當地的場景與居民反應。

至於馬以工則考據究竟何處爲鹿耳門，資料的引用以及當地的踏查，在在引領讀者認識鹿耳門的歷史發展，也描述附近四草湖、鎮海城、大眾廟等現今已爲讀者所熟悉，在當時卻不知其名的所在：「由地圖上看來，其所形容地點應是顯宮里天后宮遺址一帶，但到了臺南市政府卻去掉『南岸』兩字，改爲城南里一帶（城南里倒也不出範圍）。等到了土城子就更過分了，他們在城南里北方二公里鄭子寮一帶立了一個鄭成功登陸紀念碑，從此眞眞假假、假假眞眞，鹿耳門到底在那裡？反而莫衷一是了。」（〈憶昔舟師縱橫地：鹿耳門究竟在那裡？〉，《尋找老臺灣》，頁 169）

文化霸權向來疏於「臺灣鄉土」的報導形式，使得報導文學家從其手中奪回詮釋權，將過往被忽略的臺灣進行了踏查，無論是「現實的邊緣」抑或「報導文學系列」乃至時報文學獎報導文學獎、第一代報導文學家出版的作品等，都經由踏查臺灣而抵抗了既有的文化霸權，這是高信疆認爲從事報導文學乃是年輕人認識自己、反哺大眾之故，也是多位讀者被感動、被震撼之故：「已經見報的『域外篇』和『離島篇』，都有令人思維爲之一新的感覺」（孟意）、「像〈河邊骨〉這樣的史實，在我的見聞裡，算不清，講不完，爲什麼平常卻鮮少見人提起呢？這大概是寫作大人太過於向上展望，向外追求，而忘了往下看看，往自己的歷史與文化裡看看了吧？」（李良勛）、「文明的罪惡會不會隨著霓虹燈的閃耀，給淳樸的鼻頭角染上一種都市病呢？」（李志中）。其中，饒有意義的是讀者林秀珍因爲看了「現實的邊緣」而撰寫〈靈秀荒島：三仙臺〉[58]，這其實是「文學到民間去」的眞諦，也是報導文學的最終目的：激發群眾關注臺灣以救亡圖存。可惜的是，在警總、文工會等單位的施壓下，第二次登場的「報導文學系列」不再刊出讀者回響，這也讓我們喪失了理解當時讀者想法的管道，但從主流、非主流媒體爭相刊載報導文學看來，報導文學深受讀者青睞已是不爭的事實，而黨外媒體運用它來喚起民眾的反對政治運動情感、揭露當局內幕，更使得報導文學的作用不再侷限於踏查臺灣，而是「賦予臺灣人知的權利」以及「生活的力量」，由此帶給讀者臺灣式的印象與現實。

一反既有公共論壇論述意味著「新論述」的到來，七〇年代中期崛起的報導文學一如同時代回歸鄉土、回歸現實的文類，都是促使「臺灣」浮上檯面的論述過程，也就等同是對內部殖民體制的抵抗與重塑主體性，如此一來，過去缺失的臺灣記憶再次被喚起，儘管只是「一半圖像」，但立基於行動踏查、紀實的寫作態度，報導文學家引領著廣泛的讀者走進「黑色部落」、「黑色臺灣」，是對文化霸權的突破與改造：突破千篇一律流於浮面的「宣傳報導」、大中華主義；抵抗報喜不報憂、專以倫理教化爲尙的樣板內容，箇中的手段即是對臺灣鄉土的重新理解以及前述黨外雜誌「內幕化」的報導精神。因爲重新理解，所以必須關注第一代報導文學家筆下如何「定義」臺灣；因爲內幕化，所以値得探問如何挖掘社會議題，而也是這兩點使得當局如斯畏懼報導文學，乃因踏查臺灣極可能觸及敏感的臺灣意識，也就可能涉及臺灣獨立等概念。按此，本書檢視報導文學家筆下的主題，可歸納以下三點：

其一，對於傳統民俗技藝與宗教信仰的理解：無論是臺灣地方戲曲、宋江陣、八家將抑或木雕藝術、蓋廟的藝術、皮影戲等，第一代報導文學家有不少關注民間信仰及其延伸而來的宗教技藝，故宗教信仰在第一代報導文學

---

58 孟意，〈讀「現實的邊緣：離島篇」有感〉，《中國時報》（1975年8月7日），第12版。李良勛說法引自陳正毅，〈河邊骨的回響〉，《中國時報》（1975年9月24日），第12版。李志中，〈讀「一個沒有鼾聲的鼻子」之共鳴〉，《中國時報》（1975年11月30日），第12版。林秀珍，〈靈秀荒島：三仙臺〉，《中國時報》（1975年8月21日），第12版。

家中占有不少比例，這個趨勢始自1978年專欄「報導文學系列」後，古蒙仁《黑色的部落》（1978）、林清玄《長在手上的刀》（1979）、李利國《時空的筆記》（1979）等都收錄了攸關宗教信仰的報導，民間宗教、民俗技藝等隸屬於民間的事物成爲題材大宗，凸顯第一代報導文學家踏查臺灣乃是以民俗技藝、宗教信仰爲核心。此一取向乃是因應當局壓力而呈現的修正結果，亦即對於傳統的追尋得以淡化報導文學予人「暴露社會黑暗面」的刻板印象，無論是〈宋江陣與八家將：武的中國民俗〉（林清玄，1978）、〈去吧！瘟神：西港慶安宮建醮側記〉（古蒙仁，1978）、〈法輪轉・佛前結良緣〉（翁台生，1978）、〈敢教天地驚鬼神：南鯤鯓的乩童大會串〉（邱坤良，1979）等，經由「庶民—臺灣鄉土」的連結，傳統的復歸與反思成爲報導文學風行一時的主要題材，使得志不在報導文學的邱坤良亦納入其中，乃因其關注民間戲曲恰是民俗技藝以及宗教信仰之一環，這類記述通常帶著強烈的懷舊感：「水安村是一個寧靜的小村落，夜裡九點，路上的行人稀疏，我坐在廣場左側的長板凳上，看一群年輕人赤銅色的皮膚在水銀燈下異常健碩……水安村保存的武俗並不是臺灣唯一的，而是臺灣許許多多保存武俗的鄉村之一」（林清玄，〈宋江陣與八家將：武的中國民俗〉，《長在手上的刀》，頁47）、「醮的原始意義就是祭，臺省同胞俗稱做醮，也就是大祭。是祈求社會安定，免除災禍的祭典……有些久臥病榻的患者，藥石罔效之後，由家屬們攙扶著來跪拜王爺……總要到夜幕落下後，繞境遊行的隊伍才會回來。當鑼鼓聲由遠而近地飄過來時，街道兩側的廊廡下，便紛紛地丟出一串串的鞭砲」（古蒙仁，〈去吧！瘟神：西港慶安宮建醮側記〉，《黑色的部落》，頁217-225）、「兩千年後的今天，在民間迎神遊行行列中，竟能看到這種精彩的古老技藝，眞是『禮失求諸野』了」（邱坤良，〈大道之行：臺北保安宮大道公的迎神遊藝表演〉，《民間戲曲散記》，頁111）。「懷舊」凸顯了兩面的論述操作手法：一是對於向來失憶的臺灣之重建，卻也因著反覆機械的論點而被人詬病一味懷舊；一是這類報導宗教或技藝的源頭往往來自中國大陸，故又得以經由中國文化的闡述而適度回應抨擊者，其既是對於大中華主義的服膺，卻也因爲視角置於臺灣而形成反抗的基調。換言之，一方面對於文化霸權加以改造，一方面也運用了文化霸權既有的元素：中國精神、中華文化，也就是這時期的報導文學固然踏查臺灣，但面對鄉土事物仍是從中國意識的脈絡加以陳述，而後再對照臺灣的現況，常見的敘述模式莫過於：

> 「宋江陣」和「八家將」是臺灣目前最有代表性的武的民俗，它不只是宗教或娛樂，而是溶入人民生活的一種武學。在臺灣，還有許許多多類似的民俗被保存著，像向為世界熟知的弄獅、舞龍，無形中成為民間一股很大的力量。武的民俗不只是宗教的儀禮，而且是民間一致的情份交感，也是中國武術淵遠博大的證明，它不是一朝一夕建立起來的，而是歷經歲月的風霜。（林清玄，〈宋江陣與八家將：武的中國民俗〉，頁 51）

> 任何民間信仰的背後，都可找到一段可歌可泣的故事。自古忠臣、孝子、烈女，這些忠良貞節之士，就是一般社會民眾景仰崇拜的典型……臺灣瘟神傳說的源流，係承華南系的正統，而可上溯至五路瘟神的原型。本事見於江蘇如臯的香山五岳神。傳聞唐太宗時，有五書生上京赴考。名落孫山，淪為乞丐，奏樂於長安。太宗聞之，召入京中。適太宗欲試天師法力，命他們入地窖奏樂，遂被天師誤殺，受封為神。（古蒙仁，〈去吧！瘟神：西港慶安宮建醮側記〉，頁 213-215）

> 中國的皮影戲似乎已找不到中國人來學了……令我們現在人感到慚愧的，在科技發達而皮影戲沒落的今天，為什麼我們的戲劇學校、大學戲劇系和美工科系裡就不能請專家來傳授這個古老劇種的表演技巧和造型藝術？為什麼我們的年輕一代不肯用一點精神來瞭解它，進而改良它，使它的造型更活潑、表演更生動、效果更美妙，使現代人看皮影戲能像卡通一樣快樂，而且更能體驗到一些民族風格呢？……也許我們在某些年後到法國觀光，除了瀏覽巴黎的花花世界之外，還多了一個去處——去觀賞傳統中國的

> 皮影戲以及布袋戲和許許多多在當時中國看不到的劇藝演出。（邱坤良，〈誰來學皮影戲〉，頁20-33）

這類以「中國」意象爲基礎的敘述連結，使得民間技藝具備了「正當性」，也降低了報導文學的左翼文學色彩，卻也對於臺灣鄉土的認知產生了確立作用，報導文學終究將讀者帶進不同於過往的臺灣鄉土內在，臺灣鄉土成爲媒體公共論壇可資談論的對象，連帶向來被當局曲解爲「迷信」、「無知」的臺灣民間信仰也有了展露自我的可能。在過往，媒體充斥的多是北平天壇、南京祭典等大中華主義內容，故而民間宗教與技藝的披露，不單揭示了這塊土地與人民最爲親近的神靈行爲，還有宗教發展、技藝傳承的歷史演變，而展示歷史也就是展示臺灣的發展，展示臺灣的發展也就有可能養成臺灣意識，這才是當局對於報導文學戒慎恐懼之處。誠如前述所言，挑戰文化霸權並非爲了建構一套違背人民意願的信念，只要運用既有智識與道德，將之組合成新論述的條件也就可以奪取其論述。故對於宗教、民俗技藝乃至地方產業特色的報導，一方面其實是運用了人民向來熟悉的事物，一方面也在敘述過程中加入了新的元素：反思性，思索宗教的現代性、地方戲曲的落沒以及民俗技藝何去何從，例如林清玄寫道：「媽祖誕辰活動仍然不免有缺失，前年的誕辰、去年的誕辰和今年的誕辰並無不同，也顯見在快速進步的社會中，它並沒有跟上社會的步調，如何使它在本質上和形式上向前邁進，更適合現代社會，將是北港鎮民以及千千萬萬媽祖信徒必需努力的目標。」（〈燃香的日子：波瀾壯闊的北港媽祖誕辰〉，頁72）而這也是何以報導文學日後被視爲陷入意識形態的窠臼之故，亦即文明進步與傳統守舊的辯證最終淪爲機械式書寫。但值得留心的是，這樣機械式的書寫必須迄八〇年代初才被意識到其弊端，初始報導文學著眼於宗教儀式、民間技藝仍是嶄新的觀察對象，儘管筆法可能只構得上是「一篇散文」（古蒙仁語），但對於公共論壇裡長期以來架空臺灣事物的重新挖掘與定義，已足以喚醒群眾對於臺灣事物的關心。

其二，對於鄉鎮與地方產業特色的報導：從離島蘭嶼、澎湖到原住民部落新竹縣尖石鄉秀巒村、那羅村，以及各地特色如「宗教都市」北港、

「最大花園」田尾、「舟師縱橫地」鹿耳門、「燦亮的田畝」七股鹽田、「龍舟競賽地」二龍村等，這些鄉鎮的出現一方面呼應了當時青年下鄉關懷運動，一方面則引領閱聽眾看見臺灣本土，原本在公共論壇缺席的臺灣鄉土成爲令人關注的焦點，伴隨著地方特色而來的內容通常著眼於：物產以及開墾歷史的闡述，而歷史的闡述又因著史料通常源於明清而以中國作爲連結的基準點，其中尤以馬以工的報導爲最，乃因其踏查的對象多是古城老街，必然引述明清移民資料以爬梳其發展脈絡，例如：「最早移居臺灣的漢人，大多數是來自福建的泉州府，這跟開臺先驅顏思齊、鄭芝龍及鄭成功都是泉州人有很大的關係，康熙廿三年（西元 1684 年），臺灣正式入清版圖海禁開放⋯⋯」（〈陽光照耀的地方：記下淡水、東港兩溪流域的客家村莊〉，頁 179）、「祖堂初建於咸豐五年（西元 1855 年），在宣統三年（西元 1911 年）又擴建重修⋯⋯」（〈在大嵙崁溪沖積扇上披荊斬棘：新屋鄉范姜族群住宅〉，頁 122）、「噶瑪蘭城內除天后宮、關帝廟原來已有規模外，其他則除了文昌壇，都在嘉慶十七年（西元 1812 年）大小官員到任後趕建完成，文昌壇也在嘉慶廿三年（西元 1818 年）完工，到了這個時候，噶瑪蘭城可說是麻雀雖小，五臟俱全。」（〈失去的別有天：噶瑪蘭城〉，頁 60）

事實上，不單是古城老街的描述，即使是對於地方產業報導也經常連結至中國詩詞或淵源，例如報導田尾花業來上一段陶淵明詩句：「採菊東籬下，悠然見南山」（李利國，〈臺灣最大的花園：田尾〉，《時空的筆記》，頁 72）；報導辟邪之物則推論：「『石敢當』應該是起於中國的道教思想，泰山的雄偉使人們認爲泰山是有無邊法力的山神，可以鎮壓任何厲鬼」（林清玄，〈吼門海道的一顆寶石：神祕的小門嶼〉，《鄉事》，頁 53）；或者談到老街：「也許我們逛倦了中山北路，逛厭了西門町，回到迪化街來，回到屬於中國人的悠長歲月蘊育出來的斑斑老街裡，對於年輕的、過份西化的我們，竟是一帖很好很好的清涼劑呢。」（古蒙仁，〈悠悠歲月・斑斑老街：迪化街的老行業・老趣味〉，《失去的水平線》，頁 138）這類論述的連結其實與當時再確認「中國性」的潮流有關，尤其與高信疆意欲藉報導文學重新建構「文化中國」有關，然而隨著報導文學以及社會氛圍的推移，臺灣意識的浮現已越發不可擋，以臺灣文學爲例，葉石濤於第 14

期（1977.5）《夏潮》發表〈臺灣鄉土文學史導論〉，箇中對於中國民族主義敘事模式已然提出隱晦的批判：「假若缺少了這種堅強的『臺灣意識』，那麼縱令他們所寫的在美國冒險、挨苦、漂泊、疏離感等的經驗和記錄何等感動人，也不算是臺灣鄉土文學……」箇中的「美國」其實可以代換為「中國」，也就是對於中國性的批判。固然植基於現實、臺灣鄉土的報導文學，不時閃現「中國人」、「中國」這類字眼，但其已成為襯底而非主要意識，亦即「臺灣」此一課題已難迴避。尤以場域條件不斷更動，從 1978 年到 1983 年歷經了美麗島事件、社會第一樁自力救濟行動、黨外雜誌屢起屢撲等，從報導文學發展的歷程看來，其亦不可能自外於社會，1983 年報導文學出現《我們只有一個地球》、《大地反撲》等以環保議題為訴求的作品，凸顯報導文學與時俱進，回應了七〇年代重工業發展以來的「後遺症」，也對應了文學史上即將進入眾聲喧譁的起始年，無論是李昂《殺夫》、白先勇《孽子》以及廖輝英《不歸路》都在 1983 年登場，而陳映眞《山路》、黃凡（黃孝忠）《傷心城》亦是在該年出版，情欲與政治不再如過去遮掩，揭示文學動員的能量猶方興未艾，也意味著報導文學隨著場域條件而不斷更迭。

是故，隨著臺灣意識的高漲，使得臺灣蠶業、蔗糖業、水果栽培業、蕉農等，幾乎只要能夠彰顯地方特色的產業都被報導文學家視為踏查鄉土的一環。也由於部分地方產業特色容易入手、具故事性，遂出現了題材重複的現象，例如〈蠶絲之光：當前養蠶業的蛻貌〉（古蒙仁，1979）與〈恢復絲路的光輝歲月：臺灣蠶業的重振〉（李利國，1979）、〈我們的鹿耳門〉（林清玄，1978）與〈憶昔舟師縱橫地：鹿耳門究竟在哪裡？〉（馬以工，1978）、〈臺灣最大的花園：田尾〉（李利國，1979）與〈繁花的都城：田尾鄉〉（林清玄，1980）等。這一競逐「特色明確」的城鎮報導取向，衍生出日後令人詬病的獵奇觀。然而無論是否立基於獵奇，鄉鎮議題的提出等同重建臺灣鄉土的主體性，它引領讀者認識臺灣、瞭解鄉土，從中挑戰與重組文化霸權向來以故國神州為取向的論述，久而久之也就形塑了讀者腦海中的臺灣圖像，亦即議題的「非強制性」轉化為「強制」的近身經驗，在近身經驗容易取得的情況下，也是當代不少地方文學獎之報導文學獎慣以鄉鎮與產業特色爲報導對象，卻忽略了在網路科技發達的前提下，如何揭露既有鄉鎮與產業的新特色與新面貌？這也是晚近報導文學越發失去其影響力之故，因爲它們輕易將批判、抵抗的權力讓渡出去，不思如何反文化霸權、抵殖的可能，於是淪爲特寫或更具文學性的報導。

除了題材重複外，過度強調鄉鎮與產業報導，無異將「人」遮蔽於其中，等同看不到「人」的議題而只看到了屬於地理的版圖與踏查，這也是八〇年代《人間》與七〇年代報導文學最大的差異，在於該刊「以人爲本」，尤其以「弱小者」爲主，固然箇中機械複製了陳映眞式的第三世界論（中國意識論），但《人間》對於人的關注翻轉了報導文學向來以鄉土踏查爲尙的取向。這也意味著臺灣鄉土在第一代報導文學家的開拓後，已無法滿足第二代報導文學家的需求，從另一個角度來說，臺灣鄉土到了八〇年代中期已遠較七〇年代中期受到更多的理解與關注，則報導題材的轉向乃是報導文學家尋求寫作出路的必然選擇，因此人與環境、人與文化歷史的對位關係成爲《人間》著力之處，關注的即是資本主義如何入侵鄉鎮的問題。第一代報導文學家雖然在後期開創生態保育、民俗技藝等採訪，但終究因著報導文學發表園地的式微，未能如《人間》發揮其影響力，惟我們不能忽略第一代報導文學家對於鄉鎮與地方產業報導的重要性，它們引領讀者認識與建構臺灣，使得臺灣鄉土得以浮現長久以來缺席的媒體公共論壇。

其三，對於社會問題的調查：踏查鄉土確實成爲第一代報導文學家的使命，迄八〇年代初猶屬報導文學大宗，然而另一取向也值得關注，也就是報導文學自崛起初始即遭抨擊的挖掘社會問題，箇中以李利國、陳銘磻、翁台生、心岱等人最具代表性。這些作者不僅處理了鄉土踏查，也著眼於社會問題。就李利國而言，其在《時空的筆記》處理的社會問題多集中於臺灣農畜業防疫問題，是較爲溫和的問題表達，但也有這樣頗具臺灣意識的建言：「加強對臺灣歷史、地理和社會的知識和瞭解，可以增進對臺灣的感情，可以使人湧現獻身和扎根的觀念，而這個觀念的欠缺正是目前教育的最大缺憾。」（〈爲明日的教育找路：介紹「國中課程試驗」的實施與成績〉，頁238）至於陳銘磻《賣血人》涉及了醫療以及社會問題：「『聽說有些人是因爲賭博輸得太多了才來賣血，是眞的嗎？』『這種事太多了。』中年男人頻頻搖頭。」「我要改行了。林××這一句發自內心底的話，彷彿深藏了一段極長的日子，沒有誰是願意靠賣血爲生的，那畢竟只是短暫的一種心態問題……」（〈賣血人〉，頁28）該文曾被選入中國大陸報告文學選集中，並被北京廣播電臺拿去作爲「不正當宣傳」，連帶使得陳銘磻在日後的相關論述中，不斷反駁「報導文學也就是黑色文學」此一指控。

比較起來，翁台生《痲瘋病院的世界》箇中探究的社會問題較具系統性，不少內容來自《綜合月刊》，包括臺北原住民部落、臺北大橋下的臨時工、替死人化妝等。翁台生的寫法主要以事件引導問題意識而向外輻射，一如他在後記所言：「我的習慣是在背景資料自己衡量掌握充分後，就用相當主觀的寫法，完全由作者出面講這個問題，也沒有安排被訪者出面說話，這樣可以把主題烘托得更明顯。」[59]在主觀介入下，翁台生頗爲犀利的提出了各類詰問：「有什麼派系權力使乩童組織在鄉間根深蒂固，爲什麼大多數中下階層人士不管發生什麼問題都要找乩童商量？」（〈童乩的根在那裡〉，頁106-107）「民眾教育水準提高，迷信鬼神的心理卻未相對消滅，三步一神壇，五步一小廟，使人懷疑大家的精神支柱何在？」（〈皇軍廟三十年滄桑〉，頁170）這些質疑意味著，報導文學不只踏查鄉土，也具備了批判社會、改造社會的動能，故而引發當局的忌憚，乃因國民黨政府向來視臺灣爲「復興基地」、「反攻跳板」，政績宣揚成爲必然的論述模式，凡是與此牴觸者都將被排除於論述之外，因此第一代報導文學家初期較少著墨社會問題，但到了心岱《大地反撲》（1983）劍指社會議題，尤其環保議題的提出成爲當時盛行的報導題材，除了心岱之外，還有韓韓與馬以工合著深具盛名的《我們只有一個地球》，兩本同是出版於1983年的作品，踏查了東北角海岸線、淡水紅樹林、桃園縣海濱迄恆春海邊的林木、蝴蝶以及珊瑚生態等，當踏查鄉土的懷舊寫法轉換爲當下環境問題的檢視，也就直指1983年因著新興社會運動的崛起、舊政權的統治危機，使得報導文學越發彰顯其批判、改造的本質。

事實上，1983年的文學創作確實扮演著「文學動員」的功能，無論是

---

59 翁台生，《痲瘋病院的世界》，頁229。

李昂《殺夫》、白先勇《孽子》等都在這一年登場，而向來敏感的政治議題也在同年成為小說家關切的對象，包括陳映真《山路》、黃凡《傷心城》等皆不約而同呈現了創作者對於當下社會運動、臺灣歷史乃至兩性平權以及多元性別的思索。文學再次引領社會議題的發聲，事實上也就是報導文學存在最大的意義，亦即經由報導文學議題設定的結果，使得過往被掩蓋的社會問題得以被正視，例如楊青矗關心女工處境的〈加工出口區的女兒圈〉（1975.11.27-28）、古蒙仁與陳銘磻分別揭露原住民部落面貌的〈黑色的部落：秀巒山村透視〉（1977.3.23-5.4）、〈最後一把番刀：高山族的昨日、今日、明日〉（1978.12.24-28），以及林清玄對於軍人生活的探索〈將相本無種〉（1978.5.31），凡此皆說明了報導文學之所以備受矚目，乃因其在當年政治囿限下，挑戰了當局極力避免創作者成為文化運動家的文藝政策，因為社會問題往往涉及「群眾」問題，而「群眾」乃是社會主義的底蘊，更關鍵的是報導文學觸及當局向來架空的民間臺灣，也就極有可能喚起臺灣意識。而挖掘社會問題往往被視為「暴露社會黑暗面」，也就涉及了階級鬥爭、社會衝突等左傾色彩的可能，故向來不為當局所喜。以古蒙仁〈黑色的部落：秀巒山村透視〉為例，描述的固然是秀巒部落種種見聞，但箇中提到「打不開的死結：交通」：「民國六十年十二月，新竹縣警察局某要員曾深入秀巒村巡視。目睹該村交通阻隔，生活困苦，即指示該所主管，設法發動村民拓寬道路。」此說明既是呈現山區生活的往昔，卻也揭露了政府施政不力導致交通不便，故而報導文學在向來「報喜不報憂」、架空臺灣歷史論述的條件下，在在挑動了當局者神經。換言之，報導文學本身就是一個「社會問題」，而此命題甚至延伸至八〇年代的《人間》雜誌，同樣面臨了必須解釋「是否是一本製造社會矛盾的刊物」？

由此，也凸顯報導文學去殖民化、反文化霸權的特質致令官方論述不安，之所以不安乃是當局向來忽略臺灣內部的民間與歷史精神，故走入民間、踏查鄉土的報導文學也就遠非文體論即能含括，它對應的是下鄉關懷運動、政治趨向本土化、文學回歸鄉土思潮以及媒體提倡鄉土文學等。

三、文本分析：以馬以工、林清玄與古蒙仁為例

以上三點主題歸納，其實與舉辦五屆的時報文學獎報導文學獎有其關聯。從 1978 年迄 1982 年，連續舉辦五屆的時報文學獎報導文學獎不僅延續了「報導文學系列」的議題生命，也為報導文學這一新興文類帶來「正名」效果，使得報導文學成為足以效法的文類，總計五屆頒出卅六個名額，卅六個名額意味著卅六篇報導文學範本，其中，尤以第一屆獲獎作品最具示範與規範作用，當年的推薦獎頒給了古蒙仁的〈黑色的部落〉，甄選獎首獎作品則由兩位共同獲得：邱坤良〈西皮福路的故事：近代臺灣東北部民間戲曲的分類對抗〉（以下簡稱「西皮福路的故事」）、曾月娥〈阿美族的生活習俗〉，三篇作品分別延續了「報導文學系列」與「現實的邊緣」的基調，既有社會問題的挖掘，也有傳統戲曲的懷舊與變革。

就〈西皮福路的故事〉而言，旨在描述北管戲曲中的西皮派與福路派，如何因時代環境產生對立乃至和解，再現了中原傳入臺灣的戲曲技藝，其論述的方式乃是結合群眾既有的認知（中華文化），再重塑新的意義（西皮與福路兩派不再敵視）。因著民間戲曲向來僅限於學術領域而難登主流媒體的情況下，邱坤良的獲獎意味著民間事物也得以浮現於公共論壇，等同扭轉了讀者向來視戲曲乃鄙俗之物。從引言、派別的形成、雙方對立、解決衝突等，〈西皮福路的故事〉複製了學院學術寫作格式，尤其邱氏還於文末製作表格，使得過往報導文學所強調的行動調查，落實為趨近學術化的寫作模式，這是「現實的邊緣」以及「報導文學系列」未嘗運用的撰寫模式，也暗示著在文類定義未明下，評審試圖將報導文學定義為「深度報導」、「調查報導」。

故而〈黑色的部落〉以及〈阿美族的生活習俗〉都具備了這類取向。兩篇作品與「現實的邊緣」賴敬文〈蘭嶼去來〉一文相近，都是對於原住民文化的陳述與省思，不同的是古蒙仁與賴敬文皆是漢人，而曾月娥則為阿美族人，因此她的撰寫視角與古蒙仁、賴敬文不同，是更貼近於該族群食衣住行與婚姻制度的主觀描述，也就是以身為原住民的目光看待原住民，近乎「內幕式」的人類學調查，故而在批判力道上反而不如賴敬文等人，僅於文末述

及：「阿美族，就好比走在街頭上迷失了的小孩……在迷失中，不但不認識自己，更不願意認識自己。」換言之，該文以介紹阿美族人生活與文化習俗爲主，共分十小節，同樣有引言和結尾，另附上男性與女性族人的服飾示意圖，儼然具備人類學研究之雛形，評審之一的孟瑤（揚宗珍）即大爲稱許：「這一類的研究與報告很多。但都是第三者的冷靜旁觀的分析，它的長處是客觀，短處是浮光掠影，不夠深入。而本篇文字卻是現身說法，來談『阿美族生活習慣』。」[60] 儘管孟瑤的解讀不脫「華夏文明包容異族」的漢民族中心論，但本文以及同時獲獎的陳銘磻〈最後一把番刀：高山族的昨日、今日、明日〉（優等獎），皆成爲日後報導文學家競相報導原住民部落的先聲。

對於原住民的關注乃是重建臺灣記憶的一環，而原住民議題往往凸顯統治者與被統治者的對照關係，恰可藉此評議統治者的施政效能，也能從中以原住民處境來寓意臺灣人的處境，並契合中產階級對於下鄉關懷與社會議題的想像。是故，原住民議題自七〇年代末人間副刊迄八〇年代的《人間》，都成爲各報導文學家爭相詮釋的對象，尤其伴隨著八〇年代中期起一系列的原住民「正名」運動，原住民的復（賦）權成了新興社會運動備受矚目的對象。部分地區因爲議題重複性高，例如古蒙仁與陳銘磻皆針對新竹縣尖石鄉原住民部落進行踏查，甚至迄八〇年代《人間》仍聚焦於該地（第 31 期，〈斯馬庫斯部落：懸崖上的小野菊（Asayaki）〉），使得所謂「黑色的部落」被披露的同時，也引來漢族覬覦其自然資源或財產[61]，甚至形成漢族本位的陳述，例如：「山胞們都用國語和鄉長快樂的打招呼，山胞說國語的普遍，使我覺得十分驚奇」（林清玄，〈我們山地人〉，《長在手上的刀》，

---

60 孟瑤，〈華夏文明包容下的山胞生活：我讀〈阿美族的生活習俗〉〉，《中國時報》（1978 年 10 月 9 日），第 12 版。

61 張耀仁，〈把文學種在土地上：重返七〇年代「黑色的部落」〉，《明道文藝》第 443 期（2013 年 2 月），頁 49。曾是陳銘磻的學生、現任新竹縣尖石鄉鄉長雲天寶指出當時山上的櫻花樹，「在七〇年代時，平地來的商人以一株七十五元的價格，全部挖走了」，而之所以被挖走，乃是報導文學家披露當地的困境，固然受到當局的協助，卻也使得當地資源遭到掠奪。

頁 292）、「政府一直致力於山地現代化的工作。二十五年前山裡的世界和現在是大不相同，可是和平地進步的幅度比較起來，它又是太慢了。追究它的原因，有些是山胞本身的問題，也有些是外來因素造成的」（翁台生，〈山裡的世界〉，《痲瘋病院的世界》，頁 119）、「筆者躺在黑暗的竹屋中，不禁想起半世紀前他們的祖先還幹著殺人梟首的勾當，而我好大的膽子，竟敢宿於他們家中，說不定那些人就埋在床下呢」（古蒙仁，〈黑色的部落：秀巒山村透視〉，《黑色的部落》，頁 200），亦即七〇年代報導文學家對於原住民議題仍停留在獵奇而非探究、服膺刻板印象而非重新發現，固然「漢族壓迫原住民」的論點呼之欲出，但報導文學家仍是立基於漢人的主觀意識，縱使駐在當地，也是是秉持著「充滿神祕刺激的探索」（古蒙仁語），不若《人間》是從原住民的視角回望漢人世界，是「背負著漢人沉重的種族壓迫『原罪』」（李文吉語）進入原住民部落。

在第一屆的作品示範下，提供了日後報導文學創作的三條路線：一是懷舊與現代的衝突；一是原始與文明的糾葛；另一則是社會問題的發掘與批判。而這三點對照第一代報導文學家筆下的內容，恰是前述歸納的「對於傳統民俗技藝與宗教信仰的理解」、「對於鄉鎮與地方產業特色的報導」以及「對於社會問題的調查」。從第二屆起迄第五屆，獲獎作品多依此三主題進行，無論是第二屆首獎作品林元輝〈蘭陽平原上的雙龍演義〉報導宜蘭縣礁溪鄉二龍村端午節的傳統競渡；第三屆首獎心岱〈大地反撲〉從桃園縣大園鄉、觀音鄉沿海地區因大量砍除防風林，導致移民新村居民難以栽種農作的環保議題；第四屆四篇得獎作品同列名次，分別是心岱〈美麗新世界〉延續其對環保議題的關注，從恆春沿海的防風林寫起，最終凸顯被破壞的大自然對人類有何影響。李昂〈別可憐我，請教育我〉從心智障礙的孩童受教權切入，分別訪談了多所公私立教育單位，指出特殊教育不只是為了協助那些心智障礙者，也在協助許多「假性」心智障礙者。而孔康〈捕蟲者〉則在闡述蚊蟲領域研究者的箇中甘苦談。阮小晨〈花嶼紀實〉描述教育者在澎湖花嶼所見所聞。迄第五屆，是歷年獲獎最少的一屆，僅兩篇徵件作品得獎，分別是安溪〈泰北行記〉、葉菲〈被遺忘的一群〉，也暗示了報導文學走到瓶頸階段，評審之一的唐文標即明確指出報導文學逐漸出現的弊端：「目前報導文學常流於瑣碎考據的懷古，或蠻荒獵奇的旅行，而忽略環繞在我們四周有更多更值得我們忠誠去記載，反映和透視的社會現狀，通過文學的報導，帶給社會新鮮的衝擊，供應深廣的思索。」[62] 唐氏一針見血指出報導文學的特質在於「帶給社會衝擊與思索」，也就是反文化霸權、去殖民化，可惜在主導者誤解報導文學「很難定義」的前提下，1983 年第六屆時報文學獎報導文學獎於焉取消（直到 1991 年第十四屆恢復），甚至因著文學獎機制而導致報導文學書寫格式越發趨向學術寫作，背離了原本的草根性格、也引發論者呼籲「鬆綁報導文學」[63]。事實上，揆諸 1983 年尚有《我們只有一個地球》、《大地反撲》等引入環保議題的報導文學作品出版，其與文學創作裡的性別議題、政治議題相呼應，顯見報導文學其實有著文學的底蘊，而其行動與批判特質仍具影響力。

經由宗教儀式、鄉鎮特色以及社會問題建構而來的報導文學，其所強調的乃是基於「行腳」踏查的眞實，經由「深入鄉土」的過程，第一代報導文學家致力於「現實臺灣」的呈現，也就是對於臺灣的建構。換言之，當時的報導文學之所以能夠架構「眞實」，先決條件是對臺灣、鄉土的報導，而這個條件的成立乃因臺灣長期以來在媒體公共論壇的缺席，在「現實臺灣」、「民間臺灣」、「鄉土臺灣」備受關注下，1975年的「現實的邊緣」旨在「展示一系列您所未見的、未知的、或已知而知之不深的世界」，1978年的「報導文學系列」則是「現實的邊緣」的積極提升，是「更入世、走入生活層面更深、觀察幅度更廣的一次文學界的大量參與」。前者以工農漁礦爲主要描述對象，後者則關注民間信仰、宗教儀式、民俗技藝等，也因此，本書以爲考察七〇年代報導文學是先勾勒其踏查的圖像，而後探析踏查的內容，也就是報導文學家藉由何種論述連結，實踐建構臺灣以達成文學大眾化、並有效激發讀者愛鄉愛土的意志。

---

62 唐文標，〈〈泰北行記〉決審意見〉，《中國時報》（1982 年 10 月 12 日），第 8 版。

63 須文蔚，〈再現臺灣田野的集體記憶：從社會運動與再現論考察下的臺灣報導文學史〉，頁 29。

有關踏查的臺灣圖像，前述已爬梳析論指出第一代報導文學家筆下的臺灣乃是「半個臺灣」，亦即著眼於西部臺灣而欠缺東部臺灣之踏查。至於內容計有宗教儀式、鄉鎮特色以及社會問題等三個主題，這些主題是否足以激發讀者起而效尤，因爲讀者意見有限，我們僅能從 1975 年「現實的邊緣」窺知其已造成讀者的震撼與感動，甚至也引起部分讀者仿效而撰寫作品，而其他媒體跟進刊登報導文學亦證實了此一文類確實受到讀者歡迎。有了這些輪廓的理解，我們必須追問的是，第一代報導文學家如何經由「庶民—臺灣鄉土」、「地域—臺灣人民」以及「族群—臺灣歷史」等相對於統治者慣用的符碼「國家」、「族群關係」以及「中國文化」以達成反文化霸權、去殖民化的可能？再者，如何構成「文學」條件以感知讀者？

於此，爲了使析論更有系統也更有效，本書試著將類似的題材放在一起比較，主要以馬以工、林清玄、古蒙仁等三人作品爲討論對象，以此對照媒體公共論壇報導如何處理相關議題，並向外輻散其討論，至於有關心岱及其他以環保議題爲志的報導文學作品，因其出現的時間爲八〇年代以降，而環保議題又爲《人間》雜誌所關注，故羅列於《人間》環保議題一併討論更能準確解讀其意涵。事實上，觀察第一代報導文學家撰寫主題的變化，在心岱《大地反撲》以及韓韓與馬以工《我們只有一個地球》出現之前，大部分的題材乃集中於鄉土踏查，故林清玄曾於書中提出：「報導文學的走向也偏重了風土和環境的報導，人物的報導反而被忽略了，殊不知人物在風土與環境的改變中占了十分重要的地位，如果我們以人物爲中心，來發展報導、貫穿報導，是不是也是可行的方向呢？」[64] 這段話寫於 1980 年，顯見當時報導文學對於人物的關注還很欠缺，迄 1982 年因著林清玄的自我實踐：文化的轉型以及人物報導，報導文學開始轉向「人」——包括傳統匠師、藝術表演者、創作者、傑出者——的訪談，也就是庶民形象在報導文學中越發重要與越形清晰，這容或與報導文學家的媒體職場需求有關，也意味著伴隨新興社會運動的勃發，爭取人權、權利爲訴求的個案成爲媒體關注對象，連帶踏查鄉土已無法滿足讀者與社會的需求，從鄉土與人延伸而來的即是對於環境的

---

64 林清玄，《鄉事》，頁 4。

關注，由此也就可以理解爲何到了 1983 年會產出《大地反撲》、《我們只有一個地球》等這類重要里程碑的作品。

就七〇年代的報導文學來說，前述已提到乃是從踏查鄉土作爲建構眞實、建構臺灣的開端。其中，1971 年迄 1978 年間不曾於媒體出現的鹿耳門，首次由馬以工披露於人間副刊〈憶昔舟師縱橫地：鹿耳門究竟在那裡？〉（以下簡稱〈憶〉文，1978.5.8），該文主要論述鄭成功登陸的鹿耳門究竟在現今何處？馬以工通篇以一種客觀理性的筆觸描述道：「他們向日本、荷蘭請教地圖上所用的尺度換算，大概年代太久，居然有七種換算法，當然算不出什麼結果來」、「安南區的大部分人口均集中在這一帶，正統鹿耳門聖母廟的附近更形成一個不小的市集……那座『正統』鹿耳門聖母廟倒是一幢還算滿有閩南風味的建築物……」、「康熙五十三年（西元 1714 年），馮秉正測繪臺灣府附近地圖時曾記錄『在中央者即大眾廟，靠近鹿耳門者即爲媽祖宮』。」鹿耳門之所以成爲馬以工筆下的題材，一方面在於該地乃是鄭成功登陸之地，也就是明朝（中國）來到臺灣的證明，由此降低報導文學踏查臺灣易引發臺灣意識的左翼色彩；另一方面，當時臺南市政府欲在該地建設「鹿耳門登陸公園」，亦即馬以工抑或稍晚的林清玄報導都貼合著新聞時事，可惜的是，無論是《中國時報》抑或《聯合報》，本書都未能查到相關報導。

也是爲了一反傳統新聞報導的制式寫法，馬以工撰寫鹿耳門所運用的方式是經由「族群—臺灣歷史」的賦予，以鹿耳門一帶作爲描述的基準點，試圖建構臺灣鄉土開墾史，讓讀者更瞭解當地發展的來龍去脈，透過對歷史的的理解，挑戰了教科書上的神州大陸，但另一方面又藉著歷史的構連，使得臺灣與中國產生了聯繫，是早期報導文學典型的寫法，這類寫法也見諸林清玄的描述：「想起要去造訪中國文化在臺灣登陸的一個重要焦點，車子在路上奔馳彷彿逆水行舟，要去回溯河流發源地那樣的亢奮……」（〈我們的鹿耳門〉，《長在手上的刀》，頁 194）此外，翁台生也曾寫道：「大陸南方和北方各省廟宇有許多不同，可劃分爲南風和北風……臺灣早期規模較大的廟宇都是聘請閩粵工匠設計，完全承襲了南風的特色。」（〈廟是怎樣蓋起來的〉，《痲瘋病院的世界》，頁 71）而李利國也曾寫下：「二百年前，嘉慶君遊臺灣，賜東港港口另一個名字——金茄荖港。據朝隆宮廟碑所指，沒有東港之前，大鵬灣附近，今之船頭里就稱茄荖港。金茄荖港的意思可能是繁華的港。」（〈東港的滄桑與現實面〉，《時空的筆記》，頁 40）凡此敘述不一而足，所謂「中國意識」在第一代報導文學家筆下並非主要的角色，而是襯底的背景，也因此要能夠有效感染讀者仍需透過民間臺灣的描述，無論馬以工或林清玄都是採取這樣的書寫策略，否則馬以工的書名就不會叫作《尋找老臺灣》。

所以，光只有歷史的建構還不足以驅動讀者的熱情，必須經由「庶民—臺灣鄉土」這樣的符碼去論述：「七、八位熱心的城西里民硬拉著我要去看『民族英雄鄭成功鹿耳門登陸紀念碑』，我們走過一大片海邊零亂的砂石地，遠遠地，就看見一座高高的灰白色紀念碑，線條明暢而優美，有兩三隻公雞在附近悠閒的散步，好像在嘲笑我們這群趕老遠來看紀念碑的人。」在這篇撰於 1978 年 6 月 7 日、並未註明發表於何處的〈我們的鹿耳門〉（收入《長在手上的刀》），林清玄透過庶民的觀點爲讀者呈現了現場情況，而這個現場是主流媒體極少涉及的庶民觀，當地里民爭相向林清玄闡述何處是鄭成功登陸的地點，透過林清玄的報導連結了當地人與讀者的情感，那些熱情的群眾七手八腳攬著林清玄一同尋找鹿耳門，「兩個地方的人都很激動，鹿耳門並沒有留下什麼古蹟，海又退遠了，如何能從形勢上判斷出昔日的景象呢？他們爲了本鄉本土的榮譽而激發出來的熱烈情緒是沒有錯，可是，鹿耳門是他們的嗎？」（頁 196）林清玄以慣用筆法提出質問，他觸及的是馬以工未嘗描述的庶民，儘管所謂「庶民」只是隱匿於「大眾」之中的面目模糊之人，但仍可見其生動描述：「還有一位說：『你要說一句公道話，人多沒有用，有理才是大邊。』他們肯定那塊地是鹿耳門，就是鄭成功一腳踩上來的，自己也說不出什麼很充足的理由。」（頁 196）

兩相對照，馬以工與林清玄的異同在於：首先，他們都強調實地走訪，故「行腳」概念隨處可見諸文中：「從媽祖宮再往南走，路已變成羊腸小道，大約一公里半之遙就到了四草湖」（馬以工，頁 172）、「從臺南市區火車站到鹿耳門共十五公里，大約是四十分鐘的車程。車子到了安南區以後，便能一眼看見嘉南平原綠野平疇的瑰麗景色，與市區的喧鬧形成極有趣的對比」（林清玄，頁 194），踏查的歷程成為第一代報導文學家特別強調之處，而這類強調甚少出現於一般新聞報導之中，意味著報導文學家對於現實鄉土的關注奠基於「實地走訪」，他們不再只是強調公正客觀，還要把過程的感受寫出來以展示主觀介入，而這也是第一代報導文學家與第二代之區別，乃因到了以《人間》為核心的第二代報導文學家，他們更重視駐在當地或往返數次的踏查，著重與民眾生活在一起而非「一次性消費」，但顯然第一代報導文學家因著媒體多以週刊為主，無法長期駐在當地，除了古蒙仁尚未進入媒體工作前，經由高信疆資助前往鼻頭角、九份、秀巒村等地住了二十餘天，從而完成《黑色的部落》一書。

其次，馬以工與林清玄都涉及臺灣開發史與中國歷史的對照，這是當時追尋臺灣鄉土必然涉及的論述模式，它擺盪於臺灣鄉土與中國意識的連結，所以林清玄說：「鹿耳門不是土城人的，也不是顯宮人的，它是臺灣開發史的一部分，存在每一位臺灣同胞的心目中，是大家共有的。」（頁 197）林清玄訴諸「鄉土是每一位臺灣同胞的」，這樣的陳述乃是當時所有報導文學家共同的心聲，也使得中國意識、中國歷史無法全面設防臺灣意識的興起，箇中內容雖然涉及中國歷史、中國文化，但更多的陳述乃是植基於臺灣，是以臺灣為主體的敘事，故林清玄雖然指出鹿耳門是「中國文化在臺灣登陸的一個重要焦點」，但通篇作品關注的並非中國文化而是當地居民如何爭取設置「鹿耳門登陸公園」：「大家都愛鄉土，都希望鄭成功是在自己的土地上登陸……」（頁 197）而之所以期望鄭成功登陸，乃是「為了地方的繁榮」，如此一來，林清玄探究鹿耳門的過程與中國文化幾乎扯不上邊，純粹只是林氏個人擅於抒情的慣用寫法，故而林清玄說鹿耳門並不屬於任何人，「它是臺灣開發史的一部分」。

而馬以工同樣也非關注中國文化，乃是致力於考察鹿耳門在當地曾經引起的爭議，也透過她的建築之眼追索當地的建築之美：「整個安南區最值得一看的就是這裡的鎮海城。鎮海城在大眾廟的正前方，鎮海國小操場的旁邊，又叫做四草砲臺……這一面的城垣是用灰色的石塊砌成，另一面卻由卵石砌成……砲口呈圓形涵洞，是用清水紅磚所砌，整座鎮海城除了近海堡古蹟處補過一些石塊外，其他情況都十分完好。」也是如此，蔣勳才會在馬以工《尋找老臺灣》的推薦序中吶喊：「土地是我們的，我們要團結幹下去！」

事實上，我們將這一書寫模式還原至場域中，也就是不僅以專書作爲考察，也以大眾媒體場域作爲考察，將發現七〇年代報導文學家一面踏查臺灣的同時，一面也追尋著足以對照的座標，誠如本書前述歸納，無論踏查傳統民俗技藝抑或宗教信仰乃至鄉鎮與地方產業特色等，報導文學家莫不以文化霸權長期所灌輸的「中國意象」爲參照，故談論保存鹿港建築必然聯想：「這一特色自然使我們回想唐代長安的坊制…… 」（尤增輝，《鹿港斜陽》，頁 98）述及洗屍工人同樣對照中國的傳統習俗：「早年我國中原地區的入殮禮俗分爲四個步驟……臺灣地區的閩客兩族人，對於葬禮一向十分重視……閩客兩族洗屍的禮俗和中原地區十分相近，中原地區的『買水』，在臺灣稱『乞水』。」（陳銘磻，《現場目擊》，頁 14）而言必稱「中國人」也是當時撰稿者共同的認知：「中國人死了以後，最怕被人說是眼嘴都合不攏。人死後總要整理一下門面，好讓親戚朋友留個印象，也可以減輕家屬的悲痛氣氛。」（翁台生，《痲瘋病院的世界》，頁 147）凡此可見報導文學家踏查臺灣鄉土當下，必須面對文化中國與現實臺灣的糾葛，而從中我們也可以照見報導文學家在比較之餘，對臺灣鄉土生出信心，所以尤增輝說：「但方形的階段做單位的長安古制，以我個人的看法，不如以街道爲單位的鹿港的辦法爲高明。」（《鹿港斜陽》，頁 98）林清玄認爲：「她（按：美濃鎮）的建築格局還是中原文化的老格局……對一個落後的鄉鎮，懷念又有什麼好處呢？……我只能說：趕快往前走吧！」（《鄉事》，頁 94-97）古蒙仁也堅定道：「臺灣氣候溫和，最適于栽桑養蠶，每年可收成七至八次，此種天候上的特色，遠較日本、韓國，及我國大陸爲優。」（《失去的水平線》，頁 219）尤其隨著時代的推移，迄八〇年代 1983 年《我們只有一個地球》、《大地反撲》出版後，中國意象在報導文學家筆下逐漸消失、淡化，臺灣環境、臺灣風土成爲報導文學家必然觸及的視角，不再處處以中國爲參照，直到 1985 年《人間》創刊，中國意象才又因著陳映真的第三世界論、左統路線，成爲報導文學家必然參照的座標，連帶斲傷了臺灣報導文學的自主性。

除了前述兩點相同外，林清玄與馬以工的相異之處在於，鹿耳門在馬以工筆下是一幅靜態的記錄，而林清玄則是喧鬧滿盈的踏查，試比較兩人的文字：

> 接著我到顯宮里去，顯宮里民硬拉著我到開基媽祖廟旁邊的一塊空地，說鄭成功是在「這裡」登陸的。我卻沒有看到鄭成功的腳印，只看到四周長著散散漫漫的雜草，在將（按：贅字）黃昏的涼風中搖擺不定。一位年輕氣盛的少年憤憤的說：「土城的人有一萬多，我們顯宮只有一千兩百人，他們仗著人多欺負我們人少，想要把我們吞掉，這條帳怎麼可以輕易扯得清？」（林清玄，頁 195-196）

> 顯宮國小後即為一片魚塭，有一水道是以前通四草湖的運河，再往西走幾步就到了鹿耳門溪口了，昔日的帆影早就不知何在，只剩下一些竹筏飄盪其間，也不必拉舵，更不需插標桿，十分逍遙，真不能想像當年那種戰戰兢兢過鹿耳門的景象。（馬以工，頁 172）

同樣是去顯宮里一帶，林清玄乃是由里民帶去，而馬以工則是坐車而去；林清玄聽見現場的聲音，馬以工只看見沿途的風景；林清玄著眼的是當地居民之間的爭論，馬以工關注的是文獻上的考據，顯見林清玄擅於與當地民眾互動，而馬以工則是依循史料對照，兩人踏查鄉土的態度截然不同，而馬以工的寫法較諸林清玄來說，在當時更顯得「安全」，因爲它很容易被視爲歷史或地理考據的一環。由此凸顯出兩件事：一是當時的報導文學家致力於追索「本鄉本土」的同時，仍不免面臨著以中國意識爲對照座標，由此關心「自己的土地與人民」。另一是馬以工著重理性、林清玄關注感性，不同的筆法凸顯兩人對於報導文學主張的方法論差異，也區別出七、八〇年代報導文學家的差異：第一代報導文學家雖然受高信疆影響，但高氏並沒有絕對的指導原則，故馬以工主張客觀的史料敘事、林清玄擅於走訪地方、古蒙仁盡可能駐在地方，相對於八〇年代出身《人間》的第二代報導文學家來說，他們受到陳映眞的影響顯然就強烈許多，包括稿件修正、訪談前後的討論以及從弱小者的眼光看世界等，故第二代報導文學家的作品中蘊含著濃厚的陳映眞風格，這樣不同的取向凸顯第一代報導文學家仍處於摸索、擁有多元化之可能，不若第二代報導文學家始終聚焦於屈辱、損害乃至挫折，也就是服膺於陳映眞式的第三世界論之單向思維。

也因此，馬以工的理性主張使她縱然涉及現場，也只是以淡筆帶過：「到媽祖宮就沒到土城子這麼便捷了，而且一路也顯得很荒涼，大部分土地都是鹽田和魚塭，一樣是沒有大樹，也沒有年代較久遠的建築物，最大的要算臺碱安順廠的廠房、員工宿舍及幾戶零星的人家，靠顯宮里一帶有聚落，但可以說是沒有街市，道路盡處有一所顯宮國小。」（頁 171）這樣的描述許是報導文學初期尚未全然擺脫客觀報導風格所致，也可能是馬以工向來主張的方法論：偏向理性文字的報導也能夠成爲文學。至於林清玄則主張理性固然要有，但「感情不可或缺」，所以文中多流洩個人的主觀情感：「我相信，只要大家都能打破小鄉土的格局，重視鹿耳門的實質意義，而不是爭它的所在，問題是很輕易可以解決的。」（頁 197）由此可知第一代報導文學家所秉持的不同認識論、方法論也反映在作品中，換言之，七〇年代是個還必須對報導文學表態乃至輸誠的時代，意味著報導文學並不符合當局文藝政策，迄八〇年代第二代報導文學家則不再對此文類有著各自詮釋，因爲在陳映眞個人的第三世界論（中國意識論）主張下，已明確指示報導文學必須：一、從弱小者的眼光看世界；二、藉由紀實攝影與文字批判、記錄臺灣，此兩點即是《人間》標舉的「憲法」。故而高信疆儘管秉持中國情懷，卻未帶給第一代報導文學家明確之指示，然而陳映眞的第三世界論則引導著第二代報導文學家走向幽暗的報導文學風格。

比起馬以工偏向理性的敘述，古蒙仁與林清玄顯然是風格取向比較接近的作者，兩人除了報導文學外，都在文學創作上各有表現，古氏以小說爲主、林氏則擅寫散文，尤其林清玄日後藉著一系列佛教散文揚名文壇，反倒是古蒙仁的小說家身分逐漸爲世人所忘。兩位堪稱高信疆左右手的作者，比起馬以工的冷靜有著較爲強烈的人文情懷，以 1979 年 11 月 2 日臺北市政府廢止北投侍應生事件爲例，兩人分別做了相關報導：古蒙仁〈最後一朵夜玫瑰：北投侍應生的最後一夜〉（1979.11.2，原載《時報周刊》第 89 期，收入《失去的水平線》），該文從幾家女侍應生戶寫起，最後以兩位女侍應生醉後的蒼涼收尾，他如斯寫道：

> 然而北投就要結束了，她的風月生活是否也要隨著而結束呢？她說她還有十幾萬的會錢要繳；結束了，這些錢那裡去賺？她突然仰起頭來說，北投要是再給她一年的時光，那一切就好辦了。玫瑰是個善於做戲的女人，和江妮兩人一搭一唱，竟像在演戲一般。可是一再的喝酒、乾杯，終於使她躲進盥洗室裡大吐特吐。她擦乾了臉，虛弱地回到了席上，便軟綿綿地倒在一位客人的懷裡，雖已爛醉如泥，她還是頻頻地舉杯和人乾杯。乾杯，啊！乾杯……諸位，你們要記得，這是北投最後的一夜……（頁 258-259）

藉由江妮與玫瑰兩人展現的「最後」風情，古蒙仁既沒有探討女侍應生制度的良窳，也沒有探討北市府廢除女侍應生的合法與否，只是盡可能陳述廢除前夕，北投女侍應生戶以及女侍應生如何把握「最後的時光」，與他所主張的「關懷的精神」較接近，而與「問題加深瞭解」較有距離，惟古蒙仁的筆法帶有強烈的文學性：「十幾年的歲月就這樣過去了，女孩子們來了又去，留下了許許多多淒清婉麗的故事，也留給他們一段段溫馨眞摯的懷念」（頁 250）、「金碧輝煌的大廳裡，吊燈照耀得四周如同白晝。外面的庭園裡，每一株樹上都閃亮著七彩的小燈泡」（頁 257）、「像一朵黑夜裡癱萎的玫瑰。周遭的世界早已沉睡過去，滿天的星光寂然無聲，風吹得她滿頭亂髮狂舞不已…… 」（頁 259），這是古蒙仁與林清玄撰寫上相近之處，藉由「庶民—臺灣鄉土」的連結，將事件停格於那最後奮力一搏的浮華與掙扎，陳述了兩個女侍應生最後一醉的姿態，是對庶民面對體制抉擇的揭露，卻也因此遮蔽了浮華背後的制度壓迫，而這也就區別了《人間》與林、古二氏寫法的差異，面對類似的議題，《人間》必然將之處理成「飽食、富裕社會如何欺壓女侍應生」的辛酸歷程。這一書寫縱深不足的原因，容或與作品原載於《時報周刊》有關，也就是在媒體刊物截稿壓力之下，難免壓縮了創作者對於議題的深入探知。再者，從《黑色的部落》到《失去的水平線》，篇幅的縮減意味著古蒙仁「不再是一個自由的寫作人」[65]，關於這點古蒙仁也自承他有時必須爲刊物說話、也必須跟隨新聞事件的發展，而北投侍應生廢止即是箇中一例。

至於林清玄〈溫泉鄉的吉他：北投的曉寒殘夢〉（收入《鄉事》）並未標示出處，惟從林清玄當時任職的單位推論，應是刊載於《時報周刊》或《時報雜誌》。至於就發表日期而言，從內文所述「北投將在今年十月底廢止女侍應住戶」，可知該文應早於古蒙仁發表的日期（1979.11.2），故前者是立基於檢視體制廢止後的可能問題，後者則是描述體制廢止前夕，人的浮躁與空慌。饒有興味的是，林氏與古氏皆訪談了名叫「玫瑰」的女侍應生，惟從兩造描述看來，無法判斷林清玄筆下的「玫瑰」是否就是古蒙仁筆下「白白嫩嫩、只有二十三歲」的女性？和古蒙仁側重最後一夜的虛華，林清玄更關注廢除一事將對侍應生帶來何種衝擊：

> 「管它廢不廢止，我到別的地方去賺啊！除非把我的這個地方用鐵條封起來。」另一個說：「北投可以賺，基隆可以賺，屏東也可以賺，只是賺多賺少的差別。男人都是，唉！他們需要這個嘛！」兩人停止了畫眉，不約而同回頭望著我，把我奚落一番。也許對於這些侍應生們，北投的廢止真不是很緊要的問題，她們只是抱著做一天算一天的心理罷了……我們原以為她們都是很憂患的，可是看她們的嬉笑，我們又會感覺她們是快樂的，是憂患意識被生活磨平了呢，還是賣笑賣僵了呢？我找不到答案。

「原以爲她們都是很憂患的」，這是許多報導文學家面對踏查時的預設心理，而這樣的心理也意味著林清玄已然投射主觀意識於其中，也就是他所提到的「『報導』，必然含帶著事實的根據，落實於社會……『文學』，

---

65 古蒙仁，《失去的水平線》，頁 4。

則又必須有自我的智見與判斷」[66] 。事實上，前述引用的這段話，古蒙仁也在作品中作了近乎相同的陳述：「對她來說，取締與否並不重要，她說：『我到處可以去，礁溪、臺北，或者南部的高雄，世界那麼大，北投沒有什麼好留戀的？』」（頁 255）兩相比較，林清玄與古蒙仁都「嘗試將一些小說上的技巧」置入報導之中，例如：「哼！又是最後的一天，她揚揚頭，踩開那一扇玻璃門。一輛摩托車『嘎』地一聲在她眼前停下來」（古蒙仁，頁 253）、「正在我們談小說的時候，有一位女侍應生急匆匆的奔入，惡狠狠的啐了一口：『幹！中午來『休息』，眞是不要命了！』」（林清玄，頁 178），不過林清玄在這篇作品中，並未那麼刻意將其營造成具有小說筆法的色，而是經由女侍應生住宿聯誼會理事長莊嚴的引領，訪談了幾戶女侍應生，著眼點仍在於制度廢除後，女侍應生何去何從？基本上，這兩篇作品有一個共通點，即是中國意象的缺席，北投特殊的產業成爲報導文學家筆下的焦點，也就凸顯他們所關注的是踏踏實實的臺灣，這才是報導文學不爲當局所喜的緣故。換言之，報導文學立基於現實書寫的邏輯，往往轉化了書寫者的視角，連帶也就激起讀者面對臺灣、認識臺灣、建構臺灣的心情。

就撰寫筆法而言，林清玄的文人性格使得他的作品帶有一絲絲閒散，不若古蒙仁非常「用力」：從小節或小標的方式依序進行撰寫，故古蒙仁從一通電話往外寫起，然後寫到熱海大飯店的內部場景，看得出來是一篇精心安排的作品，但也因爲他過度講究小說的技法，使得人物產生了一種距離上的朦朧美：「與這同時，分佈在光明路、溫泉路，以及銀光向上的三十二家女侍應住宿戶的電話，都次第的響起。急促的鈴聲，響遍了沉寂的山頭，雲層越壓越低，看樣子馬上就要下起大雨來了。」「以前，下午到傍晚這段時間，是她的店裡最忙碌的時刻。女侍應生們一腳踏進一腳踏出，花枝招展的身影，把個小小的店面，裝飾得又熱鬧、又鮮豔，大家談笑風生，笑語不竭，令她笑得合不攏嘴來。」經由側筆的寫法，古蒙仁筆下的女侍應生彷若只是襯底的角色，反而女侍應戶的負責人化身爲主角，使得他最後只能如斯作結：「北投的風月，也將隨著這一道黎明的到來，而成爲歷史的陳蹟……

---

66 林清玄，《長在手上的刀》，頁 3。

北投的居民們將在這陣嘹亮的雞啼聲中醒過來，去擁抱屬於他們的一個全新的日子。」（頁 259）女侍應生的去留竟逸失無蹤，視角轉向「北投的居民」，然而通篇全在寫女侍應的最後一夜，如何與北投居民有關？

相較之下，林清玄則較關注女侍應生的心理狀態，例如他訪問一位化名「金蘭」的女侍應生在生活的逼迫下，只能到北投來謀生活，最終一步步走入黑暗的深淵：「這時候我想到母親養我育我的種種，一定要醫好她的病，可是我在工廠一個月只賺兩千多元，正好我小時候的玩伴有人在北投執業，一個月賺幾萬元，她一再慫恿我，我想到母親的病，就到了北投。」（頁 180）故而，林清玄是以更貼近的筆法去看待女侍應生的廢留狀態，並且是基於同情女侍應生的立場：「她們經常掛在臉上的笑意，也不是眞正快樂所散發出來的笑，是相當職業化的，其實，在北投的女侍應生通常有一個十分悲哀的身世，她們的出賣青春不是自願的，往往是對家庭的犧牲，因爲以她們身受的少量教育，實在找不到更好的解救家庭危厄的工作…… 」林清玄自陳這篇作品有著「嘗試」的痕跡，也就是將觸角伸向了北投女侍應生，言下之意，這是一個特殊的個案，也是他試圖從散文筆法、人稱轉換、小說形式等進行報導文學創作時期的產物，然而和古蒙仁同一題材的作品相較，林清玄在本篇的「嘗試」仍舊是含蓄的，不若古蒙仁完全以小說筆法深入了報導文學，不過終究因著林清玄的主張：「如何結合新聞與文學的寫作形式，結合理性沉思和感情抒發，結合敏銳觀察和有效面對問題」，使得他在本篇或其他篇章中，不時流洩出一絲絲文人氣息的無奈與嘆息，比方他寫道：「與走唱者談到他們心中的辛酸，不免使我想起那首哀怨淒絕的『溫柔鄉的吉他』，其中的快樂都是表面化的，隱在內裡的卻是更多的苦楚。」（頁 185）「我每次都要站在寫著『光明路』的路牌指標上凝竚，認爲這對北投也許正是一個很大的諷刺，光明路上的光明到底在那裡呢？」（頁 186）這些筆法上的運用，其實也正是對一般新聞報導的區隔，我們可以看看當時的新聞報導：

> 今天午夜十二時，對北投來説，將是歷史性的時刻。這一刻或許就像佛家所説的慧劍，斬斷了六十八年來的煙花風月，使北

> 投的青山綠水重現。不過，昨天的北投仍然是「男人的樂園」，仍然是「溫柔鄉」。許多迷戀著北投風月的男士，昨天特別到那兒尋歡作樂。沿著光明路和溫泉路一路行去，從那些賓館或別館的窗口中，仍然傳出女歌手嘶啞走調的歌聲，吉他和小鼓敲打出的調子，也仍然刺耳。旅館的門口或櫃檯邊的女服務生也笑臉迎人，北投似乎仍是老樣子。[67]

> 對於北投廢娼案，當地的旅社、飯店雖然知之甚詳，但仍然抱定「不到最後關頭，絕不放棄希望」的態度，全力爭取轉機……目前，北投地區的旅館業者面臨廢娼案的執行，有的轉往其他地區另開旅社，易地營業……有的準備裁員一半。女侍應生們群鶯亂飛分別「飛」往礁溪、宜蘭、桃園、臺北市區等地另謀發展。[68]

以上兩篇具名敘述，有別於當時仍以「本報訊」作爲訊頭之報導，意味著兩篇作品都是「特稿」，也就是含有記者主觀意見的新聞，後者筆法理性而客觀，前者則較具感性筆觸，但和林清玄、古蒙仁相比，縱使訪談了女侍應生，該文仍帶有獵奇與距離感的意味，例如述及一名女侍應生接待又醜又老的男人，隔日男人開了一張一百萬元的支票給女侍應生，或者是否讓客人簽帳賒帳等問題，這些敘述經由引述女侍應生對白呈現於文中，儘管刻意與文學手法做一連結，卻顯得矯情：「櫻子說：『再過兩天，我就要離開了！』搖搖頭，將手上的煙弄熄了，她沒有用力，煙灰碟裡還有一絲火星，閃閃發光，但終於熄滅了，就像北投以往的歲月終將逝去。」又寫道：「一位胖胖的小姐，看到『莉莉』木然的神色，勸慰她說：『看破了，也沒什麼，那裡不能賺錢？』『莉莉』只笑了一下，眼角邊隱隱顯出皺紋來。」這

67 梅瓊安與趙元良，〈流水落花秋風疾，急管繁弦今夜歇！白頭女中，閒話旖旎滄桑，男人樂園，將成歷史名詞，今夕何夕，小樓歌聲淒切，無邊風月，頓成過眼雲煙〉，《聯合報》（1979 年 11 月 1 日），第 3 版。

68 程哲仁，〈北投春意正闌珊，鶯燕輕啼各分飛：溫柔鄉歌聲歇舊情空追憶〉，《中國時報》（1979 年 10 月 31 日），第 6 版。

些片段在林清玄與古蒙仁的筆下都有接續的敘述，但在上述的特稿中卻付之闕如，於是論述停留在女侍應生的情緒上，忽略了對問題的探索，也使得作品行文的語氣突兀中止，亦即文氣不順。相較之下，林清玄與古蒙仁顯然有著更多的筆墨去陳述女侍應生看似灑脫的背後，實則有著被損害、被屈辱的故事。而林清玄與古蒙仁的作品之所以被稱之為「報導文學」，乃因其具備文學性，亦即作為「文學動員」時代深具代表性的文類，報導文學是否能夠在有效將訊息傳達給讀者的同時，也保留文學的藝術性以激發讀者產生「有為者亦若是」的意志？這是談論「報導文學」的條件之一，乃因這是文學動員所主張的「以文救國」之信念，也是當時知識分子紛紛搶奪新論述、改造副刊內容之故。

本書並不打算墜入文體論的窠臼之中，畢竟文學的定義極其困難與廣泛；也非標榜文學性的絕對，畢竟報導文學的精神並非在於文體論而是認識論。過往論者普遍指出正是報導文學欠缺文學性，以致難以歸類而最終走向消亡一途。對此，本書以為欲探究報導文學的文學性，宜回到七〇年代場域中加以檢視，從這個角度切入，當時名躁一時的幾本著作例如王拓《金水嬸》（1976）、宋澤萊《打牛湳村》（1978）、洪醒夫《黑面慶仔》（1978）、楊青矗《工廠女兒圈》（1979）等，皆旨在宣達意念而非講究修辭，這也是鄉土文學論戰中再三強調的寫實主義精神：外求的、現實的、社會的，是故當時的鄉土文學作品文字皆以淺白、易懂為主，說穿了也就是以報導文學的精神去從事小說創作，以宋澤萊備受注目的《打牛湳村》為例，箇中收錄的幾篇作品即有這樣的特質：

> 現在的教育像一個籠子和迷宮，養了一大批白老鼠，只教老鼠走迷宮，和現實脫節了，比如伊們明明知道農鄉的窮困，卻硬要用言詞來美化它，明明知道須要培養農業人員，卻忽視作物栽培……談歸談，後來洋菇就沒人要了，至於為什麼沒人要，打牛湳沒有一個人知道它底真正的原因。（〈打牛湳村〉，頁214）

> 一九七七年，五項公職人員選舉在全省開始進入狀況的時候，已

> 是入秋的時節，所有的人都剛剛渡完虛有其表的中秋節，一種天地間的蕭颯彷彿就要來臨，若在平時，這種天氣倒頗為適合用來作為選舉……（〈鄉選時的兩個小角色〉，頁273）

這些敘述所欲傳達的訊息顯而易見，亦足以作爲報導文學的片段，也就是雕琢的字句轉化爲淺白的鋪陳，故小說調度畫面不再是以現代主義常見的蒙太奇手法去銜接，而是經由寫實方式予以呈現，這樣的特質也展現在洪醒夫的《黑面慶仔》裡：

> 好一塊美好的土地哪！阿爸為它付出龐大的代價，我們兄弟也是。土地是我們的，我們開墾的，要愛護它，要照顧它，不要怕艱苦！——阿爸身體健康時，常常這樣說。但是，我把它賣了，賣了，十幾甲都賣了！（〈吾土〉，頁219）

> 其實，歌仔戲自有歌仔戲的生命，金發伯說，我們的不景氣只是暫時的，不久就會很好。伊娘咧，他說，那些「新劇」，流行歌，搖來搖去，愛來愛去，都是現世，無恥！他很憤慨；歌仔戲都是有憑有據的，教人忠孝節義，有什麼不好？（〈散戲〉，頁11）

其中，洪醒夫的〈吾土〉曾經獲得第一屆時報文學獎短篇小說甄選獎優等獎，而它之所以能夠獲獎，並非具有如何高深的文字修辭，而是深切表述了小人物在農村落沒之際，如何被壓迫乃至走上絕路的歷程，當時擔任評審之一的葉石濤即評述道：「這部小說生動的表現了農家自身的瓦解歷程與重建，這是最可取的地方……我們在這篇小說裡幾乎可以看到現實農村裡存在的所有激盪的問題，確實不易。」[69] 至於王拓的《金水嬸》同樣也以淺白

---

69 林清玄、陳怡真、金恆煒、楊敏盛與王芬蘭，〈打開人生新境，邁向文學大路：第一屆時報文學獎決審會議紀實〉，《中國時報》（1978年10月2

的語言描述場景與人物：「金水嬸在八斗子之所以會這般出名，一來是因爲她整年從年頭到年尾，每天挑了雜貨擔在八斗子的每一戶人家走動兜售化粧品、家庭的日常用品、以及小孩子們的糖菓餅干。而且也由於她這種職業上的方便，自然對八斗子每一個家庭的大小事情，諸如土生叔的媳婦生了雙胞胎啦，阿木嬸家的母豬又生了一窩小豬啦，或者龍嫂的婆媳間又吵架啦等等事情，她都瞭解得一清二楚。」「一入了冬，八斗子的天氣就變得昏黑陰慘了起來，海浪『嘩——啊——』『嘩——啊——』地嘯叫，掀起小山般的浪頭，混混濁濁的。濕冷的腥鹹在強勁的海風的吹襲下，毫不留情地鑽進每一個空隙裡，瀰漫了整個大地。」[70]

換言之，這幾部作品充分傳達了鄉土文學寫實主義的訴求，亦即文字平實而不雕琢、人物形象鮮明而不隱晦、意念先行而外求，實踐在報導文學上，報導文學的字句同樣淺顯易懂、強調寫實與平實，是故，以古蒙仁〈黑色的部落〉爲例，他寫道：「六十年前的鮮血與頭顱，染紅了大嵙崁溪的黑水濁浪，堆高了李棟山的雲霽雨露。今日翻開這頁史冊，依然令人怵目驚心，震慄不已」（頁 165）、「在那瞬間，我看到了生平所未看過的最悲壯雄奇的景緻，我第一次感到天地造化的力量足以使我踣地下跪。當我回來再度經過那兒時，正是起風的時候。宇老是著名的風口，滿山滿谷的勁風在那兒尖銳的呼嘯、迴旋，我的衣襟猛烈地抽打著身體。人，就這麼呆呆的站著，看秀巒最後的一瞥」（頁 208），透過文學手法的安排，古蒙仁引領讀者從尖石鄉的檢查哨一步步走向秀巒部落，包括如何行腳、歷史的回溯、今日實況以及泰雅族人的風俗、下一代的教育與家庭個案等，長達十三個小節彷若一篇小型的人類學田野調查報告，像剝洋蔥般一層一層往內裡探索，較諸同時代的新聞報導多了結構上的安排，比起同時代的鄉土文學筆法亦不遑多讓，等同報導文學與鄉土文學合流，成爲七〇年代顯赫一時的新興文類。

〈黑色的部落〉曾獲得第一屆時報文學獎報導文學獎推薦獎，該獎項係

日），第 14、15 版。

70 王拓，《金水嬸》（臺北：香草山出版有限公司，1976 年初版），頁 190-191、201。

經由主辦單位推薦，故足以斷定古蒙仁事先並未針對文學獎場域進行揣度盤算，其獲獎理由在於：「寫的非常眞實、細膩、優美」（孟瑤語）、「〈黑色的部落〉是一篇很好的報導文學，雖然文章內容令人感覺相當痛苦，但文筆好，非常細膩」（陳奇祿語），從評審的評語揭露了兩點：其一，報導文學獎評審乃是依循傳統文學觀以評斷新興文類，也就容易產生誤讀報導文學認識論的可能。其二，作爲新興文類，探究何謂報導文學往往從「文學」思索之，然而爲何必須從「文學」切入？顯然當時的報導文學家無法回答此一命題，但其戮力於追索報導文學的可能形式——尤其是林清玄、古蒙仁——之意志是值得關注的，故歷年指稱報導文學欠缺文學性，實乃脫離文學發展之脈絡，一旦重返場域，將發現報導文學之所以深受大眾廣泛的注目，乃因其文學意義即是文字淺顯易懂、內容與群眾息息相關，故報導文學才會引領年輕創作者投身其中，也才足以實踐「文學到民間」、「文學的功能不僅是欣賞，尙可傳播觀念，爭取支持」（馬以工語）等信念，從而喚起讀者對於鄉土的認知、培養其文學素養。

綜上所述，第一代報導文學家建構的「人間」圖像，有一部分乃源自高信疆主張「文化中國」的意象，也就是藉由民間技藝、宗教信仰這類題材，將臺灣與中國作一連結，既形塑了臺灣也凸顯中國影響力無所不在。然而作爲場域行動的報導文學家，其植基於臺灣鄉土的眞實觀，也使其逐漸擺脫中國意象的糾葛，也因此，儘管筆下的地方產業特色同樣以中國思維、中國意象作爲連結，但終究無法有效防堵臺灣鄉土、臺灣意識的浮現，也是在臺灣越形清晰的前提下，報導文學才從踏查鄉土轉向對人的關注、對環保議題的重視。不過，必須理解的是，當時踏查的臺灣鄉土圖像其實只有「一半」而非「全部」，也就是我們對於臺灣鄉土的認知乃是奠基於西臺灣，而東臺灣雖偶有離島成爲報導題材，但終究只是點綴，餘者付之闕如，也使我們見識到長期以來文化霸權干涉之下，「繁榮的西部平原」如何對應「落後的東部山區」，而這一對照同樣呈現於八〇年代的《人間》，只不過從臺灣內部轉向中國，那即是「醜惡、汙染的臺灣」對照「壯美、幽邃的中國」。

相較於八〇年代《人間》秉持第三世界論（中國意識論）的機械論述，七〇年代報導文學家筆下的「人間」顯然是較溫和且有機的。之所以「有機」在於主事者高信疆的原則並不強烈，故古蒙仁、林清玄等人才有機會實驗或小說或散文的筆法，也才不至於受限於中國意識而漠視臺灣的民間動能，儘管因爲專注於踏查臺灣鄉土，使得「人」的主體被遮蔽於「鄉土」這一結構中，從而看見群體而非個人，但這是第一代報導文學家面對宛若「陌生地」臺灣的不得不，也是何以到了八〇年代初，報導文學主題逐漸轉向人與環保議題的發聲。

第一代報導文學家雖然試圖經由「愛與關懷」撰寫報導文學，但誠如前述所言，報導文學的存在本身就是一種社會問題，它踏查臺灣鄉土挑戰了文化霸權的神州觀、它檢視社會問題觸及當權者報喜不報憂的界線，從而建構民間臺灣的圖像：無論是宗教信仰、民俗技藝乃至鄉鎮特色，而這也是去殖民化的開端。七〇年代報導文學的重要性，一方面在於它揭露了媒體公共論壇中長期缺席的臺灣，一方面則是它將讀者與文學帶進前所未見的臺灣現實當中，許多人都在那一刻才眞正意識到，生活從來就不在他方而是斯土斯民，從這些面向去回望報導文學，才能明白報導文學的核心價值與眞諦，它促使過往被遮蔽的臺灣重新浮現，也激發了臺灣意識之可能，並建構了文學也終究重塑了臺灣。

第五章 八〇年代臺灣報導文學場域論

5

——《人間》是陳映真實現理念的「不得不然」……當然這是少年戀夢，高估了自己（按：曾淑美）的能耐，低估了《人間》問題的深度與複雜性，尤其完全不明白陳映真先生的意向。[1]

——老實說，臺灣是因為有陳映真這個人，才有「人間」這本雜誌的，並不是說臺灣的人文環境已到某一境界，人道精神已遍地可聞，或者報導攝影的水準已夠深廣，才產生「人間」的。[2]

壹、政治場、媒體場與文學場：八〇年代報導文學場域論

本章開場的二句引言皆來自曾經任職《人間》的從業人員，其說法皆指向陳映眞與《人間》的關聯，也就使得八〇年代名噪一時的《人間》越發饒有興味，即《人間》如何實踐陳映眞的主張？

《人間》是八〇年代突出的一面風景，也是八〇年代獨有的一面風景，它的出現意味著：八〇年代的報導文學不再滿足於踏查臺灣鄉土，而是直指社會議題、環保議題、經濟議題等，說明了八〇年代已非七〇年代的封閉、

1 曾淑美，〈陳映眞先生，以及他給我的「第一件差事」〉，收於封德屏主編，《人間風景．陳映眞》（臺北：文訊雜誌社、財團法人趨勢教育基金會，2009年初版），頁265-266。

2 蕭嘉慶，〈無標題〉（總標題：臺灣文化和輿論重鎮是這樣看《人間》的……），《人間》第29期（1988年3月），頁95。本頁係廣告頁，蕭嘉慶曾任《人間》第32期迄第36期（1988.6-1988.10）圖片編輯，時任《中國時報》攝影組召集人。

摸索，而是走向新興社會運動化、消費化社會。儘管八〇年代的開場，延續了七〇年代末期的「高雄美麗島事件」大逮捕氛圍，隨之而來的是 1980 年 3 月 18 日美麗島事件大審，以及稍早之前發生於 2 月 28 日的林（義雄）宅血案，「那是個冷雨的冬日黃昏，七〇年代在這樣的氣氛下結束，八〇年代則在這種暗淡中揭開序幕。」時任《臺灣時報》政治組副主任兼主筆的南方朔事後回憶：「當時眞是黯淡而驚恐到了谷底，大逮捕完了之後的小逮捕不斷……那是個悲傷又憤恨、恐懼也輕蔑的時代。」[3] 之所以驚恐，在於日後發生了幾樁重要的政治命案與逮捕，包括葉島蕾判亂案（1980.11.17）、陳文成命案（1981.7.3）、江南（劉宜良）命案（1984.10.15）、美國《國際日報》發行人李亞頻返臺遭逮捕案（1985.9）等；之所以輕蔑，則是伴隨了弊案與監控手段而來的「權威關係」、「勾串舞弊」，比如 1985 年年初爆發的第十信用合作社弊案（簡稱十信弊案）等，統治者因著言行不一，加諸既有文化霸權論述自七〇年代末以來逐漸左支右絀，使得人們由敬畏轉而成爲挑戰。

因而，八〇年代在後來論者的回憶中，被視爲一個集體發聲的「狂飆年代」。狂飆，乃因統治者面臨了政權上的危機而被迫積極轉型。集體，乃因統治的鬆動使得新興社會運動眾聲喧譁。儘管美麗島事件導致七〇年代末，越形高張的政治反對運動受到了鎭壓，但黨外運動的動能並未因此消失，表現在 1980 年第三次立委增額選舉，以及 1981 年第九屆縣市長暨省市議員選舉上，無黨籍得票率不減反增，當時主流媒體針對這樣的結果，指出國民黨的「空降部隊」提名與輔選制度有問題，「國民黨贏得很艱苦，這是過去任何一次選舉所沒有的現象。」[4] 這個觀察凸顯黨外運動在八〇年代初的兩次選舉後，已成爲國民黨的競爭者，意味著黨外運動已有固定的選民支持

---

3 南方朔，〈青山繚繞疑無路：狂飆的八〇年代〉，收於楊澤主編，《狂飆八〇：記錄一個集體發聲的年代》（臺北：時報文化出版企業股份有限公司，1999 年初版），頁 22。此書係《中國時報》人間副刊自 1998 年 8 月 10 日迄 9 月 17 日企劃「八〇年代專輯一：飛過火山」之集結。

4 王健壯，〈國民黨提名及輔選作業的檢討〉，《中國時報》（1981 年 11 月 16 日），第 2 版。

及其組織化行動。事實上，「美麗島事件」處於鄉土文學論戰之後，而先於1983年迄1984年臺灣意識論戰，因此事件本身乃是國家、民族認同的重要指標，翁秀琪與陳慧敏在探論媒體如何「編織」美麗島事件以形塑民眾的族群與國家認同時，指出美麗島事件其實是黨國機器爲解決合法性危機，對於媒體進行的一次操控，透過國家、族群與地域以及人權、民主法治與理性等符碼，召喚民眾對於國家與族群的認同，並將異議者加以排除以強化統治的合法性[5]。也就是國民黨欲藉美麗島事件，運作輿論力量加以醜化黨外人士，並將所有黨外菁英一網打盡。從後來的演變顯示，黨國機器的作爲只是短暫使得黨外運動受挫，卻因著海外人士奔走與團結而獲得國際社會的關切與同情，使得審判過程首度開放媒體採訪，而這個「首度」除了來自國際壓力使然，也凸顯黨國機器欲藉國外記者採訪美麗島事件大審，藉此醜化黨外菁英以促使民眾唾棄他們，未料軍法大審的公開，反而使得美麗島事件成爲「臺灣民主化的里程碑，它是最有效的政治教育」[6]，並成爲往後民主運動論述動能的來源。

以美麗島事件作爲觀察報導文學的分水嶺，從時報文學獎報導文學獎來看，事件後隔年（1980年），首獎作品轉向日後發展成自然書寫脈絡的環保議題，迄1981年不分名次並列前四名的作品有兩篇作品〈捕蟲者〉、〈美麗新世界〉皆與自然書寫有關，意味著撰稿者、審稿者刻意避開社會肅殺氛圍，前此報導文學中的社會問題轉向環保議題，此議題的崛起乃伴隨著六〇年代以來出口導向工業化政策、七〇年代石化業受到積極扶植等而來。急速擴張的資本主義爲臺灣社會帶來了財富，也衍生工業汙染等問題，此一環境汙染涉及政府政策、外資、美援等問題，亦即它既可視之爲政府施政不當的社會問題，也可擴張爲國際資本主義分工體系的問題，甚至侷限於環境

5　翁秀琪與陳慧敏，《社會結構、語言機制與認同建構：大眾媒介如何「編織」美麗島事件並構塑民眾的族群與國家認同》（傳播研究集刊第四集）（臺北：國立政治大學傳播學院，2000年初版），頁6-7。

6　司馬文武，〈激流中的美麗島：臺灣政治鉅變〉，收於新新聞周刊編輯部主編，《美麗島十年風雲》（臺北：新新聞文化事業股份有限公司，1989年初版），頁10。

破壞而將主因歸咎於群眾，故此議題置於戒嚴時期「進可攻、退可守」，既可有效規避當局壓迫、又可因與人民息息相關而獲得當局正視，韓韓與馬以工合著的《我們只有一個地球》（1983）即是一例，觀光局長、政務委員親自探勘她們筆下的〈紅樹林生在這裡〉，但綜觀全書，多訴諸於道德教化而欠缺社會條件等鉅觀結構分析。迄八○年代中期以降，《人間》將此類議題擴展至檢視政經結構、國際資本主義分工等，甚至與環保運動作一連結，使得環保議題不僅是紙上談兵也是實際行動，增加其報導張力與激發更多讀者參與。

至此，面對八○年代報導文學場域論，可以從民間社會力解放、臺灣文學正名論以及消費社會崛起等三方面加以檢視其與七○年代的差異。首先，論者歸納指出，八○年代的黨國體制無論在政治或經濟上都面臨了政權危機，就政治危機而言，因著中產階級越發穩固而越發要求國家機器民主化，大大小小由中產階級引領的新興社會運動充斥著八○年代，它伴隨的其實是黨外運動的勃興。就經濟危機而言，則因著美麗島事件以及蔣經國健康問題，使得民眾對於政府政治體制欠缺信心，以致投資意願低落。其中，黨外雜誌的勃興使得七○年代被挪用的報導文學澈底轉化爲「內幕式」報導，藉以對抗主流媒體的制式新聞，也是相對於主流媒體上越發限縮報導文學篇幅有關。換言之，七○年代活躍於主流媒體副刊的報導文學，迄八○年代中期已因著議題設定的消退以及黨外雜誌崛起，喪失其原本影響力，這也是《人間》雜誌創刊當下採用報導文學去對抗黨外雜誌的用意，除了奪回報導文學詮釋權，也旨在藉報導文學申張其理念，凸顯八○年代報導文學仍有其影響力。

就黨外雜誌來說，美麗島事件固然頓挫了民主運動，但知識分子議論時局的勇氣並未因此而消失，不少知識分子湧入當時的黨外陣營，而各種與社會實踐有關的學說也在此時蔚爲顯學，這也是黨外雜誌雨後春筍般創刊的緣故。光是 1981 年一年即有十本黨外雜誌陸續發行，儘管屢遭查禁或查扣，如《縱橫》（2 月創刊）被查禁、《進步》（4 月創刊）被查扣，但其勃興與頓挫的現象透露出三種意涵：其一，閱聽眾對於政治訊息具有高度興趣；其二，閱聽眾主動尋求此一訊息；其三，現存媒體無法滿足其政治訊息的需求[7]。此一「無法滿足」與「主動尋求訊息」的現象，可以依循傳播理論「使用與滿足」（uses and gratifications theory）的概念加以解釋，也就是爲何既有媒體無法滿足閱聽眾？它意味著歷來的侍從報業扼殺了新聞訊息的可信度，不少資深媒體人日後回憶起來，總是指出統治者如何干預新聞內容，以報導美麗島事件爲例，時任《臺灣時報》採訪組副主任李旺台即表示，當時自己身在遊行隊伍之中，看見不相干的黑衣人開始毆打憲警，於是回到報社後將原有跑警政線記者的稿子抽出重寫，主標題爲「不聽勸阻作非法遊行，憲警與群眾發生衝突」，副標題爲「鎮暴部隊發射催淚瓦斯驅散人群」，暗指憲警單位是「先鎮後暴」，然而當時的主流媒體乃是以「暴力事件」、「暴徒」等語指責參與事件者[8]，等同媒體配合了國家機器的演出。

故而黨外雜誌存在的意義也就是透過「內幕式」報導，挑戰既有的文化霸權以建構臺灣意識。然而相對於黨外雜誌與民主運動的勃興，當權者的舊論述卻跟不上時代腳步，非但不願承認崛起的新興社會力量，反而採取壓制與反擊，並爲了合理化其壓迫而尋求原本支持者的認可，即論者所謂「退縮的正當化」（backward legitimation），主要表現在三面向：第一，強化與地方派系的關係；第二，強化與國際和國內資本家的關係；第三，軍人力量高漲以維繫社會穩定和經濟成長[9]。也因此，八〇年代中期國民黨政府雖然在權力繼承上因爲蔣經國健康走下坡，而產生許多揣測與各方勢力角逐，但對於黨外雜誌與民主運動的箝制未嘗有鬆手的跡象，因此，黨外雜誌如何躲避有關單位的監控乃是家常便飯之事，在何榮幸策劃的訪談集《黑夜中尋找星星》中，當年多位投身黨外雜誌的新聞從業人員即曾提及：

> 我們經常換印刷廠，講電話也都有暗號，假報印刷時間；透過一

7　林清芬，〈一九八〇年代初期臺灣黨外政論雜誌查禁之探究〉，頁259。

8　何榮幸策劃導論、臺灣大學新聞研究所，《黑夜中尋找星星：走過戒嚴的資深記者生命史》，頁230-231，出自李旺台訪談錄〈對抗威權體制的南部記者〉。

9　王振寰，《資本，勞工與國家機器》（臺北：臺灣社會研究季刊社，1993年初版），頁49。

> 次又一次的闖關經驗，讓每一個環節和組織慢慢培養出躲避查禁的模式……新來的情治人員，一來查禁就跟我們搶書，對我們照相存證；不過我們也找幾個立委、市議員，還找記者在旁邊照。他搶照相機，我們也搶他照相機。下一集雜誌出刊時，就把情治人員的照片登在雜誌封面，寫上「抓耙子」。（司馬文武訪談錄〈只想當「真正的記者」〉）

> 當時我已知道這期「穩死的」（臺語），不被查禁才怪。於是我就決定把版型做好之後，另外再留一份給司馬文武。萬一我們澈底被查禁、被「幹掉了」，就讓八十年代之後再重印一次……黨外雜誌年代，面對龐大的政治壓力，每出一期雜誌就像在打仗一樣。現在回想起來，它仍有另一種「貓鼠之間」、你抓我閃的樂趣。（楊渡訪談錄〈以報導文學實踐文人理想〉）

> 警總經常到印刷廠查扣雜誌。有幾次，我被派去在工廠門口跟警總撒嬌，拖延時間，好讓其他人偷偷把雜誌從後面的窗口搬出去。有趣的是，一旦雜誌被查禁，銷售量反而更好。重慶南路一帶的書販都有他們自己賣禁書的暗號。（徐璐訪談錄〈不斷追尋自我的女記者〉）

這類對於黨外雜誌的壓抑，於美麗島事件後迄 1980 年底達到巔峰，發行的黨外雜誌每種不超過兩期即被查禁。但如前所述，在既存媒體無從滿足閱聽人的訊息需求下，有 90% 以上的閱聽眾不相信刊登於主流媒體的政治新聞，使得黨外雜誌具備了一定的閱聽眾基礎，透過大量的報導內容，黨外雜誌除了提供黨外人士曝光，也讓閱聽眾得以獲知公共事物，尤其黨外雜誌所謂的報導乃是夾敘夾議，並非主流媒體所提倡的公正客觀之傳統新聞學，它既不刻意強調文學性，也不凸顯田野調查的必要，反而著重於報導、分析當局高層人物的動態，也就是所謂「內幕」消息，影響所及打破了執政者的高蹈地位、也揭開宮闈神祕，隨後並將報導著眼點從臺北移往高屏地區，使得黨外雜誌不僅止於政論性質，還逐漸轉變爲新聞週刊之一種，這一傾向尤以 1983 年 3 月，由外省籍臺北市議員林正杰創辦之《前進週刊》爲例，據聞一個月賣出五萬本，使得其他黨外雜誌亦從月刊轉爲發行週刊（共六本），卻也導致生產成本從過去 10.7 萬元（月刊）增加至 26.8 萬元（週刊），由於編採及評論人員的數量不及擴充，使得內容開發與策劃的動能降低，各種相近的訊息、無法查證或沒有查證的評論、內幕報導等重複出現，以「蔣家祕辛」爲例，1984 年 6 月迄 7 月間，就有五家週刊以它作爲封面故事[10]。

根據歐陽聖恩的整理，黨外雜誌發展史可區分爲一、草莽期（1975-1978）：以《臺灣政論》爲代表，編輯與印刷皆顯粗糙。二、尖峰期（1979）：黨外勢力急遽成長，《八十年代》、《美麗島》展現了此一氛圍。三、黯淡期（1980）：《亞洲人》、《暖流》接續《八十年代》出刊，每本刊物不超過兩期就被停止發行一年。四、太平期（1981）：黨外新生代不耐於黨外雜誌因爲人手不足而「攙水」，乃籌辦刊物如《進步》（創刊號遭警總查扣），另有《深耕》的出現，以及李敖首創「雜誌型」叢書，此階段共發行十二種雜誌，大部分刊物除偶爾被查禁外皆能繼續出版，故名之爲「太平期」。五、蛻變期（1982-1983）：此一時期主要是《前進》以週刊的形式出版，由此，黨外雜誌從過往的月刊制改爲週刊制，調整了黨外雜誌原本重編輯輕新聞、偏評論少資訊的風格。六、戰國期（1984）：此時期爲黨外資訊市場的「戰國時期」，各種黨外政論雜誌紛紛出刊，然而報導內容大同小異，形成供過於求、競逐市場的局面[11]。

自 1975 年迄 1984 年，黨外共發行五十五種不同名稱的政論雜誌，藉由不斷挑戰當局的政治禁忌，黨外雜誌獲得廣大的傳播影響力，也成爲侍從媒體的挑戰者，而從後殖民主義予以詮釋，它也說明了次等人擁有發聲之

10 賀照緹，《小眾媒體・運動文化・權力：綠色小組的運動形式及生產條件分析》（輔仁大學大眾傳播研究所碩士論文，1993 年 6 月），頁 27-28。

11 歐陽聖恩，《無黨籍人士所辦政論雜誌在我國政治環境中角色功能之研究》，頁 62-83。另參見彭琳淞，〈黨外雜誌與臺灣民主運動〉，頁 75-90。

可能，儘管就中產階級領導工農兵階級的黨外運動來說，與 Spivak 等人所欲探討的無產階級未盡相同，但立基於統治階層的對立面，黨外雜誌乃是主流媒體所忽略之讀者的發聲管道，惟在收入不甚穩定、急於滿足閱聽眾以及控訴當權者等運作下，講求田野調查、耗費大量時間以及著眼於文學結構的報導文學並不符其需求，故報導文學在黨外雜誌中，往往成爲空有報導而無文學的內幕消息。此一現象也見諸同一時期興起的社會運動刊物，它所彰顯的乃是過往主流媒體、菁英論述所忽略的議題如原住民、女性自主以及環境保護等，在舊政權面臨統治危機而產生管制的罅隙下，這些議題獲得了發聲的可能，也促使兩大主流報紙《中國時報》、《聯合報》跟進創辦了政論雜誌《時報雜誌》（1980.1-1985.12）、《聯合月刊》（1981.8.1-1988.1），並增闢有關政治內幕的專欄，去吸引原本對其母公司（報社）不信任的目光。事實上，《聯合報》早在七〇年代即爲抗衡《臺灣政論》而創辦《中國論壇》（1975.10-1992.10），然而這些主流媒體並無心挑戰當局的文化霸權，而是著眼於言論市場的消費獲取，在黨外媒體的開疆拓土下，拾人牙慧以吸引閱聽眾目光，並適度游移在當局所能接受的言論尺度下，等同是異議傳播的收割者而非開創者[12]。

儘管黨外雜誌如雨後春筍般創立，然而八〇年代的黨外民主運動其實歷經了「體制內改革」抑或「改革體制」之爭辯[13]。起因於 1982 年 5 月中旬黨外立委放棄杯葛審查警備總部預算，原本指定警備總司令必須到席接受質詢，但警備總司令認爲軍令、政令系統不同而拒絕前往，遂引發黨外人士杯葛，此舉使得國民黨立委嚴陣以待、出動足夠人數以備表決，黨外立委康寧

---

12 馮建三，〈異議媒體的停滯與流變之初探：從政論雜誌到地下電臺〉，頁 186。

13 關於黨外的路線爭議，彭琳淞整理指出八〇年代中期前計有三波爭議：一、體制內改革與改革體制；二、公職掛帥爭議：部分黨外公職人員於1984年「黨外後援會」的章程上，明定成員也需是公職人員而遭抨擊；三、雞兔同籠問題：由《新潮流》對於黨外議員不當行爲提出批判，採取「理念」對照「私利」、「質重於量」等角度，談黨外組成分子的問題。參見彭琳淞，〈黨外雜誌與臺灣民主運動〉，頁 58-63。

祥等人見狀遂提出三個條件與國民黨進行談判，整起事件也就是黨外雜誌長期「批康」的起點，著眼於康寧祥「放水」、「喝國民黨的圓仔湯」等，引發黨外路線之爭，即「體制內改革」與「改革體制」交鋒。又因康寧祥主持的《八十年代》向來講求新聞專業原則，連帶也被譏爲「放水派」，惟多數焦點仍集中於康寧祥身上，批判的時程最久也最深，論者指出：「自從立法院的『放水風波』引起作家李敖及黨外新生代林世煜等人聯手策畫『批康』以來，康寧祥經常受到黨外內部（新生代爲主）的批鬥，長達三年多。『批康』的文字，多達一、二十萬字。」[14] 其實早在七〇年代末，1979 年 6 月由康寧祥擔任發行人的《八十年代》創刊，以及同年 8 月由黃信介擔任發行人的《美麗島》創刊，即預示了兩造不同勢力的產生：當時黨外最大的人脈組織悉數整合入《美麗島》雜誌內，成爲黨外主流派，而康寧祥及其《八十年代》主張自由主義派的路線，反而成爲黨外的「非主流」。

黨外雜誌的熱潮迄 1985 年 4 月中旬，政府在七天內查禁九本黨外雜誌，使得黨外編輯作家聯誼會（1983.9.9 成立，簡稱黨外編聯會）舉辦座談會，共有一百多名雜誌主持人及讀者參加，與會者體認到週刊過於飽和、市場壓力巨大。若干與會人員建議雜誌內容應該節制、注重事實而不要淪爲個人工具，也有人採取對立的看法，認爲黨外雜誌的功能在於宣傳、組訓與籌措財源。由於各說各話，自然也就無法有效對黨外雜誌的市場達成規劃之共識，這也是評論家南民（王杏慶）於 1986 年指出，當時黨外雜誌包含了日後民進黨多位政治人物掛帥、李敖個人持有、國民黨正式掌控與暗中支持的「黨外」雜誌，還有若干「商人性格」的黨外雜誌，數量之多且紛雜已經讓人看不懂何謂「黨外雜誌」[15] ？而到了 1988 年，一項針對卅八所公私立大專院校任教的教師所作的調查發現，無論是國民黨或無黨籍教師，都對於黨外雜誌的平衡報導、精確度以及值得報導等面向表達了相同看法，一致認爲和主流報紙與電視相較，黨外雜誌並非那麼可信、形象亦欠妥當，這樣的調

---

14 李筱峰，《臺灣民主運動四十年》，頁 187。

15 南民，〈臺灣的眞假黨外雜誌〉，《九十年代月刊（香港）》8 月號（1986 年 8 月），頁 27-29。

查結果也說明了黨外雜誌在知識分子閱聽人心目中，和主流媒體已無太大差別，自然而然也就走向了黃昏，於九〇年代初異議聲音轉向地下電臺終究越形式微。

儘管黨外民主運動出現了路線上的分歧，但它仍反映了民間力量的行動化與組織化。這一行動化與組織化不僅表現在政治反對運動上，也表現在新興社會運動上。論者指出臺灣社會運動的出現，一開始即具有很強的政治色彩，一方面它受到國家機器基於威權政治與體制的排斥，故而社會運動被當局視爲敵對者，使得原本目標不是政府本身的社會運動也涉及了政治化。另一方面，社會運動組織初期需要資源協助，所以在戒嚴時期，社會運動領導者多半來自政治反對運動成員，乃因他們比較擁有資源也比較知道如何運作群眾，這也使得臺灣社會運動展現了政治化的特性，也就是具有政治反對運動的色彩。從 1983 年 1 月出現第一宗「自力救濟」行動以來[16]，大大小小的社會運動即層出不窮，蕭新煌從「政治力」、「經濟力」以及「社會力」等三層面，爲過去四十年戰後臺灣的變遷軌跡作一分析指出：「八〇年代已進入以『社會力』展現的時代，以抗衡過往『政治掛帥』與『經濟掛帥』的專斷力量，並開始對上述兩種力量的過份膨脹及濫用，發出抗議之聲。」[17]

綜觀臺灣社會變遷可區分爲三大時期：其一，起於 1947 年二二八事件迄 1962 年十五年間，政治力嚴密掌控了經濟活動與社會現實。其二，1963 年工業所占國民生產毛額比例高於農業，迄 1978 年十五年間，經濟力開始脫穎而出，因其壯大而導致「政治力」不得不與「經濟力」相互掛鉤，「經濟特權」於焉產生，社會力則在外交受挫、國內訴求民主改革、民族主義社會踏查的條件下逐漸延伸而出。其三，1979 年迄 1989 年十年間，政經掛鉤

---

16 本報北縣訊，〈二重疏洪道業主請願阻塞交通，南北省道爲之中斷長達九小時〉，《中國時報》（1983 年 1 月 5 日），第 3 版。此一救濟事件，乃是兩百餘位反對開闢二重疏洪道的三重民眾，占據重新路五段一帶，自早上七時迄下午三時進行抗議。

17 蕭新煌，〈臺灣新興社會運動的分析架構〉，收於徐正光與宋文里主編，《臺灣新興社會運動》（臺北：巨流圖書公司，1996 年初版五刷），頁 21-22（1989 年初版）。

暴露其嚴重弊端，十信弊案即是其中一例，除了危及政府威權也導致社會群起抗議「反壟斷、反特權、反投機」，更重要的是新生的「社會力」逐漸展現在地方性的「自力救濟」抗議行動上，可稱之爲社會力反動的年代，也就是新興社會運動的源起。由此，國民黨政府被迫進行「被動革命」（aborted passive revolution），包括 1985 年 5 月 7 日組成一個臨時性的經濟改革委員會，針對經濟制度、法規等予以全盤檢視，故 1985 年 12 月 25 日，蔣經國於行憲紀念大會、憲政研討委員會第廿次全體會議暨國民大會代表七十四年度年會中指出：一、蔣氏家人不能也不會競選下一任總統；二、臺灣不能也不會實施軍政府方式統治國家。到了 1986 年 3 月國民黨十三中全會後，一個由 12 人組成的改革小組於 4 月成立，並於 6 月提出充實中央民意代表機關、民間團體組織許可制度等六個議題，這些方案的提出也就預示了解嚴以及允許其他政黨成立的到來，主因在於國民黨政府一方面爲了革新內部組織，一方面也意欲收編社會衝突，賦予其制度化與法規化，這也是中常會通過兩項提議：「動員戡亂時期國家安全法令之研究」與「動員戡亂時期民間社團組織之研究」，同年 10 月 7 日蔣經國接見《華盛頓郵報》董事長 Graham 指出「將盡速取消戒嚴」，後 1987 年 7 月 14 日宣布「臺灣地區」自 1987 年 7 月 15 日零時起解除戒嚴，並於 1988 年 1 月 1 日解除報禁，至此，臺灣政治與社會、傳播媒體生態等爲之丕變，國民黨政府進入舊政權的轉型。

從這個角度切入，《人間》雜誌在面對解嚴時，大聲疾呼：「解嚴以後，那巨大的權力和支配機器，已經做出回應與反撲的姿態，向《人間》以及那些曾在過去的暗夜中呼喊了自由的異議者，揮出一記冷血而堅硬的拳頭：『當戒嚴體制解除，你們又能幹什麼？』」[18] 這樣的說法顯然只對了一半，因爲當權者從來就沒有想要放鬆它的統治權，在它原本的規劃中，乃是意欲透過自訂的方式與時間表，去掌握被統治者的一切政治動態，故而即使是解嚴這樣帶有必須流血鬥爭的行動，也在當權者收編權力的回應下，成爲臺灣與其他爭取解嚴國家相異之處。也因此，1986 年 9 月 28 日黨外人士於

18〈人間宣言：解放與尊嚴〉，《人間》第 40 期（1989 年 2 月），頁 8。

圓山飯店創立「民主進步黨」，未必是壓垮駱駝的最後一根稻草，我們甚至可以大膽推論：黨外運動組黨很有可能是因爲當時國民黨改革法案推出，因此加速其組黨的腳步。

對於社會力的崛起，論者依循「訴求主題」、「動員方式」、「集體抗議行動」等條件，歸納出八〇年代十四種社會運動，反映在報導文學上計有地方性汙染自力救濟運動、生態保育運動、勞工運動、婦女運動、原住民人權運動、政治受難人人權運動等。有關社會運動自發端期迄集結期而至制度化歷程，處於集結期階段者計有生態保育運動、婦女運動、反汙染自力救濟運動，而處於問題形成與萌芽階者計有原住民人權運動、政治受難人權運動等，至於已處在具有組織化動員力量並訴諸政府機構者計有勞工運動、消費者運動等，亦即《人間》念茲在茲的環保議題、原住民議題以及政治受難者等，分別表徵著不同發展的態勢，而這也是《人間》之所以大力推動環保議題之故，乃因環保議題當時仍處於集結的階段[19]。伴隨著這些新興社會運動而來的，即是相關雜誌的催生，例如由立委黃順興創刊《生活與環境》（1981.10.15）、李元貞等人創刊《婦女新知》（1982.2）、原住民學生創刊《高山青》（1983.5.1）、中華民國自然生態保育協會創刊《大自然》（1983.10.25）等，集中於環保、原運以及婦女運動的雜誌發行，也見證了當年新興社會運動在戒嚴時期禁止成立人民團體的情況下，紛紛以雜誌作爲發聲管道，從後殖民主義的角度來說，這是一個去殖民化、重建自我主體的陣痛歷程，不少非主流雜誌處於摸索乃至困頓之中，例如《婦女新知》初期因爲資金不足只能寄賣、黑白印刷以求存活[20]。

於此，論者以爲七〇年代報導文學的社會運動力量，終於可以與媒體進行連結，但值得思考的是：從《高山青》到《大自然》等，這些媒體刊載的作品究竟算不算報導文學？從揭露現實、批判現實的角度出發，這些作品的精神確實與報導文學相通，然而從田野調查、踏查鄉土的觀點來看，這些作

19 蕭新煌，〈臺灣新興社會運動的分析架構〉，頁42。

20 鄭至慧，〈從沒有單位到集體發聲〉，收於楊澤主編，《狂飆八〇：記錄一個集體發聲的年代》，頁68。

品又只能視爲評論而非報導，以《婦女新知》爲例，這本創刊於 1982 年 2 月、主張「婦女們自己站出來，結合開明的男子們，共同爲新的兩性社會，爲我們發展中的國家，投注應有的關切和責任」[21]，箇中雖闢設「海外婦女報導」、「婦女新聞」等欄目，然而揆諸行文多屬於評論的作品，例如：「婦女的問題，經過了二十年的探討，發現其與社會制度以及生理、心理的關係極其複雜，不是光喊喊幾個解放的口號可以解決的」（成令方，〈海外婦女報導〉，第 7 期，1982.8，頁 9）、「婦女對人際關係的特別需要，往往使他們在感情方面顯得脆弱」（成令方，〈海外婦女報導〉，第 11 期，1982.12，頁 10）等，理性邏輯的推衍固然是撰寫報導文學必備的條件之一，然而對於某一事實或事件的「生動描述」卻付之闕如，在描寫與結構上也顯得不足，更重要的是喪失「走出書房，走進人群」的動能。固然箇中提到與紀實攝影相關的王信作品，作者仍是基於論述而非報導文學的實踐，在〈王信在「蘭嶼．再見」中想說什麼？〉一文強調：「作爲一個女性攝影者，同樣可達到思想銳利的深度……而非性別的問題……」[22]王信的紀實攝影展獲得了史晶晶的肯定，但史晶晶僅以簡筆指出：「蘭嶼的一切都被觀光式的報導，島上雅美人的生活也被觀光方式擾亂了，什麼丁字褲、獨木舟、及女人嚼檳榔的紅唇，都競相宣傳而蘭嶼人的風俗習性並未受到應有的關心及尊重……」在全七大段落裡，作者指出蘭嶼如何被文明破壞，卻未具體說明被破壞的所在，以及破壞後的結果，通篇淪爲泛道德式的控訴與對王信的推崇。

至於由中華民國自然生態保育協會創刊於 1983 年 10 月的《大自然》季刊，其內容與彼時強調環境保護的報導文學顯然相通，在創刊號社論裡明確指出，其創辦宗旨在於「籲請政府，立即重視生態保育工作，並且速謀保育政策，以平衡因經濟發展、資源開發所引致的負面作用」[23]。從創刊內容

21〈發刊詞〉，《婦女新知》第 1 期（1982 年 2 月），頁 4。

22 史晶晶，〈王信在「蘭嶼．再見」中想說什麼？〉，《婦女新知》第 11 期（1982 年 12 月），頁 56。

23〈我們呼籲朝野有志一同積極保育自然生態〉，《大自然》第 1 期（1983 年 10 月），頁 12。

看來，為了把臺灣環境特色介紹給讀者，因而花了許多篇幅介紹地理環境、植物的分布、動物的生活等，是基於「介紹」、「告知」的新聞報導，多數篇章較接近大自然介紹而未有主觀的情感介入，固然令讀者看見了臺灣之美，卻也可能產生「獵奇」之弊，這也是我們可以看見該刊意欲採用紀實攝影時，編者興奮宣稱道：「我們將約請國內報導攝影家一同展出『海岸之旅』，更活潑、更生動、更具象地為您呈現我們的海岸生態！」[24]「更活潑」、「更生動」等語意味著生態保育形同一場展演而非行動，自然也就削弱了公眾意識實踐之可能。

故而《大自然》、《婦女新知》等雜誌刊載的作品並不足以稱為報導文學，乃因其是一般新聞報導或評論，並不涉及主觀意識的報導與文學筆法，這也是何以《人間》雜誌足以成為當時凸顯報導文學的傳播媒體，其對於前此高信疆主張的報導文學再改造，澈底運用紀實攝影、報導文學呼應社會運動，甚至發起社會運動例如聲援湯英伸事件、反杜邦事件、拯救受虐兒童等，《人間》雜誌最大的意義之一在於以「人」——尤其是弱小之人——作為報導文學焦點，它不再是第一代報導文學家強調踏查離島偏鄉、民間技藝與宗教信仰的文類，而是聚焦於「人與社會」、「人與環境」、「人與歷史」的關係探討，是對第一代報導文學的修正，也是對於黨外雜誌側重「高層內幕」的修正。經由紀實攝影與人道主義的闡述，《人間》雜誌的報導文學不僅感動一時代之人，也被後來讀者視為「傳說」，使得不少研究者在面對《人間》雜誌時，莫不是處於亢奮的心情，幾乎一面倒的為《人間》雜誌辯護，甚至認為《人間》雜誌真正走入人間、走進臺灣社會，卻不問陳映真創辦《人間》雜誌所欲為何？動機為何？是否達成其主張？亦即我們必須追問：《人間》雜誌創刊背後預設的論述邏輯與立場是什麼？倘若陳映真在受訪中表達的以下意見是可信的，那麼我們就不能迴避《人間》雜誌所實踐的「陳映真意志」：

---

24 林淇瀁，〈編者的話：重視「臺灣的命脈」！〉，《大自然》季刊第5期（1984年10月），頁112。

> 我們左派處在什麼位置呢？我們當然反對臺獨，可是又不能在這種高壓下去指責臺獨，如果那樣，你不是跟國民黨統治者一起去鎮壓他們嗎？……眼看著「黨外運動」的理論不斷、不斷地向臺獨發展，但不能出手，哎呀，簡直是很被動，被動得不得了！這個時候，我就想，不如另開戰場吧，就想到了另辦一本雜誌，就是《人間》。[25]

這段話裡透露了兩個論點：其一，陳映眞自認是反對臺獨的左派，也就是陳映眞向來主張的左統路線。其二，陳映眞爲了駁斥臺獨的黨外運動而創辦《人間》，但它的本質與國民黨政府不同，是基於左派立場而來。誠然，這裡可以再進一步思索的是：既然陳映眞的左統之心昭然若揭，則何以不少閱聽人被《人間》所感動，甚至認爲其愛臺灣更甚於愛中國？關於此點，本書將在稍後的章節進一步闡述。

考察陳映眞八〇年代的思維，可知其自美歸來後越發堅定主張「第三世界」理論，也就是反抗美俄日霸權、與亞拉非等殖民地爲同一陣線的世界圈，故「從弱小者的眼光看世界」這樣的人道主義論，成爲《人間》雜誌留予後人深刻的記憶，但實情爲何？這是陳映眞的本意抑或論者經年累月、不假思索的形塑與認知？故而析論《人間》雜誌的同時，不能不對陳映眞思維作一理解，因爲《人間》等同是陳映眞理念的實踐，也就是《人間》乃是「陳映眞式的人間」，而非不帶意識形態、如實的人間。

從陳映眞創辦《人間》的動機來看，已知其欲反擊臺灣本土主義，而這恰是七〇年代尚未具足條件與空間可供論述的兩造觀點，也就是大中華主義版本土詮釋與臺灣本土主義因著時代條件囿限而短暫合流，最終雙方曾於七〇年代鄉土文學論戰時期有過交鋒，葉石濤指出所謂臺灣鄉土文學乃是「以臺灣爲中心」寫出來的作品，也就是依據「臺灣意識」而來，此一意識乃是

---

25 張文中，〈《人間雜誌》：臺灣左翼知識分子的追求和理想（訪談）〉（2012年5月18日）。取自「人文與社會」http://wen.org.cn/modules/article/view.article.php/3313

自荷蘭殖民時期以降迄二十世紀，也就是以臺灣四百年歷史爲主體：「所謂『臺灣意識』——即居住在臺灣的中國人的共通經驗，不外是被殖民的，受壓迫的共通經驗；換言之，在臺灣鄉土文學上所反映出來的，一定是『反帝、反封建』的共通經驗以及篳路藍縷以啓山林的，跟大自然搏鬥的共通記錄，而絕不是站在統治者意識上所寫出來的，背叛廣大人民意願的任何作品。」[26] 這段話顯然指出臺灣文學有其自主意識，也間接指出當前統治者的殖民手段，故討論的對象不再只限於文學層次，而是涉及挑戰文化霸權乃至政治論述的臺灣主體性，雖然葉石濤通篇著眼於日本殖民時期，依此辯護臺灣意識反帝、反封建的精神，但他一再申述臺灣意識就是「居住在臺灣的中國人的共通經驗」，而臺灣文學是以「臺灣爲中心」寫出來的作品、是站在臺灣立場透視世界的作品，甚至指出作家可以自由創作，倘若失去「臺灣意識」將使得臺灣文學成爲「流亡文學」。

這一呼之欲出的「臺灣不屬於中國一部分」論點，令反分離主義者陳映眞對於這「曖昧而不易於理解」的立場加以申辯：「所謂『臺灣鄉土文學史』，其實是『在臺灣的中國文學史』。」[27] 此一拗口的稱呼，即是陳映眞日後對於「臺灣文學」一貫的用語，反映出陳映眞認爲臺灣從來就沒有自主性，所謂臺灣意識乃是日本殖民統治下，市民階級興起的一種新興意識，也就是「臺灣人意識」來自帝國主義的操弄，這一主張分離於中國而擁有自己「文化的民族主義」是虛假意識，陳映眞認爲，若欲突出臺灣意識應將其置於中國意識裡，如此才不至墮入「帝國主義的殖民觀」，乃因以農村經濟作爲探討人存在意義的文學抵抗風潮之下，臺灣鄉土文學因著五四運動啓蒙而與中國文學有了密切關聯，故其反抗特質乃是中國近代文學史不可切割的一環。這一觀點幾乎成爲陳映眞自七〇年代迄八〇年代的論述邏輯，凡是臺灣意識也好、臺灣文化也罷，都與帝國殖民、新殖民有著宿命連結，也就是臺

---

26 葉石濤，〈臺灣鄉土文學史導論〉，《夏潮》第 14 期（1977 年 5 月），頁 69。

27 許南村，〈「鄉土文學」的盲點〉，《臺灣文藝》（季刊）革新第 2 期（第 14 卷第 55 期）（1977 年 6 月），頁 108。

灣知識分子毫無主體性、思考性可言，縱使有，也該是「以中國人意識爲民族解放的基礎」，若欲反帝、反殖民必須以中國意識爲後盾，如此一來才是眞正的主體意識，而非被美日帝國主義所扭曲的臺灣虛假意識。

葉、陳所表徵的兩造史觀，已然離開了文學「該怎麼寫」的探討，而是關乎文學「爲誰而寫」？本質上即是臺灣意識與中國意識的對決，表現在文學論述上即是「臺灣文學」與「在臺灣的中國文學」之扞格，只是當時沒有充分討論的條件，故以《臺灣政論》強化黨外民主運動爲依歸的臺灣鄉土文學，以及以《夏潮》反分離主義爲信念的大中華主義之本土主義作者，兩造在面對威權統治以及救亡圖存的前提下，雙方並未擴大批判彼此。迄八〇年代初，當國民黨政府因爲面臨統治上的危機，加諸美麗島事件的衝擊，對於七〇年代鄉土文學論戰中的兩種臺灣文學史觀，終究因著詹宏志的一篇評論而引發臺灣文學正名論，也就是稍後臺灣意識論戰的前哨戰。

1981 年 1 月，詹宏志於《書評書目》發表〈兩種文學心靈：評兩篇聯合報小說得獎作品〉，開宗明義提出：假設三百年後，有人在中國文學史末章要以一百字描述卅年的臺灣文學，該如何寫？寫什麼？會不會「這一切，在將來，都只能算是邊疆文學」[28]？這句引自小說家東年（陳順賢）的評論，原是東年爲辯護文學最終價値端視作品縱深爲準，亦即詹宏志少引用了一句：「中國歷史常是邊疆解決了中原，所以畢竟最後還是要看作品。」[29]這當然很可能是東年多年後自圓其說的遁詞，其論述的立基點仍是從大中華主義出發，而詹宏志也旨在回應此一理念：「如果我們還能因著血緣繼續成爲中國的一部分；如果三百年後我們應得（deserve）的一百字是遠離中國的……我們眼前這些熙來攘往繁盛的文化人……這一切，豈非都是富饒的假象？」換言之，其係從大中華主義詮釋臺灣文學，其核心命題在於：小說技藝如何經得起時間的淘選？詹宏志指出透過中國經典章回小說多

---

28 詹宏志，〈兩種文學心靈：評兩篇聯合報小說獎得獎作品〉，《書評書目》第 93 期（1981 年 1 月），頁 23。

29 張耀仁，〈我一定要再出海一次：東年談《愚人國》暨《城市微光》〉，《自由時報》（2013 年 10 月 22 日），第 D9 版。

屬「意見型」（具有命題與價值判斷）而非「感受型」（再現生活而不涉意見），因此認爲應從「歷史性的眼光來反省自己的創作活動」，以使作品足登中國文學史之廟堂。

然而，究竟何謂「中國文學史」？爲何臺灣文學作品必須置於中國文學史？又爲何只能以末章的百餘字作一描述？再者，「中國」在臺灣是實質的指稱抑或虛構的信念？顯然的，這套出自國民黨政府倫理教化的「大一統」論述，一度內化於長期接受文化霸權教導的新興知識分子心中，但在歷經七〇年代鄉土文學論戰、美麗島事件以及一連串的外交與國內政權結構轉變下，加諸八〇年代初黨外運動越發獲得固定群眾的支持，「中國」已不再是說服大眾的萬靈丹，這也是黨外民主運動致力挑戰、批判乃至揭露所謂「中國意識」的虛構化（fictional）與黨派化（factional），也是日後檢視國民黨政府統治的本質，究竟屬於遷占者國家抑或殖民統治？

詹宏志的言論刺激了臺灣作家思考，從而演變成日後所謂「南北分裂」之說，南部以強調臺灣文學有其自主性與本土性的葉石濤爲首，北部則是主張將臺灣文學納入中國文學與第三世界文學的陳映眞。兩造對於臺灣文學的看法，一言蔽之即是「統獨對立」。在這場攸關臺灣文學的探討進程中，《臺灣文藝》於1981年6月主辦「臺灣文學的方向座談會」[30]，會中邀集了巫永福、鍾肇政、鄭清文以及詹宏志等九人參與討論。其中，詹宏志特別澄清他的論點，指出他所憂心的乃是「如果在政治上，臺灣要成爲中國的一部分的時候，在文學上，臺灣文學是不是有可能成爲中國文學的一部分」？從這個角度出發，顯然詹宏志的命題已涉及到統獨問題，只不過當下與會者多半避開此一議題而著眼於文學造詣，認爲「好作品才是成就文學的關鍵」，這麼一來就陷入了爲藝術而藝術的窠臼裡，也就遠離了詹宏志的討論。而當時的政治氛圍顯然也讓論者難以抒發塊壘，故如李喬（壹闡提）在討論何謂「臺灣文學」前，先是提出「目前討論『臺灣文學』，重點應該（而且只是

30 臺灣文藝雜誌社，〈臺灣文學的方向座談會〉，《臺灣文藝》革新第20號（第73期）（1981年7月），頁189-204。

只能）放在『文學現象』本身來談，盡量不涉及『政治現實』」[31]，故而李喬的論點其實是閃躲的，文中雖然反覆指稱臺灣文學「已然確有其獨特的位置、意義、價值、以及充滿可能性的文學實體」，卻又爲了避免被斥爲「地方主義者」，不斷將臺灣文學納入中國文學版塊作一討論，但臺灣文學與中國文學乃是兩造不同政治意識的對決，李喬一味避而不談無異將文學去脈絡化，易衍生引喻失義之憾。

至於七〇年代末以《打牛湳村》獲得文壇高度肯定的宋澤萊，則在長達卅餘頁的論述裡，駁斥了狂妄自大的文評家，指出所謂臺灣文學乃是「心懷臺灣的人所寫出來的文章」，並指出臺灣文學的三個傳統在於：一、擺脫異族控制；二、爲了爭取政治的民主；三、爲了爭取經濟平等，也正是在這個脈絡發展下，他認爲「臺灣文學是屈（按：屬）於所謂的『第三世界』的，既不類歐美及其附庸，更不類蘇共及其邦國」[32]，此一說法與日後陳映眞主張「臺灣隸屬第三世界文學論」有著相近之處，惟陳映眞處處否認臺灣文學的特殊性，意欲將臺灣文學納入中國文學、而中國文學又隸屬於第三世界文學，也就是陳映眞再次抹消了臺灣文學的主體性、特殊性，使其立基於亞拉非這一無差別化的「被殖民者反抗殖民者」的概念裡，而宋澤萊則是將「第三世界」視爲相對於帝國主義、意欲反殖民的意義，從中確認臺灣主體性、價值性，也是立基於這個角度，宋澤萊於文末大聲疾呼臺灣文學家要團結，乃因一旦確認臺灣文學的主體性，寫作者背後就有「一群臺灣人，你否定了它，就是否定了臺灣人民和文學傳統」。

經此臺灣文學定位之討論，最大的收穫即是「臺灣文學」取代了七〇年代拗口的「臺灣鄉土文學」抑或「在臺灣的中國文學」。也因爲臺灣文學一詞於確立過程中，聚焦探討臺灣意識的商榷，而臺灣意識又往往被中國意識視同分離主義的表徵，故「臺灣文學」抑或「在臺灣的中國文學」都被論

31 壹闡提，〈我看「臺灣文學」〉，《臺灣文藝》革新第20號（第73期）（1981年7月），頁206。

32 宋澤萊，〈文學十日談〉，《臺灣文藝》革新第20號（第73期）（1981年7月），頁233。

者視為涉及政治語言的陳述。從臺灣文學正名論裡衍生出來的兩種說法，即是臺灣文學與第三世界文學的論爭。宋冬陽（陳芳明）在〈現階段臺灣文學本土化的問題〉裡，細緻剖析臺灣意識與中國意識的分野，指出以陳映眞為首的「第三世界文學論」，經由中國新文學也是反帝、反封建，將同樣是反帝、反封建的臺灣文學視同「中國不可割切的一環」，然則陳映眞既將臺灣文學視為中國文學的一部分，何不直接將臺灣文學稱為「中國文學」，而要大費周章以「第三世界文學」冠之？陳芳明指出乃因陳映眞歷經了四人幫垮臺、中國內幕公諸於世，使得若干著迷於中國的知識分子清醒過來，也因此，「『第三世界文學』的理論，就成了他思想受挫以後的另一出路」[33]。

針對這點，大陸學者賀照田考察了陳映眞在遭遇 1979 年，中國大陸社會主義實踐問題後，非但沒有退縮反而以「人民論」去重新審視大陸黨國體制的支點，並衍生出「只要還有愛和希望」、只要對人眞誠的愛、對人類社會改善的堅強信心，就足以「走出這漫長的崎嶇、孤單和黑夜」[34]，如此一來即可理解何以《人間》雜誌發刊詞題為：「因為我們相信，我們希望，我們愛……」箇中固然包含了陳映眞對於基督教的思索，更多其實是意欲經由第三世界、民族主義重新打造「新的理想主義」。對此，陳映眞指出他是「死不悔改的」統一派，對於中共四人幫垮臺等等，他認為「海峽兩岸的人民應該以鮮明的主體性推動各自的具有廣泛民眾基盤的民主化，批判兩岸政治和思想的退行與荒廢，克服四十年外來的勢力，使民族內部的和平和團結創造最有利的條件」[35]。

亦即陳映眞思索第三世界文學論的邏輯，乃是著眼於民族統一，而之

---

33 宋冬陽，〈現階段臺灣文學本土化的問題〉，《臺灣文藝》第 86 期（1984 年 1 月），頁 28。

34 陳映眞，《鞭子和提燈（自序及書評卷）》陳映眞作品集 9（臺北：人間出版社，1988 年初版），頁 30。出自〈企業下人的異化：《雲》自序〉，原載《雲》（1983 年初版）自序。

35 蔡源煌，〈思想的貧困：訪陳映眞〉，收於陳映眞著，《思想的貧困（訪談卷：人訪陳映眞）》陳映眞作品集 6（臺北：人間出版社，1988 年初版），頁 128。

所以必須統一，乃因臺灣意識是「冷戰－安全」體制下發展出來的反民族、非民族之意識，是被美日霸權操弄的意識而非自主意識。換言之，陳映眞發展第三世界文學論其實是爲了跳脫既有的理論框架，據此含括臺灣與中國文學。但弔詭的是，第三世界文學倘若是以反帝、反封建爲主，則同樣反帝、反封建的臺灣文學不也具備了第三世界文學的特質？而同樣反帝、反封建的中國文學不也如此？何以臺灣文學必得歸屬於中國文學？極其明顯，陳映眞秉持的機械式結構論不言而喻，但考察其第三世界文學論乃是來自中國，尤其是 1974 年毛澤東提出的第三世界論，而此第三世界論又爲鄧小平加以闡述，1974 年 4 月 10 日鄧小平在聯合國大會第六屆特別會議上闡發了毛澤東的第三世界理論。儘管陳映眞以感性口吻指出其第三世界論「不是讀理論出來的，而是源自幾次具體的感性經驗」[36]，但這乃是陳映眞一貫的修辭手法，遠從六〇年代以來，陳映眞即不斷向中國意識靠攏，而爲了解決被非議的困擾，陳映眞試圖「放大」格局將中國與臺灣置於第三世界下加以討論，惟其思想的源頭仍不脫中國意識，關於這點將於下文進一步分析。

中國意識與臺灣意識的論爭，在 1983 年 6 月因著以〈龍的傳人〉而聞名的校園歌手侯德健赴大陸一圓「回歸祖國夢」，終究將兩造的爭辯推向更形激烈的統獨之爭。這場發生於 1983 年迄 1984 年間的論戰，最早見諸 1983 年的《前進週刊》，次年轉戰於《夏潮論壇》和《臺灣年代》。箇中的論戰兩造主要是以陳映眞爲首的中國意識與黨外新生派爲主的臺灣意識，其中，陳昭瑛與陳芳明都分別對此次論戰作了極爲詳盡的爬梳，前者指出這場論爭乃是「反中國的本土化運動」，全文充斥著對於臺灣意識危及中國意識的焦慮[37]，後者則認爲這是「黨外思想運動跨越分水嶺的一個標誌」，對於臺灣意識終將以堅實的理論與事實，辯贏中國意識而信心滿滿[38]。主戰場

---

36 陳映眞，〈對我而言的「第三世界」〉，收於陳光興主編，《批判連帶：2005 亞洲華人文化論壇》（臺北：臺灣社會研究季刊社，2005 年初版），頁 5。

37 陳昭瑛，〈論臺灣的本土化運動：一個文化史的考察〉，《海峽評論》第 51 期（1995 年 3 月）。取自 http://www.haixiainfo.com.tw/51-5674.html

38 宋冬陽，〈現階段臺灣文學本土化的問題〉，頁 10-40。

從陳映真發表於《前進週刊》的〈向著更寬廣的歷史視野〉展開[39]，陳映真以其一貫邏輯將臺灣意識斥爲「反華」、「落後」、「一小撮輕狂布爾喬亞知識分子」的主張，指出「臺灣・臺灣人主義」乃是由於日本殖民主義下而導致的扭曲概念，這一「錯誤」應當由「全體中國人」來負責，而侯德健不過是流露「自然的民族主義」，向著更爲寬闊的歷史視野去爲中國民主、自覺以及民族團結等加以奮鬥。

但何謂「自然的民族主義」？爲何其他知識分子備受日美帝國主義操弄，而陳映真卻足以自外其身？由此揭露了陳映真向來念茲在茲的「祖國・中國」，也揭露其自負、桀驁的一面。該文旋即受到許多來自黨外新生代論述的反擊，其中較具代表性者爲蔡義敏〈試論陳映真的「中國結」：「父祖之國」如何奔流於新生的血液中？〉，文中駁斥陳映真所謂中國意識乃「自然的民族主義」，指出民族主義從來就不是自然而然的結果，是經過「特定教育理念」的灌輸。其次，既然陳映真聲稱欲向著更寬闊的歷史視野，何以容不得「臺灣・臺灣人意識」？何以對於其他受壓迫的民族主義懷有敬意，獨獨「粗暴的決絕反對」臺灣意識？最後，陳映真意欲希冀全中國人來負起臺灣意識的「錯誤」，則 1970 年代出生於中國的少年，如何爲其未嘗歷經的「錯誤」負責[40]？

1983 年 7 月，《生根》雜誌刊出陳樹鴻〈臺灣意識：黨外民主運動的基石〉，將臺灣意識與民主畫上等號，透過並不那麼細緻的政治經濟學分析，陳樹鴻指出日本在臺灣進行「資本主義化的建設」，包括統一度量衡與幣制、完成南北縱貫公路等，「促進了全島性企業的發展……有了整體化的社會生活和經濟生活，就必然地產生了全島性休戚與共的『臺灣意識』了。」[41] 他並且指出七〇年代之後，臺灣意識的強化乃是因爲臺灣形成了

---

39 陳映真，〈向著更寬廣的歷史視野…… 〉，《前進週刊》第 12 期（1983 年 6 月 18 日），頁 12-15。

40 蔡義敏，〈試論陳映真的「中國結」：「父祖之國」如何奔流於新生的血液中？〉，《前進週刊》第 13 期（1983 年 6 月 25 日），頁 21。

41 陳樹鴻，〈臺灣意識：黨外民主運動的基石〉，收於施敏輝（陳芳明）主編，《臺灣意識論戰選集》（臺北：前衛出版社，1994 年初版四刷），頁 193

「政治經濟的共同體」。這樣的論述邏輯雖粗糙，但陳樹鴻明確指出國民黨政府口口聲聲說要將「法統」帶回大陸的荒謬性，「以爲抱住了『法統』就可以保有政權，就好像漫畫故事上，搶到了玉璽就得天下一樣地可笑。」陳樹鴻並且指出臺灣社會既然已經形成政經的共同體，則無論是本省或外省人士都無法自外於臺灣，也由於臺灣意識是政治運動的主體，所以陳樹鴻主張要談民主就無法脫離臺灣意識而論，否則將淪爲空洞的口號。

1983 年的爭辯尚算溫和，但到了 1984 年轉戰《夏潮論壇》與《臺灣年代》後，論爭漸趨對決的意味，也說明了臺灣意識與中國意識到了必須「總決算」的階段。其中，《夏潮論壇》於 3 月號刊出〈臺灣的大體解剖〉專輯，刊載葉芸芸整理的〈戴國煇與陳映眞對談：「臺灣人意識」與「臺灣民族」的虛相與眞相〉等三篇論述，此外，7 月的《夏潮論壇》也刊載了陳映眞〈從江文也的遭遇談起〉等文，基本上皆圍繞著陳映眞主張「中國意識遠高於臺灣意識」的邏輯發聲：「一些人含淚高舉『臺灣』——它的文化、傳統、特質——在國際行銷體制和國際消費文化中，正在每時每刻，一寸寸地崩解。這似乎是本土論者所未察的……」[42] 陳映眞屢屢將臺灣置於世界體系之中，屢屢認爲本土主義必將爲跨國資本主義所打垮，這樣的邏輯觀其實與他在〈向著更寬廣的歷史視野〉裡表達的意涵一致，那即是中國是前進的、臺灣是落後的；中國是寬闊的、臺灣是狹窄的，但這樣的論證並沒有實質根據，也就墮入中國意識倘若陷入分離主義，可能帶來臺灣內部不安等類如國民黨政府慣用的政治宣傳手法，唯獨陳映眞深信不疑，即使到了《人間》也依舊秉持著這套論述邏輯。

面對《夏潮論壇》的挑戰，黨外新生代也於 3 月 29 日的《臺灣年代》推出「臺灣人不要『中國意識』」專輯，共刊載鄭明哲〈臺獨運動眞是資產階級運動嗎？〉等六篇論述，鄭明哲指出「臺獨運動爲資產階級運動」這類錯誤論點的謬誤性：「做這種論定的人在思想上的怠惰。這種思想怠惰就推

（1988 年初版）。

42 李瀛，〈寫作是一個思想批判和自我檢討的過程：訪陳映眞〉，收於陳映眞著，《思想的貧困（訪談卷：人訪陳映眞）》陳映眞作品集 6，頁 17。

展運動也好，就批判政敵也好，都將毫無所獲。而如果除了怠惰之外，又加上輕佻，那麼這種團體的結局如何就很明顯了。」這一結論乃是針對陳映眞而來，以今證古，確實也預見了陳映眞一派之所以沒落、甚至「時不我與」的必然。惟論戰過程中，部分黨外新生代一致稱許日本殖民時期而欠缺反省，也顯露建構臺灣意識的同時，爲了反駁中國意識而墮入殖民意識而不自知，例如高伊哥〈臺灣歷史意識問題〉以及秦琦〈神話與歷史、現在與將來：評《夏潮論壇》對黨外的批判〉即是一例，過度著眼於日本對臺灣的現代化開發，這正是後殖民理論認爲必須防範、避免過度耽溺於現代化，卻忘了此乃帝國主義之統治與宣傳手段[43]。

事實上，有關臺灣意識與中國意識的對決，早在 1979 年《美麗島》雜誌創刊之際，即有「中泰賓館事件」發生，也就是國民黨極右派《疾風》雜誌成員於《美麗島》創刊酒會現場外叫囂，這一「臺灣結」與「中國結」的糾纏，彰顯的恰是後殖民理論所欲清理的殖民統治遺跡，也就說明了在歷經美麗島事件、軍法大審乃至代夫出征等，八〇年代的「臺灣結」與「中國結」之所以壁壘分明，是過往殖民統治的正當性始終未被正視，故八〇年代的論戰，其實是進入九〇年代落實本土化運動的一場陣痛，它凸顯了臺灣新興知識分子終於有能力去反省殖民統治者所強加的文化霸權，知識分子非但並未因著美麗島事件大審而退卻，反而投身黨外民主運動或雜誌論述，各種與社會實踐有關的學說也蔚爲顯學，無論是新左派理論翻譯或討論，在在說明了統治當局已無法阻擋知識分子追求新知的決心，在統治者顢頇無能卻又處處打壓社會運動下，臺灣定位與出路已非七〇年代強以三民主義爲圭臬的迂迴思考，相關議題的討論在黨外雜誌興起下，獲得正視與對決之可能。

也是在辨明八〇年代中期的「臺灣結」與「中國結」之爭，才能明白陳映眞創辦《人間》的動機並非只是爲了凸顯「人道主義」，也非純粹立基於弱小者的立場，而是極盡可能推廣其向來主張的第三世界論、中國意識論。

43 關於這場臺灣意識論戰，陳芳明輯錄大部分來自主張臺灣意識陣營的論述，共十三篇爲《臺灣意識論戰選集》，並於書中提出兩篇犀利觀察：〈注視島內一場「臺灣意識」的論戰〉、〈臺灣向前走：再論島內「臺灣意識」的論戰〉。

從這個角度切入，再對照黨外雜誌的沒落，我們可以獲知《人間》的解散絕非「資金不足」這類表相說法，而是它的論述已無法有效吸引閱聽眾，更關鍵的是伴隨黨外雜誌轉向地下電臺的發聲，《人間》如何有效抗衡黨外電子媒體的傳播影響力？所謂「爲弱小者發聲」其實隱含著巨大的「中國結」，故自 2000 年起蔚爲學位論文研究主題，多數研究生對於《人間》的解讀顯然喪失其應有的批判力：清一色獨尊陳映眞的「社會主義人道關懷」、「第三世界理論」等，殊不知，作爲左統代言人的陳映眞不僅志在實踐報導文學，也爲達成其政治目的，一味肯定《人間》未免使得研究有違理性思辨的精神，也與報導文學兼具行動性與批判性的特質有所矛盾。

除了上述政治因素外，《人間》的創辦也與經濟結構轉變有關，尤其是伴隨資本主義日漸發達而傾向消閑品味的副刊變化。前述已經提及八〇年代國民黨政府面臨政治與經濟危機，前者起於黨外運動、新興社會運動，而後者則在於，七〇年代末出現來自東南亞與中國大陸的競爭壓力，簡單加工出口工業化越來越不具競爭力，故八〇年代初在行政院長孫運璿的調整下，改以高科技、附加價值高的產業爲主，卻也因爲資本家的茁壯，而使得國家機器面臨來自民間資本的壓力與挑戰。然而，眞正的挑戰乃是投資意願偏低，投資率從 1982 年的 25.2% 降至 1986 年的 16.3%，而儲蓄率卻從 30% 向上攀升至 1986 年的 37.5%，之所以產生這樣的現象，起因於美麗島事件以及蔣經國病危造成權力繼承的問題，使得民間社會對整體政經情勢不具信心，這也表現在政府投資與公營事業投資增加率上，兩者的數據迄 1984 年分別爲 4.71% 與負 15.38%，顯示國民黨政府在八〇年代初迄年中，由於政治權力繼承的危機，「造成統治的無力，和經濟上的無能，無法以公共投資的方式帶動私人投資」[44]，也就是在政治、經濟乃至江南案、十信金融風暴等一連串事件下，使得國民黨政府在 1980 年迄 1985 年間，面對資本家的施壓、反對運動以及新興社會運動等挑戰，只能採取被動的態度去面對時局，這段期間被論者與媒體稱之爲「信心危機期」。

1980 年 2 月 25 日，行政院核定發行面額五百元及一千元的新臺幣鈔

44 王振寰，《誰統治臺灣？轉型中的國家機器與權力結構》，頁 71。

票，取代當時流通最大的貨幣面值百元鈔，此舉招致學者以及民眾的疑慮，憂心是否將因此導致通貨膨脹或物價上揚。對此，爲政府政策說項的侍從報業旋即指出，所謂的「大鈔恐懼症」不過是一種心理病，只要能夠消除此一恐懼，「即令現在發行一萬元、十萬元面額的鈔票，也不致造成通貨膨脹，刺激物價」[45]，甚至不僅必須消除恐懼，還要放棄「現鈔偏好感」，「現在的貨幣市場已演進爲信用市場，不一定用現鈔來代表。我們應該鼓勵和培養大家，尤其工商界使用支票、本票的習慣」，從現鈔經濟到信用經濟概念，這一說法不啻揭示了臺灣的貨幣購買概念有了轉換，即提高的幣值印證了國民所得激增，相對也帶來消費社會的形成，包括金石堂連鎖書店於臺北市汀洲路開幕（1983.1）、麥當勞於臺北市民生東路正式營運（1984.2）、臺北世界貿易中心展覽大樓落成（1985.12.31）等，跨國企業、連鎖商店以及國內外產品展示行銷的概念次第出現，說明了臺灣消費文化於焉展開，這也是《人間》於 1985 年 11 月創刊時指出：「在一個大眾消費社會的時代裡，人，僅僅成爲琳瑯滿目之商品的消費工具……我們的文化生活越來越庸俗、膚淺；我們的精神文明一天比一天荒廢、枯索。」爲了挽救此情此景，《人間》期待透過自身的傳播「使彼此陌生的人重新熱絡起來，使彼此冷漠的社會，重新互相關懷……」[46]。

這段論述固然與消費社會有關，但陳映眞追問的其實是：「誰」造成了消費社會的產生？爲何我們的精神文明會一天比一天荒廢？1983 年媒體曾針對大眾文化與大眾化、消費社會與臺灣文學之間的關聯提出探討[47]，以及 1986、1987 年之交曾有過媒體對於大眾文化加以批判與辯論，例如《中國

---

45 社論，〈消除「大鈔恐懼症」：也應放棄「現鈔偏好感」〉，《中國時報》（1982 年 2 月 9 日），第 2 版。

46 陳映眞，〈因爲我們相信，我們希望，我們愛……〉，《人間》第 1 期（1985 年 11 月），頁 2。

47 何秀煌，〈「大眾化」與「大眾文化」〉，《暖流》第 1 卷第 1 期（1980 年 8 月），頁 70-74。另參見陳映眞主講，李瑞整理，〈大眾消費社會和當前臺灣文學的諸問題〉，《中國時報》（1983 年 8 月 18 日），第 8 版。陳映眞主講一文，有更多是爲了探討大眾消費社會裡的臺灣意識之流弊。

論壇》從大眾媒介著眼，邀請多位學人針對其與社會環境的互動提出觀察、分析等，然而當時輿論界對於所謂「大眾文化」並沒有深刻的認識，所欲探討的對象反而是「群眾」，並且是知識分子想像出來的「群眾」[48]。換言之，群眾與大眾文化在定義未明下，相互構連爲共通的概念，故討論大眾文化必先理解何謂「大眾化」，而所謂「大眾化」即是相對於貴族的群眾化，因此「大眾化」被連結至具備反抗與批判力的社會運動概念，與大眾文化備受非議的消費觀、文化工業並不一致，由此可知陳映眞在《人間》雜誌創刊詞裡所指稱的大眾消費社會云云，只是爲了反襯人如何被「群眾化」以致喪失了「精神文明」，也就是個人失去了自主思索、反省的能力，這才是陳映眞抨擊的本意。

換言之，當黨外運動驅使「民族—群眾」的論述與實踐策略越來越明確，作爲主張中國意識的陳映眞豈甘袖手旁觀？因此陳映眞在創刊詞裡的批判看似是對消費社會進行檢視，但底蘊乃是針對黨外群眾運動而來。爲何我們的文化生活與精神文明會庸俗並且荒廢呢？按照陳映眞的邏輯乃是不公不義的「冷戰／國安體制／附從美日霸權」的總結構所致，亦即「臺灣知識分子和人民心靈的尊嚴」被扭曲了，也就是將人從結構裡解放出來，才足以重建人格的尊嚴、文化的尊嚴、知識的尊嚴以及民族的尊嚴，然而什麼是「民族」的尊嚴呢？這個「民族」顯然指向中國，故而「民族尊嚴」也就是「中國的尊嚴」。欲達成此一目的，即必須透過「關懷、希望」去建造一個適合人民居住的世界，「再造一個新的、優美的、崇高的精神文明，和睦團結，熱情地生活」。這樣的論點其實來自稍早兩年前，陳映眞爲反駁黨外新生代攻擊而作的〈爲了民族的團結與和平〉，文中指出爲了追求民主、自由以及進步，期望新一代的知識分子與青年應超乎國民黨與臺灣民族派的窠臼，進而發展「有意識的民族團結與和平的運動」[49]，因爲當時的政治環境還不容

48 晏山農（蔡其達），〈在七〇與九〇年代之間：楊澤 VS. 楊照〉，收於楊澤主編，《狂飆八〇：記錄一個集體發聲的年代》，頁 6-7。

49 陳映眞，〈爲了民族的團結與和平〉，收於施敏輝主編，《臺灣意識論戰選集》，頁 65。

許公開探討臺灣與中國的對立，因此陳映眞要求「讓我們開始在私下展開討論」，但陳氏顯然錯估了黨外雜誌不敢或不能批判中國意識，黨外新生代對於他的「民族團結說」並不領情，因爲兩造認知的「民族」根本就不一致，也是陳映眞日後創辦《人間》的初衷：意欲奪回左統路線論述，卻又不欲淪爲「爲國民黨作倀」之嫌。

然而，從大眾化衍生而來的大眾文化，必須遲至九〇年代才眞正被臺灣學界與社會所理解，儘管幣制改革以及稍後外匯管制的解除，反映了這個時期的臺灣經濟已非昔日可受黨國機器所控制，1984 年 3 月銀行法修正伊始，焦點集中於信託公司能否從事短長期支票存款，並從事短期信用借貸等銀行業務。由國泰蔡家（蔡辰洲等）連結國民黨祕書長蔣彥士、財政部長徐立德等所謂的立法院「十三兄弟」，遊說立法讓信託也可以經營銀行業務，這個集團勢力的興起，使得國泰集團與其他集團能夠利用人頭炒作資金，也就爆發了 1985 年 2 月的「十信事件」。這是臺灣本土資本首次挑戰當局政策，從中也可窺知八〇年代中期，國民黨政府在行政體制上無力對付臺灣資本家，卻在情治系統上採取嚴厲姿態，越發凸顯黨國機器到了必須修正或革新的階段。在儲蓄增加、投資低落的情況下，產生了「資金過剩」的問題，使得地下金融活動大行其道，尤其美國的匯率壓力更使得這一問題越發嚴重，迄 1985 年才在美方壓力下開始調整，也種下了預期新臺幣看漲的心理，使得 1987 年年中，股市從不及兩千點倏忽飆升近五千點，而房地產變動率同樣在 1987 年比起前一年增加了 36.8%，這也印證了大眾消費文化確實必須等到九〇年代才被理解的緣故，也就說明了陳映眞在《人間》發刊詞裡對於消費社會的憂心，其實是反分離主義的托詞。

經濟的崛起以及教育越發普及之下，中產階級這一族群到了八〇年代更加確定，也是黨外運動越發勃興之故，因爲中產階級已越來越不耐於當局的壓抑與控制，反映在政治運動上即是臺灣意識論戰，反映在文學上則是性別議題小說、政治小說的登場，前者如李昂《殺夫》（1983）、廖輝英《不歸路》（1983）等，後者如黃凡〈賴索〉（1979）、《傷心城》（1983）以及陳映眞〈山路〉（1983）等。至於報導文學也在 1983 年這一年，出版了兩冊與日後環保議題報導有著密切關係的作品，包括韓韓與馬以工《我們只有一個地球》（1983）、心岱《大地反撲》（1983），顯示文學家與當時社會氛圍乃是相互參照、甚至扮演「文學動員」的角色。

相對於創作者的多元發聲，展現在兩報副刊上卻是中產階級消閒品味美學與菁英論述並置。1981 年 7 月 5 日迄 8 月 23 日，人間副刊推出近兩個月的「人間副刊版面設計展」，透過不同領域人士擔綱版面設計，將「版面美感」這一富含消費性、中產階級美學的概念發展至極致。迄 1983 年 3 月高信疆離開編輯臺，人間副刊更著眼於大眾文化與歐美現代思潮之引介，包括專欄「流行歌曲滄桑記」（1983.3.17）、「時裝的故事」（1983.5.24）、重要意見領袖之談話「如是我云」（1983.6.9）、闡述西方人文思潮「人間思潮」（1983.7.9），以及一千字爲度的「短歌」（1984.8.6）等，一連串的作爲與七〇年代回歸鄉土、回歸現實的主張截然不同，嚴肅的「人間思潮」、「如是我云」固然是對過去思潮的檢視與反省，但其脫離臺灣社會脈絡而逕付形上討論，儼然是六〇年代現代主義的翻版，形同知識分子喃喃自語而渾然不覺外來理論與臺灣社會如何作一結合？又如何運用？再者，人間副刊也訴諸千字以內的徵文，希冀大眾可以一起參與文學書寫，致使人間副刊忽而嚴肅、忽而綜藝，時而縱深、時而淺碟，惟「學術化」與「通俗化」兩者皆無心於批判社會、介入現實、面對鄉土，至此，人間副刊前此營造的鄉土氛圍逐漸轉變爲中產階級情調的流行文化，也就可知 1984 年 11 月 20 日以〈中國人，你爲什麼不生氣〉一鳴驚人的龍應台，其實是被安插於大眾文化的基調登場，該文乃隸屬於專欄「一個題目兩人寫」，旨在強調「交織繁富多彩的社會面貌，反映出屬於我們的時代」[50]，透過一千五百字內的徵文限制，期望「發現眞摯的朋友」、「辨識可敬的敵人」，日後 1985 年 3 月 1 日龍應台於人間副刊開闢專欄「野火集」，訴諸大眾消費文化傳播模式的策略即是：感性的憤怒與單向度的問題化約，而這也是杭之（陳忠信）提出批判：「如果龍應台對八〇年代的臺灣社會結構與社會心理有更冷靜而知性的認識，那麼，也許她會警覺到她純潔的怒吼會變成堵塞、鬱悶之情緒的痛快發洩這一可能性，會不會進一步眞實地被轉化成大眾文化市場中一個現

50〈一個題目兩人寫：編按〉，《中國時報》（1984 年 11 月 10 日），第 8 版。

成之大眾消費式的『思想貨物』。」[51] 亦即龍應台的《野火集》爲煩鬱的大眾找到了宣洩的出口，這也是龍氏多年後回顧「野火現象」表示：「黨外刊物的奪權意識使習慣安定、害怕動盪的小市民心存疑懼。『野火』的系列文章是許多人生平第一次在主流媒體上看見不轉彎抹角的批判文字。」[52] 而這個第一次的經驗使得「悶壞了」的小市民寫信給她，而且「通常信寫得特別長」。

向大眾文化轉的副刊路線，其實早於六○年代平鑫濤主編聯合副刊即已展露，包括瓊瑤以及三毛大受好評都是平氏一手策劃的結果，平氏卸任後，馬各於 1976 年 2 月接任主編，聯合副刊成爲鄉土文學論戰之主要戰場，迄 1977 年 10 月瘂弦接任主編，瘂弦乃秉持「中國的古代，世界的現代」之新傳統文藝價值觀，面對對手報人間副刊採取新聞作業流程處理編務，瘂弦其實頗不以爲然，認爲這類副刊的內容在事過境遷之後，將沒有太大的文學價值，儘管如此不看好新聞作業流程的永久性，瘂弦還是妥協於媒體競爭壓力而採取同樣的動態編輯，在 1985 年的編輯方針中，再三強調聯副試圖「突破傳統性文藝副刊對特定作家的依賴，變過去一切非文學人口爲文學人口，從山巔海隅、廣土眾民間尋索文學最健旺的根荄」[53]，顯示報紙銷售量的現實考量使得瘂弦也必須改變其編輯策略，傳統的文藝性副刊終究成爲文化副刊、新聞副刊，而從規劃的內容來看，「萬人影展」、「生活造句」、「小小報導文學」等，皆以輕薄短小爲主，凸顯八○年代中期的聯副更趨向大眾靠攏。

但聯副所指的「大眾」並非左翼文學訴諸的無產階級對象，而是中產階級、有閒階級，「走入群眾」的目的在於能夠讓大眾親近「無害的文學」，也就是要印證副刊的讀者並不比知識分子差，一系列專欄包括：

---

51 杭之，〈大眾文化市場中的「野火現象」（下）〉，《中國時報》（1987 年 6 月 20 日），第 8 版。

52 龍應台，〈八○年代這樣走過〉，收於楊澤主編，《狂飆八○：記錄一個集體發聲的年代》，頁 37。

53 〈聯副新走向：扎根在百萬人之間〉，《聯合報》（1984 年 12 月 31 日），第 8 版。

「假如我是主編」（1980.3.20）、「錄音投稿」（1980.6.14）、「冰鎮小品」（1980.7.3）、「超短型副刊實驗」（1980.12.27）等，都是「配合生活步調的短欄」，而這類短欄早見於最初瘂弦接編後，光是 1978 年一年即推出卅二個專欄，平均每個月推出三個專欄、每十天就有一個專欄被提出，包括「極短篇」（1978.2.25）、「寫在春天」（1978.2.27）、「心影錄：少年十五二十時」（1978.3.15）、「報導文學」（1978.4.22）、「新聞詩」（1978.4.30）、「第三類接觸」（1978.8.3）、「啄木鳥專欄」（1978.8.26）等，頻率之密集大有與人間副刊互別苗頭之意，但聯副主張的是消閒品味的普羅文化，經由「中產階級功利主義」去感染大眾、說服大眾。

聯合副刊最爲人所熟知的文類即是 1978 年 2 月 25 日所提倡的極短篇：「『極短篇』是一個新嘗試，希望以最少的文字，表達最大的內涵；使讀者在幾分鐘之內，接受一個故事，得到一份感動和啓示。」[54] 單是 1978 年一年即刊登了近一百篇極短篇作品，透過第四屆（1979 年）聯合報小說獎的加持，極短篇成爲聯合副刊成功塑造的「文化商品」，不僅鼓勵一般大眾勇於投稿，也經由虛構的、極短的小說形式建構無傷大雅、消閒趣味的文類，說明聯副不僅追隨人間副刊的動態企劃方式，還凸出消費性格的內容，包括聘請演藝人員與文學人對談的「第三類接觸」、結合廣告文案與文學的「廣告文學的範例」（1979.3.13）等，使得文學淪爲消費附庸。

這一大眾化編輯取向，至 1984 年 11 月 1 日《聯合文學》創刊後達到高峰，同年 12 月 28、31 日兩日，聯副針對 1985 年的編輯方針指出要「扎根在百萬人之間」，箇中做法即是推出「短欄」，共推出五種「因應社會變遷」的文類，其中一項即是「小小報導文學」，主要爲區隔過往篇幅較大、偏重生態保育的報導文學，以三千字爲度，期待作者深入當前社會各層面，「披露一些具有特殊性、不爲人共知的人事地物——那些發生在城鄉、在山林深處、在陰鬱的地層……一件件動人的眞實故事」，此一說法其實與七

---

54 陸正鋒，〈西風之外〉（按：編者說明附於文後），《聯合報》（1978 年 2 月 25 日），第 12 版。

〇年代末推出「報導文學」、「大特寫」等編輯說明語如出一轍，都是爲了「深入各個角落；讓眾人看見不同生活的面貌，聽見各種心靈的呼聲」（「大特寫」編輯語），然而從前述析論可知，聯副採用報導文學其實是將其導向新聞文學、強化中國傳統與反共等無害內容，主題幾乎與臺灣現實無涉，充分實踐了瘂弦所主張的論點：文學參與社會不應超過文學被賦予的功能，提倡報導文學必須注意其背後的「社會參與」動機是否造成「社會悲劇」？

也因此，在這個前提下，我們可預知「小小報導文學」不可能迸發出深沉的反思與建構，無論是阿盛〈乞食寮舊事〉（1984.12.30）、葉世文口述、津太華撰文〈呼喚的山：走訪玉山國家公園〉（1985.1.1）、吳敏顯〈與河對話〉（1985.1.2）、阮義忠〈北埔十三巡〉（1985.6.27）等，都在字數限制三千字下而使得內容流於浮光掠影、甚至類如散文創作，例如吳敏顯〈與河對話〉是自七〇年代末以降，最常爲報導文學所書寫的環境題材，但吳氏以第一人稱的「我」擬人化河流，透過男人與河相互對話，這是文學創作慣用的「二元並置」手法，雖然吳氏藉由河流進行了控訴，卻因爲過度執著於文學描述，削弱了大眾所能理解的內容張力，文中如斯寫道：「我知道，自己已經是個不停抖動雙手，有著嚴重風溼還帶氣喘的老婦……」這是河流對於自己被汙染的陳述；而與其對話的男人則如斯結論：「不知道人爲什麼只喜歡回味美麗的過去？春天才來，便要離去。總覺得心中有許多來不及訴說的情愛，到此刻，竟然哽噎。我只能熄燈，掩卷，長嘆了一口氣……」[55]

帶有強烈社會性格的報導文學，在聯副數度更換專欄名稱的前提下：從1978年的「報導文學」、「大特寫」、1980年的「吾土吾民」、「傳眞文學」，再至1984年的「小小報導文學」，報導文學的革新行動已被抹消，尤其1984年11月《聯合文學》創刊後，使得聯合副刊將「獨立性高、開創性強」的文學／文化性格交付給《聯合文學》，更強化了大眾化路線，原本聯副所主張的歷史懷舊之報導文學，至八〇年代中葉以降更因「編輯新走

---

55 吳敏顯，〈與河對話〉，《聯合報》（1985年1月2日），第8版。

向」的需求，成爲文學資料蒐羅的附庸，渾然喪失作爲報導文學應有的反文化霸權性。將報導文學轉入消費性格的取向，也見諸人間副刊之中，第六屆（1983 年）時報文學獎爲了「鼓勵寫作的多樣性」，分別設立「時報純文學獎」與「時報大眾文學獎」，但報導文學已因文類定義不清而取消，改設短篇小說、散文以及新詩三類獎項，至於「時報大眾文學獎」空有其名而無實質內容，但分立獎項卻意味著：

一、文學品味已到了分眾時代，文學不再是過去訴求菁英分子的高蹈性格，而是日趨眾聲喧譁的傳播工具，這也意味著菁英論述從七〇年代副刊舞臺逐漸式微，取而代之的是消閒文類的崛起，縱使人間副刊於八〇年代中期以降引進大量新思潮，但那些討論其實已遠離群眾而越發朝向學術範疇發展。

二、在政治壓力與文化檢查機制下，七〇年代崛起的報導文學因其社會性而難見容於媒體，加諸消費社會、消閒性副刊的興起，使得需要大篇幅發表園地的報導文學難見容於副刊。報導文學從人間副刊中退出，取而代之的是對於西方思潮的引介與消費性資訊的刊登，意味著政治箝制的同時，媒體也不得不屈從於市場價值規則，也就是文化工業運作的機制吸納了閱聽大眾目光，使得「中產階級品味」取代了七〇年代的政治監控，以 1980 年 9 月 14 日於人間副刊連載的王文興小說〈背海的人〉爲例，儘管文前加註「本文由原作者自行負責校訂，對現代小說沒有信心的人請不要看」[56]，終究於刊出八天之後，因爲讀者對於小說使用的粗俚語言強烈抗議，不得不終止刊登。

事實上，當報導文學發展至七〇年代末，已成爲介於商品與文化價值之間的矛盾角色：一方面它擁有文化底蘊，一方面又具足販售的條件，「鄉土」形成嫁接現代與傳統之間的象徵物，既喚起傳統固有文化價值，又凸顯現代文明與傳統折衝歷程，透過感性而精緻的文字加以包裝，使得傳統與現代產生了廉價的結合，此從《漢聲》雜誌中文版乃至《戶外生活》、《皇冠》等都可找到相對應的例證，許多出版社亟欲與此文類沾上邊，也凸顯了

---

56 王文興，〈背海的人〉，《中國時報》（1980 年 9 月 14 日），第 8 版。

盲目的出版風潮，例如當時的盤庚出版社即策劃爲報導文學出版專書，試圖編印一套臺灣報導文學史，最終卻不了了之[57]。去脈絡化的懷舊攝影、「旁觀他人之痛苦」的報導攝影也助長了此一消費性質，在在使得報導文學淪爲消閒產物，而這正是《人間》訴諸爲弱小者代言的緣故，乃因它欲挑起中產階級的自覺，由此去關注社會、關懷弱勢階級。

這個時期最值得關注的是，報導文學開始走向環保議題的挖掘，主要起於第三屆（1980）時報文學獎報導文學獎首獎作品〈大地反撲〉之理念，聯副接受韓韓以及馬以工的建議，接連推出「自然環境的關懷與參與」（1981.1.1）、「我們只有一個地球」（1981.7.25）等專欄，除了作爲環保議題的先聲，也衍生出日後自然書寫的文類脈絡。環保議題的出現意味著六〇年代出口導向工業、七〇年代第二次進口取代工業化以來，臺灣環境如何因應工業發展、追求經濟而來的「後遺症」，此一議題的出現根據古蒙仁的觀察，於八〇年代初仍屬「比較時髦的東西」[58]，在他集結出版的《臺灣社會檔案》中即規劃了「生態環境篇」，共收錄有關白鷺鷥、香魚、臺西海埔新生地等議題，由此也可知環保議題必須遲至1982、1983年之交才逐漸蔚爲報導文學的風氣。其中，「我們只有一個地球」乃是延續「自然環境的關懷與參與」專欄而來，專欄完結後交由九歌出版社出版成冊，出版三個月即賣出近六千冊，而「我們只有一個地球」也成爲一句深植人心的標語，多年後環保團體仍以此爲宣誓口號，顯見聯副當初推行此類報導文學的影響力。

聯副之所以提倡此一報導題材，乃是環保議題較諸政治議題不具敏感性與近身性，例如東北角養殖業破壞生態對於其他地方讀者而言，較難引起共鳴，且環保議題才處於社會運動的集結狀態，不若勞工生活、社會福利等議題已形成動員並訴諸政府機構的能量，加諸聯副將其置於「中國文化衣缽之承傳與國家之成長」的論述邏輯中，也就是透過思索人與自然的互動關係，達成協助國家建設之目標，是依循媒體社會責任論的邏輯思維。

---

57 柳暗，〈爲歷史見證：楊春龍的「報導文學作品系列」〉，收於陳銘磻主編，《現實的探索》，頁183-187。

58 古蒙仁，《臺灣社會檔案》，頁7。

迄「我們只有一個地球」則較有系統著眼於臺灣海岸線的介紹，除了常見的感嘆結論，也適度對當局提出了相關建議，但由於未追究「誰」造成環境破壞，故再次陷入訴諸「後代子孫」、「有這裡才有永遠」等繁衍系統的表述，也常動之以道德勸說如「痛心」、「無奈」等這類字眼，例如韓韓〈滄桑歷盡：寫我們的北海岸〉目睹東北角一帶的九孔養殖業，指出箇中養殖戶未經相關單位允許卻仍一意孤行，至此，韓韓嘆道：「說實在的，我實在沒法瞭解其中的邏輯。」[59] 而馬以工則多訴諸「永存」這類概念，通常的撰寫筆法即是在陳述地理環境的歷史變遷後，針對現狀提出針砭，最終以「多爲後代子孫及千秋萬世著想」做結，等同對於「誰」造成破壞未有深入探索，而這也就凸顯《人間》雜誌何以特別強調環保議題之故，一方面因應時事報導，一方面則可從中批判國民黨政府如何在「附從美日霸權」體制下，破壞了環境與生態，從而證稱第三世界論的必要性。

換言之，《人間》雜誌將環保議題提升至政治議題的層次，也就使得相關報導具備改造的動能，並得以控訴造成此一環境變化的「元凶」。

貳、陳映眞與第三世界論：主張與方法

經由前述的場域分析，我們已然明白八〇年代報導文學在主流媒體傾向消閒性文類、菁英分子論述下，淪爲輕薄短小的文類，至於黨外雜誌或新興社會運動創刊的雜誌則泰半著眼於內幕報導而欠缺文學性，使得解讀八〇年代報導文學的有效性勢必側重於陳映眞創辦的《人間》爲主。和七〇年代高信疆提倡報導文學最大的差異在於，高信疆作爲編輯人對於自身的理念闡發較少，但陳映眞不僅是小說家，也是評論家、知識分子，箇中涉及的又是國族認同、社會結構等議題，故而爭議也多。爬梳高信疆僅能透過有限的資料，旁敲側擊理解其對報導文學的主張，爬梳陳映眞則必須留心其如何論述自我主張，這一論述是否包含了遺漏或放大的風險？是否經過記憶的美化或

---

59 韓韓，〈滄桑歷盡：寫我們的北海岸〉，收於韓韓與馬以工著，《我們只有一個地球》（臺北：九歌出版社，1983 年 3 月三版），頁 65（1983 年 1 月初版）。

論述的鍛造？因此本書擬先針對七、八〇年代陳映眞的思路作一析論，而後依此析論檢視他在《人間》所主張的傳播策略及其班底風格。

《人間》自2000年以降成爲學位論文的主要研究課題，在本書蒐羅的卌五筆資料中（參見表1），共有七筆以《人間》爲研究對象，其中兩筆爲博士論文。其探究主題集中於：一、匯整《人間》雜誌的主題與編輯策略，共兩筆，分別爲劉依潔與許振福。二、關注《人間》紀實攝影與報導文學的互文性，共三筆，包括陳弘岱、何恭佑、花基益。三、探究《人間》與社會運動力、傳播力，分別爲張耀仁[60]與柯景棋。最早探究者劉依潔（2000）整理《人間》雜誌的基本主張、編輯手法等，最具貢獻的部分在於留下對陳映眞訪談的內容，儘管提問的深度凸顯其不夠理解八〇年代陳映眞的思想理路，但仍爲九〇年代末陳映眞如何回望《人間》留下重要記錄。至於陳弘岱（2005）著墨《人間》雜誌紀實攝影如何影響臺灣日後的紀實攝影風格，指出《人間》雜誌的攝影題材武斷、攝影教育產生刻板印象等。再至許振福（2009）從左翼精神的角度切入，提出具體的論點包括「陳映眞的《人間》路」、「左眼看臺灣」以及「從《夏潮》到《人間》」等，其中較有意義的論點是《夏潮》與《人間》的連結，可惜許氏並未多加論述。而何恭佑（2010）則針對《人間》雜誌三大主題：人權關懷、自然環保以及社會與政治運動，就紀實攝影與報導文學作一探析，指出陳映眞的思考路線帶有左翼隱喻與主觀意識之特質，形塑了報導文學不同以往的深度，也造就了帶有「批判性」、「庶民性」的紀實攝影。此外，花基益（2014）則從報導文學與紀實攝影探究《人間》，指出該刊經由民眾的立場以及人道關懷，挑戰了當時的政治威權。而柯景棋（2015）經由《人間》參照八〇年代臺灣社會，指出其延續左派傳統、對於當時社會提出前瞻性的批判與反思，並堅持反美帝之理念。

凡此種種，論者近乎一面倒的稱許陳映眞的左翼精神、社會主義人道關

---

60 即本書據以改寫之博士論文《從「人間副刊」到《人間》雜誌：臺灣報導文學傳播論（1975-1989）》，該文完成於2014年7月，當時尚未有花基益、柯景棋等資料，此部分爲2020年2月重新增補、修正。

懷等，似乎研究《人間》雜誌只為了再次建構陳氏崇隆的文學光環，而非反思陳映眞本人所持論點之良窳，尤有甚者，一致遮蔽了陳映眞的國族認同問題，也就是七〇年代末陳氏與葉石濤臺灣文學路線的交鋒，迄八〇年代初演變成臺灣意識論戰。就報導文學來說，其實也處於「如何中國」與「如何臺灣」的尷尬處境，這一尷尬雖然在七〇年代即因高信疆的主張而浮現，但終究因著踏查臺灣鄉土的特性使然，以致第一代報導文學家筆下的內容觸及了「臺灣意識」、「臺灣民族主義」這類攸關臺獨的敏感神經，故高信疆主張的「中國精神再確認」其實與報導文學踏查的本質是相背反的。固然為了在臺灣民間找到「中國文化」、「中國精神」，高信疆對報導文學做出了調整轉而以宗教、民俗技藝為主，但從前述分析可知，源自中國的宗教與民俗技藝到了臺灣之後，衍生出隸屬於這塊土地的風采與特色，故報導文學的踏查並非中國精神的再確認，反而是重建臺灣主體性，因而七〇年代以來，無論是統派或獨派，已無法拒絕或迴避臺灣存在的事實，也是《人間》一心嚮往中國的同時，必須針對「臺灣」加以塑型。

由此回望陳映眞的國族認同觀：堅絕反對分離、全心投入紅色「祖國」的信念，也就凸顯他提倡報導文學絕不可能僅止於「人道關懷」這一慣用的話術，從他在八〇年代的一系列小說創作來看，可區分為兩條路線，一是以「華盛頓大樓」系列小說對於跨國資本主義的抨擊；一是以「山路」為首對於五〇年代白色恐怖史的挖掘，尤其後者一系列的小說作品引起回響甚大，乃因其不僅處理五〇年代的議題，事實上也是以古喻今，也就是葉石濤分析陳映眞這一系列小說所指出的：「八〇年代臺灣社會的人民心靈結構和五〇年代人民心靈結構的強烈對比。」[61] 反映在《人間》主題上，前者處處可見於環境公害問題、原住民議題、青少年議題等，旨在論述美日帝國霸權干涉下的臺灣何其扭曲，以致產生分離主義的情結；後者則是藍博洲等人對於民眾史的挖掘，直指左翼精神在臺灣遭到刻意湮滅，一方面抨擊黨外民主運動忽略白色恐怖，一方面也指控當局對於左翼人士的壓迫，而左翼路線正是導

61 葉石濤，〈解析歷史的病灶：論陳映眞的三個短篇〉，《中國時報》（1988年8月6日），第18版。

致陳映眞當年入獄的原因。此兩點皆可歸納至八〇年代陳映眞轉向「第三世界論」，這一源自七〇年代毛澤東的說法，使得第三世界論幾乎等同中國意識論之飾詞。

然而，針對陳氏第三世界論的內容除了何恭佑（2010）有所著墨外，其他學位論文研究者，莫不是以籠統的左派觀點或人道主義去闡述《人間》雜誌。何氏指出陳映眞的第三世界論乃是「汲取去中心論、反霸權的思想……也不採取去中國化的主張」，這顯然是對陳映眞第三世界論主張認識不清，或說美化了第三世界論，尤其第三世界論究竟與《人間》雜誌有何關聯？何恭佑並未就此進一步檢視即導入結論：「一直以來，陳映眞都堅持著自己的『第三世界理論』在維護著《人間》的發刊路線……」[62]第三世界論當然與《人間》有著密切關係，因爲《人間》乃是陳映眞「理想、信念的展現，更可說是他本人人格的延伸」[63]，故而何恭佑只說對了一半，然而，陳映眞究竟爲何主張以第三世界論去維護《人間》雜誌？截至目前爲止，倘未有深入的析論探究陳映眞第三世界論與《人間》雜誌的關聯，這也使得何恭佑推論《人間》雜誌之所以停刊，在於民眾無法接受「過於進步的第三世界論」，此一論點固然得以成立，卻也顯得過於一廂情願，亦即何以第三世界論就是「進步」？

換言之，第三世界論絕非眞理，「爲弱小者代言」也絕非必然正義，眞理與正義都是通過檢驗而非先驗自明的結果，在未洞悉陳映眞理論轉向的前提下，研究《人間》雜誌很容易被動輒跨頁的紀實攝影所震撼、所感動，從而陷入「關懷」、「人道主義」這類泛道德化的話術，忘卻《人間》雜誌的發刊宗旨與陳映眞主張有何關聯？《人間》的傳播意欲達成何種效果？建構何種何種「人間」圖像？在去思索、去批判的崇拜情結中，《人間》雜誌向

62 何恭佑，《《人間》雜誌本土議題中的影像與書寫》（中山大學中國文學系研究所碩士論文，2000 年 1 月），頁 131。

63 彭海瑩，〈心心念念在「人間」的陳映眞〉，收於康來新與彭海瑩主編，《曲扭的鏡子：關於臺灣基督教會的若干隨想（陳映眞的心靈世界）》（臺北：雅歌出版社，1987 年初版），頁 33。此一說法也參見劉依潔，《《人間》雜誌研究》，頁 113。

來在論者口中宛如眞空之物，成爲陳映眞夸夸而談、引以爲豪的「臺獨對我很有意見，可他們拿我沒辦法，他可以說任何人不愛臺灣，可他們不能說我不愛臺灣，證據就是這本雜誌……」[64]問題是，陳映眞「眞的」愛臺灣嗎？或者換個說法，「愛臺灣」必然與臺獨相連結嗎？顯然，陳映眞是以敵意思索臺獨、思索臺灣，更何況陳映眞沾沾自喜「（臺獨）對於陳映眞一點兒辦法也沒有，所以從臺獨來的批評沒有」、「他們臺獨派一直到今天還沒辦法辦成一個雜誌」，但揆諸當時《人間》第 18 期（1987.4）的「『2.28』的民眾史」，即曾遭到陳芳明等人於《臺灣文化》等雜誌強烈批判[65]，而獨派也早就創辦了《臺灣文化》雙月刊（1985.7，陳芳明主編）、《臺灣文化》季刊（1986.6，柯旗化主編）、《臺灣新文化》（1986.9，宋澤萊總編輯）、《新文化》（1989.2，發行人謝長廷，張恆豪總編輯）等，顯見陳映眞誇大其辭，而這類例子在陳映眞的言行中比比皆是，故報導文學研究者面對陳映眞卻不敢或不願挑戰陳映眞、批判陳映眞，對照報導文學去殖民化、反文化霸權特質，豈非顯得矛盾？

有關陳映眞的研究取徑目前可概分爲兩類：一視其爲「海峽兩岸第一人」的推崇派，例如趙剛、陳光興等；一是意欲解構其「至高無上」文學光環的批判派，例如陳芳明、陳明成等。其中，陳明成以近三十萬字撰寫博士論文《陳映眞現象研究》[66]，文中透過爬梳「臺灣行進曲」作者陳炎興（陳映眞生父）、日據時期「巡查部長」陳根旺（陳映眞養父）的生平，進而探

---

64 劉依潔，《《人間》雜誌研究》，頁 117。

65 陳芳明，〈如果是爲了團結與和平：與陳映眞談二二八事件〉，《臺灣文化》雙月刊第 12 期（1987 年 6 月），頁 42。此文同步刊載於《臺灣新文化》月刊第 9 期（1987 年 6 月），頁 9-22。有關《臺灣文化》、《臺灣新文化》、《新文化》之研究參見李靜玟，《《臺灣文化》、《臺灣新文化》、《新文化》雜誌研究（1986.6-1990.12）：以新文化運動及臺語文學、政治文學論述爲探討主軸》（臺北：國立編譯館，2008 年初版）。

66 陳明成，《陳映眞現象研究》（成功大學臺灣文學系博士論文，2012 年 7 月）。後出版更名《陳映眞現象：關於陳映眞的家族書寫及其國族認同》（臺北：前衛出版社，2013 年初版）。本書所引以專書爲主。

究陳映眞〈父親〉一文刻意「遺漏」日據時期生、養父的身分與經歷，藉以強化自身左翼的正統性，並經由五十七封「陳映眞致鍾肇政書簡」，指出陳映眞早與臺灣文學史決裂，且透過《人間》等切面檢視陳映眞如何認同中國、被中國文學史所吸納，資料考據翔實而細緻，可作爲理解陳映眞及其國族認同的重要管道。然而，値得指出的是，該書的預設邏輯在於「認同的一致性」，亦即日本殖民時期服膺於日方政府，則如何可能在戰後成爲「批判的左翼者」？但認同或批判精神的養成，其實是經常隨著時代條件或個人際遇不斷浮動的，也因此，陳明成一書難免呈現教條論：即認同中國是必須受到批判的，但本書以爲面對陳映眞——或者面對一位創作者——探究的重點應是置於：陳氏透過何種方式論述中國？與其作品的對應關係爲何？再者，陳映眞如何論述臺灣？畢竟，如果我們回望七、八〇年代的臺灣文學作者，其實有不少初始是以中國作家自居，而後才逐漸建立起所謂的臺灣意識，故以昨日之我否定今日之我，難免有著武斷之嫌。

談論八〇年代報導文學，陳映眞與《人間》當然是不可迴避的對象，然而，本書既然主張報導文學旨在重建臺灣、去殖民化乃至反文化霸權，則陳映眞主張復歸中國的概念就値得作一探析，也足爲七〇年代報導文學之對照。面對陳映眞與報導文學的關聯，本書擬先就陳映眞的思路作一析論，尤以他在八〇年代的論述取向爲主，藉以參照《人間》雜誌的內容，從而理解《人間》雜誌編輯取向，而不單就雜誌內容作分析。其次，本書針對《人間》雜誌的編輯、撰寫班底作一析論，探究其傳播的策略爲何？第三，就議題設定論中的溢散效果，探究《人間》雜誌的傳播歷程，並針對讀者的回函意見檢驗此一溢散效果能否成立？從中理解《人間》在八〇年代以降的傳播效應。最後，本書於下一章節經由前述場域分析、第三世界論，以「庶民—臺灣鄉土」、「地域—臺灣人民」以及「族群—臺灣歷史」等三個符碼，探析《人間》紀實攝影與報導文學，期能理解不願「爲國民黨作倀」的陳映眞，在其創辦的雜誌展現了何種特質，以區別其與當權者不同？並完成個人向來念茲在茲的第三世界論？

有關歷來論者描述的陳映眞總體形象，姚一葦在《陳映眞作品集》的總序允爲箇中代表，他指出當陳映眞於 1975 年出獄後，「描寫的不再是市鎭小知識分子，而是一個屬於第三世界的普遍性問題，當先進資本主義國家的大企業進入到我們生存空間時，帶給我們的影響，無與倫比；不僅是生活的改變，而是整個兒的想法、觀念、行爲和生存方式的劇變。」[67] 這段話提出了兩個分野：1975 年之前的陳映眞乃是市鎭小知識分子，以及 1975 年後的陳映眞則屬於第三世界論者。這樣的分期，其實見諸陳映眞出獄後，對於過去自我創作的析論〈試論陳映眞〉，他將自己的創作區分爲兩個時期：1959 年到 1965 年的「憂悒、感傷、蒼白而且苦悶」，以及 1966 年以降「理智的凝視代替了感情的反撥；冷靜的、現實主義的分析取代了煽情的、浪漫主義的發抒」[68]，在這篇向來爲文評家、研究者引述的自我剖析中，陳映眞稱自己爲「市鎭小知識分子作家」，而在文末指出臺灣因爲受到日本帝國殖民政策的資本主義化、現代化等，以致「不能夠正確地認識到從前」，也就是無法認識「落後和苦難所掩蔽的中國的眞正的面貌」，從而衍生出孤兒、棄兒乃至受害者的意識，遂走向了反分離主義的道路。

亦即陳映眞在 1975 年 7 月出獄後，一貫維持其入獄前與臺灣文學、臺灣意識保持距離甚至敵對的態度，這一帶有向過去告別以及向當局宣示的論述，被趙剛視爲「陳映眞歷劫歸來，昭告世人彼將一掃其鬱悒繁思，其將披堅執銳而爲一戰士的『自我宣誓』」[69]。趙氏以文學筆法寫出的這一論述，顯然意欲將陳映眞塑造成「鬥士」而非「鬥垮者」，指出陳映眞宣誓以「慘綠之血」、「脆弱且自傷自憐」等否想了過往早期小說，也對未來作出了宣稱：「同一切願意爲更好、更合理的明日貢獻力量的文化工作者，一道工作，一起進步。」然而陳映眞在其論述中，其實欠缺了他與鍾肇政通信以接

---

67 姚一葦，〈總序〉，收於陳映眞著，《萬商帝君（小說卷：1980-1982）》陳映眞作品集 4（臺北：人間出版社，1988 年初版），頁 15。此一總序收入陳映眞作品集任何一冊中，本書以八〇年代作爲論述參照的起點。

68 陳映眞，《鞭子和提燈（自序及書評卷）》陳映眞作品集 9，頁 3、9。〈試論陳映眞〉，原載《第一件差事》、《將軍族》（1975 年初版）自序。

69 趙剛，〈頡頏於星空與大地之間：左翼青年陳映眞對理想主義與性／兩性問題的反思〉，收於陳光興與蘇淑芬主編，《陳映眞：思想與文學（上冊）》（臺北：臺灣社會研究雜誌社，2011 年初版），頁 133。

近臺灣文學（1962.2.21-1965.9.19），也欠缺因著朋友而開始接觸左翼思想讀書會的說明，故陳映眞的這篇自評當然不可能是客觀的自評，而是有意識的取捨與重建自我形象的過程，其中提到他向來關注的「雙戰」體系（內戰與冷戰）對於臺灣的影響：「臺灣分離主義運動，在依附美日新帝國主義、甘爲新帝國主義鷹犬，甘爲逐漸破產的『兩極對立』冷戰構造服務」[70]，故而應該「不分什麼大陸人和本省人——能夠同時克服和揚棄落後的大華夏主義和新舊殖民主義所殘留的被害者意識、孤兒意識或棄兒意識，重新建立我們在中國現代史中的主體的地位」，也就是陳映眞七〇年代末大力提倡第三世界論的緣故，因爲他認爲該理論超越了民族主義的侷限，足以將臺灣與中國含括其中。

這套以資本主義、美日帝國主義爲「假想敵」的論述觀，可以拆解成以下邏輯：「因爲受阻於帝國主義的殖民扭曲→所以臺灣看不清中國面貌→所以產生了扭曲的民族主義→所以走向分離主義→所以我們需要第三世界理論」，這套將民族論與第三世界論作了連結的論述，等同將「臺灣—中國—第三世界」視爲一種「重疊性的結構」，也就是臺灣與中國無差別的被納入同一個體系之中。然而本書以爲，與其說是「重疊」，不如說是第三世界論「收編」了臺灣，因爲第三世界論乃是來自六〇年代，中共脫離蘇聯爲首的社會主義陣營，從而毛澤東推出第三世界論以作爲區別，尤以 1974 年鄧小平於聯合國第六屆特別會議闡述此一主張而備受矚目，而此理論又與二〇年代的「中國革命論」[71] 有關，也是不少中國大陸論者日後對陳映眞思維倍感興趣之故。

在〈對我而言的「第三世界」〉中，陳映眞指出他係自 1977 年鄉土文學論戰之際，與葉石濤辯證臺灣新文學的性質時，「第一次」提出了第三世界論與第三世界文學這兩個詞彙，由此去思索臺灣文學與第三世界的關聯。

---

70 陳映眞，《美國統治下的臺灣（政論及批判卷）》陳映眞作品集 13（臺北：人間出版社，1988 年初版），頁 76。〈何以我不同意臺灣分離主義？〉，原載《中華雜誌》第 286 期（1987 年 5 月）。

71 有關二〇年代中國革命論參見張玉法，〈一九二〇年代中國的政治思潮〉，《中國文化研究所學報》新第 7 期（1998 年），頁 133-151。

然而檢視〈「鄉土文學」的盲點〉，並未見陳氏所說的兩個詞彙，勉強與第三世界論相關的乃是：「『臺灣』『鄉土文學』的個性、便在全亞洲、全中南美洲和全非洲殖民地文學的個性中消失，而在全中國近代反帝、反封建的個性中，統一在中國近代文學之中，成爲它光輝的、不可割切的一環。」陳映眞指出，當時他透過日語讀物知道了韓國正進行著關於「純粹文學」與「參預（干預）文學」的爭論，而在論述文學的民族性與大眾性時，提出參照殖民地、半殖民地等處境中，尚在爲民眾解放、國家獨立而鬥爭的亞、非、拉世界，也就是第三世界及其文學的鬥爭問題[72]。對此，陳光興以爲陳映眞自七〇年代後半起就開始「直接使用第三世界」去進行公開評論，例如〈在民族文學的旗幟下團結起來〉：「只要第三世界中各民族一天不能在民族上、政治上、經濟上和文化上得著完全的自由，反帝的民族主義就依然是他們永不過時的，激勵人更堅定、更勇敢地戰鬥下去的偉大而不可取代的旗幟。」[73]這是陳映眞典型的「壓迫者與被壓迫者」的宿命結構論。

此外，陳映眞也在該文中提到毛澤東的「三個世界論」，也就是美蘇爲第一世界、工業發達的各國爲第二世界，至於第三世界則非貧窮、弱小等國家，而是反對美蘇宰制霸權的戰略思維，這套理論經鄧小平在聯合國闡述指出「中國乃是屬於第三世界國家」，堅絕反對帝國主義、霸權主義、殖民主義等，並希望和其他經驗相似的國家聯合成廣泛的統一戰線，反對美蘇等國的壓迫與侵略。對此，陳映眞顯然受過許多論者的攻擊，故話鋒一轉指出：

---

72 關於這個說法，陳映眞在 1987 年接受蔡源煌訪談時指出：「韓國著名的文學理論和批評家白樂晴，早已在七〇年代提出韓國『民族文學與第三世界文學』的理論。這是我這回到韓國才知道的。」按此，不由使人懷疑陳映眞是否記憶嫁接錯誤，畢竟從他自美歸來的演說〈中國文學和第三世界文學之比較〉，並未提及韓國提倡第三世界論，而多集中於探討菲律賓等東南亞國家的處境。參見陳映眞，《鳶山（隨筆卷）》陳映眞作品集 8（臺北：人間出版社，1988 年初版），頁 76-96。〈中國文學和第三世界文學之比較〉，原載《文季》第 1 卷第 5 期（1983 年 1 月）。

73 陳映眞，《中國結（政論及批判卷）》陳映眞作品集 11（臺北：人間出版社，1988 年初版），頁 42。〈在民族文學的旗幟下團結起來〉，原載《仙人掌雜誌》第 2 卷第 6 號（1978 年 8 月）。

「理論的思維令人疲乏」，他感性提到之所以主張第三世界論乃是來自親身的體驗，起於 1983 年第一次被當局批准出境參與美國愛荷華大學「國際寫作工坊」，在那次交流經驗中，陳映眞遇見南非來的「白人」混血女作家，她告訴陳映眞在南非嚴苛的種族隔離政策下，寫作技巧並非首要考量，因爲當時南非識字率不到 10%，如何讓文學有效被感知，遂成爲該國寫作者的首要之務，這令陳映眞極爲「震動」，「從來不知道作家的處境和命運有遠比我更艱難，創作時和生活、民眾和同（按：國）家的苦難挨得那麼近，寫作的哲學有這麼不同」[74]，這段話凸顯了陳映眞創辦《人間》雜誌何以大量引進第三世界的資訊與視角，甚至於 1989 年即將停刊之際，製作兩期有關韓國民主運動專號「陳映眞現地報告：激盪中地韓國民主化運動」（44 期，1989.6）以及「韓國錐子」（45 期，1989.7），乃因韓國的第三世界觀自七〇年代隨著民族文學論而形成，箇中以評論家白樂晴爲代表：「1970 年代韓國文壇所進行的『民族文學』討論，不僅將自身的文學放在與最高水準的第三世界文學的連帶關係上加以思考，同時也在此尋找世界文學的先進性，並已認識到以『第三世界』的視角重新解釋西洋文學的古典本身的必要性。」[75] 換言之，陳映眞認爲臺灣宜向韓國學習，抵抗冷戰體系干預兩岸統一的民族團結，故而兩期有關韓國的報導，儼然就是陳映眞找到了足以實踐第三世界論的效法對象，頻頻向臺灣喊話，問題是，臺灣與韓國的情況與條件是否足以相提並論？且以後事之師回望，南韓當年念茲在茲的「統一」信念，會否只是陳映眞一廂情願的片面觀察？

自美國歸來，陳映眞以其經驗與心得發表演講〈中國文學和第三世界文學的比較〉指出：「若從國民所得、社會分配、貧富差距等幾個表象上去看，臺灣和其他第三世界國家差距之大，眞不啻若干第三世界社會與先進國

---

74 陳映眞，〈對我而言的「第三世界」〉，頁 6。前述「理論的思維令人疲乏」亦出自此文，頁 5。

75 白樂晴，〈英文學研究中的主體性問題〉，《民眾文學與世界文學 2》（首爾：創作與批評，1985 年初版），頁 165。轉引自白永瑞，〈陳映眞思想中民族主義與第三世界的重疊〉，收於陳光興與蘇淑芬主編，《陳映眞：思想與文學（下冊）》（臺北：臺灣社會研究雜誌社，2011 年初版），頁 563。

家社會的差距……但是研究經濟生活中支配和受配的關係……臺灣，同其他第三世界國家一樣，完全處於相同的被支配、榨取和控制的地位。」[76]在這一支配下，陳映眞認爲臺灣的文學創作必須面對幾個矛盾與張力：首先，語言的問題：民眾語言、貴族語言的對比，以及民族母語與殖民地外來語的交錯。其次，內容的主題：不僅控訴殖民體制的壓迫，也要反省與批判國人的無知與落後。第三，性質取向：批判並脫離傳統的貴族、僧侶和殖民者的文學。陳映眞進一步指出臺灣文學與其他第三世界文學的差異在於：一、臺灣文學具有比其他第三世界文學更爲完整的文化和語言傳統：陳映眞認爲臺灣受殖民的時程較短，故語言仍繼承了中國完整的文化與語言系統。二、臺灣文學與社會及人生指導性格逐漸脫節：陳映眞認爲大眾消費社會的形成，使得臺灣文學成爲多數人不願一顧、而淪爲少數人把持的事物。三、臺灣文學在歷史、文化乃至哲學方面頗爲貧困：陳映眞指出原因可能出在臺灣在歷史上、文學上和思想上斷層的閱讀所致。四、臺灣文學與政治間保持著較爲疏遠的關係。

陳映眞的說法引起了陳芳明的強烈批判，認爲其令人困惑且難以理解：其一，臺灣文學的獨特性爲何必須抹消於亞、非、拉等殖民地文學之中？爲何臺灣文學與中國文學都是反帝、反封建，就可稱臺灣文學乃中國文學的一部分？其二，既然臺灣文學乃中國文學的一部分，又何需另闢「第三世界文學」統稱之？其三，以帝國主義看待臺灣與中國所面臨的情境，無異抹消了兩者的差異。其四，臺灣文學和第三世界文學並非對立的概念，而是具有相通乃至相融的精神[77]。事實上，陳映眞主張第三世界論乃是將殖民角色轉向了美日等帝國，等同爲國民黨政府的殖民統治脫罪，並藉此消融臺灣意識、遮掩他向來念茲在茲的中國意識，故陳映眞再三強調可從第三世界論加以闡述臺灣文學，其用意也就不言而喻。

值得關注的是，七〇年代末陳映眞轉向第三世界論，也與他面對中國文

76 陳映眞，《鳶山（隨筆卷）》陳映眞作品集 8，頁 78-79。〈中國文學和第三世界文學之比較〉。

77 宋冬陽，〈現階段臺灣文學本土化的問題〉，頁 27-33。

化大革命、四人幫垮臺有關。在〈答友人問〉裡，面對中國共產黨對知識分子的迫害，陳映眞這麼尋思道：「我終於覺得不對頭。使巴金的蕭珊受到那樣待遇的共產黨，和我讀史諾《中國的紅星》裡的共產黨，怎麼也不對頭。這半年來，我一直處在慢性的思想苦悶裡頭。」[78] 也是在面對四人幫的垮臺，陳映眞被問起臺灣與大陸人民都要求民主，兩造有何差異時，整理了他對民主的想法：其一，過往以爲「大陸有人民的、無產階級的民主」是錯誤的想法；其二，民主問題不能只歸因於資產階級之虛僞，社會主義的建設也需要納入資本主義的技術、資本以及管理；其三，中國的未來不是哪個黨、哪一政權的問題，而是中國人民必須共同承擔、當家做主的未來。於此，陳映眞指出他的「新覺悟」是人民而非共產黨或國民黨：「『以中國人民爲認同主體』這個新的發現中，重新肯定了我們民族主義的立場。」這一邏輯在於先有中國人民而後才有國共，故陳映眞指責國民黨，在歷史上原本有幾次機會獲得「團結的力量」，卻因爲錯誤的政策而發生了兩岸的分離。這也是陳映眞對於民族主義念茲在茲之故，也是對於帝國主義如斯痛恨之故，乃因「民族主義，對於中國，在目前階段，是要使中國從帝國主義的經濟的、政治的、文化的軍事的支配中求得完全的解放；是民族內部的和平和團結；是繼承民族文化遺產中的精華，並發揚光大之…… 」也是從民族主義出發，才能理解陳映眞在主張第三世界論何以不忘中國意識。

反映在他訪美的經驗中，因爲得以大量接觸第三世界的作者以及作品，從而體會到「沒有和第三世界作家談起，是無法想像的。我因此深切知道中國完整的文化和語言系統，是多麼値得珍視和寶貴，而愈益決心重新向自己的文化、文學和語言傳統去學習，以善用這可貴的文學資源」[79]，陳映眞意識到「中國語言系統」的重要性與必要性，並由此批判臺灣文學以及臺灣意識的虛無、貧乏與去政治性。換言之，第三世界論與中國民族主義既是重

---

78 陳映眞，《鳶山（隨筆卷）》陳映眞作品集 8，頁 34。〈答友人問〉，原載《中華雜誌》第 197 期（1979 年 12 月）。

79 陳映眞，《鳶山（隨筆卷）》陳映眞作品集 8，頁 90。〈中國文學和第三世界文學之比較〉。

疊也是相呼應的。然而，究竟何謂第三世界理論呢？在訪美返臺的演講會上，陳映眞提到的第三世界即是被帝國主義壓迫與支配的世界，故而第三世界文學所欲抵抗者即是帝國所造成的語言傷害、意識傷害以及反思性的傷害。到了晚近 2005 年，陳映眞應 Inter-Asia Cultural Studies: Movements 刊物的邀請，爲該刊「第三世界與萬隆會議」專號撰文〈對我而言的「第三世界」〉，舉出他所認識的第三世界在於：一、以生產方式來區分：「自由經濟工業化國家」爲「第一世界」；社會主義國家爲「第二世界」；經濟不發達者爲「第三世界」。二、以意識形態來區分：「自由經濟國家」爲「第一世界」；「中央計畫經濟」即社會主義國家乃是「第二世界」；至於「不發達的自由市場國家」則是「第三世界」。三、以毛澤東的三個世界論來區分：以美蘇爲「第一世界」；工業發達的各國爲「第二世界」；其餘國家爲「第三世界」。

陳映眞特別針對毛澤東的說法加以解釋道：「對毛澤東而言，『第三世界』不是貧窮、落後、弱小、疾病、戰爭的同義詞。毛澤東是把『第三世界』擺在共同反對美蘇宰制的霸權之有生力量這個戰略角度來思維的。」[80] 行筆至此，陳映眞既沒有承認也沒有否認他的第三世界論乃承襲自毛澤東，只感嘆指出「理論的思維令人疲乏」，繼而舉其在美國與第三世界作家接觸的眞實經驗爲例，加以說明。對此，陳光興爲其註解道：「理論的第三世界，情感的第三世界，陳映眞的第三世界……不僅是精神的寄託，也是打開在地民族主義封閉性的外在認同指向，他們的國際主義是以反帝爲前提的民族主義的延伸。」[81] 這樣的說法旨在美化陳映眞的中國意識，講白了也就是在爲統一路線擦脂抹粉，否則爲何臺灣不能產生「在地民族主義」？透過第三世界同樣是反帝、反封建的信念，模糊化臺灣主體性、使其成爲具有共同被殖民經驗地區亞、非、拉其中的一員，陳映眞反覆指出：「第三世界特殊的歷史、政治、文化和政治的情況，根本不需要什麼『意識形態定位

---

80 陳映眞，〈對我而言的「第三世界」〉，頁 5。

81 陳光興，〈陳映眞的第三世界：狂人／瘋子／精神病篇〉，《臺灣社會研究季刊》第 78 期（2010 年 6 月），頁 225。

的標籤』，只憑活生生的歷史的、經驗的事實，就可以把握得清清楚楚的。一個身為第三世界中的知識分子而謂『第三世界定義頗有爭論』，根本是『泛歐（美）中心主義』的荼毒下的糊塗。」[82]

陳映真認為第三世界論應從歷史以及生活加以考察而得，然而，其從何種「歷史」而來？顯然是依循中國社會主義的脈絡，這麼一來，臺灣文學置於第三世界論也是依附中國意識，等同抹消了臺灣文學的性格，這是陳映真主張第三世界論備受批評之處，他再三強調「臺灣難道不是中國」，然而倘是如此，又何必大費周章以第三世界來論述臺灣文學？直接以中國文學視之豈非更為妥切？誠然，陳映真確實是以「在臺灣的中國文學」、「臺灣鄉土文學」等語稱呼臺灣文學，由此指出美日帝國才是民族分離的元凶，也因為傾慕中國，使得陳映真批判臺灣意識的同時，極少對中國意識乃至中國施政提出抨擊，因為在他的理念中，自少年時期從魯迅的《阿 Q 正傳》認識了貧窮的、愚昧的、落後的中國，從此「中國就是我的；我於是也知道：應該全心去愛這樣的中國——苦難的母親」，他並且指出因為《阿 Q 正傳》使得他成為一個充滿信心、理解以及「不激越」的愛國者，亦即魯迅對他的創作與中國認同產生了巨大影響。

論者曾比較陳映真如何繼承「魯迅左翼」（相對於「黨的左翼」，也就是比較理想性未必以黨為意志的左翼）的精神，指出陳映真的第三世界論其實是通過魯迅而獲得，並由此衍生出「第三世界的臺灣與文學，中國的臺灣與文學，臺灣的臺灣與文學」，也是因為這個緣故，論者提出陳映真繼承、堅持乃至發揚的魯迅左翼傳統在於：其一，追求人的自由、解放以及健全發展：永遠不滿足現狀的批判立場，以及獨立於黨派外、體制外的思考，這是魯迅批判「吃人肉的筵席」的基礎精神，唯獨陳映真面對的是魯迅未嘗經歷的冷戰、民族分裂、大眾消費等結構，甚至是中國社會主義所遭遇的變化與危機，則陳映真的批判是否得宜？其次，魯迅提倡「真正的知識階級」必須

82 陳映真，《西川滿與臺灣文學（政論及批判卷）》陳映真作品集 12（臺北：人間出版社，1988 年初版），頁 69。〈反諷的反諷：評「第三世界文學的聯想」〉，原載《自立晚報》（1984 年 3 月 24 日）。

「感受平民的痛苦」、「為平民說話」，對應《人間》再三主張「要永遠以弱者，小者的立場去凝視人、生活和勞動」，此一凸顯弱者的做法與魯迅的理念有著共通之處，但魯迅為平民說話並未抹殺人的自主，然而，陳映眞卻始終視臺灣人乃無自主自救意識之人，則兩者是否相通不免值得商榷。其三，對於自我批判：魯迅表示他解剖人的同時，更多是對自我的審視，而陳映眞也指出他寫小說「對於我，是一種思想、批判和自我檢討的過程」[83]。

經由魯迅的連結，除了凸顯陳映眞崇尚左翼思維外，也凸顯個人對中國的心嚮往之，陳氏至為知名的句子指出：「孩子，此後你要好好記得：首先，你是上帝的孩子；其次，你是中國的孩子⋯⋯」[84]它說明了「中國」是陳映眞心目中至高無上的圖騰，儼然是「更寬闊的歷史視野」，故詮釋臺灣必須「依附」、「臣服」於中國意識，乃因中國意識是「自然的民族主義」，而臺灣意識則是「恐共」、「虛假」意識[85]。也因此，陳光興試圖歸納陳映眞的第三世界思想，指出其源自國際左派的政經分析、毛澤東／周恩來的第三世界主義論、生命中直接接觸第三世界作家及左翼分子的經驗、以及他的第三世界實踐（透過訪問與會議組織等），亦即陳映眞繼承的第三世界論說穿了也就是中國意識論，意欲接連包括亞、非、拉各前殖民地、半殖民地、次殖民地，在反殖民獨立戰爭、內戰中卻被丟擲於冷戰體系的困窘。

---

83 以上有關魯迅左翼與陳映眞的比較，參見錢理群，〈陳映眞和「魯迅左翼」傳統：「陳映眞：思想與文學」學術會議發言〉，收於陳光興與蘇淑芬主編，《陳映眞：思想與文學（上冊）》，頁 58-63。

84 陳映眞，《鞭子和提燈（自序及書評卷）》陳映眞作品集 9，頁 20。〈鞭子和提燈：《知識人的偏執》自序〉，原載《知識人的偏執》（1976 年初版）自序。關於這段話，陳明成考據指出「製造歷史」的可疑性，乃因日本殖民時期跟隨直屬長官學習新式樂理、主動應募愛國歌曲、戰後透過「半山」人物而重返杏壇、積極執行國府教育政策的陳炎興，豈有可能具備左翼特質？又如何保有禁書（魯迅小說《吶喊》）任由陳映眞「不告而取」？參見陳明成，《陳映眞現象：關於陳映眞的家族書寫及其國族認同》，頁 146-153。

85 葉芸芸，〈「臺灣人意識」與「臺灣民族」：戴國輝與陳映眞於愛荷華對談〉，收於陳映眞著，《思想的貧困（訪談卷：人訪陳映眞）》陳映眞作品集 6，頁 149、162。

陳光興大費周章爲陳映眞解套，認爲第三世界並非鐵板一塊，「而是一塊多元豐富的另類參照體系的構築，不再像過去那樣以歐美爲唯一的參照點，透過彼此的對照能夠在分析中把握、解釋自身處境、存在邏輯，乃至於找到繼續轉化的可能性之所在」，問題是，陳光興一如陳映眞，都無法有效解答：追尋隸屬於臺灣的民族主義爲何必須從第三世界論著手？陳映眞向來只單就雙戰體系（冷戰、國共內戰）去作解析，故第三世界論發展至終的結果，就是全面向「中國窮人」、「中國窮國」學習，也就是《人間》何以開口閉口要以弱小者的立場看臺灣，但臺灣的存在與否又必須透過中國以爲對照，視同臺灣、臺灣意識不過是被架空的對象，則陳映眞乃至陳光興等人究竟站在「誰」的立場說話？

部分論者爲了替陳映眞圓場，指出第三世界論乃是糅雜了「困惑中思索」的看法，而這個看法或可解釋陳映眞自承作爲一個「後街」者，「總是站在黑暗、卑下、貧困、受辱的後街，在那裡尋找力量看到光明」[86]，如果這樣的說法可以成立，那麼我們仍不免追問：後街裡住的是什麼人？陳映眞爲誰發聲？倘若是更高層次的人類救贖，爲何必然以中國爲依歸？如果是避免臺灣民粹、民族主義的偏狹，又何需動輒憧憬中國的「美好」？倘若第三世界論是爲了解決文學思考上的偏執問題，那麼向來被視爲理想主義者的陳映眞，他的理想是爲誰說話？如果是爲「人」，這樣的寫作論顯然淪爲泛道德式的空洞論，畢竟哪一部深刻的寫作不是從「人」、「人民」而來？如果是爲「鄉土」，則陳映眞的原鄉爲何？

換言之，陳映眞面對的難題乃是日本思想家竹內好當年（1952）給予年輕歷史學家的忠告：「學問的國際性並非意味著學問沒有國籍，無國籍的學問對於世界性的學問而言，也是一種累贅吧。」[87]誠然，陳映眞並非沒有「國籍」，他念茲在茲的即是「中國」，也是對於「中國」心心念念，使得

86 趙剛，〈頡頏於星空與大地之間：左翼青年陳映眞對理想主義與性／兩性問題的反思〉，收於陳光興與蘇淑芬主編，《陳映眞：思想與文學（上冊）》，頁 197。

87 竹內好原著，李冬木、趙京華與孫歌譯，《近代的超克》（北京：三聯書店，2005 年初版），頁 270。

他面對文化大革命、天安門事件等維持一貫沉默的姿態[88]，甚至到了2000年以降，他是第一批「獲准」加入「中國作家協會」的臺灣作家、並「獲選」擔任榮譽副主席，且多次拒絕臺灣本地作品選集，卻授權給中國諸多文選，顯示陳映眞「爲自己的文學成就在政治立場上下了最精確的定位，特別是越到後來，越對特定的對象表現出一種強烈的棄決心與敵友感」[89]，所謂「敵意」當然是指對臺灣意識、臺灣獨立的排斥，所謂「友好」是針對中國意識、中國社會主義的攀附，因爲中國是值得「全心全意去愛的苦難的母親」，故而縱使中國社會主義遭遇危機而導致理論的挫折，陳映眞也不忍苛責而懷抱與之重建的希望，他深思「從歷史的觀點搞認眞的，根本的再思索和反省」[90]，乃因一直以來中國社會主義被他視之爲「正確、光榮、偉大的眞理」。固然，陳映眞不是沒有過「幻滅和反省」，他曾表示，描述社會主義的幻滅對於他的政治處境是有利的，但也恰好是這個緣故，使得他「特別不願意去談它」，因爲「它是痛苦的，是對自己的嚴肅的批評。夸夸（按：誇誇）然議論著自己的幻滅和對於使自己幻滅的事物痛加責備，且洋洋然以爲前進，其實是道德上的弱質吧」[91]。由此可知中國社會主義在陳映眞的價值觀中是何等絕對，當他面對中國社會主義因著實踐問題而曝露其顢頇時，採取的策略不是轉向或逃避，而是思索如何才能把握闡述「中國與世界的基本框架」，甚至他一度指出「如果由共產黨來實行資本主義該多好」，顯見「中國」、「中國社會主義」已成爲其心中不可動搖的高牆。

　　也是從這裡切入，才能瞭解陳映眞如何修正其所秉持的民族主義，這是賀照田在論述陳映眞面臨社會主義遇挫時所提出的觀點，卻因爲忽略了陳映

88 陳若曦，〈堅定不移的民族主義信心〉，收於封德屏主編，《人間風景・陳映眞》，頁107-108。本文看似批評陳映眞，實際上卻是對陳氏秉持中國社會主義的稱許。

89 陳明成，《陳映眞現象：關於陳映眞的家族書寫及其國族認同》，頁343。

90 陳映眞，《思想的貧困（訪談卷：人訪陳映眞）》陳映眞作品集6，頁201。鄭莊譯，〈臺灣變革的底流〉，原載《世界》（1987年10月）。

91 韋名，〈陳映眞的自白：文學思想及政治觀〉，收於陳映眞著，《思想的貧困（訪談卷：人訪陳映眞）》陳映眞作品集6，頁42。

眞自七〇年代末以來動輒行文遣辭的第三世界論，使得論述遠離了陳映眞意欲反駁批判的「臺灣意識」，導致通篇論述僅限於理想式的社會主義論[92]。然而，陳映眞創辦《人間》的意圖乃是爲了遂行第三世界論也就是中國意識論，是帶有政治目的的實踐，不純然是理想式、烏托邦式的追索。但縱使如此，第三世界論依舊無法有效解決本書的追問：陳映眞究竟立基於什麼位置爲第三世界發聲？也就是他從哪裡來、要到哪裡去？陳光興以籠統的第三世界論來爲陳映眞辯解，也未能解決這一第三世界論究竟能爲臺灣帶來什麼意義？反而是白永瑞的觀察提出了一個值得深思的方向：「第三世界文學論在臺灣論壇被邊緣化。那麼，結果臺灣論壇所失去的是什麼，所得到的又是什麼呢？」[93]儘管這個提問仍是視第三世界論於臺灣而言有其必要性，但起碼對於理論的交鋒有著正面意義。事實上，論述第三世界這一命題必須解決的是：第三世界論的核心思路對於臺灣究竟有何「必要意義」？如此才能繼續往下論述，否則第三世界論也就是架空了地方特色，而強行以世界體系來規訓臺灣，問題是，爲什麼臺灣的本質必須被架空？本土化的討論不單發生於臺灣文學學界，即以深受美國影響甚深的傳播學界也曾就中文化、本土化加以探析，甚至出版了兩大冊致力於以本土視角回望學門發展的理論書[94]，強行以第三世界論看待臺灣，無異漠視了論者的反身性（reflexivity），這才是陳映眞提倡第三世界論、第三世界文學論必須解決的前提。

事實上，當陳映眞質問臺灣文學具備何種「獨特的」「特性」時，他就落入了論述邏輯上的進退維谷，那即是既然臺灣文學不具「獨特的」「特性」，則陳映眞筆下的文學豈不也不具「獨特的」「特性」？則不具「獨特

---

92 賀照田，〈當社會主義遭遇危機……：陳映眞八〇年代的思想湧流析論之一〉，收於陳光興與蘇淑芬主編，《陳映眞：思想與文學（下冊）》，頁396-412。

93 白永瑞，〈陳映眞思想中民族主義與第三世界的重疊〉，頁563。

94 中文化討論參見臧國仁主編，《中文傳播研究論述：「一九九三中文傳播研究暨教學研討會」論文彙編》（臺北：政治大學傳播學院研究中心，1995年初版）。本土化討論參見翁秀琪主編，《臺灣傳播學的想像（上下冊）》（臺北：巨流圖書公司，2004年初版）。

的」「特性」，那麼多研究者前撲後繼以陳映眞思想、作品爲探討對象[95]，豈不顯得徒勞甚至荒謬？很顯然，陳映眞低估了臺灣文學的自主性，甚至可以這麼說，站在一個向來自許爲文學奮鬥的「魯迅左翼」立場，他的批判自省力爲何？爲何植基於臺灣文學的立場就是偏狹？爲何臺灣意識就是虛假？更何況魯迅也說過「我的確時時解剖別人，然而更多的是更無情面地解剖我自己」[96]，則陳映眞未嘗深刻反省與批判中國社會主義，不免使得他必須透過「有計畫地進行倒錯而充滿荒謬、盲點與無奈的結論」[97]去建構自己、防禦自己。

如此一來，八〇年代陳映眞如何達成第三世界論的方法論值得被留心，那即是他不僅藉助馬克思主義的抵抗方式，也指出必須秉持宗教「福音」——也就是「愛與希望」——去面對人性、改善人的生活與社會，亦即馬克思主義幫助陳映眞掌握了歷史和現實的構成原理，而基督教的「愛與希望」則爲陳映眞的理想主義帶來了介入現實的方式[98]。早於 1979 年針對黨外較

---

95 例如 2009 年 11 月 20 日至 21 日，於交通大學召開「陳映眞：思想與文學」學術會議，與會者來自韓國、日本、新加坡等，會後出版了上下兩冊的論文集《陳映眞：思想與文學》，然而揆諸上下兩冊文論，多著墨於陳映眞的思考淵源，卻對於陳映眞的「國族認同」欠缺深入探討。事實上，面對所謂「思想家」陳映眞的影響力，侯孝賢的說法其實一語道破了陳映眞的價值不在思想，而在文學：「你若沒有一種表達形式，思想再清楚都沒有辦法呈現出來。陳映眞的表達形式就是『文學』，他的小說有他的一種能量，這種感動力量可以透過小說形式直接影響到我……」參見侯孝賢，〈陳映眞對我們意味著什麼？〉，於陳光興與蘇淑芬主編，《陳映眞：思想與文學（上冊）》，頁 319。

96 魯迅，〈寫在〈墳〉後面〉，《魯迅全集：卷 1》（北京：人民文學出版社，2005 年初版），頁 300。轉引自錢理群，〈陳映眞和「魯迅左翼」傳統：「陳映眞：思想與文學」學術會議發言〉，收於陳光興與蘇淑芬主編，《陳映眞：思想與文學（上冊）》，頁 62。

97 陳明成，《陳映眞現象：關於陳映眞的家族書寫及其國族認同》，頁 436。

98 賀照田，〈當社會主義遭遇危機……：陳映眞八〇年代的思想湧流析論之一〉，收於陳光興與蘇淑芬主編，《陳映眞：思想與文學（下冊）》，頁 423-424。

少提及民族主義而關注於階級奪權的現象，陳映眞即認爲「我們需要的是眞正的同胞之愛，並藉以獲致眞實的民族團結」[99]，但團結什麼「民族」？按陳映眞的說法乃是期望透過愛與希望促成臺灣與中國的團結。從這個角度來看，愛與希望不單是宗教情懷，也包含了民族主義的實踐，反映在《人間》雜誌上，爲了挑起中產階級的愛與希望，《人間》乃是反向操作透過悲慘幽暗的畫面與落魄底層的人物去觸動中產階級的罪惡感，等同「愛與希望」不是建立在光明面，而是幽暗的階級性的揭露，也是因爲這類手段有效激發了中產階級的同情，使得《人間》創刊伊始獲得極大回響，也使得陳映眞在八〇年代取得莫大的影響力。

綜觀之，陳映眞提倡第三世界文學論乃是從反帝、反封建、反強權的視角去解讀殖民地文學，並將臺灣置於此一大架構之中，相互參照亞、非、拉等殖民地如何擺脫殖民之歷程，由此與中國產生必然的關聯。所以，陳映眞八〇年代主張第三世界論的思想特色在於：

一、第三世界論與第三世界文學論的強化：認爲抵殖、反霸權乃是第三世界論的重要精神，第三世界文學必須與其他殖民地一併參照，臺灣文學是中國文學的一部分，臺灣意識是虛假的，必須從第三世界論去加以詮釋。

二、民族主義與第三世界論的構連：民族主義就是要使中國從帝國主義的支配中獲得完全解放，從中獲得民族內部的和平與團結，並以「無數中國人民」爲主體，也就是重視人民論、民眾論。

三、從「愛與希望」打造第三世界論的精神：愛與希望成爲擴充陳映眞理想主義的前提，也是用以修正第三世界論的依據，透過精神分析的角度修正過往過度著眼於政經結構的論述分析。

由此看待《人間》雜誌，可知它從來就不是「人道主義」、「社會良心」這類泛道德化說法足以詮釋，它澈澈底底就是陳映眞政治主張的實踐產物，這麼一來，也就不可能不參照他的民族主義立場。從 1985 年 11 月創刊迄 1989 年 9 月休刊，近四年時間《人間》雜誌共出刊四十七期，普遍被文藝圈、教育圈視爲「報導文學典範」，在印行一千套「典藏版人間雜誌合

---

99 陳映眞，《鳶山（隨筆卷）》陳映眞作品集 8，頁 40。〈答友人問〉。

訂本」序言裡，陳映眞將《人間》雜誌之所以成爲「傳奇」（legend）做了一個歸納：一、《人間》雜誌秉持「以人爲中心」的編輯觀點，積極抵抗雜誌極端商品化所形成的剝削與物欲。二、《人間》雜誌意欲喚起商品化下的心靈，使讀者重新相信、懷抱希望、「毫不靦覥的愛別人」。三、《人間》雜誌是第一本「紀實攝影」雜誌，主要記錄人民和他們的生活、勞動以及環境。四、《人間》雜誌的報導文學爲臺灣建立了「民眾報導」，也就是對於勞動人民、被損害者的深入報導，等同爲報導文學建立一個機關刊物[100]。多數論者不察，以爲《人間》就是一份充滿人道主義云云的刊物，殊不知，它既是陳映眞政治主張的載體，也是民族意識的實踐工具。

《人間》最常被探究的幾個問題是：其一，爲何名之爲「人間」？其二，爲何以紀實攝影爲媒介特色？其三，立基於弱小者的立場意欲傳達什麼？

就第一點而言，《人間》雜誌的「人間」兩個字乃是陳映眞自七〇年代末以來，因應中國社會主義危機而自階級批判轉向民族批判的主張：「在日文裡頭，『人間』的意思是『人』的意思……在中文裡，人間的對應詞是天上人間……這份雜誌是以對人的關懷爲重心，因爲對人的關懷，所以關懷環境；因爲對人的關懷，所以關懷社會的弱勢者；因爲對人的關懷，所以關懷他的文化狀況、歷史狀況。」[101]其中，《人間風景・陳映眞》一書指出，搭配報導攝影的日本《人間雜誌》季刊，乃是陳映眞創辦《人間》的理念來源之一[102]。即強調對「人」的關懷乃是《人間》雜誌的基調，而這恰是爲了實踐陳映眞所主張的「人民論」、「民眾論」，也就是陳映眞七〇年代末，思想自批判階級轉向對人民立場的理解，而此理解乃是與中國社會主義有關，亦即左翼擁護人民、群眾，尤其是「勤勉、樸直的『沒有臉的』（faceless）、無言的民眾爲我們的社會所做的貢獻」[103]，渾然將「人民」視

---

100 陳映眞，〈典藏版人間雜誌全套合訂本出版贅言〉，《人間合訂本》第一冊（1991 年 2 月），扉頁。

101 劉依潔，《《人間》雜誌研究》，頁 104。

102 蔡珠兒、朱恩伶、張娟芬，〈人間燈火未熄〉，收於封德屏主編，《人間風景・陳映眞》，頁 235。

103 陳映眞，〈發行人的話〉，《人間》第 37 期（1988 年 11 月），無頁碼。

爲至高無上的正義表徵，也就預示了《人間》勢必走向以人爲主、以弱者至上的編輯方向。

然而，「對人關懷」的左翼思想，原是意欲協助人從壓迫的桎梏中解放出來，則陳映眞意欲爲何？本書大膽假設，以人爲本既然是左翼文學向來重要的一環，則三〇年代楊逵提倡報告文學的宗旨乃是基於文藝大眾化的立場，與楊氏先前主張批判資產階級的角度有所不同，等同報告文學是接合民族與階級批判立場的載體，則陳映眞向來推崇楊逵[104]，且2001年提出楊逵乃是提倡報告文學第一人，則很有可能陳映眞創辦《人間》雜誌也參照了楊逵的主張，也就是熱心以主觀的見解向讀者、大眾傳達文學素養以及反殖民的立場。但陳映眞反對的對象與楊逵並不一致，他的假想敵乃是「冷戰／國安體制／美日霸權」等雙戰體系，而所欲達成的目標乃是復歸「中國統一」的意志，使得他念茲在茲的「人間」、「人」有待商榷：是否他們只是他實踐政治理念的傀儡？換言之，當論者再三稱許《人間》的「人民觀」，以爲它表現了關懷臺灣人、臺灣這塊土地的意志，則是否人民的自主性眞的從中被凸顯出來？「人民觀」背後所欲達成的目的爲何？凡此值得加以討論。

此外，有關《人間》雜誌經常被提問的第二點，大篇幅刊載紀實攝影使得《人間》有別於其他黨外或主流媒體，也深深震撼了中產階級，令讀者經常因著影像而感動、感傷乃至痛哭，例如讀者王新蓮指出：「我深深地感激阮義忠先生的那些珍貴的照片，和那份悲天憫人的情懷……『想家』那篇小小的故事，和那張照片——看完，就哭的泣不成聲了。」[105]而讀者江豫生則表示：「封面的那一雙手，那從水泥牆洞中伸出來的，佈滿刻紋的手，強烈而深沉的撞擊著我……一股莫名的悲傷，在剛剛下過一陣驟雨的午

104 李瀛，〈寫作是一個思想批判和自我檢討的過程：訪陳映眞〉，收於陳映眞著，《思想的貧困（訪談卷：人訪陳映眞）》陳映眞作品集6，頁15。陳映眞在受訪中指出：「楊逵等先行一代作家之動人，必不在現在人們所謂的『技巧』上，而是在楊逵的批判力、思想力，以及批判思想背後巨大無比的人間性和人間愛。」

105 王新蓮，〈無題〉，《人間》第7期（1986年5月），頁4。

后，完全把我淹沒了。」[106] 至於讀者謝玲也說：「看到貴刊上一期和這一期的臺灣日本兵的遺照和簡歷，以及家族的呼怨，我嚇住了，飲泣了很久很久……」[107]

對此，陳映真指出採用紀實攝影乃是一方面因應「圖像文化的時代」，另一方面則是「自己搞了個印刷設計公司」，加諸 1983 年訪美目睹 William Eugene Smith 攝影作品的震撼，以及回臺後看到立委黃順興所籌辦的《生活與環境》，「報導深刻但卻因缺乏圖片，感動的力量因而打了折扣」[108]，因此集結了「一些年輕的編、採、攝影人才」[109]，從而創辦以紀實攝影爲取向的《人間》雜誌。基本上，紀實攝影早自七〇年代中期起，經由人間副刊提倡以及鄉土文學論戰的風潮驅使下，已逐漸受到報刊雜誌的重視，尤其在報導文學興起後，紀實攝影更是成爲搭配報導文學必然呈現的「格式」，唯獨在版面有限、文字地位依舊高蹈的前提下，紀實攝影被視同報導文學的附屬角色，故而雜誌媒體儘管刊載版面相對增加，卻因圖片編輯知識不足、印刷技術不夠成熟等問題，未能將紀實攝影視爲一獨立個體，故紀實攝影在七〇年代充其量只是新聞照片的延伸，未能彰顯等同於報導文學挑戰文化霸權的可能。

因而《人間》雜誌的重要特色之一，即是以巨幅版面刊載紀實攝影，令

---

106 江豫生，〈無題〉，《人間》第 9 期（1986 年 7 月），頁 6。

107 謝玲，〈這不是虛幻的故事啊……〉，《人間》第 20 期（1987 年 6 月），頁 8。

108 蔡珠兒、朱恩伶、張娟芬，〈人間燈火未熄〉，收於封德屏主編，《人間風景・陳映真》，頁 237。

109 曾任職《人間》的採訪攝影蔡明德提到 1982 年退伍後，至陳映眞爲美資藥廠主編的兩份公關刊物：《立達杏苑》、《氫胺牧苑》擔任攝影編輯，一同工作的尚有傅君與李文吉，日後《人間》創刊，三人即成爲第一批採訪攝影。參見蕭永盛，〈蔡明德：《人間》有一位老兵還堅守第一線〉，收於林志明與蕭永盛著，《臺灣現代美術大系：〔攝影類〕報導紀實攝影》（臺北：行政院文化建設委員會，2004 年初版），頁 142。本書共訪談了梁正居、關曉榮、阮義忠等十一人，惟撰寫方式並非一般客觀報導，而係加入許多訪談者之想法。

不少讀者日後回想起《人間》雜誌，第一個浮現的印象即是紀實攝影所帶來的衝擊。其中，《人間》不僅在圖片上著墨，也在制度上力求改進，於創刊號以來設有「圖片編輯」一職，在創刊詞中特別指出：「我們尤其謝謝王信小姐，因爲她嚴肅、認眞、辛勞地爲我們挑選和編輯圖片，訓練我們年輕的工作同仁，使我們獲益至深。」亦即一般雜誌多爲文字編輯兼任圖片編輯，但《人間》雜誌卻將兩者區分開來，第 1 期至第 4 期（1985.11-1986.2）爲王信擔任圖片編輯、第 5 期至第 12 期（1986.3-1986.10）改由郭力昕擔任該職、第 13 期迄第 21 期（1986.11-1987.7）爲李文吉、第 22 期迄第 31 期（1987.8-1988.5）蔡明德、第 32 期迄第 36 期（1988.6-1988.10）蕭嘉慶、第 37 期迄第 39 期（1988.11-1989.1）顏新珠、第 40 期迄第 47 期（1989.2-1989.9）李文吉，在圖、文分工編輯的理念下，紀實攝影成爲《人間》雜誌實踐報導的重要特色，無論是關曉榮的〈關曉榮八尺門連作〉（第 1 期，1985.11）、〈關曉榮蘭嶼紀事系列〉（第 18 期，1987.4）以及阮義忠〈阮義忠速寫簿〉（第 1 期迄第 13 期，1985.11-1986.11）、〈阮義忠人與土地〉（第 15 期迄第 17 期，1987.1-1987.3）等，旨在關心人民和他們的生活、勞動以及環境，也就是將鏡頭從達官顯要、消費市場奪取回來，使得攝影也具備「社會描寫、論述和批判的話語」，就此而言《人間》確實是成功的，尤其關曉榮的攝影作品允爲箇中代表作。然而不能忽略的是，在出刊四十七期的《人間》中，陳映眞還藉著紀實攝影傳達了當時猶屬禁忌、神祕的中國影像，這使得《人間》執行紀實攝影的編輯策略饒有興味，且往往被論者所忽略。換言之，《人間》所欲造像的對象遠非臺灣人，而係「中國的中國人」、「中國的臺灣人」，而這一點其實是論者經常忽略的面向，也就使得從「人道主義」切入《人間》紀實攝影顯得隔靴搔癢，等同架空或忽略了陳映眞的中國民族論意志。

至於就弱小者的立場而言，其於創刊號中僅指出以「人」作爲關切的命題，但隨著陳映眞越來越按捺不住對於黨外民主運動的敵意、以及對於臺灣意識與臺獨主張的不以爲然，使得《人間》屢屢涉及政治議題，例如第 10 期（1986.8）「激流中的倒影」對於政府不當管理彰濱工業區的指責、第 15 期（1987.1）〈30 年漫漫組黨路〉針對黨外的報導、第 18 期（1987.4）

「『2.28』的民眾史」評述國民政府在二二八事件中扮演的角色等，在一切以第三世界論為尙的訊息傳達下，導致讀者倍感困惑：《人間》雜誌是不是一本政論刊物、是不是黨外刊物、是不是挖掘黑暗面的刊物、是不是攝影專業或新聞報導的刊物？這使得陳映眞在第22期（1987.8）的編輯室手札中，逐一辯駁指出：《人間》雜誌主要是以「弱小者的眼光」去看待這個世界，並且也是一個「不肯放棄信心、希望、愛、關懷和理想的雜誌」[110]。信、望、愛，這是陳映眞來自宗教信仰的理念，也是意欲以此建構第三世界內部精神的依據。對此，《人間》再三強調從未將政治話題當作主要的報導內容，「如果與政治話題產生關聯，那主要是因為《人間》在政治話題裡面，看到了可供探索的人」，亦即《人間》撇清其與黨外雜誌的關聯，而這番宣稱早見於第16期（1987.2）的編輯室報告：「《人間》永遠不會變成一本政治反對派的政治性雜誌。」[111]

《人間》當然不會變成「政治反對派刊物」，因為它的目的旨在促進臺灣與中國的民族團結，是為了反對臺獨運動而創設，也因此陳映眞才敢宣稱《人間》並非一本製造社會矛盾的刊物。相對於同時期異議刊物動輒遭到停刊的命運，《人間》的編輯策略顯然有效避免了觸犯當局底限，例如同樣是以二二八事件為專輯企劃，《臺灣文化》季刊第4期（1987.3）即遭到查抄沒收，但《人間》第18期（1987.4）卻安然無恙，尤有甚者，迄1986年底檯面上的反對刊物僅存五個週刊、四個月刊，則陳映眞對於雜誌內容的拿捏顯然有其政治敏銳度，尤其自40期（1989.2）起，總編輯改換為楊憲宏而明顯傾向泛政治化議題，致令讀者紛紛提出批評、以為這是楊憲宏的責任，忘卻《人間》其實就是陳映眞思想與實踐的延伸，故楊憲宏風格也就是陳映眞的風格，尤其歷來每篇作品都經由陳映眞潤飾，而正文前言多由其執筆，故將陳映眞排除於《人間》之外，無異忽略了重要的決策對象，也就容易產生錯誤的解讀。

「從弱小者的眼睛看世界」，固然有著陳映眞的意識形態主張，但對

110〈編輯室手札〉，《人間》第22期（1987年8月），頁7。

111〈編輯室報告〉，《人間》第16期（1987年2月），頁11。

照報導文學的現實發展，也意味著八〇年代初以來，報導文學逐漸從過往的鄉土踏查轉入庶民調查，也意味著人與社會、人與環境、人與文化有著值得關注的必要。然而弔詭的是，《人間》雖然立基於弱小者，但陳映眞訴求的閱讀對象卻是中產階級，撰稿的作者與攝影者也都是中產階級，故而不免使人追問：「弱小者的眼睛」能否眞的看見事實？看見什麼事實？一如前述提及的「次等人」是否能夠發聲？置身於自由市場競爭中，陳映眞如何運用弱小者的立場，以挽救現代人越發荒廢的文明精神？從而打造希望和愛的「中國人」？從發行量觀之，「弱小者」這一符碼與立場顯然對於讀者具備吸引力，《人間》發行量一度達一、二萬份，但到了後期，一旦離開弱小者轉向政治議題，即下跌至四、五千份，而這也使得「弱小者」的視野更須加以檢視，將於下文說明之。

至此，本書整理歸納陳映眞意欲透過《人間》達成以下目標：

其一，打造第三世界論的民族意識：爲了抗衡日形張高的「臺獨／臺灣意識」，但又必須避免爲國民黨政府作倀，《人間》雜誌的創刊旨在捍衛第三世界論、中國意識論，也是經由《人間》雜誌的實踐，陳映眞感到「這時代中難有的希望和幸福之感」[112]，這是他在遭遇中國社會主義危機之後，因爲實踐自身堅持的第三世界論，從而受到中產階級歡迎的心情寫照，大部分的讀者被陳映眞從「人」出發的關懷視野給說服，卻忘了他不時在雜誌中塑造中國意象、中國意識，這是探究《人間》必須留心之處。

其二，建構第三世界論的精神觀：愛與希望乃是爲了喚回同胞之愛，也就是爲了阻卻黨外民主運動的分離主義，由此達成中國民族主義的立場。陳映眞向來主張的「民眾傳播」，乃是衍生自對於民族主義與第三世界論的對位思索，也就是從階級鬥爭轉爲對於「人民」的重視，而這一「人民論」是他在面對中國社會主義危機所重新建立的觀點，也是第三世界論再三強調的重點。也因此，《人間》對於「人」的重視，來自第三世界論與第三世界文學論的實踐，是立基於反帝、反封建以及反強權的視角，但弔詭的是，這一

112 陳映眞，《鳶山（隨筆卷）》陳映眞作品集 8，頁 168。〈兩鬢開始佈霜〉，原載《中國時報》（1986 年 2 月 9 日），第 3 版。

視角完全無視臺灣人的自主性以及中國壓迫人權的事實，使得它受到了高度批判。

其三，實踐第三世界的意涵：第三世界不僅是對不平等結構進行變革，還要與之重建其「荒廢」、「枯索」的精神，故而抵抗大眾消費社會所帶來的淺碟思考與品味乃有其必要。而消費社會裡的大眾乃至群眾，正是中產階級積極拉攏的對象，也是社會運動極力喚醒的對象，這一對象又涉及了臺灣意識的連結，故《人間》透過紀實攝影挑動大眾的惻隱之心，意欲將讀者從美日帝國冷戰體系、資本主義干預下的飽食、富裕社會喚回來，激發其「愛與希望」的心情，向弱小者、窮人學習其堅忍奮鬥的精神，從而接合中國意識、中國民族主義，由此達成和睦團結的目的。

參、陳映眞與《人間》：編輯策略與報導文學班底

指向完成民族團結、維護中國意識的使命，成爲陳映眞反覆闡述的目標，而其手段則是透過「愛與希望」、「站在弱小者的立場看世界」，亦即《人間》雜誌可視爲達成「民族內部的和平和團結創造最有利的條件」，也就是爲了建構中國統一的藍圖而努力之手段，故而就《人間》而言，我們可以從以下面向予以理解：其一，傳播者的組成：包括編輯與記者。其二，傳播管道與內容：包括內容特色與是否形成議題設定理論上的溢散效果？其三，傳播效果：讀者如何認知《人間》？

首先，就傳播者的組成而言，陳映眞初始即聘請高信疆擔任總編輯，乃因高信疆向來是「文化中國」的實踐者，故《人間》發刊四年間，儘管歷任四位總編輯：潘庭松（1-4 期）、高信疆（5-12 期）、陳映眞（24-39 期）、楊憲宏（40-47 期），光是高信疆與陳映眞兩人即占了二十四期，也就是占發行總數一半強。其中，第 13 期（1986.11）迄 23 期（1987.9）間雖無總編輯，卻由高信疆擔任總編輯顧問，且陳映眞接受訪談時指出，高信疆共編輯兩年時間，故咸信第 5 期（1986.3）迄 23 期（1987.9）應是由高信疆擔任總編輯，只是職稱不同而已，這麼一來，高信疆共主編了十九期，是箇中編輯時程最長的總編輯。

在第 4 期（1986.2）編輯室報告裡，陳映眞以興奮的口吻指出高信疆即

將擔任《人間》雜誌總編輯，並細數高氏任職人間副刊之貢獻，爲報紙副刊文化留下極具關鍵性的改變，「他推辭了待遇極爲豐渥的其他省內和國際上華語出版機構的禮聘，卻毅然接受還在艱苦創業中的人間全體同仁的敦請，同意和我們一塊生活與工作。這是我們的光榮，也是對我們的極大鼓舞與激勵，是對一切人間讀者的好消息。」[113] 陳映眞指出之所以聘請高信疆擔任總編輯，乃是爲了使雜誌「更開闊一點」，主要著眼於高信疆在人間副刊的「優異的成績」，以及藉助他在新聞界的豐沛人脈。換言之，陳映眞乃係爲了「衝高銷售量」而有此舉，也是他明確指出：「他（按：高信疆）一直有一個想法不敢超越，那就是，『這是陳先生的雜誌，我是他的總編輯』……在這個基礎上去擴大這個雜誌的題材，所以讀者不太能感覺到她（按：它）的轉變……」[114] 言下之意，縱使高信疆出任總編輯，但《人間》雜誌依舊代表著陳映眞的風格與信念，陳映眞接受訪談時即自陳「過去十八期雜誌，幾乎每一篇文稿都經他親自過目、修潤，文章前提綱挈領的前言，也多由他本人執筆」[115]，事實上，《人間》每一篇報導的正文引言幾乎都由陳映眞執筆撰寫，因此高信疆出任《人間》總編輯的情況，其實比較像是副刊的「客卿」角色 [116]，而他願意出任此職，也與 1983 年時報文學獎報導文學獎取消、個人於 1985 年申請自《中國時報》退休有關，巧合的是，《人間》與高氏曾經任職的人間副刊皆名之爲「人間」，雖在定義的著眼點上有所不同，但基本精神是共通的，都是對於人的生活以及人所組成的社會、文化等

113〈編輯室報告〉，《人間》第 4 期（1986 年 2 月），頁 5。

114 劉依潔，《《人間》雜誌研究》，頁 113-114。關於「衝高銷售量」的說法，係引自郭力昕針對本書之博士論文版口試（2014.7.1，《從「人間副刊」到《人間》雜誌：臺灣報導文學傳播論（1975-1989）》）之評析。

115 彭海瑩，〈心心念念在「人間」的陳映眞〉，收於康來新與彭海瑩主編，《曲扭的鏡子：關於臺灣基督教會的若干隨想（陳映眞的心靈世界）》，頁 38。

116 林淇瀁在本書之博士論文版口試（2014.7.1，《從「人間副刊」到《人間》雜誌：臺灣報導文學傳播論（1975-1989）》），指出高信疆在《人間》的職位係屬「榮譽職」。

作一探討。

儘管高信疆在《人間》並未發揮其編輯效能，但該刊呈現的特色仍可與其主編之人間副刊作一對照：

其一，再次實踐「文化中國」：高信疆當年（1975、1978）礙於政治氛圍與社會條件，未能完成「重建中國精神」的報導文學刊載，致使「現實的邊緣」遭到腰斬、「報導文學系列」推出前猶豫再三，故《人間》凸出「中國精神」、為民族團結而設想，乃與高信疆之主張無異。經由報導文學與紀實攝影加以鋪陳，連續兩期刊出「柯錫杰看中國特輯」（第 5、6 期），透過攝影家柯錫杰的鏡頭披露中國少數族群、西域風情等，而第 8 期（1986.6）「三種中國婚禮」，依舊以柯錫杰的攝影作品去說明桂林地區的婚禮，充滿「民族－國家」的連結符碼，也就是中國意識的呈現，其中，「三種中國婚禮」尚且包含了屏東縣瑪家鄉一對新人的婚禮，等同將讀者閱讀中國少數民族的情感，延續至臺灣原住民之上，由此構連「中國婚禮」的相通之處。然而不同的是，過往對於「中國」的理解僅停留於想像而無照片佐證，到了八〇年代中期落實為眼見為憑的圖像：「中國」不再是遙遠的符碼，透過攝影家的鏡頭再現，「中國」成為八〇年代末開放大陸旅遊探親前的驚鴻一瞥，被渲染成「誘人的異國情調」，充分表達在《人間》的紀實攝影取向上，且此一情調並非始於高信疆接編，早自第 2 期（1985.12）起，即陸續刊出有關中國大陸的攝影，例如：白川義員〈大陸中國〉（第 2 期，1985.12）、梁家泰〈青海東部一瞥〉（第 3 期，1986.1）、Scott Henry〈西藏，遼遠的呼喚〉（第 4 期，1986.2）等，其中，「柯錫杰看中國特輯」除了在《人間》雜誌刊出，也經由人間副刊轉載、報導[117]，並受到不少讀者來涵稱許：「特別是柯錫杰先生鏡頭所呈現的，個人看了之後，內心會產生

117 人間副刊轉載了柯錫杰發表於 1986 年 3 月發刊的第 5 期《人間》雜誌之〈搜巡在中國的邊陲上〉，係新設專欄「鏡頭狩獵」第一篇作品，文前編者說明指出：「現代攝影家不止再為『抒情』狩獵，更為『報知』的責任狩獵。」此語與《人間》雜誌對於紀實攝影的主張幾乎雷同，說明了兩者關係密切，參見季季，〈柯錫杰：搜巡在中國的邊陲上〉，《中國時報》（1986 年 3 月 1 日），第 8 版。

許多複雜的情緒（感）」（俞允平，第 7 期，1986.5）、「『柯錫杰看中國特輯之二』是這一期另一個重量級的單元，不僅攝影水準高，孫瑋芒和柯明兩位的撰文亦極佳」（馬逢華，第 8 期，1986.6），透過取材大中華文化的意象，《人間》一方面取得了再現中國形象的發言權，一方面也藉由追求隱喻性強的心象攝影與人文筆觸，營造「懷鄉」、「神州故土」的美感，而這恰是四〇年代以來官方倫理教化的主要軸心，也說明了《人間》雜誌對於中國帶有「美化」與「獵奇」的想像，並呼應了陳映眞向來主張的「反分離主義」、「左統立場」。

誠然，陳映眞的立場是基於左派中國意識，也就是中國社會主義的道路，和國民黨政府的右派資本主義意識不同，但在這一基礎上，陳映眞意欲宣揚的中國意識其實與國民黨意欲重返神州的懷抱並無二致。解嚴後，此一信念轉化爲印證兩岸文化、信仰、血源如何相通的論述，也是《人間》越來越不受讀者青睞的緣故。從第 1 期迄第 36 期（1985.11-1988.10）共有四十篇攸關大陸方面的報導，尤其 1987 年 10 月由於國民黨政府正式公布「大陸探親政策」，自第 25 期起迄第 32 期（1987.11-1988.6）密集刊載相關報導，諸如〈祖父的原鄉：鍾俊陞的大陸劄記〉（第 26 期，1987.12）、〈鍾俊陞大陸採訪專題〉（第 28 期，1988.2）、〈王拓大陸探遊筆記〉（第 29 期，1988.3）等，經由不斷介紹大陸的風土民情，從中連結陳映眞向來篤信的中國意識，類如〈祖父的原鄉：鍾俊陞的大陸劄記〉其實也就是對於八〇年代初，參與臺灣意識論戰中，蔡義敏指責陳映眞「『父祖之國』如何奔流於新生的血液中」的反擊，也是由此，《人間》抗衡了黨外雜誌的臺獨理論，揭露其心心念念的中國想像，故創辦臺灣第一份環保刊物《生活與環境》、而後去了中國的黃順興如斯評斷道：「臺灣有兩個人不能來大陸，一個是陳明忠（按：臺共），一個是陳映眞，他們來了一定失望。」[118] 問題是，陳映

---

118 王曉波，〈原鄉人的血終於停止了沸騰：敬悼永不退卻的黃順興先生〉，《海峽評論》第 136 期（2002 年 4 月），頁 52。黃順興顯然說錯了，因爲陳映眞不僅欣然接受中國許多的施惠，也越形拒絕臺灣的一切，參見陳明成，《陳映眞現象：關於陳映眞的家族書寫及其國族認同》，頁 351-352。

眞失望嗎？從後來種種的表現來看，陳映眞顯然對於中國始終懷抱著極高的熱情與期許，最終 2016 年病逝於北京。

其二，延續人間副刊的「人間味」：陳映眞借重高信疆編輯雜誌，一方面固然是爲了重建中國精神，一方面也是爲了實踐「人民論」、「民眾論」，因此未竟的人間副刊議題到了《人間》雜誌，被延續爲類如「一條河流的生命史」檢視基隆河（第 11 期，1986.9）、濁水溪（第 13 期，1986.11）以及大漢溪（此溪未見報導，只有存目），而基隆河即是 1978 年「報導文學系列」，由馬以工撰文〈人間一條河流的故事：基隆河滄桑五百年〉（1978.7.9-10），在編輯語中，《人間》指出此單元邀集了中研院「濁大計畫」的田野工作者、地理學家、建築學家、史學家以及社會相關人士共同參與此一報導，惟基隆河部分係由阮義忠以攝影鏡頭呈現變貌，是紀實攝影取代報導文學的概念，文字探討的層面不夠深入，反倒是濁水溪分成上游、中游、下游共動員多人報導，內容長達近七十頁，幾乎占了整本雜誌二分之一以上，而這一報導的方式也呼應了陳映眞意欲藉《人間》雜誌去喚醒民眾對於環境的重視，也就是起於對「人」關懷的緣故。歷經此報導製作，使得《人間》雜誌從第 14 期（1986.12）起，宣稱將「有系統、有看法地檢視臺灣寶島美麗的山河，從而看到她已然與未然的破壞或破壞的威脅」，因而「啊！美麗的臺灣」（第 14 期，1986.12）檢視中央山脈能高安東軍山區的檜木林、「嗚咽的二仁溪」（第 24 期，1987.10）檢視位於臺南縣市交界的二仁溪如何受到汙染等，這類攸關環保的議題，一直以來即是《人間》致力於報導的主題，包括「悲泣的河海」對於河川汙染的質疑（第 7 期，1986.5）、「激流中的倒影」對於美國杜邦公司設廠（二氧化鈦）於鹿港的省思（第 10 期，1986.8）、「人間生態環境」對於美濃無紋淡黃蝶滅絕的憂心（第 12 期，1986.10）等，而這一系列對環保議題的高度關注，乃是延續了八〇年代初期以來，因著心岱〈大地反撲〉、〈美麗新世界〉等作品獲得報導文學獎、聯副推出專欄「我們只有一個地球」，加諸立委黃順興創辦《生活與環境》（1981.10.15）、中華民國自然生態保育協會創辦《大自然》季刊（1983.10.25）等，使得環保議題在八〇年代後蔚爲報導文學大宗，箇中涉及的既是七〇年代加工業所帶來的環境汙染，也是八〇年代消費社會、商業開發所造成的生態衝擊，然而誠如前述，《人間》所作所為從來就不僅關注環境爲尙，在其論述背後的邏輯更值得我們留心，亦即將政經迫害視爲破壞環境的元凶，將群眾視爲最大的受害者，然而，群眾是否也可能成爲幫凶？對於此點，《人間》略而不談，推論係因《人間》向來將「人民論」視爲至高無上的價值有關。

除了對於環保議題的關注，《人間》另外還延伸了人間副刊「現實的邊緣」以及「報導文學系列」的議題：原住民與底層之人。其中「賽夏族矮靈祭」（第 16 期，1987.2）不僅早出現於「報導文學系列」〈矮靈祭歌舞〉（1978.11.24-25），也曾於《戶外生活》披露〈與矮人共舞：賽夏族矮靈祭記實〉（1976.11），惟《人間》雜誌係由人類學家胡台麗撰文，再次將報導文學引導至時報文學獎報導文學獎學術化的走向，背離報導文學必須能夠將作者的感受有效傳達給讀者。此外，對於原住民少女不幸被擄爲雛妓，《人間》也以專文〈雛妓奴隸籲天錄：臺灣雛妓的血淚證言〉（第 17 期，1987.3）訪談六個從火坑逃離的雛妓，藉其說法向不法世界提出控訴。

此外，對於表徵底層之人的無產階級，《人間》亦格外關注，比如對於核電廠致癌工人的追蹤（第 13 期、16 期，1986.11、1987.2）、電視公司以及演藝勞工如何被剝削（第 19 期，1987.5）等，這與「現實的邊緣」初露端倪的〈加工出口區的女兒圈〉（1975.11.27-28）、〈飄盪的女人〉（1976.4.30-5.3）、〈蝴蝶翩翩燕子飛：各說各話談舞女〉（1976.5.17-19）頗有相通之處，惟七〇年代的報導文學對於工農兵議題尤有忌諱，但到了八〇年代儼然大鳴大放，解嚴前因著資本主義發展不斷累積的階級矛盾、生態環境等，終於在八〇年代黨國機器不再有效掌控社會反抗勢力的前提下，《人間》透過報導文學與紀實攝影，將隸屬於「人」的現場帶到讀者面前，促使讀者面對現實、建構現實，不同於七〇年代報導文學以鄉土、古蹟或宗教信仰題材爲主，《人間》以「人」、以「弱小者」爲題材取向，挑起中產階級的「罪惡感」，據此激發其愛與關懷的同理心，而這正是陳映眞意欲藉此重建第三世界的內在精神。

高信疆的參與意味著報導文學的延續與繼承，它以人爲本的取向固然與陳映眞的人民論、民眾論有關，實際上也與八〇年代初以來，報導文學逐漸轉向民間人士訪談有關，故而籌備十九個月的《人間》，其訴求即是圍繞著與「人」有關的凡此種種而來。1985 年 11 月 2 日創刊前，《人間》曾於 9 月中刊行一本試刊本作爲市場調查之用，「大部分的人都認爲《人間》感人、深入、有理想、有關懷、富於人文精神……」陳映眞指出，這些讀過黑白照片、封面設計的受訪者並不覺得「灰暗」，反而讀出了《人間》的溫暖，乃因《人間》想要見證「臺灣生活的驕傲與挫折、光榮與羞辱、進步與落後、發展與停滯」[119]，然而對照《人間》雜誌所呈現出來的風格，它所欲見證的乃是挫折、羞辱、落後以及停滯等對立於光明的黑暗面向，也就是《人間》從未展示驕傲、光榮、進步以及發展，它的編輯策略始終是傾向社會的陰暗面。對此，陳映眞寫於《人間》第 47 期的一段話幾乎足以爲《人間》風格作出適切的註解：

> 1950 年以後，有過一段時間，中國（大陸）人民有過人民的關係視野；有過第三世界窮人的團結互助觀點；有過重構「另一種」世界經濟秩序的志氣；有過以人的解放中心的發展概念。世界的窮人、飢餓的人、被掠奪的人們，曾經有一度把改變自己命運的可能性，寄希望和條件於中國人民自立更生的事業……包括臺灣在內的中國，應該重新回到國際「窮人」的社會來……只有物質上貧窮，又不以這貧窮為貧窮的人，才有最富裕、最有創意的心靈，才能對生命、自然、和平的愛，保有永不遲鈍的反應和夢想。是的，為了共生、團結的人類，世界的窮人是如何熱切而溫柔、真摯地呼喚著中國啊……[120]

換言之，《人間》澈澈底底就是一本服膺毛澤東所提出第三世界論的媒體，而其立論的基礎則是從臺灣發出。故專以「弱小者」（窮人）作爲

---

119 姜郁華，〈擁抱生活，關愛人間〉，收於陳映眞著，《思想的貧困（訪談卷：人訪陳映眞）》陳映眞作品集 6，頁 58。

120 陳映眞，〈老是缺席總不是辦法〉，《人間》第 47 期（1989 年 9 月），頁 19。

底蘊，專以「飽食貪婪的臺灣」作爲批判對象，由此可知，以爲該刊係專以「人道主義」、愛與希望爲尙的媒體與論者，乃是著眼於表面觀察，是對其內裡的曲解。從這個「以貧窮爲尙」的第三世界論角度切入，我們可以明白《人間》之所以不斷以苦行僧似的形象出現，乃是意欲以第三世界論團結亞拉非等國，進而向美日帝國主義作出宣戰。也就是透過中國第三世界論的左翼思維，《人間》才有所本而非僅限於社會變遷、意欲喚醒枯索文明精神使然，也是植基於弱小之人、黑白照片、破落之地，使得陳映眞在諸多訪談場合，不斷抨擊《天下》雜誌乃是臺灣依附美日霸權底下「樂觀主義」產物[121]。也是《人間》秉持毛澤東的第三世界論，故所謂試圖治癒現代人精神文明的荒廢與枯索，倒不如說是意欲驅使中產階級也成爲左派的信徒、也認同左翼文學，並由衷尊崇中國意識、中國社會主義，這也使得《人間》幾乎未對中國提出批評，甚至可以發現《人間》刻意將中國與臺灣操作成二元對立的意象：「醜惡、飽食的臺灣」與「壯美、質樸的中國」。

是故，《人間》之所以採用紀實攝影用意也在此，乃因：「在社會較呈劇烈變遷的八〇年代，應該有其獨具特殊面向的意義存在。因爲，鄉鎮間民眾生活歷經衝擊之後，產生的種種多樣性變貌，提供了報導工作者最直接的現場；同時，都會失喪（按：喪失）本土生機的迷妄發展，也是報導工作深入社會後窗的立即地點。」[122]亦即深入「社會後窗」乃是《人間》的基礎立場，而讓人民教育記者與讀者，則是《人間》的實踐策略，旨在讓中產階級「反觀自己的生命感、和倫理生活，並因之調整和重構自己的生存意識狀態」，從讀者來函來看，不少內容都指陳了「痛哭的眼淚」，顯見《人間》透過貧窮階級激發中產階級的「罪惡感」是成功的，更確切的說法在於：「《人間》引發中產階級對於臺灣的反省，對於中國的仰望」，而這才是《人間》立基於「社會後窗」之故，它的「社會後窗」只爲臺灣而開，中國變成窗戶裡唯一而動人的風景，連帶雜誌是否淪爲「旁觀他人痛苦」之觸媒並不重要，重要的是中產階級是否從中認知到中國的美好、臺灣的墮落？

---

121 劉依潔，《《人間》雜誌研究》，頁 105。

122 鍾喬，〈主編的話〉，《人間》第 35 期（1988 年 9 月），無頁碼（扉頁）。

誠然，陳映眞再三強調《人間》是爲了培養反省的、批判的、革新的中產階級觀，由此促使中產階級關懷弱勢，也就是一旦知識分子能夠放下自己的身段、能夠開始看看周遭的生活、周遭的人，這麼一來「百姓才能眞正分享眞正的文化和福祉」。亦即陳映眞訴諸中產階級，乃是因爲他認爲臺灣中產階級反省力不夠，所以當《人間》出刊後引起「他們的驚異」，而這一驚異乃是由於長期處在資本主義體制下的一代「不太關心這些問題」。爲了喚醒此一反省力，《人間》最重要的貢獻乃是再次復歸報導文學原有的田野調查與撰寫格局，自第 5 期（1986.3）起，近乎每期製作專題報導，篇幅動輒達四、五十頁以上。另一方面，它也試圖抗衡臺獨論述以重建文化中國的精神與價值，故發刊詞中指出：「今天在臺灣的中國人，心靈已經堆滿了永不飽足的物質慾望……因此，我們盼望透過『人間』，使彼此陌生的人重新熱絡起來；使彼此冷漠的社會，重新互相關懷……」由此可知，在崇尙中國的前提下，倘若光譜兩端係商業消費以及激進改革，《人間》既修正了八〇年代中葉以來被消閒化、短小輕薄化的報導文學，也糾正了黨外過激的政治言論，遂成爲依循「愛與希望」實踐於世而遮掩其中國意識的成功載體。

執行這一「愛與希望」的理念即是「陳映眞報導文學班底」。七、八〇年代從事報導文學創作的氛圍，從來就不是單打獨鬥的個人主義，揆諸 1975 年至 1983 年以高信疆爲核心的第一代臺灣報導文學家，以及 1985 年迄 1989 年以陳映眞爲中心的第二代臺灣報導文學家，兩者皆是以所謂「班底」的姿態面世，透過固定組織中的成員，採取特定的傳播策略以獲得場域內的資源與地位，凸顯新興文類有賴媒體傳播，也凸顯報導文學的行動特質必須與媒體相結合，它並非靜態的文本創作，必須透過媒體面向大眾。故而寫作班底的形成也凸顯報導文學崛起的特殊性，一方面它需要長時間的撰寫，因此場域的奧援極爲重要；一方面它的篇幅較長，故而特定的媒體提供版面也成爲必要，恰巧高信疆與陳映眞的都是握有媒體掌控權的人。《人間》培養多位報導文學寫手包括官鴻志、藍博洲、廖嘉展、鍾喬（鍾政瑩）等，而在紀實攝影方面則有蔡明德、鍾俊陞、李文吉等（參見表 19），其中，經常出現的關曉榮、阮義忠以及楊憲宏早已成名，並非《人間》雜誌培訓的結果，只不過《人間》更加凸出他們的關懷傾向。

表 19　陳映真報導文學班底

作者	學歷	經歷	備註
官鴻志	文化大學新聞所碩士（1954 年生）	《人間》雜誌、《中國時報》、《工商時報》記者	
藍博洲	輔仁大學法文系（1960 年生）	《人間》雜誌、《南方》雜誌、《自由時報》記者	出版《幌馬車之歌》（時報文化，1991）等書
廖嘉展	文化大學新聞系（1962 年生）	《人間》雜誌攝影編輯、《天下》雜誌主編、新港文教基金會執行長	出版《月亮的小孩》（時報文化，1992）等書
鍾喬	中興大學外文系（1956 年生）	《人間》雜誌主編、差事劇團團長、跨界文教基金會董事長	出版《回到人間的現場》（時報文化，1990）等書 ※最高學歷：文化大學藝術所碩士
楊憲宏	臺北醫學院牙醫系（1953 年生）	《人間》雜誌總編輯、《聯合報》採訪中心副主任、《中時晚報》資深記者室主任記者	出版《走過傷心地》（圓神，1986）等書 ※最高學歷：柏克萊加州大學公共衛生碩士
關曉榮	臺灣藝術專科學校美工科（1949年生）	《人間》雜誌攝影編輯、《中國時報》編輯部攝影及文字主編	出版《尊嚴與屈辱：國境邊陲—蘭嶼・造舟》（時報文化，1991）等書
蔡明德	文化大學新聞系（1955 年生）	《人間》雜誌攝影採訪、《自由時報》攝影組長	
鍾俊陞	曾於日本讀大學（1958 年生）	《人間》雜誌攝影採訪	
李文吉	東海大學外文系（1957 年生）	《人間》雜誌攝影編輯、《大地地理雜誌》撰述	翻譯《紀實攝影》（遠流，2004 新版）等書

※資料來源：本研究整理。

這批投身報導文學、紀實攝影的作者在陳映真號召下，可視爲臺灣第二代報導文學家。和高信疆報導文學班底相較，他們同樣是戰後接受完整教育的一代，甚至學歷比起第一代更爲均質化，且多爲本省籍。不同的是，他們依恃的媒體相較於第一代的人間副刊乃是小眾媒體，而最不同於高信疆報導文學班底的是，陳映真扮演著甚爲強勢的指導者、資源分配者，與整個編寫群形成休戚與共的「作戰團隊」，較之高信疆未必與其報導文學班底有著完全緊密的從屬關係（例如邱坤良、馬以工等），反觀陳映真報導文學班底則因著《人間》雜誌的聘任關係，加諸陳映真刻意要求旗下子弟兵訪談結束必先與他討論，並親自改稿、撰寫正文引言的前提下，《人間》充斥著濃厚的陳氏風格，加深了其對這批報導文學家之影響。

與七〇年代高信疆報導文學班底相較，從出生世代來看，高信疆報導文學班底多爲四〇年代末、五〇年代初出生的一群，陳映真報導文學班底則是五〇年代中至六〇年代初，由此也看出兩個世代在年齡以及所處時代的差異。高信疆報導文學班底成長的背景，臺灣正處於進口取代工業化以及出口導向工業化，迄陳映真報導文學班底，臺灣已透過「十大建設」進行基礎工業深化的第二次進口取代工業化，並於八〇年代逐漸邁向消費社會的型態，舊政權對於社會的掌控力也逐漸力猶未逮。也因此，兩世代最大的分別在於，陳映真報導文學班底比起高信疆報導文學班底更勇於針砭社會問題，而箇中最大的特色就是加入了紀實攝影的作者，且教育程度更加均質化。他們大部分具有文字與攝影的採訪能力，尤其是從事紀實攝影的作者不再只是從事圖像創作，也同時進行文字論述，例如阮義忠、關曉榮、鍾俊陞都身兼攝影與撰文，而文字作者如廖嘉展也拿起相機拍攝，雙方的互文性格比起七〇年代更加密切，也說明了紀實攝影不單是鏡頭的獵取，也是人的意志論述的呈現，更重要的是紀實攝影與報導文學相輔相成，甚至成爲《人間》雜誌多年後令人印象深刻的一環。

對於「弱小者」的執著與探求，使得陳映真報導文學班底在採訪與撰稿的當下，不再如高信疆報導文學班底那樣側重於鄉土、宗教、民間技藝等，而更著眼於對「人」所處環境、制度乃至結構之弊端，在陳映真的號召下，這批年輕作者投入《人間》雜誌的洗禮，成爲日後報導文學領域備受矚目的作者，包括藍博洲、廖嘉展、官鴻志等人，其被收入向陽與須文蔚主編的《臺灣現代文學教程：報導文學讀本》，他們遵從陳映眞的信念，從文字與圖片去觀察、發現議題，並以弱小者的眼光去看「人」、看生活、看自然和看世界。誠然，這批作者在當下乃至日後都未意識到、甚至未針對陳映眞第三世界論提出看法，他們一致認爲：「在那個解除戒嚴令前後時期的臺灣社會，（《人間》）擲下一個難以評估的深遠影響；啓蒙了一代臺灣人對臺灣主體意識的認同，不以意識形態，而是來自臺灣田野現場記錄的學習、觀察與謙卑的反省。」[123] 在他們心中具備了兩條戒律：一是透過語言和圖片來觀察、發現、記錄以及批評臺灣的生活；一是從弱小者的立場看臺灣生活、立場、環境以及歷史人文等，殊不知，這兩條戒律恰是陳映眞意欲完成第三世界論的「憲法」，等同陳映眞透過「弱小者」的造型實踐其第三世界的意圖。

除了前述的差異外，陳映眞報導文學班底對於作品集結出版的意向，並不若高信疆報導文學班底來得積極，例如官鴻志曾在《人間》雜誌共發表 27 篇作品，卻未見相關集結出書，其他幾位作者如鍾喬、藍博洲、廖嘉展等也都是在《人間》停刊後，才分別出版個人第一本報導文學作品集，例如鍾喬《回到人間的現場》（1990，時報文化）、藍博洲《幌馬車之歌》（1991，時報文化）、廖嘉展《月亮的小孩》（1992，時報文化），這與高信疆班底在作品發表於副刊不久後，泰半集結出書有著明顯差別。然而，兩造其實都是擁有出版社的守門人，《人間》自第 24 期（1987.10）起設有出版部，而早於雜誌成立一年的人間出版社（1986.7.15）也出版了包含臺灣社會性質研究、中國現當代研究、文藝創作與研究等刊物，獨獨不見藍博洲等人的報導文學作品，迥異於高信疆動輒爲班底作者出版作品的作風，不由使人揣度陳映眞究竟如何看待報導文學？倘若人間出版社的創立乃是爲

123 廖嘉展，〈《人間》永存人間！〉，收於封德屏主編，《人間風景・陳映眞》，頁 268-269。這樣的誤解也意味著陳映眞的編輯策略「成功」吸引了讀者與傳播者。

了服務中國民族主義[124]，那麼是否意味著藍博洲等人筆下的報導文學還不夠符合中國民族主義？誠然，我們不排除當時報導文學的閱讀與出版市場已不若前此，畢竟在七○年代報導文學剛興起時，多本報導文學作品銷售量不惡，雖與同時代的暢銷作品相比仍有不小差距，但賣量達四千迄八千本左右已可確保出版社不致虧損。

迄八○年代中，在消費社會成形的條件下，大眾小說出版機構如希代、皇冠等出版社，以及媒體副刊版面開始起用輕薄短小的文類，預示了報導文學傳播模式已從大眾媒體轉為小眾雜誌，也預示了報導文學在出版市場上不再類如七○年代受到矚目。尤其 1983 年時報文學獎報導文學獎停辦後，第一代報導文學家的創作幾乎呈現了停擺狀態，除了心岱、林清玄還致力於此外，其他作者幾乎改換了創作軌道，或以散文明志、或奉小說為圭臬，報導文學彷若一陣塵埃，除了 1984 年李瑞騰撰文〈從愛出發：近十年來臺灣的報導文學〉予以回顧外，未見新人出現、也不再有論述者提起，好似報導文學澈底從文壇上消失，也好似官方的抨擊產生了「矯正」、「嚇阻」作用。迄 1985 年《人間》創刊，這才打破報導文學後繼無人的窘境。

其中，陳映真指出「思想性和文學性結合得比較好」、讀者反響較大的作品計有：描述富裕家庭失落、寂寞的青年故事〈空虛啊！空虛……黑夜裡不停流轉著的舞步〉（第 2 期，1985.12）；描述曹族少年湯英伸命運的〈「不孝兒英伸」〉（第 9 期，1986.7）、以少女被強迫賣淫的〈雛妓奴隸籲天錄：臺灣雛妓的血淚證言〉（第 17 期，1987.3）、黨人蔡鐵城的〈受苦的人們沒有名字〉（第 18 期，1987.4）；〈我把痛苦獻給您們……：湯英伸救援行動始末〉（第 20 期，1987.6）；撰寫地下黨員郭琇琮的〈美好的世紀：尋訪戰士郭琇琮大夫的足跡〉（第 21 期，1987.7）、白化症兒童命運的〈落難中的「月亮的小孩」〉（第 24 期，1987.10）。儘管列舉多篇作品，但陳映真認為從最高的標準審視，《人間》雜誌終究未產出較為優秀的作家以及強而有力的傑出作品，「真正的報導文學也沒有幾篇，其他只能算

124 陳明成，《陳映真現象：關於陳映真的家族書寫及其國族認同》，頁 327-334。

深度報導、特別報導，或比較深廣的新聞報導。」[125] 這麼一來，不由令我們追問：陳映真理想中的報導文學為何？對此，陳映真認為文學性與新聞性是報導文學的一體兩面，必須運用客觀的資料、文學的手段去感動讀者，並且帶有特定的立場「令人終生難忘」。

指出《人間》雜誌沒有「眞正的報導文學」，箇中透露的或許是謙稱，但更多想必是陳氏認為《人間》沒有能夠達成「第三世界觀的報導文學」。陳映真念茲在茲的第三世界觀即是中國意識的代名詞，如此一來，也就饒有興味：何以《人間》沒有第三世界的報導文學？相對來說即是：《人間》擁有什麼？事實上，論者已經指出《人間》充滿大量的「中國味」與「中國意識」，而稍後創設的人間出版社亦旨在「協助中國從事對臺軟性滲透」，形成所謂「《人間》的確有意讓臺灣的讀者經由認同圖文背後的『中國』而將臺灣社會體系『自然地』整編於所謂中國人的社群脈絡」[126]，故《人間》充斥著「中國人」、「中國民族」、「在臺灣的中國民眾」等，此從陳映真在每一期「編輯室報告」、「編輯室手札」、「發行人的話」等編輯說明中，動輒挪用「祖國」、「中國人」、「臺灣人的原鄉」以作為論述「我們」的底蘊，並且不斷將「中國」與「偉大」、「優美」、「深邃」、「諸神垂愛」、「神遊」等字眼作一連結，近乎謳歌的語調乃至毫不保留的讚嘆行文（參見附錄五），在在使人理解到，陳映真欲透過《人間》以完成「外打美日新帝國主義」、「內主兩岸統一」的意圖。換言之，中國永遠是偉大、優美的，而臺灣始終是困頓、醜惡的，據此，《人間》意欲促使讀者理解：在美日帝國主義經由飽食、富裕、歡樂等遮蔽的侵害下，如何正視受難的弱小者、尤其是「苦難的母親：中國」。

其中，引起最大爭議的即是第 18 期（1987.4）「『2.28』的民眾史」，箇中充斥著一廂情願的「堅定的中國民族主義的臺灣人」、「為了民族的

---

125 陳映真，〈臺灣報導文學的歷程（中）〉，《聯合報》（2001 年 8 月 19 日），第 37 版。陳映真誤植多篇作品名稱，例如：〈空虛啊！空虛……黑夜裡不停流轉著的舞步〉誤植為〈寂寞啊，寂寞！〉、〈雛妓奴隸籲天錄：臺灣雛妓的血淚證言〉誤植為〈娼奴籲天錄〉等。

126 陳明成，《陳映真現象：關於陳映真的家族書寫及其國族認同》，頁 313

和平與團結」、「國民黨有罪論未必成立」等語，其中允爲《人間》面對二二八事件立場的觀點，即是陳映眞撰寫的前言：

> 從殖民地、半殖民地知識份子，怎樣看待祖國的社會、文化和政治，可以區分出殖民地的革命知識份子和買辦知識份子。買辦知識份子以殖民者的眼光卑視和仇視自己的社會、文化，仇恨祖國的落後，必欲切斷自己的祖國的臍帶，按照殖民者的形象改造自己而後舒暢、自在……因此，臺灣分離主義者，對於中國都有程度不同的輕蔑、厭惡和仇恨，而對於美國和日本，則有百般溫柔和千萬種溫存。[127]

這是典型的陳映眞式第三世界論遠高於臺灣意識論的說法，也是《人間》急於 1987 年 4 月執編二二八事件專輯的用意，乃因當年恰是二二八事件發生四十週年，甫組黨的民進黨於 2 月舉辦「二二八和平紀念會」，使得《人間》全然不顧稍早之前（第 16 期，1987.2）所謂「《人間》永遠不會變成一本政治反對派的政治性雜誌」，旋即推出此一攸關二二八事件的專輯，宣稱從民眾史的角度看歷史——事實上也就是日後慣用的口述歷史調查法——一改前此二二八事件被湮沒於媒體公共論壇、「共黨滲透論」等。而此專輯的製作，乃是爲了凸顯「整個事變過程，甚至事變之後，當時都沒有臺灣分離主義的因素」、「不論右翼的士紳系和民眾系基本上都是爲了光復後臺灣的民主化、自由化而抗爭，決（按：絕）沒有所謂『臺灣人意識』或其他分離主義的政治成份」，此語乃是陳映眞爲了抵制二二八事件被挪用爲民進黨主張臺獨的政治論述資本，也因爲對於二二八事件的認識不清，甚至有意使國民黨政府從當年暴行遁逃之嫌，引來陳芳明等人的批判：「《人間》所採取的步驟與方向，竟是製造分裂與仇恨。作爲肇事的國民黨，看在眼

---

127 陳映眞，〈爲了民族的和平與團結：寫在〈二二八事件：臺中風雷〉特集卷首〉，《人間》第 18 期（1987 年 4 月），頁 65。

裡，恐怕竊喜不已。因爲，它終於看到受害者在惡毒咬噬受害者了。」[128]而署名鄭建新的讀者也不客氣批判道：「要解開『分離主義』下的結不能拿『民族團結』這種東西來醫，必須全面改善人權狀況，中國如不能由『民族至上』提升爲『人權至上』，那麼禍亂永遠如影隨身！」[129]

堅絕反對分離主義的中國意識成爲《人間》的底蘊，對於「那使人歪曲的歷史與政治」莫不抱持著中國意識加以看待，這是《人間》之所以在解嚴後，不斷致力於抨擊臺獨／分離主義，使得《人間》成爲「陳映眞民族主義的批判性銳器」（陳明成語），而從內容上也可以發現在國民黨政府開放「大陸探親政策」（1987.10.15）後，《人間》自第25期（1987.11）起迄第32期（1988.6），密集刊載大量中國大陸方面的報導，積極將中國大陸的民俗風情乃至文化社會介紹給臺灣，甚至從陳映眞撰於每期篇首的「編輯室報告」也可發現，越至後期越遮掩不住其焦躁的心情，要求臺灣應致力於向南韓（現韓國）學習：「過去十多年間，南北韓斷斷續續地透過雙方紅十字會進行發展幅度不大的會談和官方、文化等方面的交流，一年多來，臺灣開放探親，以及多年來臺灣商人干犯法禁，在大陸求發展，使我們在民族統一的步伐上大大超前於韓國。如今，『盧六點』的提出，又使我們的大陸政策遠遠地落在韓國之後了」[130]、「然而，韓國人民視此一切爲外來勢力干預下的民族不幸和畸型化的結果，有批判的民族主體的態度，因此他們追求祖國統一的願望，卻只有越來越強烈」[131]，也是爲了宣揚「民族的和平與團結」，以藍博洲爲首的報導文學作者、自1987年初春發展而來的「民眾史」，成爲《人間》處理臺灣歷史的一大特色，一方面旨在挖掘陳映眞主張的五〇年代「白色而荒廢」的左翼肅清史，一方面也意在爲陳映眞的反分離主義護航，標榜當年左翼青年如何爲理想與「苦勞大眾」獻身於「美好的世紀」，直指：「1947年起，中國內戰形勢急轉直下，他們於是在激盪複

---

128 陳芳明，〈如果是爲了和平與團結：與陳映眞談二二八事件〉，頁22。

129 鄭建新，〈改善人權狀況〉，《人間》第19期（1987年5月），頁6-7。

130 陳映眞，〈發行人的話〉，《人間》第34期（1988年8月），無頁碼。

131 陳映眞，〈文益煥牧師的一首詩〉，《人間》第46期（1989年8月），頁16。

雜的中國現代史中沉思臺灣的意義。陰霾廓清，在他們的眼前，因著身分認同的新的解決，開展著遼闊的工作和希望。臺灣往何處去的質問和實踐中，他們取得了明白、堅強的解答。」[132] 而受到臺灣進步人士與文化人士稱道的王添燈，則「對那些談論『臺灣獨立』的紳士們說：『今天這個茶會眞有意思……我是中國臺灣省參議會的議員，你們對我談這樣的問題，未免太失禮了！』」[133]，凡此種種，文中或深或淺流露出對於中國的嚮往，這始終是「民眾史」在《人間》出土的根本意義。

但値得注意的是，有關「民眾史」的作品在《人間》中所占的比例其實極低[134]，且多以二二八事件爲主，故讀者或論者之所以對五〇年代民眾

---

132 藍博洲，〈美好的世紀：尋訪戰士郭琇琮大夫的足跡〉，《人間》第 21 期（1987 年 7 月），頁 73-74。該文刊出後，受到超乎藍博洲預期的回響，陳映眞當時對他說，雜誌雖然不能每期都登這樣的文章，但務必持續寫下去，使得藍博洲深受鼓舞，也終於找到屬於自己的寫作方向。參見藍博洲，〈陳映眞的山路：會議發言草稿〉，收於陳光興與蘇淑芬主編，《陳映眞：思想與文學（上冊）》，頁 307。基本上，藍博洲第一次於《人間》登場係第 19 期（1987.5），撰文〈還沒有結束的戰爭〉，頁 128-130。描述二戰中，被日本徵召的臺籍日本兵如何遭到戰爭殘酷對待，卻因未具日本國籍，而遭到日本拒絕賠償戰爭所受的傷害，該文後收入藍博洲，《尋訪被湮滅的臺灣史與臺灣人》（臺北：時報文化出版企業有限公司，1994 年初版），頁 255-260，除主標題外，另增加副標題「一個原臺灣人日本兵遺腹子的歷史證言」。

133 藍博洲，〈永遠的王添燈〉，《人間》第 41 期（1989 年 3 月），頁 137。藍博洲在後記裡，說明撰寫該文的前因後果，指出「1987 年初春，隨著《人間》編輯部展開臺灣，『民眾史』的企劃，1960 年出生，對戰后（後）臺灣人民鬥爭史渾然不知的我，也開始在一個被刻意掩埋的歷史荒塚中孤寂地摸索」。

134 計有第 18 期（1987.4），「『2.28』的民眾史」系列共五篇。第 19 期（1987.5），〈還沒有結束的戰爭〉（藍博洲，頁 128-130）。第 21 期（1987.7）〈美好的世紀：尋訪戰士郭琇琮大夫的足跡〉（藍博洲，頁 70-89）。第 35、36 期（1988.9-10）〈幌馬車之歌（上下）〉（藍博洲）。第 41 期（1989.3）〈永遠的王添燈〉（藍博洲，頁 135-140）。第 45 期（1989.7）「民眾史：赤獄『國特』」系列共三篇。此外，有關二二八事件者除了前述

史留下強烈印象，乃因一方面該題材取向觸及官方避談、黨外民主運動少談的白色恐怖史，故獲得不少讀者乃至論者稱許，另一方面則是藍博洲在《人間》停刊之後，接連出版了多本攸關五、六〇年代乃至二二八事件的民眾史專書，使得白色恐怖、民眾史成為藍博洲撰寫報導文學的重要特色[135]。事實上，民眾史相對應的即是人民論、民眾論，也就是前述提及的弱小者的目光。對此，陳映眞再三強調「我們所報導的，恰恰好是這個時代的民眾歷史，以及民眾眼睛所看到的臺灣」[136]，然而撰寫者終究不是被架空的主體，內化的中產階級觀勢必影響其看待民眾史的角度。這也是年輕作者剛到《人間》時，往往遭到退稿重寫的命運，例如，日後獨當一面的報導文學家藍博洲，在初次採訪二二八事件交稿後，即被陳映眞批了「Rewrite（重寫）」的退稿指示[137]。故而儘管陳映眞口口聲聲指出「現場」、「群眾」教育了這

第 18 期外，計有第 40 期（1989.2）「二二八系列」（戴國輝，頁 138-142、143-146）；第 42 期（1989.4）〈試論二・二八事件研究之視角與方法：兼談日常用語與學術用語之差異和界定〉（戴國輝，頁 141-146）。

135 藍博洲自 1991 年起陸續出版多冊有關民眾史的作品，包括《幌馬車之歌》（臺北：時報文化出版企業股份有限公司，1991 年初版）、《沉屍・流亡・二二八》（臺北：時報文化出版企業有限公司，1992 年初版）、《尋訪被湮滅的臺灣史與臺灣人》（臺北：時報文化出版企業有限公司，1994 年初版）等，使得民眾史在《人間》停刊後，依舊有其能見度。而諸如〈永遠的王添燈〉從單篇作品收錄於《幌馬車之歌》、《沉屍・流亡・二二八》，而後發展成專書《消逝在二二八迷霧中的王添燈》（臺北：INK 印刻文學生活雜誌社有限公司，2008 年初版），也令人意識到藍博洲不斷深化民眾史的意志。不過，饒有興味的是，他曾經提及在撰寫這些作品之前，「我最大的興趣，或者說志願，還在於文學，尤其是小說的寫作」，對照〈幌馬車之歌〉曾被收錄於年度小說選中，使得他的報導文學一度產生爭議，參見藍博洲，《尋訪被湮滅的臺灣史與臺灣人》，頁 5。

136 陳映眞，《美國統治下的臺灣（政論及批判卷）》陳映眞作品集 13，頁 146。〈大眾傳播和民眾傳播〉，原載《八方文藝叢刊》第 7 輯（1987 年 11 月）。本文係陳映眞應香港大學學生會中國事務小組等單位之邀，於香港大學演講之內容。

137 藍博洲，〈陳映眞的山路：會議發言草稿〉，頁 307。

批報導文學寫手，但陳映眞所扮演的指導角色顯然更爲巨大，因爲《人間》的紀律就是採訪完回來必須先跟他討論，陳映眞經常舉的例子是詩人曾淑美訪談〈雛妓奴隸籲天錄：臺灣雛妓的血淚證言〉（第 17 期，1987.3），每每提及曾淑美訪談回來說著說著就掉淚、並從此變了個人，乃因她從那些年紀相仿的雛妓身上，意識到人被傷害、被折損的尊嚴。

也因此，一如七〇年代以高信疆爲核心發展而來的報導文學班底，《人間》雜誌同樣是以陳映眞爲核心的報導文學班底，惟高信疆的文化中國主張並不那麼具有約束力，不若陳映眞偏執於第三世界論（中國意識論），故從《人間》創刊動機乃至執編，皆充斥著明顯可見的「陳映眞的影子」，此從本書附錄五至九可窺知一二。因而，陳映眞報導文學班底展現出來的陳式風格，更甚於高信疆對其子弟兵的影響，在日後陳映眞病倒於北京時，爲祝禱其早日康復而集結出版的《人間風景・陳映眞》，箇中多位跟隨其「打仗」的報導文學家、紀實攝影家，如關曉榮、郭力昕、廖嘉展、鍾俊陞等都談到他們與「大陳」（《人間》同仁對陳映眞的暱稱）的互動之情，例如關曉榮指出「探討陳映眞創辦《人間》雜誌的歷史定性，還是一個值得努力研究的取向」、曾淑美提到「《人間》是陳映眞實現理念的『不得不然』」、郭力昕談及「面對一個具有典範高度的人，我無論如何從陳映眞身上，學到了很多一輩子受用的事」[138]。

陳映眞指出之所以提倡報導文學，在於他認爲臺灣始終沒有「嚴肅的報導文學」，而從本書前述爬梳來看，臺灣不是欠缺「嚴肅的報導文學」，而是七〇年代中期迄七〇年代末期，報導文學多以踏查臺灣鄉土爲主，迄八〇年代初轉爲環保議題與人物採訪，相對於陳映眞向來主張以文救國、以文批判的精神，這類報導文學顯然無法觸及他所認定的核心價值，尤有甚者，以臺灣鄉土踏查爲主而凸顯了臺灣意識，這也違背陳映眞主張臺灣意識乃虛假意識之看法，故而陳映眞提倡報導文學的動機，可以說是爲了重新打造其

138 所引三文皆收於封德屏主編《人間風景・陳映眞》一書。分別是關曉榮，〈想念大陳、再現《人間》〉，頁 248。曾淑美，〈陳映眞先生，以及他給我的「第一件差事」〉，頁 265。郭力昕，〈永遠的鞭子和提燈〉，頁 255。

所主張的「第三世界報導文學」，透過這一紀實文類，去激發中產階級對於社會的關注、弱小之人的理解。至於紀實攝影則是受到 1983 年訪美，目睹 William Eugene Smith 攝影作品所受到的震撼所致，也是爲了將鏡頭從達官顯要、消費市場中搶回其詮釋權，故而主張攝影也具備批判的動能，而更深的用意還是爲了要刺激中產階級的罪惡感，並與之區別黨外雜誌淪於粗糙的編輯感。

第六章
八〇年代臺灣報導文學傳播論

6

——除了您的訂閱和購買，您向您的知心親朋極力推薦《人間》，促使他們訂閱，是使像《人間》這樣的在中國雜誌史上未曾有過的雜誌能生存、發展、興旺；支持她培養出更多傑出的報告攝影家和報告作家……[1]

壹、議題設定論探析：從人間副刊到讀者意見

歷經七〇年代中迄八〇年代中十年間的發展，第一代報導文學家共出版了廿本報導文學集，發表於報章雜誌的報導文學作品更是不勝枚舉，在跨媒體議題設定的傳播影響下，報導文學已成為媒體與閱聽眾既定的認知文類，此一文類在七〇年代論述攻防、媒體強力傳播的前提下，可歸納出閱聽眾認知的三個特點：

一、報導文學題材多關注離島偏鄉與特定族群：原住民議題的重複出現，以及對於鄉鎮與地方產業特色的報導，使得報導文學成為挖掘鄉土、回歸現實的利器。

二、報導文學內容多強調社會黑暗面：側重社會問題乃是報導文學之所以引發爭議的緣故，也是閱聽眾被吸引、黨外雜誌予以挪用作為報導內幕的利器。

三、報導文學往往搭配紀實攝影：在紀實攝影的搭配下，使得「看見」與「建構」成為報導文學的重要層面，也成為媒體有志一同的操作面向，儘管紀實攝影的位階在七〇年代仍附屬於文字。

1 〈編輯室報告〉，《人間》第 13 期（1986 年 11 月），頁 7。

在報導文學與紀實攝影所謂「冷媒體」與「熱媒體」的結合下，歷經七〇年代末媒體大量刊登，迄八〇年代初，報導文學已成為媒體操作以及閱聽眾認知的既定形式，它包含了對鄉土以及現實的關注，卻也因著中產階級的消閒傾向，使得鄉土成為可販售的「商品」，失去其「看見」的驚豔感，尤其主流報紙發行量的激增，使得副刊閱聽眾亦隨之成長，在訴求上不能只關注菁英讀者，也必須照應普羅大眾，故而「小小報導文學」蘊育而生。透過簡易便捷的形式，報導文學以一種浮光掠影呈現於大眾面前，這也是人間副刊取消時報文學獎報導文學獎的設置，因為它越發走向學術化，背反大眾消閒品味的取向、也背反於報導文學反文化霸權的訴求，尤其部分媒體如《漢聲》雜誌所呈現的懷舊乃至唯美的鄉土，絲毫不具報導文學的批判精神。

至於挪用報導文學作為「報導內幕」工具的黨外雜誌，到了八〇年代為了兼顧市場生存，大肆側重「內幕報導」，例如深耕系統（1981.6.1-12.31）與前進系統（1983.3.14-1984.12.31）的內幕報導比例分占 8.1% 與 14.9%，遠超乎七〇年代《美麗島》1.2%、《八十年代》6.7%，而所謂「內幕」多集中於黨政高層機構或人士，尤以蔣介石父子為主，這也使得內幕消息變成黨外雜誌必備的內容，久而久之，千篇一律的內容產生了閱讀疲乏。《人間》雜誌即曾針對內幕報導指出，該刊絕不採用譁眾取寵、銅臭庸俗、偷窺醜聞卻毫無「人味」的報導以取得龐大的銷售量，一語道破該刊的立場是為了反黨外雜誌而來。

也就是在此前提下，才能明白《人間》興起的位置：它夾雜在商業式輕薄短小與內幕式偷窺的報導文學之間，故而當《人間》以紀實攝影為號召，實際上也就打破了過往閱聽眾對報導文學的認知：報導文學不再是文字獨大、照片為輔，過去不受重視的熱媒體「照片」挾其放大、凸出事實的姿態，朝閱聽眾的感官全面撞擊而來，往昔必須耗費力氣解讀的冷媒體「文字」不再是主角，在彩色照片、彩色印刷仍不流行且昂貴的年代，慣以黑白色調出現的紀實攝影，恰恰符合了閱聽眾對於新聞照片的認知，也由於照片主體的提升與視覺聚焦，使得《人間》雜誌有別於強調商業式與內幕式的報導文學，藉由大篇幅的紀實攝影以及回歸「人」的生活的文字，再次將閱聽眾帶入了「重新看見」、「重新建構」的領域，而這個「看見」

不再是七〇年代「由愛出發」的民間技藝與宗教信仰，它走入類如〈賣血人〉（1978.8.8-9，陳銘磻）、〈死亡的危機：臺灣面臨絕種的野生動物〉（1978.9.29-30，朱邦彥）等社會議題領域，主要著眼於人與生活、人與勞動、人與環境的互動，也就是陳映眞八〇年代思想轉折的主張：人民至上、民眾爲主。

也因此，欲探析《人間》裡的人民從何處來、民眾從何處去，本書以爲應先就《人間》如何進行傳播作一析論，主著眼於《人間》是否產生議題設定理論中的「溢散效果」？以及閱聽眾的認知反應爲何？其次，針對紀實攝影作一析論，因爲《人間》最大的特色當屬黑白照片的攝影風格，其意欲達成什麼？特色爲何？最後，針對《人間》如何建構第三世界論的進程作一探析。

就《人間》的傳播過程而言，自雜誌創辦伊始，《人間》即藉助主流媒體作爲發聲宣傳，箇中以人間副刊爲主，此從人間副刊聘請陳映眞開設專欄「陳映眞專欄」（1986.12.19-1988.2.24，非固定刊出，目前共得十篇，與《人間》議題有關者共計八篇）可窺知一二。故人間副刊在《人間》雜誌創刊的過程中，扮演了支持者的角色，有多篇《人間》作品轉載於人間副刊（參見表 20），包括發刊詞於 1985 年 11 月 2 日同步刊載於人間副刊，另於 1986 年 2 月 9 日，也就是《人間》創刊三個月後，陳映眞以〈兩鬢開始佈霜〉在人間副刊指出雜誌出刊後，受到知識界、藝文界的高度評價，其中提及高信疆答應出任該刊總編輯，「在深慶得人，感念他不滅的熱情之餘，我以在這新的一年內交出十萬字小說爲約」，凸顯陳映眞對於高信疆願意任職《人間》雜誌的推崇。

表 20　人間副刊與《人間》議題之參照

媒體／日期	人間副刊	《人間》雜誌	備註
1985.8.14	相機是令人悲傷的工具：日籍國際報導攝影家三留理男剪影		陳映真撰稿，三留理男攝影

媒體 日期	人間副刊	《人間》雜誌	備註
1985.11（創刊號）		飢餓：來自衣索匹亞的緊急報告	江淮生撰稿，三留理男攝影
1985.9.23-24	2%的希望與掙扎：八尺門少數民族生活記錄		關曉榮撰稿、攝影
1985.11（創刊號）		百分之二的希望與奮鬥：關曉榮「八尺門」報導攝影連作	關曉榮撰稿、攝影，文字內容較人間副刊簡短，但主題皆以八尺門為對象
1985.11.2	因為我們相信，我們希望，我們愛……	因為我們相信，我們希望，我們愛……	《人間》雜誌發刊詞
1986.1（第3期）		水不能喝・雞不下蛋・豬養不大	潘庭松撰稿，描述三晃農藥廠汙染
1986.2.9	兩鬢開始佈霜		陳映真撰稿，提及創辦《人間》三個月的心情
1986.3.1-2	柯錫杰：搜巡在中國的邊陲上		季季撰稿、柯錫杰攝影
1986.3（第5期）		搜巡在中國的邊陲上	季季撰稿、柯錫杰攝影
1986.4.28	空氣有毒的日子：一個小學老師的公害日記		黃登堂撰稿，《人間》第3期有關三晃農藥廠的報導即來自黃登堂的協助
1986.5.9	我們做的，還不夠		陳映真撰稿，控訴三晃農藥廠汙染
1986.4（第6期）		我控訴！樋口健二的「反公害」世界	李永熾譯述，樋口健二攝影

日期＼媒體	人間副刊	《人間》雜誌	備註
1986.7（第9期）		「怒吼吧！花岡」系列報導	控訴日本二戰中凌虐中國奴工的歷史
1986.7（第9期）		「不孝兒英伸」	官鴻志撰稿，王華攝影
1986.7.18	贊成死刑的請舉手：湯英伸案的感想		黃怡撰稿
1986.12.6	人文思想雜誌的再生		陳映真撰稿，描述類如《人間》雜誌之其他人文雜誌的觀察
1986.12.19	科技教育的盲點		「陳映真專欄」，敘述李遠哲與林俊義兩人對談中，有關科學人欠缺人文精神之反思
1987.1.2	「日本接觸」：實相與虛相		「陳映真專欄」，指出臺灣知識界對於日本欠缺反省
1987.1.16	新種族		「陳映真專欄」，描述新一代青年的文化及教育問題等
1987.3（第17期）		《新種族》：一個隨機問卷的分析報告	葉根泉等調查，李文吉等攝影
1987.2.6	從一部日片談起		「陳映真專欄」，文中提到1987年1月由臺灣電影人所發起的「電影宣言」

媒體 日期	人間副刊	《人間》雜誌	備註
1987.2 （第16期）		1987臺灣電影宣言的反響	王菲林等撰稿，是對1987年1月「電影宣言」的反思與批判
1987.6 （第20期）		我把痛苦獻給您們……：湯英伸救援行動始末	官鴻志撰稿，李文吉攝影
1987.6 （第20期）		「非理性力量」下的科技	陳映真撰稿，此文乃對應〈科技教育的盲點〉一文
1987.4.9	「為弱小者代言」：日本報告攝影家樋口健二		「陳映真專欄」
1987.5.28-6.3	趙爾平		陳映真撰稿，此為〈趙南棟〉第二章，共分七日刊完
1987.6 （第20期）		趙南棟	陳映真撰稿
1987.7.30	個案正義的盲點：從湯英伸與M女嬰談起		林鈺雄撰稿
1987.7.31	槍下留人？現在是立法廢除死刑的時候		陳志龍撰稿
1987.9.6	一個親切的社會		「陳映真專欄」，探討白化症
1987.9-10 （第23-24期）		別讓那孩子失去希望	「殘障人權系列」，探討白化症，共分兩期刊登兩篇作品

媒體／日期	人間副刊	《人間》雜誌	備註
1988.1.14	歷史性的返鄉：送何文德與他的老兵返鄉探親團		「陳映真專欄」
1988.3-5（第29-31期）		我還活著，我沒有死呀！記北京的探親懇談會	王拓撰稿，此係王拓隨「外省人返鄉探親團」訪問大陸，共分三期刊登五篇作品
1987.12（第26期）		一個蘭嶼，能掩埋多少「國家機密」？	關曉榮撰稿，談論核廢料礎理的歧視問題
1988.2.24	遙祝		「陳映真專欄」，遙祝蘭嶼反核運動「驅除蘭嶼的惡靈」
1988.2（第28期）		沈從文和他的「家鄉論」	金介甫（Jeffery C. Kinkley）
1988.4.30	跨國對談第三世界接觸：黃晳暎與陳映真對談中韓現代文學發展		葉振富記錄
1988.6		民眾和生活現場的文學：黃晳暎、黃春明與陳映真對談	陳映真撰文
1988.5.12	一種憂傷的提醒		陳映真撰稿，悼沈從文
1988.7.14	天皇禁忌下的「現代日本」：寫在報告劇「延命天皇」在臺演出之前		石飛仁著，陳映真翻譯
1988.7（第33期）		延命天皇	石飛仁著，陳映真翻譯

媒體 日期	人間副刊	《人間》雜誌	備註
1988.8.7	陳映真劉賓雁人道精神的比較		何西來撰文
1988.9（第35期）		親愛的劉賓雁同志	陳映真撰文

※資料來源：本研究整理。

此外，1986年5月9日陳映眞撰稿〈我們做的，還不夠〉，指出4月27日與馬以工共赴臺中大里參加「臺中縣公害防治協會」成立大會，對於三晃農藥廠的惡行提出控訴，這是人間副刊「反汙染的歷史證言」之續篇，首刊〈空氣有毒的日子：一個小學老師的公害日記〉（1986.4.28）。此一有關三晃農藥廠的公害問題早刊載於《人間》第3期（1986.1）〈水不能喝．雞不下蛋．豬養不大〉，是《人間》首次探討「環境與生態」議題，在人間副刊的呼應下，強化了閱聽眾對於環境公害議題的認知。除此議題之外，陳映眞於〈人文思想雜誌的再生〉（1986.12.19）亦針對臺灣八〇年代的人文雜誌提出觀察，認爲報紙發行量的劇增使得具有人文思考的讀者相對減少，爲求適應多數讀者使得副刊走向通俗化、消閒化，因而八〇年代中期起，人文雜誌陸續再生、重拾人文與知識及思想的可能性，卻因消費社會的形成而導致經營困難，他指出能夠支撐人文雜誌的是「具有人文與文化教養的知識分子、學生、青年和市民」，這一說法也就是再次闡述《人間》意欲訴求中產階級的目標，然而，中產階級是否具備改革的動能仍有待商榷，而此一意圖正是陳映意欲對抗黨外雜誌的基本假設，亦即不同於黨外雜誌訴諸中下階層，陳映眞著眼於中產階級的改造行動。

此外，尙有多篇論述涉及《人間》企劃的主題，例如〈新種族〉（1987.1.16）對應《人間》第2期（1985.12）〈空虛啊！空虛……黑夜裡不停流轉著的舞步〉，也預告了第17期（1987.3）〈《新種族》：一個隨機問卷的分析報告〉。而〈「爲弱小者代言」：日本報告攝影家樋口健二〉（1987.4.9）則介紹了與《人間》有著密切聯繫的紀實攝影家，而《人間》

早於第6期（1986.4）〈我控訴！樋口健二的「反公害」世界〉即介紹該作者。另一位紀實攝影家三留理男同樣受到陳映眞的青睞，創刊號（1985.11）刊載了由三留理男攝影的〈飢餓：來自衣索匹亞的緊急報告〉，而此主題早見於人間副刊〈相機是令人悲傷的工具：日籍國際報導攝影家三留理男剪影〉（1985.8.14）。此外，對於日本侵華的思考，始終是陳映眞念茲在茲的議題，第9期（1986.7）針對二戰前後，日本如何在中國進行「奴工狩獵」，製作系列報導專輯「怒吼吧！花岡」，而在人間副刊專欄裡則以〈「日本接觸」：實相與虛相〉（1987.1.2）作一探索，指出臺灣文化界不假思索接受了美、日生活與文化情調，「臺灣知識界對日本批判的嚴重闕如，在全東南亞，甚至在全世界中，成爲獨一的特例。這個現象，恐怕就很値得我們加以分析和反省了」[2]，這是陳映眞向來批判臺灣依附美日霸權的典型論點，也是《人間》特別著力之點。惟弔詭的是，《人間》一方面批判美日，一方面又喜於起用美日作者之作品，不免使人困惑：是否形成理論與實踐上之矛盾？

人間副刊採用《人間》報導議題，凸顯的是陳映眞挾其文化名聲而擁有近用（access）媒體之權，故得以在媒體版面披露其雜誌想法與題旨，這與議題設定理論中的「溢散效果」定義並不一致。所謂「溢散」是指議題在歷經「潛伏期」與「預備期」：也就是非主流媒體率先報導，並呈現日漸增強的趨勢；之後在「上升期」：主流媒體開始加入報導行列；最後，「高峰期」則是主流與非主流媒體皆大量報導，並逐漸形成政策議題。然而，《人間》的議題之於人間副刊並非主流媒體自行加入報導，而是非主流媒體負責人在主流媒體中發聲，因此，稱不上是溢散效果，充其量只能稱作是同盟夥伴。對照六〇年代陳映眞因案入獄，迄1975年7月減刑出獄，隔年12月1日人間副刊刊載陳映眞〈鞭子和提燈：代序許南村：「知識人的偏執」〉，凸顯人間副刊對於異議人士的支持，故《人間》受到該刊的青睞，基本上也與人間副刊向來強調開明自由的傾向有關，反倒是聯合副刊對於《人間》幾乎隻字不提，且從1975年陳映眞出獄迄1987年解嚴，聯合副刊完全未見任何

2 陳映眞，〈「日本接觸」：實相與虛相〉，《中國時報》（1987年1月2日），第8版。

一篇陳氏作品，也間接證諸前述所提：聯合副刊較人間副刊更來得依循文化霸權。

除了透過人間副刊作爲宣傳《人間》的管道外，陳映眞也藉由舉辦座談與演講去傳達該刊理念。在第 5 期（1986.3）廣告頁裡，預告了將在耕莘文教院舉辦報導文學暨報導攝影系列講座，計有 3 月 1 日高信疆〈報導文學的中國根源〉，3 月 2 日黃春明〈報導文學的精神〉，3 月 8 日關曉榮〈從八尺門創作談報導攝影〉，3 月 9 日郭力昕〈報導攝影的基本概念〉。此外，第 25 期（1987.11）兩週年之際推出「解禁年代・人間群像」巡迴演講、攝影展，攝影展計有臺北（11.10-16）、臺南（11.23-29）、臺中（12.4-10）以及高雄（12.22-29）等場次，而巡迴演講計有王杏慶、張曉春、柏楊、林俊義、夏鑄九、郭楓、高信疆、井迎瑞、傅大爲、李鴻禧、馬以工、陳映眞、王拓等共十二場。迄第 35 期（1988.9）於耕莘文教院舉辦「攝影藝術欣賞」共八堂課，包括 9 月 9、16 日李文吉〈報導攝影的理念與實踐：澎湖採訪個案討論（上下）〉、9 月 23、30 日周本驥〈影像語言的創作與開發（上下）〉、10 月 7、14 日〈新聞攝影的形式與實現（上下）〉、10 月 21、28 日〈自然生態攝影之美（上下）〉。第 41 期（1989.3）於臺北萬企百貨十樓時報廣場推出報導影系列講座，包括 2 月 19 日李文吉〈淺談報導攝影的業餘與專業〉、2 月 26 日吳乙峰〈從「豬師父—阿旭」（按：出自第 11 期〔1986.9〕，由廖嘉展所撰）的拍攝談報導攝影立體化的理念與實踐〉、3 月 5 日關曉榮〈報導攝影中的人的問題〉、3 月 12 日顏新珠〈從天下到人間：一個攝影者的心路歷程〉。而第 46 期（1989.8）則推出人間系列演講「環境篇」，包括 9 月 2 日林俊義〈自然・環保・政治〉、9 月 9 日柴松林〈社會運動與環境保護〉、9 月 16 日夏鑄九〈都市與住宅問題〉。

對於這些演講與活動，陳映眞指出他的想法在於：「一個人有想法一定想要宣傳，當我們對社會有瞭解，從現場裡看到這些事情，除了報導以外，我們就會凝結成一種想法……」[3] 爲了宣傳《人間》，《人間》也在雜誌中不斷刊登相關的推薦廣告，包括由四十六人各捐出三千元購買報紙廣告、

---

3 劉依潔，《《人間》雜誌研究》，頁 116-117。

《人間》廣告（第 4、6 期，1986.2、1986.4）、李登輝等十六人分別撰言推薦（第 43 期，1989.5），甚至陳映眞提筆寫信給對他有提攜之情卻久未聯絡的鍾肇政，希望鍾氏能夠爲《人間》寫幾句推薦語[4]，最終刊登於《人間》第 29 期（1988.3）共有廿五人撰寫推薦語，雖不見鍾肇政的隻字片語，但葉石濤如斯指出：「在巨大的臺灣工商業社會的陰影下，沉默的無數勤勞大眾爲自己的溫飽，爲社會的繁榮，付出了心血。這些卑微的小人物應該是高貴的地上之鹽。但是他們很少出現在資訊媒介上。《人間》是唯一代表臺灣社會的『良心』和『正義』替他們說話的雜誌。」[5]由此可知爲了打開該雜誌的知名度與銷量，陳映眞確實耗費了不少心血，也難怪「形容開始枯老，兩鬢開始佈霜」。

其中，較特殊的現象是《人間》第 20 期（1987.6）起開闢「副刊人間」專欄，此一刻意避開「人間副刊」題名的園地，首刊陳映眞中篇小說〈趙南棟〉，並指出該欄目需求：一、文學價值高於作者知名度的作品；二、文學自由高於政治態度的作品；三、文學自身活力高於文學義理辭章的作品；四、不誇張包裝；五、不插圖與文摘；六、不做文學預告與餐會。從這六點來看，陳映眞意欲反抗文學商品化的企圖是明顯的，也可瞭解其意欲借文學去溝通人類生活經驗與心靈，尤其讚揚具有喚醒社會動能的「眞正的小說文學」。該專欄迄第 39 期（1989.1）改版前，斷斷續續共刊載了卅三篇作品（參見表 21），其中，中國作家占了三分之一強共十篇，倘若將題材也計入的話，則共有十五篇涉及中國題材，顯示「副刊人間」呼應《人間》向來主張的文化中國情懷，也讓人再次看見陳映眞所謂「眞正的小說文學」，指的不是臺灣小說而是中國小說、中國作家，例如馬建、韓少功、劉賓雁、古華、汪曾祺等，而這樣的取向恰是《人間》自創刊以來，就不斷將「中國」

4　轉引自陳明成，《陳映眞現象：關於陳映眞的家族書寫及其國族認同》，頁 266-267。陳映眞在信中寫著：「弟創辦《人間》雜誌，已屆兩年。爲進一步擴大社會對拙□（按：無法辨識）的支持，我們想請您爲我們寫一百字以內的推薦的話。您的清譽，是對《人間》全體同人莫大的鼓勵與支持。」該信寫於 1988 年 1 月 11 日。

5　葉石濤，〈無題〉，《人間》第 29 期（1988 年 3 月），頁 95。

置入刊物的結果。換言之，陳映眞意欲達成「小說文學走向了社會大眾」的目的，而其心中的假想圖即是富含中國社會主義的中國小說、中國文學，也再次印證了《人間》盡其可能將中國文化、中國意識置入其中，無論是與陳映眞相近的文學、論述，抑或甚爲疏離的攝影，都可看到陳映眞再三傳達「中國」之意圖。

表 21　《人間》「副刊人間」刊登之作品

期數・日期	作者	篇名	備註
20・1987.06	陳映真	趙南棟	
21・1987.07	馬建 譚石等	馬建短篇小說：伸出你的舌苔或空空蕩蕩 年輕人談〈趙南棟〉	
22・1987.08	韓少功	爸爸爸	
23・1987.09	無	無	
24・1987.10	田雅各 施叔青	懺悔之死 香港新移民系列之一：都是旗袍惹的禍	
25・1987.11	陳映真 施叔青	陳映真速寫大陸作家 香港新移民系列之二：韮菜命的人	
26・1987.12	金介甫 汪曾祺 古華 古華 古華	大陸文學將帶給臺灣什麼新視野？ 故里三陳 議價魚 綠園人員 第三者	蕭遙翻譯
27・1988.01	李黎	1979 年以後的大陸文學思潮：訪問「人民文學」主編／作家劉心武	
28・1988.02	劉賓雁 施叔青 李黎	但願我生命的衰竭不要來得太快 生活濃似醍醐，小說淡若清水：訪問劉賓雁 我所認識的劉賓雁	

期數・日期	作者	篇名	備註
29・1988.03	劉賓雁 劉賓雁 劉賓雁	什麼是報告文學 報告文學向何處去：與溪煙同志商榷 和奧維奇金在一起的日子	原載《文匯月刊》第8期（1983年），原標題為〈向何處去〉 原載《文藝報》第4期（1956年）
30・1988.04	苦苓 王拓	連長劉國軍 那天，我摸到北大熾熱的心……	
31・1988.05	王拓 阿衛	是牛，牽到北京也還是牛！震動北京的臺灣政治家黃順興 芝加哥「乾草市場事件」：國際「五一勞動節」的歷史是這樣寫成的	
32・1988.06	無	無	本期製作「黃晳暎・韓國民眾文學」專輯
33・1988.07	無	無	
34・1988.08	曾健民 原民喜	軍國日本與經濟日本 夏之花	林慧翻譯
35・1988.09	藍博洲	幌馬車之歌（上）	
36・1988.10	藍博洲 王墨林 劉桑華	幌馬車之歌（下） 在上海的老臺胞 對於作家，不幸正好是他的幸福	
37・1988.11	無	無	本期製作「讓歷史指引未來」專輯
38・1988.12	陳慶浩 江迅	「南京大屠殺」在日本和中國 從荒蕪到荒謬，1945-88	
39・1989.01	陳映真 楊應財	客籍貧困傭工移民的史詩：「渡臺悲歌」和客系臺灣移民社會 阿逢牯看相撫：失傳的客家習俗	

※資料來源：本研究整理。

著眼於「中國民族主義」的文學觀，澈底表現於 1988 年 8 月 4 日至 6 日，由香港大學主辦的「陳映眞文學創作與文化評論國際研討會」致謝辭中，陳映眞針對七〇年代論述未竟的民族文學與民眾文學，秉持一貫的中國意識思索指出：「追求民族的主體的發展，克服民族分裂的歷史，一時也或者還是寂寞的工作吧……在文學上，兩岸探索新的民眾文學和民族文學的歷史條件，應該正在以自己的規律形成，要求兩岸的文學家、社會科學家、文藝評論家做出深刻的回應。」[6] 對於民眾文學與民族文學的思考，顯然是陳映眞八〇年代因應中國社會主義危機而作出的思維轉折，亦即如何透過人民論、民眾論以重新打造理想主義的歷程。然而，無論如何轉折，陳映眞的核心視野仍是離不開中國的，故而「副刊人間」預設的邏輯已昭然若揭：其一，如何在「聲光媒體」時代削弱了小說文學的發展前提下，重振小說文學走入社會大眾的效用，而此效用即是以中國社會主義作爲提綱。其二，如何在消費社會體制下，使文學與人免於商品規律的制約，亦即中國社會主義足以有效阻止此事。其三，如何以文學溝通兩岸、溝通人的心靈，亦即陳映眞仍舊堅持文學能夠彌補兩岸隔閡。固然《人間》刊載的「眞正的小說文學」乃以嚴肅文學作品爲主，然而誠如《人間》所言：「無法免俗於消費社會的制約，這將使得「『副刊人間』可能喪失了堅持文學創作上的安那其主義者的支持」[7]，則從結果論來看，「副刊人間」所刊載的作品大多轉載自中國大陸刊物，凸顯其所認定的「安那其主義者」乃是中國社會主義者，故其最終只能從中國大陸索求以完成「民眾文學」與「民族文學」的初衷，相對而言也就是對於臺灣文學的否定。

和七〇年代高信疆透過《中國時報》七十餘萬銷售量的傳播影響力相較，《人間》提倡報導文學無寧是艱辛也是自由的，之所以艱辛乃因報導文學的市場已然萎縮，大眾閱讀品味走向了消閒取向；之所以自由，則是《人間》係獨立媒體更能夠發揮其欲企劃的主題，故陳映眞曾說：「離開《人

---

6 陳映眞，〈民族文學的新的可能性：在「陳映眞文學創作與文化評論國際研討會」結束時的致謝辭〉，《人間》第 35 期（1988 年 9 月），頁 25。

7〈編輯室語案〉，《人間》第 21 期（1987 年 7 月），頁 7。

間》到別的地方（的記者），薪水都增加三倍以上，可他們不快樂，常回來說，那些報導好無聊。」[8] 事實上，人間副刊與《人間》的傳播作用當然無法相比擬，因為一是大眾傳播載體、一是小眾園地；一是保護主不斷扶持且箝制的侍從媒體、一是單打獨鬥的左翼（統）媒體；一是每日即丟的快速訊息、一是每月一次的主題規劃，兩者呈現的報導文學就《人間》而言，因篇幅不受每日連載版面限制，故往往呈現較縱深的系列報導，再者，《人間》自創刊以來即不斷虧本，它的競爭對手是以提倡觀念取勝的草根媒體黨外雜誌，不若人間副刊當年競爭的對手是同樣報團化的聯合副刊，兩者都必須肩負母公司的收支問題。

《人間》以雜誌形態出現，一反七〇年代傳播管道以報紙為主，這容或與報禁政策不易申請辦報證有關，另方面則是報紙副刊已難發揮七〇年代的知識分子論，走向更為普羅大眾的消費內容，也使得《人間》被視為對「富裕、飽食的臺灣社會的知識分子的一個要求，也是我們對臺灣經濟成長的另一面期待」，出自詹宏志的這番觀察一針見血，道出了該刊以中產階級為訴求對象的核心意旨，也直指《人間》的著力點在於批判消費社會、激發中產階級的罪惡感，而這正是其傳播報導文學的主要策略：透過「弱小之人」以訴求中產階級，最終激起其愛與希望的內涵，由此挽救荒廢、枯索的文明精神，並達成抵抗帝國霸權主義，從而完成兩岸民族的團結與和諧。也是不同於主流媒體的批判意識，自發刊起即被報紙媒體列為 1985 年度十大出版文化新聞之一，而姚一葦、林懷民等四十餘位臺灣文化人集資於報紙版面購買廣告，指出其一方面表現了人文關懷與理想性格，一方面也透過報導文學與紀實攝影的結合，「廣泛地報告了臺灣的人、社會、文化、環境、公害」，並呼籲臺灣知識分子、青年學生和公民，「應該至少以訂閱《人間》雜誌一年支持她，培養她。」[9]

挾著陳映真高蹈的文學光環，使得《人間》自試刊號起即獲得文化界

---

8 劉依潔，《《人間》雜誌研究》，頁 113。

9 〈鄭重推薦！一本標示社會文化高度的好雜誌〉，《人間》第 4 期（1986 年 2 月），第 85 頁。

回響，經由紀實攝影與報導文學的連結，在訴諸弱小者的立場下，有效獲得場域裡的知識分子與讀者之認可。其讀者被設定爲「廣泛有教養、批判認識的知識、青年、市民和民眾」，惟這一訴求在許多場合都受到了質疑：「你好像很關心社會底層的人，但你們的雜誌那麼豪華，不是很矛盾嗎？」對此，陳映眞的回答是：「這個問題其實牽涉到我個人的想法，就是我總覺得應該有先進的、進步的中產階級，其他的問題才能得到解決……所以必須要有開明的、先進的、自由化的中產階級，社會改革在資本主義社會裡才有希望。」[10] 由此可知，《人間》不僅是訴諸中產階級的反省，尤其訴諸「受過教育的中產階級」，依此引領中下層階級起而效尤：「等到有一天，知識分子對於人民百姓張開眼睛，那一天，百姓才能眞正分享眞正的文化和福祇（按：祉）。」反映在讀者群上，《人間》確實受到學生、知識分子以及「比較有教養的市民的歡迎」[11]，陳映眞歸納出兩個原因：一、如實且深入的報導內容吸引了他們；二、是從理想主義、人道主義以及現實主義去報導生活，顯然其亦明白眞正吸引讀者的是臺灣生活、臺灣現實以及人道關懷等，但他並不放棄中國意識、中國意象的運用，當然也就不放鬆對假想敵美日帝國資本主義的抨擊，而這一切都是爲了促成「兩岸統一」、「民族的和平與團結」。

從讀者投稿的身分來印證，《人間》確實受到學生等知識分子的喜愛，以第 3 期（1986.1）開始設置讀者信箱迄第 40 期（1989.2）轉型爲例，橫跨三年餘的時間，總計有 208 則讀者投書，其中標明其爲學生身分者計有 24 名，占全部近 12%，另有多位文化人如白先勇、李篤恭、李黎等人投書，證諸其編輯策略確實吸引了中產階級的目光。誠然，陳映眞也指出中產階級未必是「機械地定位在保守、自足、庸俗這樣一個水平上」，則對照七、八〇年代的臺灣社會，中產階級在黨外政治以及社會運動中皆扮演關

10 陳映眞，《美國統治下的臺灣（政論及批判卷）》陳映眞作品集 13，頁 128。〈大眾傳播和民眾傳播〉，原載《八方文藝叢刊》第 7 輯（1987 年 11 月）。

11 鍾喬，〈文學、政治、意識型態：專訪陳映眞先生〉，收於陳映眞著，《思想的貧困（訪談卷：人訪陳映眞）》陳映眞作品集 6，頁 75。

鍵角色，顯然陳映眞針對中國社會主義的修正，乃是爲了抵抗現實的臺灣情境，故如何改造中產階級以引領中下階層，變成了陳映眞念茲在茲的事實。

自第 3 期起設置的「讀者信箱」，不只是讀者意見的反映，也意味著可以從中析論讀者的身分、內容分析或文本解讀等，因此從第 8 期（1986.6）起，編者針對讀者意見提出回應，迄第 43 期（1989.5）改爲「人民論壇」，凡此都與陳映眞著眼於人民論、民眾論有關，亦即爲了凸顯民眾的意見。在第 3 期編輯報告中，指出創刊以來的兩個月裡受到文化界、青年以及學生等支持，故摘取一部分讀者來函予以刊登。從初始僅有一頁，迄日後動輒三、四頁的投書，顯見該刊確實收到不少讀者回響，而此做法無異與黨外雜誌大量設置讀者來函專欄有關，都是訴諸群眾以作爲文類發表的後盾，從中可以歸納出讀者的幾點反映：

其一，弔詭的感動的淚水：《人間》的紀實攝影令讀者「看見」非洲飢民、看見弱小者的掙扎、看見愛與信念，「文字的翔實、圖片的撼人」（第 5 期，1986.3）、「一幀幀大幅的照片和精闢用心的文字，揚展著《人間》熱切深厚的人道精神」（第 6 期，1986.4）、「第一眼就帶來了極大的震撼。封面的那一雙手，那從水泥牆洞中伸出來的，佈滿刻紋的手，強烈而深沉的撞擊著我」（第 9 期，1986.7）……這類敘述不時出現在讀者來函中，證實《人間》雜誌凸出紀實攝影的編輯策略確實獲得了具體傳播效果。然而震撼之餘，紀實攝影是否使「彼此陌生的人重新熱絡起來；使彼此冷漠的社會，重新互相關懷」？首先，伴隨「看見」而來的乃是感動甚或流淚，宛若《人間》成了淨化心靈、救贖眾生的刊物，亦即「人道主義」淪爲掬一把同情淚，是故「時常叫我不知『如何是好』的處理眼眶裡打轉的水」（第 9 期讀者信箱，1986.7）、「沒有一次看《人間》不掉淚的」（第 10 期讀者信箱，1986.8）、「近閱貴雜誌 12 月號〈親愛村報告〉，又忍不住要落淚和憤怒」（第 16 期讀者信箱，1987.2），這類「同情的眼淚」反覆出現於讀者回函裡，一方面凸顯《人間》紀實攝影與報導文學的渲染力，一方面也產生「每次看完《人間》後的感覺，總有一股無可言喻的壓力擁（按：壅）塞在心頭。社會上種種的問題之後，有著強烈的無奈，一種以己輩之力無法改善的無奈。每每閱讀《人間》，總被筆者鬱鬱的陳述筆調抑制了再閱讀下去的念頭」（第 9 期讀者信箱，1986.7）。

然而相對於前述的眼淚，一旦場景調度到中國大陸，旋即轉換成驚嘆與讚美：「《人間》越來越有看頭了。特別是柯錫杰先生鏡頭所呈現的（按：第 5、6 期「柯錫杰看中國特輯」），個人看了之後，內心會產生許多複雜的情緒（感）」（第 7 期，1986.5）、「『柯錫杰看中國特輯之二』是這一期另一個重量級的單元，不僅攝影水準高，孫瑋芒和柯明兩位的撰文亦極佳」（第 8 期，1986.6），換言之，對於臺灣弱小者的同情以及對於中國「有看頭的」景色的稱許，這使得《人間》激發的讀者眼淚格外二分法，更何況立基於弱小者的悲苦，縱使激發了讀者從中反思生命價值，並牽動同其情的心理，但同情終究不是行動的保證，故論者以爲《人間》讀者可以從中反觀自己的生活與生命，「因之調整和重構自己的生存意識狀態，生活存在形式和價值聚焦方式」，這樣的論點顯然是過於美化的想像，也是對於該刊在淚水背後預設的邏輯認識不清。故《人間》於第 40 期（1989.2）進一步提出反思：「《人間》不該只是沉迷於『反壓迫勇者』、『弱者的代言人』之類的社會造型中⋯⋯ 」[12] 意味著其欲轉型，卻也不可自拔的陷入中國意識而遭到讀者抨擊：「很失望這幾期的《人間》雜誌看不到一些感動的相片和感動的文章，似乎你們的人文精神和信、望、愛的宗旨已經追逐於歷史的舊帳翻尋和政策的批評攻訐⋯⋯ 」（第 43 期，1989.5）這也就凸顯《人間》在圖窮匕現而揭露其「中國結」的同時，除了「感動」的定型化，向來二分法中國（瑰麗壯闊）與臺灣（飽食枯索）的編輯策略，已深深打動中產階級「塵封的心」，故當一味抬高中國意識價值卻忽略臺灣「醜惡」的同時，也就導致銷量的下滑、最終走向不得不停刊的命運。

其二，媒體社會責任論的呈現：《人間》的渲染力引發了讀者的感動，也引發了讀者對於報導手法的質疑。在聲援湯英伸的報導中，讀者即指出「並不能只因爲處於劣勢文化就可全然給予行徑之合理化，而說出這是全社會的責任，這對苦主是不公平的⋯⋯如果是我的處理方式，不會投諸太多心血來刻意營造英伸的『完美』的人品⋯⋯ 」（第 10 期，1986.8）、「多提

12〈人間宣言：解放與尊嚴〉，《人間》第 40 期（1989 年 2 月），頁 8。

供讀者一些正反兩面的訊息……如在『英伸』之文中何妨多細述些苦主之心聲……讓我們能夠以更客觀之態度來審思一件事情，而不會流於一時之激情。」（第 11 期，1986.9）換言之，讀者乃是從「報導必須公正客觀」的視角出發，認爲「平衡報導」是必須的，所以指責《人間》雜誌往往採取單向度（one-side）的表達形式，期許其能透過兩面俱陳的報導而成爲一份「眞知灼見的刊物」。

這類想法顯然是從傳統新聞學的角度切入，尤其具有媒體社會責任論的預設邏輯，甚至挾帶戒嚴時期尚未完全退卻的文化霸權意識，即報導光明、積極之必要，也是《人間》之所以辯駁該刊並非專以挖掘社會黑暗面的媒體，更非旨在製造社會矛盾，而是意欲促成社會注意矛盾、並從矛盾中尋找出路和生的意志。這番辯解宛若七〇年代高信疆及其報導文學班底，面對官方抨擊乃是黑色文學、黑暗文學，急於辯解報導文學係「由愛出發」。但《人間》的辯解比起人間副刊更無立基點，乃因該刊從來就不是從驕傲、光榮以及進步等角度去進行報導，而是奠基於挫折、羞辱與落後。換言之，從民眾史的視角出發，《人間》遠非主流媒體架空民眾觀點的報導取向，而是將敘述的權力從上層階級、光鮮亮麗的一群手中搶奪回來，從這個脈絡來看，無論《人間》如何強調關懷、愛心都無從遮掩其揭露社會暗敗的事實，一如七〇年代報導文學如何宣稱「由愛出發」，也都無法遮掩揭露「現實臺灣」帶給文化霸權的挑戰。

面對讀者的指責，《人間》自創刊以來就不認爲客觀有其必要，它鼓勵作家有立場，「只不過，從作家立場去看事物的時候，要照顧到舉證……要有具體的採訪、具體的事證、資料，來呈現他的被害，或他的好，也應該從具體的事實、行爲來表現這個人是作惡多端的，不能用形容詞……」[13] 陳映眞在受訪時指出，其乃是立基於「嚴肅而求證的訪談」，而非「公正客觀的訪談」，因爲自創刊伊始該刊即預設了陳氏第三世界論的看法，故如何喚起讀者對於「愛與希望」的認知與感受，才是該刊所欲傳達的宗旨。然而，《人間》的「愛與希望」是奠基於挫折、羞辱以及落後之上，這也是讀者在

13 劉依潔，《《人間》雜誌研究》，頁 110。

閱讀當下感到沉重與震撼之故，由此才認為宜「正反並陳」，畢竟從過往文化霸權所表徵的媒體倫理，即是不斷訴說著媒體社會責任論、公正客觀報導之必要。殊不知，當發刊詞宣稱要以希望和愛去促使社會重新關懷時，事實上也就是一種立場了。故而比起人間副刊當年從事報導文學必須秉持客觀教條的場域壓力下，《人間》是以更主觀的批判立場去面對這個世界。故而倘若七〇年代的報導文學旨在「看見」與「建構」，則八〇年代的報導文學則是強調「如何看」與「如何建構」，故為弱小者代言、反資本、反消費都是該刊刻意帶給讀者的視角，惟讀者內心所存留的媒體責任論仍未散去。

其三，市場商品與意念執行之間的矛盾：《人間》自創刊以來即以反消費、反帝國以及反資本主義為核心宗旨，它所代表的是反省的、批判的、革新的中產階級，故而其實是知識分子引領中產階級去看望中下階層、去關懷弱勢的刊物，然而作為媒體必然遭遇的「財貨」與「公器」之矛盾論，勢必促使該刊作出抉擇：該如何維持刊物的運作？作為傳播場域的行動者，早在 1987 年《人間》創刊兩週年之際，即有知識分子向陳映眞提問：「作為（一）市場商品的《人間》雜誌和作為（二）文化反省和批評的《人間》雜誌，中間有沒有不能或者難於調合的矛盾？」[14] 在這個基礎上，《人間》的角色其實一如人間副刊，都存在著市場與文化的衝突，亦即副刊創作講求自主，但市場卻是他律的結果，因此在自主與他律的拉扯過程中，也就出現了該採用何種廣告的問題？因為廣告向來是媒體最主要的收入來源，這使得《人間》不能免俗的刊登了商業廣告，並且依循雜誌編輯的慣例，將廣告安插於雜誌之中，形成強迫閱讀的效果，導致讀者反映：「正當我為臺灣銳減的蝴蝶感到憂心時，竟然會有一群面帶微笑喝著味全牛奶的人出現在我的視野中，那一排排鋼鐵製品——汽車與一隻不知未來命運的蝴蝶，竟然出現在同一畫面上。」（第 13 期，1986.11）

此外，讀者也針對所刊載的廣告提出質疑：「上面是張很純稚的臺灣草民生活照片，下面則是充滿了性挑逗、美式審美標準的可口可樂廣告。貴刊一向的主題是向臺灣既存主導的資本主義文化挑戰，又何以為廣告收費

---

14 蔡源煌，〈思想的貧困：訪陳映眞〉，頁 134。

而放棄自己的原則？」（第 24 期，1987.10）對於所持主張與實踐的反差，《人間》的答案顯得無力：「雜誌要生存，必須有更多的讀者切實地參與，請大家體諒，並多訂閱本刊！」事實上，媒體的經濟來源從來就不是訂戶而是廣告主，這也是該刊在經濟來源不斷遭遇的困難：「這個雜誌的性質是逆向行駛……把可口可樂放在《人間》裡面，讀者都會覺得，『嘿怎麼會這樣？』黑嘛嘛的，忽然有一個照片笑得啊……」[15] 這一說法其實關乎《人間》的預設立場，也就是雜誌的調性是中產階級取向，陳映眞將中產階級區分爲保守自足、庸俗享樂一派，另一派則是具有理想利他、倫理關懷的一面，故而《人間》意欲在資本主義、大眾文化制約之下，喚起讀者利他、關懷的一面，也就成爲刊載廣告的絆腳石，那即是《人間》既然主張公理正義，但廣告商業的本質就是享樂，兩者如何可能調和？最知名的例子，莫過於《人間》第 10 期以長達近七十頁的篇幅，指責杜邦於鹿港設廠乃國家政策的錯誤，終究使得杜邦取消設廠計畫，等於說《人間》「趕走了杜邦」，然而第 23、25、26 期（1987.9、1987.11、1987.12）連續刊登杜邦形象廣告，使得讀者「向我們刊登杜邦廣告提出抗議、責備和諍言」，對此，《人間》的回覆是：「我們虛心接受這些批評意見，並且今後將愼重處理廣告內容。」[16] 也是因爲這個緣故，《人間》不斷向讀者喊話，希望讀者踴躍訂閱，然而這無異天方夜譚，因爲每期必須銷售兩萬餘本才能「免於財務壓力」，而一萬本以上的訂戶則可使其立於「穩定發展」之路，然而一本雜誌的存亡與否，豈可全賴訂戶之多寡？

事實上，不單是廣告的刊登，從《人間》不斷提倡環保、反公害汙染等議題，卻在紙張的選用上從未意識到環保概念來看，自創刊伊始也就陷入了進退維谷的境地。其採用昂貴而磅數較重的特銅紙印製，引起讀者不斷反映易該紙質容易反光、造成閱讀上的負擔，故自第 6 期（1986.4）起，改爲特製且昂貴的雪面銅版紙，這兩類紙張都是磅數重的紙張，加諸彩色印刷的運用較諸黑白印刷必須付出更多的油墨原料，顯然相悖於其講究簡約、再生

---

15 劉依潔，《《人間》雜誌研究》，頁 116。

16〈編輯室手札〉，《人間》第 26 期（1987 年 12 月），頁 7。

利用的環保概念。誠然，彼時紙張回收再利用的概念尚未風行，但為了追求紀實攝影更好的品質、因應讀者更舒適的閱讀需要，進而採用昂貴且不夠環保的紙張，箇中透露的，無非是中產階級動輒要求消閒安逸、凡事講求精緻典雅的品味取向，而這與《人間》向來反思消費、反資本主義的立場又相違背，兩相矛盾之下，也就使人困惑《人間》究竟重視自我意志的實現，抑或迎合讀者品味的需求？

誠然，當時讀者的品味取向乃是《天下》或《讀者文摘》這類「發散著中產階級的愛、信仰、樂觀、自足」的雜誌刊物，故而《人間》在內容取向上與主流刊物有所不同。但就形式而言，其依舊是典型的中產階級產物：精美的印刷、高級的紙質、彩色的商業廣告，儘管此係為了追求更佳的紀實攝影的品質，然而紀實攝影的張力是否僅僅取決於印刷品質的提升？這是七〇年代末、八〇年代初，一干紀實攝影者批評國內印刷技術不夠成熟的同時，卻忽略攝影印刷質感如何與環保理念取得平衡？如何在不違背環保的主張下，也能將攝影與文字的震撼力表達出來？對於讀者閱讀品味的重視，凸顯了《人間》必然陷入「市場導向新聞學」與「古典新聞學」之間的拉鋸戰。固然報導文學首要的構成條件即是重視讀者，但重視讀者是否就必須違背自我主張？對此，《人間》當時並未能加以深入思考，而這並非獨見於該刊，以早幾年創刊的《大自然》季刊為例，雖然旨在宣揚環保概念，但同樣在紙質的印刷上，選擇了磅數較重的銅版紙，形成理論實踐與形式上的矛盾。

從前述分析可知，《人間》的讀者顯然較諸人間副刊「現實的邊緣」、「報導文學系列」讀者，來得更具「協商」（negotiated）性格，也就是兼具接收與反思媒體內容的特性[17]，這也可以看出讀者對於報導文學不再只是需求獵奇、臺灣鄉土踏查，還必須「有所思」、「有所得」，致令《人間》不斷修正路線，卻因著解嚴以及報禁解除，加諸後期編輯風格越形凸出「中國意識」的統派路線，終究引發了讀者不滿而導致銷售量降低，最終走向停

---

17 根據傳播理論閱聽人研究接收分析（reception analysis）的說法，閱聽人面對文本的解讀可歸納出三種型態，一是優勢解讀，一是協商解讀，一是對立解讀，所謂協商乃是解讀過程中，接收與反對媒介意識型態者兼具。

刊。至此，《人間》的退場彷彿暗示了報導文學何去何從的困窘，亦即在報禁解除的前提下，報導文學是否依然足以承擔引領讀者「看見」乃至「建構」的角色？

貳、紀實攝影與第三世界論：凝視他者的道德／美感語彙[18]

對於「人」、「弱小之人」的關注延伸了社會問題的探討，但揆諸《人間》眞正使讀者驚豔的，是它不同於七〇年代的影像處理。在報紙媒體仍處於三大張的限制下，照片的刊載乃以社會版面爲主、且尺寸甚小，即使雜誌刊用紀實攝影亦非如《人間》採取滿版、跨頁、動輒五六頁篇幅的氣魄，而是聊備一格的將圖片全部集中於扉頁（如《皇冠》），或於文字中安插幾張可有可無的照片（如《綜合月刊》），也因此，《人間》的紀實攝影確實誘發許多閱聽眾重新認識報導文學，其強調以人／弱小之人爲主、黑白慘澹的照片風格，在當時以商業照爲主的媒體圈裡形成了異樣的風景，訴諸中產階級去目睹、參與中下階層的「悲慘世界」，成功打動了中產階級關照他人的心理。

故無論是發刊詞或陳映眞乃至論者談及《人間》，都將「圖片」、「攝影」、「報導攝影」等字眼置於報導文學之前，而《人間》確實也與其他媒體不同，特別設置了「圖片編輯」一職，等於文字與圖像皆有守門人把關，也就區別了七〇年代報導文學的差異性，乃因七〇年代媒體強調「冷媒體」的文字遠高於「熱媒體」的圖片，而《人間》則是將兩者調配得更加一致，甚至讓「熱媒體」凌駕了「冷媒體」，這使得報導文學產生了新樣貌，也是

18「道德／美感語彙」一詞係參考郭力昕，〈人道主義的「他者」凝視，與檢視人道主義攝影：閱讀臺灣 1980 年代紀實攝影經典〉，《美術論叢 84》第 84 期（2007 年 12 月），頁 44。郭氏評述阮義忠於 1987 年出版、發表的攝影作品《人與土地》，指出其照片體現了一種對攝影美感愉悅的關注，使得攝影對象淪爲「人的物性」或「物的人性」之疑慮，並在其自身任意的詮釋與評論家混合了道德腔的合力建構下，操弄了攝影的意義，參見該文頁 48-49。惟郭文忽略了陳映眞所主張的第三世界論，難免脫離了阮義忠當時發表的情境脈絡，關於此點請參見本書以下討論。

詹宏志當年對於試刊版的第一印象：「是一本強調攝影表達功能的社會性報導雜誌，圖片占去了印刷面積的三分之二以上……陳映眞希望透過一本『眼見爲信』的報導雜誌，讓人們重新認識周圍的陌生人。」[19] 也因此，《人間》操作報導文學的傳播方式是麥克魯漢式的冷、熱媒體交融，而精神則是喚起中產階級的「愛與希望」，乃爲了治癒「分離疾病」下荒廢與枯索的文明精神，從中完成民族內部團結的第三世界論。

在《人間》發刊詞中，明確指出它是以「圖片和文字從事報告、發現、記錄、見證和評論的雜誌」，對此，陳映眞將臺灣的攝影區分爲四大類：其一，捕捉奧妙的瞬間照；其二，張照堂式的記錄照；其三，大宗的商業照片；其四，沙龍照。而《人間》之所以強調以圖片和文字作爲媒介，乃因陳映眞 1983 年訪美時曾目睹紀實攝影家 William Eugene Smith 的作品而大受震動，回臺後又看到《生活與環境》雖有扎實的報導卻無動人的圖片，遂基於「圖像文化的時代」，進而創辦以紀實攝影與報導文學爲主的《人間》雜誌。誠然，紀實攝影的刊用並非《人間》所創，早於七〇年代末，人間副刊「現實的邊緣」、「報導文學系列」即開始採用紀實攝影，甚至針對具有紀實意義的「報導攝影」展開相關定義。1977 年 5 月 10 日，甫開過兩次個展的攝影家王信在《中國時報》人間副刊發表〈報導攝影〉一文，開宗明義指出：「攝影和其他的藝術一樣，在國內並不被重視，尤其是報導攝影幾乎沒人關心，也沒人提倡……」[20] 王信指出「報導攝影」原文爲「reportage photo」或「documentary photo」，此詞係日本攝影家伊奈信男翻譯而來，包含了以下幾點：一、兼具報導和指導性；二、易於瞭解；三、有意圖的拍攝；四、需有敏銳洞察力；五、「必須有良知和正義感，對人類抱有愛心和同情心」。王信進一步歸納觀察，指出當時國內攝影圈的活動只限於觀賞和商業攝影，但她主張：「攝影的最偉大的貢獻並不在於它的藝術性而是在於它的報導和記錄性的分野……」她甚至極端指出除了照片，沒有任何事物足以將人類「生活和現實」赤裸裸呈現出來。

---

19 詹宏志，〈「看見」是關心的開始：「人間」雜誌的誕生〉，頁 146。
20 王信，〈報導攝影〉，《中國時報》（1977 年 5 月 10 日），第 12 版。

此一主張成爲王信日後擔任《人間》圖片編輯的信念，也是對當時攝影界兩種主流取向的不滿：一是歌功頌德的新聞照片，一是講求美感的沙龍攝影。前者在報禁、出版法規以及平面媒體重文輕圖的新聞製作概念下，難以施展反映社會眞實的可能。惟 1954 年 2 月 1 日，由陳蘆隱擔任發行人的《攝影新聞》創刊，志在以新聞攝影報導新聞事件而成爲箇中異數，「當時新聞局最看重的就是《攝影新聞》的圖片，中央社反而靠不住⋯⋯」[21] 當年任職該報採訪主任的黃則修指出，《攝影新聞》是少見以新聞攝影爲主軸的媒體，然而揆諸目前殘存的《攝影新聞》其實多以明星照作爲題材取向，有關紀實攝影的作品固然存在，但多數是爲政府宣傳作嫁，進一步的研究有待後來者深探。

至於「沙龍攝影」主張「攝影是一種藝術，也是一種大眾化的娛樂品，往往製作者同時也是欣賞者」[22]。此攝影技法係由郎靜山爲首的「中國攝影學會」所提倡，視攝影與繪畫乃是「同一藝術」，希冀能夠體現藝術的層次，也就是郎氏向來爲人所稱譽的「集錦攝影」技法，是中國文人畫的延續，藉此承接中國文人意識形態，旨在服膺當時文藝政策對於「中國正統」的認知，此一認知曾被七〇年代末創刊的《漢聲》所接收，創刊號（1978.1）針對郎氏的集錦攝影技法加以介紹，並由郎靜山現身說法，指出南齊畫家謝赫所提倡的六法論，對集錦照相如何傳達「畫意傳神」加以闡述。在反共文藝、戰鬥文藝等意念先行的時代氛圍下，攝影此一與「現實」深具關聯的載體，透過中國攝影學會與文協、中國美術協會等「半官方」組織攜手合作，被定調爲「爲藝術而藝術」，而非揭露現實的載體。

這是王信迄 1985 年出版第一本個人攝影集《蘭嶼．再見》，猶發不平之鳴之故。在序文中，她延續〈報導攝影〉的信念指出：「目前，國內攝影的風氣已大開，但還是偏向沙龍、觀賞和商業攝影。這實在很可惜；風花雪

---

21 何醒邦，〈戒嚴時期發行五年：攝影新聞報，視覺傳播推手〉，《中國時報》（2007 年 6 月 27 日），第 C1 版。

22 郎靜山，〈論攝影藝術〉，《文藝創作》第 37 期（1954 年 5 月），頁 79。

月的文字已夠多了，攝影者再加入的話，恐怕會氾濫成災。」[23] 事實上，意識到攝影未必只限於藝術寫意的創作者，尚有 1952 年鄧南光、李釣綸等人所籌組的「自由攝影會」（一稱「自由影展社」），也就是在沙龍攝影外試圖加入現實主義，而 1965 年由鄭桑溪與張照堂共同展出的「現代攝影」雙人展，同樣是對沙龍攝影的反叛，至於 1971 年組成平均年齡不到三十歲的「V-10 視覺藝術群」，亦是對於沙龍攝影之反思。當時社會寫實攝影作品一如鄉土文學、報導文學，經常被貼上「暴露現實、粗俗不雅」的標籤，它們被摒棄於國內大型攝影比賽門外，終究在中國攝影學會、臺北市攝影會以及臺北攝影沙龍等單位的聯手形塑下，沙龍寫意的攝影理念掌握了大部分資源與定義。

然而，無論是「唯美」或「唯心」的攝影藝術觀，置於媒體版面充其量不過是文字的附庸，也因此，如何找回攝影自身的價值，遂成爲彼時攝影家輾轉掙扎的心情。自七〇年代中期以降，伴隨著外交失利、政經結構轉變、社會文化變遷等，臺灣攝影者在鄉土文學論戰的洗禮以及媒體需求下，投入「社會層面」的報導攝影、紀實攝影，人間副刊即是箇中提倡報導文學與紀實攝影的結合者，被論者視爲七〇年代報業副刊一大創舉[24]，包括「人間刊頭」（1971.4）、「人間攝影展」（1977.5）、「人間副刊生活攝影展」（1978.10）等，盡可能凸出攝影的能見度與地位，透過媒體的推波助瀾，不少攝影「明星」活躍於報章雜誌，如王信、孫嘉陽之於蔣勳擔任總編輯時期的《雄獅美術》；黃永松、姚孟嘉之於《漢聲》；阮義忠之於《家庭月刊》；阮榮助、黃天緡、林國彰之於《戶外生活》、梁正居之於《長橋雜誌》等，加諸 1975 年鄭桑溪發起「鄉土攝影文化群」，強調寫實、客觀的紀實攝影遂成爲主流取向，而紀實攝影又往往與報導文學相互搭配，梁正居、林柏樑、謝春德、阮義忠等人即是箇中常見的名字。此外，投入紀實

---

23 王信，《蘭嶼・再見》（臺北：純文學出版社有限公司，1985 年初版），頁 11。此文與王信〈報導攝影〉有部分雷同。

24 張照堂，〈光影與腳步：臺灣寫實報導攝影的發展足跡〉，收於王禾璧與何善詩主編，《攝影透視：香港、中國、臺灣》（香港：香港藝術中心，1994 年初版），頁 39。

攝影行列的尚有王信於 1974 年，在日本東京銀座以及臺灣北中南先後巡迴展出「訪霧社」，並拍攝了蘭嶼系列作品，採取攝影連作（photographic essay）的方式實踐紀實攝影[25]。其後，1979年謝春德推出「吾土吾民系列」攝影個展，而梁正居的《臺灣行腳》（1979）則是國內第一本以平實素樸風格拍攝臺灣城鄉各地生活與樣貌之記錄攝影集，郭力昕曾指出該書令他第一次這麼具體確認了「自己與臺灣那塊土地的深厚情感」[26]。

這一強調鄉土、介入社會爲題材的紀實攝影取向，一反過往五、六〇年代的沙龍攝影、七〇年代初的現代攝影，透過高信疆刻意將紀實攝影與報導文學作一連結，加諸其他媒體跟進而產生的「共鳴效果」，例如《戶外生活》、《皇冠》、《漢聲》乃至黨外雜誌，都大量啓用了紀實攝影作品，使得紀實攝影在當時受到極大矚目。圖片搭配文字形成報導文學作品集既定的編排風格，例如時報文化出版公司出版的報導文學集，清一色在扉頁安插八到卅餘頁不等的照片集錦，包括林清玄《長在手上的刀》（8 頁，朱立熙、林柏樑等人攝影）、古蒙仁《黑色的部落》（15 頁，林柏樑、梁正居攝影）、李利國《時空的筆記》（12 頁，孫嘉陽、李瑋珉等攝影）、馬以工《尋找老臺灣》（32 頁，未寫攝影者）、邱坤良《民間戲曲散記》（16 頁，未寫攝影者），影響所及，其他出版社也加以跟進，例如陳銘磻《賣血人》由遠流出版社出版，但文圖編排的形式幾乎依循時報文化出版格式，扉頁安插 16 頁由阮義忠、蘇宗顯等攝影的紀實照片。而由皇冠出版社出版的「社會參與專輯」書系，其中翁台生《痲瘋病院的世界》在內文中，穿插多頁由霍榮齡攝影的作品，凸顯紀實攝影與報導文學逐漸形成一種固定的「編輯模式與認知」。也是考量媒體市場的需求，不少紀實攝影的刊用逐漸成爲僵硬

---

25 郭力昕，〈攝影文化的百年瞬間〉，收於聯經主編，《中華民國發展史：文學與藝術（上、下）》（臺北：國立政治大學與聯經出版事業股份有限公司，2011 年初版），頁 463。

26 郭力昕，〈執著與叛逆的味道〉，收於楊澤主編，《七〇年代：理想繼續燃燒》，頁 210。早在 1987 年 4 月號的《人間》上，郭力昕即曾提及梁正居《臺灣行腳》，並稱許梁氏爲了進行拍攝計畫，以「標準的外省仔」特地下功夫練就一口好臺語，參見郭力昕，〈有個地方，叫塭子內……〉，頁 120。

的形式，而非忠於現實與攝影的互動思索，迄七○年代末產生了媒體與紀實攝影創作者兩造之間的「心結」，就媒體而言，它是吸引讀者的手段之一；就攝影者而言，則是展現自我創作意志的結果；就編輯來說，它附屬於文字之下，被視爲新聞照片的延伸，1980 年 6 月由《綜合月刊》舉辦「如何提高攝影在雜誌中的品質」座談會即澈底凸顯了這一問題。

會中十一位來自攝影、編輯等領域的與會者，對於國內「讀」照片、「編」照片的能力提出質疑。其中，林柏樑指出雜誌在編輯、美工以及攝影三者各自爲政的情況下，攝影作品往往遭到任意裁切的「分屍」下場，此外，媒體付予的報酬甚低、未經原作者同意即擅自複製攝影作品等，在在使得閱聽眾「看到的都是『次成品』，不是攝影者本來的水準」，尤有甚者形成「你要拍什麼我都應付你，要怎麼趕就怎麼趕，自然品質下降」[27]。這類必須克服媒體編輯技術包括印刷品質、編輯理念、版權報酬等，揭露當時媒體乃視攝影爲插圖，圖片只具備了補充說明的能力，而非本身即「文件」、「檔案」（document）之概念，也因此，圖片編排永遠落後於文字編排，對此，王信在座談會中提出一個極爲重要的想法：「一個雜誌裡應該有懂圖片的編輯，會分辨照片的品質；好的作品送到印刷廠後，廠裡的技術人員要能夠把照片印好，這樣才有好的攝影作品。」這也是日後《人間》雜誌設置「圖片編輯」一職，且此一「圖片編輯」直至停刊都未裁撤，凸顯八○年代初，這場座談對於理論實踐發生了作用。而王信的這段話也透露出幾點意義：其一，攝影是一種作品論，它不單是呈現紀實畫面而已。其二，攝影除了作者的技術，也關乎印刷人員的技術。其三，暗示臺灣攝影家只想做藝術性的作者，卻不願做技術性的攝影師，意味著技術是低層次的條件，故必須受限於印刷廠的技術人員。

然而，印刷人員的素質也令與會者搖頭，林清玄即以謝春德拍攝美濃

27 本刊編輯部，〈如何提高攝影在雜誌中的品質〉，《綜合月刊》第 139 期（1980 年 6 月），頁 137。與會者中，從事攝影的作者計有林柏樑、謝春德、王信、黃永松、黃天縉、蔡順元、阮榮助、阮義忠、李瑋珉等九人，另兩人是擔任雜誌編輯的梁光明與林清玄。

人夜間工作之照片給印刷廠製版，未料對方居然質疑：「你找的這個攝影會不會拍照？拍得汙漆抹黑（按：烏漆墨黑）的，叫我怎麼分色？」此外，曾在《戶外生活》擔任攝影的黃天緡也指出，印刷廠裡拍黑白照片都是做學徒練習的課程，因此許多黑白照片的技巧那些小學徒根本不懂，「即使告訴他要怎麼拍，他也不能接受。」這些都是國內媒體當時尚無法以專業的角度看待攝影，而將之視同文字附屬品，說明了彼時攝影家其實蘊含強烈的藝術性格，然而媒體訴求對象並非以藝術觀賞者爲主，致使不少投身紀實攝影的青年在工作之餘，也對臺灣雜誌媒體、印刷技術等提出批評。事實上，在稍早之前 1979 年 10 月初，人間副刊邀集王信、張照堂、梁正居、林柏樑等人進行「人間會談」[28]，會中針對「報導攝影」作一探討，儘管使用的詞彙與「紀實攝影」不同，但高氏指出人間副刊提倡的報導攝影乃是因應社會需求而來，透過攝影能讓國人對政治、人生、國土乃至「一切東西」重新加以思考，箇中主因即是它帶有「強烈的寫實性」，可知高氏認知的報導攝影其實也蘊含了紀實攝影的精神，未必專以新聞事件爲主。然而，從會中探討也可理解，當時的報章雜誌對於紀實攝影認知並不明確，因而王信指出「照片通常附屬在文字上，只用單張而不重視連貫，只當作文章的插圖而已」。

事實上，所謂「紀實攝影」一詞在臺灣始終混雜了「寫實主義攝影」、「記錄攝影」、「報導攝影」等概念，故七〇年代的紀實攝影其實較趨近「報導攝影」，也就是兼具報導性質的拍攝，是附屬於文字而非獨立創作，是新聞照片的延伸而非作者論的展示，故原住民、離島偏鄉、民俗技藝等皆成爲攝影家鏡頭下的獵取對象，形成「獵奇」的雙重隱喻：一方面既是新奇的發現以服膺帶有新聞意味的報導文學，一方面也是經由紀實攝影完成搜奇的過程，更附屬於文字而非獨立創作，是新聞照片的延伸而非作者論的展示。此係七〇年代尊崇文字乃高蹈之物的概念尚難打破，故無論副刊或雜誌

---

28 林清玄，〈爲時代張目，爲斯民塑像：人間會談攝影篇（上）〉，《中國時報》（1979 年 10 月 25 日），第 8 版。後收於林清玄，《在夜暗中迎曦》（臺北：時報文化出版事業有限公司，1982 年二版），頁 281-307（1980 年初版）。

內容多以知識分子論述為主。以人間副刊為例，1975 年「現實的邊緣」固然啓用了攝影家的作品，但並未明確署名，等同架空照片的作者論，也就等於新聞攝影被移轉至文藝版，讀者所能辨識的僅是照片而非作者作品，必須等到 1978 年「報導文學系」才開始署名紀實攝影的作者。尤以第一屆時報文學獎報導文學獎更藉由舉辦「人間副刊生活攝影展」，依序介紹了阮義忠、王信、林柏樑、張照堂等人（參見表 22），也就是在報導文學受到重視的同時，紀實攝影也成為報導文學的「必備品」，丁琬在 1980 年訪談古蒙仁時，即提到報導文學與紀實攝影的關係猶如「孿生兄弟」，而古蒙仁也提出日後經常被陳映眞提及的報導攝影家 William Eugene Smith，指稱其作品充滿了人道主義與關懷精神，而此點「顯然和報導文學的出發點是一致的：關懷、友愛」[29]，這是典型的對於報導文學的刻板化論述，撰稿者對於報導文學仍停留在倫理教化詮釋的「由愛出發」。

七〇年代紀實攝影的存在彷彿只為了印證報導文學的可靠，尤有甚者，伴隨報導文學而來的攝影作品也出現了獵奇與複製效果，例如《戶外生活》、《綜合月刊》都曾刊登蘭嶼議題如〈蘭嶼風情畫〉（1976.7，戶外生活）、〈我們能為蘭嶼做什麼？〉（1979.12，綜合月刊），而主流媒體如人間副刊、聯合副刊亦以蘭嶼作為報導文學的題材，如〈蘭嶼去來〉（1975.7.22-23，人間副刊）、〈承受第一線晨曦的〉（1980.10.10-12，聯合副刊）。此外，偏僻的鄉下（尤以南部鄉村為主）、勞工階級的工作現場（尤以傳統工藝或特殊行業為主）等，都是當時紀實攝影競逐的攝取對象，在媒體與社會氛圍一面倒向「回歸鄉土」、「回歸現實」的攝影觀中，紀實攝影固然揭露了「鄉土」與「人」的互動本質，卻也因為過度執著於自我信念而類如早期意欲反抗的沙龍攝影，淪為攝影論上的「新一代霸權」。

迄八〇年代，在王信、阮義忠、林柏樑、梁正居、謝春德等人扮演「行腳者」的報導身分，並藉助媒體擴張紀實攝影的意涵下，紀實攝影已擺脫七〇年代的文字附屬觀，進而建構其攝影主體觀。這批崛起於該時期的「攝影

29 丁琬，〈行者的路：奔波在報導為學路上的古蒙仁〉，收於周寧主編，《飛揚的一代》，頁 154。

表 22　報導文學系列暨時報文學獎報導文學獎之紀實攝影作者

日期	報導文學作者與篇名	攝影者	備註
1978.5.14-15	邱坤良，〈「大道」之行：臺北保安宮大道公的迎神遊藝表〉	藍率直	「報導文學系列」專欄
1978.6.6-7	陳怡真，〈歷史造就的行業：古董商〉	王信	同上
1978.10.5-6	邱坤良，〈西皮福路的故事：近代臺灣東北部民間的戲曲分類對 抗〉	阮義忠	1. 時報文學獎報導文學獎獲獎作品，以下除李哲洋外，皆同。 2. 攝影為「人間副刊生活攝影展」
1978.10.7-9	曾月娥，〈阿美族的生活習俗〉	王信	
1978.10.14-17	古蒙仁，〈黑色的部落〉	林柏梁	
1978.11.18-23	王鎮華，〈臺灣現存的書院建築〉	王鎮華	
1978.11.24-25	李哲洋，〈矮靈祭歌舞〉	朱立熙、李哲洋	「報導文學系列」專欄
1978.11.28-29	馬以工，〈陽光照耀的地方：記下淡水、東港兩溪流域的客家村莊〉	張照堂	
1978.12.6-7	翁台生，〈痲瘋病院的世界〉	霍榮齡	
1978.12.24-28	陳銘磻，〈最後一把番刀：高山族的昨日、今日、明日〉	梁正居	
1979.1.23-25	李利國，〈我在淡水河兩岸作歷史的狩獵〉	李瑋珉	
1979.1.26-27	張曉風，〈新燈：林安泰古厝拆屋第一日紀實〉	李乾朗	

※資料來源：本研究整理。

明星」，由於缺乏正式而有系統的攝影教育，無論技術或理論都是從「土法煉鋼式」的自學中摸索前行，在本土攝影作品與理論建構不足的情況下，西方文獻成爲重要的參照來源，包括王信崇拜美國的 William Eugene Smith、阮義忠效法法國的 Henry Cartie-Bresson 等，而《人間》經由圖文編輯分設、跨頁與滿版放大、以「人／弱小之人」爲本的攝影理念，不僅令紀實攝影家有了發表的園地，更深深震撼了讀者，其紀實攝影之所以不同於人間副刊，主要在於有著明確的攝影主張：

一、作者觀點的必要性：紀實攝影家必須呈現事實外，也應促成社會改革，故紀實攝影家必須具備深厚的人文素養、敏銳的分析力與洞察力，亦即紀實攝影家必須有其立場，而《人間》的立場乃是「從弱小者看世界」。

二、人道主義的必要性：關懷人類、尊重人間性的攝影，都可以稱之爲人道主義攝影，故而人道主義攝影也可稱之爲人文主義、人本主義，這點也就是回應《人間》所主張的「只有人才是一切藝術作品和優良報導的中心」，也是陳映眞思維中的人民論、民眾論。

三、攝影倫理的必要性：對生命、對人懷著一份敬意，尤其對於被攝影者的基本敬重與誠意，看待被攝者應有一份平等、尊重的態度，侵犯人權是違背報導攝影的人道精神的[30]。

以上出自《人間》第一任圖片編輯王信所提出的主張，恰是《人間》日後紀實攝影依循的信念與方法，也是《人間》基本的編輯理念。在圖文編輯分工的概念下，紀實攝影被拉抬至與文字齊平的地位，「關懷至上的攝影觀和表現形式幾乎完全主導了從一九七〇年初期到一九八〇年代末期年輕後進的視野」[31]，包括王信、阮義忠、梁正居、林柏樑、謝春德、李文吉、蔡明德、鍾俊陞等人都是這一時期的代表作者，在《人間》雜誌的推動下，紀實攝影呈現了不同以往的報導意義，不再只是說明性的照片而已。紀實攝影

---

30 王信口述，李明整理，〈告訴你眞相又發人深省的照片〉，《人間》第 1 期（1985 年 11 月），頁 51-53。

31 吳嘉寶，〈臺灣攝影簡史〉，收於王禾璧與何善詩主編，《攝影透視：香港、中國、臺灣》，頁 55。

有了足以與報導文學匹配的版面空間，它成爲陳映眞及其圖片編輯的理念實踐，不再從屬於文字、也不再僅僅作爲看過即忘的新聞圖片，被視爲具有論述與記錄能力的「文件」。然而，紀實攝影雖揭露了臺灣現實，卻也由於過度強調「紀實」觀點而受到質疑：「一個非常『記錄』取向的攝影家，選擇在基隆河邊垃圾山上，以一三五相機拍攝黑白影像，我們打從心理上認爲這種地方和這種攝影方式，沒什麼好擺樣做假……但並不表示如此看垃圾山是非常客觀的心態，因爲那給人的感覺彷彿整個山上充滿舞臺般的戲劇性。」[32] 這一評述顯然是針對《人間》第 1 期（1985.11）報導〈內湖垃圾山上的小世界〉[33] 而來，亦即照片乍看之下乃屬眞實、客觀攝影，但事實上卻包含了攝影家的刻意構圖，抑或涉及垃圾山撿拾者的階級問題：誰先挑選垃圾？誰殿後？此外，攝影者堅持採用黑白或彩色照片的理由、挑選照片的取決過程等，其實都是影響「眞實」構成的原因，也就說明了紀實攝影與沙龍攝影一樣，都有無法擺脫的包袱。

早在紀實攝影主張「眞實反映現實世界」的當下，也就衍生了論述邏輯上的矛盾，例如攝影「框取」（framing）的特性早就使得現實被切割了、是重新組合的結果，也就是傳播學上所說的「再現」。再者，攝影歷經按下快門、沖洗、公開展示等階段，這些階段的間隔有長有短，當下的拍攝時間與日後公開或出版的時間，在解讀上往往充滿了「曖昧」意涵[34]，此例可見諸王信攝影集《蘭嶼・再見》，其攝於 1974 與 1975 年，卻遲至 1985 年才首次出版，在相隔十年的歷程裡，紀實攝影的發展無論在政經與文化環境抑或觀者的認知上，皆遠非 1975 年當下的意義，也就凸顯「紀實」的弔詭性。就再現理論而言，紀實攝影從來就不是「第一次接觸經驗」的呈現，它往往

---

32 黄明川，〈攝影視覺與臺灣現象〉，《雄獅美術》第 183 期（1986 年 5 月），頁 88-89。

33 潘庭松，〈內湖垃圾山上的小世界〉，《人間》第 1 期（1985 年 11 月），頁 32-47。本文攝影爲蔡明德。

34 林志明，〈紀實與報導攝影：記錄性與文件性間的張力〉，收於李既鳴主編，《影像研究・藝術思維》（臺北：臺北市立美術館，2007 年初版），頁 14-18。

包含了攝影者的反思、克制等成果，這也是郭力昕比較王信《蘭嶼・再見》與關曉榮《尊嚴與屈辱：國境邊陲—蘭嶼》兩大冊（以下簡稱《尊嚴與屈辱》）[35] 指出，王信的鏡頭僅停留在蘭嶼和達悟族人「未被汙染」的素樸生活上，未能進一步質疑漢人粗暴的入侵，形成所謂獵奇式的凝視 [36]。反觀關曉榮針對國家資本主義壓迫性的政經策略與計畫，進行了具體而微的分析，並以批判的態度、反身性的省思參與了「被記錄的主體和事件」，但此反身性思索也遭致論者指出此時期作品「多半是社會意識強過攝影本身的思索反省，以致未能提升本質，常顯得粗糙與隨便」[37]。另有論者更進一步歸納指出紀實攝影所患的偏狹認知在於：其一，認為攝影的本質就是忠實記錄眼睛所見的事實：然而「客觀」與「真實」其實都是「再現」的一環；其二，攝影必須對人與社會具備人文關懷：形成「以攝影拯救落後地區同胞」的獵奇與本位心態，全然不顧攝影倫理 [38]。

然而本書以為，比較王信與關曉榮的差異，還必須考慮其攝影的時空條件，畢竟兩造進入蘭嶼拍攝的時間相距十三年左右，則蘭嶼在這段時間裡的變化以及社會氛圍的差異，勢必影響紀實攝影家如何看待其議題，在紀實攝影尚未蔚為媒體風潮之際，王信抑或人間副刊刊載的紀實攝影，其作用遠非著眼於「反思」層次，而是「看見」與「建構」，尤以「看見」為主，這也是論者動輒將「獵奇」這類字眼用以詮釋紀實攝影或報導文學之故。然而，作為新興崛起的攝影視野，紀實攝影一如報導文學家都處於摸索之中，尤其

---

35 關曉榮此一系列攝影原載於《人間》第 18 期迄第 36 期（1987.4-1988.10），惟並非連載，而係斷續刊登，參見本書附錄八。後出版專書分成兩大冊，分別是 1991 年的《尊嚴與屈辱：國境邊陲—蘭嶼・造舟》、1992 年的《尊嚴與屈辱：國境邊陲—蘭嶼・主屋重建・飛魚招魚祭・老輩夫婦的傳統日作息》，皆由時報文化出版。

36 郭力昕，〈人道主義攝影的感性化與政治化：閱讀 1980 年代關於蘭嶼的兩部紀實攝影經典〉，《文化研究》第 6 期（2008 年春季號），頁 21-22。

37 焦雄屏，〈沈思的視野：訪問張照堂〉，《雄獅美術》第 183 期（1986 年 5 月），頁 99。

38 吳嘉寶，〈報導攝影在臺灣〉（1998 年 2 月 19 日）。取自「視丘攝影文選」http://old.photosharp.com.tw/discussion/Wu/wu-6.htm

在場域向來不重視紀實攝影的前提下，如何將攝影「還權於民」，顯然對於攝影家來說也是一大考驗。故回歸歷史脈絡，紀實攝影與報導文學打從伊始就是一場不折不扣的「獵奇」過程，因爲當時媒體全然欠缺面對臺灣鄉土、臺灣民間的經驗，縱使對現今而言再平凡不過的偏鄉離島、農工漁礦等，都因著長期缺席於媒體公共論壇而成爲「特殊」的報導風景，尤其紀實攝影尚未獲得藝文版面青睞之際，媒體版面所承載的攝影內容即爲新聞照片，其功能旨在爲政治背書、指證社會案件、宣傳娛樂明星，有關臺灣鄉土、臺灣民間的拍攝無人問聞，更遑論離島乃至中下階層的照片根本難登媒體「大雅之堂」，也因此投入蘭嶼或「訪霧社」系列紀實攝影，無論是王信或讀者之認知，顯然還停留在「生活在他方」的陌生感，而非原住民生活如何受到漢人干擾或侵犯，所以當時才會有大學社團「山地服務社」發出如斯感嘆：「臺灣的東南角還有這一撮如此過活的人……」[39]連原住民的生活都知之未深，如何要求其加以反思？

誠然，我們也可以指責這是攝影家的疏失，以致無法更深入臺灣鄉土的核心。但本書以爲從「看見」到「建構」到「反思」，並非一蹴可幾之事，故七〇年代報導文學家以及紀實攝影家面對臺灣鄉土，可以說「事事皆『奇』，物物曰『新』」，迄八〇年代《人間》創刊，紀實攝影已發展近十年之譜，加諸在陳映眞主張下轉向「（第三世界論下的）人道主義」，也就產生論者日後普遍由此思索王信、關曉榮以及阮義忠等人的攝影作品。在郭力昕的數篇論述中，爬梳了何謂人道主義，指出該詞最早係表徵「一種待人一視同仁的友愛精神和善意」，而非無所不包的世界觀，亦即人道主義有其發展脈絡，原是爲了塑造一國家的一體感，卻由於爲了抵抗去個人化的極權主義，逐漸傾向「渴望社會更加公正與友愛」，也因此人道主義不再是具有特殊歷史脈絡的詞彙，反而成爲一種籠統的概念，尤其對於「普遍性」的特徵之強調，在四〇迄六〇年代間，人道主義攝影成爲彼時媒體強烈的攝影風格，而其脈絡可追溯自三〇年代大眾市場畫報上的新報導攝影浪潮，至此，

---

39 胡賦強、陳美芳、唐三藏，〈山服花絮〉，《夏潮》第5卷第3期（1978年9月），頁31。

營造「普遍的」主題成爲這類拍攝的手法，諸如對於家庭、兒童乃至社區營造的關懷等[40]，一視同仁的結果使得拍攝對象產生「人的物性」或「物的人性」之結果，也就是將現實做了變造，而人道主義之所以成爲攝影家的意識形態，乃是它遮掩了向來混淆的眞實與美感。

郭力昕固然敏銳的指出人道主義遭到濫用，卻忽略了陳映眞的第三世界論，逕自將紀實攝影作者的作品導向攝影史發展脈絡，也就使得他的分析與原本刊載於《人間》的關曉榮作品，產生了解讀上的斷裂。換言之，欲探究關曉榮與王信的攝影作品，宜將他們原本刊載的媒體條件一併考慮，尤其《人間》蘊含強烈的左統路線，則第三世界論、中國意識如何滲透至關曉榮乃至其他紀實攝影家的作品也就値得留心。誠然，本書並非機械的指出所有人都必然繼承、複製了陳映眞的教條主義，但在刊物場域氛圍的潛移默化下，不可否認，不少《人間》工作者之筆下、鏡頭下帶有「陳映眞式」的批判性。也因此，過往一致稱許紀實攝影之於《人間》的具體成就，甚至影響後來新聞攝影記者捕捉新聞事件的攝影美學等，本書以爲値得再商榷，乃因它體現的不僅是紀實攝影家的個人信念，也是陳映眞意志之取向，故所謂「關曉榮在《尊嚴與屈辱》中，不只作爲見證者和控訴者。他對國民黨國家資本主義壓迫性的經濟、社會和政治計畫，作了具體而細節性的敘述與分析」[41]，這段話固然生動描述了關曉榮的論述成就，卻也由於「國家資本主義壓迫性」的說法幾乎是陳氏論述的標準套式，不由使我們警覺這究竟是創作者的意志，抑或是陳映眞的意志？

作爲在臺灣往往被視爲某種休閒美感的交誼活動，抑或被挪作「宣言」的表現工具，臺灣攝影家一直以來即擺盪於此兩種脈絡中踽踽前行，七〇年代的紀實攝影藉由媒體的採用，逐漸從「遊牧形式的獨立個體」形成「聚落」，迄八〇年代《人間》使得這一聚落成爲「族群」，乃因《人間》提供

---

40 郭力昕，〈人道主義的「他者」凝視，與檢視人道主義攝影：閱讀臺灣 1980 年代紀實攝影經典〉，頁 38-39。

41 陳映眞，〈序〉，收於關曉榮著，《尊嚴與屈辱：國境邊陲—蘭嶼．造舟》（臺北：時報文化出版企業有限公司，1991 年初版），頁 7。

了版面以及具體的理論，使得紀實攝影有了一套表達的話語系統：以「人」爲主，爲弱小者發聲。對此，早在闡述日本紀實攝影家三留理男的作品〈飢餓：來自衣索比亞的緊急報告〉，陳映眞即引述三留理男的看法，指出拍攝者的人文素養與人間關懷所形成的拍照視角與觀點，才是攝影決勝的關鍵，「永遠要以弱小者的視點，去好好地凝視強有力者。要永遠以弱者，小者的立場去凝視人，生活和勞動。」[42] 這番話其實是《人間》的報導核心意旨，也是執行紀實攝影的一套信念，儘管三留理男原本說的是：「我的攝影，不是從學校的課堂學來的，而是從我選擇的攝影對象，學習了人的許多基本而重要的功課。」[43] 其說法並不如陳映眞帶有強烈的意識形態，而是指出從現場獲得攝影的理念，反觀陳映眞動輒從左派鉅觀結構論看待「人民」與「民族」，例如在爲關曉榮《尊嚴與屈辱》所作之推薦序中，即從「臺灣社會內部的『民族壓迫』」談起，從而導出「在霸權主義干涉下的冷戰歷史中相互猜忌、怨恨、敵對的漢族間的紛紛戚戚，如果能夠自己寫下漢人對於臺灣原住民進行逼迫的血淚歷史，無疑將是去除心中的毒杇……」[44] 換言之，無論是從這裡或從本書前述爬梳，都可獲知陳映眞之所以在《人間》大力關注原住民報導，乃是基於第三世界「境內（漢族的）殖民」這樣的論述邏輯，也就是要求讀者向著第三世界的窮人學習，然而，爲何中國窮人就是壯美、雄偉，而臺灣窮人卻是受壓迫的、落拓潦倒的形象？

面對《人間》要求所有作品都應清楚表達作者的觀點與邏輯下，我們必須理解其紀實攝影意欲達成什麼？換言之，我們不問《人間》紀實攝影有何教條主義，而是探究其如何執行陳映眞的第三世界論？故紀實攝影在該刊的關鍵意義在於，首先，它依循一套信念執行其作品；其次，爲了執行此一信念，從第 1 期迄第 40 期攝影者的名字始終掛在撰文者之前，一改過往攝影

---

42 陳映眞，〈相機是令人悲傷的工具〉，《中國時報》（1985 年 8 月 14 日），第 8 版。

43 西山正原著，李明亞改寫，〈平常百姓是我的攝影老師：介紹日本當代傑出的報導攝影家三留理男〉，《人間》第 1 期（1985 年 11 月），頁 109。

44 陳映眞，〈序〉，收於關曉榮著，《尊嚴與屈辱：國境邊陲—蘭嶼．造舟》，頁 7。

家的能見度，也呼應了發刊詞中所提到「以圖片和文字從事報告、發現、記錄」，藉此讓讀者重新理解「新的報導文學」：熱媒體與冷媒體並置，甚至熱媒體超越了冷媒體。故而創刊號刊登的十二項稿約中，與攝影相關者計有「外國攝影名著介紹」、「新聞攝影」、「歷史見證」、「決定性瞬間」等四類，其中，「新聞攝影」強調：「重大新聞事件的現場記錄、事後追蹤、評論等……」此一做法與其反覆要求文字記者必須不斷追蹤的理念相通，都是強調該刊並非基於一時獵奇，而是系列報導、深度報導。儘管陳映眞常以「報導攝影」稱之，但其攝影理念仍是以紀實攝影的概念出發，也就是未必攸關新聞即時性的對象才予以拍攝，這也是《人間》攝影迄今仍受關注，並未因著時效而事過境遷。

在信念的執行下，爲了凸出紀實攝影的份量，除了大量刊行作品外，《人間》也舉辦前述提到的數場報導攝影講座，例如第 5 期（1986.3）報導文學暨報導攝影系列講座、第 25 期（1987.11）「解禁年代・人間群像」巡迴演講、攝影展、第 35 期（1988.9）「攝影藝術欣賞」、第 41 期（1989.3）報導影系列講座等；再者，《人間》也舉辦許多與攝影相關的研習營，包括「人間報導攝影夏令營、冬令營」（1986.7.27-8.1、8.3-8.8；1988.2.1-2.6、2.8-2.13）、「人間攝影研究班」（共分三期 1987.10.26-11.27、11.30-12.30、1988.1.4-2.8）「《人間》報導攝影研習營」（1988.8.14-8.21），這些研習營旨在「透過代人文攝影的理念，讓相機成爲人們記錄、捕捉人間萬象的眼睛」、「反省當生活中影像的白癡化、官能化、菁英化、消費化、商業化與虛構化等諸問題，初步在現場、民眾和土地中接受教育和啓發」[45]，師資計有阮義忠、關曉榮、張照堂、郭力昕等人，報名費用分別是三千五百元與四千元（第 4 期、第 26 期，1986.2、1987.12）。儘管名之爲「報導攝影研習」、「報導攝影夏令營」等，但其課程設計乃是結合報導文學與紀實攝影，凸顯《人間》不單著眼於攝影本身，也包含了對於報導文學的理解，亦即人文精神的養成，故《人間》第 23 期（1987.9）以及第 30 期（1988.4）

45〈人間現場攝影文化運動的展開……〉，《人間》第 32 期（1988 年 6 月），頁 42。

分別刊載了夏令營以及冬令營學員的攝影作品，前者至彰化鹿港、嘉義布袋、五股洲後村二重疏洪道等地進行蹲點攝影，共刊登十六位學員的作品；後者則至苗栗海寶（後龍）、宜蘭桂竹林（礁溪）、桃園大溪等地進行維期三天兩夜的蹲點攝影，共刊登八位學員的作品，而從蹲點的所在看來，皆是《人間》記者報導踏查過的報導文學題目，例如第 4 期（1986.2）〈當一個村落從地圖上消失……〉（洲後村）、第 10 期（1986.8）「杜邦事件特寫」系列（鹿港）、第 31 期與 32 期（1988.5、1988.6）「桂竹林系列報告」（廖嘉展）、第 28 期（1988.2）〈上學做詩人，放學做工人：海寶國小童詩人的生活報告〉（藍博洲）等。對於學員的表現，《人間》編輯部如斯觀察道：「他們（按：學員）最想瞭解的是：一個採訪者到了採訪現場之後，如何投入當地居民的生活核心，如何卸下採訪者與被採訪者之間的隔閡……，而這也是《人間》最值得提起的地方，至於相機、暗房的操作倒是其次的問題。」[46] 但也許是刊載學員的作品，故敘述通常較爲簡短。事實上，「文字」對於攝影家而言本並非擅長之事，故阮義忠拍攝的系列作品同樣是少文字而多照片敘述。

除了致力於培養攝影新秀外，《人間》也爲了強化紀實攝影的張力，於第 25 期（1987.11）推出「人間攝影評論」專欄，首刊林闊綠〈變調的鄉愁〉針對中華商場進行拍攝，可惜僅有一期，即因該刊致力於採訪開放大陸探親而宣告腰斬。後又於第 33 期推出「人間映像」專欄，針對紀實攝影家如李文吉、阮義忠等人做一訪談、介紹，惟僅製作四期（第 33-36 期、第 38 期，1988.7-1988.10、1988.12）又因面臨雜誌轉型而無下文。此外，亦經由刊載「世界級」的攝影作品，以強化紀實攝影的重要性，例如第 1 期（1985.11）三留理男攝影〈飢餓：來自衣索比亞的緊急報告〉、第 6 期（1986.4）樋口健二攝影〈我控訴！樋口健二的反公害世界〉、第 7 期（1986.5）William Eugene Smith 攝影〈世界報導攝影名作選讀：水俣悲歌〉、第 14 期（1986.12）Henry Cartie-Bresson 攝影〈劇變中的中國：1948-1949〉，其

---

46 編輯部，〈攝影與人和生活的連接點〉，《人間》第 30 期（1988 年 4 月），頁 87。

中，尤以環保議題方面刊登了多次來自日本的「世界報導（報告）攝影名作」，此容或與陳映眞具備日文理解能力有關，二方面也足以其作爲臺灣環境汙染之對照。再者，《人間》亦不吝於刊載新銳攝影家的作品，例如第22期（1987.8）由阮義忠介紹了七位新進的攝影學員，指出他們經由暗房沖洗技術的學習，更能夠正視「爲何而拍」的問題。另一方面，《人間》在巡迴演講、系列講座上也經常以紀實攝影爲題，不斷闡發紀實攝影的必要性與重要性。

換言之，《人間》透過以下方式來提升紀實攝影的能見度：一、大量選刊國內外紀實攝影作品；二、舉辦紀實攝影講座；三、不時推出紀實攝影專欄；四、給予年輕紀實攝影家發表作品的機會。儘管該刊念茲在茲紀實攝影，然而創辦人陳映眞其實是不懂攝影的，他表示：「說來慚愧，一直到現在，從某個意義上說，我猶原是攝影的門外漢。」[47] 縱使1983年在美國接觸了William Eugene Smith的作品，縱使置身「攝影的知識、美學系統頗爲紛亂的工作與學習環境」[48]，縱使陳映眞意識到「讀好的報告攝影，與讀深刻動人的小說……所感受的深刻銘感，毫無二致」，但陳映眞坦承自身不瞭解攝影，也認爲《人間》還沒有足夠時間「去培養出成熟的、深刻的、藝術上強而有力的紀實攝影作品和作家」，箇中最大主因即在於「臺灣紀實攝影傳統和實踐上的薄弱」[49]，無論是紀實攝影史、紀實攝影理論、紀實攝影名家作品的闕如，皆使得「深刻、巨大的作品」無從出現。

---

47 陳映眞，〈走出國境內的異國〉，收於阮義忠著，《人與土地．阮義忠攝影集》（臺北：攝影家出版社，1994年第3版），無頁碼（扉頁，1987年初版）。曾經任職《人間》的郭力昕在本書之博士論文版口試（2014.7.1，《從「人間副刊」到《人間》雜誌：臺灣報導文學傳播論（1975-1989）》）指出，每次編輯會議上，陳映眞是不討論照片的，除了其係攝影門外漢之外，乃因其認爲紀實攝影基本上應該不會出錯。

48 蕭永盛，〈蔡明德：《人間》有一位老兵還堅守第一線〉，頁142。

49 陳映眞，〈序〉，收於李文吉譯，《紀實攝影》（臺北：遠流出版事業股份有限公司，2009年新版二刷），頁3（2004年新版一刷）。（原書Rothstein, A. [1986]. *Documentary photography*. Boston: Focal Press）。

換言之，符合陳映眞所謂新聞性、有結構的敘述性以及批判性的攝影作品在當時仍未照見，就字面而言看似言之成理，一旦爬梳將發現他這樣的說法一如本書前述所引：「《人間》沒有眞正的報導文學」，箇中指涉的意義其實都是「尚未有足夠達成第三世界觀的紀實攝影」，亦即陳映眞無時無刻不在設法宣揚他的第三世界論、中國意識論，從這個角度切入，我們就能輕易解讀出陳映眞無論是在阮義忠、關曉榮抑或李文吉等人著作的推薦序中，所欲傳達的「有助於現代人把那充滿荒謬與顚倒的『國境內的異國』，重新顚倒過來，成爲現代讀者自己心靈和文化的故國家園」（序阮義忠《人與土地・阮義忠攝影集》），乃因紀實攝影有效促使作者乃至讀者「反省、清算和自我批判」，從而去除霸權主義干涉、冷戰歷史中漢族與漢族、漢族與原住民之間的猜忌、怨恨與敵對，「反叛攝影在現代資本主義大眾消費文化中臣妾的地位」，並且認知「兄弟民族不論大小一律平等、珍貴的道理，並且進一步發展在多民族的祖國中各族人民互愛互重的倫理的一個重要法門」（序關曉榮《尊嚴與屈辱》）。

但弔詭的是，爲何中國欺壓少數民族的情況卻未見於《人間》？也因此，陳映眞指責臺灣紀實攝影的貧弱，實際上也就是對他所主張的第三世界論的突出，故而《人間》的紀實攝影路線可歸納爲兩類：一是對於弱小者的攝影，也就是與人民、群眾站在一起；一是以中國作爲投射，也就是經由攝影展示中國之美、揭露其神祕而凸顯臺灣的匱乏。因此，陳映眞固然不懂攝影，卻在雜誌中刊登了大量攸關中國意象的攝影，包括「大陸中國」、「人間山河」等專欄都充分表達了此一主題，從本書附錄六中可以清楚發現，「雄偉蒼茫的祖國」成爲《人間》的「原鄉」，在在凸顯臺灣無法脫離中國，「任何革命，必須以自己的傳統文化作爲標的，否則無法成功」[50]，動輒跨頁的、全景攝影的彩色拍照，和向來以黑白照片爲尙的《人間》攝影風格形成強烈對比。誠然，這是攝影者如柯錫杰並非雜誌編制內的紀實攝影家，且本身向以色彩飽和的攝影美感著稱，而《人間》同仁則傾向以黑白攝影作爲

---

50 趙鴻譯寫，〈劇變中的中國：1948-1949〉，《人間》第14期（1986年12月），頁127。

掌握現實的依據，一方面在於彩色與現實過於貼近，一方面也是黑白的沖洗費用較為低廉，故而呈現出來的結果即是：中國是彩色的、臺灣是黑白的；中國是遼闊的、臺灣是狹隘的；中國是歡樂知足的、臺灣是憂懷貪婪的。儘管這樣的對比——尤其是色彩的對比——可能只是陳氏在不熟悉攝影脈絡下，追求「異國風情」以促銷雜誌所致，然而本書以為，無意識或下意識的編排仍透露出一個不爭的事實：那就是「遼闊壯美的中國」對照「局促破敗的臺灣」，而此結果與陳氏主張的第三世界論其實是若合符節的。

事實上，抨擊臺灣紀實攝影貧弱並不公允，畢竟從七〇年代中期走到八〇年代中期，臺灣紀實攝影發展也不過十年時間，如何期望短時間即能達到新聞性、有結構的敘述性以及批判性？故本書以為關注的重點應是紀實攝影「建構了什麼」、「如何建構」、「建構的結果」？而非一味抨擊紀實攝影之不足，更何況《人間》本就懷抱著意識形態（第三世界論、中國意識論），如何可能建立深刻、超越框架的紀實攝影？經由黑白構圖、簡短圖說以及反覆強調「人」之可貴，紀實攝影在《人間》遂有了既定的取向：拍攝的對象不外乎原住民、邊緣人以及庶民，拍攝的視角往往帶有「凝視他者」的道德寓意，而背後蘊含的乃是「報導攝影有它無可遁逃的社會責任」，這一社會責任論並非傳統新聞學強調的媒體秩序，而是來自左翼理論的「改革」觀：「報導攝影肯定樂意拍『光明面』。歌頌困境中的生命力，歌頌善良、勤勉、愛和同情。問題只在光明面是否眞實。如果拍了比較陰暗的東西，其實動機上豈不也是從對光明、正義和愛的飢餓而來的嗎？」

這樣的說法顯然複製了陳映眞的第三世界論，誠然，我們也相信說出這番話的關曉榮未必知曉第三世界論，然而他的說法多處透露了陳映眞式的觀點：「這痛苦雖不是由我造成，但作為漢人的一份子，我對他們的挫折和痛苦，有一份責任。我感到羞愧……」[51]、「今日在島上受教育的一代，乃至未來的雅美（按：今達悟族）新血，都將在傳統文化崩解與貨幣經濟困局的內

51 李明，〈記錄一個大規模的靜默的・持續的民族大遷徙：訪問關曉榮談「八尺門」連作和報導攝影〉，頁29。本文係由陳映眞訪談關曉榮，前述「報導攝影肯定樂意拍『光明面』」等語亦引自此文，頁31。

在驅力之下，受到臺灣資本主義勞動市場的吸納支配成為臺灣資本主義的龐大產業後備軍的一員」[52]，後面這句話與第 30 期（1988.4）曾淑美〈除了牛肉，漢堡裡還有什麼？青年學生美式速食店打工的反省〉的說法幾乎一致：「打工青年，求學時期在美式速食業中的鍛鍊，其實是為臺灣資本主義勞動和消費，開放先修班和預備學校。」當然我們不排除這很可能是陳映眞審稿修訂的結果，這麼一來，刊登的作品內容也就糅雜了陳映眞的意見，凸顯陳映眞觀點對於《人間》的影響，則探析《人間》紀實攝影自然也就無法迴避陳映眞的第三世界論。

也因此，對照七〇年人間副刊一度提倡的紀實攝影與《人間》紀實攝影論，兩造主張差異在於：一、七〇年代的紀實攝影還停留在記錄而非確認觀點的階段；八〇年代則有了明確的作者論——尤其是來自陳映眞的作者論。二、七〇年代的紀實攝影是從屬配角而非事件主角；八〇年代則被視為雜誌媒介的報導主體。三、七〇年代的紀實攝影多以地方產業與技藝為例；八〇年代的《人間》則在陳映眞的主張下，多以「人」、「弱小者」為主，並衍生為紀實攝影最大的特色與基調。包括關曉榮、阮義忠、李文吉、蔡明德、鍾俊陞等人，都是《人間》重要的紀實攝影作者，其中，尤以曾經舉辦數個攝影展如《北埔》（1985）、《八尺門》（1985）、《人與土地》（1987）的阮義忠，以及發表「八尺門報導攝影連作」以及「蘭嶼紀事系列」的關曉榮，兩人幾可視之為《人間》紀實攝影的代表人物，舉凡一提到《人間》必然聯想到阮義忠與關曉榮的風格。

郭力昕指出阮義忠以及關曉榮兩人的分野，在於阮義忠的《人與土地・阮義忠攝影集》（以下簡稱《人與土地》）任意詮釋並操弄了視覺修辭，而當時的一些評論者同樣建構了《人與土地》的意義，形成一種道德腔的詮釋，也就是一味認定農村、鄉土是可貴的：「今後我打算用另一種方式從事創作。我現在的環境下，拍出現代化可能嚐到的苦果，讓我們未來終

52 關曉榮，〈漢化主義下的蘭嶼教育〉，《人間》第 28 期（1988 年 2 月），頁 140。後收於關曉榮，《尊嚴與屈辱：國境邊陲—蘭嶼・造舟》，頁 145-150。本書所引以《人間》版為主。

將面對的廢墟，在作品中提前警告性地到來。」[53]但「現代化」究竟帶來什麼苦果？阮義忠並未多加說明，於是在他的作品圖說中，動輒以「高貴的勞動」去描述攝影對象，比如一張布農族婦女面對鏡頭的照片圖說：「他們認命勤奮的工作，顯露出令人敬佩的某種高貴氣質。」但究竟爲何勤奮就是高貴？又是何種高貴氣質？如此反覆，阮義忠的陳述陷入了套式，也令讀者投書反映：「貴刊少數數位記者或許在撰文時，意念企圖稍嫌急躁，時有不自覺中以文字直接指控弊病的敘文出現，對報導攝影它應秉持、捏掐的微妙引導地位有喧賓奪主之勢……」[54]換言之，圖說取代了圖片本身，使得紀實攝影再次淪爲文字的附傭。

對於阮氏架空脈絡的任意詮釋，陳映眞也曾觀察道：「阮義忠基本上不是一個激進的攝影家。到目前爲止，他還沒有一個進步主義的世界觀，並據以在工作中表現他對於歷史、對於人和對於生活的詮釋。」[55]按此論述，阮義忠在《人與土地》裡所撰寫的省思文章〈人與土地：我的攝影主題．我的成長背景〉不免顯得可疑，那即是該文究竟是出自阮義忠自覺使然？抑或《人間》氛圍的敦促？誠如阮義忠在第 11 期（1986.9）執行「一條河流的生命史」專輯所言：「如果不是主編的堅持，這個專輯不會以這樣的面貌出現；所以假使它有差強人意的成績，我必須向《人間》的編輯深深致謝。」[56]也就是當陳映眞看到阮義忠的初稿時，希望他能將稿子發展成「整條基隆河的架構」，由此對照陳映眞肯定的話語：「阮義忠的可貴處，在於他那動人的誠實。他以他的方式、速度和步調追求進步和蛻變。他的這種誠實，深刻感人地表現在他的文章與作品上（〈人與土地：我的攝影主題．我

---

53 阮義忠，〈人與土地：我的攝影主題．我的成長背景〉，《人間》第 15 期（1987 年 1 月），頁 116。後收於阮義忠，《人與土地．阮義忠攝影集》，無頁碼（扉頁）。本書所引以《人間》版爲主。

54 柯應平，〈錯字、廣告可以避免嗎？〉，《人間》第 30 期（1988 年 4 月），頁 6。

55 陳映眞，〈走出國境內的異國〉，扉頁。

56 阮義忠，〈尋找一瓢乾淨的基隆河水〉，《人間》第 11 期（1986 年 9 月），頁 67。

的成長背景〉，《人間》第 15 期，1987 年元月）。在我看來，毋寧是他的這份誠實，將使阮義忠在這條干涉生活和現實主義的攝影道路上走得更長，更穩定，也更長久。」顯然阮義忠的紀實攝影並未符合陳映眞第三世界論，充其量只是達成了「攝影使他重新和人與土地和解。用臺灣生活中十三年來的人與土地，譜成一個攝影家自我救贖的頌歌」，亦即挽救創作者本人而非群眾。如此一來，我們可以揣度阮義忠之所以寫下〈人與土地：我的攝影主題・我的成長背景〉一文，有部分肯定是《人間》的左翼氛圍使然，使得阮義忠如斯生硬反省道：「從小就幹農業勞動的我，會變得麼『前衛』與『現代』？這裡頭，我想，便存在著大問題——臺灣文化氣候的形成有毛病；我的成長過程也出了大錯——是這兩個問題，造就了當時的『Q、Q』（當時我畫插圖的筆名）」、「我就是在這種『現代』風氣下，做過很久的一場噩夢啊。如今，我何其有幸的甦醒了過來。這是照相機使我甦醒過來的，是相機觀景窗看出去的那一群人與那一片土地，讓我能發覺到自己成長過程中犯的錯誤；讓我把童稚時代的怨恨（按：怨恨自己的農夫階級），化作摯愛。」

相對於阮義忠悔過式的自白，關曉榮的紀實攝影作品《尊嚴與屈辱》，郭力昕指出它是一個典範，原因在於關氏不僅從事攝影，還對蘭嶼的歷史作了調查與批判，舉凡達悟人的文化傳統、儀式以及生活方式等，都進行了理解與檢視。亦即經由近乎人類學家田野調查的蹲點方式，關曉榮乃是駐在當地、與當地居民共同生活，例如：爲了完成《尊嚴與屈辱》一書，他從 1987 年 1 月迄 1988 年 2 月住進蘭嶼紅頭村，而 1984 年底進行拍攝的「八尺門連作」則在當地住了近半年，這使得關曉榮與阮義忠的攝影基礎產生了差異，起碼我們從阮義忠在《人間》發表的作品中，無論是一系列的「阮義忠速寫簿」（第 1 期迄第 13 期，第 12 期無刊登，1985.11-1986.11）包括都會風情、勞工面貌乃至流浪漢等，抑或「阮義忠〈人與土地〉」（第 15 期迄 17 期，1987.1-1987.3）都無法有效辨識出他與時空、人物的關係，故而關曉榮顯然較阮義忠更受陳映眞的重視，此在陳映眞接受劉依潔訪談時也曾提及：「像我所敬佩的梁正居、關曉榮等人，他們對於生活的熱愛，背著照相機到處跑，拍出來很好的東西……」

也因爲關曉榮蹲點的拍攝策略，使得他鏡頭下的世界更具張力，也令他的議題受到更爲實質的關注，例如「八尺門連作」刊出後，基隆市政府邀請淡江大學和中央研究院民族所專家共同開會研討、尋求改建八尺門，並承諾將此地的阿美族居民安置到新公寓，這是當初關曉榮拍攝此一作品所意識到的：紀實攝影有它「無可遁逃的社會責任」，他期望自己的作品能夠引起漢人對少數民族的關心與理解，進而引起「一些有意義的改革」。而「蘭嶼紀事系列」更讓關曉榮成爲一個「改變了一些事」的人、「他在蘭嶼一年的報導工作所產生的影響，其實遠超出一個報導者的範圍」[57]。也因爲「蘭嶼紀事系列」駐地時間長，加諸又涉及反核議題且出版成書，故影響力較「八尺門連作」來得更受矚目。而關曉榮之所以得以融入蘭嶼當地，除了他個人的努力與外貌特質（「面容黝黑，酷似原住民」），另一方面也是由於當地來臺念書的青年作家夏曼・藍波安（漢名：施努來）的引介，故關曉榮的視野有很大部分是從夏曼・藍波安一家著手，由此向外擴及蘭嶼的地理環境、文化等，故關氏的脈絡其實是依循著夏曼・藍波安的看法而來。然而，當時的夏曼・藍波安並不住在蘭嶼，而是旅臺的達悟青年，每每回到部落裡，總被父親叨念：「你拋棄族人的傳統工作是我這個父親一生最深、最大的恥辱。」[58]故而關氏初始的敘述，其實值得與夏曼・藍波安的著作加以對照。

另一方面，我們仍無可否認關曉榮論點中，透露著陳映眞第三世界論的影響，而這也是郭力昕指出關曉榮未嘗對邊緣民族製造異國情調的凝視，而是對國家權力和統治階級提出質問與怒視：「把臺灣不要、對臺灣有安全危險的東西和人，擺置在『距離臺灣島越遠越好』的地方的意識形態，明白地反映了中心與邊陲的基礎結構。先進的中心國家把有毒化學品、汙染工業、戰爭、民族矛盾、核子輻射廢料，一股腦兒往落後、貧窮的第三世界邊陲

57 楊渡，〈冷的血・熱的心〉，收於關曉榮著，《尊嚴與屈辱：國境邊陲—蘭嶼・造舟》，頁8。

58 夏曼・藍波安，《冷海情深》（臺北：聯合文學出版社有限公司，1997年初版），頁51。

地區或境內少數民族區堆棄，是全球性的現實。」（第 26 期〔1987.12〕，〈一個蘭嶼能掩埋多少「國家機密」？〉）、「異族統治力量的種族中心意識，剝奪了他族政治、經濟、文化的自主權，此後一連串噩運降臨到統治者對弱小異族苛虐殘害的本質。這樣的認識，在追求民族平等與和協（按：諧）的努力中，應具有時代的控訴性意義。」（第 36 期〔1988.10〕，〈十人舟下水儀典〉）誠然，這些論述也具有關曉榮的自主意志，但從「八尺門連作系列」觀察下來，以及包括關曉榮日後自陳「從影像紀實和社會發展的視角進入紀實攝影史的脈絡，從中國內戰、冷戰造成的兩岸分斷史實、工業資本主義世界體系的政治經濟學、社會學、傳播學的脈絡，探討陳映眞創辦《人間》雜誌的歷史定性，還是一個値得努力研究的取向」[59]，處處可見關曉榮試圖與陳映眞對話的觀點。

從關曉榮最早刊登於《人間》的作品「八尺門攝影」（第 1 期，1985.11）來看，此一以基隆和平島八尺門阿美族聚落爲拍攝對象的作品，作者自陳其「在八尺門生活了將近半年，拍下數千張照片」，而此一拍攝乃是對「平地原住民」的初步關懷，原因在於漢人向來壓迫原住民，使得平地原住民大多從事低收入、重勞動的行業，故關曉榮基於幼年曾和原住民小朋友玩耍的經驗，加諸曾經隨電視臺至八尺門拍片，因此選擇以八尺門作爲攝影題材，尤其該地點乃是阿美族向平地遷居時，自行選擇的地點，「保留了山地聚落那種家與家之間、人與人之間原來同族間親密的關係」，箇中的貧困與艱難深深吸引著關曉榮，其目的在於從中增進漢人對原住民的「深入理解」。

基本上，關曉榮並非一廂情願認定「八尺門即全部」，他也意識到「我在八尺門的觀察與生活所見，事實上也只是一個抽樣。因此八尺門的原住民所面臨的困境與難題，固然有普遍意義，卻也有它獨特的、片面的性質」[60]。關曉榮感性指出：「只要你眞正同他們住，一塊生活，任何人都會

---

59 關曉榮，〈想念大陳、再現《人間》〉，收於封德屏主編，《人間風景・陳映眞》，頁 248。

60 關曉榮，〈百分之二的希望與奮鬥〉，《人間》第 1 期（1985 年 11 月），頁 24。

爲他們基本的、驚人的善良和無可如何的頹廢與沉淪，心中絞痛。」然而攝影家畢竟不是當地的原住民，縱使和他們生活在一起，在面對人間苦難卻又無能爲力之際，也只能回到臺北「舒緩一下」。

「八尺門連作」可視爲日後《人間》關注「原住民」的示範作品，原因在於：一、對於弱小者的聲援：反思壓迫者與被壓迫者之間的互動關係，形成所謂「人道主義」的展現，藉由照片組合「自己的影像語言和語法」。二、對於紀實攝影的版面安排：圖片幾乎占去跨頁的二分之一，文字被壓縮成小方塊，呼應了《人間》雜誌創刊所強調的「紀實攝影」觀，卻也因太多跨頁而令讀者視覺「受虐待乃至受侮辱的感覺」（第 14 期讀者信箱，1986.12）。三、對於社會責任與左翼批判的思索：報導內容是否破壞了社會秩序與和諧？左翼理論的運用是否喚起人們對弱小者的關注與理解？儘管關曉榮的出發點，旨在關注弱小之人如何在壓迫中，展現其生存的尊嚴與價值，然而陳映眞的論述策略顯然是將其置於「境內（漢族的）殖民」加以評價，故陳映眞數度在正文引言前指出：「以臺灣爲中心，視蘭嶼爲各種遺棄、隔離、掩埋，毒害的邊陲之地，對雅美人的土地、資源和生命進行肆無忌憚的欺騙、歧視與迫害…… 」（第 26 期〔1987.12〕，〈一個蘭嶼能掩埋多少「國家機密」？〉）、「對少數民族的種族、經濟、文化歧視，沒有構造性的變革，漢族中心主義下的蘭嶼教育，不斷地在生產著蘭嶼人民的挫折、羞辱與絕望……」（第 28 期〔1988.2〕，〈漢化主義下的蘭嶼教育〉）而從前述關曉榮的種種論述來看，也可知紀實攝影家如何在與陳映眞的互動中，逐漸受其影響而發展出相對應的信念。

事實上，早在《人間》雜誌發表「八尺門連作」前，關曉榮即於 1985 年 9 月 23-24 日的人間副刊，發表〈2% 的希望與掙扎：八尺門少數民族生活記錄〉，內容較諸《人間》第 1 期（1985.11）的文字敘述更深刻，但圖片較少，也顯見《人間》對於紀實攝影的強調。迄第 18 期至 36 期（1987.4-1988.10）再度刊出「關曉榮蘭嶼紀事系列」共十一篇，編排手法與「八尺門連作」有著異曲同工之處，惟文字報導的篇幅擴大許多，試圖在文字與圖片之間取得平衡，跨頁的圖片縱然攫住了讀者的視覺焦點，但文字遠比「八尺門連作」來得厚實、也更具文學性：「晨風在樹梢輕拂著初春綻開的新芽，斧的揮動幅度大而沉重有勁，斜劈的斧勢，連續、綿密地切進樹幹，緊接著這幾斧之後，是幾斧橫截的斫砍，碎木片應聲四下迸射……」[61]、「在上述觀光模式裡，『人』只是喪失了個人面目與內涵的軀殼，『觀光客』就像一波波湧現又一波波退卻的浪潮，席捲著被觀光的灘頭。在『從事有益身心的正當娛樂』、『休息是爲了走更遠的路』口號式的廣告詞下，觀光旅遊只能算是從事庸俗、反智的消費行動。」[62]

「八尺門連作」與「蘭嶼紀事系列」的分野，根據關曉榮的說法在於前者是「侷限在於一種單純的人道溫情」，後者則是「想嘗試突破簡單的人道主義溫情的侷限」；前者可以名之爲社會責任論，後者則是左翼批判理論的實踐；前者是溫情、是揭露但不是批判，無論如何，這兩個系列或多或少都受到了陳映眞的影響，只不過「蘭嶼紀事系列」展現出更爲強烈的鉅觀論述企圖，以及長時間的駐在工作，使得它被論者譽爲「足資紀實攝影者參照的典範」。就關曉榮製作兩個攝影專輯的邏輯來看，「八尺門連作」儼然較接近傳統媒體責任論，也就是資本主義運作邏輯下的媒體責任使然；至於「蘭嶼紀事系列」則傾向左翼批判理論，是對於壓迫者的控訴，也是對於文化霸權的挑戰，因而《人間》以弱小者的訴求可區分爲兩個層面來看：一是揭露，一是批判，這也形成讀者的兩種解讀（或誤讀）：一是因爲揭露而深感訝異與感動的眼淚；一是因爲批判而感嘆乃至歉疚的心情。

就七〇年代報導文學而言，其「揭露」了農漁工礦的生活，令讀者至爲驚訝，則八〇年代在歷經報導文學高峰乃至低潮的過程，報導文學的「揭露」在黨外雜誌向來強調內幕報導的傾向下，已不若七〇年代具備絕對的影響力。惟《人間》基於第三世界論而出發的視角，使得「人」、「弱小者」

---

61 關曉榮，〈孤獨傲岸的礁岩：蘭嶼報告〉，《人間》第18期（1987年4月），頁18。後收於關曉榮，《尊嚴與屈辱：國境邊陲—蘭嶼・造舟》，頁140-144。

62 關曉榮，〈觀光暴行下的蘭嶼〉，《人間》第24期（1987年10月），頁135。後收於關曉榮，《尊嚴與屈辱：國境邊陲—蘭嶼・主屋重建・飛魚招魚祭・老輩夫婦的傳統日作息》（臺北：時報文化出版企業有限公司，1992年初版一刷），頁165-170。

的能見度被提升至與達官貴人一般，也就形成了「批判」的效果，但更多的是展現出濫情的可能。在「八尺門連作」中，關曉榮的視角顯然是較素樸的，也就是藉由圖片呈現八尺門阿美族的生活情狀與環境，述敘上溫和而帶有旁觀者的想像，例如在一張男人撐傘肩扛米糧的照片裡，圖說這麼寫著：「從故鄉臺東揹回來的食米。水和米，總是故鄉的最甜。」至於一張兩名婦女工作的照片，圖說寫著：「屋裡屋外，阿美族婦女正專心地縫著成衣廠帶回來的服飾。二至三小時的工資是五十元左右。」像是這類圖說無非陳述了拍攝者的立場，也就是關曉榮自陳：「作為漢人的一份子，我對他們（按：阿美族）的挫折和痛苦，有一份責任。我感到羞愧⋯⋯」[63] 這一「羞愧」同樣出現在李文吉前往新竹縣尖石鄉採訪司馬庫斯的內文中：「自三百年來，廣闊第三世界和西方列強間的關係的歷史，具體而微地表現在臺灣漢人資本的發展與山地原住民的不發展，解體化的歷史⋯⋯當我們聽說，在新竹縣的深山裡有個部落叫做『斯馬庫斯』，交通不便，外人罕至，我們就想，在那裡可能還看得到泰雅族傳統生產方式下的傳統文化和生活方式。背負著漢人沉重的種族壓迫『原罪』，我抱著一線希望上山，但願能在斯馬庫斯找到泰雅族原住民的一塊淨土。」[64] 李氏與關氏有著過於相近的文字敘述，不由使我們懷疑：究竟這是關曉榮自覺使然的「羞愧」，抑或陳映眞刻意審稿修訂的「羞愧」？

也因此，面對《尊嚴與屈辱》，不單只是「賦予了政治面向的議題」（郭力昕語）而已，箇中還包含了關曉榮在《人間》連載這一系列作品的當下，陳映眞對其產生多少影響？很顯然，陳映眞縱使未干涉這批作品的拍攝，也對其論述進行了修正或指示，所以我們在關曉榮的論述文字中，處處可見濃厚的陳式風格，諸如：「這些強橫、酷烈的行動展開，並逐步獲得其效果時，被『安定』在小農生計上的臺灣境內少數民族，逐步從『安定』

---

63 李明，〈記錄一個大規模的靜默的・持續的民族大遷徙：訪問關曉榮談「八尺門」連作和報導攝影〉，頁 29。

64 李文吉，〈斯馬庫斯部落：懸崖上的小野菊（Asayaki）〉，《人間》第 31 期（1988 年 5 月），頁 68。

轉向，觸及臺灣資本主義化發展內部結構中邊陲地帶的極限，腳步停滯生機萎縮，暴露了山地保留地法規，對少數民族社會發展的結構性榨取『制約』本質！保護與扶植少數民族空洞親善的笑臉，常以『山地人民的生活水準普遍提高……。』這類技拙質劣的說詞粉飾著陰暗悲慘的事實」（第23期〔1987.9〕，〈酷烈的壓榨，悲慘的世界〉）、「今日在島上受教育的一代，乃至未來的雅美新血，都將在傳統文化崩解與貨幣經濟困局的內在驅力之下，受到臺灣資本主義勞動市場的吸納支配成爲臺灣資本主義的龐大產業後備軍的一員。」（第28期〔1988.2〕，〈漢化主義下的蘭嶼教育〉）

誠然，我們面對的是以強調畫面爲主的紀實攝影，但圖說仍不免透露了攝影者的解讀意圖，也是郭力昕用以判斷阮義忠與關曉榮，有著截然不同情調攝影作品的依據，乃因前者採取任意而含混的道德詮釋，後者則是到田野裡進行蹲點調查，故而阮義忠紀實攝影的同時，更在乎的是畫面構圖與藝術手法的呈現，反之，關曉榮則沒有將形式美學或藝術成就放在優先考量之中，而是直視攝影對象與壓迫者之間的對位關係，這也使得關曉榮的作品在多年後仍被論者稱許，並適切的表達了紀實攝影的精神：不僅批評他人，也對自我進行批評與約束，儘管這一自我批評一方面來自於服膺左翼精神而壓抑美感追求，一方面與陳映眞的影響有關，但與阮義忠浮光掠影式的說明相較，顯然關曉榮是更靠近陳映眞所主張的第三世界論紀實攝影觀。

經由圖片的引領，《人間》致令讀者「看見」了新的報導文學形式、也「發現」、「建構」了臺灣社會的另一面，而這也說明了《人間》雜誌具備「如何看」的信念，這個「如何看」是《人間》最大的利器，也是其與七〇年代報導文學最大的差異：

其一，報導文學題材與視野的轉向：從離島偏鄉、民俗技藝轉向對「人」的探索，尤其是對弱小者、兒童以及青少年的探索，使得《人間》面向了「人」所存在的制度、結構以及社會環境，加深對社會現象、福利政策、自然環境之探討，紀實攝影因此轉向對人的思索，縱使此一思索挾帶著強烈的中國意識論。

其二，報導風格的形塑與閱聽眾訴求：報導風格取決於陳映眞預設，報導文學的功能在於喚醒中產階級的愛與希望，經由回望中下階層如何在苦難中生存的尊嚴，從而洗滌被消費欲望蒙蔽的內心，這也意味著《人間》在紀實攝影的主題上，勢必以挫折、落後、暗敗為主，也就顯出中國意象攝影處處營造歡欣鼓舞之弔詭。

其三，報導手法的轉變：報導文學是文字與照片的結合，它不再是單一的文類呈現；再者，它也不再是「一次性的訪談報導」，而是動輒五、六次以上的深度訪談、田野踏查，前此的「行腳」轉變為「蹲點」踏查，這使得紀實攝影也不再是拍完即刊、拍完即走，而是與當地人共同生活、彼此互動的結果。

七〇年代揭露臺灣地理景觀的報導與攝影，迄八〇年代轉向依循第三世界論為指導原則，在黑白的、暗敗的、陰鬱的取向下，《人間》以弱小之人、無產階級、窮人為對象，訴求中產階級的愛與希望，也因為同情弱者而被普遍認為具備人道主義。殊不知，這是「中國窮人」欲透過第三世界論而團結奮鬥以抵抗強權、霸權，故抽離陳映真的《人間》脈絡，也就容易架空紀實攝影的本質，使紀實攝影家成為控訴者卻不問其自主意志，使紀實攝影家成為見證者卻不問其欲見證什麼？

從這個角度檢視阮義忠，我們也可以指稱阮義忠具備自覺而不願涉足陳映真的鉅觀論述，亦即阮氏將攝影視為具備更高層次的藝術價值，未必為理論服務。但回到紀實攝影的本質，其本質不在賣弄藝術而是人文關懷與社會實踐，如此一來，阮義忠又墮入必須被質疑的境地。而關曉榮承續陳映真的論述則符合紀實攝影的精神，但所謂「承續」是否遮蔽其自主意識，這又成為一刃兩面必須留心的所在，也是我們終於明白八〇年代的《人間》紀實攝影，是處於陳映真主張與攝影作者論之間的媒介，也由於過度「意念先行」，使得紀實攝影原有的批判力隱含了凝視他者的濫情、道德美感語彙，這一濫情、道德美感不單是字面的指涉，還是對於第三世界論不假思索的接收與揚棄之可能。

參、報導文學與第三世界論：《人間》言說與行動

經由紀實攝影，《人間》確實成功捕捉了讀者的目光，也區別了黨外雜誌向以文字為主的編排策略。惟從前述分析可知，即使是紀實攝影也因著陳

映眞的主張而強調兩個面向：一是中國意象、中國意識：包括廈門、四川、西藏、雲南等；一是「弱小之人」、「底層之人」：包括原住民、勞工、畸零人等，後者由於所占篇幅多、又往往作為封面報導，故論者向以人道主義析論之，而讀者也因此備受感動乃至落淚，故而忽略陳映眞所秉持的第三世界論，一如多數評論在未考察陳映眞思維的前提下，盲目以《人間》發刊詞，或陳映眞寫於一千套「典藏版人間雜誌合訂本」序言與之論斷：《人間》乃是在消費社會炫耀性消費乃至商品拜物教的趨勢下，引領閱聽眾看見「人」的本質；在媒體崇尚娛樂明星、上流階層的環境下，引領閱聽眾面對「人」的生活與勞動；在黨外雜誌向來強調高層內幕，抑或主流媒體向來關注政治事物的條件下，將報導視野投向「民眾」而不再著眼於「宮闈生活」。

殊不知，陳映眞早已指出創辦《人間》乃是為了另闢「戰場」，是為了與黨外運動、臺獨理論作一抗衡，也由於陳映眞再三強調《人間》就是他的風格的實現，考察該刊也就必須留心，其在八〇年代強力主張的第三世界論，由此當知，陳映眞創辦《人間》的初衷不僅止於「懷著對物質生活氾濫的環境的深度覺醒，《人間》雜誌結合報導文字和報導攝影，意圖重新提振人間性的精神文化」[65]，更非陳映眞所言：「大家認為《人間》是一份有愛心的雜誌，那是因為她的主編是某某人很有愛心……不對的，是人的生活裡面有那樣的生命的尊嚴跟愛，我們透過我們的採訪，接觸到了（我們本來對人很失望的），在那些粗糙生活，我們碰到了他們的尊嚴，他們在面對噩運時搏鬥的勇氣……」[66]從陳映眞日後的舉動：例如八〇年代末擔任「中國統一聯盟」第一屆主席，以及九〇年代後頻繁往來於中國、甚至受到禮遇乃至加入中國作家協會、最終病逝於中國等，由此回望《人間》，所謂「接觸到人的尊嚴與勇氣」，實際上只是陳映眞面對《人間》的表相說法，畢竟以陳映眞介入刊物之深，他也坦誠「同事寫的文章也有我的影子」，其目的絕不

65 鍾喬，《回到人間的現場》（臺北：時報文化出版企業有限公司，1990年初版），頁312。

66 劉依潔，《《人間》雜誌研究》，頁112。類似的說法也參見陳映眞，《美國統治下的臺灣（政論及批判卷）》陳映眞作品集13，頁129。〈大眾傳播和民眾傳播〉，原載《八方文藝叢刊》第7輯（1987年11月）。

可能僅止於宣揚「人道主義」，而是致力於接合中國與臺灣，以促進兩岸團結與統一。

也因此，縱使再三表白不涉入政治議題，但雜誌裡的政治措詞卻無所不在，這才是面對《人間》不能不留心此一思考理路的緣故。也是從第三世界論理解之，方知其所以訴諸中產階級、喚起其荒廢枯索的精神文明，乃是欲透過以下方式形塑中產階級：一、具備愛與希望：這是介入現實以挽救民族主義分裂的重要方式，也是陳映眞第三世界觀的方法論。二、關注人民論與民眾論：指出要以「無數中國人民」爲主體，故對於「人」——尤其是「弱小者」——的重視，由此協助中國從帝國主義的支配中獲得完全解放。三、反帝、反封建與反強權：如何參照亞、非、拉等殖民地以擺脫殖民歷程，並與中國相互連結以發生緊密關係。由此對照陳映眞自行歸納的《人間》題材取向計有以下數項：一、社會上的弱小與弱小者被害：卑微人物的堅強、自尊，以及雛妓等問題；二、臺灣少數民族的處境、命運與文化；三、臺灣環境與生態的破壞；四、農村與農民問題；五、青少年的文化；六、發掘戒嚴時期被湮沒的歷史如二二八事件；七、解除戒嚴後的農民運動、工人運動等，以上這七點取向可以歸納以下三點：

一、對於民間社會與中下階層的描述：挖掘民間社會不再被視同「暴露黑暗」，也是爲黑暗尋找出路，關注庶民、弱小者成爲報導文學在八〇年代初的轉向，藉此喚醒中產階級的愛與希望。

二、致力社會問題的發現：無論是青少年問題、勞工議題、農村問題等延伸而來的不公不義，都可歸屬於社會問題的一環，是對人如何存在於制度與結構之中的反思。

三、檢視與思索生態環境：有關山林、河流的保育不再停留於一次性的論述與調查，而是長期、反覆與具體的付諸行動，並且究責是「誰」造成這一環境破壞的元凶。

此三點乃是普遍論者與讀者對於《人間》的看法，成就了陳映眞口中的「《人間》傳奇」。經由雄辯式的論調、人道主義式的形式，陳映眞再次將他所預設的第三世界論，即中國意識、中國統一觀點置入論述之中，透過反覆的敘事，無論是對於民間社會的關照、少數族群與弱小者的關懷以及環保議題的關注，陳映眞無時無刻不以美日帝國作爲假想敵，無時無刻不致力於打擊「虛假的臺灣意識」，由此以達成「民族的和平與團結」。經由紀實攝影與現場報導，《人間》引領讀者品嚐社會底層「帶著苦味的眞實」（詹宏志語），並且致力於將讀者形塑成「愛與希望」的理性之人，藉以避免盲從於黨外運動。爲了使讀者更加體會壓迫與反壓迫的結構關係，《人間》較諸前行代的人間副刊更注重實踐，因此在《人間》中有不少伴隨報導而來的行動：包括救援湯英伸、打電話給三晃農藥廠、引爆林務局巒大山區丹大工作站弊案、搶救布袋沿海紅樹林等，也因爲介入社會運動、甚至發起社會運動，使得《人間》儘管試圖避免涉入政治議題，卻終究不斷遭受質疑是否是「政治反對派的政治性雜誌」？

據此，《人間》再三強調它們絕不會成爲政治性雜誌，而是以「人」以及「人的生活與環境」作爲觀察對象，期許自身的論述遠比「單純的政治反對運動寬闊得多」。然而，陳映眞的說法終究和做法不一，《人間》第 16 期（1987.2）宣稱遠離政治性雜誌，第 18 期（1987.4）就爲了與民進黨搶奪二二八事件的詮釋權，推出「『2.28』的民眾史」，宣稱「《人間》決不政治化，但也在必要的時刻，不迴避政治」。也是因爲《人間》澈底反映了陳映眞的主張，故而與七〇年代報導文學相較，《人間》比起人間副刊有著更意識形態的展示，例如第三世界論、左統論，故我們可以概括《人間》是一本具備以下特質的雜誌：

一、挖掘社會與政治議題：《人間》創刊係因應黨外運動的臺獨主張而來，因此比起《中國時報》人間副刊的報導文學，勢必更需要擁護與維護提倡人的主張，諸如二二八事件、向韓國學習等議題，都不再是以建構臺灣鄉土爲滿足，往往涉及社會議題、政治議題。

二、實踐第三世界論的報導文學：在陳映眞執意實踐第三世界論的前提下，我們可以預知《人間》不可能刊載《天下》那類充滿「樂觀主義」的作品，它致力於完成中國意識的宣達，故而如何實踐中國意識、中國民族主義也就成爲《人間》念茲在茲之事。它選擇從挫折、羞辱、落後以及停滯等負面風格出發，全然不畏七〇年代報導文學被抨擊爲挖掘社會陰暗面的「黑色文學」。

三、闡發「陳映眞式的人間」：爲了團結中國民族主義、力求民族內部的團結與和平，陳映眞向來反對分離主義，故而《人間》自創刊起即刊登大量與中國有關的報導、攝影以及文學作品等，它不再是七〇年代對於偏鄉離島獵奇式的報導文學，也不再是對民俗技藝、宗教信仰等回顧，而是重視事件的議題性，所以，陳映眞指出最令他滿意的報導計有：湯英伸事件（第 9 期、20 期，1986.7、1987.6）、雛妓的故事（第 17 期，1987.3）以及兒童受虐問題（第 32 期，1988.6），乃因這幾個事件有效傳達了「從弱小者的眼光去看這個世界」，這是陳映眞一貫的說法，但「弱小者看世界」這一命題意欲完成什麼？這是陳映眞始終未嘗說出的寓意，也是研究者必須予以解析之處。例如《人間》自第 2 期（1985.12）起即不斷針對兒童以及青少年議題加以報導，乃因兒童與青少年恆常被泛道德視爲「國家未來的主人翁」、「現代的希望」等，然而細究之，陳映眞乃是著眼於美日帝國流行事物如何影響青少年，從中導出資本主義消費社會使得新一代對政治冷漠、對生活無感，乃至（民族／民主）自主意識也遭到了遮蔽，這是陳映眞向以美日帝國爲假想敵的論述模式，揆諸第 2 期（1985.12）對於青少年龐克文化的探討、第 16 期（1987.2）對於「中華民國第一次官辦青少年舞會」的報導、第 17 期（1987.3）的「新種族」分析以及與青少年息息相關的第 32 期（1988.6）兒童受虐議題等，其實都是出自同樣的觀點。

故而本書以爲析論《人間》的言說與行動，宜先就《人間》的中國意識加以闡述，這是陳映眞面對事事物物的提綱契領，以理解讀者在流下感動、感激的眼淚之餘，夾纏了多少中國意識、中國民族主義，關於這點前述已有著墨、闡述，故而在中國意識的大前提下，面對《人間》可觀察其如何運作於三個主題上：

其一，在中國意識指導下的「人」——尤其是「弱小者」——如何存在於社會。這是《人間》的總命題，從其處理的題材來看，所謂「弱小者」亦即受壓迫者，這類人通常以兒童、青少年、原住民以及勞工、農民爲主。而兒童與青少年在《人間》中占有相當之比重，共有十九期製作了相關議題，甚至第 42 期（1989.4）還以特輯形式，呈現「臺灣童顏四十年」這一鉅觀命題。此外，尚有第 8 期（1986.6）肢障、智障（現稱「身心障礙」）兒童的探討、第 24 期（1987.10）白化症兒童、第 32 期（1988.6）虐待兒童問題等，並舉辦身心障礙兒童、白化症兒童以及虐待兒童座談會，顯見《人間》對於兒童關注程度之高。而第 17 期（1987.3）對於「新種族」的調查，則允爲《人間》對於當時青少年的核心看法，亦即資本主義入侵、美日帝國主義作祟下，飽食、富裕社會所蘊育的中產階級世代，相對於底層之青少年如飆車工人（第 23 期，1987.9）如何受壓迫，兩者所處世界的差異何其巨大。對此，本書以爲可挪用魯迅在〈狂人日記〉裡所言「救救孩子」，作爲陳映眞面對這類議題的出發點，惟其目的並非將孩子從吃人的禮教中拯救出來，而是致力於將孩子帶入中國傳統文化、中國民族意識之中。

其二，依舊是延續「弱小之人」而來的命題，《人間》除了關注兒童、青少年之外，格外關注原住民的處境，包括第 1 期迄第 5 期（1985.11-1986.3）「關曉榮八尺門連作」、第 9 期（1986.7）「湯英伸事件」、第 17 期萬華華西街雛妓之訪談、第 18 期迄第 36 期（1987.4-1988.1）「關曉榮蘭嶼紀事系列」等，共有廿九期刊載了相關議題，等於占全部雜誌五分之三強，強烈透露出《人間》對於原住民議題的聚焦，其中最著名的個案即是「湯英伸事件」，箇中包含救援湯英伸的行動，儘管最終湯英伸仍遭到槍決，但此救援行動在當時確實引起許多回響，也足以代表《人間》不同於主流媒體的風格。對於少數族群的關注，一方面與原住民社會新興運動有關，一方面也是相對於原住民的弱勢，漢人顯然扮演了「內部殖民者」的角色，也就服膺了陳映眞意欲藉此激發中產階級「罪債」的編輯策略，故《人間》聚焦原住民議題仍宜從陳映眞論述第三世界的理念出發，而不單是對於弱小者的關注，雖然普遍閱聽眾並無法意識到其預設之邏輯。

其三，弱小者的對立面即是壓迫者，故依循第三世界的反強權、反帝以及反封建概念，如何抵抗壓迫者勢必是《人間》的重要特質，是故，人如何於體制中存在之外，與人生活息息相關的環境也受到《人間》大量探討，共有卅九期出現此一議題，幾乎每一期都有相關報導，主要著眼於一、生態保護：如拯救森林、河流等；二、公害汙染：如譴責工業、跨國資本的入侵；三、反核電：對於即將興建的核四廠，《人間》抱持強烈批判的立場，不僅至現場訪談，也引進日本攝影師樋口健二的作品，甚至對於核電廠現場工人罹癌之關切與追蹤，這使得《人間》在環保議題上屢喚起相關單位的重視，其中，尤以第 10 期（1986.8）反杜邦設廠報導最受矚目，乃因它不單記錄了當地居民的心聲，更迫使杜邦宣布停止設廠，充分傳達了《人間》與人民、與弱小者站在一起的視角，也藉由這類經常由資本主義霸權國家輸出的公害汙染，以其之矛攻其之盾，透過再三的抨擊，《人間》在環保議題上一如其他議題，不只是對現象的檢視，也是對於「誰」構成此一現象加以探析，由此表徵了第三世界論的壓迫者與反壓迫者之對位關係。

基本上，這三者其實身分往往是重疊的，例如原住民議題當中也包含著弱小者，而兒童與青少年也往往具有原住民的身分，惟本書爲了便於析論起見，不得不將之區分爲三類。歸納之，陳映眞思索《人間》的理路在於：先救救孩子→再關心青少年→然後關懷弱小之人→關注人如何存在於第三世界下的社會、環境、文化以及歷史，最終歸結至必須完成中國意識、中國民族團結與和平的目的。依據這一思維脈絡，本書欲從前述三大主題進行個案分析，經由「庶民—臺灣鄉土」、「地域—臺灣人民」以及「族群—臺灣歷史」等論述分析，檢視《人間》是否達成反文化霸權、去殖民化的論述效力。其中，就作者所據的位置而言，其受到陳映眞的編輯主張影響，從本書前述已可明白《人間》撰稿者乃是基於弱小者的視角看臺灣，也就是和弱小者站在一起、爲弱小者發聲，惟其意欲抵抗的文化霸權，乃是雙戰體制下的資本主義式思考，故本書將特別留心此一思維邏輯運作。以下即針對「新種族」、「湯英伸事件」以及「反杜邦設廠」等三個案加以析論之，以其作爲核心向外輻散，並將文化、歷史、國族認同等，分別糅雜於其中而不另闢小節辯證。

一、從「新種族」到受虐兒：救救孩子與規訓孩子

在確認陳映眞無時無刻置入中國意識、中國民族主義後，更令我們關心的是，生活於第三世界論、中國意識論概念下的「人」，呈現了何種樣貌？陳映眞曾於數場演講或訪談中，再三提及「新種族」對他巨大的衝擊：「那是一種新的人種，他們的生命目標爲的是消費，他們的向度（dimensions）越來越少，失去愛、恨、抗議、憤怒、也失去了流眼淚、同情別人或革命的

能力。」[67]陳映真口中的「新種族」，乃是指六〇年代末迄七〇年代初出生的世代，和陳映真報導文學班底相比，約莫晚了近十年左右，以現今的說法即是介於五年級末、六年級初的一群（迄2020年已屆五十歲的世代）。

陳映真歸納指出他們的幾項特質在於：一、只關心自己的需要與滿足，無法理解他人的疾苦。二、耽溺於電視聲光影音，缺乏參與、關心、研究以及行動之熱情。三、過早學會了以金錢解決問題，沉浸於消費物欲之中。四、惡劣的教育體系造就了不自重也不尊重他人的一代。亦即「新種族」被陳映真界定爲孤獨、強烈自我中心、對他人與生活毫不關心、心靈空虛，以及在性別和政治上號稱「中性化」的一群[68]。這樣的看法延續至2003年，當陳映真擔任第廿五屆聯合報文學獎短篇小說獎決審委員，對於參賽作品過於一致性的現象，仍舊從「新種族」論述邏輯予以抨擊：「現代人的生活最大的特色就是高度資本和消費的社會化以後，消費主義支配了他們的生活……他對人生沒有是否、看法、意見，當然更沒有批評、批判的態度，他就是活生生地表現他在當代的消費生活裡自己的慾望、生存的狀態。」[69]換言之，陳映真一貫論述的策略，即是將論述對象置於鉅觀結構中，尤其是資本主義、美日帝國流行文化霸權的籠罩，在這個結構中，人非但沒有自我與自主意識，甚至形同盲從、附從體制的共犯，故《人間》關注新種族旨在培養其關懷社會、關照弱小者的視野，意欲使其具備愛與希望而非消費與慾望。

在《人間》第17期（1987.3）「人間青年」專題報導中，透過〈《新種族》一個隨機問卷的分析報告〉（以下簡稱「《新種族》」），以兩百份問卷調

---

67 陳映眞，《美國統治下的臺灣（政論及批判卷）》陳映眞作品集13，頁117。〈大眾傳播和民眾傳播〉，原載《八方文藝叢刊》第7輯（1987年11月）。另參見，陳映眞，《鳶山（隨筆卷）》陳映眞作品集8，頁237。〈作爲一個作家……〉，原載《聯合文學》第4卷第2期（1987年12月）。

68 陳映眞，〈新種族〉，《中國時報》（1987年1月16日），第8版。

69 陳維信，〈爲新世紀小說創作體檢：看著自己肚臍眼．我、我、我的年代——第二十五屆聯合報文學獎短篇小說獎決審紀要〉，《聯合報》（2003年9月16日），第E6版。

查活躍於東區、廿歲左右的年輕人，歸納出新種族的六個主要面向：一、他們擁有來自家庭給予的零用錢（每個月平均四千元），且泰半花費在吃喝玩樂上。二、這些吃喝玩樂的場所，尤以電影院、舞廳以及速食店爲最。三、他們不喜歡和家人聚在一起，卻天天與同儕朋友形影不離。四、在閱讀品味取向上，男孩喜於《讀者文摘》、《機車月刊》等，女性則偏好《儂儂》、《時報周刊》等，顯示保守、逸樂的中產階級以及通俗文化取向。五、他們最大的願望是有錢、有勢、有權，不再像過去那樣希望成爲政治家、律師等。六、政治態度保守，計有近三分之一的調查者認爲「政治與我無關」，而主張「統一」的答案則非來自獨立思辨，只不過是教育與政治口號的自然反應[70]。關於最後一點，顯然是陳映眞最在意之事，撰稿者特別提到主張「獨立」者並非指涉臺獨，而是「保持現狀」、「防止共匪來」以及「大陸不是我國」等。對此，該文指出新種族對於政黨政治偏好「多黨執政」，並非源於議會多黨政治理念，而是新種族「不喜歡別人管太嚴」、「自由自在」的心態有關。

也因此，《人間》指出這群青少年的特色在於：「過早地崇拜金錢、物質和商品，過早地喪失高遠壯大的理想和志向，過早地成爲虛構的『幸福宗教』的盲信者，過早地讓庸俗的行銷主義文明和消費意識有所浸蝕，過早地表現出對政治的保守、冷漠心態，過早地表現出對自己國家、民族的疏離與淡漠。」一連用了六個「過早地」來形容這群青少年，暗示其對於「新種族」的批判與失望之情溢於言表。這是《人間》一貫面對新種族的心態與刻板印象，開宗明義即否定青少年「質地頗好的怪誕與突兀」，也對於他們的行止「弄不清」。其批判的對象乃是飽食、富足中產階級家庭裡成長的一代，而〈《新種族》〉一文，其實也就是陳映眞發表於人間副刊專欄〈新種族〉（1987.1.16）一文的延伸版，認爲「消費社會的意識形態，如何已經向消費城市的少年和青年的心靈滲透了」，也就是這群不具生產力的族群卻擁有驚人的消費力，「已經成爲外來速食企業、美國進口香菸、地下舞廳、

70 邱韻芳，〈《新種族》：一個隨機問卷的分析報告〉，《人間》第17期（1987年3月），頁105。

服飾、唱片、音樂帶和音響設備等產業的主要或重要的訴求對象，每年的總營業量，可以高達數億新臺幣」。此一論調延續了陳映眞視六、七〇年代乃臺灣追求富裕、飽食的年代，則出生於此時期的新種族自然無法感受到匱乏的需求，而此富裕又拜美日帝國消費主義所賜，也就是陳映眞視爲「冷戰—民族分裂」的元凶，在美日影響下，使得年輕一輩「過早以金錢去度量人與事物，也容易讓錢削弱了他們在創造和學習上的努力」。

換言之，「過早地」淪爲資本主義操控的新種族，他們其實是「帝國主義—反共」、「美國—父親」以及「冷戰—戒嚴—民族分裂」下的產物，故而《人間》於創刊詞中指出：「我們抵死不肯相信，有能力創造當前臺灣這樣一個豐厚物質生活的中國人，他們的精神面貌一定要平庸、低俗。」如何喚醒「一世代青少年的集體性的精神與心靈」，乃是《人間》意欲實踐的目標，也是陳映眞主張以「愛和希望」作爲達成他所主張的反帝、反霸權第三世界論。因此，被收編於流行文化、官能文化以及逸樂文化的「新種族」，《人間》不僅要將其從荒廢、枯索的精神文明中拯救出來，還要喚醒其相互關懷的心，「能夠重新去相信、希望、愛和感動」。從這裡切入，才能明白陳映眞爲何主張「成爲一個作家」的先決條件，必須要先將文學從物質化、商業化的社會運作中解放出來，因爲唯有解放之後才能獲得自主，也才能「以文救國」，也才有辦法變革已經被資本主義制度化的世界，並從中達成第三世界論、第三世界文學的反抗精神，因爲「第三世界文學或電影，能嚴肅逼視人的解放，描寫著革命與反革命、侵略與反侵略」，而之所以要提倡第三世界論，乃是第三世界論足以對美日帝國作出批判思考，而美日帝國正是促成虛假臺灣意識的元凶。

這一論述邏輯貫穿了八〇年代陳映眞的理念，甚至成爲他預言十年後（1998）臺灣文化面貌的核心信念，他這麼寫道：「經過八〇年代激進社會科學與文藝思潮培育起來的更新一代，將使活動在七〇年下葉至八〇年代的整整一代年輕作家，忽然發現自己在思考和語言上，在九〇年代成爲不知所措的陌生人。」[71] 亦即陳映眞對於新世代始終抱持悲觀的看法，他念茲在

---

71 陳映眞，〈一九九八臺灣文化新貌〉，《中國時報》（1988 年 1 月 3 日），

茲的即是如何導正、拯救「新種族」，以期使他們熱切關注人、關注生活與國家，避免淪為「右翼－保守主義－中產階級」的俘虜。而關於「新種族」的析論取徑，《人間》將之區分成兩個層面：一是針對兒童生活與教育的探討，一是關注青少年的次文化呈現，兩者恰是從兒童到青少年的成長過程，故《人間》的作爲或可名之爲「救救孩子」。也就是陳映眞不僅欲以文救國，也欲以文救孩子，儘管他的立場是欲將中國意識、中國民族主義灌輸於年輕一代，藉此抨擊入侵的美日帝國消費文化，據以再造「中華新生的文化」。

故《人間》不憚其煩，製作攸關兒童、青少年的專題報導，例如兒童方面計有：第 6 期（1986.4）「怎樣的兒童，怎樣的未來」：針對分屬不同城鎮的孩童生活加以報導；第 8 期（1986.6）「六萬個孩子的聲音」：探討身心障礙兒童的人權與教育權等；第 23 與 24 期（1987.9、1987.10）「殘障人權系列」：探討白化症患者在臺灣的處境；第 32 至第 34 期（1988.6-1988.8）「臺灣兒童虐待問題」：指出臺灣有廿萬個兒童遭到虐待的事實；第 42 期（1989.4）「臺灣童顏四十年」：闡述自五〇迄八〇年代臺灣兒童的成長樣貌。至於青少年方面，較重要的報導計有：第 2 期（1985.12）〈空虛啊！空虛……黑夜裡不停流轉著的舞步〉、第 5 期（1986.3）大學生同居、第 16 期（1987.2）「《Where's the party》：中華民國第一次官辦青少年舞會掠影」專輯、第 17 期（1987.3）〈《新種族》一個隨機問卷的分析報告〉、第 23 期（1987.9）〈怒吼的大河，反叛的車龍〉、第 30 期（1988.4）〈除了牛肉，漢堡裡還有什麼？青年學生美式速食店打工的反省〉等。

從這兩個面向的報導看來，《人間》對於兒童問題著力甚深，無論是身心障礙抑或受虐兒童，不只大篇幅報導，也舉辦相關座談會、研討會，而其議題也受到主流媒體的關注，例如臺視、中視、《中國時報》、《中華日報》等，都對身心障礙兒童座談會的內容加以報導。面對國家未來的主人翁，《人間》乃是立基於聯合國兒童人權宣言第九條以思索兒童議題：「兒童有權在和平和友愛的氣氛中被養育成人。」「和平和友愛」對照陳映眞的

第 71 版。

第三世界論，乃是訴諸「爲了民族的和平與團結」。亦即縱使談論兒童問題，撰稿的論述脈絡仍不免透露了陳映眞的影響結果，例如談及受虐兒童如斯寫道：「冷漠、官僚化的社會和國家『研究』機器再度『漠視』了周子飛和戴老師。我無法不感到在『富裕』『進步』社會中深層的野蠻了……」[72]而這一「富裕」社會之所以野蠻，乃是沒被說出的「美日帝國霸權」的影響，要破除這一影響必須仰仗陳映眞視念茲在茲的第三世界論，也就是中國意識。

從本書附錄七整理的內容來看，《人間》論述的策略在於：「不知反省的富裕、飽食社會，殘害了國家幼苗。」「富裕」、「飽食」二詞，幾乎是八〇年代陳映眞的慣用語，不斷反覆套用於兒童、青少年乃至原住民、環保議題之上，也由於飽食社會習於資本主義機械化、物慾化的冷漠，以致《人間》認爲有必要改善兒童的處境，它們建議道：一、兒童福利法加以修改，使社工員具有法定調查之準司法警察身分。二、建立防治兒童虐待之警報系統。三、立法規範施虐者。四、探究兒童受虐的社會因素。五、推行相關之社會教育，拒絕成人的虐待。六、決策階層應改變「經濟掛帥」之預算理念[73]。這裡的「虐待」其實可以擴大解釋爲「壓迫者」，也就是壓迫與被壓迫的對位關係，未必只限於虐待兒童的問題，舉凡身心障礙兒童、早產兒遭到不公允的對待，都可視之爲其中一環，其論述的邏輯在於：現在的兒童、青年過度著迷於商業化→必須將之解放出來以獲得自主思考與精神文明→如此才能改造資本主義→也才能達成第三世界論、第三世界文學→有了第三世界論，也就足以駁斥美日帝國對臺灣意識的扭曲→也就能夠爲中國意識正名→由此完成民族團結與和平。

這套論述成爲《人間》面對兒童與青少年的基調，因而「過早的如何如何」、「工商社會高度競爭」、「飽食富裕社會」等幾乎成爲套語。第 6 期

---

72 陸傳傑，〈被因閉六年兒童：周子飛：一個極端的「漠視型」兒童惡待（Neglect Abuse）實例報告〉，《人間》第 32 期（1988 年 6 月），頁 56。

73 李文吉，〈搶救二十萬個被虐待的兒童！〉，《人間》第 32 期（1988 年 6 月），頁 41。

（1986.4）〈屬於兒童的，請還給兒童：都市兒童生活的追蹤特寫〉，作者開場即指出兒童「過早地接受了成人的號碼世界」，並且成爲不會製造麻煩的「乖」角色，也由於很早就接受了成人世界的邏輯觀，使得「工商業社會的高度競爭、成就慾望的強烈取向，也無不一一過早的降臨到了都市兒童的身上」[74]，而在第 17 期（1987.3）〈《新種族》〉中同樣看見了「過早的」一詞，而該詞又早見於陳映真〈新種族〉一文：「金錢關係過早地浸（按：侵）入青少年的生活，不但容易使青少年過早造成對鈔票的饑渴，容易使他們不顧一切去取得現款；容易過早以金錢去度量人與事物，也容易讓錢削弱了他們在創造和學習上的努力。」該詞意味著「兒童與青少年應該擁有屬於他們的純眞本質」，不該「過早」進入成人算計、複雜的世界。於此，《人間》將兒童與青少年的不快樂，歸咎於父母望子成龍以及教育制度的僵化，使得兒童與青少年遠離了大自然，走入不知伊於胡底的才藝補習班，也是由於主體被異化的結果，導致這批從小就「過早的接受成人世界」的一群，成爲日後的「新種族」：也就是冷漠、空虛、寂寞的世代。

此一空虛的心情反映在〈空虛啊！空虛〉（第 2 期，1985.12）一文中，自以爲是龐克（punk）的小傑在聽到蔡琴歌唱〈最後一夜〉，忽而想起自己已是廿二歲的事實，繼而感嘆道：「我二十多年來的生活彷彿是空的，啊，empty（空虛啊）！」原是崛起於七〇年代末英國、以反叛教條以及批判社會著稱的「龐克」文化，挪移至小傑身上，竟成了反對一切「使他生活煩悶，又不能讓他盡情墮落的事物」，亦即小傑等人誤解了龐克的社會意義，成爲只不過是生長於富裕家庭，卻無所事事、終日沉溺於嗑藥跳舞，以及空談而不知所終的背景音樂，他們出沒於中山北路一帶的同志俱樂部裡，任憑嘈雜的氛圍充斥著五官，其中一位受訪者提到：「我不希望我被介定爲男的或女的，你曉得。我是自由的、沒有性別的，也就是中性的。這樣，我和各種朋友在一起，就能解除彼此間因性別帶來的障礙。」這是〈《新種族》〉用以指責青少年不具思想、只知關注自我的敘述，而更饒有興味的對話是，當採

---

74 余小民，〈屬於兒童的，請還給兒童：都市兒童生活的追蹤特寫〉，《人間》第 6 期（1986 年 4 月），頁 17。

訪者問起：「有沒有你們喜歡的？文學、社會、政治……？」受訪者回答：「政治和我們沒有關係，不過……作爲一個公民是應該去關心的對不對？」這類說法其實後來都成爲〈《新種族》〉批判的底蘊，亦即青少年既不關心政治、也不關心社會，只表現出親美日而輕貧困，更遑論愛（中）國、愛世人，遂被陳映眞指責爲「言談舉止不遜而怪異、在服飾、性事（sexuality）和政治上號稱『中性化』」的一群。

這一指責在「《Where's the party》：中華民國第一次官辦青少年舞會掠影」（第 16 期，1987.2）專輯更爲明顯，《人間》如斯描述道：「八十年代正接受美式漢堡文化洗禮的臺北青少年，頂著中華民國官方規定的平頭和短髮，身穿日本原宿風的衣服，在熱烈的歐美歌曲中，腳頓點腰扭動、忘情地舒放著肢體…… 」[75] 儘管論者試圖將「新種族」的問題歸咎於教育制度，指出官辦的舞會「在無能解決眞正癥結問題的時候，單獨開放舞禁，會不會無形中導引、而徒然強化了學生的官能逸樂傾向」，但其論述的核心，乃是關注美日帝國主義、資本主義如何對臺灣青少年產生影響，使得青少年趨向了逸樂化、商品化以及官能化，這些看法後來都總結在〈《新種族》〉一文中，故而《人間》眼中的青少年乃是：「六十年代最後兩年出生，成長在富裕、飽食社會，在升學結構的僵硬、零碎的教育中喘息，對人類、社會、國家、歷史和世界澈底冷漠，在各式各樣的商品流行文化中漂泊，在強烈官能性西方流行音樂中宣洩年輕的、內面的抑壓（按：壓抑）與火燄……一世代新人種在臺灣都市裡登場了。」[76]

也由於這一觀察，《人間》憂心臺灣中產階級的青少年成了「異種」，是四十年來經濟成長、愚民教育、思想箝制、唯開發主義和 GNP（國民生產毛額）崇拜的扭曲產物，倘若不加以反省和批判，「我們擔心一世代青少年的集體性的精神與心靈的頹廢，將是對愚昧和腐敗的成人社會最殘酷的復仇

---

75 陳水邊，〈《Where's the party》：中華民國第一次官辦青少年舞會掠影〉，《人間》第 16 期（1987 年 2 月），頁 31。

76 曾蘆花，〈臺北：小江和小夏〉，《人間》第 16 期（1987 年 2 月），頁 31。前引出自該文頁 32。

和報應」[77]，同樣的觀察也出現在陳映眞〈新種族〉中：「年方十七、十八的生命中，就蛹宿著空虛感的這一代青少年，無論如何，是令人悲傷的。如果成人的世界再這樣紙醉金迷，不停下爲富裕而狂奔的腳步，好好的反省，這成人的世界，終於不免要付出慘重的代價。」對「成人社會最殘酷的報復和報應」、「付出慘重的代價」，這是《人間》面對諸多議題慣用的結果論，然而所謂「報復和報應」、「代價」等語實質所指爲何？《人間》並未進一步闡述，只是不斷發出警訊，要讀者思索這一現象的嚴重性。這些著眼於結構宿命論的說法，不難察覺《人間》對於逸樂化、流行化以及官能化的青少年抱持負面觀感，相對於這批由中產階級孵育的青少年，《人間》對於上街飆車的年輕工人反而抱持同情姿態：「長期以來臺灣工人一直沒有發言權，工人僅僅是一個沒有臉孔，沒有社會地位的族群。如今藉由他們自己創造出來的飆車次文化，終於在傳播媒體上取得一席地位……」[78]這是《人間》面對八〇年代中著名飆車文化的基本看法，在著眼於這群十六歲至十九歲、泰半爲國中學歷、職業多以工人爲主的青少年，《人間》在論述上顯然口氣緩和許多，其將「飆車」視爲一種集體性的發言、是「工人的民意」。

這群匯聚於中南部飆車的工人，顯然因著《人間》長期以來關注被壓迫者、無產階級的議題，使得《人間》站在同情的立場予以析論之，也就凸顯《人間》確實致力於挑起中產階級的罪惡感、強化弱小者的可悲。不過弔詭的是，《人間》又指出飆車工人深受機車廣告——也就是資本主義——的掌控，甚至爲了和別人一樣擁有帥氣的機車，工人顧不得自己沒有經濟能力，寧願分期付款去購買機車而導致「慢性負債」，且購車的舉動又是將賺來的工資交回資方手上，導致飆車工人「永世成爲資方和商業手段下的奴隸」。於是，本質上其實也是「逸樂」的飆車舉止，經由《人間》不斷試圖將飆車形塑爲「自覺的工人運動」，而產生了資方壓迫勞方、勞方無處可發洩，而走上飆車一途的必然邏輯。然而，大部分受訪者顯然並不認同或理解「工人

---

77 邱韻芳，〈《新種族》：一個隨機問卷的分析報告〉，頁 107。

78 官鴻志，〈怒吼的大河，反叛的車龍：飆車現場的深層採訪報告〉，《人間》第 23 期（1987 年 9 月），頁 105。

運動」的意思，甚至「有人表示從未想過這個問題」，顯然年輕工人的訴求並不在反抗資本壓迫，而是「蓋賽車場」這類享樂化的議題，只不過《人間》一廂情願將此飆車行徑視為「次文化的反撲力量」，並將這群工人描述成「被廣大社會『拋棄』的邊際人……打擊力量越大，反彈也就越大」，問題是，飆車族中有多少人是為了抗議而存在？有多少人是「受壓迫的工人」？有多少人和都會青少年一樣「言談舉止不遜而怪異」？

對照《人間》批判都會享樂青少年、同情鄉村飆車工人，顯見《人間》面對這類議題何其二分法，於是「街頭」代表正義，「室內」意味著墮落；「鄉村」代表著弱者，「都會」意味著壓迫者；「工人」是奮起的，「新種族」是耽溺的，二元劃分使得《人間》在青少年的論述上陷入了宿命的結構論，不斷以「過早地喪失」、「過早地崇拜」等語描述都會青少年的處境，而動輒以「雙重性壓迫」、「制約」來描述飆車工人，從而得到這樣的結論：「前者（按：飆車）是臺灣工人創造出來的一種次文化；後者（按：新種族）大都來自中產家庭，但程度上比較受到社會包容，甚至高雄和臺北兩地政府，曾經為他們舉辦雷射舞會。至於參與飆車的臺灣工人，在創造空間上比較受到制約和壓迫，也是飆車文化的悲劇性格。」[79] 殊不知，飆車已然破壞了社會秩序而危及用路人安全，警方睜一隻眼、閉一隻眼難道不也是一種「社會包容」？

《人間》對於中產階級的譴責始終不假辭色，這與陳映真主張「知識分子必須先覺醒」有關，也與《人間》立志從弱小者的眼光看世界有關，故而工人是弱小者，而中產階級是壓迫者；工人可以創造次文化，而中產階級則飽食終日；工人必然起而反抗，中產階級必須虛心檢討，唯中產階級不可能瞬即放棄他們既有的控制力與利益，而這也就與飆車工人次文化產生了衝突，這才是《人間》認為飆車狂潮的主要癥結。而當時的主流媒體泰半是立基於執法者的角度，故同樣發生於 1987 年 7 月 24 日屏東佳冬戰備道路上，機車騎士與警方互撞而導致群眾不滿事件，主流媒體如斯寫道：

---

79 官鴻志，〈當工人「飆」上街頭：飆車族的社會學根源〉，《人間》第 23 期（1987 年 9 月），頁 115-116。

> 昨天不少人風聞這條戰備道路有飆車，下午三時許就聚集不少看熱鬧的人，各警察單位也派出警網巡邏。四時許三輛機車從靠近枋寮的南邊向北行駛，一輛編號「八六二」的警車看到迎面而來的三輛機車，突然左轉意圖攔住盤問，其中兩輛機車騎士見狀快速閃避駛過，另一輛由林邊鄉民張煌鑫（廿二歲）駕駛因閃避不及撞上警車而人車倒地，不但機車撞毀，張煌鑫的大腿也骨折。當時適有青田交通公司的大貨車停在路邊，司機看到機車撞上警車，大喊「撞死算了！」引起圍觀民眾的不滿，紛紛拿石頭將貨車擋風玻璃砸壞，司機嚇得趕緊走避。[80]

主流媒體顯然是從執法者的角度去描述這場衝突，而《人間》則站在受害者的角度去陳述：

> 枋寮交通隊警員林順德、傅榮之駕駛一輛巡邏車，朝鵝鸞（按：鑾）鼻方向取締一位不知名的飆車青年，卻因警車速度不夠而取締未果。這時候，警車突然以九十度轉彎，跨越馬路中央，逆向轉彎，撞上了騎車過路的青年張煌鑫，當場，張煌鑫拋落十餘公尺，左腿骨折斷，腦部受創。據現場目擊者許俊男表示，兩名警員下車即刻用腳猛踢張煌鑫，命令他站起來。張煌鑫哀求：「我的腳折斷，站不起來。」警員竟大聲斥責：「我甘願把你撞死，甘願接受法律制裁坐牢。」（頁 113）

一說是警車意圖攔查而導致張煌鑫閃避不及撞上警車，一說卻是警車逆向撞上了騎車路過的張煌鑫，兩造說法差異頗大，凸顯《人間》意欲從主流媒體手中，搶回形塑飆車工人形象的詮釋權，所以它說：「輿論界一貫地站在既有體制的立場考慮，始終強調警察公權力代表了法律尊嚴和國家權威；

80 佳冬訊，〈攔截飆車，風波掀大，屏鵝路上，警車被燬〉，《聯合報》（1987 年 7 月 25 日），第 5 版。

但是輿論界不曾自我反省，也刻意不提公權力如何變成了合法暴力⋯⋯」也正是這一暴力促使飆車風潮更形激烈，而這正是《人間》呼籲「帷（按：唯）有重視臺灣大眾媒體的弱質結構，才能夠客觀地探討飆車行動爲什麼會迅速地流行起來」。換言之，《人間》將飆車之舉訴諸受壓迫的一群，從而達成行爲的正當性，也就揭露體制的不公、國家機器的粗暴以及主流媒體的侍從心態。由此，《人間》區別了它與一般新聞報導的差異，即是從當地人的眼睛去看世界。然而，這也容易形成一種報導上的風險：飆車族裡有多少是校園中輟生？是否足以稱之爲工人階級？而逗留於臺北東區的青少年，比起飆車的工人是否更加具有逸樂傾向？事實上，街頭青少年本來就比校園裡的學生更具有逸樂、流行以及消費的可能，故《人間》欲從東區青少年調查中，找到立志做大事者無非緣木求魚，而欲從同樣是以享樂爲出發點的飆車族建立社會意識，無非引喻失義，亦即《人間》的二分法並未具備一致的比較基礎，如果換個角度調查第一志願高中的同齡青少年，想必「新種族」的定義當有另一番解釋才是，這也是讀者認爲《人間》可針對「資優生」及「資優教育」作一探討之故（第 18 期，1987.4）。

對於工人階級的同情以及對於新種族的譴責，同樣也出現在《人間》對於都會小孩與鄉村乃至山地小孩的態度上。於是乎，都會小孩忽視了原有的生活，而鄉村、山地小孩則在「生活的歷練和技巧上，是多麼豐富」；都會小孩「筋骨被強迫在桌椅上彎曲著」，鄉村、山地小孩則「蹦跳有趣的腳勁」，如此一來，「兒童的歡樂、活潑和朝氣，就這樣一點一滴地失去了」[81]。二元對立的比較，在在曝露了《人間》自創刊以來的編輯策略：激發中產階級的愛與希望，從而挽救其荒廢、枯索的文明精神。相對的，它在專題製作上也反映出對於中產階級的譴責，尤其是對於影響這一族群甚深的美日帝國消費主義，其抨擊更是不遺餘力。在第 30 期（1988.4）〈除了牛肉，漢堡裡還有什麼？青年學生美式速食店打工的反省〉即提出三個值得年輕人思索的課題：一、打工的學生並未自覺到自己已經投入勞動市場，而這

81 余小民，〈屬於兒童的，請還給兒童：都市兒童生活的追蹤特寫〉，《人間》第 6 期（1986 年 4 月），頁 20。

個勞動市場的工資結構其實是不公平的。二、美式速食產業「人性化管理」的神話，有利於加強勞方被剝削性格的「不自覺」，亦即透過勞動包裝「光明、進步、合理、歡樂」等，美式速食剝削了打工學生的勞力。三、服務業整體環境惡劣，使得美式速食工作市場得以透過低待遇、高工時以及聘請大學生，吸引更多顧客與員工上門。

《人間》再三反覆闡述資本主義的邪惡、打工學生並非基於生計而是享樂的心態等，從中得出了結論：「在產業生產現場，他被要求成為一個勤奮、寡慾、刻苦……的生產勞動者，以利勞動剩餘之增加；一旦走出了勞動現場，一個大眾消費社會要求他盡情解放慾望，滿足慾望，把辛勤掙來的工資，做最大可能的消費，以利勞動剩餘的現款化。」[82] 其悲觀表示，這套工作邏輯成為臺灣資本主義勞動和消費的「先修班」，換言之，撰稿者再次高舉陳映眞式的「美日帝國─冷戰體制」之結構論，預言箇中的民眾、人群必然無逃脫之可能，因為這些中產階級對於自己的文化和民族命運「緊閉著眼睛」，美式速食遂成為一個沒有邊境、日不落之產業，尤有甚者，致令「青年和學生忘卻自己民族所累積的深刻而嚴重的難題」，這一難題即是兩岸民族無法和平的團結、臺獨主義甚囂塵上。於此，我們再次意識到陳映眞式的論述邏輯，對於 1984 年 1 月引入臺灣的美式速食連鎖店，撰稿者再次依循陳映眞的論述模式，將美式消費主義、資本主義，打造成一個致使本地青年與學生迷失、乃至忘本失根的「邪惡」體系：「他們打工賺的錢，多半是為了滿足不斷被激放起來的消費慾望，買衣飾、唱片、跳舞、玩耍…… 」這樣的論述其實正是再次依循〈新種族〉一文指責青少年耽於享樂的觀點，是對青少年逸樂化的指責，也是對打工生產勞動結構的指責。

在立基於抨擊、責難的報導模式下，「一代不如一代」遂成為其感慨，也是讀者不服氣投書表示：「事實上，我們自認並未喪失『歷史與青年壯偉之夢』，我們深具憂患意識，熱愛國家，熱愛社會…… 」（第 18 期，1987.4）讀者希望可以給「新種族」一個更多元的面貌，而不僅是「這一代

---

82 曾淑美，〈除了牛肉，漢堡裡還有什麼？青年學生美式速食店打工的反省〉，《人間》第 30 期（1988 年 4 月），頁 138。

青年如此不爭氣」之嘆，亦即當「救救孩子」變成「規訓孩子」，新興的一代也感到不耐。事實上，《人間》喚醒青少年的精神方式，乃是揭露看似充滿實則空虛、看似華麗實則衰敗、看似炫耀消費實則寂寞難耐的現象，以負面的視角挖掘了「誰」影響青少年？影響的層面？以及影響的結果？也就是慣用挫折、羞辱、落後以及停滯等敘述風格，刺激中產階級回望青少年、看望兒童問題，指出兒童與青少年都面對著消費社會的無孔不入，然而傾向於同情無產階級、弱小者的立場，卻也使得中產階級的小孩不斷遭到抨擊爲「冷漠、疏離」的一群，兩造長期對比下來，對於中產階級關注兒童與青少年議題是否有所幫助、是否足以鍛造「理想的」國民性，以及甚至激發兩造階級的理解，其實都值得商榷。

從「救救孩子」演變成「規訓孩子」，《人間》著眼於兒童與青少年的生活加以針砭細察，固然喚醒了當局乃至中產階級對於兒童與青少年議題的關注，但過於機械的、鉅觀式的論述，也導致在大聲疾呼拯救殘弱兒童外，包括兒童、青少年的素養如何鍛造、該鍛造成什麼特質皆力有未逮，顯然《人間》志不在建議而是揭露現象，不免使讀者面對其議題時，湧現巨大的無力感、「不敢細細咀嚼、思量，深怕觸痛脆弱的心靈」，但也是因爲逼視兒童與青少年，連帶也使得《人間》得以與當時的社會氛圍作一結合，亦即由此延伸而來的諸如同性戀議題、兩性議題，都在《人間》中得見其身影，不過比較第 7 期（1986.5）以及第 33 期（1988.7），時隔兩年餘，《人間》面對同性戀的看法從「正視同儕團體的問題」到「社會可曾提供什麼正路」，由此可知《人間》「規訓」的本質，故必須導引其走向「正路」，也就是它在創刊詞裡，念茲在茲的意欲挽救人之精神文明與文化生活。

二、湯英伸事件及其弱小之人：境內殖民與漢族罪債

對於青少年與兒童議題的關注，乃是《人間》致力於以人、以弱小者爲出發點的實踐結果，意欲藉此賦予中產階級反省與批判的動能，使其意識到自身的「罪債」而興愛與希望之心，從而完成第三世界論抵抗帝國主義的要求。事實上，關注人的報導文學做法並非始於《人間》，遠於七〇年代末、八〇年代初，報導文學即逐漸從踏查鄉土轉向探訪庶民——例如傳統藝師、

表演明星、專家學者等——的探訪，包括林清玄、心岱等都出版了多冊訪談集，例如：林清玄《傳燈》（1979）、《在刀口上》（1982）等；心岱《民間瑰寶》（1983）、《聚寶盆：臺灣社會的軌跡》（1986）等，等同庶民受到了報導文學家的關注，扭轉了前此以鄉土踏查為核心的題材，這一轉變也與新興社會運動有關，即爭取自身的權益，故而凸顯出作為人的尊嚴的重要性與必要性。

箇中最具代表的事件當屬1982年柏楊於人間副刊連續兩日刊載〈穿山甲人〉（7.12-13，該文同時刊登於香港《百姓半月刊》），也就是馬來西亞染患「魚鱗癬樣紅皮症」的張四妹，罕見的疾病搭配令人吃驚的三張照片，在柏楊深富渲染力的筆觸下，不僅媒體爭相報導，也獲得廣大回響，長庚醫院更願意免費治療張四妹的疾病。透過報導文學的傳播，讀者捐款逾臺幣一百四十餘萬元、港幣三萬七千元，最終張四妹來臺醫治病情迄離臺的過程都被集結成書[83]，顯見當時柏楊一文影響力之大。該文以寫實的筆描述第一眼目睹張四妹的模樣：「頭髮全無，光禿的頭頂，雙眼幾乎呈五十度角度的向上吊起，鼻子塌陷，嘴唇突出，牙齒像墳崗上凌亂殘破的墓碑。而其中一個門牙，卻跟大象的牙一樣，衝破尖聳的嘴唇。」柏楊寫道：「我內心充滿了慚愧，慚愧我軟弱無力……但我願跪下來，感謝有人能：『拯救一個最可憐的中華女兒。』」「中華女兒」這樣的字眼將「國家—民族」轉化成「民族—人民」，為柏楊的作品發揮了「大愛」，這樣的手法其實也見諸《人間》諸多篇章，例如〈我不是小丑，我僅僅是一個矮子！〉（第1期，1985.11）、〈山崁頂的囚徒：狂人買主生與流浪漢跛腳宗仔的孤絕世界〉（第7期，1986.5）、〈等天一亮，太陽依舊會照在這大同農場上〉（第13期，1986.11）等。而在張四妹的事件中，也可見報導文學家對其加以描述，林清玄即著眼於張四妹與杏林子（劉俠）見面的模樣：「我們坐在杏林子和張四妹面前，聽不到她們的呻吟和吶喊，只聽到笑聲向窗外流去……她們何其不幸面臨了災難，又從災難裡何其幸運的體會到正常人往往忽視的愛

83 回饋叢刊編輯委員會主編，《穿山甲人》（臺北：四季出版事業有限公司，1983年初版）。書封副標為「張四妹跨海的骨肉之情」，惟版權頁並未納入。

的眞理。」[84] 相對於林清玄充滿感性的筆觸，當初披露此事的柏楊反而憂心道：「我怕的還是她心靈的轉變，她會不會認爲她所享受到的關懷是永恆的？是普遍的？人人對她都是如此？經過繁華耀目，眾星捧月般的臺北三月，她還能不能安於淡邊村本來的平淡生活？」[85]

〈穿山甲人〉其實可以視作《人間》報導文學的前身，乃因它對弱小之人的關懷吸引了廣大讀者的目光，也就意味著報導文學不再只限於農漁工礦、也不再只囿於臺灣鄉土，而係轉向對「人」的關注，使得人與環境、人與社會以及人與文化如何互動受到正視，而這恰是《人間》關注「弱小者」、關注「人」的緣故。事實上，關注弱小者可與前述青少年議題作一結合，也就是「救救孩子」乃是協助弱勢的孩子獲得更好的環境，以作爲培植民族精神之準備；而「關注弱小者」則是激發中產階級去看望中下階層，希冀激發其信望愛的精神，也就是建構第三世界論的內在精神，進而挽救精神文明、達成團結與和平的民族主義。故從弱小者看臺灣，不僅是爲了契合《人間》的編輯主張，也是爲了促使中產階級走進「人間」，從而獲得田野踏查的眞實經驗、群眾經驗。

對於弱小者的關注，在《人間》可區分爲兩大類，一是無產階級，一是少數族群，前者多聚焦於工人階層，後者多關注原住民。也由於原住民往往擔任工人角色，故兩者又經常合爲一談，例如第 17 期（1987.3）〈雛妓奴隸籲天錄：臺灣雛妓的血淚證言〉，箇中談的雖是雛妓議題，但因人口販子經常鎖定原住民，加諸原住民又是弱勢族群，因此原住民與勞工往往成爲共同體。其中，最引人矚目也是陳映眞日後經常提起的個案，乃是發生於 1986 年 1 月 25 日的「湯英伸事件」。出身曹族（後稱鄒族）的十八歲青年湯英伸，由故鄉阿里山特富野部落北上求職，經職業介紹所引介至翔翔電腦乾洗店，未料卻在工作九天後，殺害雇主等三人，幾近滅門的行徑震驚了社會。由於湯英伸具備原住民身分，又是嘉義師專四年級肄業的學生、且從未有過

---

84 林清玄，〈生命尊嚴的見證：杏林子與張四妹會面〉，《中國時報》（1982 年 10 月 29 日），第 8 版。

85 柏楊，〈送別與叮嚀〉，《中國時報》（1982 年 10 月 30 日），第 8 版。

前科，對於向來關注弱小者的《人間》而言，「湯英伸事件」顯然是一個相當具有推論性的「個案」，它符合了陳映眞向來秉持的「境內（漢族的）殖民」論述，爲此，編輯部議論的焦點集中在「臺灣社會現代化過程中，少數民族的文化差異與適應問題上」，也就是《人間》意欲從中找出一名師專學肄業生，自原住民部落到臺北工作九天後，何以在短時間內竟變成殺人兇手？究竟是「誰」造成了這一罪愆？誰才是「眞正的兇手」？

在官鴻志著名的報導文學作品〈「不孝兒英伸」〉（第 9 期，1986.7），闡述了事件從案發到二審結束的歷程，包括湯英伸及其家人的心情與互動，以及湯英伸出身之地特富野部落、原住民文化的探討與理解，論述核心集中於「爲什麼一個師專肄業的山地青年，一個能詩能歌、深受族人喜愛的好兄弟、好朋友，一個剛剛才滿十八歲的校園裡的運動明星，只來到臺北幾天，只是初次的工作，就犯下了如此的滔天大罪呢？」其顯然有別於主流媒體報導，也就是湯英伸罪大惡極的說法。在一般主流媒體強調新聞時效性，以及秉持傳統新聞學強調公正、客觀的條件下，面對「湯英伸事件」僅以看似客觀且平板之語氣闡述：

> 為了想辭職老闆不肯，十九歲受過專科教育的湯英伸，昨天凌晨涉嫌持鐵撬將臺北市翔翔電腦自助洗衣店老板彭喜衡夫婦兩人打死，又將老板的兩歲女兒毆打後摔到地上受重傷不治，造成了幾乎滅門的血案。[86]

> 臺北市新生北路翔翔電腦乾洗店，廿五日凌晨發生一起幾近滅門的三人命案。洗衣店老板彭喜衡、王玉琴夫婦及其二歲的小女兒彭珊珊，慘遭所雇用的工人湯英伸殺害，所幸另兩名小男孩在案

86 臺北訊，〈辭職未獲准，血染翔翔洗衣店深夜揮鐵撬，奪走彭家三條命：老闆夫婦頭破喪生，無辜稚女慘遭摔死，兩兒噤聲逃劫難，兇嫌湯英伸投案〉，《聯合報》（1986 年 1 月 26 日），第 5 版。

發時，躲在棉被裡未被凶手發現，而逃過一劫。[87]

這是典型的新聞報導模式「5W1H」法則，也就是著眼於倒金字塔型的寫作模式，而其內容是不帶感情的客觀陳述，在這樣的撰述下，當事者乃至受害者泰半淪爲平板化人物，且多數媒體乃是著眼於譴責加害者、同情受害者。縱使當時的媒體也進行了特稿撰寫，但歸納湯氏犯案的動機乃是出自於：「沒有工作經驗的湯英伸……在一家餐廳當服務生，但幹了沒幾天覺得工作太苦不幹了……在洗衣店裡工作了八天，雖然管吃管住，但整天待在店內洗衣服，實在不比當學生時舒適，再加上在老闆家睡覺，連張床也沒有，心裡越想越不是滋味，加上快過年了，想到家中的溫暖，因而又想不幹了。」[88] 重複兩次「不幹了」使得讀者易認爲湯英伸是吃不了苦的年輕人，而這正是《人間》意欲爲湯英伸「平反」之故。包括小說家黃春明、作曲家邱晨、原住民詩人莫那能等紛紛來到《人間》編輯部，希冀理解何以「山地青年」的命運爲何始終受到臺灣社會欺壓？爲了抵抗主流媒體敘事，《人間》從弱小者的視角去理解「是什麼社會的、文化的、教育的、個人的背景下，誤導了、刺激了、迸發了這樣的鉅痛沉哀」[89]？背反於主流媒體一致譴責加害人，《人間》不僅將討論的焦點集中於湯英伸的成長過程，還將這一犯罪視爲社會全體必須承擔的過錯，因爲「我們的教育體制缺少對青年的理解與愛護，山地和平地在文化、經濟、社會和心理上的格（按：落）差，城市傭工介紹所與介紹制度的欠缺管理，都是造成這個駭人聽聞的悲劇的重要的組織部分」[90]。

---

87 臺北訊，〈翔翔乾洗店驚傳血案，三人喪命，雇工湯英伸細故行凶，自動投案：辭職索回身分證未果，一時憤怒殺害店東夫婦及稚女〉，《中國時報》（1986 年 1 月 26 日），第 5 版。

88 方寶柱，〈爲家爲債，湯英伸休學北上負擔家計，受罪受累，難忍受現實殘酷闖下大禍〉，《中國時報》（1986 年 1 月 26 日），第 5 版。

89〈編輯室報告〉，《人間》第 9 期（1986 年 7 月），頁 9。

90 官鴻志，〈我把痛苦獻給您們……：湯英伸救援行動始末〉，《人間》第 20 期（1987 年 6 月），頁 42。出自「延緩湯英伸死刑執行申請書」內容。

亦即《人間》是從壓迫者與被壓迫者的結構論去看待此事，如此一來，其旨在從中探索原住民的處境，以及形成這一犯罪事實背後：「社會早已積累下來的罪惡」，其試圖將湯英伸事件導向「平地人對於山地人的歧視」，用陳映真的話術來說即是「境內（漢族的）殖民」結果，也就是湯英伸之所以犯下此案，並非完全出於個人所爲，而是社會體制不公、政策不當導致他在備受欺侮下，淪爲犯罪的執行者，眞正的過錯必須由全體社會去承擔。爲了實踐此一論述，在官鴻志長達近兩萬字、共廿一節小題的〈「不孝兒英伸」〉裡，可區分爲三個部分：其一，描述湯英伸犯罪的過程：特別側重湯英伸如何受到職業介紹所以及洗衣店的壓迫，尤其是最終湯英伸意欲索回身分證時，遭到洗衣店老闆責難：「番仔！你只會破壞我的生意！」這一「番仔」乃是普遍漢人對於原住民的歧視性字眼[91]，也成爲壓垮駱駝的最後一根稻草。其二，探索湯英伸的成長過程：包括在故鄉特富野部落的求學歷程、人格特質，指出偏遠山區部落資源有限，並從中訪談與湯英伸有所接觸的神父高義輝，以他個人成長經驗指出求學過程中，備受漢人嘲諷與誤解的心路歷程，並歸結湯英伸——也是普遍原住民——既自卑又自尊、試圖努力與漢人競爭卻不斷挫折的心情。其三，家人與嘉義師專同學的證詞：作者不僅描述了湯英伸的故鄉，也訪談了家人與嘉義師專同學對湯英伸的看法，發現湯氏乃是多才多藝、人緣極佳的孩子，雖然礙於記過上限而主動辦理休學，但部分過錯如抽菸等，其實是來自爲他人頂罪的結果，最終以辯護律師的理念指出：「不少的犯罪案例，往往是社會早已積累下來的罪惡所致」，將湯英伸自卑抑鬱的性格，與原住民弱勢文化作一連結，並由此推論弱勢文化難以適應城市生活，加諸職業介紹所暗藏陷阱，終究使得涉世未深的湯英伸犯下了殺人罪行。

其中，與主流媒體不同的差異在於，《人間》以細筆描述了湯英伸犯罪

---

91 張耀仁，〈以減法以理智面對小說：瓦歷斯．諾幹談《城市殘酷》〉，《自由時報》（2013 年 8 月 12 日），第 D9 版。在訪談過程中，瓦歷斯．諾幹提到湯英伸事件對個人的衝擊，尤其「番仔」一詞更是他面對城市經驗不快的根源，他甚至在湯英伸事件中寫信給湯英伸鼓勵他、安慰他。

的過程：

> 那天下午，湯英伸向彭老闆要身分證。他想辭掉工作回家，彭老闆的回答卻是——「番仔！你只會破壞我的生意！」「番仔」的辱稱，使他感到遭受重擊似的挫傷。原先講好每天五百元的工資，剛剛邱老闆卻說是二百元。照這樣盤算起來，八天的工資卻成了一千六百元，差借據上的二千二百元還有六百元，白白做了八天的工。
>
> 突然，彭老闆出拳打了過來，冷不防地，他被重重一擊。「彭喜衡，你不要看我瘦弱，好欺負！」……彭喜衡猛力一推，把湯英伸推到門邊。兩個人扭打了起來，一推一擋，湯英伸被推到洗衣機旁，順手抓起一支拔釘器，他奮力一揮，擊中彭喜衡的下巴……

和前述主流媒體「昨天凌晨涉嫌持鐵撬將臺北市翔翔電腦自助洗衣店老板彭喜衡夫婦兩人打死」、「加上在老闆家睡覺，連張床也沒有，心裡越想越不是滋味」等相比，《人間》顯然將讀者帶到了事發現場，不再只是目睹平板無感的描述，而是將湯氏受到的羞辱與衝突過程加以闡述。至此，可知〈「不孝兒英伸」〉乃是藉由「族群—臺灣歷史」的論述連結去為湯英伸的犯行辯護。故而作品中，特別描述了湯英伸的故鄉特富野，如何從窮鄉僻壤因著湯英伸父親湯保富的奔波努力，先是開拓了一條山區公路，繼而向曾文水庫建設委員會申請撥款而築成了富野大橋等，因著交通的開發，使得特富野居民每戶年平均增加了廿餘萬收入。透過族群的自我奮鬥，對照漢人與原住民之間的不平等關係，也暗示讀者：儘管原住民極為努力，卻受到漢人不公不義的對待，因而產生了自卑感，並由於自卑感作祟而使得湯英伸失控犯罪：「湯英伸到平地社會求學時，遇到客觀壓力，他身為山地人的自卑感就會被激發了出來，從而形成對於平地社會的一種激烈的反撥。」在此，「臺灣原住民歷史」被限縮於曹族青年被壓迫的結構之中，並被簡化為原住民被損害、被屈辱的主要原因，故而湯英伸的犯行其實也就是全體漢人的共業，是結構性問題而非個人行動所致。

這是典型的陳映眞式的論述邏輯，凡事皆可置入鉅觀結構中加以檢視，也就是「臺灣漢族資本主義的發展，和臺灣山地社會的不發展，正以正比關係不斷地擴大再生產著。作爲民族，臺灣少數民族在臺灣社會中蒙受漢族各種資本和外國新殖民主義資本雙重掠奪和壓迫」[92]，在這樣的邏輯運作下，《人間》塑型原住民的形象乃是透過關曉榮的兩大系列創作：「八尺門連作」以及「蘭嶼紀事系列」，此外並透過諸多勞工階層的議題，從中闡述原住民人權、工作權如何受到漢人的壓迫，然而弔詭的是，這樣的問題彷若全然不存在於中國大陸，從創刊到停刊，《人間》從未針對中國當局，如何壓迫少數民族如西藏作出有力的批判，不免顯出其預設立場如何偏頗。

也是爲了強化「醜惡、飽食的臺灣」，陳映眞格外稱許關曉榮所拍攝的一系列作品，乃因「他對四百年來臺灣開拓過程中，漢族人民對臺灣善良、美麗、有一定文化高度的原住民所積累的、罄竹難書的損害與汙辱的反省、清算和自我批判」，他並且說這樣的批判乃是「自覺地繼承漢族先人的罪債，承擔共犯責任」，這類經由「飽食」對照「飢餓」、「富裕」對照「貧困」、「苛酷」對照「弱勢」的用語，反覆出現於原住民議題的論述中，幾乎成爲《人間》所有記者面臨現場的心情：「冷漠成性的我們自己，使山地社會快速崩解的原住民政策，僵硬不肯理解年輕人的教育體制，都無法逃避這慘案的責任，無法不分擔一份最深的哀傷」（第 20 期〔1987.6〕，〈我把痛苦獻給您們……：湯英伸救援行動始末〉）、「原住民少數民族的落後與解體，和以漢人爲主體的社會發展之間，有著結構性的相互關係…… 」（第 12 期〔1986.10〕，〈幫你們蓋那個新動物園的時候…… 〉），凡此類似的敘述再三出現，形成近乎套式的理念，也顯見陳映眞對於報導文學班

92 陳映眞，〈序〉，收於關曉榮著，《尊嚴與屈辱：國境邊陲—蘭嶼．造舟》，頁 5。這段話與《人間》第 31 期（1988.5）李文吉所撰的〈斯馬庫斯部落：懸崖上的小野菊（Asayaki）〉有著極爲相近的論述模式：「廣闊第三世界和西方列強間的關係的歷史，具體而微地表現在臺灣漢人資本的發展與山地原住民的不發展…… 」，顯示李文吉一文當時曾受到陳映眞的修改，參見本書附錄八。

底的影響（參見附錄八）。而這一論述邏輯也是湯英伸事件中，《人間》經由族群的符號連結，將湯英伸事件處理成弱小者受到壓迫所致的結果，這一弱小者不僅是少數族群，還是一個甫滿十八歲的青年。故而此事件成爲該刊重要的報導對象，一是意欲關注向來遭到邊緣化的族群，二則秉持「救救孩子」的理念，三則是對於弱小者與壓迫者加以檢視：「誰」造就了這一不公不義的面貌。

《人間》對於原住民議題的關注，事實上也與 1984 年 12 月「臺灣原住民權利促進會」（簡稱原權會）成立有關，在日漸高張的原住民意識下：例如 1985 年 9 月 9 日吳鳳紀念園落成之際，數名原權會的成員進入現場，高舉白布條抗議，此一作爲勢必影響了《人間》聲援湯英伸的看法，在第 37 期（1988.11）回顧臺灣歷史中指出：「人間雜誌發起的『槍下留人』事件，基本上或可以代表自原權會成立之初，以及更早的少數而零星的漢族良知與智慧的歷史反省與救贖性的參與。」[93] 此語固然有著自誇意味，卻也透露《人間》意欲藉此「消彌民族的怨悱，促進社會的團結」，亦即著眼於「族群融合」作爲論述的起點，通過將弱小者置於壓迫結構之中，最終產生衝突乃至協商而達到「因爲後悔需要寬赦；因爲寬赦使愛得以完全，而社會需要因愛而反省、而新生」，這是陳映眞實踐第三世界論的方法，也是其念茲在茲的「愛與希望」。故而在另一篇同樣受到陳映眞稱許、由詩人曾淑美撰寫的〈雛妓奴隸籲天錄：臺灣雛妓的血淚證言〉裡，開宗明義指出：「原住民在政治經濟上對平地漢族經濟和社會的依賴和奴隸之不斷的深刻化，是在雛妓問題上，山地少女的命運尤其悲慘和嚴重化的主要原因。」這顯然是來自陳映眞不斷探究「漢族罪愆」的論調，直指漢族政經制度對於原住民的迫害，所以該文引述「彩虹少女之家」的報告指出：「地方上的（平地人和山地人）知識分子、也是意見領袖，故（雛妓）家長很容易（受騙）將家中的少女交託給他們。」[94]

---

93 關曉榮，〈向泛原住民運動邁進！〉，《人間》第 37 期（1988 年 11 月），頁 133。

94 曾淑美，〈雛妓奴隸籲天錄：臺灣雛妓血淚證言〉，《人間》第 17 期（1987

此一「漢人有罪」論在〈「不孝兒英伸」〉中還不是那麼明確，但到了第 20 期（1987.6）〈我把痛苦獻給您們……：湯英伸救援行動始末〉（以下簡稱〈我把痛苦獻給您們〉），進出五次阿里山特富野部落的報導者官鴻志指出：「一個被壓迫百餘年的民族，從而在漢族人的社會中從來沒有發言權的人，他們的手和腳，他們的思想與希望，一時候也掙脫不開這一層層的束縛吧。」又說：「我們漢族詩人楊牧則把吳鳳歌詠成『阿里山之神／全人類之神』……我們竟罔顧一個民族的尊嚴，去沿襲日本帝國主義所揑造、纂（按：篡）改的吳鳳神話，忍心去讓曹族的代代子孫生活在『吳鳳鄉』這個地名底下，永不能翻身。」最後，官鴻志指出：「只有受到屈辱的人，才能默默地吸吮著民族的哀傷與血淚。我們漢族人豈知道，『我們的手曾經是不乾淨的！』」[95]

官鴻志的說法其實也正是陳映眞的說法，因爲不斷表態「自己是罪惡」的，使得他認爲採訪湯英伸事件是「畢生難忘的教育」，也是從這個現實的教育中，官鴻志指出：「我們校園中讀了滿腦子理論書籍的進步學生，如果他們願意擺脫一切，下鄉去實踐，或許不失爲一個全面搞活山地社會的一條路子。」這樣的呼聲乃是訴諸中產階級，期許喚起他們的「罪惡感」，由此激發其愛與希望，而「有罪」這樣的概念又與宗教信仰有關，等同《人間》蘊含著濃厚的懺悔意味。而官鴻志因爲全然站在受訪者立場的心情去看待事件，以致當湯英伸的父親湯保富考量受害者處境，而拒絕《人間》到立法院請願時，如斯寫道：「我們都覺得湯英伸有罪，我們都覺得苦主家庭的慘變，令人震悼。但我不禁覺得自己的眼眶裡，燃起了呼赤赤的凶光。不禁地，在心中責怪湯伯伯的人格（按：前文描述其爲「高貴的、動人的人間風格」）。」不論是〈「不孝兒英伸」〉抑或〈我把痛苦獻給您們〉，官鴻志的書寫策略都不是經由明確的說理論述，去完成說服讀者思考脈絡，而是將上述的反省與控訴安插於作品之中，再透過對人物情態與事件進程的描述，使讀者感受到箇中傳達或緊張、或悲憤的氛圍，例如匯聚一百二十餘位社會

年 3 月），頁 11-12。前引亦出自該文，頁 11。

95 官鴻志，〈我把痛苦獻給您們……：湯英伸救援行動始末〉，頁 34。

賢達及多家雜誌社（新新聞周刊、當代雜誌、南方雜誌、文星雜誌等），簽署緊急延緩執行連署書上呈給總統蔣經國，並由《自立晚報》刊載「槍下留人！」廣告，另發起募款兩百五十萬的行動等，凡此種種都意在使讀者感同身受。

在這兩篇報導作品中，官鴻志確實傳達了《人間》向來主張的信念：以弱小者的眼光看世界，透過主觀見解向讀者傳達內容，藉此喚起中產階級關注「漢民族的罪債」與「他人的苦」，而此罪債的最終目的則是希冀讀者能夠「深刻認識到兄弟民族不論大小一律平等、珍貴的道理，並且進一步發展在多民族的祖國中各族人互愛互重的倫理的一個重要法門」，這是陳映眞的最終主張：臺灣必須與「多民族的祖國」和平共處、相親相愛。然而，湯英伸事件終究不單是民族壓迫這一鉅觀論的詮釋，箇中尚有「罪與罰」的實質與道德爭議，儘管在刊載〈「不孝兒英伸」〉的第 9 期（1986.7）《人間》中，也訪談了受害者一家〈冰凍的春天：悲劇前後的一家人〉，該文闡述受害者彭喜衡如何創業的過程，以及遇害後遺下的孩子如何生活等，但終究是以一種冷靜的筆觸去陳述，和〈「不孝兒英伸」〉極富渲染力的內容相較，顯得薄弱、也欠缺有力的論述邏輯，這也使得讀者對於《人間》的做法提出質疑：「被害人都該死嗎？還是被害者死不足惜……不曉得貴社一貫標榜的人道精神，如今在哪兒？」（第 10 期，1986.8）、「多提供讀者一些正反兩方面的訊息……何妨多細述些苦主之心聲……讓我們能夠以更客觀之態度來審思一件事情，而不會流於一時之激情。」（第 11 期，1986.9）事實上，就〈「不孝兒英伸」〉一文，也未能解釋何以湯英伸在三年師專的生活中，犯下單車雙載、不繡學號、爬牆等違反校規的行爲？卻一逕將湯英伸塑造成純眞熱情、喜歡寫詩、愛唱歌的受害形象，也就透露了《人間》面對此事的立場。

然而，質疑《人間》的報導不公，事實上也就是秉持傳統新聞學主張平衡報導的預設立場，但其自創刊伊始即主張報導的核心價值不在「客觀」，而是如何「主觀求證」？亦即在決定了報導立場之後，《人間》必須告訴讀者：如何確認原住民的弱勢，以及湯英伸如何被漢人欺壓？其意欲執行的是證實湯英伸的犯罪並非個人意志使然，而是整個社會、整個漢民族的不公不義結構下，導致他成爲「實行犯罪的工具」，也就是將個人的罪愆被提升至結構共犯，這是《人間》不斷追蹤此一事件的出發點，「任何採訪報導的人事題材，皆是活生生的人的問題，而不再是文化市場上的商品而已」，所以讀者要求該雜誌正反俱陳，無非誤解了其報導取向，也難檢視該刊報導論述的有效性，當然也就誤解了報導文學的初衷：反文化霸權、去殖民化。植基於此，《人間》對於原住民議題的關注，確實對漢民族文化霸權作出了反擊，儘管營救湯英伸的行動未能免除湯英伸執行死刑（1987.5.15 槍決），卻也促成「臺灣原住民發展協會」的設置，「爲湯英伸的生命留下關懷和盼望的見證」[96]。

從報導的表相來說，《人間》一方面營救湯英伸，一方面也藉由報導湯英伸事件，促使漢人更加理解原住民文化與生活，畢竟當時媒體仍多從漢民族的視角逕付報導，爲原住民發聲成爲當年非主流媒體的訴求，也使得原住民議題流向主流媒體。其中，與《人間》有著同盟關係的人間副刊，針對此案發表了多篇論述，包括黃怡〈贊成死刑的請舉手：湯英伸案的感想〉（1986.7.18）、林鈺雄〈個案正義的盲點：從湯英伸與 M 女嬰談起〉（1987.7.30）、陳志龍〈槍下留人？現在是立法廢除死刑的時候〉（1987.7.31），這些篇章闡述了原住民的處境，以及對於「法律公平」與「社會不公義」的辯證，也因爲付諸行動以及涉及結構論，使得整個事件多年後仍被記住、引用，因爲它不只是單純的殺人事件，也是「優勢民族與弱勢民族的互動問題」，在報導文學與紀實攝影的陳述下，原住民的工作權、文化權、生存權等受到社會正視，也展現了《人間》立基於弱小者的報導立場，從第 10 期迄第 24 期（1986.8-1987.10），橫跨一年餘的時間，《人間》持續關注此一事件：「整整的一年，我五次上山到特富野採訪。編輯部也再三地督促，有關湯英伸的牢獄生活和審判結果，必須持續地追蹤報導。」官鴻志對於採訪過程的說明，事實上也是《人間》對旗下記者的要求：多次訪談、主觀求證，近乎質化研究深度訪談、田野調查法，使得《人間》的報導經常是由蹲點而來，遠非七〇年代蜻蜓點水式的一次性訪談。

96〈編輯室報告〉，《人間》第 24 期（1987 年 10 月），第 11 頁。

《人間》令人稱許的，恰是因爲媒體性質不屬於日刊的緣故，得以透過較長時間去完成報導，這也延續了報導文學植基於走出書房、走進社會的信念，並延續高信疆提倡報導文學的說法：讓傳播者與讀者從報導現場獲得「教育」，包括如何關愛、如何面對人的生命尊嚴。而這也是《人間》引領報導文學與一般新聞最大的差異所在，無論是老人買主生被囚案（第7期，1986.7）、反對臺中縣大里鄉三晃農藥廠（第3期，1986.1）、反杜邦於鹿港設廠（第10期，1986.8）、「來自臺灣森林的緊急報告」（27期，1988.1）、「肺結核肆虐下的秀林鄉」（第31、32期，1988.5、1988.6）等，皆因爲實地踏查的報導行動，促成了諸如將老人買主生救出被囚的山崁頂、發起「撥電話，防公害」運動（反三晃農藥廠）、檢察官追究官商勾結盜林、花蓮門諾醫院成立「山地鄉肺結核醫療基金」等，換言之，報導文學在《人間》已足展示其作爲行動文類的特質：介入社會、參與社會，不再只是觀察者的角色，還是運動的發起人、催生者，這些作爲與八〇年代中期以降，新興社會運動風起雲湧有關，也因爲強調行動，《人間》不再只是一次性的報導或一次性踏查，反而是盡可能「同其情的理解」。

然而，誠如《人間》的省思：「是不是因爲我們的介入，反而更加速了他（按：湯英伸）離開人世的期限呢？」[97] 亦即縱使是營救的付諸實踐，也不能不考慮到時代的氛圍，也就是在威權統治即將解開之際（營救行動發生於1987年5月），當局仍未鬆綁其控制欲，故湯英伸事件在《人間》歷史論述不足、行動進退維谷的限制下，終究還是以槍決落幕。誠然，《人間》記者重視現場、關注弱小者的立場令人動容，但面對湯英伸事件所展現的說法，有許多都是來自陳映眞理論的複製，倘若進一步探問：漢人壓迫原住民的根本原因究竟爲何？該如何解決？恐怕就連《人間》也無法提出有效的回答，這也是官鴻志與曾淑美在當下都只能著眼於事件描述，未能將事件帶往更核心的思索，也呼應了當時原住民運動才剛萌芽的訴求取徑。

但《人間》終究比起主流媒體更重視、瞭解原住民的歷史與文化，在第22期（1987.8）中，官鴻志試圖透過吳鳳故事的崩解，達到理解曹族如

97〈編輯室手札〉，《人間》第20期（1987年6月），頁9。

何受漢族壓迫的歷程，這一回溯原住民歷史與文化的舉動，可以視爲湯英伸事件的延伸。事件起於 1985 年 9 月 9 日，嘉義縣吳鳳鄉（現爲阿里山鄉）吳鳳新廟落成時，五名原住民青年試圖進入會場表達抗議，其中之一的胡德夫進行了即席演講：「揭發吳鳳一個恃強、背信、毀約的眞面目。還給曹族一個守信、不甘被辱，憤而在搏鬥中殺死吳鳳的歷史眞相……」撰稿者官鴻志指出，這是「吳鳳神話」流傳近百年來，第一次被揭破其「種族歧視主義的、民族壓迫工具的本來性質」，然而因著漢民族的扭曲教育下，縱使面對由漢人形塑的虛構的吳鳳故事，也經常使當地人陷入辯論的攻防之中：「吳鳳的故事，又爲什麼會在族長者之間引起那麼普遍的不安與恐怖？我帶著這個疑問，繼續溯走吳鳳歷史的黑河。這黑河就像柯波拉（按：Francis Ford Coppola，《教父》、《現代啓示錄》導演）的那條黑暗、誘人而又狂亂的神祕之河，而歷史的眞實，卻似乎偏偏藏在這迷亂的黑河之某一個所在……」最終，官鴻志找到答案：「今天臺灣，漢人與山地原住民之間，還存在著雛妓、童工，不當勞動（如原住民底邊勞動者、遠洋漁業、城市貧民窟中的平地山胞……）等壓迫關係，卻掩蓋在戰後之臺灣資本主義一般的邏輯之中。」[98] 官鴻志指出：「『剝削者是吳鳳與被剝削者曹族人民』的關係模式，在現實上比兩百年前的吳鳳時代還要苛酷地存在著，等待著新生代漢族和曹族青年去批判，並且加以改造。」

官鴻志的說法一如其他論述原住民議題的篇章，都是複製陳映眞的論點，也就是「剝削者與被剝削者」的邏輯觀，甚至由此延伸至質疑開發蘭陽平原的吳沙：「在吳沙故事的背後，一定埋藏著更多漢人屠殺搶掠、欺負蘭陽地區阿美族（按：應爲噶瑪蘭族）人民的故事……」官鴻志的這個提問其實一語道破了這類篇章的論述邏輯弊端，那即是它可以輕易套用在「壓迫者與反壓迫者」這一公式中，然而，究竟吳鳳的故事如何被掩蓋於「戰後之臺灣資本主義一般的邏輯之中」？被壓迫者如何被馴服？如何可能自覺？甚至漢人如何協助原住民？這些都不是《人間》在當時能解的議題。於是乎，

---

98 官鴻志，〈一座神像的崩解：民眾的吳鳳論〉，《人間》第 22 期（1987 年 8 月），頁 82。

依循著「漢族有罪」的立場，此類作品可以一寫再寫、輕易的將罪愆推給資本主義、美日帝國霸權等，然而，對於重建原住民的歷史與文化是否有所助益？也因爲沒有足夠的詮釋，《人間》裡的弱小者往往陷入宿命的結構論之中，永遠沒有辦法反抗壓迫者，只能被動控訴與等待迫害，縱使花了數萬字的篇幅，陳述湯英伸的犯行與營救的過程，但我們只看到受壓迫者的愁苦表情與身影，有關壓迫者的論述卻明顯不足，例如〈「不孝兒英伸」〉、〈我把痛苦獻給您們〉有關漢人壓迫的追究與探索，都只流於情緒性的吶喊，「弱小者受欺壓→起而反抗→終究以悲傷收場」，這一囿於壓迫與反壓迫的敘述模式使得《人間》第 40 期（1989.2）提出了檢討：「《人間》不應該只是沉迷在『反壓迫勇者』、『弱者的代言人』之類的社會造型中」，亦即《人間》不知不覺墮入了類如部分後殖民理論學者，必須依循殖民結構以重建自我的依賴關係，也就是缺少了殖民者的壓迫即無從完成自我。這是《人間》在論述類如湯英伸事件的弱小者，向來無法跳脫的思索模式，也是不少讀者提及讀完《人間》後，內心充滿無奈、無力的感受，而此感受來自《人間》未能提出有效解決辦法，以及更爲明確的剖析，使得報導文學墮入陳映眞論點的複製窠臼之中。

換言之，《人間》對於少數民族的關注乃是奠基於「族群融合」之上，而之所以產生族群不合的意識，則是因爲戰後臺灣資本主義作祟，此一資本主義又來自美日帝國的影響，故意欲挽救、糾正此一歪曲歷史與文化就必須反帝、反強權，也就是隨之而來的對於環境的關注，因爲帝國主義往往傾銷其工業化，也就產生了汙染。《人間》固然付諸行動試圖爲弱小者發聲，並呼籲中產階級共同關懷弱小者，但預設的挫折、羞辱等呈現風格，卻使得《人間》筆下的人物始終被結構壓迫、侵擾，無處可逃、無力反擊，反覆曝露其暗黑的一面除了致令讀者「忍不住掉淚」，也令傳播者感到無能爲力：「在現場看悲鳴遍野，經常心中沉痛，會讓腦子一時之間頓成空白；那樣悽切環境下，作爲一個寫手，必須極端無情的隨時保持頭腦清醒，很精細的記錄下現場的點點滴滴……」[99] 但這一風格在八〇年代諸多議題尚未明朗之

---

99 楊憲宏，《走過傷心地》（臺北：圓神出版社，1986 年再版），頁 4（1986

際，仍具有充分「獵奇」的吸引力，這也使得《人間》自 40 期（1989.2）起的轉型無法受到讀者認同，因爲《人間》已被認知爲應刊載「感動的相片和感動的文章」，凸顯《人間》最終意欲在民族主義著墨，從而走向政論雜誌化的同時，預示其不得不走向停刊的命運。

三、反杜邦設廠及其環保意識：人民正義與邪惡

承前所述，即使是「爲弱小者代言」，《人間》亦是從鉅觀結構論予以看待箇中行動者，而此結構往往指涉美日帝國、冷戰體制與國安體制，也因此原住民之所以遭遇不公平對待，乃因漢民族的欺壓，而漢民族之所以不假思索乃因冷戰體制、附從美日霸權的干涉，使其「相互猜忌、怨恨、敵對」，也就無暇於思索「境內（漢族的）殖民」狀態，亦即漢人之所以和原住民產生嫌隙、欺壓之實，並非漢人失去愛與希望，而是其意識受到外在干擾，故必須掃除此一干擾。這是《人間》言說的主軸，無論面對「人」、「弱小者」或者任何議題，都可以輕易套進此一論述公式裡，使得《人間》屢受爭議。

由於關注「人」，與人息息相關的環境遂成爲重要的一環，是《人間》除了弱小者、青少年議題外，深受讀者矚目的特色之一。根據許尤美統計，環保議題約占《人間》雜誌 15% 的比例[100]，而根據本研究統計共有卅九期出現此一議題（參見附錄九），占全部雜誌的八成以上，幾乎每一期都有相關報導，顯見環保議題確實是《人間》致力於論述的對象，主要集中於生態保護（28 期，1988.2）、公害汙染（9 期，1986.7）以及核能問題（7 期，1986.5）等三方面，而生態保護又以河川以及森林爲主，公害汙染則主要批判臺中縣大里三晃農藥廠、彰化縣鹿港鎮杜邦設廠、桃園縣觀音鄉大潭村高銀化工廠等汙染，至於核能問題主要著眼於對既有核一至核三廠的批判，並

年初版）。

100 許尤美，〈伊甸奏起的輓歌：從「人間」的報導文學看臺灣生態環境〉，《水筆仔：臺灣文學研究通訊》第 3 期（1997 年 9 月），頁 35。惟許尤美並未說明此一數據是如何計算而得？

檢視即將興建的核四廠問題，無論是公害汙染抑或核能問題，《人間》皆引入國外（泰半爲日本）紀實攝影作品以強化議題的視覺震撼。相形之下，有關動物保育的議題幾乎少見，必須等到雜誌發展至後期，才稍稍可見這方面攸關生命與人類共存的課題，不再是從「人」的本位角度出發。

其中，無論是論者抑或陳映眞本人，經常提起的例子莫過於「反杜邦設廠事件」，該報導著眼於反公害汙染，在第 10 期（1986.8）《人間》中，以近七十頁的篇幅進行論述，並藉由攝影家蔡明德往返臺北、鹿港十餘次的經驗，透過其攝影鏡頭進行所謂「攝影筆記」的速寫作品，讓閱聽眾目睹鹿港居民如何反對杜邦設廠行動，使得讀者紛紛表示：「一般報刊太缺乏鹿港人的聲音了，《人間》這次所作的一系列的報導，不但讓我們聽到了鹿港人樸質有力、深沉渾厚的聲音，也提醒了我們：眞正需要的成長是一種人文精神的成長」（第 11 期，1986.9）、「八月號的杜邦專輯，確實會傷透杜邦公司的腦筋，可預見杜邦會知難而退，轉去其他國家設廠了」（第 12 期，1986.10）、「看了貴刊第 10 期關於鹿港居民反公害及杜邦二氧化鈦工廠設立的報導，內心十分激動」（第 12 期，1986.10），凸顯《人間》「反主流媒體」的報導手法受到讀者肯定，也就是將人民的聲音還原至報導之中，側重人民在事件中的角色與處境。

整起事件起於 1985 年 8 月，經濟部宣布美商杜邦公司將投資新臺幣六十四億於彰濱工業區生產二氧化鈦（可用於油漆、塑料、橡膠等），引發當地民眾響應縣議員李棟樑（1994 年當選鹿港鎮鎮長）發起反杜邦簽署活動，連署人數逾十萬，並由李棟樑等人北上陳情，最終促使杜邦宣布取消設廠計畫，是國內首件環保抗爭致使外商終止投資計畫的事件。《人間》在第 10 期（1986.8）中共製作七個長短不一的篇章作爲系列報導，報導名稱主標題爲「激流中的倒影」，副標題是「杜邦事件特寫」，從主標題可知，《人間》將此事件視爲一民情反映的激越議題，而「特寫」一詞則意味著箇中所欲「放大」與「忽略」的部分：不在正反並陳，而是立基於弱小者的視野。其中，《人間》維持其一貫的主張，反覆踏查以區別一般新聞媒體的「客觀主義」：

> 約六十名彰化鹿港一帶居民，昨天早上在彰化縣議員李棟樑領隊下，搭乘遊覽車北上。他們分別到立法院、監察院、新聞局及杜邦公司陳情，反對杜邦公司到彰化設廠，要求政府明確表明禁止設廠的政策。[101]

> 六十位鹿港民眾在風聞經建會主委趙耀東，將於昨日在新聞局例行記者會上說明杜邦投資案時，特別包車北上，到新聞局、立、監院陳情，他們並前往杜邦公司「致贈」一斤雞蛋，以表示對杜邦設廠的不歡迎。[102]

一般新聞媒體在版面有限下，只能依循既有的 5W1H 去撰寫報導，更遑論當時兩大報仍具有侍從報業性格，故立場傾向當局看法，強調從「安定中求進步」。也因此，作爲具備陳映眞式觀點的媒體，《人間》的「策略位置」與「策略形構」自然與主流媒體不同，它透過細筆以「鹿港人的眼睛」去看鹿港反對杜邦設廠，也就是作者與鹿港人民「站在一起」。前述主流媒體報導縣議員李棟樑帶著居民北上抗議事件，《人間》乃是透過貼身採訪李棟樑，由李氏如何受到民眾支持，進而延伸至對整件事的看法，記者盧思岳如斯寫道：

> 李棟樑絕不是什麼特別傳奇性的天縱之才。但他在臺灣地方中產階級菁英分子中，不能不說有他獨特的性格和品質。他被社會和歷史的趨勢推上臺灣一個規模最大的反公害居民運動的把舵位置，不能說只是因緣際會而已……我追隨他和鹿港人民為反杜邦運動一塊生活、工作、奔波……『老天，我得相信他了。看，這

---

101 臺北訊，〈鹿港居民昨赴立監院陳情，促政府明確禁止杜邦設廠〉，《聯合報》（1986 年 7 月 5 日），第 3 版。

102 臺北訊，〈評估杜邦設廠問題，將從整體眼光考慮：新聞局長告訴鹿港民意代表，絕對兼顧民眾利益經濟發展〉，《中國時報》（1986 年 7 月 5 日），第 3 版。

> 個人，一個十足草根性的居民運動天然的一把手……』……」這是難于忘懷的三個月。運動和鹿港人民給予我很多好的教育。[103]

從不信任到信任，《人間》以細筆展示記者的反思與採訪過程的觀察，秉持「人民教育知識分子」的理念，與人間副刊高信疆視報導文學乃「年輕人接觸人生眞實的具有反哺意義的事業」一致，都是將社會現場當作教育「無知、受人呵護」的知識分子，也因此《人間》報導較一般新聞更具主觀性、現場性。七篇特寫皆是置身於鹿港之中，首篇〈一種人文悲情：杜邦爭議下的憂思〉開宗明義即指出，「工業木馬屠城的故事」乃是鹿港面對杜邦值得憂慮的核心問題。而第二篇〈用鹿港人的眼睛來看：工業汙染下的人文反撲〉訪談鹿港當地居民的看法，直指：「國際分工中，按照別人的需要、規格、數量和單價的成長、爲了別的國家的經濟擴張策略、爲了別人公害工業的輸出的成長、還是爲了我們自己民族經濟發展具體需要的成長？」[104]之後經由〈風雨大杯酒：草根性居民運動的一把手：李棟樑〉對群眾運動領導者李棟樑的塑型。接下來第四篇解釋二氧化鈦對於環境有何危害、第五篇羅列杜邦事件發展史、第六篇是蔡明德的「攝影筆記」，最後一篇則由史蹟專家李乾朗闡述，鹿港古蹟維護的重要性與必要性。

以系列報導探索議題的編輯策略，是《人間》一大特色。在此之前，《人間》第7期（1986.5）即曾製作「悲泣的河海」專輯，透過六篇報導展示河川汙染之嚴重，這是《人間》挾雜誌具有較長籌備與較寬裕的製作時程，意欲藉由報導文學展示議題之縱深，越發凸顯陳映眞報導文學寫作班底的特色。換言之，意欲以作者論看待八〇年代的報導文學創作，必須提出更爲堅實的理由才能符合報導文學史的發展，亦即：如何將個人從團體中區別

---

103 盧思岳，〈風雨大杯酒：草根性居民運動的一把手：李棟樑〉，《人間》第10期（1986年8月），頁31。

104 鍾喬，〈用鹿港人的眼睛來看：工業汙染下的人文反撲〉，《人間》第10期（1986年8月），頁16。

出來？綜觀七篇特寫，論述重點乃是以鍾喬所撰〈用鹿港人的眼睛來看：工業汙染下的人文反撲〉（以下簡稱〈用鹿港人的眼睛來看〉）爲主，該文共分五個小題，從標題來看，可知作者已明確揭示：「以人（鹿港居民）爲本」的立場，也就是《人間》向來主張的人民論、民眾論，故立論勢必與兩者有關：一是喚起中產階級對人的關愛與希望；一是造成這一困境的元凶必是資本主義所爲。

〈用鹿港人的眼睛來看〉基本上正是依循這兩條取徑作一論述，破題即指出所謂「經濟成長」作爲政府施政唯一的依據，日久年深成爲盲目的「成長宗教」，使得臺灣必須按照別人的目標去發展，而非按照自己民族的具體思維去實踐：「成長，又該怎麼發展？依賴於別的國家的發展需要而發展、按照別人而不是自己的發展目標而發展，還是按照自己民族的具體思想、方向、需要和選擇去發展？」由此，作者導出經濟成長的關鍵在於「人」，各種政策都不應漠視人的存在，也因此《人間》訪談了鹿港當地居民反對的理由：包括政府管理政策不佳、鹿港養殖業恐遭汙染、古蹟保護區不應設置化學工廠等，而最重要的是居民質疑來自美國的杜邦說法：

> 「喂，我們的養殖户，合起來少説也有五萬人。杜邦需要五萬個工人嗎？」粘秋雄笑了。「報紙上説，杜邦用兩百個員工。杜邦來了，海岸汙染了，養殖業垮了，五萬人減兩百人，剩下的就躺在蚵坪挨餓吧。」
> 杜邦説要把有毒廢棄物和廢水用船帶到二百浬外投棄。
> 「海水會迴流。二百浬外汙染的魚，抓回來還是人在吃。」施連充説，「就不知道他們美國人這些道理講給誰聽的？」（頁22）

對於杜邦的抨擊，實際上也就是對於美國的抨擊，而美日帝國向來就是陳映眞的假想敵，故《人間》關注環保議題乃是其來有自，一方面它與人、與弱小者有關，一方面又可藉以批判附從美日霸權的臺灣，而批判美日霸權也就是挽救民族團結的解方之一，乃因霸權主義干涉下的冷戰體系，使得兩岸相互猜忌乃至仇恨彼此，這是陳映眞論述的公式，幾乎成了八〇年代他反覆證明自我的核心觀點。所以，反杜邦設廠事件之所以成為《人間》重大的報導，乃因該刊不僅投入了相對於主流媒體的長篇幅、多篇幅，也與鹿港居民站在一起，更重要的是，最終迫使杜邦宣布取消設廠計畫（1987.3.12），等於《人間》的論述與行動有了結果。而在運動過程中，為了避免遭到政治化扭曲，鹿港人也特別聲明「反杜邦，不反政府」。

對此，鍾喬如斯歸納觀察：

> 一般地缺少公害防治政策，一般地執迷於成長宗教，一般地缺乏細密的反公害法制，又一般地缺少公害投資責任的臺灣，政府還能享有多久這來自淳樸人民的信賴和民氣……長年來，各級行政單位偏袒公害之源的資方廠方，安全單位一味壓制、猜忌人民自動自發的反公害運動，不迅速制定防制公害的法規……這樣的政策，應該改了。否則，製造民憤、民怨的，不是什麼『別有用心之人』，而是那些盲目、愚昧、自私的『成長宗教』的狂徒。[105]

這一論述模式，與前述第 17 期（1987.3）「人間青年」專題報導如出一轍：「過早地崇拜金錢、物質和商品，過早地喪失高遠壯大的理想和志向，過早地成為虛構的『幸福宗教』的盲信者，過早地讓庸俗的行銷主義文明和消費意識有所浸蝕……」經由排比式的修辭，營造雄辯式的氣勢，這是陳映眞論述慣用的手法，也就凸顯鍾喬一文，其實包含著強烈的陳映眞式觀點。

事實上，鹿港居民之所以提出「反杜邦，不反政府」乃是因應主流媒體的說法而來。當時《中國時報》於第 3 版一連四天共發表一系列特稿（1986.6.21-6.24），針對杜邦設廠所引發的環保運動提出探討，箇中即質疑是否攙雜了「反政府的情緒」？「除了要『杜邦滾出去』外，他們指責經濟部為洋人的『經紀』部、工業局官員為『買辦』，而杜邦的設廠行動則是美國對臺灣的『新焦土政策』」，固然這是描述民意的不滿、並直指經濟部

---

105 鍾喬，〈用鹿港人的眼睛來看：工業汙染下的人文反撲〉，頁 33。

的官員不知民間疾苦，但該文結論卻是：「主管機關所堅持的杜邦二氧化鈦廠不會造成公害，或許是對的，但民意卻失落了。」又說：「在杜邦設廠行動中，迄今杜邦公司尚未直接與當地民眾溝通，所有的溝通都由政府經濟、環保單位出面……如今，民眾已和經濟、環保部門鬧僵了，往後的發展，頗令人擔憂。」[106] 甚至在比較國內外的工業汙染事件後，該文指出「杜邦公司承諾其在臺之二氧化鈦廠的防汙染設備、操作均比照美國標準的做法，則又顯得可愛些。」但最終該文又指出「我們還要繼續追求經濟的成長，但追求的是『乾淨的成長』，而非『骯髒』的成長，如果有人企圖以『骯髒』的成長來混充經濟成就，讓我們大家一齊來說『不』！」

相對於《人間》堅決反對杜邦，《中國時報》的論點顯然游移不定，時而偏於政府與廠商，時而偏於民眾與鹿港，且除了第一篇特稿外，其餘皆刊登於俗稱的「報屁股」，也就是最不被重視的版面區塊，對照《人間》近七十頁大篇幅、長篇幅的報導，越發凸顯兩造資訊縱深之落差。比較兩者，可以明顯發現鍾喬一文乃是對《中國時報》的反駁，所以鍾文乃是從《中國時報》特稿最後一篇的「經濟成長」寫起：「成長，是爲了誰的成長？爲了盲目的『成長宗教』的成長、爲了成長統計數目的成長，還是爲了人民眞正幸福的成長？」而針對《中國時報》提到「部分行政人員批評鹿港人對杜邦設廠的反應是情緒化」，鍾文也做出反應：「鹿港人是從太多具體的經驗中，再也無法相信政府有決心和能力去『嚴格要求』和『嚴格管制』工業汙染。」鍾文並且明確指出，《人間》乃是旨在訪談反杜邦設廠運動中，「鹿港一帶現地各階層人民」，則《中國時報》雖也採訪了當地人，但說法較爲簡略，例如同樣引述彰化縣漁會理事陳景祥的說法，《中國時報》與《人間》即有不同的陳述：

> 他們珍惜現有的收入，不企求渺不可及的高收入，但也不希望被

---

106 許哲彥與謝東華，〈寧願本地「面貌」也不願外來「整容」：杜邦來臺設廠面面觀系列報導〉四之一、四之三，《中國時報》（1986 年 6 月 21 日、6 月 23 日），第 3 版。

> 剝奪現有的享受……他說政府填海的投資，可以從開發多元性示範漁港獲得補償，將原供工業使用的港口改為停泊大型漁船專用港，並利用工業區土地興建水產品加工區、造船廠及水產養殖區，如此一來所獲得的經濟效益未必低於杜邦設廠所帶來的成果，又可免除汙染的威脅。（《中國時報》）

> 打現在的彰濱工業區到尖沙嘴附近，是咱們臺灣盛產鮪魚、鰆魚、鯧魚、烏魚和節斑魚這些高經濟價值漁產的重要魚場。「天然條件好呀，這兒的魚又肥又美，可惜我們這兒就缺個漁港，這些大魚，全教南部來的漁船捕撈。」陳景祥說，「我們鹿港人有的，就是這兒的近海養殖。從老祖宗來的時候，我們就種蚵、種文蛤過日子。杜邦會把這老祖宗和老天爺留給我們世代子孫的生計全毀了。能怪他們抵死反對嗎？」（《人間》）

一是強調「經濟效益」，一是關注「環境破壞」，前者係爲國家機器設想，後者則凸顯以「人」爲主，也就強化了在地人的形象，因爲關注人的存在和行動，所以《人間》不斷暗示讀者：「鹿港一帶的人民，一向民風淳厚。可恰好在這樣一個古樸的漁業村鎮中，展開了歷史上最大的、以政府開發政策和美國巨無霸化學公司爲對象的反公害住民運動。」這是典型的陳映眞式的論述：資本主義的邪惡對照「民風淳厚」的人民，也就意味著人民即正義、人民即正確，而這是《人間》進行報導的基礎假設，所謂升斗小民所組成的「大眾」是值得悲憫與關注的，然而，箇中有多少人隸屬於中產階級？一旦必須區分階級「成分」，是否也墜入中國共產黨向來擅於劃分階級的窠臼？然而，《人間》正是以此邏輯進行論述，所以提及李棟樑指出他是「百年香鋪的兒子」、「因爲家境清寒，初中輟學後，就到社會上討生活」，似乎走上街頭必然與其出身有關，於是乎，面目模糊的「大眾」成爲最值得關心喝采的對象，而中產階級卻必須受到譴責，尤其是飽食、耽溺享樂的中產階級更是依附霸權的共犯。

但此點在當時並未有相關的反省，因爲主流媒體向來忽略的就是庶民的角色，故《人間》經由人民論、民眾的紀實攝影與報導文學，區別其與主流媒體的差異，也攫住閱聽眾的關注，並透過編年史方式整理該事件發展，讓讀者從中理解：早在杜邦設廠前，彰化濱海工業區的失敗即埋下了經濟部意欲引進杜邦，以求工業區起死回生。《人間》之所以大篇幅報導此一事件，除了基於環境保護、公害汙染等議題，更核心的理念其實是在於：如何以「人文語言」面對「工業語言」，也就是從「人」的角度面對僵化無感的「經濟政策」，另一方面則是基於鹿港乃文化代表城鎮，「國外的文化團體到臺灣，政府當局爲他們安排的行程，幾乎沒有不到鹿港的」[107]。然而，汙染工業究竟如何破壞鹿港文化？兩造間的對應邏輯並未有明確交待，只是一味以「工業木馬屠城」去詮釋跨國工業的入侵，此即林燿德回望報導文學時忍不住抨擊：「缺乏專精的能力繼續深入問題的核心……只是在搬弄木馬屠城記的典故…… 」[108]而這確實是此系列報導的弊端，例如〈用鹿港人的眼睛來看〉一文，除了指責政府過份強調經濟而臣服國際分工要求之外，並沒有進一步說明如何解決「國際分工」下，現代與傳統的衝突？著眼於跨國資本主義的壓迫，實際上也就是致使政府角色從中遁逸，也過度美化了「群眾正義」、「人民正義」。

對於鹿港的關注，其實也呼應了七〇年代報導文學甫崛起時，對於鹿港的關注，包括「不見天」的舊街巷、手工藝品以及歷史文物等，都是當時報導文學家最熱衷於造訪的所在。本書第四章歸納《皇冠》以及《漢聲》都曾以鹿港爲對象進行報導，而更早由尤增輝所撰的《鹿港斜陽》（1976）曾發表於人間副刊「現實的邊緣」專欄裡（1975.12.9-14），更使得鹿港成爲當年競相報導臺灣鄉土中，較早也較受矚目的所在。乃因鹿港素有「一府二鹿三艋舺」的美稱，加諸文化底蘊豐厚，故在重構臺灣鄉土的報導文學熱潮下，自然成爲容易入門的題材。時隔多年，《人間》選擇反杜邦設廠作爲專題報導、並付諸行動，必然也考量了「人文」與「工業」易構成故事張力，

---

107 楊憲宏，〈一種人文悲情：杜邦爭議下的憂思〉，《人間》第 10 期（1986 年 8 月），頁 13。

108 林燿德，〈臺灣報導文學的成長與危機〉，頁 161。

故《人間》如斯寫道：「寧願一輩子過窮日子，也不願意要以汙染爲代價的『好日子』這樣的想法，甚至在鹿港的漁民、蚵戶口中，也紛紛以不同的語言提起，使人震驚。」「使人震驚」一語，顯然是從「人民無知」的角度出發，故當人民發出寧肯安貧樂道，也不願受汙染的呼聲時，令撰稿者感到吃驚，當然也令讀者吃驚。

在陳映眞的主導下，《人間》不斷複製著批判美日霸權、冷戰體制等鉅觀結構，「指責而非究責」成爲《人間》慣用的言說模式。故第 7 期（1986.5）「悲泣的河海」一系列報導中，無論是位於花蓮縣富里鄉吳江村的吳阿再溝、南投縣鹿谷鄉的清水溝，以及茄定鄉一帶的養蚵人，其論述模式泰半停留於環境如何受到政府政策與人爲破壞，因此報導的切入點通常強調從前如何清澈潔淨、現今卻如何渾濁惡臭，但除了政策之外，人民難道全然不必負責？故而王家祥撰述、潘庭松改寫的〈綠牡蠣的惡夢海岸：臺灣養殖業破產倒數讀秒的緊急報導〉一文提到：「臺灣的工業在二十年來所賺取的大量利潤，大多以各地區居民的健康、生命、生態崩潰的重大犧牲爲代價。」又說：「爲了發展工業，不惜付出工業汙染和公害的代價……長年來，我們一直強調臺灣的經濟成長奇跡，舉國爲之狂奔……對『成長』、『繁榮』的迷信，終至造成了臺灣驚人的『公害奇跡』。」[109]

此一抨擊「經濟成長」迷思的論點，儼然成爲《人間》面對環境汙染的基調，使得《人間》縱使大聲疾呼、採取實際行動來斷絕汙染問題[110]，也顯得蒼白無力或聊備一格。王家祥即寫道：「我總會情不自禁地和漁民們一起悲傷、憤慨、感染了他們那深沉的憂鬱與無奈，心焦慮煩地想幫他們一點忙，說一點話。然而由於如此，我神經質地擔憂失去報導文學的客觀與正確。」這是對於《人間》致力訴諸行動的質疑，也是對於報導文學的誤解，起碼是對《人間》主張的報導文學之誤解，因爲《人間》從來就不打算客

109 王家祥原著，潘庭松改寫，〈綠牡蠣的惡夢海岸：臺灣養殖業破產倒數讀秒的緊急報導〉，《人間》第 7 期（1986 年 5 月），頁 114-115。

110 例如寫信或打電話給支持反公害、反汙染的民意代表，或者訂閱揭發汙染公害的媒體乃至親身參與反公害國民的運動。

觀，它講究的是在特定立場下完成求證與訪談。所以聚焦於國家機器以及鉅觀體制，使得《人間》在面對環保議題抑或弱勢者，皆能夠很快提出批判的視角，但也由於太注重結構論，往往墮入結構論的宿命，導致《人間》批判帝國主義工業汙染輸入的訴求彷若口號。

這樣的論述模式，仍可見於第 24 期（1987.10）「嗚咽的二仁溪」專題報導，四篇系列報導反覆描述當地居民燃燒廢五金：「在濃霧的遮掩中，那腥紅的火舌，如鬼火般熒熒恣意吐弄」（〈啊！當一條河流死去……〉）、「在灣裡（按：臺南市南區），幾乎每天傍晚，都可以看到有幾戶人家在門外在磚做成的爐灶上燒上一鍋熱開水……爐灶裡的燃料正是扎扎實實的廢五金」（〈寧死也要在劇毒中掙錢的村莊〉）、「一位中年男子，現在仍是用他自己設計的幫浦將燃燒過後的廢銅、廢鋁線，藉著滾箱的力量沖洗」（〈老阿伯，求求您，不要再燒了……〉），最終只能如斯感嘆：「我頹然的想到所有參與反抗廢五金汙染戰爭的人，眞正要面對的是什麼樣的敵人？如果這不過是一場註定要失敗的戰爭，那麼敵人又是誰？到底是怎樣的政策？是什麼樣的看不見的結構性的存在，使我們注定無法戰勝這場戰爭……」這一提問雖然試圖在文中做了答覆：「需要高度水準專業人才的專業區，卻暴露出工業層次的嚴重落差、行政管理的大漏洞、進退兩難的汙染問題。」然而那「看不見的結構性的存在」究竟所指爲何？在〈國際垃圾堆裡的煉金師〉裡提到：「在這個外國報廢五金垃圾堆置場上，我們的確能察覺什麼樣的科技產品在美、日兩國已『不再流行』的訊息。但是這些先進國家輸出的文明廢料，卻使得我國的科技大開倒車……臺灣大部分的銅，是大發工業區運進來的美國廢電線、廢電纜中燒出來的……」

指出臺灣作爲國際分工的末端市場，也就是對於美日霸權的抨擊，但這樣的說法其實很容易使決策者遁逸。換言之，對於公害汙染、環境保護等議題的陳述，《人間》著眼於政經結構所導致的破壞，尤其是跨國企業的入侵與壓迫，此係《人間》一貫的視野。在此視野下，《人間》歸結出「十年來臺灣公害的核心問題」：一、政府與企業欠缺嚴肅認眞的公害防治政策；二、因爲沒有公害防治政策，遂爲了發展工業而犧牲了環境品質；三、國營企業的汙染尤爲嚴重，卻以「國家」之名規避社會輿論監督、批判；四、行政單位對於反公害運動採取壓制、敷衍之態度；五、公害問題涉及國家政經政策的政治敏感性，使得主流媒體欠缺系統報導；六、反體制民主運動欠缺對公害的認知，也怠忽對公害的批判[111]。在這六點歸因中，眞正具備意義的是第五點：國家政經政策的制定，亦即陳映眞向來指責國民黨政府依附美日霸權、美日資本主義擴張，導致社會乃至人民意識皆受到壓迫，一方面文化以及價値體系進行「空前侵蝕、解體和改造的過程」，一方面隨著帝國壓迫導致「一些高度資源耗費和生態摧毀的工業、技術和產品，大量湧向遼闊的第三世界，造成巨大的災害」，這一災害也就是《人間》念茲在茲的感嘆：「我們以一次又一次生態凋零的挫折、環境汙染的辛酸，交換著物質豐裕的恣奢；我們眞能眼睜睜看到自己潔淨的天空、流水、大地與海岸，在自身無可饜足的貪慾中，一大片一大片的蝕腐、潰散、而終至死亡嗎？」[112]

最早從環保理念檢視《人間》報導文學作品的許尤美，即敏銳指出其論述策略在於：一、政經共犯結構下的犧牲品：指出汙染乃是政經共犯結構所致，其中還包括美日等國藉跨國企業向臺灣輸出公害。二、資本主義下的人心墮落：生態環境在人類的消費欲望中沉淪，群眾在近利的誘惑下不惜斲喪地球生機[113]。許尤美固然犀利指出了《人間》面對環保的視野，卻未能洞悉陳映眞預設的論述邏輯乃出自第三世界論，也就是中國意識論，故《人間》將環境汙染的元凶歸咎於跨國工業、帝國主義的入侵，其實是對美日霸權、冷戰體系的批判，而此體系恰干擾了臺灣的民族意識。

然而，過於偏執政經結構的分析，也使得《人間》論述有著幾項缺失：

一、生態破壞的責任歸屬僅限於政府和資本家：群眾被視爲最大的受害者，政經迫害則爲元凶，尤其是美日帝國輸出的工業公害，殊不知，群眾也可能是幫凶、未必全然「正義」。以杜邦設廠事件爲例，早於六〇年代彰化地區，即曾大肆歡迎臺灣化學纖維公司的到來，期望其有助於地方繁榮，

---

111 王家祥原著，潘庭松改寫，〈綠牡蠣的惡夢海岸：臺灣養殖業破產倒數讀秒的緊急報導〉，頁 114-115。

112〈編輯室報告〉，《人間》第 7 期（1986 年 5 月），頁 5。

113 許尤美，〈伊甸奏起的輓歌：從「人間」的報導文學看臺灣生態環境〉，頁 41-43。

未料多年後群眾才意識到：所謂「地方繁榮」換來的乃是環境的犧牲、是一樁「虧本」買賣，故一味責怪企業、政府，不免使群眾於政經結構中遁逃無蹤。儘管，陳映眞宣稱不會因爲同情弱者，就認爲所有的弱小者都是天使，但事實上，《人間》實踐的結果正是對弱小者呵護備至，而將責任歸咎於政府乃至跨國體系。

二、過度簡化人與自然的關係：強調環境的改善，而非人與自然相處的情狀，環境成了身外之「物」，而非與人共存的主體，尤有甚者，因應時事而製作的報導，使得《人間》內容停留於呼籲與責難政府、澄清與維護民眾，縱然付出具體的參與行動，例如：陳映眞即曾與同仁共同赴臺中，參與因爲三晃農藥廠而成立的「臺中縣公害防治協會」，並於第 9 期（1986.7）《人間》發起「撥電話，防公害」的行動：「7 月 31 日這一天，臺中縣大里鄉的人民需要您爲他們撥幾個電話……請您撥個電話問問三晃農藥廠，他們說話算不算話（按：承諾遷廠）？也撥個電話到省環保局、臺中縣衛生局、中央環保局，請他們幫忙，要三晃農藥廠兌現 7 月 31 日遷廠的諾言。」但這類行動其實只是爲了證明《人間》與群眾站在一起，就探析環保議題而言，還是僅停留於抨擊階段，遑論進一步探索人與自然的對應倫理，尤其動保議題少見，也看出《人間》對於環保議題的理解仍停留於人本主義之上。

多年後，陳映眞對於臺灣報導文學中的環保議題依舊秉持其第三世界論批判：「還缺少自然生態環境危機的政治經濟學的分析與批判的視野——也就是說，還缺少從臺灣和國際資本主義發展的具體條件，去分析臺灣生態環境的構造危機的視野。」[114] 這是陳映眞面對環保議題亟欲訴求之處：帝國主義的入侵與臺灣對於帝國主義的依附，而這一依附恰是扭曲臺灣意識的元凶，也就是破壞環境乃至破壞民族團結的根源，故臺灣需要第三世界論（中國意識論）予以重建。這一第三世界論固然促成了《人間》關注環保議題，另方面也是起於陳映眞自 1983 年訪美歸來後，有感於立委黃順興籌辦的《生活與環境》（1981.10.15 創刊），欠缺有力的紀實攝影與有效的編排策

---

114 陳映眞，〈臺灣文學中的環境意識（二）〉，《聯合報》（1996 年 1 月 7 日），第 34 版。

略，故推出結合紀實攝影與報導文學的《人間》。而回望《生活與環境》，該刊以環保議題爲主要訴求，發刊詞指出：「我們所關心的是家鄉的清淨，是這塊土地的生機，是子子孫孫的福祉……我們有權利要求一個清淨、安全、生氣盎然的環境！」[115] 其短程目標在於以行動扭轉現代化帶來的環境危機，長程目標則是爲子孫創造一個更完美、舒適的生存環境，主要集中於「環境保護」的概念，是對工業化下諸多汙染的反擊。從發刊詞可知該刊乃是著眼於「爲了未來子孫著想」，這一寄望於「未來」，與《人間》寄望於「人」的觀點有所不同，亦即《生活與環境》訴諸「爲後代子孫著想」的繁衍系統，而《人間》則是指證「帝國主義對環境與人影響」的政經結構論，故《人間》多由時事批判切入、要求政府即時改善相關政策。

儘管編排呈現上頗爲粗陋，但《生活與環境》其實對於環保的關懷並不亞於《人間》。創刊號中對於多氯聯苯、核能議題等提出檢視，並自第 2 期（1981.11）起闢設「公害日誌」記錄臺灣各地汙染的情況，迄第 3 期（1981.12）擴大爲「公害櫥窗」，羅列多個地區的汙染源，足以作爲研究臺灣環保議題的重要資料之一。它被視爲國內第一本關注環保議題的刊物，也是《人間》雜誌創刊的參照對象，乃因陳映眞在翻閱《生活與環境》後，認爲可以加入紀實攝影與報導文學，讓環保議題受到更多閱聽眾注意，故有了《人間》雜誌的創刊。《生活與環境》由於受限於編輯陣容與經驗，並非採取鉛字排版，而是打字後貼版，且爲了省錢，初期不少標題多半是以毛筆書寫後貼版，甚至因爲稿源不足而加入了政論文章[116]，然而，黃順興對於公害汙染的思考，顯然也對《人間》有所啓發：「臺灣公害問題……究其原因，生產第一、工業優先的經濟政策，科技的不當運用，企業界的缺德，和行政當局的放任和保護政策有以致之。」[117]

---

115 〈大家來關心！大家來參與！〉，《生活與環境》第 1 期（1981 年 10 月），封面裡。

116 王曉波，〈原鄉人的血終於停止了沸騰：敬悼永不退卻的黃順興先生〉，頁 51。

117 許榮和，〈養豬人的畫像：年輕人心目中的黃順興先生〉，《八十年代》第 2 卷第 2 期（1981 年 2 月），頁 30。

事實上，環保議題早於八〇年代初即逐漸受到重視，一方面起於社會運動的興起，一方面則是相關刊物如雨後春筍般創辦，自 1985 年迄 1989 年計有《臺灣環境保護》（1985.3）、《新環境》（1986.1）、《環保之聲》（1986.7）、《臺灣環境》（1988.1）、《環境教育季刊》（1989.1）等刊物的出版，這也意味著前此的工業化產生了「後遺症」，並說明了八〇年代臺灣進入一個變動的氛圍，亦即七〇年代的鄉土踏查已難滿足大眾讀者，新興社會運動的崛起使得報導文學、媒體開始轉向著眼社會議題，首當其衝的即是環保議題，乃因環保議題較諸政治議題不具敏感性，當時的論述邏輯往往是歸咎於「人爲破壞」而非「政策失當」，甚至預設透過針砭環保，達成「中國文化衣缽之承傳與國家之成長」，例如聯合副刊推出「自然環境的關懷與參與」（1981.1.1）、「我們只有一個地球」（1981.7.25）等專欄即是一例，在未追究「何種政策造成環境破壞」，只囿於籠統廣泛的「人爲破壞」下，使得當時的論述只能陷入訴諸「後代子孫」、「有這裡才有永遠」等繁衍系統之表述，也常動之以道德勸說如「痛心」、「無奈」等。

也是論述的不足，使得《人間》一反主流媒體的著眼點，從政經體制這類鉅觀式結構論看待環保議題，甚至在進入解嚴後，大力推出相關演講，例如第 46 期（1989.8）即刊有一系列環保演講，包括林俊義〈自然、環保、政治〉、柴松林〈社會運動與環境保護〉等。然而，一如《人間》在第 8 期（1986.6）製作「核電廠就在我家後院」專輯，大部分環保經驗的法則在於：「不要發生在我家後院！」亦即環保議題必須親臨於身，才意識到其切身性，它是隸屬於「非強制性」的題材，難以從經驗法則去獲知，反映在報導文學創作上，八〇年代初盛極一時的韓韓、馬以工、心岱等，迄八〇年代中期以降，幾乎停止或僅有零星的相關環保議題報導。相對於念茲在茲的環保概念，八〇年代發行的環保刊物也產生了實踐與論述上的矛盾：普遍使用與環保相違背的紙質，無論是《大自然》季刊抑或《人間》，都是採用磅數較重的特銅紙、雪面銅版紙，且多以彩墨、精美印刷著稱，惟這些印製過程對於環保並不利，形成一面呼籲環保，卻一面破壞環境的弔詭現象，凸顯八〇年代的環保議題仍處於摸索階段。

惟《人間》雜誌強調付諸行動的理念不變，這也是《人間》起用致力於山林保護工作者的賴春標之故，儘管他的學歷不高，卻對於環保有著極高熱情，在第 23 期（1987.9）由他撰文〈丹大林區砍伐現場報告〉揭發臺灣林業弊業：「正當政府鼓勵平地農田休耕的同時，為著迎合現代人的口慾，一批批懷著高冷蔬菜夢的假農人，用盡了各種方法闖關開山，梨山的土地變色中毒的殷鑒不遠，當丹大的紅檜森林變成高麗菜的時候⋯⋯」[118] 此語在多年後，對照紀錄片《看見臺灣》（2013.11.1 上映）旁白，使人驚訝臺灣環境始終沒有受到改善，而論者對於環保的批判也沒有顯著突破，如此一來，賴春標的觀察也就值得關注。故而賴春標受到陳映真激賞：「他絕沒有什麼顯赫的學歷，但這樣一個人的存在，其實是對千萬為權力和資本服務、不以羅掘俱窮、以鄰為壑的『開發』與『發展』為犯罪，為可恥的知識分子⋯⋯該都是一個辛辣而嚴厲的批評吧⋯⋯」[119] 對於人的肯定還是從人民論、群眾論切入，陳映真再次藉由「沒有什麼顯赫的學歷」，批判了知識分子、中產階級，這是他典型的一貫面對《人間》、面對八〇年代的立場，也造就賴春標持續發揮其對山林的熱愛。

從第 14 期（1986.12）起，《人間》連續多期推出「啊！美麗的臺灣」，初始由賴春標口述，第 15 期（1987.1）起就交由賴春標攝影兼撰文〈高山之雪：亞熱帶臺灣的雪境〉等，然而這一系列自第 14 期迄第 20 期（1986.12-1987.6），名之為「啊！美麗的臺灣」、專以森林為報導對象的系列，多數著眼於解說森林之美，批判力道顯然不足。故自第 21 期（1987.7）〈紅檜族群的輓歌：西林林道記事〉起，在賴春標致力於搶救原始森林的企圖下，開始強化了問題的挖掘，迄第 23 期（1987.9）〈丹大林區砍伐現場報告〉、以及接續而來的第 27 期迄第 32 期（1988.1-1988.6）一系列相關報導，包括「來自臺灣森林的緊急報告」、「保衛森林的緊急呼籲」、「搶救臺灣原始森林報告」等，終究引起調查局全面偵辦林務局巒大

---

118 賴春標，〈丹大林區砍伐現場報告〉，《人間》第 23 期（1987 年 9 月），頁 42。

119 陳映真，《鳶山（隨筆卷）》陳映真作品集 8，頁 264。〈我們愛森林的朋友阿標〉，原載《自立晚報》（1988 年 3 月 3 日）。

山區丹大工作站盜林／瀆職案，也獲得不少保育團體上街爲臺灣森林請命，最終在 1991 年 10 月行政院通過「全面禁伐臺灣天然林」，並修正「臺灣森林經營管理方案」，使得天然林、水庫集水區保安林等，全面禁止伐木，其中，第 27 期（1988.1）以林務局局長作爲封面，內文揭露局長親自覆函給《人間》的信件，其做法宛如《壹週刊》（2001.5-2020.2），凸顯報導文學在《人間》的策略運用下，遠超乎七〇年代不斷憂心被攻擊爲「黑色文學」的層次。

經由「地域－臺灣人民」的連結，《人間》在環保議題的報導強調以「人」爲本，卻又因爲過於強調以「人」爲本，使得民眾在政經結構中遁逸。從前述爬梳來看，《人間》有關環保議題的發聲，乃是植基於陳映眞觀點，且陳映眞在各個報導中都起了關鍵作用，不少報導作品都可看出陳映眞修正的痕跡，也就是意欲將臺灣公害汙染，連結至跨國資本主義的入侵，從而印證依附美日霸權的「後遺症」，此在本書附錄十裡，已清楚揭露這一系列報導中不斷述及：「先進國家輸出的文明廢料」（第 24 期，1987.10）、「國際汙染工業輸出」（第 5 期，1986.3）、「傾銷性」（第 13 期，1986.11）、「工業的冷血」（第 23 期，1987.9）、「經濟開發意識掛帥」（第 36 期，1988.10），這些語彙控訴的，恰是第一世界如何造成第三世界的汙染，也就是帝國主義如何將黑手伸入臺灣，從而干預了臺灣的發展。

惟這套論述反而少見於反核議題之中，使得反核議題在《人間》裡固然引發不少讀者回響，但眞正由《人間》攝影、報導者僅有五篇，且多訴諸國外個案以對照臺灣現行情況，與其他環保議題動輒批判跨國工業入侵不同。其中，最富意義的乃是第 32 期（1988.6）提出〈尋找反核運動的意義：當前臺灣核電批判運動的反省〉，該文指出宜先區分反核與反核運動的分別，因爲運動涉及群體的概念，也就涉及了具體訴求的對象「臺電」，也因此，「即使今天是學富五車的反核學者加入反核運動中，在臺灣他也不可避免的要『反臺電』」，除了反臺電之外，「他們還將『環境保護』也納入他們的集體信念中」，然而，這些環保概念其實非常粗淺，可能是過去在近海區捕獲的魚不能吃，或者蔬菜長了斑，也就是當時的環保運動意味著：「原本這塊屬大眾公有的自然資源，如今卻被某一團體或組織轉換成其社會資源後，其他人卻無法再轉換成『自己的』社會資源」[120]，因此，該文認爲所謂環保必須「先通過個人切身的體驗，才有可能實踐成形」，這也是從事大眾傳播工作者，得以透過其觸角與時代脈動共振，並在運動採訪中獲得珍貴的成果。該文通篇旨在檢討反核運動的發起與過程，是對運動本質的釐清與探索，集中的焦點在於臺電作爲與群眾的行動，有關陳映眞慣以抨擊跨國工業，藉以指出臺灣依賴制約論反而不復見。

對於運動本質的思索，也是《人間》面對環保議題亟欲思索之處，畢竟偏執於攻訐、批判的報導文學，也使得讀者在面對這類議題時淪於無奈與感嘆：「曾幾何時，滄海桑田……不再有青睞基隆河的機會……直到現在，才被《人間》基隆河的報導，喚起童年的回憶……」（第 12 期，1986.10）、「它報導了我從小生長的地方：濁水溪，也爲人間能派出如此多人採訪濁水溪，而感到敬佩」（第 14 期，1986.12）、「『嗚咽的二仁溪』讓人既傷心又難過……作爲一個《人間》的信服者、受惠者，我願意義務替它宣傳，也願盡一份微力來支持它！」（第 27 期，1988.1）凡此種種說明《人間》喚醒讀者認知環保議題的重要性，但是否能付諸行動？此點對照多年後，紀錄片《看見臺灣》對於山林、海岸等環保議題的關注，箇中再度老生常談說著八〇年代已然提出的議題，不由使人意識到，所謂「佩服」、「支持」等語，也許更近乎「旁觀他人之痛苦」，最終只留下滿紙的感嘆語。

透過前述三個個案分析，我們已清楚瞭解，《人間》澈澈底底就是陳映眞思維的實踐，無論是「救救孩子」、從弱小者的眼光看臺灣抑或反公害汙染等，皆透露出陳映眞鮮明的介入痕跡，其論述邏輯在於：帝國主義的壓

---

120 顏匯增，〈尋找反核運動的意義：當前臺灣核電批判運動的反省〉，《人間》第 32 期（1988 年 6 月），頁 134。該文引述臺電公司委託清華大學人文社會學院於 1987 年 12 月出版的研究報告「核能電廠與民眾意識：一個社會生態學的研究」，歸納指出當前臺灣的核能爭議可區分爲五種：一、政治性議題；二、經濟性議題；三、社會性議題；四、技術性議題；五、其他。其中，環保議題即包含於社會性議題之中。前引「即使今天是學富五車的反核學者加入反核運動中」等語亦出自該文，頁 134。

迫、依附美日霸權的扭曲觀，致使臺灣政經結構施行錯誤，以致環境、民眾乃至民族意識都受到影響，故欲矯正箇中錯誤，必須從挫敗、負面、否定的面向以挑動中產階級的「罪惡感」、漢族的「原罪」，從而回望下層階級、關心弱勢者，由此習得愛與希望、「對祖國新生的祈禱，對民族和人民的熱情」。而為了喚起中產階級的行動力，各式舉辦的巡迴演講、攝影展等，亦於創刊之際、兩週年、解嚴後等不斷推出，透過這些形式與內容，《人間》希冀抵抗帝國主義、資本主義，從而達到人與人相互關懷的情誼，並建立正確的「（中國）民族意識」，以促成民族內部團結與和平。

但也因為《人間》依循陳映真的第三世界論而來，處處以中國作為觀照臺灣的座標，使得原本得以彰顯臺灣「沒有臉」的「無言的群眾」的《人間》，卻反而「異常看不到臺灣人民內心自主自救的意志」，而過於僵化的論述模式，也使得「救救孩子」的呼聲，轉為動輒輕鄙的嘆息與訴諸規範：以弱小之人為視野的立場囿於結構論，以環保公害批判為志的批判淪於代替群眾卸責，最終使讀者陷入深深的無力感，乃至痛哭的情緒中。

在此，我們可以比較七〇年代人間副刊，與八〇年代《人間》之報導文學的分野在於：

一、弔詭的「人間」賦權：同樣都是強調「人間」的兩個媒體，意在促使報導文學走入人間、關懷人，儘管人間副刊礙於時代氛圍只能在「現實的邊緣」打轉，但「人間」化作臺灣鄉土踏查、宗教信仰考據，也可視作文學從遙遠的中國神州重返「臺灣人間」，惟「人」被遮掩於鄉土之中。至於《人間》較諸人間副刊更講究關注「人」與「人間」生活，舉凡人與環境、人與社會、人與文化等成為題材，等同為「人」重新賦權，然而，因為高舉著第三世界論，使得《人間》成為「中國人間」而非確切的人間，過度狂熱的結果，導致人間再次套上了類如七〇年代官方意欲加諸的意識枷鎖，惟八〇年代報導文學已不再需要遮掩其對社會問題的探索，也就欲發加深了意識形態的操弄。

二、不只看見「人間」，還講究「如何看」：七〇年代的報導文學旨在引領讀者走進鄉土、介入社會，箇中帶有重新建構的「眼見為憑」，是對鄉土真實的重新確認，也因為報導文學剛崛起，故第一代報導文學家對於主觀介入與否仍有疑義，迄八〇年代的《人間》，面對臺灣已不再只是主張「看見」，還認爲應該引領讀者「如何看」，也就是講求帶有立場的報導，客觀、平衡轉化爲「周延的查證」，其做法與現今的《蘋果日報》相類似，也就是依循意識主張而舉證其意識之可信。故在第三世界論的支使下，報導向來講求的「眞實」只要能夠「證諸爲眞實」即爲眞實，故而《人間》訴求中產階級的罪惡感，試圖從中喚起其愛與希望都是依循特定立場而來，這也是臺灣社會在其筆下、鏡頭下顯得醜惡，而中國在其眼中何其壯美與幽邃。

三、付諸行動參與的傳播歷程：除了「如何看」，八〇年代的《人間》投入實際行動，例如救援湯英伸、踏查河流汙染、撥打電話給公害工廠、搶救森林盜伐等，較諸七〇年代的報導文學更具行動性，在傳播歷程上也因爲《人間》與人間副刊形成同盟關係、加諸積極舉辦座談會、研討會乃至巡迴講座等，使得《人間》在第 41 期（1989.3）轉型前，深具渲染力、影響力。而其身爲月刊的形式，也較諸報紙擁有更豐沛的產製時間與版面，足以提供縱深議題的發展空間。然而，過度執著第三世界論的結果，不免使其行動與論述產生斷裂，從另一個角度來說，也遮蔽了人的意志與行動，使人質疑其筆下的人民從何而來？又將從何而去？

第七章 結論：重新正視報導文學的抵殖精神

> ——文章應該排除虛幻、頹廢，而是啓發面對現實，作生活感情與思想動向的具體描述。無病呻吟，空思夢想和歌功頌德拍馬屁的文字都沒有存在的價值……目前《中國時報》的「報導文學」很重視鄉土，我以為是較健康、寫實的路。[1]

本書開宗明義即指出，過往囿於溯源論、文體論以及作者論的解讀方式，對於理解報導文學有其侷限，故經由檢視場域、報導文學班底以及相關文本等，以七〇年代人間副刊，迄八〇年代《人間》作爲研究範疇，將報導文學視爲「看見臺灣」、「認識臺灣」、「建構臺灣」等蘊含後殖民主義精神之文類，也是臺灣文學本土化過程中，重要的實踐角色。

當我們從溯源論、文體論——尤其是「暴露社會黑暗面」這一制約說法——的窠臼中拔身而出，勢必能夠撥開歷史的迷障，認清七、八〇年代報導文學在臺灣之所以受到矚目與壓抑，主因在於它從來就不僅是文學場域的產物，還是攸關想像共同體（imagined communities）的媒介。由此切入，也就能夠理解報導文學乃具備反文化霸權、建構主體之文類，以致過往被架空的臺灣得以浮現檯面；而它之所以受到壓抑，也正是重建臺灣主體論，危及了當權者崇尚神州的合法性，故七、八〇年代報導文學屢屢受到「製造社會矛盾」之質疑。

1 楊逵，〈坎坷與燦爛的回顧〉，收於丘爲君與陳連順主編，《中國現代文學的回顧》，頁 118。

因此，所謂「報導＋文學」這一侷限於文體論的看法，無非忽略了文類涉及的臺灣建構論、文學傳播論，乃至國族認同等。而溯源《史記》、《詩經》的視角，更脫離了報導文學作為因應時代條件而生的獨特性。故本書另闢蹊徑，指出作為回歸現實、回歸鄉土世代的十大文化事件之一，報導文學的發展乃是「建構臺灣」的詮釋過程，其揭露以下值得反思的面向：

其一，何以臺灣鄉土使人「既熟悉又陌生」？

其二，何以描述臺灣鄉土與庶民乃是「黑色文學」？

其三，臺灣鄉土於報導文學中呈現何種圖像？

其四，誰來描述此一圖像？經由何種傳播策略？又達成何種結果？

由此，本書視報導文學蘊含後殖民主義意涵，意欲探析七、八〇年代臺灣報導文學：一、其在場域中的傳播特質？二、如何挑戰文化霸權、建構臺灣？三、與紀實攝影如何互文？

經由第一章回顧過往報導文學研究，意欲擺脫溯源論與文體論，從而以後殖民主義析論報導文學。第二章爬梳三〇年代楊逵提倡報告文學以及五、六〇年代新聞文學傳播論。第三章析論七〇年代報導文學場域，並就高信疆及其報導文學班底特色與主張加以說明。第四章從議題設定理論的視角，探究報導文學其如何從商業媒體傳散至黨外雜誌，並如何實踐建構臺灣之詮釋。第五章爬梳八〇年代場域論，暨陳映真及其報導文學班底特色與主張。第六章探析《人間》如何結合紀實攝影與文字，以實踐第三世界論。透過前六章分析，本書著眼於報導文學傳播過程中的目標、策略乃至結果，從中發現：

壹、報導文學的傳播本質繫乎「建構臺灣」

何謂「臺灣」？這是三〇年代楊逵提倡報告文學念茲在茲的面向，也是七〇年代報導文學發展以來不斷追問的命題，更是八〇年代《人間》透過紀實攝影試圖重新打造的對象。在「臺灣」二字長期處於不可說、不該說以及不宜說的前提下，報導文學的出現乃是打破過往崇尚神州之取向，無論是對報導文學多所啓發的電視影集《芬芳寶島》（1975.6.29），抑或隨之而來的專欄「現實的邊緣」（1975.7.10-1976.6.2）、「報導文學系列」

（1978.4.23-1978.11.25），箇中從臺灣離島走向臺灣本土、從「看見」到「如何看見」、從「建構」到「如何建構」，強烈回應了時代回歸現實、回歸鄉土的呼聲，也是建構現實、建構鄉土的載體，涉及了當局至爲敏感的論述範疇：向來被漠視的臺灣如何可能重新架構？長久被放逐的鄉土如何重拾其面貌？這是報導文學宣誓介入社會、走進田野的初衷，等同重新認識臺灣，故無論大中華主義版本土詮釋，抑或臺灣本土主義，都必須從「回歸臺灣」出發，它們不單勾勒了臺灣的樣貌，也具體陳述其內容，背反於當權者向來宣稱的「代表全中國」之論點。

縱然七、八〇年代的報導文學猶躕躕於中國意識與臺灣意識的拉扯，但臺灣、臺灣意識的浮現儼然成爲報導文學無可迴避的主題，無論是對傳統民俗技藝與宗教信仰的關注、強調鄉鎮與地方產業特色、調查社會問題等，撰寫的視角皆從遙遠／想像的神州，轉向近在咫尺的臺灣，儘管中國文化、中國民族主義依舊如影隨形，但論述的起點已非中國大陸而是臺灣，也就意味著：「重新認識臺灣」是彼時主要的論述浪潮，箇中展現的即是後殖民主義重建主體、重拾記憶的精神，這是何以多年後，論者在紀念高信疆的合集中，多次提到其提倡報導文學背後所透露的意義：「根本價值出發點是——我們並不了解臺灣，臺灣有太多值得被觀察被記錄的地方，臺灣不是刻板印象想像中的那樣。」[2]

誠然，高信疆的初衷是爲了重新確認中國精神、重振中國文化，而陳映眞則是爲了打造第三世界論——也就是中國意識論——的民族意識，然而，「從臺灣出發」已是不爭的事實，也就說明報導文學所關注的主題，都可納入「建構臺灣」這一視角去理解。也是爲了搶奪建構臺灣的詮釋權，方可明白何以當局必須打壓此一文類，乃因一旦承認臺灣鄉土、臺灣意識，則其向來所宣稱的「全中國」將如何繼續保有其論述的正統性、合法性？也是何以左翼雜誌如《夏潮》（1976.2.28）會在「現實的邊緣」停刊後，旋即宣稱報導文學將是該刊「努力開拓」的重點，乃因其達成「社會的、鄉土的以及

---

2 楊照，〈懷念一個輝煌的副刊時代〉，收於季季等主編，《紙上風雲：高信疆》，頁242。

文藝的」創辦理念。而其亦被黨外雜誌吸收，轉爲內幕消息的挖掘，無論是《八十年代》（1979.6）的「臺北耳語」抑或《美麗島》（1979.8）的「黨外報導」，都可視作報導文學反文化霸權的變體。相較於人間副刊所刊載的報導文學，黨外雜誌刊載的作品篇幅雖然較短，但其最大的意義在於挑戰主流媒體訊息，意欲引領讀者看見臺灣、認識臺灣以及建構臺灣，其精神與報導文學是相通的，也就說明了報導文學之所以備受矚目，遠非立基於人道主義的泛道德層次，而是正視長年被邊緣化的臺灣，這也是何以報導文學家心岱會在目睹《芬芳寶島》時，吃驚其中的影像令人「既熟悉又陌生」？

換言之，「臺灣」的形象與內涵，在報導文學家的行腳踏查下，不斷放大且清晰，儘管七〇年代的報導文學家筆下，主要聚焦於「繁榮、富裕的西部平原」，呈現出來的臺灣圖像實際上是「一半的臺灣」，從而使得東臺灣再度成爲名符其實的「後山」，然而，踏查臺灣也就意味著「建構臺灣」，這是當時讀者長年習於「生活在他方」的神州論述，轉而詫異「斯土斯民」的重新出發。迄八〇年代，歷經臺灣文學正名論、臺灣意識論戰等，臺灣在報導文學中已非等待建構的客體，而係反覆突出的主體，報導文學家將「一半的臺灣」補足，勾勒了「貧窮但動人的中國」與「飽食但墮落的臺灣」之對比，且撰寫主題從鄉土踏查轉向關注「人」如何存在於社會、文化。這並非起於《人間》主張從弱小者的目光看世界、看臺灣之故，而是自八〇年代初以來，報導文學家已開始轉向探訪庶民，無論是傳統藝師、專家學者等都是其關注對象，出版了多冊相關作品如林清玄《傳燈》（1979）、心岱《民間瑰寶》（1983）等。凡此，說明了報導文學在追尋臺灣本土化的過程中，確實扮演了營造「臺灣」、「民族」這一想像共同體的媒介。但我們也必須指出，當局政權本土化與民間本土化運動，都是到了九〇年代才具備更清楚的意涵與形象，因爲直到八〇年代中，我們仍可在報導文學作品裡發現中國文化、中國精神等，更遑論《人間》創刊本就是爲了促進兩岸團結，致力於打擊臺灣意識、臺灣民族論。

然而，無論有意或無意提及中國以作爲參考座標，無論經由文字抑或紀實攝影從事報導，報導文學都爲當時的臺灣保留了重要的歷史記憶。而今意欲追尋七〇年代中期，橫跨八〇年代的臺灣以及臺灣庶民面貌，林清玄、古蒙仁、馬以工等人的作品勢必成爲不可或缺的資料，而《人間》更讓我們深刻目睹：八〇年代後期「飽食但醜陋的臺灣」，舉凡社會問題、原住民議題、環保議題等都在填充「建構臺灣」的實質內容。當「臺灣」越發清晰，「中國」民族主義也就越發喪失其防火牆的作用，這是當局打壓報導文學之故，也是《人間》最終傾全力發展政治論述、偏離了讀者所認知的「人道主義關懷」，遂走向不受青睞而停刊的命運。

是故，在「建構臺灣」這一鉅觀命題上，其實充滿了中國意識與臺灣意識的糾葛，此一糾葛使得報導文學饒富意義，它重新尋找被當權者放逐的臺灣、重新拾回被媒體邊緣化的臺灣，並且重新喚起民眾遺忘已久的臺灣記憶。也是從「建構臺灣」的視角出發，我們得以區別臺灣報導文學與中國大陸報告文學的差異，乃因作爲新成立的政權主體，中國大陸並不需要藉助報告文學去重新定義「中國」，反觀七、八〇年代的臺灣報導文學始終拉扯於兩造意識（中國意識與臺灣意識）之間，也就凸顯出，報導文學在臺灣的後殖民論述觀。誠然，本書也必須指出，將報導文學視爲後殖民主義之文類，難免有理論套用的風險，但從文類實質發展觀之，不僅突出臺灣主體性、也爲臣服於統治階級霸權之下的次等人發聲，報導文學顯然具備後殖民主義意欲重新建構記憶、建構主體之能動性。

貳、報導文學的傳播過程具備議題設定之效果

無論是三〇年代楊逵於《臺灣新文學》中，開設專欄「鄉土素描」、「街頭寫眞」以及「隨筆集」，乃至《力行報》「實在的故事」徵文；或者七〇年代高信疆透過專欄「現實的邊緣」以及「報導文學系列」，乃至時報文學獎報導文學獎設置；甚至八〇年代《人間》結合動輒跨頁的紀實攝影，乃至與人間副刊形成同盟關係，凡此都說明了報導文學的發聲，與傳播媒體有著緊密的依存關係，也是九〇年代當主流以及非主流媒體限縮報導文學的發表空間，才會在文學獎的從缺下，從而產生文類是否消亡的疑慮。

然而，作爲因應時代條件而興起的文類，報導文學固然透過媒體傳達其「建構臺灣」的意涵，但如何有效爭取閱聽人的認知，以獲得實質效益而說服媒體母公司接受其存在，並透過賦予文類正當性以抵抗當局打壓，遂成爲

提倡者首要之務。故而高信疆在規劃「現實的邊緣」時，將之形塑爲紙上版的《芬芳寶島》，經由「冷媒體」（文字）與「熱媒體」（照片）的交軌，形塑此一新興文類的形象，無論在主題與刊載時程上，皆與該電視影集有著相對應關係，使得「現實的邊緣」在離島篇、本土篇受到極大回響。迄第二次推出專欄「報導文學系列」，則透過時報文學獎報導文學獎以延續「報導文學系列」的傳播時程，並藉此授予報導文學列名文學殿堂的正當性，賦予其文類更爲高蹈的名聲。至此，遂引發非主流媒體紛紛跟進的「共鳴效果」，也就是議題設定理論中所謂「主流媒體內容爲其他媒體所採用，進而產生連鎖反應」的現象，舉凡《臺灣時報》時報副刊、《讀書人》旬刊、《戶外生活》、《皇冠》、《漢聲》等皆刊載了爲數不少的報導文學。而從議題設定理論所重視的讀者認知來看，在目前有限可見的讀者投書中，確實反映出讀者深刻認知此一文類的效果，本書開場所引的意見即是一例，其指出「我們需要的是像人間副刊裡提出的現實，雖然標榜的是『邊緣』，也足以反映其全貌了」。

至於八〇年代陳映眞挾著高蹈的文化光環，運用其在人間副刊開設的「陳映眞專欄」去傳達《人間》訊息，包括〈新種族〉、〈從一部日片談起〉、〈「爲弱小者代言」：日本報告攝影家樋口健二〉等，皆與該刊諸多專題報導、人物報導有關，儘管並不符合議題設定理論的「溢散效果」，也就是「非主流媒體內容擴散至主流媒體」，但顯然因著陳映眞的緣故，使得《人間》與人間副刊有著緊密的同盟關係。此外，該刊甫一推出就因其具備高度的批判意識，被媒體稱許爲 1985 年度十大出版文化新聞之一，並由四十餘位文化人共同出資，購買報紙廣告宣傳該刊，而刊物本身也不斷在廣告內頁刊登，知名人士如總統李登輝、文學家葉石濤等人的推薦語。

有關《人間》與人間副刊傳播過程的差異在於，前者試圖駁斥黨外雜誌的臺獨理念，而後者則與黨外雜誌產生共鳴效果，尤其左翼與黨外雜誌宣稱，挪用報導文學以作爲傳達介入社會、描繪鄉土的工具，無論是《夏潮》「我一天的工作」、《八十年代》「臺北耳語」、《美麗島》「黨外報導」都繼承了此一文類的反文化霸權精神，「內幕式」報導成了黨外媒體吸引閱聽眾目光的利器。儘管，《人間》與黨外雜誌處於對立狀態，但其因著紀實攝影的「現場」即時性與可信度，使其不需全然依賴議題設定理論而獲得讀者矚目，這也意味著七〇年代透過「冷媒體」爲主、「熱媒體」爲輔形塑而成的報導文學，在《人間》動輒跨頁攝影、滿版攝影的前提下，再一次令閱聽眾擁有「嶄新」的報導文學意象，而這也扭轉了「文字爲主、圖像爲輔」的概念，使得紀實攝影具備足以撼動人心之意涵，這是七〇年代紀實攝影未能迄及之處。然而，《人間》的紀實影像在陳映眞的論述影響下，仍陷入了紀實與美感追求的取捨兩難。

除了媒體與媒體之間共鳴的議題設定效果外，高信疆與陳映眞亦積極舉辦座談會、巡迴演講等，再將其內容刊載於媒體以宣揚其理念，例如：人間副刊舉辦「人間會談」探討紀實攝影（刊載於 1979.10.25）、《人間》舉辦報導文學暨報導攝影系列講座，甚至舉辦攝影研習營，並刊登學員作品於第 23 期（1987.9）、第 30 期（1988.4）。再者，高信疆更利用任職時報文化出版公司總編輯之便，將報導文學班底作品集結出版，這些作品皆先由人間副刊發表，除了授予文類名聲也獲得廣大讀者矚目，另於書中羅列學者專家的推薦背書，這些背書又往往刊登於副刊，再加上文學獎的獲取亦是出書與否的準則，等同不斷爲報導文學添加文化資本，顯見高信疆有計畫透過副刊、文學獎以及出版，藉以打造報導文學的重要性與必要性。

相對於大量出版報導文學作品集的做法，同樣握有出版實權的陳映眞，反而未積極出版報導文學班底之作品，必須等到《人間》停刊解散後，多位旗下作者如藍博洲、廖嘉展等人，才交由時報文化出版公司陸續出版其作品，此容或與他認爲這批作品還構不上「眞正的報導文學」，亦即未能實踐第三世界論的批判性。也有可能是，當時的報導文學出版市場已不若過往盛行，畢竟從高信疆報導文學班底出書的銷售量來看，迄八〇年代初，之前一出書即有三、四刷的印量，跌落至二刷，也就是大約四千本之譜，對於當時的出版收益而言，利潤並不高。

至於三〇年代楊逵雖無其他媒體奧援，但其於《大阪朝日新聞》、《臺灣新民報》等發表有關提倡報告文學的論述，並積極於自身創辦的雜誌中開設專欄，甚至身體力行撰寫報告文學如〈擲販〉、〈飲水農夫〉以實踐其主張，儘管當時論者將這些作品視爲「小品散文」，但楊氏戮力於提倡此文類的意志仍延續至戰後，顯見其對報告文學情有獨鍾，固然因著戰爭局勢的升溫，未及傳播更多主張，卻也留下了珍貴的遺產：書寫臺灣以批判殖民體制。換言之，楊逵明確指出報導文學的核心精神：反文化霸權與抵殖。誠然，七、八〇年代報導文學興起並未參酌楊逵之主張，但其實踐的結果實與其說法有著相通之處，亦即透過報導文學重新看見臺灣、認識臺灣、建構臺灣，進而對當局論述合法性產生質疑。在議題設定的驅使下，報導文學不僅成爲主流、非主流媒體的共識，也成功喚起讀者對其產生強烈認知，自然也就使得當局戒愼恐懼其傳播影響力。

參、報導文學的傳播目的在於動員群眾

經由紀實攝影與報導文學的結合，透過議題設定之效果，報導文學在七、八〇年代達到文類發展的高峰，無論是七〇年代獲選十大文化事件之一，抑或八〇年代《人間》甫一出刊即成爲十大出版文化，皆說明了報導文學名噪一時，短短幾年間成爲備受矚目的新興文類，一方面因其回應了回歸現實、回歸鄉土的呼聲，一方面則是鄉土文學論戰使得外求的、社會的、現實性的文類成爲彼時主流，一反過往講究內求的、個人的、雕琢之文風，故報導文學的本質從來就不在文體論、溯源論，而是「建構臺灣」的詮釋論。

然而，所謂建構訴諸的不僅是傳播者的實踐，還必須要求閱聽眾也一起行動，故三〇年代楊逵之所以再三提倡報告文學，乃因其足以表達臺灣式的想法與生活，進而賦予人民生活力量而達成團結之目的，也就是經由文學素養的賦予，促使民眾重新思索臺灣、並激發起而效尤愛鄉愛土的意志，因此楊逵大力提倡並非只爲了完成文學造詣，而是報告文學如何與群眾站在一起，這也是楊氏何以在戰後，仍於《力行報》上徵求「實在的故事」，固然該徵文係仿效中國共產黨香港工作委員會所編纂的地下刊物《大眾文藝叢刊》，然而，楊逵並非如該刊做法，將「實在的故事」視爲傳達鬥爭教育與宣傳革命的工具，這也是他指出，光是反映現實是不夠的，還必須進一步考察人物來歷、人物與社會的關係，如此才能激發讀者認同、進而形成抵抗的意志，由此可知，楊逵提倡報告文學有其動員群眾的目的性。

而七〇年代報導文學的崛起，同樣具備動員群眾的性質，惟礙於政治

氛圍，以及高信疆秉持大中華主義版本土詮釋的「由愛出發」，其訴求乃是以「土地是我們的」爲主，亦即踏查臺灣是實踐報導文學的重要概念，透過對於民俗技藝、宗教信仰、地方產業特色等關注，期能引領讀者理解「未見的、未知的、或已知而知之不深的世界」。無論是「現實的邊緣」抑或「報導文學系列」，編輯語皆宣稱「歡迎每一位讀者、作者的參與」、「希望更多相識或不識的朋友加入」，這裡的「參與」、「加入」從語境上解讀，並非要求群眾達成什麼目的，而是共同投身報導文學的撰寫，以豐富此一生機充滿的文類。這與楊逵明確主張以報告文學賦予人民意志與力量，顯然並不相類，惟這並非意味七〇年代的報導文學不具動員力，而是有所顧忌、欲言又止。事實上，七〇年代也就是文學動員的年代，無論是何種文類都扮演了追索鄉土、回歸現實的載體，而報導文學強調眞實的特質、平易近人的敘述，更使其成爲一呼百諾的文類，作者上山下海、探訪偏鄉離島，回應的也就是當時青年下鄉關懷運動之訴求。讀者深受報導文學家踏查臺灣所帶來的感動乃至行動，例如郭力昕於國外求學閱讀梁正居攝影集《臺灣行腳》，湧現思慕臺灣之情，甚至因此進入《人間》任職圖片編輯，故就群眾動員的目的來說，七〇年代報導文學雖未清楚表達其動員行動，卻可視作精神動員的媒介，此從讀者回函表示深受震撼可知一二。

迄八〇年代，《人間》因著陳映眞主張而形成「身在臺灣，心向中國」，也是植基於此，其訴求讀者共同瞭解兩岸的雙戰（內戰與冷戰）歷史，從而不斷召喚群眾達成民族團結。因此，關注弱小者的紀實攝影與報導，促使讀者感動之餘，也要求他們獻出行動，包括捐款、擔任義工、打電話或至現場抗議等，在在凸顯《人間》固然將兩岸操作成「醜惡、飽食的臺灣」，對照「壯美、質樸的中國」，但抵達彼岸的中國仍須從臺灣出發，欲從臺灣出發也就必須促使群眾瞭解臺灣、踏查臺灣，故訴諸「以弱小者的眼光看世界」，激發中產階級的愛與希望，從中關注兒童與青少年議題，據以反映飽食富裕社會下的枯索生命；關注原住民議題，據以批判漢人施政之粗暴；以及強調環保議題，據以批評資本主義跨國工業輸入、帝國霸權觀，儘管閱聽眾未必能夠洞悉《人間》的預設立場，但其動員群眾的能量從讀者信箱來看，乃是巨大而深刻的，雖然箇中難免產生「旁觀他人之痛苦」的定型化感動與淚水，但《人間》動員群眾的意志是強烈的，無論是湯英伸救援行動、打電話給三晃農藥廠、引爆林務局巒大山區丹大工作站弊案、搶救布袋沿海紅樹林等，皆引領讀者品嚐社會底層「帶著苦味的眞實」（詹宏志語），並致力於將《人間》形塑爲關注民間社會與中下階層、致力於挖掘社會問題以及檢視與思索生態環境之載體。

經由前述三點歸納，可知報導文學乃是蘊含著後殖民理念，而非講究修辭的文類；是強調傳播策略，而非完成自我藝術的文類；是具備動員動能，而非空有論述的載體。亦即在「建構臺灣」這一視角下，清楚區分了本書與過往研究的差異：不再囿限於文體論、溯源論，而將報導文學置於賦予社會意義的脈絡中，也是由此得以串連楊逵、高信疆以及陳映眞等三位重要的提倡者、論述者，乃因他們：一、皆試圖透過報導文學以達成臺灣精神的再造——縱使高氏與陳氏更關注如何重塑中國精神，但他們也無從迴避「定義臺灣」。二、皆思索如何有效傳達報導文學的精神與意涵，雖然楊逵不若高信疆握有主流媒體編輯權、陳映眞與人間副刊有著同盟關係，但三人皆盡力透過媒體達成其理念。三、皆意欲動員群眾，使其起而效尤，進而達成反文化霸權、抵殖之可能。

誠然，三人對於報導文學的主張也有其差異：一、對於提倡報導文學的動機不同：楊氏係從文藝大眾化的實踐切入；高氏則欲使文學走進民間；陳氏則意欲反駁黨外雜誌。二、對於報導文學的認知不同：楊氏強調抵殖的重要性，必須「看臺灣、寫臺灣」，將事實有效傳達給讀者。高氏主張由愛出發，認爲報導文學必然反映現實並與社會發生關聯，透過踏查臺灣以傳達中國民族精神與文化。陳氏則再三強調以第三世界論爲依歸，打造中國民族意識、從弱小者的眼光看世界、激發中產階級的愛與希望。三、對於報導文學所欲完成的使命不同：楊氏認爲文藝大眾化是喚醒群眾抵殖的根本，期能促使讀者起而效尤。高氏意欲擁抱臺灣、熱愛中國，進而激發群眾救亡圖存的意志。陳氏強調第三世界論的必要性與權威性，引導群眾認清臺灣意識的虛假，從而培植愛與希望，自荒廢、枯索的精神中脫離出來。

換言之，臺灣報導文學發展，乃是依循此三人信念而構成其基本脈絡，也因此，匯整他們的理念，本書以爲可從中得出「理想式的報導文學」之條件：一、行動性：實踐田野調查以獲得有關臺灣的第一手資料，而非囿於室內的靜態書寫，是走進社會、走入人群的文類。二、批判改造性：以臺灣爲論述主體，足以提出深刻有力的問題意識，具備反思文化霸權的視野，有效達成抵殖的可能性。三、傳播性與文學性：藉由媒體傳散作品以使大眾理解臺灣、甚至起而效尤愛鄉愛土，並與民間社會站在一起的寫實文學，並不因爲反映現實就喪失其文學性（參見圖 3）。誠然，有志於從事報導文學的作者未必能夠面面俱到，實踐所謂「理想式的報導文學」，但也正是植基於理想典範，更足以凸顯允爲七、八〇年代備受矚目的新興文類，其實蘊含著深厚的後殖民主義：抵殖、反文化霸權之精神，只不過長期以來遭到論者的忽略與誤解。

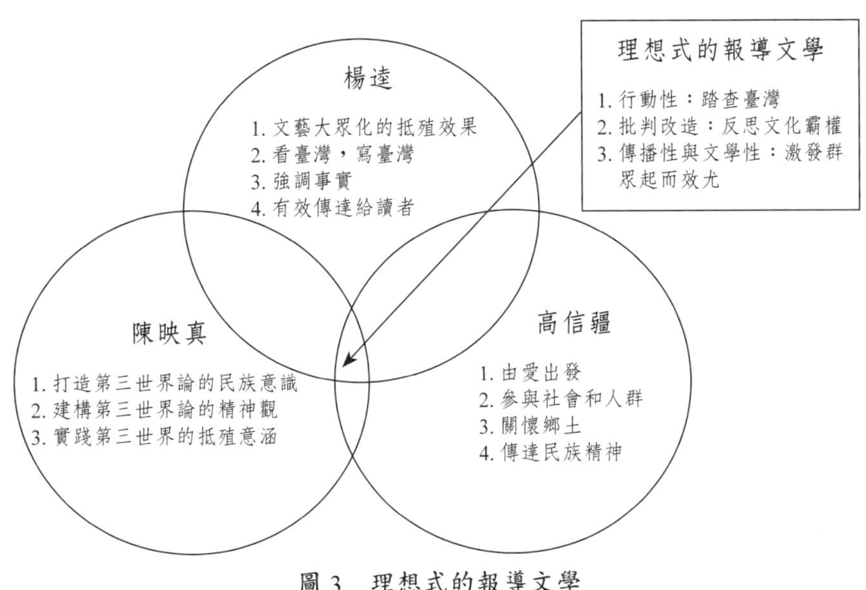

圖 3　理想式的報導文學

也因此，立基於新世紀第二個十年的此時此刻，重新回望七、八〇年代輝煌一時的報導文學，再對照當下市場導向新聞學、即時新聞、內容農場遮天蔽日，越發使我們認知到，重拾報導文學批判改造精神之必要。也是由此重新觀看 2013 年 11 月 1 日，導演齊柏林從高空俯瞰臺灣的紀錄片《看見臺灣》[3]，不由使我們猛然警醒：何以在歷經七、八〇年代乃至九〇年代等諸多本土化運動後，我們對於臺灣依舊如此陌生？我們內心翻騰的激動與心岱當年目睹〈大甲媽祖回娘家〉何異？從「看見」到「建構」到「反思」，相同的理路再次搬演於大銀幕之上，在在使人感受到歷史無限迴圈的宿命觀，也更值得我們深切召喚報導文學批判、抵殖以再次「建構臺灣」。面對那雄渾的配樂，目睹畫面上反覆律動的海浪、一望無際的山林，以及難以言說的碧玉霞紅等各式顏色交疊的河流，回想前此報導文學家致力於追索臺灣種種，黑暗中，彷若歷史再次來到我們面前：在行經七、八〇年代臺灣與中國的意識糾葛，在報導文學家戮力於重拾被放逐、被損害、被屈辱的臺灣，我們此時此刻是否理解它、正視它、關注它？它是陪襯的客體抑或深植於我們心中的主體？它是狹隘的版圖抑或多元包容的社會？

也因此，將報導文學理解爲後殖民主義的文類、動員的文類以及批判的文類，必然足以鍛接三〇年代楊逵提倡報告文學，以及七、八〇年代報導文學之共通精神，也更足以穿透溯源論、文體論的迷障，抵達那向來失落面貌的臺灣、完成「理想式的報導文學」，讓我們再次出發尋回那遺落的、習以爲常的、自認爲熟悉的「臺灣」，再次引領讀者看見不一樣的美麗與哀愁、快樂與悲傷、甜美與苦澀，以抵殖、抵抗文化霸權的精神，直視所謂「一個臺灣、兩個世界」的實相爲何？同其情理解「弱小之人」與「飽食社會」的結構關聯？並且牢牢記得楊逵所言：「當我們談到『臺灣味』時，就本質而言，問題是在於內容而不在於表現形式……無論選擇什麼表現形式，都必須能傳達臺灣式的現實，給人臺灣式的印象……我們特別期待的是，爲了臺灣而團結世界友人、並且給臺灣人生活力量的作品。這才是必然會帶來臺灣的發展和進步的新興文學。」[4]

---

3 截至 2014 年 2 月 25 日正式下片，累積兩億的票房收入，突破臺灣紀錄片影史以來的最佳票房記錄與觀影人數。該片鏡頭語言固然吸引閱聽眾，但其敘事觀引發不少批判與反思聲浪，參見邱貴芬，《「看見臺灣」：臺灣新紀錄片研究》（臺北：國立臺灣大學出版中心，2016 年初版）。

4 楊逵原著，涂翠花譯，〈談藝術之「臺灣味」〉，頁 476-477。

這才是報導文學的核心命題：建構臺灣不同於文化霸權的容顏，傳達反思鄉土、關懷臺灣的強烈意志，並致力於喚醒民眾起而效尤，共同抵殖也共同面向「世事一無所知」的人間。

附錄一
臺灣各縣市文學獎報導文學獎（1999-2009）

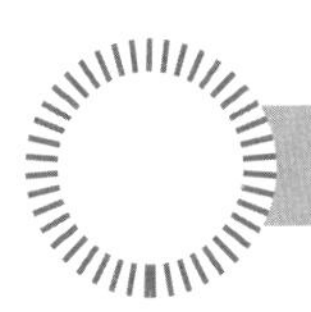

表 1　臺北縣文學獎

屆次	名次	作品名稱	內容摘要	主題性質	作者及備註
第三屆（2007）	首獎	從缺	無	無	評審：季季、楊樹清、藍博洲，本屆共 6 件參賽，徵文字數 8,000-12,000 字
	優選	鼓動奇蹟的响仁和	描述新莊响仁和鐘鼓廠發展八十餘年的歷史與現況，兼及製鼓過程等事宜	傳統工藝	胡遠智
	佳作	通往坪林的路	藉北宜高通車探討其對北宜公路及坪林之影響	交通議題	楊乃甄
	佳作	話我故鄉金礦山城	追憶屬於個人的九份生命史	追憶記事	吳品慧

※註 1：僅此一屆舉辦，第四屆起改為「全民書寫類」。

※註 2：報導主題如撰稿者為臺北縣人，題材不拘，反之，則需與臺北縣相關。

表 2　三重市「城市之窗」文學獎

屆次	名次	作品名稱	內容摘要	主題性質	作者及備註
第二屆（2005）	入選	林阿三與華洲園皮影戲團	報導三重市執著於皮影戲演出的華洲園皮影戲團負責人林阿三，說明其創團與演出經過	人物報導	本居未註評審，亦未標明參賽件數，徵文字數 6,000-12,000 字，本文作者胡遠智
第三屆（2006）	入選	大墨飄香，有體唯心	描述三重市手工製墨廠「大有製墨」之種種，包括傳統產業必須面臨的現實變遷等	傳統工藝（製墨廠）	評審：路寒袖、陳義芝、陳紅蓮，本居未註明參賽件數，徵文字數 6,000- 12,000 字，本文作者胡遠智

※註 1：從第四屆起，停辦報導文學類。

※註 2：報導主題需「以三重市之人文風情為主題」。

表 3　新竹縣吳濁流文藝獎

屆次	名次	作品名稱	內容摘要	主題性質	作者及備註
第六屆（2006）	第一名	斷層線上的蘋果在跳舞	描述九二一大地震後約一個半月，東勢鎮裡的孩子們如何在災後的生活裡，展現其天真純粹的一面	災難紀實（九二一大地震）	評審：潘國正、陳銘磻、張德南，本居未註明參賽件數，徵文字數 8,000 字以內，本文作者鄭立明
	第二名	泥土，愛與生命之源	描述九二一大地震後，雙龍山裡名為 Lukus 的布農族青年如何與土地互動之過程	災難紀實（九二一大地震）	胡湘慧

屆次	名次	作品名稱	內容摘要	主題性質	作者及備註
第八屆（2008）	第一名	從缺	無	無	評審：林日揚（古蒙仁）、須文蔚、藍博洲，本屆未註明參賽件數，徵文字數8,000-12,000
	第二名	師科巷	透過一九八一年李師科搶劫土地銀行古亭分行，逃逸時行經的一條防火巷，依此重建彼時李師科生活的環境與人際關聯	地誌書寫	居佳
	第三名	新舅仔	以新竹縣橫山鄉童養媳甘佩玉為藍本，陳述客家女性在童養媳身分下的生命史	人物報導	胡遠智

※註：從第六屆起，始設立報導文學類，採隔年舉辦制。

表 4　苗栗縣夢花文學獎

屆次	名次	作品名稱	內容摘要	主題性質	作者及備註
第二屆（1999）	首獎	追憶苑裡先賢王清淵與愛竹山莊：擊缽吟詩盛況	描述苗栗縣苑裡「蓬山吟社」（1932 年設）創社人之一王清淵的家世、為人	人物報導	評審：陳運棟、藍博洲、何來美，本居未註明參賽件數，查無徵文字數限制。 本文作者鄭瑞圖
第三屆（2000）	首獎	西非瑣記	描述作者隨丈夫前往西非中部國家「上伏塔」（Upper Volta）從醫之種種	遊記報導	評審：陳運棟、何來美、張致遠，本居共 7 件參賽，查無徵文字數限制。 本文作者陳美月

屆次	名次	作品名稱	內容摘要	主題性質	作者及備註
第三屆(2000)	優選	是誰在吹西索米	針對喪禮中的「西索米」樂隊作一訪談與探索，旁及生死觀及民俗觀	傳統產業（喪禮樂隊）	范瑞霞
	優選	好鳥枝頭亦朋友	介紹苗栗野鳥之種種	生態報導（鳥類）	徐清明
	佳作	山水之旅	對中國大陸風光的遊記報導	遊記報導	謝子烈
第四屆(2001)	首獎	再見香格里拉	描述西藏九天之旅，藉由佛教徒尋找淨土壇城的過程	遊記報導	評審：陳運棟、何來美、張致遠，本屆共8件參賽，查無徵文數限制。 本文作者劉嘉琪
	優選	吉屋出售	以四個小篇章，針對吉屋出售為主題，說明臺灣建築業的興衰	現代產業（售屋）	陳美月
	佳作	臺灣人之驕傲：阿通伯	以花紋海豚「阿通伯」為例，說明國內保育鯨豚的努力	生態報導（海豚）	鄭伯利
	佳作	月臺的記憶與味道：論福隆便當	以福隆便當為報導對象，說明便當菜色、米的類型、招標等	現代產業（福隆便當）	劉書瑀
第五屆(2002)					評審：張致遠、藍博洲、何來美。（註1）
第六屆(2003)	首獎	從缺	無	無	評審：張致遠、藍博洲、何來美，本屆共9件參賽，徵文字數5,000-20,000字
	優選	霧裡小城雕刻刀：話三義木雕春秋	描述三義木雕節的形成、發展與衰退	地方工藝（木雕）	張榮峰

居次	名次	作品名稱	內容摘要	主題性質	作者及備註
第六居（2003）	優選	禁忌的背後：臺灣原住民部落禁忌背後暗藏的智慧	通過泰雅、達悟以及排灣三個原住民的傳統「禁忌」，表達人文與自然的省思情懷	原住民文化	劉嘉琪
	佳作	勝興螢河傳説	描述賞螢遊記與螢火蟲生態	生態報導（螢火蟲）	李曉菁
	佳作	夕陽可能無限好？從泰安獨居老人居家照護談起	從泰安鄉獨居老人居家照護談起，進而切入老人照護等問題	社會問題（老人照護）	范瑞霞
	佳作	楓雪情	異國風情記遊	遊記報導	胡春蓮
第七居（2004）	首獎	從缺	無	無	評審：張致遠、藍博洲、何來美，本屆共5件參賽，徵文字數5,000-20,000字
	優選	傳承客家獅	由客家獅老師傅掄鼓教小朋友舞客家獅切入，從而指出客家獅之源起與客家精神之連結	客家文化	劉嘉琪
	佳作	山南山北走一回	報導九二一大地震之後，深入泰安鄉南三村與北五村地貌的變化，並比較原住民與客家文化的差異	原住民文化	鄧榮坤

屆次	名次	作品名稱	內容摘要	主題性質	作者及備註
第七屆(2004)	佳作	我的鄰舍「阿文伯」	以「硬頸攝影群」老攝影家陳禮文為報導對象，描述作者與攝影家的忘年之交	人物報導	黃正幸
第八屆(2005)	首獎	從缺	無	無	評審：張致遠、何來美，本屆共4件參賽，徵文字數5,000-20,000字
	優選	凱歌聲唱	描述國小作文老師如何啓迪學童作文，並與家長有良好之互動	個人體驗	溦力
	佳作	古墓傳奇	透過夢境的「虛幻」筆法，報導苗栗縣二級古蹟鄭崇和墓的歷史與靈異傳說	文化古蹟	劉鎮東
	佳作	大山無言，荒野有情	描述作者對北橫山境的熱愛，加上對野鳥的關懷，引發出對生命尊重的拯救歷程	生態報導（北橫山境）	胡春蓮
	佳作	蟄伏在苗栗竹南的休眠火龍	以竹南蛇窯為對象，報導林添福老陶師父子及家人的堅毅和執著	地方工藝（蛇窯製陶）	胡遠智
第九屆(2006)	首獎	從缺	無	無	評審：張致遠、張典婉、何來美，本屆共7件參賽，徵文字數5,000-20,000字

居次	名次	作品名稱	內容摘要	主題性質	作者及備註
第九屆（2006）	優選	咀嚼流動的古道記憶	針對苗栗縣境內墨硯山、虎頭崁等八條古道，就沿途生態、人文、歷史等，賦予數據、歷史及人文記錄	生態報導（古道巡禮）	許勝雄
	優選	與快樂相約，與詩仙相遇：詹冰專訪	就已逝詩人詹冰生前之種種，以及詩作加以介紹	人物報導	冰子
	佳作	從「臺灣的蛇窯」調查研究案談「蛇窯」商標的爭議	就竹南蛇窯與水里蛇窯的商標爭議案作一析論與報導	地方工藝（蛇窯製陶）	胡遠智
第十屆（2007）	首獎	從缺	無	無	評審：張致遠、張典婉、何來美，本屆共8件參賽，徵文字數5,000-20,000字
	優選	咀嚼流動的史蹟記憶	就苗栗地方史蹟加以介紹	文化古蹟	許勝雄
	優選	「在家自學」與「苗栗自學家庭二、三事」	就在家自學教育，進行個案訪談，藉以思索當代教育之可能	社會問題（教育）	黃正幸
	佳作	金色中港：金銀紙的故鄉	就竹南中港地區的金銀紙業者加以訪談與介紹製作過程	地方工藝（金銀紙）	胡遠智

屆次	名次	作品名稱	內容摘要	主題性質	作者及備註
第十屆(2007)	佳作	發現福爾摩沙的西乃山：苗栗禱告山的印象之旅	對苗栗縣禱告山的超自然現象加以描寫，並訴及自身信仰之種種	宗教信仰	侯剛本
第十一屆(2008)	首獎	百年老店風華	介紹開設於苗栗市嘉盛里的嘉盛理髮院，傳承四代的百年故事	地方工藝（理髮店）	評審：張致遠、張典婉、何來美，本屆未註明參賽件數，徵文字數5,000-20,000字。本文作者胡遠智
	優選	颸風少年	陳述苗栗一所中輟生安置中心內，中輟生的心緒及想法	社會問題（中輟生）	廖紫蘋
	優選	游離尋岸：新住民女性之夢	透過外籍配偶的個案訪談，陳述外籍配偶在臺灣的處境及心情	社會問題（外籍配偶）	許勝雄
	佳作	客家之美	針對油桐花、客家美食等，作一介紹性的描述	客家文化	楊小璇
第十二屆(2009)	首獎	從缺	無	無	評審：張典婉、何來美、劉榮春，本屆未註明參賽件數，徵文字數5,000-20,000字
	優選	讀書，讀人，讀生命：記杜子讀書會	介紹成立於苗栗的杜子讀書會，其中歷經的心情	社團報導	張慧嬌
	優選	醬缸人生展風華	訪談玉英豆腐乳的創業歷程	傳統產業（豆腐乳）	梁純綉
	佳作	油人生涯的魂憶	回憶自身探勘油礦的歷程	個人體驗	張世俊

屆次	名次	作品名稱	內容摘要	主題性質	作者及備註
第十二屆（2009）	佳作	百年鐵店薪火傳	介紹苗栗縣西湖鄉年盛打鐵店的創設與製鐵過程	地方工藝（打鐵店）	胡遠智
	佳作	稻草復活了	描述稻草如何透過巧手，被製成具有行銷力的注連繩，以及紮成雲火龍	地方工藝（稻草）	鄧榮坤

※註 1：第五屆夢花文學獎得獎專輯經搜尋，查無收錄於國家圖書館、中央圖書館臺灣分館、政治大學圖書館、臺大圖書館，故略而不計。

※註 2：報導主題如撰稿者為苗栗縣人或服務及就讀本縣學校者，題材不拘，反之，則需與苗栗縣風土民情相關。

※註 3：自 2000-2009 年合計共 36 件得獎作品。

表 5　南投縣玉山文學獎

屆次	名次	作品名稱	內容摘要	主題性質	作者及備註
第十一屆（2009）	第一名	廣興紙寮‧紙愛臺灣	報導位於埔里鎮鐵山里的造紙觀光工廠廣興紙業，說明其造紙的過程、職業甘苦談	傳統工藝	評審：康原、桂文亞、劉克襄，本屆共 9 件參賽，徵文字數 5,000-15,000 字，本文作者胡遠智
	第二名	守住山城根留家園	描述清境農場的人民如何「靠山吃山，靠海吃海」，以原住民高媽媽的生命歷程，凸顯原住民的生活與文化，兼及文化傳承問題	社區營造	陳彥臻

屆次	名次	作品名稱	內容摘要	主題性質	作者及備註
第十一屆（2009）	第三名	尋岸另一半	以中寮、明間地區的新住民婚姻為主，關懷新住民在臺灣的生活	社會問題（外籍新娘）	許勝雄
	佳作	濁水。武界。石	描寫武界一帶的自然風光，報導創意產業在南投推展的情形	創意產業	蔡慶彰
	佳作	尋找原鄉的家族	報導花蓮布農族原住民，以堅毅精神赴南投做尋根之旅，從中檢視昔日國府對原住民文化的施政	原住民文化	石進益

※註：本屆首次舉辦此獎項。

表 6　中縣文學獎

屆次	名次	作品名稱	內容摘要	主題性質	作者及備註
第一屆（1999）	不分名次	海口的山頂人	描述臺中縣清水鎮東山、海風、吳厝、楊厝等四個里，因緣際會遷至大肚山上，形成所謂「海口的山頂人」之特殊現象	地誌書寫	評審：鍾喬、魏貽君、陳彥斌，本屆共 12 件參賽，徵文字數 6,000-15,000 字。本文作者白棟樑
	不分名次	發現泰安車站	描述泰安車站歷史之種種	地誌書寫	王派仁
第二屆（2000）	不分名次	九二一紀事	以個人在慈濟服務的經驗為出發，描述九二一前後的經歷	社團報導（九二一大地震）	評審：陳憲仁、廖嘉展、劉克襄，本屆共 16 件參賽，徵文字數 6,000-15,000 字。本文作者黃秋玉

屆次	名次	作品名稱	內容摘要	主題性質	作者及備註
第二屆（2000）	不分名次	寵寵的半生日記	以昆蟲為報導對象，藉物喻情，透過對蝴蝶一生的觀察，旁及人生道理	生態報導（蝴蝶）	蓑叟
	不分名次	走過大里溪	描述貫穿大里市的大里溪之發源、人文等	生態報導（河川）	夏羽
	不分名次	編織泰雅：談大甲溪泰雅編織工藝產銷的過去、現在與未來	報導谷關泰雅族編織的產銷過程，指出傳統產業如何尋求經濟發展生機	地方產業（編織）	童燕瑩
	不分名次	悲歡白冷圳	描述新社鄉灌溉渠道的白冷圳之歷史意義、實用價值等	地誌書寫	白李秋蜜
第三屆（2001）	不分名次	月姬梨的故事：一場起於震災的農村產業實驗	透過災後石岡鄉如何行銷豐水梨，並成立「石岡農民果菜生產合作社」，藉此凝聚社區對抗災害的重建力量	社區營造（九二一大地震）	評審：陳憲仁、廖嘉展、劉克襄，本屆共21件參賽，徵文字數6,000-15,000字，本文作者黃婉婷
	不分名次	亨德教授與他的紀念公園	描述亨德（Hunter）教授如何投入東海大學教育，以及身後後人籌建紀念公園的過程	人物報導	白李秋蜜
	不分名次	阿罩霧圳春秋	描述在霧峰發展史上具有關鍵作用的阿罩霧圳，報導其人文意涵、歷史發展以及後來的河川整治等	地誌書寫	白棟樑

屆次	名次	作品名稱	內容摘要	主題性質	作者及備註
第三屆(2001)	不分名次	一畝淨土，還諸天地：一段小瓢蟲農場的有機種植歷程	描述東勢鎮小瓢蟲農場主人巫建旺及其友人，為讓土地恢復生機，以行動逐步復建人與土地的尊嚴，並萌發社區營造的「新農民運動」	生態報導（有機種植）	吳子鈺
	不分名次	捕手	以個案方式報導中輟生的背景與想法，旁及輔導員的社會地位、薪資等問題	社會問題（中輟生）	邱景墩
第四屆(2002)	不分名次	浩劫、遺忘與重生：兩次大地震中的石岡	透過1935年與1999年兩次烈震，以石岡人為報導對象，展現其中人性的特質，與對地震的反思	社區營造（九二一大地震）	評審：陳憲仁、廖嘉展、劉克襄，本屆共16件參賽，徵文字數6,000-15,000字，本文作者李杰穎
	不分名次	遊園驚夢：臺灣最戲劇化的一條路「遊園路」	以東海別墅往監理所、望高寮的一條小路為報導對象，指出其中所蘊含的軍事意義以及人文意涵	地誌書寫	林松範
	不分名次	運河傳奇	針對過往的運河傳説及舊址加以報導，旁及生態報導	地誌書寫	白元勳
第五屆(2003)	不分名次	創造無聲的天空：臺中縣聽障生活無障礙發展協會	描述潘信宏夫婦如何創辦臺中縣聽障生活無障礙發展協會	社團報導	評審：丘秀芷、廖嘉展、藍博洲，本屆共10件參賽，徵文字數6,000-15,000字，本文作者張彩玥

屆次	名次	作品名稱	內容摘要	主題性質	作者及備註
第五屆（2003）	不分名次	巧手師傅：賴崑旺	刻劃修鞋師傅賴崑旺的生命史	人物報導	黃綉玲
第六屆（2004）	不分名次	被時代淘汰的行業	以月眉打鐵店及其他傳統產業為例，作一緬懷	地方產業（打鐵店等）	評審：陳彥斌、陳憲仁、廖嘉展，本屆共18件參賽，徵文字數6,000-15,000字，本文作者張明德
	不分名次	百年老店糕餅飄香：兩代店主妙手奇才	以知名糕餅店「雪花齋」為例，報導其淵源並兼及產業變化之過程	地方產業（糕餅店）	馬占魁
	不分名次	愛松談松：臺灣五葉松風情報導	針對臺中縣原生松加以考察及說明，並認為五葉松可列入臺中產業的一環	生態報導（五葉松）	廖武鈴
第七屆（2005）	不分名次	回填七十年前的記憶：記「梧棲蓮塘蔡十八年普」情事	追尋屬於梧棲地方的民俗祭典，其中涉及文化層面、尋根意義、現實記錄等	宗教信仰	評審：陳彥斌、陳憲仁、廖嘉展，本屆共16件參賽，徵文字數6,000-15,000字，本文作者王立任
	不分名次	后里鄉與月眉糖廠滄桑史	透過口述歷史，對月眉糖廠起落作一報導	地方產業（糖廠）	張明德
第八屆（2006）	不分名次	砲臺上的葡萄架	描述臺中縣新社鄉福興村白毛臺的社區發展，包括歷史耙梳與今之人文風情	地誌書寫	評審：陳彥斌、廖嘉展、陳憲仁，本屆共23件參賽，徵文字數6,000-15,000字，本文作者白棟樑

屆次	名次	作品名稱	內容摘要	主題性質	作者及備註
第八屆(2006)	不分名次	不再紡麻：獨留布袋史話在隆豐社區流傳	以豐原製麻工廠為報導對象，陳述臺麻紡織廠當年如何運作之種種	地方產業（製麻）	林惠敏
	不分名次	都是水溝惹的禍	描述東勢鎮雙崎部落裡一條因地震而形成的水溝，如何在官僚作風下危害了當地交通	社區營造（雙崎部落水溝）	倉天南（瓦歷斯・諾幹）
第九屆(2007)	不分名次	在大肚溪逗留	針對大肚溪沿岸的生態環境作一觀察與反思	生態報導（大肚溪）	評審：向陽、陳列、劉克襄，本屆共23件參賽，徵文字數6,000-15,000字，本文作者鄧榮坤
	不分名次	穿越定泊：大提琴音樂家張正傑的溯源之旅	描述大提琴家張正傑如何在東西文化中，鍛練自我之樂章	人物報導	鄭澤文
	不分名次	溫馨送餐情：記寫老五老基金會中縣山城志工的堅毅身影	描述老五老基金會如何在石岡一帶照護老人的過程	社團報導	張軒哲
第十屆(2008)	不分名次	烏金・群像：梧棲漁港烏魚產業觀察	描述梧棲漁港捕捉烏魚乃至加工烏魚子等過程，並旁及烏魚生態之轉變	地方產業（烏魚）	評審：向陽、陳列、劉克襄，本屆共14件參賽，徵文字數6,000-15,000字，本文作者王乙徹

屆次	名次	作品名稱	內容摘要	主題性質	作者及備註
第十屆（2008）	不分名次	外籍配偶寶島夢	提出臺中縣東勢地區五個外籍新娘的案例，說明新住民如何在臺中縣生活的心情	社會問題（外籍新娘）	許勝雄
	不分名次	織情綿綿	描述沙鹿成衣製造、加工、批發等過程	地方產業（成衣廠）	翁麗修
第十一屆（2009）	不分名次	被遺忘的1979：與毒共存的惠明人	作者以1979年震驚社會的多氯聯苯中毒事件為對象，重返惠明學校現場並進行訪問，透過訪談描述了事件受害者的苦厄	社會問題（環保）	評審：向陽、陳憲仁、魏貽君，本屆共14件參賽，徵文字數6,000-15,000字，本文作者陳昭如
	不分名次	大肚山上的「車米崙」	以一條貫穿大肚山的小路「車米崙」為對象，報導其過往與發展，展現龍井、大肚、臺中之間三百年的開發史	地誌書寫	林松範
	不分名次	阿公的抽屜	以自身祖父為報導對象，透過祖父抽屜裡的小物件，細數老人家的生命史縮影	人物報導	張英珉

※註1：報導主題需「以臺中縣風土人情為限」，不限參賽資格。

※註2：自2000-2009年合計共32件得獎作品。

表7　臺中市大墩文學獎

屆次	名次	作品名稱	內容摘要	主題性質	作者及備註
第八屆(2005)	第一名	打鐵向晚天：流金歲月的打鐵店	以臺中地區的打鐵店為報導對象，闡述其發展源流，並旁及產業未來	傳統工藝（打鐵店）	評審：劉克襄（未註明其他評審），本屆共17件參賽，徵文字數6,000-10,000字，本文作者蘇士博
	第二名	水碓何去何從	以南屯通往烏日舊路上，一處百年老聚落為報導對象，說明該聚落之特色	社區書寫	許細妹
	第三名	不愁無處度今宵：向深夜工作者致意	以七期重劃區的深夜工作者為報導對象，訪談其生活經驗與心緒，旁及深夜工作者的社會地位與勞工問題	現代產業（深夜工作者）	彭士芬
	佳作	隱藏在石碑中的一段歷史	以兩百五十年前發生於西屯永安里一帶的搶劫，立碑於大肚山，該碑文後被發現，但解讀有誤，本文據以釐清	歷史考證	林良哲
	佳作	綠川記憶體：觀照綠川生態與人文	以綠川為報導對象，說明其沿途景色與建築	生態觀察（河川）	林佳慧
第九屆(2006)	第一名	碉堡挽歌：一件經濟開發與文化資產保存的記錄與省思	報導大肚山上的碉堡設立歷程，以及如何保存的實際行動	文化古蹟	評審：王家祥、陳銘磻、廖嘉展，本屆共15件參賽，徵文字數4,000-10,000字，本文作者黃豐隆

屆次	名次	作品名稱	內容摘要	主題性質	作者及備註
第九屆(2006)	第二名	松竹里古早叫做：三份埔	描述松竹路一帶的人文景觀與自身經驗	地誌書寫	賴彩美
	第三名	萬和宮老二媽回西屯省親的文化故事	以南屯萬和宮媽祖老二媽回娘家的宗教信仰	宗教信仰（媽祖）	黃慶聲
第十屆(2007)	第一名	再見旱溪米粉寮	以東區旱溪溪畔的米粉為例，說明米粉製作的辛酸與歷史	傳統產業（米粉）	評審：康原、楊翠、劉克襄，本屆共16件參賽，徵文字數4,000-10,000字，本文作者余益興
	第二名	戲說字姓：南屯字姓戲百年風華	針對南屯萬和宮的字姓戲之歷史淵源及文化意涵加以報導	傳統戲曲	黃豐隆
	第三名	在都市插枝求活的「原」鄉人	報導原住民如何於臺中討生活，並成立「原鄉文化協會」傳承其族群文化，並對原住民的刻板印象提出批判	社會問題（原住民）	許細妹
	佳作	我的第二故鄉：南臺中	透過對南臺中五〇年代的追憶，描述彼時人事物	地誌書寫	張明德
第十一屆(2008)	第一名	無尾巷：一個時空錯置的潛據聚落	以臺中市一群違建戶為故事題材，探索臨近綠川河岸的「違建聚落」	社會問題（違建戶）	評審：廖嘉展、阮桃園、劉克襄，本屆共13件參賽，徵文字數8,000-15,000字，本文作者吳哲良

屆次	名次	作品名稱	內容摘要	主題性質	作者及備註
第十一屆(2008)	第二名	點燃十方之愛：歡喜天使在十方	報導臺中大坑山嶺上，教導身障兒的十方啓能中心，從中探討身障兒與家庭的感受與教育	社團報導	張欣芸
	第三名	荒村	以臺中市北屯區三光巷小眷村為對象，報導其尚未改建卻人去樓空的景況	眷村文化	蔡易廷
第十二屆(2009)	第一名	在紅磚拱廊下尋找宮原武熊	以現為臺中市長公館，昔為宮原武熊醫師住所之建築，以及宮原醫院為報導對象，從中探索其歷史淵源，並旁及中日情結	文化古蹟	評審：阮桃園、劉克襄、吳明益，本屆未註明參賽件數，徵文字數8,000-15,000字，本文作者王派仁
	第二名	大瓦厝：值得關懷疼惜的文化資產	以臺中多處古厝為對象，說明其歷史意涵與興衰，旁及行動守護等作為	文化古蹟	許細妹
	第三名	追憶如風往事：日治時期書法家吳福枝	由自身經驗出發，描述外公吳福枝自日本殖民時期起，致力於書法等過程	人物報導	宋柔嘩

※註1：從第八屆起，始設立報導文學類。

※註2：報導主題需以書寫「臺中市人文、地理、風土民情為題材」。

表 8　彰化縣磺溪文學獎

屆次	名次	作品名稱	內容摘要	主題性質	作者及備註
第一屆（1999）	第一名	鹿港少年黑龜	以綽號「黑龜」的迷途少年為對象，報導其走上繪畫創作的過程	社會問題（教育）	評審：陳篤弘（未註明其他評審），本屆共 9 件參賽，徵文字數 8,000-10,000 字。本文作者陳文玲
	第二名	鷹嚎大地	報導「灰面鵟鷹」的生態及其保育過程	生態報導（灰面鵟鷹）	吳添地
	第三名	中部書院巡禮	以中部數個書院如「藍田書院」、「登瀛書院」、「磺溪書院」為報導對象，說明其建築之美	文化古蹟	陳正平
	佳作	滄海桑田望鹿港	細筆介紹鹿港歷史、物產、文化特質等	地誌書寫	王怡仁
第二屆（2000）	第一名	從缺	無	無	評審：林雙不（未註明其他評審），本屆未註明參賽件數（共 6 件進入決選），徵文字數 8,000-10,000 字。
	第二名	飄浮的土地	報導九二一大地震後，災民如何重建家園的過程，尤其是針對「土壤液化」的鑑定過程加以說明	社區營造（九二一大地震）	陳利成

屆次	名次	作品名稱	內容摘要	主題性質	作者及備註
第二屆（2000）	第三名	元極舞三十日新誌：記三十個彰化師大的清晨	說明一個月裡學習元極舞的過程	個人體驗（舞蹈）	李曉菁
	佳作	找尋彰濱工業區開發的故事	針對彰濱工業區的開發得失利弊，作一官方與民間資料的對照	社會問題（環保）	王志忠
第三屆（2001）	第一名	從缺	無	無	評審：魏貽君、康原，本屆共9件參賽，徵文字數10,000-20,000字。
	第二名	二〇〇一番仔挖港	就芳苑鄉的發展歷史作一爬梳與訪談	地誌書寫	白棟樑
	第三名	我家門前有小河：目睹一個河岸社區的發展	控訴北斗鎮東螺溪如何在鎮公所施政失措的情況下，景觀及生態受到破壞之過程	生態報導（東螺溪）	莊芳華
	佳作	玩偶一生情	報導研習雕刻布袋戲戲偶頭的過程，並旁及布袋戲歷史	民俗工藝（布袋戲）	黃明峰
	佳作	飄散的種子	針對啓智學校學生的就業情況，做個案追縱報導，並旁及弱勢者的就業問題	社會問題（啓智生就業）	黃婉婷

屆次	名次	作品名稱	內容摘要	主題性質	作者及備註
第四屆（2002）	不分名次	被囚禁的家廟：記埔心鄉張氏家廟「長源堂」	報導埔心張氏家廟的建築藝術	文化古蹟	評審：向陽、劉克襄，本屆共16件參賽，徵文字數10,000-20,000字。本文作者陳利成
	不分名次	願化春泥更護花：齊心打造一座「國家花卉園區」	描述田尾鄉公路花園商圈之發展歷程，旁及花農酸辛	地方產業（花卉）	鄒天佑
	不分名次	竹管厝的流金歲月：以永靖鄉竹子村為例	描述永靖鄉竹子林如何被挪用作建造「竹管厝」的過程	地方工藝（竹管厝）	余益興
第五屆（2003）	不分名次	柳河的生與死	報導埔心鄉柳河的興衰，旁及沿岸生態及詩詞考掘	生態報導（柳河）	評審：康原、劉克襄，本屆共9件參賽，徵文字數10,000-20,000字。本文作者陳利成
	不分名次	刀痕裡隱然若現的新契機：鹿港錦森興魯班公宴	就鹿港錦森興魯班公會及當地木工業、木工信仰迎神作一報導	地方產業	張軒哲
	不分名次	浮世清胴：李克全和他的藝術時代	針對人體畫家李克全的美學觀及其創作歷程	人物報導	蘇意茹

屆次	名次	作品名稱	內容摘要	主題性質	作者及備註
第六屆（2004）	不分名次	「東螺溪」采風行	描述南彰化東螺溪的源起及沿溪村落之變遷	生態報導（東螺溪）	評審：向陽、魏貽君，本屆共 7 件參賽，徵文字數 10,000-20,000 字。本文作者謝瑞隆
	不分名次	忠實歲月舞春風	報導彰化永靖鄉瑚璉村古厝忠實第之歷史淵源	地誌書寫	邱美都
	不分名次	風華歲月：記永靖鄉果菜市場的變遷	報導永靖果菜市場的沿革，旁及 WTO 對果菜商之衝擊	地誌書寫	余益興
第七屆（2005）	不分名次	鎘田又逢春	描述彰化縣溪州一田地經營史，從早期稻作改為高麗菜，後改為電鍍工廠，卻因電鍍廢水而影響，導致農作受到重金屬汙染，並尋求解決之道	社會問題（鎘田）	評審：古蒙仁、劉克襄，本屆共 17 件參賽，徵文字數 10,000-20,000 字。本文作者鄒天佑
	不分名次	戀戀百齡翁：員林鐵枝仔路	回顧員林車站百年來之沿革，及搶救員林鐵路穀倉之經過	地誌書寫	邱美都
	不分名次	牽牛趕集去，記北斗牛墟陳年往事	報導北斗街早年進行牛隻交易的北斗牛墟（露天市集）之興衰	地方產業（牛隻買賣）	洪慶宗

屆次	名次	作品名稱	內容摘要	主題性質	作者及備註
第八屆（2006）	不分名次	重返九號仔移民村	報導日人在臺灣的移民史，以九號仔農地為對象，耙梳其歷史與文化	歷史事件	評審：康原、楊樹清，本屆共19件參賽，徵文字數5,000-20,000字。本文作者余益興
	不分名次	見證百年糖業風華—糖鐵田林線踏查	報導百年糖鐵田林線的風華，旁及舊鐵道的「復活」願景	地誌書寫	洪慶宗
	不分名次	興賢書院異彩	針對興賢書院被冠以「寺廟」而發出控訴之聲	文化古蹟	張碧霞
第九屆（2007）	不分名次	最大的是愛	描述二林保育院創辦人瑪喜樂阿嬤來臺宣教、醫療及教育等善行	人物報導	評審：康原、劉克襄，本屆共14件參賽，徵文字數5,000-20,000字。本文作者趙啓明
	不分名次	又見青蚵嫂	透過王功蚵農吳洋樹夫婦的案例，描述其如何討生活的過程，揭露臺灣漁村轉型的問題	人物報導	鄒天佑
	不分名次	雞運	從自身追隨父親學習養雞寫起，從中觸及WTO議題，並展示養雞人的甘苦談	傳統產業（養雞）	陳可欣

屆次	名次	作品名稱	內容摘要	主題性質	作者及備註
第十屆(2008)	不分名次	吳晟的負荷	描述詩人吳晟致力於造林工作，並旁及其子女吳賢寧、吳志寧以及吳音寧之教育過程	人物報導	評審：康原、劉克襄，本屆共15件參賽，徵文字數5,000-20,000字。本文作者陳志成
	不分名次	毒鴨蛋事件簿	報導彰化線西鄉傳統產業養鴨受戴奧辛影響之過程	社會問題（環保）	許勝雄
	不分名次	南路鷹飛過八卦山	以灰面鵟鷹為對象，報導其生態與保育意識	生態報導（灰面鵟鷹）	鄧榮坤
第十一屆(2009)	不分名次	尋找八卦山的美麗精靈	對八卦臺地清水岩一帶之植物與野鳥提出觀察與訪談，呈現八卦山之美，並提出野鳥保護的觀念	生態報導（八卦山物種）	評審：康原、向陽，本屆共14件參賽，徵文字數5,000-20,000字。本文作者吳昆宗
	不分名次	落幕的事件，未落幕的故事	追蹤1979年發生於彰化的多氯聯苯中毒事件，透過訪談呈現該事件之後遺症，並批判政府對此次汙染事件之態度	社會問題（環保）	陳昭如
	不分名次	福安村的彼齣布袋戲	透過蕭上彥一家三代傳承布袋戲的經驗，報導其對布袋戲藝術的堅持及發展歷程	民俗工藝（布袋戲）	李坤隆

※註1：報導主題需與「彰化縣風土民情為背景」，不限參賽資格。

※註2：自2000-2009年合計共31件得獎作品。

表 9　屏東縣大武山文學獎

屆次	名次	作品名稱	內容摘要	主題性質	作者及備註
第一屆（1999）	第一名	屏東之光：介紹本縣籍旅義名醫潘賢義博士	以出身萬巒鄉萬金村的潘賢義如何成為旅義名醫的過程	人物報導	評審：未註明評審，未註明參賽件數，查無徵文字數。本文作者潘明富
	第二名	驚奇之旅：畫發現舊來義的排灣神話遺蹟	針對排灣族舊來義的遺蹟及其信仰、文化等作一報導	原住民文化	江大昭（江海）
	第三名	户外博物館中尋根：臺灣原住民文化園區	介紹臺灣原住民文化園區的設立及發展	社團報導	林世治
第二屆（2000）	第一名	尋根探源話保力	報導車城鄉保力村的歷史與文化	地誌書寫	評審：未註明評審，未註明參賽件數，查無徵文字數。本文作者江海
	第二名	東港的神將陣頭	介紹東港神將陣頭的成立及其精神	社團報導	陳進成
	第三名	與茶有約	針對阿里山高山茶之品種作一介紹	地方產業（茶葉）	黃柏達
	佳作	排灣傳統婚禮	以自身的婚禮出發，從中介紹排灣族的婚禮儀式	原住民文化	林世治
	佳作	追夢！小市民的心聲	針對屏東市的市容及環保作一控訴	社會問題（市容）	蔡媖錸
第三屆（2001）	第一名	露臺魯凱藝術史話	描述魯凱族木雕師的手藝，及其圖騰意義	原住民文化（木雕）	評審：未註明評審，未註明參賽件數，查無徵文字數。本文作者黃世民

屆次	名次	作品名稱	內容摘要	主題性質	作者及備註
第三屆（2001）	第二名	家鄉、劇團與布袋戲：屏東縣掌中劇團的追蹤報導	以屏東縣落山風劇團為報導對象，從中說明布袋戲在劇團中的演出歷程	民俗工藝（布袋戲）	黃明峰
	第三名	「仙蛋」傳奇：相逢加匏朗	以屏東縣萬巒鄉新厝村、加匏朗庄為報導對象，報導其老祖祭祀的過程	宗教信仰	潘謙銘
	佳作	不打烊的愛	以唐氏症寶寶小弘為報導對象，描述照護歷程之辛酸	個人體驗	吳　玉
	佳作	地利人傑：高樹鄉	描述高樹鄉歷史沿革及特產	地誌書寫	蔡娸錸
	佳作	美哉屏東	描述屏東歷史沿革	地誌書寫	陳玉賢
第四屆（2002）	第一名	大武山流浪到臺北	報導排灣族青年北上臺北打工的辛酸，藉以探討原住民在臺北的生存之道	社會問題（勞工）	評審：未註明評審，未註明參賽件數，查無徵文字數。本文作者楊士範
	第二名	鄉間聖殿桃花源	報導萬巒鄉萬金村的萬金教堂來歷及其信仰者的想法	宗教信仰	賀樹棻
第五屆（2003）	第一名	從缺	無	無	評審：未註明評審，未註明參賽件數，徵文字數 6,000-10,000 字。
	第二名	被社會遺忘的母親：外籍媽媽	以屏東縣的外籍新娘為探討對象，透過相關人員的訪談，凸顯外籍新娘在臺灣本地生存的困境	社會問題（外籍配偶）	楊麗容、蘇慧玲

屆次	名次	作品名稱	內容摘要	主題性質	作者及備註
第五屆（2003）	第三名	阿朗壹古道	報導存在於臺東縣達仁鄉南田村迄屏東縣牡丹鄉旭海村的阿朗壹古道，藉以探討其中衍生的部落文化議題等	原住民文化	陳利成
	佳作	黑鮪魚之歌	以東港黑鮪魚季為報導對象	地方產業（黑鮪魚）	范富玲
	佳作	永安圳的歷史回顧	報導貫穿屏東市南郊永安部落的永安圳，其發展歷史與意義	地誌書寫	沈明章
第六屆（2004）	第一名	一甲子的邀約：日本文獻當中僅存排灣族歌者的追蹤報導	對照日本早年人類學者黑澤隆朝之文獻，透過其當年進行的音樂調查研究，尋找當年錄製黑膠唱片的部落耆老，對當年文獻作一考證	原住民文化	評審：未註明評審，本屆共17件參賽，徵文字數6,000-10,000字。本文作者周明傑
	第二名	平原之末、半島之始	報導枋寮一帶的人文地理	地誌書寫	陳志豪
	第三名	新園新惠宮人文與建築的考察	介紹新園鄉奉祀媽祖的新惠宮之建築及沿革	宗教信仰	簡志龍
	佳作	六堆風雲	描述六堆義民起義之種種	客家文化	黃世暐
	佳作	校園變色龍	就現行教師制度與教育體制提出控訴	社會問題（教育師資）	林榮淑
	佳作	水火的祈禱：東隆宮建醮溯源	說明東港東隆宮建醮儀式之種種	宗教信仰	張榮峰

屆次	名次	作品名稱	內容摘要	主題性質	作者及備註
第七屆(2005)	第一名	自歷史的實處走來	以產婆陳張得妹為報導核心，追溯臺灣接生的醫術與設備變遷	地方產業（產婆）	評審：向陽、李若鶯、龔顯宗，本屆共18件作品進入決審，徵文字數6,000-10,000字。本文作者林鈴
	第二名	愛與和平的世紀大和解：側寫牡丹事件的百年心聲	以牡丹社歷史事件及牡丹鄉長率團赴宮古島之新聞為經緯，報導中日試圖和解之過程	歷史事件	江海
	第三名	聽說有「三間廟」	以祀奉鄭成功的三間廟，說明其寺廟之沿革	文化古蹟	鍾秀鳳
	佳作	藤球與歡呼齊飛：屏東排灣族群「五年祭」巡禮	報導排灣族五年一祭的文化儀式	原住民文化	鄧棨坤
	佳作	戀戀東港情	以東港地方景觀、物產及人文為報導對象，說明其地方特色	地誌書寫	許勝雄
	佳作	千頃蓮霧萬串紅	報導屏東名產黑珍珠蓮霧的產銷過程	地方產業（蓮霧）	賀樹棻
第八屆(2007)	第一名	紅色的幸福	以紅豆農為對象，報導其從事農業的甘苦談	地方產業（紅豆）	評審：楊翠、鍾鐵民、郭漢辰，本屆共20件參賽，徵文字數10,000字為原則。本文作者翁麗修

屆次	名次	作品名稱	內容摘要	主題性質	作者及備註
第八屆（2007）	第二名	不向老天認輸的獨臂漁夫	報導屏東車城獨臂漁夫尤瑞琴的生命奮鬥史	人物報導	胡遠智
	第三名	做戲　看戲	以小琉球碧雲寺觀音媽廟「落廟」儀式，帶出戲班的做戲儀式	宗教信仰（戲班）	黃慶祥
	佳作	橫臥在新園地上的軌跡	報導屏東新園鄉廟宇，及故鄉情事	地誌書寫	黃贊蒼
	佳作	揭開隘寮溪畔：水門村的神秘面紗	報導位於隘寮溪口的水門村，其地方發展之種種	地誌書寫	石進益
	佳作	大武山下的田園哲人：陳冠學	描述散文家陳冠學的創作養成與生命史	人物報導	鍾仁忠
第九屆（2009）	第一名	文化累積的故事：尋找慈鳳宮的百年風華	報導祀奉媽祖的慈鳳宮，就其文化變遷與展演做一說明	宗教信仰	評審：蘇珊玉、曾貴海、傅怡禎，本屆共13件參賽，徵文字數12,000字為原則。 本文作者陳鴻逸
	第二名	八家將的生存狀態	試圖為八家將沾染黑道與毒品的負面形象予以扭轉	社會問題（宗教與中輟生）	李鳳美
	第三名	側寫屏東慈鳳宮	描述慈鳳宮的沿革	宗教信仰	胡遠智
	佳作	從海上到陸地的全能守護者：我看媽祖信仰在屏東	針對媽祖信仰在屏東作一探討，包括慈鳳宮、萬丹萬惠宮、里港雙慈宮、六堆天后宮等	宗教信仰	王繼平

屆次	名次	作品名稱	內容摘要	主題性質	作者及備註
第九屆(2009)	佳作	天靈靈，地靈靈，祈求國泰民安：「探討八家將」	針對屏東地區的八家將起源作一探討，旁及幫派涉入八家將	宗教信仰	郭文珠
	佳作	夜訪慈鳳宮	針對慈鳳宮衍伸而來的媽祖信仰作一報導	宗教信仰	徐正雄

※註 1：報導主題如撰稿者為屏東縣人或服務及就讀本縣學校者，題材不拘，反之，則需與屏東縣風土民情相關。

※註 2：從第七屆起，採隔年舉辦報導文學類。

※註 3：第九屆受財團法人屏東市聖帝廟慈鳳宮贊助，故報導主題限以聖母（媽祖）、聖帝或民俗藝陣（如：八家將）擇一撰述。

※註 4：自 2000-2009 年合計共 41 件得獎作品。

附錄二
臺灣報導文學期刊文獻資料統計

作者	日期	篇名	刊物及頁碼	備註
彭歌（姚朋）	1971.5	報導文學與小說	《中華文藝》第1卷第3期，頁3-4	
王默人（王安泰）	1973.11	憂喜參半：我讀文季的感想	《文季季刊》第2期，頁245-247	本文性質類如「讀者回響」，由《文季季刊》召集人何欣回覆刊載於同期，頁247-249
Rogers, Michael 原著 陶小怡譯	1974.2	胡爾夫的報導文學	《書評書目》第10期，頁114-116	
李凡	1978a.7	報導文學的兩個層面	《書評書目》第63期，頁14-15	本文係訪談黃年
李凡	1978b.7	報導文學的基礎與體認	《書評書目》第63期，頁16-18	本文係訪談翁台生
王谷 林進坤	1978.7	報導文學的昨日、今日、明日	《書評書目》第63期，頁6-13	本文共訪談四人，文中各製作小標，分別依訪談順序為：聯副主編瘂弦如是說、「戶外生活」社長陳遠建如是說、時報副總編輯高信疆如是說、雄獅美術主編蔣勳如是說

作者	日期	篇名	刊物及頁碼	備註
碧玉（彭碧玉）	1978.7	訪副刊編輯．談寫作投稿：智慧．心血．理想：高信疆先生談「報導文學」	《文藝月刊》第109期，頁48-62	
沈明進（沈萌華）	1978.9	報導文學的表象與實質	《文藝月刊》第111期，頁37-48	
何欣	1978.9	報導文學報導什麼	《中央月刊》第10卷第11期，頁116-119	
何欣	1978.10	報導文學與文學創作	《現代文學》（復刊）第5期，頁7-22	
思兼（沈謙）	1978.10	報導文學與第三類接觸：接觸痖弦，報導高信疆，兼談文藝性的副刊傳統	《書評書目》第66期，頁36-41	本期製作「中國時報．聯合報副刊評議」專題，本文係該專題排序最末的作品，也是唯一一篇訪談稿
劉毅夫（劉興亞）	1978.11	所謂報導文學	《國魂》第396期，頁12-13【轉載於《文學思潮》第3期（1979.1），頁75-78】	由劉毅夫迄張放的文章，係源起1978年9月27日刊載於《青年戰士報》第11版〈新文藝座談：報導文學創作的路線〉。該座談由《青年戰士報》召開（未註明開會日期），與會者計有劉毅夫、尹雪曼、羊令野、魏子雲、吳東權、張放、李元平（李夫）等七人，由該報

作者	日期	篇名	刊物及頁碼	備註
				副刊主編胡秀說明舉辦座談宗旨。座談後，各自撰稿刊登於《國魂》，並由《文學思潮》轉載。故尼洛以及刊登於《文學思潮》的文壽二文，係由雜誌邀稿
魏子雲	1978.11	是「非虛構」，而非「非小說」	《國魂》第396期，頁13【轉載於《文學思潮》第3期（1979.1），頁79-80】	
尹雪曼（尹光榮）	1978.11	從新聞學觀點看報導文學	《國魂》第396期，頁13-14【轉載於《文學思潮》第3期（1979.1），頁81-83】	
吳東權	1978.11	明責任，展純真	《國魂》第396期，頁14-15【轉載於《文學思潮》第3期（1979.1），頁85-88】	
張放（司徒海）	1978.11	報導文學的發展方向	《國魂》第396期，頁15-16【轉載於《文學思潮》第3期（1979.1），頁89-92】	

作者	日期	篇名	刊物及頁碼	備註
尼洛（李明）	1978.11	橋歸橋，路歸路	《國魂》第396期，頁16【轉載於《文學思潮》第3期（1979.1），頁93-95】	
沈明進	1978.12	談報導文學的寫作	《幼獅文藝》第300期，頁171-175	
高信疆	1978.12	永恆與博大：報導文學的來龍去脈	《新聞學人》第5卷第4期，頁43-55	本文係1978年11月3日應政治大學新聞學人社邀請，至該校新聞館所做之演講。內容乃由高信疆依新聞系第40屆學生嚴沁蕾、許曼娜的記錄稿加以整理寫成，後收入陳銘磻主編，《現實的探索》（臺北：東大圖書有限公司，1980初版），頁26-47（惟題目稍有更動，改為〈永恆與博大：報導文學的歷史線索〉）。另轉載於《愛書人》旬刊第117、118期（1979.9.1、9.11），學術／書介版（第3版）。也見李利國，《時空的筆記》（臺北：時報文化出版事業有限公司，1979初版），頁253-276

作者	日期	篇名	刊物及頁碼	備註
文壽（趙滋蕃）	1979.1	談報導文學	《文學思潮》第3期，頁73-74	
尹雪曼	1979.4	從報告文學到報導文學	《新文藝》第277期，頁74-77	
吳文蔚	1979.4	一本最好的報導文學：〈關山煙塵記〉	《中外雜誌》第25期第4卷，頁60-65	
朱介凡	1979.11	報導文學跟長篇小說	《中華文藝》第18卷第3期，頁177-185	
陳飛龍	1979.12	論報導文學：兼談司馬遷的史記	《國立政治大學學報》第40期，頁177-194	
葛琳	1980.6	兒童報導文學的發展`	《青少年兒童福利學刊》第2期，頁50-54	
趙滋蕃	1982.1	報導文學的興起	《湖南文獻》第10卷第1期，頁83-84	
SM	1983.7、8	報導文學寫作講話（第一講：什麼是報導文學；第二講：報告文學作品範例評析【上】）	《中華文藝》第149期、150期，頁20-24、19-24	本文論點與尹雪曼發表於《新文藝》第277期作品〈從報告文學到報導文學〉有部分雷同，且SM應是「雪曼」的英文名縮寫，故本研究推論本文當由尹雪曼所撰。而經翻閱其講題僅止於第二講，並無第三講，亦未註明為何而講、為何不續講

作者	日期	篇名	刊物及頁碼	備註
詩影（曾春）	1983.8	「史記」是報導文學初論	《文藝月刊》第170期，頁13-26	本文論點與陳飛龍發表於《國立政治大學學報》第40期論文〈論報導文學：兼談司馬遷的史記〉有絕大部分雷同
張文傑	1984.6	從地理觀點淺談報導文學	《地理教育》第10期，頁236-239	
李瑞騰	1984.12	從愛出發：近十年來臺灣的報導文學	《文藝復興月刊》第158期，頁50-58	
沈岳	·1985.9	談「報導文學」	《幼獅文藝》第381期，頁5-7	
張大春	1985.12	幾番阡陌草率行：馬以工的報導文學成績單	《文訊》第21期，頁251-257	
鐘麗慧	1986.2 1986.4	近三十年報導文學選集提要（上）（下）	《文訊》第22、23期，頁344-354、356-365	
林燿德	1987.4	臺灣報導文學的成長與危機	《文訊》第29期，頁153-164	本文發表於《文訊》主辦「當代文學問題討論會」，後收入陳幸蕙主編，《七十六年文學批評選》（臺北：爾雅，1988年初版），頁199-226。另收入林燿德，《重組的星空》（臺北：業強出版社，1991年初版），頁131-151

作者	日期	篇名	刊物及頁碼	備註
馮景青	1987.4	古蒙仁・李利國・心岱・陳銘磻・潘家慶	《文訊》第29期，頁165-185	座談會性質同上，1987年3月7日於《文訊》編輯部（臺北市復興南路）開會，後收入林燿德，《重組的星空》，頁152-182，惟並未註明該文係由馮景青記錄
編按	1988.7	報導文學的奧祕：古蒙仁主講	《幼獅文藝》第415期，頁42-43	本文係古蒙仁於東吳大學主講「報導文學的奧祕」之講稿摘要。4月9日起，《幼獅文藝》及「中國青年寫作協會」在各大學共同舉辦「文學的饗宴」系列演講，此乃第三場演講
無作者	1988.8	古蒙仁談報導文學	《幼獅文藝》第416期，頁163	
尹雪曼	1989a.4	報導文學與報告文學	《中華文化復興月刊》第253期，頁46-54	
尹雪曼	1989b.5	報導文學的寫作	《中華文化復興月刊》第254期，頁58-66	
彭家發	1993.11.22-11.28	細説新新聞與報導文學	《新聞鏡周刊》第263期，頁30-33	本文係發表於周刊上，故出版日期以週記
尹雪曼	1994.8	泛論報紙與報導文學的關聯	《報學》第8卷第8期，頁106-110	
須文蔚	1995.7	報導文學在臺灣，1949-1994	《新聞學研究》第51期，頁121-142	

作者	日期	篇名	刊物及頁碼	備註
編按	1995.12	家，在臺灣獻身報導文學工作者：廖嘉展	《新觀念》第86期，頁58-65	
鄭梓	1997.5	二二八悲劇之序曲：戰後報告文學中的臺灣「光復記」	《臺灣史料研究》第9期，頁48-81	
許尤美	1997.9	伊甸奏起的輓歌：從「人間」的報導文學看臺灣生態環境	《水筆仔：臺灣文學研究通訊》第3期，頁22-44	
陳光憲	1999.6	二十世紀報導文學的回顧	《應用語文學報》第1期，頁143-164	
張堂錡	1999.11	臺灣報導文學發展的困境	《空大學訊》第242期，頁47-51	
阮桃園	2000.4	漫談：「報導文學」中的「探索精神」	《明道文藝》第289期，頁169-172	
余昭玟	2000a.6	當前的報導文學與《史記》	《中國現代文學理論季刊》第18期，頁196-208	
余昭玟	2000b.6	《史記》與當前的報導文學	《雲漢學刊》第7期，頁255-269	本文與刊載於《中國現代文學理論季刊》第18期之內容並無二致，僅標題稍作修改
陳光憲	2000a.6	史記寫作藝術與現代報導文學	《應用語文學報》第2期，頁137-162	

作者	日期	篇名	刊物及頁碼	備註
陳光憲	2000b.6	論報導文學的樣式	《北市師院語文學刊》第4期，頁75-105	
劉依潔	2000a.6	陳映真在《人間》雜誌中所表現的媒體觀點與實踐方式	《東吳中文研究集刊》第7期，頁151-170	
劉依潔	2000b.6	從《人間》雜誌及其創始歷程探陳映真的人文理念	《中國現代文學理論季刊》第18期，頁164-176	
陳光憲	2001.12	第一本本土報導文學研究專著：讀楊素芬《臺灣報導文學概論》	《文訊》第194期，頁22-23	
盧桂珍	2002.9	眾聲喧嘩中對臺灣報導文學的幾點省思：兼評《臺灣報導文學概論》	《書目季刊》第36卷第2期，頁131-139	
吳正堂	2002.11	尋找失去的熱情：關於臺灣「報導文學」精選書目	《全國新書資訊月刊》第47期，頁6-10	
須文蔚	2002.11	鬆綁論下的臺灣報導文學讀本	《全國新書資訊月刊》第47期，頁3-5	本文論點主要來自須文蔚，〈再現臺灣田野的共同記憶〉，收於向陽（林淇瀁）與須文蔚主編，《臺灣現代文學教程：報導文學讀本》（臺北：二魚文化事業有限公司，

作者	日期	篇名	刊物及頁碼	備註
				2009 初版二刷），頁 6-52（初版一刷出版於 2002 年）
張瑋儀	2003.2	呼喚者的紀錄片：側寫報導文學作家楊樹清	《幼獅文藝》第 590 期，頁 32-33	
顏秀芳 傅棨珂	2003.4	陳銘磻報導文學之研究	《嘉義大學學報》第 74 期，頁 1-25	
戴鳳如	2004.5	誰在說話：聯副「大報導」研究	《壢商學報》第 12 期，頁 1-16	
林淇瀁	2004.8	擊向左外野：論日治時期楊逵的報導文學理論與實踐	《臺灣史料研究》第 23 期，頁 134-152	
王文仁	2005.6	從〈幌馬車之歌〉看藍博洲的報導文學創作：兼論臺灣報導文學的幾個文類問題	《東華中國文學研究》第 3 期，頁 163-182	
張堂錡	2006.6	體系化的探索、建構與可能：臺灣報導文學理論研究綜述	《政大中文學報》第 5 期，頁 165-196	
阮桃園	2006.7	真相的顯與隱：論藍博洲二部有關作家和醫生的報導文學	《東海中文學報》第 18 期，頁 239-257	

作者	日期	篇名	刊物及頁碼	備註
許珮馨	2006.7	「我要採訪人生」：徐鍾珮的散文世界探析	《世新大學人文社會學報》第7期，頁133-158	
章綺霞	2007.10	報導文學中的人文彰化：以康原作品為例	《彰化文獻》第9期，頁71-92	
林沛儒	2008.12	報導文學的逾越與前衛：藍博洲的〈尋找劇作家簡國賢〉與口述歷史之互文研究	《東華中國文學研究》第6期，頁183-203	
曾靜渝	2010.9	第三世界文學的實踐者：重讀陳映真八〇年代的文學創作與生產	《東吳中文線上學術論文》第11期，頁37-56	

※資料來源：本研究整理，共六十九篇。

附錄三
七〇年代各媒體刊載報導文學之統計

表 1　聯合副刊「報導文學」、「大特寫」、「吾土吾民」、「傳眞文學」之編按

日期	專欄名	編按
1978.4.22	報導文學	在我們不能觸及的經驗世界裡，也有一樣的美醜、善惡、歡樂和痛苦，它的形式可能與我們所熟知的大不相同，為了延伸更多感覺的觸鬚，對於事實，我們求助於新聞；對於人性，我們求助於文學——而兩者合一的「報導文學」正領著我們進入廣大的陌生世界，告訴我們，有更多要看的東西，有更多要關心的人和事…… 聯副新闢「報導文學」專欄，〈乘風破浪五十天〉是本專欄的第一篇，它寫的是兩位年輕人，搭乘一艘廿三萬噸的油輪，航遍世界各個海域的遭遇，作者並非專事文學創作，寫的文字卻極清新自然，真實感人，這可以說明，動人的文學並不全然產生在書齋，處處有文學，人人是作家，動人的文學極可能就在你筆下產生。 聯副歡迎各行各業的工作者，以你最習用最方便的文字，寫下你的故事，為這個專欄增添色彩。
1978.11.1	大特寫	在我們不能觸及的經驗世界裡，也有一樣的美醜、善惡、歡樂和痛苦，它的形式可能與我們所熟知的大不相同，為了延伸更多感覺的觸鬚，對於事實，我們求助於新聞的報導；對於人性，我們求助於文學的描寫——聯副推出的「大特寫」專欄正是結合這兩者的長處，領我們進入廣大的陌生世界，告訴我們，有更多要看的東西，有更多要關心的人和事…… 「大特寫」將越嶺過海，深入各個角落；讓眾人看見不同生活的面貌，聽見各種心靈的呼聲。

日期	專欄名	編按
		「大特寫」歡迎各個崗位的工作者，以你最習用最方便的文字，寫下你熟悉的生活和故事。我們深信，處處有文學，人人是作家，動人的文學極可能就在你的筆下產生。
1980.1.2	吾土吾民	「吾土吾民」是本刊繼「心影錄」[1]、「大特寫」之後，所推出同一系列的專欄。 中華民族是世界上歷史最悠久，人口最多，分布最廣，也是歷經最多憂患的民族。今後在「吾土吾民」專欄中，我們將介紹許多發生在中國人身上和中國土地上的故事。 在這些文章中，你或許會認為某些篇章並非出自名家，甚至不容易找到優美華麗的辭藻；但是，你一定會發現，所有的文字都映現著中國人的心聲血淚。因此我們特別選定在迎接「自強年」的開始，鄭重向讀者們推介此一專欄。
1980.1.4	傳真文學	「傳真文學」是文學工作者手中永不熄滅的鎂光燈，它是直接取材自新聞，對準事件的焦距，把瞬間即逝的社會脈動，和人類不易捕捉的精神層面，賦予永恆的藝術形象。 「傳真文學」不是新聞事件的平面報導，亦不是透過文學手法但其目的仍在於報導新聞的新聞文學。 新聞報導或許會因為年長月久事過境遷，總難免減低了重讀的興味。新聞文學在純文學的領域裡，也許還不能與純詩、純小說或純散文等高。但「傳真文學」，卻可以突破新聞的意義或新聞文學的意義，而達於藝術的純粹性與永恆性的巔峰。 值此新春，聯副滿懷欣喜推出這個「傳真文學」的專欄。歡迎文壇先進和廣大讀者一齊來耕耘！

※資料來源：本研究整理。「報導文學」與「大特寫」編按刊於第 12 版，「吾土吾民」與「傳真文學」則刊於第 8 版。

---

1 「心影錄」係 1978 年 3 月 15 日推出之專欄，主要邀請作家回憶過往之生活，多以抗戰時期居多，與「大特寫」、「吾土吾民」等專欄之特質並不一致，故不列入討論。

表2　「現實的邊緣」與「報導文學系列」之編者說明

專欄名／刊登日期	現實的邊緣	報導文學系列	備註
1975.7.10	編者按：「現實的邊緣」是一個新的專欄。在這裡，我們將為您展示一系列您所未見的、未知的、或已知而知之不深的世界；在這裡，無論是一所城鎮、一樁事件，或一個人物，都可能成為我們報導與探討的對象。我們希望：透過作者親身的體驗與尋訪，以及深入的挖掘與同情的理解，為您的生活、思考、提供一個全新的觸角和視野——這個專欄分為三大部分：域外篇、離島篇，本土篇。我們歡迎每一位讀者、作者的參與。字數以五千字以上，一萬字以內為宜，附有圖片更好。		原文全文不分段。另，標點符號按原文照錄，不加更動
1978.4.23		在「人間」副刊一系列自我鞭策、奮力成長的旅途上，「報導文學」系列的推出，代表了又一個新的里程。這個專欄的前身，是民國六十四年在本版推出的「現實的邊緣」（第一輯已成書，由時報文化出版公司印行）。這是國內文化界近若干年	本專欄說明題名為〈由愛出發〉，全文共分五段，標點符號照錄，不加更動。首篇作品為張毅所撰〈星塵之外〉。另，同年4月26日再次刊登編者

		來，首次有系統、有計畫地，對於報導文學的深入開發。當時甫經推出，就受到各方的注目。幾年來，它的影響與日俱增，且已逐漸為文學反哺人生的一種敏銳而有效的形式。 「報導文學」系列，就是在這一種氛圍裡的再度出發。它是「現實的邊緣」的積極提升，是更入世的、走入生活層面更深、觀察幅度更廣的一次文學界的大量參與。 也正因此，我們十分慎重於「報導文學」系列的籌劃與推動。將近一年來，六七十位熱心的作家、攝影家、年輕朋友們都曾參與了這項工作。而我們尚感不足。我們希望更多相識或不識的朋友加入它，協助它，豐富它。畢竟，「報導文學」原是一份充滿生機的愛的出發與實踐啊！ 今年三月十一日出版的《愛書人》旬刊，曾以頭版頭題推介了我們即將於四月份刊出「報導文學」的事，這對我們，是一個很好的動力，讓我們就此上路吧！	說明，題名依舊，惟添加副標題：「人間副刊策劃經年，正式推出報導文學」。後又於 5 月 1 日、5 月 3 日、5 月 14 日分別刊出相近之編者說明

※資料來源：本研究整理。

表 3　《臺灣時報》時報副刊之報導文學

作者	日期	篇名	備註
林純琍	1980.8.4	矗立在平地線上：初訪嵐山工作站	本文係專欄「愛與文學」首篇，篇首說明：「每一顆人心，都是一個小小的宇宙，每一個不同的階層，都有它自己的心酸與驕傲，當我們以『愛』行遊於鄉間、城市、高山、大海時，往往在寬宏的互融中，領略出新的生之滋味。『愛與文學』這個系列專題，就是一些年輕朋友，以誠摯的愛心，透過文學的筆觸，記錄下這個時代與社會的脈搏和心聲。」另，本文係轉載自《户外生活》第 49 期（1980 年 8 月），原題〈離家一九八〇公尺高的伐木工人〉
林文義	1980.8.5	寂滅的花房	專欄「愛與文學」2
汪啓疆	1980.8.6-8	最南方的疆土	專欄「愛與文學」3，本文同時刊於三三集刊《鐘鼓三年》
陳煌	1980.8.11-13	新埔下車：從白伶鷥看起	專欄「愛與文學」4，欄名下寫著「心懷鄉土情，放眼天下闊」
阿輝	1980.8.14	賣煎盤粿的鶯紅	專欄「愛與文學」5，本日預告將推出「新聞小說」，後於 8 月 19-20 日刊出〈飄零的落花〉，並於 19 日刊登陳勤撰寫的〈試論「新聞小說」〉，係節錄自陳勤，〈新聞小說研究〉，《報學》第 3 卷第 1 期（1963 年 6 月），頁 33-41
姬小苔	1980.8.19-20	飄零的落花	專欄「新聞小說」1，欄旁註解：「深入挖掘，呈現真貌」
姬小苔	1980.8.21	無語問蒼天	專欄「新聞小說」2
曉風	1980.9.8-9	找個難纏的對手：黃以功的故事	本文係專欄「飛揚的一代」1

作者	日期	篇名	備註
汪立峽	1980.9.9-10	芳香的草根：黃森松與「美濃週刊」	專欄「飛揚的一代」2
賴金男	1980.9.10	他，就是滿懷愛心的——李雙澤	專欄「愛與文學」6
陳映霞	1980.9.11-12	將有濃林成蔭：訪「校園歌手」李建復從「龍的傳人」說起	專欄「飛揚的一代」3
鄭厄	1980.9.15-17	為著一億元	專欄「新聞小說」3
朱陵（袁瓊瓊）	1980.9.17	理想的追尋者：建構藝術活動新形式的許博允與「新象活動推展中心」	專欄「飛揚的一代」4
劉森堯	1980.9.18-19	轉動中的風車：新銳導演王菊金	專欄「飛揚的一代」5
姬小苔	1980.9.20	何處是兒家	專欄「新聞小說」4
李昂	1980.9.27	我從花蓮來：參加「肢障青年夏令營」記實	專欄「愛與文學」7
曉風	1980.10.6-7	蝸牛女孩：溫梅桂的故事	專欄「飛揚的一代」8
丁琬	1980.10.13	行者的路：奔波在報導文學路上的先驅者古蒙仁先生	專欄「飛揚的一代」9
柯麥（詹宏志）	1980.10.14-15	紙上風雲第一人：高信疆的副刊傳奇	專欄「飛揚的一代」10
孫晴峰	1980.10.16	孫姐姐：國內唯一少年讀物「幼獅少年」主編孫小英	專欄「飛揚的一代」11

作者	日期	篇名	備註
姬小苔	1980.10.22-24	爸爸，對不起！青年王正強浪子回頭的故事	專欄「愛與文學」8
陳雨航	1980.10.31-11.1	吃苦出頭：國劇改革者郭小莊與「雅音小集」	專欄「飛揚的一代」12
古蒙仁	1980.11.17-19	小黃瓜的滋味	專欄「新聞小說」5
馬以功(按：工)	1980.11.21-22	等待大師：黃凡和他的小說藝術	專欄「飛揚的一代」13
廖授	1980.12.6	悔不當初：斗六大搶案主犯許再來的故事	專欄「新聞小說」6
陳白	1980.12.13	奔流：狂熱的青年劇作家張毅先生	專欄「飛揚的一代」14
陳銘磻	1980.12.16-17	最後的粧扮：不時髦的美容師	專欄「愛與文學」9
艾靜河	1980.12.18	出聖入凡：為「科學通俗化」努力的張之傑先生	專欄「飛揚的一代」15

※資料來源：本研究整理，皆出自第12版。

表4　《愛書人》旬刊之報導文學

作者	日期	篇名	卷期及頁碼	備註
朱俊哲	1978.2.1	從「鹿港斜陽」談起	64期，2版	本文係呼應尤增輝發表於1975年12月9日至14日《中國時報》人間副刊〈鹿港斜陽〉一文

作者	日期	篇名	卷期及頁碼	備註
蒲葦(周廷模)	1978.2.1	香港行	64期，3版	本文係「愛書人文藝創作獎徵文比賽」創作類報導文學組第二名。報導文學組字數限制以一萬字為限，共五篇進入複選，僅〈香港行〉一文獲得第二名，首獎及其他獎次從缺
陳銘磻	1978. 2.21	番刀不見了：關於《部落・斯卡也答》一書	66期，2版	
編者	1978.3.11	關於「報導文學」	68期，1版	
朱俊哲	1978.3.11	現實的探索：報導文學的社會功能與價值	68期，1版	本文文末備註：「本文部分資料、觀念，得自高信疆先生的指導與提示，在此致謝。」
向陽	1978.3.11	呈現以及提出	68期，1版	本文係出自「向陽專欄」，文中論及報導文學
夙千蝶(林依潔)	1978.3.21	他是誰？	69期，4版	本文係新開闢專欄「昂然奮起的一代」第一篇，旨在介紹當年被視為報導文學家的林清玄
琉麗	1978.6.01	心岱的「無言歌」	76期，2版	本文旨在介紹心岱近期創作情況，文中提及報導文學
楊克明	1978. 6.11	歷史的激情與理解：《紅毛城遺事》讀後	77期，2版	

作者	日期	篇名	卷期及頁碼	備註
封德屏	1978. 6.21	最後一把番刀：陳銘磻的「山地人的故事」	78期，1版	
無作者	1978. 6.21	編輯桌上苦功夫，各別苗頭費心思：五位副刊主編的意見和說明	78期，2版	本文文中下有小標，其中「高信疆如是說」一節有一部分談及報導文學
林清玄	1978.8.11	竹筍與報導文學	83期，1版	白冷（沈明進）針對本文在1978年9月4日《臺灣日報》副刊提出相關批評，後林氏將本文收於自己的第一本報導文學集《長在手上的刀》，已重新改過本文
編者	1978.8.11	關於「報導文學」	83期，1版	
湯碧雲	1978.8.11	再溫一壺酒：林清玄的《長在手上的刀》	83期，1版	
山契	1978.8.21	部落的徬徨：書介《部落・斯卡也答》	84期，2版	
李利國	1978.8.11	從擁抱自己的土地開始：高信疆先生談報導文學	84期，3版	文前附有編者說明，指出本文原題〈聽高信疆談報導文學〉，原載《大高雄》雜誌，後經高信疆修訂轉載於《愛書人》旬刊
湯碧雲	1978.9.1	一筆筆的向裡探索：介紹幾本新聞著作	85期，2版	本文介紹數本新聞著作，其中李元平《建設的火花》、胡有瑞《現代學人散記》都曾被論者視為報導文學作品

作者	日期	篇名	卷期及頁碼	備註
林清玄	1978.9.11	我們吃白米飯：報導文學的一個概念	86期，1版	
無作者	1978.11.21	〈出發：「盤庚」出版報導文學系列〉	93期，1版	
林清玄	1979.1.21	報導文學的根與果：高信疆的心願	99期，2版	該期製作專題報導「報導文學的再延伸」
游淑靜	1979.1.21	不能只是江湖過客：尉天驄談報導文學的再深入	99期，2版	
燕萱	1979.1.21	自我覺醒的認知：王鎮華談報導文學的展望	99期，2版	
東籬	1979.1.21	擺對位子：阮義忠談報導文學的攝影	99期，2版	
柳暗	1979.1.21	為歷史見證：楊春龍的「報導文學作品系列」	99期，2版	
陳群方	1979.2.21	手藝：我看《長在手上的長刀》	102期，1版	
游淑靜	1979.4.1	不敢回頭看牽牛：林清玄與他的報導文學工作的使命	106期，3版	
無作者	1979.6.11	陳銘磻的《賣血人》	113期，1版	
林全洲	1979.6.21	獨騎瘦馬踏殘月：陳銘磻與其報導文學生命的千重世界	114期，3版	
陳銘磻	1979.7.1	痛苦中的震撼：《賣血人》自序	115期，4版	

作者	日期	篇名	卷期及頁碼	備註
高信疆	1979.9.1-11	永恆與博大：報導文學的歷史線索（上下）	117、118期[2]，第3版	
無作者	1979.9.11	上月本國書訊：時報報導文學獎	118期，1版	
陳易	1979.12.11	謝春德攝影展：吾土吾民系列：謝春德這個人	127期，4版	
無作者	1979.12.21	謝春德攝影集：「吾土吾民」系列交由時報出版	128期，1版	
無作者	1979.1.1	〈賣血人〉		本書獲得該刊舉辦「第一屆愛書人倉頡獎」十大好書獎，該獎係由讀者投票，本書共獲850票
李利國	1980.1.11	客觀事實、高度參與、深摯的愛：自序《時空筆記》	130期，4版	
秦慕溪	1980.6.21	認識問題的歷史性：《賣血人》讀後感	146期，3版	
陳銘磻	1980.8.1	替中國青年怒吼：阿老與他的《腳印》	150期，2版	本文介紹阿老作品《腳印》，陳銘磻認為該作乃是一本「相當具成就的報導文學佳構」
林清玄	1980.8.11	鄉事	150期，3版	本文係林清玄《鄉事》一書的自序

2　自117期起，版別第1版至第4版，分別改成「報導／出版」、「專輯／專題」、「學術／書介」、「讀書／藝術」，爲求便於理解，本研究改爲數字取代，以下皆同。

作者	日期	篇名	卷期及頁碼	備註
李純德	1980.8.11	反共義士葉蔭談《腳印》	151 期，2 版	
李純德	1980.8.11	訪趙友培談《腳印》	151 期，2 版	
剛毅	1980.8.21	指引薪火傳接的明燈：從林清玄的「傳燈」談起	153 期，3 版	
陳太守	1980.11.15	説書：《大陸來去》	155 期，3 版	

※資料來源：本研究整理。

表 5　《綜合月刊》之報導文學

作者	日期	篇名	卷期及頁碼	備註
本刊編輯部	1975.2	本國大學生的性問題	75 期，頁 11-15	
本刊編輯部	1975.3	西門町的誘惑	76 期，頁 12-25	
冷步梅	1975.3	癌症帶不走的愛情故事	76 期，頁 33-43	
尹萍	1975.6	本國大中學生的咖啡屋世界	79 期，頁 36-44	
本刊編輯部	1975.7	我上大學得到了什麼？	80 期，頁 14-21	
尹萍與翁台生	1975.9	紅衛兵談人性的覺醒	82 期，頁 36-45	
林時	1975.11	開闢高雄第二港口的故事	84 期，頁 44-50	
翁台生	1975.12	為蓋廟而活下去的人	85 期，頁 12-21	報導畫家李梅樹如何整建三峽祖師廟

作者	日期	篇名	卷期及頁碼	備註
翁台生	1976.1	痲（按：痲）瘋病的故事	86期，頁50-66	
翁台生	1976.1	我上大學得到了什麼？	80期，頁14-21	
尹萍	1976.3	鳳山滄桑三百年	88期，頁48-54	
魏誠	1976.3	本國第一位賣洋雞糞的人	88期，頁76-78	報導蔡樂天自美國進口五百公噸雞糞販售
李延凌	1976.4	蔡錫祥為什麼死在輔育院裡？	89期，頁86-99	報導彰化少年輔育院院生蔡錫祥疑遭警衛虐死
黃年	1976.5	北投妓女們的粉紅色罷工	90期，頁12-27	
陳國祥	1976.5	本國的精神病院	90期，頁78-83	
黃年與尹萍	1976.6	托福考試的是是非非	91期，頁20-37	
溫曼英	1976.6	連續劇是怎樣拍的？	91期，頁38-42	
胡遜與謝邦振	1976.8	在人行地下道過夜的人	93期，頁14-24	
尹萍	1976.9	八百壯士壯志未酬	94期，頁14-21	
吳英玉	1976.10	臺北的小小生意人	95期，頁82-89	
吳英玉	1976.11	拆不散的臺北夜市	96期，頁14-21	
朱立熙	1976.12	大白菜田裡奏悲歌	97期，頁48-54	
李師鄭	1977.1	梨山將剷除六十萬株果樹	98期，頁38-43	

作者	日期	篇名	卷期及頁碼	備註
胡遜	1977.2	嚼檳榔也是中國功夫	99 期，頁 18-24	
朱邦彥	1977.2	按摩人的笛聲殘了	99 期，頁 54-63	
翁台生	1977.3	大臺北小部落	100 期，頁 28-34	
謝邦振	1977.6	三義鄉的木雕聞名中外	103 期，頁 44-51	
王華明	1977.6	臺北餐廳裡的民謠歌手	103 期，頁 109-114	
溫曼英	1977.7	臺北美國學校裡的中國孩子	104 期，頁 58-67	
白雲心	1977.7	臺北市的龍門客棧	104 期，頁 71-89	報導「曹洞宗大本山臺灣別院」所在地，主要以圖片構成，朱立熙攝影
江蕤	1977.8	臺灣的「第四個電視臺」	105 期，頁 48-54	報導光啓社
尹萍	1977.9	政治漫畫	106 期，頁 110-115	
翁台生	1977.10	皇軍廟滄桑三十年	107 期，頁 100-105	
吳英玉	1977.12	異鄉·中文·淚	109 期，頁 50-58	報導溫瑞安等人組成的「神州詩社」
吳英玉	1978.2	胡琴聲中的鄉愁	111 期，頁 66-69	
翁台生	1978.3	媽祖賣金牌，北港建醫院	112 期，頁 82-88	
胡遜	1978.3	臺灣最大的蛇市	112 期，頁 140-144	

作者	日期	篇名	卷期及頁碼	備註
翁台生	1978.4	天母的獨角獸	113 期，頁 37-42	報導天母外銷臺灣民間藝品之公司「Unicorn」
尹萍	1978.6	相聲聲聲殘	115 期，頁 88-92	
尹萍	1978.9	在青草地上放歌	118 期，頁 76-84	
余光弘	1978.11	綠島風情畫	120 期，頁 114-119	
林秀英	1978.12	臺灣是個機車王國	121 期，頁 124-132	
陳宇之	1979.4	小事情，大發現：從排隊上車談起	125 期，頁 78-85	此文與下列二文輯錄為「現代的邊緣」系列專題報導之一至三
王墨林	1979.4	被遺忘的一群：梨園子弟	125 期，頁 86-91	現代的邊緣之二
李瑋珉	1979.4	攝影山胞：臺灣開拓與先住民	125 期，頁 92-103	現代的邊緣之三
林秀英	1979.5	委託行的故事	126 期，頁 102-112	
林秀英	1979.6	攤販問題解決不了嗎？	127 期，頁 136-144	
陳忠慶	1979.8	臺灣的賽鴿人家	129 期，頁 72-78	
劉仁傑	1979.11	從生態觀點看臺灣農業：林俊義教授訪問記	132 期，頁 48-56	
宋光宇	1979.12	雅美人徬徨迷惘	133 期，頁 20-30	
賀蘭山	1979.12	我們能為蘭嶼做什麼？	133 期，頁 31-37	

作者	日期	篇名	卷期及頁碼	備註
林秀英	1980.1	他們看不見兇手！惠明盲校訪問記	135期，頁18-26	此文為「正視工業公害」專題報導之一
劉仁傑、高敏慧、羅敏功	1980.4	豈容良田變滄桑：桃園縣濱海地區公害巡禮	137期，頁21-31	本文報導題材與獲得第三屆時報文學獎報導文學獎首獎〈大地反撲〉皆以桃園縣濱海地區為例
蘇俊郎	1980.5	媽祖的腳步：從大甲到北港	138期，頁46-57	
陳慶忠	1980.5	靠死人賺錢的人	138期，頁112-122	報導辛亥隧道口的喪葬業者
林秀英	1980.6	烏腳病流行區的新問題	139期，頁57-69	
尚德敏	1980.7	未完結的遊覽車問題	140期，頁72-84	
林銳	1980.7	王菊金和他的電影	140期，頁85-90	
林秀英	1980.9	誰來關心無醫村？	142期，頁14-25	此文係「偏遠地區的醫療問題」專輯報導之一
何穎怡	1980.12	細說一貫道	145期，頁198-220	

※資料來源：本研究整理。

表6 《戶外生活》之報導文學

作者	日期	篇名	卷期及頁碼	備註
關山情	1976.7	蘭嶼風情畫	1期，頁30-41	失去的地平線
方東盼	1976.7	牛墟：北港牛市趕集記	1期，頁22-29	忘鄉？望鄉！
高淑慧	1976.9	一個看不到少女的地方：秀巒	2期，頁52-59	失去的地平線
李啓華	1976.9	再見了，秀巒	2期，頁60-67	失去的地平線

作者	日期	篇名	卷期及頁碼	備註
陳經緯	1976.9	放紅腳 ※ 撰寫賽鴿	2 期，頁 65-73	忘鄉？望鄉！
小莊	1976.10	若到福山趕上春 ※ 撰寫烏來福山	3 期，頁 34-47	失去的地平線
蔡格森	1976.10	城隍爺出巡	3 期，頁 8-15	忘鄉？望鄉！
孫嘉陽	1976.11	飛躍吧！七美	4 期，頁 30-41	失去的地平線
孫嘉陽	1976.11	與矮人共舞：賽夏族矮靈祭記實	4 期，頁 8-15	忘鄉？望鄉！
孫嘉陽	1976.12	尋找被遺忘的人群 ※ 撰寫澎湖	5 期，頁 22-32	失去的地平線
陳清喜	1976.12	宋江陣	5 期，頁 40-49	忘鄉？望鄉！
林瓊	1977.1	明媚之鄉：瑞里	6 期，頁 84-91	失去的地平線
劉瓊麗	1977.1	後臺看歌仔戲	6 期，頁 54-63	忘鄉？望鄉！
陳季生	1977.2	花草都懶得活的鹹鄉：鹽田	7 期，頁 22-35	失去的地平線
蔡格森	1977.3	黃蝶・菸樓・美濃鎮，吃苦・守舊・客家人	8 期，頁 54-61	失去的地平線
陳季生	1977.3	花卉的故鄉：田尾	8 期，頁 46-51	忘鄉？望鄉！
孫嘉陽	1977.4	淺嘗文明的樂園：南澳溪上游的泰雅族	9 期，頁 74-85	失去的地平線
張政南	1977.4	阿里山的火車頭	9 期，頁 33-43	忘鄉？望鄉！
莊展鵬	1977.5	划向夢裡的水鄉：珊瑚潭的「島民」生活	10 期，頁 12-21	失去的地平線
陳清喜	1977.5	素蘭要出嫁	10 期，頁 54-61	忘鄉？望鄉！
李英明	1977.5	媽媽的婚禮：臺灣民間結婚習俗	10 期，頁 62-65	忘鄉？望鄉！
張政南	1977.6	賽夏的桃源：向天湖	11 期，頁 26-35	失去的地平線
孫嘉陽	1977.6	牽罟	11 期，頁 14-23	忘鄉？望鄉！
陳清喜	1977.7	拉拉吉：湯蘭花的故鄉	12 期，頁 26-33	失去的地平線
無作者	1977.8	草嶺風情	13 期，頁 27-33	失去的地平線

作者	日期	篇名	卷期及頁碼	備註
無作者	1977.8	草嶺老故事	13 期，頁 36-38	失去的地平線
無作者	1977.8	草嶺拾景	13 期，頁 39-45	失去的地平線
莊展鵬	1977.9	頂燈的採煤人	14 期，頁 20-33	忘鄉？望鄉！
陸白	1977.10	一個被潮音淡忘的地方：大里	15 期，頁 12-23	失去的地平線
陳清喜	1977.10	稻田上的吉普賽：趕鴨人家	15 期，頁 24-37	忘鄉？望鄉！
陸白	1977.11	撒吧！霧臺	16 期，頁 14-30	失去的地平線
徐仁修	1977.11	陰陽宴：客家的義民節	16 期，頁 32-40	忘鄉？望鄉！
王家珠	1977.12	昔日賊鄉．今日桃源：大埔	17 期，頁 32-45	失去的地平線
陸白	1977.12	磚仔窰	17 期，頁 17-27	忘鄉？望鄉！
魯家	1978.1	霧上桃源：清境農場	18 期，頁 19-24	失去的地平線
李錦季	1978.1	青蚵嫂	18 期，頁 25-39	忘鄉？望鄉！
陳更生	1978.2	安平追想曲	19 期，頁 33-41	失去的地平線
馬以工	1978.2	磺溪溯往	19 期，頁 11-21	忘鄉？望鄉！
馬國芳	1978.2	歸園夢憶	19 期，頁 24-29	忘鄉？望鄉！
許鐘榮	1978.3	北埔今昔	20 期，頁 11-18	忘鄉？望鄉！
許鐘榮	1978.3	多少竹塹舊蹟	20 期，頁 20-28	忘鄉？望鄉！
劉光華	1978.4	東港漁話	21 期，頁 15-35	失去的地平線
許鐘榮	1978.4	大稻埕風情	21 期，頁 38-47	忘鄉？望鄉！
許鐘榮	1978.5	石門古戰場憑弔	22 期，頁 56-58	忘鄉？望鄉！
李文廣	1978.7	家在小琉球	24 期，頁 42-62	忘鄉？望鄉！
馬以工	1978.7	古城老街	24 期，頁 22-24	忘鄉？望鄉！
馬以工	1978.7	失去的別有天：蘭陽開拓史	24 期，頁 27-41	忘鄉？望鄉！
馬以工	1978.8	群山中的大嵙崁：臺灣最內陸的港口 ※ 撰寫大溪	25 期，頁 26-41	忘鄉？望鄉！

作者	日期	篇名	卷期及頁碼	備註
施再滿	1978.11	海的兒子：王功	28 期，頁 35-46	失去的地平線
亦明	1978.11	鹿港的美麗與哀愁	28 期，頁 14-34	忘鄉？望鄉！
林若雄	1979.1	深山中的一隻黑蝶：南山村的蛻變	30 期，頁 102-111	失去的地平線
陳金貴	1979.1	關西往事	30 期，頁 31-45	忘鄉？望鄉！
施再滿	1979.2	一個步伐緩慢的地方：鼻頭角	31 期，頁 53-65	失去的地平線
王昭	1979.2	多少三峽舊事	31 期，頁 19-33	忘鄉？望鄉！
王昭	1979.3	急水溪畔的古鎮：塩水	32 期，頁 27-44	忘鄉？望鄉！
施再滿	1979.4	山中的璞玉：巴陵	33 期，頁 81-93	失去的地平線
王昭	1979.4	新港溪的迴響：新港・北港開拓史	33 期，頁 16-31	忘鄉？望鄉！
張幼雯	1979.5	未圓的蝶夢：六龜	34 期，頁 89-104	失去的地平線
王昭	1979.5	大武山下的一塊樂土：五溝水	34 期，頁 35-43	忘鄉？望鄉！
施再滿	1979.6	海賊島：吉貝嶼	35 期，頁 40-51	失去的地平線
謝秀宗	1979.6	斜陽・古屋・柚香：麻豆開發記	35 期，頁 83-103	忘鄉？望鄉！
王昭	1979.7	一個抓不住春天的地方：紅香	36 期，頁 74-86	失去的地平線
亦明	1979.7	擺盪在臺灣海峽的古城：馬公	36 期，頁 32-47	忘鄉？望鄉！
陳遠建	1979.9	老臺灣的面貌	38 期，頁 57-72	忘鄉？望鄉！
施再滿	1979.10	永遠的山水城：石碇	39 期，頁 9-41	失去的地平線
尤增輝	1979.10	鹿港三百年	36 期，頁 73-92	忘鄉？望鄉！
李瑋珉	1979.12	永遠的山水城：石碇	41 期，頁 39-43	失去的地平線
林洲民	1980.1	這個天天難忘的地方：風美村	42 期，頁 40-58	失去的地平線
張幼雯	1980.1	眾神的造形	42 期，頁 89-107	忘鄉？望鄉！

作者	日期	篇名	卷期及頁碼	備註
張翠瑩	1980.2	關仔嶺的迴響	43 期，頁 94-109	失去的地平線
池宗憲	1980.3	採樟熬腦的老行業	44 期，頁 90-99	忘鄉？望鄉！
邱淑華	1980.4	綠色村莊：豐山村	45 期，頁 84-93	失去的地平線
邱淑華	1980.5	看不見天線的地方：利稻、霧鹿	46 期，頁 40-52	失去的地平線
張翠瑩	1980.6	少棒的搖籃：紅葉村	47 期，頁 42-51	失去的地平線
張翠瑩	1980.6	蛻變的打耳祭	47 期，頁 30-39	忘鄉？望鄉！
邱淑華	1980.7	大安溪畔的泰雅舊事	48 期，頁 84-93	失去的地平線
林國彰	1980.7	鹿港龍王祭：第三屆全國民俗才藝活動龍王祭暨龍舟點睛下水典禮記實	48 期，頁 24-33	忘鄉？望鄉！
林純琍	1980.8	離家一九八〇公尺高的伐木工人	49 期，頁 24-41	失去的地平線
黃碧	1980.8	阿美族的捕魚節	49 期，頁 46-53	忘鄉？望鄉！
李瑋珉	1980.9	陳有蘭溪的山川歲月	50 期，頁 24-36	失去的地平線
邱淑華	1980.9	茶香飄飄滿山村：凍頂烏龍茶	50 期，頁 38-49	忘鄉？望鄉！
張翠瑩	1980.10	陽光的落腳處：武界、曲冰	51 期，頁 30-42	失去的地平線
邱淑華	1980.11	寂靜的春天：上下梅園	52 期，頁 20-33	失去的地平線
林國彰	1980.11	阿美成年祭上篇：如火如荼的馬龍龍	52 期，頁 38-53	忘鄉？望鄉！
邱淑華	1980.12	不到 100 個人的部落	53 期，頁 42-50	失去的地平線
林國彰	1980.12	阿美成年祭下篇：完美無憾的下水禮	53 期，頁 26-41	忘鄉？望鄉！

※資料來源：本研究整理。

表 7　《皇冠》之報導文學

作者	日期	篇名	卷期及頁碼	備註
心岱	1977.11	逐鹿者	285 期，頁 72-79	每月專訪
愛亞	1977.11	讓我們認識廣告影片	285 期，頁 96-103	
林明美	1977.11	「杜鵑窩」裡一杜鵑	285 期，頁 164-	
李凡（李利國）	1977.12	霧的故鄉：霧社掠影	286 期，頁 128-136	
心岱	1977.12	畫家的底片：楊熾宏特寫	286 期，頁 164-170	
心岱	1978.1	雙冬姐妹話檳榔	287 期，頁 62-68	
桂文亞	1978.1	無聲的舞臺	287 期，頁 164-178	
心岱	1978.2	寒冬的熱帶：香肉奇景	288 期，頁 62-66	
心岱	1978.3	壯麗的畫幅：席慕蓉畫展	289 期，頁 67-72	
李凡	1978.3	牆上的墓碑：被時代遺忘的樊籠：簡敘日本公墓	289 期，頁 194-203	
心岱	1978.4	話說鹿港	290 期，頁 32-40	
心岱	1978.5	請問「臺大人」：誰是「小」偷？	291 期，頁 40-49	
心岱、冰冰、李璣、李凡、林明美、愛亞	1978.6	有人結伴到人間：學生的故事	292 期，頁 64-80	集體採訪
馬以工	1978.7	趙寧回來了！	293 期，頁 31-41	
心岱	1978.7	話說鹿港之二：神祕的暗訪	293 期，頁 63-73	
愛亞	1978.7	補習班街：奇特的街景	293 期，頁 87-89	
李凡	1978.8	越來越寂寞的淡水	294 期，頁 63-76	
馬以工	1978.9	夢裡的綠島：神祕與蒼翠，浪花與潮音	295 期，頁 56-62	
心岱	1978.10	話說鹿港之三：鄉情	296 期，頁 92-101	

作者	日期	篇名	卷期及頁碼	備註
心岱	1978.11	山色下的客人：美濃圖之一	297期，頁55-65	
馬以工	1978.11	殘破的禪：曹洞宗別院	297期，頁168-173	
心岱	1978.12	廢園舊事	298期，頁92-101	
心岱	1979.1	煙草路：美濃圖之二	299期，頁56-62	
心岱	1979.2	天堂自己造：趙二呆的世界	300期，頁148-156	
心岱	1979.2	神的使者：南海洞傳奇	300期，頁172-179	
桂文亞	1979.2	智慧的光盤：司馬中原訪問記	300期，頁196-206	
陶曉清・杜文靖	1979.2	這一代的歌和歌手們	300期，頁239-270	特別報導
心岱	1979.3	紙傘的故鄉：美濃圖之三	301期，頁72-78	
心岱	1979.5	有關母親的故事	303期，頁23-45	
心岱	1979.8	八月獻禮	306期，頁85-93	父親節專輯
愛亞	1979.8	司機飯店	306期，頁162-165	
心岱	1979.9	蓮荷事件	307期，頁82-105	
翁台生	1979.10	再見・昨日北投：北投變貌的搜尋	308期，頁168-187	
心岱	1979.10	永遠的新北投	308期，頁188-200	
心岱與愛亞	1979.11	等待有志氣的肩膀：中國功夫尋根究底！	309期，頁179-221	
心岱	1980.1	等待有志氣的肩膀：中國功夫尋根究底	311期，頁79-225	

作者	日期	篇名	卷期及頁碼	備註
馬以工	1980.3	一枝紅豔露凝香：牡丹本記	313 期，頁 79-97	
司馬中原	1980.4	他為什麼要活下去：勇者仰大祺的故事	314 期，頁 199-246	
心岱	1980.4	病床歲月十九年	314 期，頁 199-246	
心岱	1980.8	海底城遺事：古傳說今現世	318 期，頁 196-208	特別報導
馬小牛	1980.8	渡八卦水尋海底城：探索「謎」路記	318 期，頁 209-221	特別報導
翁台生	1980.8	何日掀謎底：謝新曦談海底城重見天日	318 期，頁 222-228	特別報導
心岱	1980.9	多麼駭人聽聞的「血牛村」	319 期，頁 30-43	特別報導
林若竹口述，馬以工撰文	1980.9	令你心驚動魄的「熱血」	319 期，頁 44-55	特別報導
劉復興	1980.9	奇妙的存在	319 期，頁 56-65	特別報導
心岱	1980.9	有聲有色瞧睡蓮	319 期，頁 120-127	每月專訪
蔡崇熙	1980.10	屠宰場上的女殺手	320 期，頁 96-113	
心岱	1980.12	是多彩，也是光亮：與高山青建築師談畫家高山嵐	322 期，頁 142-152	每月專訪
心岱	1980.12	消失的侏儒族	322 期，頁 54-70	特別報導

※資料來源：本研究整理。

表 8　《漢聲》雜誌中文版之專題報導

期數	日期	專集名稱	備註
1	1978.1	中國攝影專集	奚淞，〈新聞攝影〉，頁 37-51
2	1978.2	中國馬專集	
3	1978.5	中國童玩專集（一）	
4	1978.8	中國童玩專集（二）	
5	1979.7	國民旅遊專集（一）	※獲第二屆時報文學獎報導文學獎推薦獎，本集對於生態保育開設「放下屠刀」系列報導 ※〈編後語：迎接一個報導文學的盛季〉，頁 132
6	1979.11	國民旅遊專集（二）	※蔣勳，〈重尋郁永河的足跡：看 280 年前臺南到臺北的陸路旅行〉，頁 10-25 ※自本期起改為雙月刊
7	1980.1	中國人造形專集	
8	1980.10	我們的古物：文化國寶專集（一）	自本期起改為季刊
9	1981.1	我們的古蹟：文化國寶專集（二）	
10	1981.5	古蹟之旅（上）：文化國寶專集（三）	
11	1981.8	古蹟之旅（下）：文化國寶專集（四）	※〈馬以工談林家花園的修復〉，頁 68-72 ※奚淞，〈鹿港三不見傳奇〉，頁 29-44

※資料來源：本研究整理。

附錄四
第一代報導文學家第一本作品踏查地點之統計

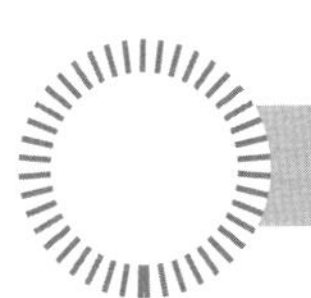

作者	作品名稱	書名，出版日期	踏查地點
林清玄	地方戲演員抽樣訪問	《長在手上的刀》（1978）	高雄縣內門鄉
林清玄	歡迎陽光・歡迎雨	同上	高雄縣美濃鎮
林清玄	宋江陣與八家將：武的中國民俗	同上	高雄縣大樹鄉、雲林縣北港鎮
林清玄	燃香的日子：波瀾壯闊的北港媽祖誕辰	同上	雲林縣北港鎮（第一次）
林清玄	再溫一壺酒：鹿港全國民俗才藝大賽	同上	彰化縣鹿港鎮（第一次）
林清玄	一度春來一番花：追蹤六十六年度臺灣地方戲大賽	同上	臺北、彰化
林清玄	廢園舊樓裡的一點螢：板橋林家花園	同上	臺北縣板橋市
林清玄	試向東風問小園：最後的堡壘——鹿港	同上	彰化縣鹿港鎮（第二次）
林清玄	長在手上的刀：臺灣的木雕藝術	同上	苗栗縣三義鄉
林清玄	我們的鹿耳門	同上	臺南市安南區（第一次）
林清玄	歷史的古聚落區	同上	臺南市安平區
林清玄	我們山地人	同上	宜蘭縣南澳鄉

作者	作品名稱	書名，出版日期	踏查地點
林清玄	雙龍搶標	同上	宜蘭縣礁溪鄉二龍村（第一次）
古蒙仁	一個沒有鼾聲的鼻子：鼻頭角滄桑	《黑色的部落》（1978）	臺北縣瑞芳鎮鼻頭角
古蒙仁	破碎了的淘金夢：九份、金瓜石今昔	同上	臺北縣瑞芳鎮九份、金瓜石
古蒙仁	幾番蘭雨話礁溪	同上	宜蘭縣礁溪鄉
古蒙仁	黑色的部落：秀巒山村透視	同上	新竹縣尖石鄉秀巒村
古蒙仁	去吧！瘟神：西港慶安宮建醮側記	同上	臺南縣西港鄉
古蒙仁	臺灣的北極：富貴角	同上	臺北縣石門鄉富貴角（第一次）
馬以工	夜話淡江頭：一頁滬尾滄桑	《尋找老臺灣》（1979）	臺北縣淡水鎮（第一次）
馬以工	群山中的大嵙崁：臺灣最內陸的港口—大溪	同上	桃園縣大溪鎮（第一次）
馬以工	失去的別有天：噶瑪蘭城	同上	宜蘭市、宜蘭縣礁溪鄉二龍村（第二次）
馬以工	竹塹舊城：風城故事	同上	新竹市
馬以工	群山中的大嵙崁：臺灣最內陸的港口—大溪	同上	桃園縣大溪鎮（第一次）
馬以工	在大嵙崁溪沖積扇上披荊斬棘：新屋鄉范姜族群住宅	同上	桃園縣新屋鄉
馬以工	從歸園想起	同上	臺南縣歸仁鄉
馬以工	憶昔舟師縱橫地：鹿耳門究竟在那裡？	同上	臺南市安南區（第二次）
馬以工	陽光照耀的地方：記下淡水、東港兩溪流域的客家村莊	同上	高雄縣美濃鎮、屏東縣萬巒鄉

作者	作品名稱	書名，出版日期	踏查地點
李利國	躲在臺北車輪後的樊籠：日本公墓簡史	《時空的筆記》（1979）	臺北市
李利國	走出大千世界的驛站：霧社掠影	同上	臺中縣仁愛鄉
李利國	天涯歌：在波濤駭浪裡探訪小琉球	同上	屏東縣小琉球
李利國	東港的滄桑與現實面	同上	屏東縣東港鎮（第一次）
李利國	恆春半島紀行	同上	屏東縣恆春鎮（第一次）
李利國	臺灣的宗教都市：北港	同上	雲林縣北港鎮（第二次）
李利國	臺灣最大的花園：田尾	同上	彰化縣田尾鄉
李利國	長出葉子的金礦：阿里山開拓史	同上	嘉義縣阿里山（第一次）
李利國	賽夏族的盛典：矮靈祭	同上	苗栗縣南庄鄉
李利國	我在淡水河兩岸作歷史的狩獵	同上	臺北縣淡水鎮（第二次）、新莊市、臺北市大龍峒、大稻埕、萬華、桃園縣大溪鎮（第二次）
李利國	我們的澎湖	同上	澎湖（第一次）
陳銘磻	賣血人	《賣血人》（1979）	臺北市
陳銘磻	最後一把番刀：高山族的昨日、今日、明日	同上	新竹縣尖石鄉那羅村
翁台生	我碰上了海盜	《痲瘋病院的世界》（1980）	屏東縣東港鎮（第二次）
翁台生	痲瘋病院的世界	同上	臺北縣新莊市
翁台生	為蓋廟而活下去的人	同上	臺北縣三峽鎮
翁台生	山裡的世界	同上	臺東縣延平鄉武陵村
翁台生	二龍村的故事	同上	宜蘭縣礁溪鄉二龍村（第三次）
翁台生	臺北大橋的人力市場	同上	臺北市大橋頭

作者	作品名稱	書名，出版日期	踏查地點
翁台生	皇軍廟三十年滄桑	同上	臺北縣新店市
翁台生	澎湖海豚奇貨可居	同上	澎湖（第二次）
翁台生	龍山寺旁的草藥巷	同上	臺北市萬華
心岱	大地反撲	《大地反撲》（1983）	桃園縣蘆竹鄉、大園鄉
心岱	美麗新世界	同上	屏東縣恆春鎮（第二次）
心岱	綠色大廈：哈盆計畫二〇〇二	同上	宜蘭縣員山鄉
心岱	明山麗水好青天：八通關的人文環境	同上	南投縣水里鄉（第一次）
心岱	大甲溪傳奇	同上	臺中縣和平鄉
韓韓	紅樹林生在這裡	《我們只有一個地球》（1983）	臺北縣淡水關渡（第三次）
韓韓	滄桑歷盡：寫我們北海岸	同上	臺北縣石門鄉富貴角（第二次）、野柳、八斗子等
馬以工	「九孔」千瘡：看東北角海岸景觀的毀滅	同上	臺北縣石門鄉富貴角迄瑞芳鎮鼻頭角（第三次）
韓韓	永遠的阿里山	同上	嘉義縣阿里山（第二次）
馬以工	熱帶植物之旅	同上	屏東縣恆春鎮（第三次）
韓韓	君見南枝巢，應思北風路	同上	屏東縣恆春鎮（第四次）
馬以工	讓你平安地在我們的田園裡休息：記恆春半島候鳥保護活動	同上	屏東縣恆春鎮（第五次）
韓韓	我去八通關	同上	南投縣水里鄉（第二次）
馬以工	今山古道：八通關	同上	南投縣水里鄉（第三次）

※資料來源：本研究整理。

附錄五
《人間》編輯室報告指涉「中國意象」之敘述

期數・日期	題名・頁碼・內容
1 1985.11.2	「創刊的話」 〈因為我們相信，我們希望，我們愛……〉，頁 2-3 內文：「我們抵死不肯相信：有能力創造當前臺灣這樣一個豐厚物質生活的中國人，他們的精神面貌一定要平庸、低俗。我們也抵死也不肯相信：今天在臺灣的中國人，心靈已經堆滿了永不飽足的物質慾望……」（頁 2）
4 1986.2.2	〈編輯室報告〉，頁 5 內文：「高信疆先生在『人間副刊』的編輯上極為優異的成績，早已為他贏得『紙上風雲第一人』的美稱。他在中國報紙副刊文化的獨創性發展，無疑已在中國現代報業史和編輯學上，留下歷史性的勞績。」（頁 5）
5 1986.3.2	〈編輯室報告〉，頁 3 內文：「我們藉這次柯錫杰的旅行作品，以驚詫的眼睛，凝視了中國藏族人民優美、偉大、幽邃的文化、宗教、藝術和生活。」（頁 3）
6 1986.4.2	〈編輯室報告〉，頁 5 內文：「在這一期裡，柯錫杰再度引領著我們，跨過中原文化的邊疆，訪侗寨、入苗鄉、探布依……深入中國西南邊荒……在他與西南少數民族共度春節的這一系列報導中，我們也一一親炙了這一片花飛蝶舞的諸神垂愛的家鄉。」（頁 5）
8 1986.6.2	〈編輯室報告〉，頁 5 內文：「『三種中國婚禮』特輯，也是這一個文化夾縫下的鮮活見證……透過這三個第一手的現場報導，是不是也能為我們排比出一個更深的反省與思考呢？」（頁 5）

期數・日期	題名・頁碼・內容
9 1986.7.2	〈編輯室報告〉，頁9 內文：「我們更在悲慟中感動於少數從死亡邊緣跋涉回來的中國人，他們不屈的表現，他們有力的證言，他們的烙痕與控訴，都是中國民族極可珍重的資產與動力，我們不該遺忘，更不應漠視！」（頁9）
10 1986.8.2	〈編輯室報告〉，頁7 內文：「我們在八月號裡推出〈日本天皇的親衛隊〉（122頁），不止是報導名著的選讀，也不只是對日本『終戰紀念日』（8月15日）的再反省與再質疑，更是我們對自身的一種澈骨覺悟與警惕吧！」（頁7）
12 1986.10.2	〈編輯室報告〉，頁7 內文：「目前，有九千個菲傭以非法居留身分散居臺灣為傭。初步富裕了的中國人，應該怎樣對待這些窮鄰居的女兒？」（頁7）
13 1986.11.5	〈編輯室報告〉，頁7 內文：「除了您的訂閱和購買，您向您的知心親朋極力推薦『人間』，促使他們訂閱，是使像『人間』這樣的在中國雜誌史上未曾有過的雜誌能生存、發展、興旺；支持她（按：它）培養出更多傑出的報告攝影家和報告作家⋯⋯」（頁7）
15 1987.1.1	〈編輯室報告〉，頁7 內文：「側重報告大陸著名觀光地九寨溝藏族人民的貧困，和漢藏隔閡造成的隱憂⋯⋯」（頁7）
17 1987.3.5	〈編輯室報告〉，頁5 內文：「在殖民主義和封建主義交相煎迫下，中國的青年和學生在探索祖國發展方向、改造祖國社會的巨大運動中，起著主導作用，做了重大貢獻。但六〇年代之後，由於高經濟成長，大眾消費社會的成立，加上四十年來冷戰構造下臺灣對美日經濟和政治的依賴，一批和中國現代史中的青年完全不同的、新的種族登場了。」（頁5）
18 1987.4.5	〈編輯室報告〉，頁5 內文：「我們發現，不但在整個事變（按：二二八事件）過程，甚至事變之後，當時都沒有臺灣分離主義的因素⋯⋯不論右翼的士紳系和民眾系基本上都是為了光復後臺灣的民主化、自由

期數・日期	題名・頁碼・內容
	化而抗爭，決沒有所謂『臺灣人意識』或其他分離主義的政治成份。」（頁 5） 「『有個地方，叫塭子內⋯⋯』（第 116 頁）是年輕的報告攝影家郭力昕花費半年的力作，表現出一個外省第二代青年對臺灣土地上的人和生活中得來的最真摯的學習、感動和啓示，感人良深。」（頁 5）
19 1987.5.5	〈編輯室報告〉，頁 9 內文：「用蔡楚生的『新女性』吧！這部五十多年前的中國電影，在本世紀中國最好的女演員阮鈴玉的演出下，塑造了一個性格強韌、毅力過人的中國婦女典範形象。演這部電影代表了『人間』對那個苦難時代和為苦難而奮鬥的中國人表示懷念。」（頁 9）
23 1987.9.5	〈編輯室手札〉，頁 13 內文：「二十多年來，臺灣的資本主義工業，在『國家機器—外資—本地工業資本』的同盟中，以國家安全體制，長期犧牲不斷增長的臺灣工人階級的生活水準、人權、團結權和爭議權的情況下，取得了『奇蹟』式的發展和繁榮。」（頁 13）
24 1987.10.5	〈編輯室報告〉，頁 11 內文：「四十年戒嚴安全體制下，臺灣大學院成為黨政軍直接支配的地方。學術、言論、思想的自由蕩然無存，師生成為被密切監管的對象。逸樂、對政治的冷漠、對社會、民族的疏離、不安、茫無人生目標，成為今日臺灣的大學生普遍的性格。」（頁 11）
25 1987.11.5	〈編輯室手札〉，無頁碼 內文：「在海峽的彼岸，《人間》的編輯首先來到臺灣人的『原鄉』：泉州與漳州。一片山光水色中，我們發覺漳、泉兩州不但在景觀與語言和臺灣相似，甚至連某些生活形態都沒有因政治對立而有所改變。」 「九月底，本刊總編輯陳映真受邀參加美國愛荷華大學國際寫作計畫。受邀的三十四位作家中還包括吳祖光、張賢亮、汪曾祺、古華等大陸作家。陳映真在愛荷華大學駐留期間，和幾位近來廣受世人注目的大陸作家傾談之下，寫出一系列的訪談篇幅，他們分別道出了一位中國作家的堅持與未來的寫作計畫。」

期數・日期	題名・頁碼・內容
26 1987.12.5	〈編輯室手札〉，無頁碼 內文：「目前深入中國大陸採訪的前人間雜誌資深記者鍾俊陞（「祖父的原鄉」見第 10 頁），在福建蒲田的湄洲，正逢『千載難逢』的湄洲媽祖昇天千年祭。」 「緊接上期，我們讀到著名作家陳若曦的西藏紀行。陳若曦公正地看到西藏傳統封建農奴制度的解放與帝國主義對西藏領土和資源的野心等複雜的問題……」
27 1988.1.5	〈編輯室手札〉，無頁碼 內文：「去年底（1987）在大陸採訪的前『人間』攝影記者，訪問了臺灣家人民的原鄉之一，廣東省的蕉嶺縣。」
28 1988.2.5	〈編輯室手札〉，無頁碼 內文：「沈從文在中國現代文學史上，不論在藝術上、思想上、政治上，都是極為獨特的存在。」
29 1988.3.5	〈編輯室手札〉，無頁碼 內文：「本刊社長作家王拓，在今年（按：1988 年）元月中旬，隨『外省人返鄉探親團』去了中國大陸，作為期三個禮拜的訪問。」 「鍾俊陞大陸行腳，引起讀者廣泛的興趣和愛讀。」
30 1988.4.5	〈編輯室手札〉，無頁碼 內文：「這兩位（按：劉賓雁、劉再復）當代大陸最富於反省、批判和探索，對我們民族前途充滿憂傷而永不失望的熱情的文學家，在被朗誦的兩篇文章中，充分流露著對真理、公義和自由的執著，對祖國新生的祈禱，對民族和人民的熱情。」 「隨著海峽來往和形勢的解凍，《人間》關於大陸中國的報告稿源顯著增加。這一期，我們刊出香港的攝影記者汪秧苗的〈雪鄉・界河・金溝〉（頁 66），是我國雪鎮冰封的大東北中蘇邊境的抒情的照片和文字的散文，讓我們得以神遊我國偌大的東北國境。」
31 1988.5.1	〈編輯室手札〉，無頁碼 內文：「隨著臺灣平地現代資本主義經濟的發展，臺灣山地社會、經濟、文化和民族的淪落和破滅的深刻化，使臺灣原住民社區，成為飽食和富裕的臺灣內部的『第三世界』，出現長期、普遍而高度的結核病盛行率和死亡率。」

期數・日期	題名・頁碼・內容
	「王拓的大陸紀實報告，本期有兩篇重要文章。〈到民間去吧！〉（頁 114），是關於大陸北京中央美術學院『民間美術系』獨特的教學思想和方法。他們在系主任楊先讓教授的領導下，採取和中國民間藝術傳統、民藝術家相結合的方式，以到民間『采風』的方式，把民間美術教育的課室，向廣闊的中國各地區、各少數民族的生活中開展……建設中國民間藝術的歷史、理論與研究，並且更進一步提供給藝術家作為創造與發展的母體，取得了十分具體而顯著的成果。」
34 1988.8	〈發行人的話〉，無頁碼 內文：「臺灣和韓國，在當代史的發展上，有這些顯著的共同點：首先是以 1950 年韓戰為頂點的美、蘇兩大陣營的冷戰，使國土分斷，民族分裂……其次，和臺灣一樣，美日兩強的政治、軍事、經濟和文化勢力，在南韓逐漸強大。最後，臺韓兩地，都以做美軍基地國家的戰略地位，在國家安全體制的高壓政治和對美日經貿依賴的條件下，取得了驚人的經濟發展……過去十多年間，南北韓斷斷續續地透過雙方紅十字會進行發展幅度不大的會談和官方、文化等方面的交流，一年多來，臺灣開放探親，以及多年來臺灣商人干犯法禁，在大陸求發展，使我們在民族統一的步伐上大大超前於韓國。如今，『盧六點』的提出，又使我們的大陸政策遠遠地落在韓國之後了。」
36 1988.10.1	〈發行人的話〉，無頁碼 內文：「瞭望大陸，河川、土壤也在幾乎無政府的、全民逐利的『改革』政策下，遭到令人心悸的汙染和破壞。看來，中國怕還要花很久的時間，才能理解到『成長』是多麼不值得花費幾代人都無從補贈（按：正）的自然的破壞、人的破壞和精神的荒廢為代價去換取的。這個『資本主義現代文明』所支配的世界，不論在它的那一個角落，金碧輝煌的成長，沒有不是以人類中龐大的弱者為悲慘之犧牲所帶來的。」
37 1988.11.1	〈發行人的話〉，無頁碼 內文：「對於四十年來『戒嚴成長』中廣泛受惠的個人、集團和階級而言，國民黨已經不再是『外來政權』了……對於過去同一段歷史，我們和那一本雜誌間截然不同的讀法、詮釋和敘述，應該是可以相互對照，從而不但加深我們認識的向度，更能給予幾百萬勤勉、樸直的『沒有臉的』（faceless）、無言的民眾為我們的社會所做的貢獻，做出比較公正、公平的評價，

期數・日期	題名・頁碼・內容
	從而對於未來歷史的創造與發展，有比較具有民眾觀點的掌握。」
38 1988.12.1	〈發行人的話〉，無頁碼 內文：「為了紀念南京大屠殺週年的12月，我們特別採用了陳慶浩教授的〈南京大屠殺在由（按：贅字）日本和中國〉（第137頁）和日本戰後世代青年吉井的文章〈我走過南京大屠殺之地〉（第128頁）。輕賤了不應遺忘的歷史時，這歷史必將予建（按：健）忘者最沉痛的教訓。」
39 1989.1.1	〈發行人的話〉，無頁碼 內文：「當閩南系臺灣人的運動，以被壓迫者自居而向國民黨獨裁主義要求自己的政治、社會、語言和文化權利時，不自覺地形成了福佬／閩南中心主義，對客系臺灣人產生族群歧視……我們將這特集獻給客系與非客系在臺灣的中國民眾，為的是去除因無知而來的誤解，尊重彼此的異質，從而共生、共榮和團結。」 「國民黨和滲透到反國民黨體系內的這種對於住在臺灣以外的中國人的冷酷、無情，是臺灣『反共經濟發展』體的特殊產物。它不僅表現在對雲南災民的冷漠上，還在對待泰國邊境反共華裔難民的無法理解的殘酷上，淋漓盡致地表現出來。」
40 1989.2	「人間宣言」，無頁碼 〈解放與尊嚴〉 內文：「在解嚴之前，是《人間》向臺灣四十年『冷戰／國家安全體制／服從美日霸權』結構下窒息、專制和歪扭的權力，提出挑戰和詰問；是《人間》對抗在『冷戰／依賴／專制的成長』下肥大的、特權食利階級的腐敗。」
41 1989.3.1	〈發行人的話〉，頁4 內文：「國民黨一面雷厲地展開冷酷的肅清，一面在美國反共軍援下，整頓、重編了強大、組織嚴密、政治上『純潔』、而具有超級特殊政治地位，除臺灣最高權力不受任何行政部門監督的軍部勢力……我們的目的，絕不在激怒軍方以譁眾，而是挑開四十年來冷戰邏輯的硬殼，審視問題的核心，希望對於由美國遠東基地國防與中國內戰國防重疊的臺灣武裝，向冷戰歷史的緩解、民族分斷歷史的趨於結束這樣一個歷史時期的臺灣武裝，順利蛻化和重構，有積極的意義。」（頁4）

期數・日期	題名・頁碼・內容
42 1989.4.1	〈發行人的話〉，無頁碼 內文：「在臺灣，還有某一個基督教會的一部分神職人員，以『城鄉傳道會』（URM）和『亞洲基督徒會議』（CCA）的關係和方法論，在臺灣推動以公開、明顯的民族分裂主義為宗旨的社會及社區運動。URM 和 CCA，在遼闊的亞洲地帶，為新殖民主義荼毒下的民族和人民，實踐社會和人的解放福音。臺灣的某一個教會，把『中國民族』（即外省人）而不是把美日新殖民主義和它們的代理人看成壓迫者，在他們組訓的結業證書上，鮮明地印著『人人有主張臺灣獨立的自由』。」
43 1989.5	〈發行人的話〉，無頁碼 內文：「帝國主義者和反帝民族主義者同樣明白第三世界共同語對於民族解放和獨立運動的重要性……我們主張虛心認識中國各語言、各方言的美和喜悅。我們擁護進一步正確地發展中國共同語，我們反對國家機關因階級、集團的獨占利益，假借推行共同語之名，行壓迫、歧視少數民族語言和漢系不同方言之實的惡政。」
44 1989.6	〈發行人的話〉，頁 8 內文：「今年初，有臺灣留美自由派學者，公然妄論韓國學生的反美、民族統一運動『過激』和不切實際，就集中地表現在意識上和思想上，臺灣傳播和言論人，言論機關長期受到冷戰邏輯和美國西方傳播霸權的支配和限制，從而長期對亞洲，第三世界政治、社會、生活與文化歧視。」（頁 8）
46 1989.8	「陳映真專欄」 陳映真，〈文益煥牧師的一首詩〉，頁 16-17 內文：「然而，韓國人民視此一切為外來勢力干預下的民族不幸和畸型化的結果，有批判的民族主體的態度，因此他們追求祖國統一的願望，卻只有越來越強烈。在臺灣，分離主義者固不必論，廣泛的『自由派』文化人，率皆以日據時代和戰後兩次分斷的歷史；以『共匪落後、殘暴』；以兩岸社會制度與生活不同為言，作為民族分斷有理的根據，對中國和它的充滿挫折的社會主義，採取和西方資本主義同樣排斥、厭惡、甚至仇恨的態度，並從而走向事大、親美、反共和反華的各式各樣反民族道路。」（頁 16）

期數・日期	題名・頁碼・內容
47 1989.9	「陳映真專欄」 〈老是缺席總不是辦法〉，頁 18-19 內文：「1950 年以後，有過一段時間，中國（大陸）人民有過人民的關係視野；有過第三世界窮人的團結互助觀點；有過重構『另一種』世界經濟秩序的志氣；有過以人的解放中心的發展概念。世界的窮人、飢餓的人、被掠奪的人們，曾經有一度把改變自己命運的可能性，寄希望和條件於中國人民自立更生的事業……包括臺灣在內的中國，應該重新回到國際『窮人』的社會來……只有物質上貧窮，又不以這貧窮為貧窮的人，才有最富裕、最有創意的心靈，才能對生命、自然、和平的愛，保有永不遲鈍的反應和夢想。是的，為了共生、團結的人類，世界的窮人是如何熱切而溫柔、真摯地呼喚著中國啊……」（頁 19）

※資料來源：本研究整理。

附錄六
《人間》之「中國意象」攝影

期數・日期	專題名・著者・頁碼・內容
1 1985.11.2	「人間特別稿約」（共九張圖，兩張跨頁） 攝影／Bernard Bordenare，〈沉靜・大陸中國・1981：一個崇尚東方哲學的法國攝影家之視覺遍歷〉，頁 80-91 內文：「1981 年間，年輕的法國籍旅行攝影家（Bernard Bordenare）包德納先生遍遊中國大陸。半年間，這位影像工作者以藝術家的觀照，廣泛記錄了今日中國大陸生活的種種風貌……五年前，這位旅行者來到臺灣……在臺灣這片中國的土地上，體驗、捕捉著更繽紛的色彩和更為醇厚的中國傳統。」（頁 80-83）
2 1985.12.2	攝影・撰文／白川義員，〈大陸中國〉（共十二張圖，一張跨頁），頁 116-128 內文：「對於中國的攝影讀者，鑑賞白川的『大陸中國』系列時，不免有多一層喜悅。因為從白川雄渾、幽邃、明媚、壯美的神洲河川中，我們看見了風雲五千年中華歷史的舞臺，和無數英雄、豪傑和勤勞人民創業勞動的偉大背景。」（頁 120）
3 1986.1.2	「大陸中國」（共十一張圖，一張跨頁） 攝影／梁家泰，〈青海東部一瞥〉，頁 118-130（撰文／高原） 內文：「青海省位於我國青康藏高原的東北部，是純高原性地形……」（頁 123）
4 1986.2.2	「人間山河」（共十二張圖，兩張跨頁） 攝影・撰文／Scott Henry，〈西藏，遼遠的呼喚〉，頁 116-128（改寫／梁春幼） 正文引言：「1959 年，西藏人民的精神領袖逃離西藏，中共在西藏建立了社會主義政權，結束了三百餘年的神權結構。」（頁 116）

期數・日期	專題名・著者・頁碼・內容
5 1986.3.2	「柯錫杰看中國特輯之一」（共卅六張圖，四張拉頁，七張跨頁），以下四文皆由柯錫杰攝影 〈搜巡在中國的邊陲上〉，頁 42-63（撰文／季季） 〈迴盪在世界屋脊上的頌歌〉，頁 64-69（撰文／韓國鐄） 〈驚識「曬大佛」〉，頁 70-73（撰文／季季） 〈戴黃帽子的改革者〉，頁 74-81（撰文／陸遙） 正文前言：「去年夏天，他首次踏上中國大陸……他的關心，為他帶來了大量可驚・可嘆・可貴・可異的鏡頭。」（頁 42）
6 1986.4.2	「柯錫杰看中國特輯之二」（共卅八張圖，十八張跨頁），以下三文皆由柯錫杰攝影 〈山川題彩繪・大地譜音詩：跨過中原文化的邊疆〉，頁 94-119（撰文／孫瑋芒・柯明） 〈如歌的南方〉，頁 120-129（撰文／陸遙） 〈傾聽，那天籟！豐富多姿的中國西南少數民族音樂〉，頁 130-138（撰文／韓國鐄） 正文引言：「這一回，他又為我們吟頌了一曲永恆深邃的大地的音詩……再一次的，他引領著我們，邁向那一片既陌生又親切的疆域……」（頁 94）
8 1986.6.2	「三種中國婚禮」（共廿八張圖，七張跨頁），以下前文由柯錫杰攝影，後文由鍾俊陞攝影 〈花傘，黑傘／嫁〉，頁 46-57（撰文／林清玄） 〈高山上的婚禮〉，頁 58-70（撰文／官鴻志） 正文引言：「在桂林，一位漢族農家的婚禮，一切都簡化了，沒有禮服，沒有妝扮，沒有笑容和色彩……〈高山上的婚禮〉帶您進入現場，浸潤於這個新舊交融的儀式之中……一個全新的視野，在此揭開——」（頁 46、58）
9 1986.7.2	「人間山河」（共十一張圖，一張跨頁） 攝影・撰文／Lambert Van der Aalsvort，〈臺灣海峽的另一面：廈門近景〉，頁 68-78（改寫／梁春幼） 正文引言：「這裡是廈門、是鼓浪嶼，是山石壯美、廊柱幽深的世外洞天……在這裡，廈門大學的學生，最想了解的是：臺灣的年輕人，在做什麼？」（頁 68）

期數・日期	專題名・著者・頁碼・內容
14 1986.12.5	「人間世界報告攝影名著選讀」（共十二張圖，五張跨頁） 攝影／昂列・卡提耶・布列松，〈劇變中的中國：1948-1949〉，頁 116-127（譯寫／趙鴻） 內文：「中國不能拋棄她四千年的歷史；任何革命，必須以自己的傳統文化作為標的，否則無法成功……」（頁 127）
15 1987.1.1	「人間山河」（共六張圖，一張跨頁） 攝影／馬闊斯，〈四川九寨溝去來〉，頁 78-87（撰文／趙敏珞） 內文：「即使中共政權在對待藏人的政策上已有某種程度的放寬……彷彿也從這些藏人的生活上，更具體的理解到中國人說：『知足常樂』的意義。」（頁 87）
22 1987.8.1	「人間特別稿約」（共十張圖，一張跨頁） 攝影／Bernard Bordenare，〈靜穆：大陸中國〉，頁 92-105 正文引言：「最近幾年，這位崇尚東方哲學的旅行攝影家，再度尋訪了中國大陸……」（頁 92）
25 1987.11.5	「人間山河」（共十五張圖，三張跨頁） 攝影／Stone Routes，〈雪鄉・活佛・掀起蓋頭〉，頁 110-129（撰文／陳若曦） 正文引言：「大地雄偉蒼茫，無愧『雪國仙鄉』之稱，但生活條件的嚴酷艱鉅，已是一目了然，而藏族同胞卻世世代代生息於斯。」（頁 110）
26 1987.12.5	「人間山河」（共十三張圖，三張跨頁） 攝影／Yang Kelin 等，〈雪境・佛國・紀旅：西藏：風土・迷惘和希望〉，頁 114-128（撰文／陳若曦） 正文引言：「為了使西藏早日擺脫貧困落後，和民族政策上的顯著改革，有長足的進展……」（頁 114）
27 1988.1.5	「海峽兩岸的客家人」 攝影・撰文／鍾俊陞，〈鍾俊陞大陸攝影紀實一：蕉嶺客村一瞥〉，頁 24-34（共十一張圖） 攝影・撰文／鍾俊陞，〈鍾俊陞大陸攝影紀實二：丘逢甲的故市鄉〉，頁 35-37（共五張圖，一張跨頁） 內文：「依我看，海峽兩岸開放探親，不只是臺灣一方覺得激動，在大陸有親人在臺灣的家族鄉里，也洋溢著一份倚閭望門的焦急盼望和喜悅。」（頁 37）

期數・日期	專題名・著者・頁碼・內容
28 1988.2.5	「鍾俊陞大陸採訪專題」 攝影・撰文／鍾俊陞，〈我原來是個畲族人！〉，頁95-105（共十二張圖，四張跨頁） 攝影・撰文／鍾俊陞，〈斗笠・鳳凰頭・畲姑娘〉，頁108-117（七張圖，一張跨頁） 內文：「當時，我只感到心在震慄著……想到祖先渡海移臺以來，間斷了一百三十多年的血脈，彷彿通過這真摯的握手而重新聯繫……」（頁99）
29 1988.3.5	「鍾俊陞大陸採訪專實錄」（共十一張圖，一張跨頁） 攝影・撰文／鍾俊陞，〈天寶蕉農沈全木〉，頁54-61 攝影・撰文／鍾俊陞，〈沈章髮的故事〉，頁62-65 攝影・撰文／鍾俊陞，〈出土的「十里窯場」〉，頁66-83 正文引言：「勞動比過去辛苦，可是有盼頭呀，收成好了，可以按自己的意思發展……大陸農改後，小資產階級個體户農民木訥勤勉的沈全木是鮮活的寫照，他們太像臺灣今日的農民了……」（頁54）
30 1988.4.5	「神州人間」（共七張圖，兩張跨頁） 攝影／汪秧苗，〈雪國界河金溝〉，頁66-77（撰文／史達） 正文引言：「這是黑龍江——我們中國北疆的國境線，一條鑲著澄澄黃金的河流岸上小鎮……千里冰封，和蘇聯咫尺相對的界河，遍地黃金的、神祕的傳説……」（頁66）
30 1988.4.5	「鍾俊陞大陸採訪專實錄」（共六張圖，三張跨頁） 攝影・撰文／鍾俊陞，〈惠安女〉，頁78-85
31 1988.5.1	「鍾俊陞大陸紀行」（共七張圖，一張跨頁） 攝影・撰文／鍾俊陞，〈傣族的小和尚〉，頁38-45 正文引言：「商品和貨幣的誘惑與教規戒律的衝突。在某個意義上，有趣地象徵了中國大陸的抉擇與苦悶。」（頁39）
32 1988.6.1	「鍾俊陞中國大陸紀行」（共十八張圖，六張跨頁） 攝影・撰文／鍾俊陞，〈北大荒，不再遙遠的地名〉，頁58-73 正文引言：「北大荒在冰雪中綿延伸展，通過鍾俊陞紀實的影像，未曾謀面，卻似曾相識的、遼闊豐富的祖國北疆向我們展開。」（頁59）

期數・日期	專題名・著者・頁碼・內容
34 1988.8	「人間寰宇・絲路之旅系列之一」（共七張圖，四張跨頁） 攝影・撰文／黃仁達，〈遊走古老的傳說祕境〉，頁 129-137 正文引言：「由於偌大的中國大陸，只實行一種標準時間——北平時間。而實際的日光時差，應該起碼有三小時的差別……」（頁 136）
36 1988.10.1	「人間寰宇・絲路之旅系列之二」（共七張圖，兩張跨頁） 攝影・撰文／黃仁達，〈飛鳥千里不敢來〉，頁 102-107
36 1988.10.1	「人間映像・攝影家報導系列之四」（共十三張圖） 攝影／賈斯曼 Patrick Zachmann，〈為中國人留下影像：專訪法國攝影記者假斯曼〉，頁 121-136（撰文／林樂群） 內文：「一般西方人對中國人幾乎是一無所知，而在海外的中國人，卻會在自己的四周築起一道小牆，不意接受移民地區的文化，這樣一來，就很容易引起誤解，進而產生種種謠言，這是非常危險的。」（頁 124）
39 1989.1	「人間現場」（共七張圖，兩張跨頁） 攝影／何偉康，〈雲南災區：至急報告！〉，頁 10-15（撰文／編輯部） 內文：「由於一份對於同胞之愛，何偉康看見臺灣媒體面對大陸震災，可說是用『沒有新聞』來形容！中國人同胞的感情都到那裡去了呢？」（頁 11）
41 1989.3.1	「人間民藝」（共十一張圖，一張跨頁） 攝影／林育德，〈科爾沁孩子和他們的蒙古版畫〉，頁 21-31（撰文／戴晴） 正文引言：「難道中國之大，有繪畫天賦孩子都聚在哲里木了麼？」（頁 28）

※資料來源：本研究整理。

附錄七
《人間》兒童與青少年議題指涉「資本主義意象」之敘述

期數・日期	專題名・著者・頁碼・內容
2 1985.12.2	「人間社會」 攝影・撰文／郭力昕，〈親愛的母親，這是什麼道理？美國加州「小留學生」的寂寞世界〉，頁 4-13 正文引言：「由於對國際政治中的臺灣前途懷抱著慢性的不安，七〇年代開始，臺灣有不少富裕的人們開始把他們的財富、家庭和事業，堅定地移往美國，在這個奇特的移民運動中，有許許多多臺灣的青少年，透過合法與非法的途徑，被父母送往美國⋯⋯」（頁 4）
2 1985.12.2	「人間次文化」 潘庭松，〈空虛啊！空虛⋯⋯：黑夜裡不停流轉著的舞步〉，頁 54-63（攝影／鍾俊陞・余小民） 正文引言：「龐克族大都是富裕家庭的子弟，從他們就讀的日僑學校和美國學校學來龐克族的生活。昂貴的服飾，同性戀、跳舞、迷幻藥、滿嘴英文片辭，高聲叫嚷著空虛！自由！」（頁 54）
4 1986.2.2	「人間特別企劃」 攝影・撰文／郭力昕，〈二十歲與八十歲之間：美國愛荷華城的兩個女性世界〉，頁 6-17 正文引言：「人說美國社會是年輕人的天堂，老年人的墳墓。在年輕時代大肆揮霍著青春、美貌、金錢之後，年老時被家庭和社會冷冷地丟置在社會的一個孤獨、冷漠的角落，在活人的墳墓中，挨著漫長的時間，償還年輕時代賒欠的揮霍。本文是富裕社會裡人間疏離的生命現場報告！」

期數・日期	專題名・著者・頁碼・內容
5 1986.3.2	「人間社會」 余小民，〈悲辛和浪漫之間：大學生同居生活寫實〉，頁 92-107（攝影／郭力昕） 正文引言：「聽著這些叛逆的、沮喪的、徬徨的聲音；看看那些年輕的、漂亮的、光鮮的面孔，大家曾否想過：對於這一代的青年人，我們的瞭解究竟有多少？」（頁 92）
6 1986.4.2	「怎樣的兒童，怎樣的未來」專輯 余小民，〈屬於兒童的，請還給兒童〉，頁 8-23（攝影／李文吉） 郭力昕，〈鳥兒吃飽了沒？猜猜誰在你背後？〉，頁 24-33（攝影／郭力昕） 官鴻志，〈拉拉大山下的沉思：寫給山地學童小董的一封信〉，頁 34-48（攝影／鍾俊陞） 內文：「工商社會的高度競爭、成就慾望的強烈取向，也無不一一過早的降臨到了都市兒童的身上。」（頁 17）
6 1986.4.2	「人間座談」 李瑞，〈揭開這一層神祕的帷幕：本刊『大學生同居』問題座談會側寫〉，頁 78-83（攝影／古才人） 正文引言：「為了對我們的報導負責，也為了對無數摸索在性愛與婚姻的迷途上的青年，提出可能的助力，我們進一步安排這個討論。專家、學者的呼籲是沉痛的，然而，他們的建議是否也能為我們的社會所接受、所實踐呢？」（頁 78）
7 1986.5.2	「不敢說出口的愛」特別報導 黃沙，〈斷袖的青春：關於『青少年同性戀行為』的特寫〉，頁 20-31（攝影／李文吉） 楊欽，〈超越在挫折與障礙之外：專家學者剖析『同性戀』現象〉，頁 32-35（攝影／張盈） 許大可，〈一個同性戀者的形成〉，頁 36-41（攝影／張盈） 白先勇，〈不是「孽子」：寫給阿青的一封信〉，頁 42-45（攝影／李文吉） 正文引言：「這個社會不是為你少數人設計的，社會上的禮法、習俗、道德，都是為了大多數而立……家是人類最基本的社會組織，而親子關係是人類最基本的關係。同性戀者最基本的組織，當然也是家庭，但他們父子兄弟的關係不是靠著血緣，而靠的是感情。」（頁 44-45）

期數・日期	專題名・著者・頁碼・內容
8 1986.6.2	「六萬個孩子的聲音」特別報導 潘庭松，〈一頁哀傷而又莊嚴的聖詠〉，頁 8-17（攝影／郭力昕） 余小民，〈和痛苦的人一起流淚〉，頁 18-29（攝影／潘庭松・郭力昕） 潘庭松，〈折翼的天使：為六萬多智障兒童的教育權請命〉，頁 30-35（攝影／潘庭松） 正文引言：「臺灣有 98% 的肢障、智障兒童，被摒棄在適當教育、照顧和應有的福利之外……面對這驚人的事實時，我們這初步富裕・飽食社會的良心，受到了鞭笞……」（頁 30）
8 1986.6.2	「人間座談」 李瑞，〈不可兒戲：真誠之必要——「青少年同性戀現象討論會」記實〉，頁 36-45（攝影／潘庭松） 正文引言：「我們多麼希望，透過社會群體一點一滴的努力，使大家生活在一個更溫煦平等的，互信互愛、互尊互諒的人間！」（頁 36）
9 1986.7.2	「人間座談」 李瑞，〈把權利還給他們：關心智障兒童座談會記實〉，頁 145-152（攝影／曾伯堯） 內文：「6 月 8 日晚上的臺視、中視新聞，及 6 月 9 日的中國時報、中華日報、臺灣時報、民眾日報等傳播媒體，都對座談內容做了翔實的報導……李煥部長特別指出，『國家發展特殊教育，加強照顧身心障礙的學童及青年，是國家文化水準的表徵之一』……」（頁 92）
16 1987.2.1	「人間次文化」 陳水邊，〈《WHERE'S THE PARTY？》：中華民國第一次官辦青少年舞會掠影〉，頁 26-29（攝影／李文吉） 曾蘆花，〈臺北：小江和小夏〉，頁 30-32（攝影／廖嘉展） 正文引言：「成長於臺灣戰後飽食、富裕社會，對人・生活・民族和國家冷漠的一代在僵硬・零碎・制式教育下喘息，在教官、訓導、警察善意環視下一世代《新種族》在美國流行節拍中嘶喊、頓足、扭腰、擺手……」（頁 26）

期數・日期	專題名・著者・頁碼・內容
17 1987.3.5	「人間青年」之三 邱韻芳（整理），〈《新種族》：一個隨機問卷的分析報告〉，頁 96-107（攝影／李文吉・謝又青） 正文引言：「一個全新的種族，已經在臺北西門町、東區一帶登場，並且隨著臺灣的富裕化，不斷地擴大再生產……他們過早地崇拜金錢、物質和商品；過早地喪失高遠壯偉的理想和志向；過早地成為幸福中毒症患者；過早地淪為行銷主義塑造的消費社會意識型態的奴隸……」（頁 96）
23 1987.9	「殘障人權系列」（一） 廖嘉展，〈別讓那孩子失去希望〉，頁 46-61（攝影／顏新珠・廖嘉展）
23 1987.9	「人間次文化」 官鴻志，〈怒吼的大河，反叛的車龍：飆車現場的深層採訪報告〉，頁 102-110（攝影／鍾俊陞） 官鴻志，〈當工人「飆」上街頭：飆車族的社會學根源〉，頁 111-116（攝影／鍾俊陞） 內文：「飆車青年受到資本主義社會的媒介和商業手段控制……其實，飆車本身就是一種集體性的發言，一種工人的民意。」（頁 105）
24 1987.10.5	「殘障人權系列」（二） 廖嘉展，〈落難中的「月亮的孩子」〉，頁 16-32（攝影／顏新珠） 內文：「從一個國家對弱者照顧的程度，可以衡量出它『文明』的程度（龍應台語）。」（頁 32）
28 1988.2.5	「人間兒童」 藍博洲，〈上學做詩人，放學做工人：海寶國小童詩人的生活報告〉，頁 54-65（攝影／李文吉） 內文：「在這種教育環境下，會寫詩的兒童與不會寫詩的兒童之間，會不會產生歧視、自大、自卑的現象？乃至於畢業後，孩子們的升學狀況？還寫不寫詩？以及以詩作為兒童基礎教育的一環，對學生日後思想品德和世界觀的形成，或者就業，有沒有實質的影響？」（頁 59）

期數・日期	專題名・著者・頁碼・內容
30 1988.4.5	「人間次文化」 曾淑美，〈除了牛肉，漢堡裡還有什麼？青年學生美式速食店打工的反省〉，頁 130-140（攝影／蔡雅琴） 內文：「在廣闊的第三世界，以麥當勞為代表的各種品牌的美式速食店，是各地菁英資產階級的預備學校；是各地嚮往西方，對自己的文化和民族命運永遠緊閉著眼睛的土著中產階級家庭、青年的社交場所。」（頁 140）
32 1988.6.1	「都市後窗」 攝影・撰文／林育德，〈D.J. 流行尖塔上的行業〉，頁 10-23 內文：「不是我們喜歡崇洋，你看嘛！如果我們用國語 TALKING，不被舞客丟汽水瓶、被老闆抄（按：炒）魷魚才怪。但是，說也奇怪，那些外國 D.J. 妖聲妖氣地在臺上講兩句國語或臺灣話，大家卻興奮得尖叫……真他媽莫名其妙。」（頁 12）
32 1988.6.1	「臺灣兒童虐待問題特集」 李文吉，〈搶救二十萬個被虐待的兒童！〉，頁 24-41（攝影／蔡雅琴） 陸傳傑，〈被囚閉六年兒童：周子飛：一個極端的「漠視型」兒童惡待（Neglect Abuse）實例報告〉，頁 44-56（攝影／蔡明德） 正文引言：「我們這飽食社會，對兒童的殘暴與野蠻，使人忿怒和羞恥，但冰冷、殘酷的事實卻擺在我們跟前……」（頁 24）
33 1988.7.1	「人間告白」 曾淑美，〈禁忌的告白〉，頁 5-31（攝影／顏新珠） 內文：「祁家威今年正好 30 歲，在講究青春美麗的同性戀圈子裡，已經算是『年華老去』，很難再找到好的伴侶，能遇見小維維實在是運氣。」（頁 12）
33 1988.7.1	「人間文化」 陳映真，〈洩忿的口香糖〉，頁 40-56（攝影／蔡明德） 內文：「政府開放外商廣告和保險來臺，臺灣前十名廣告公司直接間接成為跨國公司的分支機關。力圖在這形勢中建設『中國人的廣告』的鄭松茂和他的同人，面臨著恐怕不是單純、年輕的執念可以解決的問題。」（頁 56）

期數・日期	專題名・著者・頁碼・內容
33 1988.7.1	「臺灣兒童虐待問題特集」 蔡雅琴，〈桂花，再見！〉，頁 68-79（攝影／蔡雅琴） 鍾俊陞，〈碎裂的童年〉，頁 80-87（攝影／鍾俊陞） 李翠瑩，〈兒童虐待的存在，使兒童福利法落空：臺灣地區兒童虐待問題研討會〉，頁 89-96（攝影／蔡雅琴） 正文引言：「嚴重的貧困、酗酒和負債，使布農族少女桂花因終日酗酒不省人事的父母，完全的疏忽，延誤治療，終於喪命。對兒童和少年的各種虐待惡性的貧困，成為不可忽視的結構性原因……」（頁 68）
34 1988.8	「臺灣兒童虐待問題特集」 李翠瑩，〈美圓是這樣生，這樣死的…… 〉，頁 138-146（攝影／吳仁麟） 正文引言：「在貧困和年齡懸殊的婚姻下，美圓娃娃受盡了無從置信的醫療怠忽、遺棄和私人精神病收容所殘暴的惡打。在這悲情的世上，度過了悲慘、苦痛、恐懼、孤單的十八年，然後像街角上飢病交煎的小狗，卑微地死去……」（頁 118）
38 1988.12.1	「人間問題報告劇」 攝影・撰文／蔡雅琴，〈小羊的故事〉，頁 112-125 正文引言：「由於醫療人權不彰，福利人權的不足，昂貴的早產兒醫護費，迫使父母和醫師『謀殺』了無數為生命奮勇掙扎的小生命。這飽食的臺灣，要讓這變相的殺嬰持續到幾時？」（頁 113）
42 1989.4.1	「臺灣童顏四十年」特輯 攝影・撰文／關曉榮，〈因為他們沒有機會等待「明天」……：臺灣四十年來的兒童照相簿〉，頁 24-25 攝影・撰文／關曉榮，〈窮人的孩子早當家：五〇年代的臺灣兒童〉，頁 26-33 攝影・撰文／關曉榮，〈初識孤獨與恐懼的小心靈：六〇年代的臺灣兒童〉，頁 34-41 攝影・撰文／關曉榮，〈第一代「新種族」的幼蟲：七〇年代的臺灣兒童〉，頁 42-47 攝影・撰文／關曉榮，〈在叢林野獸中嬉戲的天使：八〇年代的臺灣兒童〉，頁 48-55

期數・日期	專題名・著者・頁碼・內容
	內文：「七〇年代生的小孩，成為流連在電影街、速食店、MTV 店、電玩間、柏青哥間的『新種族』。經過越演越烈的升學教育的煉獄，他們成了一群心地善良，但不知所措、對自己的人生毫無嚴肅思考，自我中心、不能彼此共同籌劃、合作並共同完成某項行動的一群。」（頁 47）

※資料來源：本研究整理。

附錄八
《人間》原住民議題指涉「漢族」、「西方霸權」之敘述

期數・日期	專題名・著者・頁碼・內容
1 1985.11.2	「人間封面報導」關曉榮八尺門連作之一 攝影・撰文／關曉榮，〈百分之二的希望與奮鬥〉，頁 17-25 內文：「隨著近三十年來臺灣經濟和社會的急速發展，臺灣山地自給自足的原住民部落社會開始解體。山地經濟和生計日趨艱難，使大量的臺灣山地各族向漢人的平地城市遷徙，以勞力換取生活的資料。」（頁 17）
2 1985.12.2	「關曉榮八尺門連作」之二 攝影・撰文／關曉榮，〈船東・海蟑螂和八尺門打漁的漢子們〉，頁 86-93 正文引言：「阿眉（按：美）族自古是優秀的航海民族。山地社會解體後，他們流徙到平地，依然是從大海中討糧食。只不過自立的航行者變成了雇傭的漁撈勞動者。像省內一切漁撈勞動一樣，他們在船東・海蟑螂的剝蝕中、艱難地討生活，卻絕不是沒有了人的尊嚴……」（頁 86）
3 1986.1.2	「人間特別稿約」 攝影・撰文／關曉榮，〈老邱想哭的時候〉，頁 70-93 內文：「與其說他是在工作，不如說他費盡氣力與那銹鈍的工具進行枉然的搏鬥。在那盞十燭日光燈昏暗陰慘的照射下，我感到人生的晦暗，不僅穿透邱的命運，同時也緩慢險惡地撥弄他的下一代。」（頁 79）
4 1986.2.2	「關曉榮八尺門連作之四」 攝影・撰文／關曉榮，〈失去了中指的阿春〉，頁 52-59 內文：「我左邊的友人，突然抓起我的左手高舉示眾，他說：你們看！這是一個好命人的手！在座的與我都認識有一段時間了，雖不是心靈知交，但已沒有人把我當成過客或入侵者看

期數・日期	專題名・著者・頁碼・內容
	待……我黯然地回到自己的斗室，咀嚼著方才的難堪，嘗到一種痛苦的滋味……」（頁59）
4 1986.2.2	「人間社會」 攝影・撰文／王雅倫，〈鐺鋼鐺鋼上摩天〉，頁72-84 內文：「幾百年來，我們漢人只會欺負、欺騙山地人……平地人來到摩天，投下資金，僱用山地人在這片高山上開墾，並種植高冷蔬菜。布農族人從小農變成雇傭勞動農人，用勞力換取現金，生活有了顯著的改善。」（頁80、82-83）
5 1986.3.2	「關曉榮八尺門系列報導」（完結篇） 攝影・撰文／關曉榮，〈都是人間的面貌〉，頁108-115 內文：「我們一直以『山地同胞』來稱呼原住於這片土地上的少數民族，但是他們的文化、習俗與尊嚴，卻不斷地在誤解和偏見底下，經由多數的強勢力量，使他們蒙受深刻的挫傷……他們與其他社群的孩子應無二致的天賦人權。免於因民族、文化與習俗的不同，而被迫承受人格扭曲的權利……這正是現代中國人，在西方強勢力量所形成的挫傷中，不僅為自己，也為下一代奮力爭取的，同一性質的人權。」（頁111-112）
6 1986.4.2	「人間特別企劃：怎樣的兒童，怎樣的未來」之三 官鴻志，〈拉拉大山下的沉思：寫給山地學童小董的一封信〉，頁34-48（攝影／鍾俊陞） 內文：「啊，親愛的小董，今天的人類，為了瘋狂追求『富裕』和『進步』，把這唯一而無可替換的地球毒害、破壞得不成樣子的原因之一，恐怕就是因為現代人從來不曾從小就像妳們一樣親近過大自然……」（頁46）
8 1986.6.2	「三種中國婚禮」之三 官鴻志，〈高山上的婚禮〉，頁58-70（攝影／鍾俊陞） 正文引言：「〈高山上的婚禮〉帶您進入現場，浸潤於這個新舊交融的儀式之中……一個全新的視野，在此揭開——」（頁58）
9 1986.7.2	「悲劇的背后」之一：曹族少年 官鴻志，〈「不孝兒英伸」〉，頁92-113（攝影／王華） 內文：「湯英伸到平地社會求學時，遇到客觀壓力，他身為身地人的自卑感就會被激發了出來，從而形成對於平地社會的一種激烈的反撥……身為一個山胞，湯英伸隱藏的自卑感，在不斷的壓抑中反彈、化裝而成為外表的優越感了。」（頁107）

期數・日期	專題名・著者・頁碼・內容
12 1986.10.2	「人間少數民族」 陳麟，〈幫你們蓋那個新動物園的時候……〉，頁 40-51（攝影／鍾俊陞） 內文：「某些研究者認為，原住民少數民族的落後與解體，和以漢人為主體的社會發展之間，有著結構性的相互關係……我們只是覺得，隨著一般所謂『社會的進步過程』，我們的生活似乎越來越困窘了……我們山地主要特產的香菇，也因近幾年來山下漢人大規模的投資生產，發展出更新的養植技術而迅速敗壞價格了。我們自給自足經濟破碎掉了。」（頁 44）
14 1986.12.5	「人間封面故事」 官鴻志，〈親愛村報告〉，頁 80-105（攝影／蔡明德） 正文引言：「長年以來，濁水溪上游的一個山地村落『親愛村』，和臺灣其他山地社會一樣，在山產中盤商和雜貨店的高利貸輪轉不息的重債下喘息。可親愛村的悲劇有一個不同：村子裡出了一位山地神父蔡貴聰。他用選票打擊了豪強的政治獨占；他糾結了新生代山地青年，熱烘烘地組織了一個合作農場，打破了中間盤剝的體制。」
16 1987.2.1	「賽夏族矮靈祭」 廖嘉展，〈哦，請唱香楠之韻……〉，頁 110-123（攝影／廖嘉展） 胡台麗，〈矮靈祭：心靈的衝擊〉，頁 124-136（攝影／林柏樑） 正文引言：「在苛酷、嚴峻的大自然中；在迅速解體的山地原住民社會文化下，做著近乎徒然而又悲壯的掙扎的臺灣賽夏族的命運，生動地象徵在這次憂悒、悲愴、陰寒、泥濘的祭典裡……」（頁 110）
17 1987.3.5	「人間社會」 曾淑美・俊陞（導言／紀昆泉），〈雛妓奴隸籲天錄：臺灣雛妓的血淚證言〉，頁 110-123（攝影／鍾俊陞・李文吉・蔡明德・林柏樑・謝又青） 內文：「原住民在政治經濟上對平地漢族經濟和社會的依賴和奴隸之不斷的深刻化，是在雛妓問題上，山地少女的命運尤其悲慘和嚴重化的主要原因。」（頁 11）

期數・日期	專題名・著者・頁碼・內容
18 1987.4.5	「關曉榮蘭嶼紀事系列（一）」 攝影・撰文／關曉榮，〈孤獨，傲岸的礁岩：蘭嶼報告〉，頁8-23 正文引言：「繼『八尺門』系列之後為我們訴說說蘭嶼雅美人民過去的屈辱和現在的自慚所交織的痛苦、艱苦、勤勞和禁慾的智慧；用最原始的工具向土地和大海掙取口糧，創造堅實的生活器物的動人毅力和創意。雅美人民啊！你不動如海邊礁石的身影，要為肥滿虛腐的現代人訴說些什麼……」（頁9）
19 1987.5.5	「關曉榮蘭嶼紀事系列（二）」 攝影・撰文／關曉榮，〈飛魚祭的悲壯哀歌〉，頁48-65 內文：「經過辛勤果敢的勞動之後，這丁點物質卻帶來驚人的甜美滋味，以貨幣換取的東西，即使最昂貴的活鮮也不能及。每個人吃剩的一點點魚骨，就連魚的腥味也被舔了個乾淨不留。」（頁65）
19 1987.5.5	「人間少數民族」 陳麟，〈山刀出鞘：記東埔挖墳抗議事件〉，頁102-115（攝影／賴春標） 圖說：「4月18日，我再度來到東埔，墓園的殘破荒亂依舊，碎裂的墓碑散落在鄉公所為復原而新造的墓碑旁，抗議挖墳的事件，暫時平止了，然而布農人，以及其它臺灣原住民長期以來的所受的屈辱、歧視，何時才能得到解放呢？」（頁115）
20 1987.6.5	「人間少數民族」 官鴻志，〈我把痛苦獻給您們……：湯英伸救援行動始末〉，頁18-43（攝影／李文吉） 內文：「冷漠成性的我們自己，使山地社會快速崩解的原住民政策，僵硬不肯理解年輕人的教育體制，都無法逃避這慘案的責任，無法不分擔一份最深的哀傷。」（頁28）
20 1987.6.5	「關曉榮蘭嶼紀事系列（三）」 攝影・撰文／關曉榮，〈文明，在仄窄的樊籠中潰決〉，頁86-101 內文：「雅美文明對土地權屬的習慣未受政府政令法規之尊重，法規被陰暗勢力鑽出特權的漏洞，致使這一代生活習慣與價值觀皆已被迫全面臺灣化之中的青年，在自己故鄉的土地上蓋起強權法律中的『違建』。」（頁98）

期數・日期	專題名・著者・頁碼・內容
21 1987.7.5	「關曉榮蘭嶼紀事系列（四）」 攝影・撰文／關曉榮，〈塵埃下的薪傳餘盡〉，頁 108-123 內文：「蘭嶼國宅的硬體變異，全面窒息了傳統雅美文明的發展，傳統儀式因喪失了生存的空間，而面臨崩解與失落的命運……造屋者夫婦歷經勞動後的心情，或許正如他們所祈求的如同泉水一般清淨平和。可是，作為一個人、一個民族、一個獨立的文明所需的薪傳之火，正被一層層不能逃避的塵埃掩滅……」（頁 111、123）
22 1987.8.1	「曹族三部曲（一）」 官鴻志，〈一座神像的崩解：民眾的吳鳳論〉，頁 62-83（攝影／李文吉） 內文：「今天臺灣，漢人與山地原住民之間，還存在著雛妓、童工，不當勞動（如原住民底邊勞動者、遠洋漁業、城市貧民窟中的平地山胞……）等壓迫關係，卻掩蓋在戰後之臺灣資本主義一般的邏輯之中。」（頁 82）
23 1987.9	「關曉榮蘭嶼紀事系列（五）」 攝影・撰文／關曉榮，〈酷烈的壓榨，悲慘的世界〉，頁 150-165 內文：「當這些強橫、酷烈的行動展開，並逐步獲得其效果時，被『安定』在小農生計上的臺灣境內少數民族，逐步從『安定』轉向，觸及臺灣資本主義化發展內部結構中邊陲地帶的極限，腳步停滯生機萎縮，暴露了山地保留地法規，對少數民族社會發展的結構性榨取『制約』本質！保護與扶植少數民族空洞親善的笑臉，常以『山地人民的生活水準普遍提高……』這類技拙質劣的說詞粉飾著陰暗悲慘的事實！」（頁 164）
24 1987.10.5	「關曉榮蘭嶼紀事系列（六）」 攝影・撰文／關曉榮，〈觀光暴行下的蘭嶼〉，頁 128-141 正文引言：「觀光客傲慢性的消費行為，破壞了雅美人傳統生計形態。觀光客的愚行劣跡，觸怒了雅美人。深沉的創傷正啃蝕著雅美人的心靈……」（頁 129） 內文：「蘭嶼島上的觀光事業卻在臺灣商人的資本壟斷下，貧困的雅美人是毫無插足的餘地。從此雅美青年被迫流向臺灣本島，輾轉於勞力市場的底層。」（頁 140）

期數・日期	專題名・著者・頁碼・內容
25 1987.11.5	「人間創造者」 曾淑美，〈盲詩人莫那能兄弟〉，頁 70-77（攝影／鍾俊陞） 內文：「他認為最迫切的事，是重修臺灣史，改寫在大漢沙文主義下被扭曲、為統治者的統治合理化的歷史，還給原住民一個真實的面目。『並不是要藉此向漢人報復或索討什麼，而是要讓漢人和原住民互相平等、自尊。』阿能誠懇地強調。」（頁 76-77）
26 1987.12.5	「關曉榮蘭嶼紀事系列（七）」 攝影・撰文／關曉榮，〈一個蘭嶼能掩埋多少「國家機密」？〉，頁 90-111 內文：「把臺灣不要、對臺灣有安全危險的東西和人，擺置在『距離臺灣島越遠越好』的地方的意識形態，明白地反映了中心與邊陲的基礎結構。先進的中心國家把有毒化學品、汙染工業、戰爭、民族矛盾、核子輻射廢料，一股腦兒往落後、貧窮的第三世界邊陲地區或境內少數民族區堆棄，是全球性的現實。」（頁 110）
27 1988.1.5	「人間少數民族」 廖嘉展，〈我們的家，我們的部落，我們的命運……〉，頁 72-85（攝影／顏新珠） 內文：「閒談之間，他說過類似『我們是落後民族』的話，在我的心中留下傷痛的印象。這種潛在的民族自卑感，也許很普遍地籠罩在平埔族人的心靈裡……臺灣卻很迫切需要一種尊重少數者的種族與文化、尊嚴與權利的文化，使一切少數者能免於被歧視、壓迫、進而能獲至全人類獨立、自由的發展……」（頁 85）
28 1988.2.5	「關曉榮蘭嶼紀事系列（八）」 攝影・撰文／關曉榮，〈漢化主義下的蘭嶼教育〉，頁 126-140 內文：「今日在島上受教育的一代，乃至未來的雅美新血，都將在傳統文化崩解與貨幣經濟困局的內在驅力之下，受到臺灣資本主義勞動市場的吸納支配成為臺灣資本主義的龐大產業後備軍的一員。」（頁 140）

期數・日期	專題名・著者・頁碼・內容
29 1988.3.5	「人間農業」 廖嘉展，〈次高山下，一個民族的衰落……〉，頁 36-51（攝影／顏新珠） 正文引言：「三十多年前，梨山／環山開始種珍貴的溫帶水果……肥大的利潤，迅速、鉅大、廣泛地改變了環山部落的物質和精神面貌：部落共同經濟；組織到現代資本主義經濟瘋狂轉動的齒輪；酗酒、放縱、浪費和享樂，從根破壞了原住民傳統文化、道德與社會肌理。」（頁 36） 內文：「國家應給予臺灣山地九族以一定的保留區域，為他們建設以各族語言、文化、歷史為主體的教育、重建民族主體性和自尊……從環山回來，心中澎湃著，因為初步認識到臺灣山地少數民族問題和進口水果所造成的嚴重農業問題，而深懷焦慮及憂愁。」（頁 50）
30 1988.4.5	「關曉榮蘭嶼紀事系列（九）」 攝影・撰文／關曉榮，〈被現代醫療福祉遺棄的蘭嶼〉，頁 18-39 內文：「雅美人被迫擁抱著最惡毒的現代垃圾，卻沒有錢尋求現代醫療來解決古老的病痛。這是一項長久以來未被正視的政治責任，它迫使蘭嶼醫療的理想與人道，在臺灣的富裕舞臺背後，無聲無息地黯烈殞落。」（頁 39）
31 1988.5.1	「人間地理」 攝影・撰文／李文吉，〈斯馬庫斯部落：懸崖上的小野菊（Asayaki）〉，頁 66-82 內文：「戰後四十年間，隨著臺灣平地資本主義的發展，臺灣山地原住民的社會、經濟、文化和人，正經歷著全面的解體、貧困化的過程。自三百年來，廣闊第三世界和西方列強間的關係的歷史，具體而微地表現在臺灣漢人資本的發展與山地原住民的不發展，解體化的歷史……當我們聽說，在新竹縣的深山裡有個部落叫做『斯馬庫斯』，交通不便，外人罕至，我們就想，在那裡可能還看得到泰雅族傳統生產方式下的傳統文化和生活方式。背負著漢人沉重的種族壓迫『原罪』，我抱著一線希望上山，但願能在斯馬庫斯找到泰雅族原住民的一塊淨土。」（頁 68）

期數・日期	專題名・著者・頁碼・內容
32 1988.6.1	「肺結核肆虐下的秀林鄉」之三 曾淑美，〈和平村，肺結核陰影下的家族〉，頁 106-117（攝影／顏新珠） 正文引言：「和平村的遭遇，正在向著你我的良知；向著我們飽食富裕的社會；向著臺灣防痨體系和公衛結構；向著臺灣原住民政策，提出『和平』卻淒厲的呼求與控訴。」（頁 106）
33 1988.7.1	「臺灣兒童虐待問題特集」之三 攝影・撰文／蔡雅琴，〈桂花，再見！〉，頁 68-79 正文引言：「嚴重的貧困、酗酒和負債，使布農族少女桂花因終日酗酒不省人事的父母，完全的疏忽，延誤治療，終於喪命。對兒童和少年的各種虐待惡性的貧困，成為不可忽視的結構性原因……」（頁 68）
33 1988.7.1	「關曉榮蘭嶼紀事系列（十）」 攝影・撰文／關曉榮，〈流落都市的雅美勞工〉，頁 142-155 正文引言：「為了加工出口經濟的勞力需求，雅美人浮沉在大、中、小型工廠中，一般地從事非技術性勞動。低收入，無安全保障，流動率高，一群又一群流落都會的雅美勞工逐步在趨向文明社會的同時，失喪（按：喪失）文化認同的本能，步入存亡絕續的風暴核心。」（頁 143）
35 1988.9.1	「人間宗教」 簡慧蓉，〈排灣族的基督？〉，頁 42-56（攝影／顏新珠） 正文引言：「當年，訴説著一百六十個排灣族美麗傳説的老人都已漸次化作屍骨歸於塵土。如果，地下有知，他們是否會知道後世的族人，對於自己的本土文化，也與他們一樣有著相同珍惜的心情？……以一個漢人的思想可能一輩子都難了解原住民的哀傷。一切怕只能留待時間去定奪了……」（頁 56）
35 1988.9.1	「人間旅遊・溫泉專題報導」 鍾喬，〈最後的溫泉鄉〉，頁 59-64（攝影／李文吉・蔡雅琴） 陸傳傑，〈失落的東埔溫泉〉，頁 65-70（攝影／李文吉） 紀雲山，〈色情劫餘的溫泉原鄉〉，頁 71-81（攝影／蔡雅琴） 陸傳傑，〈嘎拉賀，祝福你！〉，頁 82-92（攝影／李文吉） 正文引言：「北橫深山峻嶺中的泰雅部落，一處原本不為人知的瀑布溫泉，差點又落入平地資本的羅網中……」（頁 83）

期數・日期	專題名・著者・頁碼・內容
36 1988.10.1	「關曉榮蘭嶼紀事系列（十一）」 攝影・撰文／關曉榮，〈十人舟下水儀典〉，頁 78-91 內文：「異族統治力量的種族中心意識，剝奪了他族政治、經濟、文化的自主權，此後一連串噩運降臨到統治者對弱小異族苛虐殘害的本質。這樣的認識，在追求民族平等與和協（按：諧）的努力中，應具有時代的控訴性意義。」（頁 91）
43 1989.5	「愁訴與聽診」之四 藍博洲，〈游走在都市邊緣的阿美族〉，頁 108-115（攝影／李思宏） 內文：「以下所報導的流離於新店溪畔小碧潭的阿美族群，不過是這即將在資本主義化的臺灣社會滅絕的原住民共同命運的具體代表而已。事實上，還有許多在臺灣各大都市的陰暗角落流離求生的原住民的悲歌，是我們所聽不到的。」（頁 109）
43 1989.5	「母語之美」之一 李思宏，〈尋找民族音樂的根：專訪民族音樂工作者明立國〉，頁 144-145（攝影／何叔娟・李思宏） 內文：「目前社會上已普遍意識到要給原住民族一定的尊重，這是個好現象。但是這些關心一定要恰到好處，要真正去關心、去了解，才會適切，否則一定會有誤導……」（頁 145）

※資料來源：本研究整理。

附錄九
《人間》環保議題指涉「美日帝國意象」之敘述

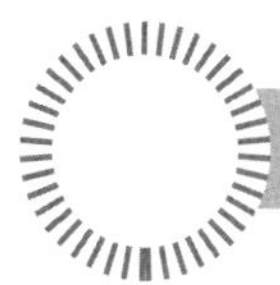

期數・日期	專題名・著者・頁碼・內容
1 1985.11.2	「人間環境」 潘庭松，〈內湖垃圾山上的小世界〉，頁 32-47（攝影／蔡明德） 內文：「十多年來，隨著臺灣的經濟發展，都市中產生的廢棄物在種類和數量上，都急遽地增加了……有人從困頓中掙扎著站起來，辛勤地去面對生活，但是，也有人因為遭受挫折、沮喪和無助，而整個被壓垮了……這為了生活而彎腰的族類，依舊堅毅不拔，每天和沉重的生活相抗爭著，透露出嚴肅的、不屈、尊嚴的生命力來，令人難忘。」（頁 37、45、47）
3 1986.1.2	「人間生態與環境」 潘庭松，〈水不能喝，雞不下蛋，豬養不大〉，頁 56-68（攝影／王華） 內文：「從世界反公害運動受到工廠資方和政府的抵制，是常見的一個階段。但是這個階段過去之後，資方和政府都會正視公害的嚴重性，通過立法，有效改善和管制公害的惡化。當然，這需要一個容許居民反公害運動的民主主義……我們希望社會、知識分子和政府開始以更成熟的態度面對問題，共同把臺灣變成為更適合我們和我們的子孫所居住的故鄉。」（頁 66-68）
4 1986.2.2	「人間生態與環境」 攝影・撰文／王華，〈屠虎記〉，頁 32-40 內文：「在飽食、富裕的臺灣，拿得出幾千幾萬元買虎肉虎骨的人多，就自然有人在養虎、殺虎、出售虎肉上動賺錢的主意。在臺灣，還不時與『動物保護』的想法。我們反對殺虎，首先是為了表現中國人對幾世紀來帝國主義對這個地球貪欲的

期數・日期	專題名・著者・頁碼・內容
	開發，破壞生態，滅絕動物，為人類帶來巨大的公害和環境汙染表示批評，從而擁護國際上保護瀕臨滅絕的動物之各種規定。」（頁 39-40）
5 1986.3.2	「人間封面報導」 官鴻志，〈再見，林投花：地老・天荒・大潭村〉，頁 1-21（攝影／蔡明德） 內文：「由於高銀化工廠涉及『國際汙染工業輸出』，即刻震動國際視聽，尤以日本公害雜誌的評述，指出令人警醒的批判……1970 年臺灣農業式微以來，農民從未得到應有的報酬，更壞的是，還得忍受工業汙染的殘害……『臺灣現階段的公害，有很多並不是高度經濟發展的結果，而是落後經濟和文化慣性的現象。』」（頁 17、21）
6 1986.4.2	「世界報導攝影名作選讀」 攝影／樋口健二，〈我控訴！樋口健二的反公害世界〉，頁 84-93（譯述／李永熾） 內文：「對於只能以身體為營生唯一的『資本』的勞動者，不論在什麼時代，都只有受人踐踏才能活下去的這個世界，感到憮然。」（頁 93）
7 1986.5.2	「悲泣的河海」專輯 心岱，〈向天地贖罪：保衛一條河流的故事〉，頁 82-93（攝影／王華・林國彰） 心岱，〈重回桃花源：吳江村的未來〉，頁 94-97（攝影／王華） 楊聿瑞，〈第一面民間護河的大旗：清水溝自救運動挫敗史〉，頁 84-93（攝影／史維綱） 王家祥（改寫／潘庭松），〈綠牡蠣的惡夢海岸：臺灣養殖業破產倒數讀秒的緊急報導〉，頁 106-116（攝影／王家祥） 楊憲宏，〈公害結構質疑書〉，頁 117-119（攝影／潘庭松） 攝影／尤金・史密斯，〈世界報導攝影名作選讀：水俣悲歌〉，頁 120-134（譯述／劉宗圃） 內文：「為了發展經濟，為了發展工業，不惜付出工業汙染和公害的代價。」（頁 114）
8 1986.6.2	「核電廠就在我家後院」系列專輯 楊憲宏，〈「科技獨裁」與「恐懼的自由」〉，頁 80-83（攝影／沈英・鍾俊陞）

期數・日期	專題名・著者・頁碼・內容
	李明，〈核電危鄉行：徘徊在核一、核二的邊緣〉，頁 84-93（攝影／梁辰） 黃小農，〈核三迷惑：從憂愁海域到無奈鄉關〉，頁 94-101（攝影／沈英） 鍾俊陞，〈「核四」？一個未知的震動〉，頁 102-105（攝影／鍾俊陞） 廣瀬隆（改寫／荊果），〈毀滅的咒語：核能發電恐怖知多少？〉，頁 106-113（攝影／梁辰・沈英） 正文引言：「在那偏遠的漁村，人們為了生命權自動自發研究問題，收集資料。臺灣第一個草根性反核電運動正在成形……」
10 1986.8.2	「激流中的倒影」杜邦事件特寫 楊憲宏，〈一種人文悲情：杜邦爭議下的憂思〉，頁 10-13（攝影／李文吉） 鍾喬，〈用鹿港人的眼睛來看：工業汙染下的人文反撲〉，頁 14-23（攝影／蔡明德） 盧思岳，〈風雨大杯酒：草根性居民運動的一把手：李棟樑〉，頁 24-31（攝影／蔡明德） 范都龐，〈二氧化鈦〉，頁 32 陳秀賢，〈波瀾是怎樣洶湧起來的！杜邦事件大事曆〉，頁 34-49（攝影／林柏樑・蔡明德） 蔡明德，〈「反杜邦」：攝影筆記〉，頁 50-61（攝影／林柏樑・蔡明德） 李乾朗，〈傲立在蒼茫的歲月中：「浩劫餘生」話古蹟〉，頁 62-77（攝影／林柏樑） 內文：「對於幾十年來政府和社會的唯成長主義和成長崇拜的宗教，提出了這些嚴肅的問題：成長，是為了誰的成長？為了盲目的『成長宗教』的成長，還是為了人民真正幸福的成長？……為了國際分工中，按照別人的需要、規格、數量和單價的成長……還是為了我們自己民族經濟發展具體需要的成長？」（頁 16）
11 1986.9.2	「一條河流的生命史」第一部：基隆河 阮義忠，〈尋找一瓢乾淨的基隆河水〉，頁 66-113（攝影／阮義忠） 阮義忠，〈漫長的二十年，回頭看基隆河病歷〉，頁 114-116 內文：「我從來就沒有遇到像這種不忍卒睹、卻又無法逃避的

期數．日期	專題名．著者．頁碼．內容
	畫面：一條被貪慾的文明荼毒致死的，親愛的河流。」（頁67）
12 1986.10.2	「人間生態環境」 洪素麗，〈消失的蝶道：有誰能了解蝴蝶蛻變的痛苦〉，頁26-39（攝影／蔡百峻） 內文：「我們的『人文主義』的觀念是利己排他的、自我中心的、沙文主義！如果從對待大自然的觀念來檢討中國文化與民族性的本質時，會驚詫於這民族的畏天而不敬天的矛盾性格。」（頁39）
13 1986.11.5	「一條河流的生命史」第二部：濁水溪 黃瑞，〈苦惱的河流．土地．農民．農業〉，頁10-21（攝影／李文吉） 官鴻志，〈二千噸腐壞中的玉米〉，頁22-33（攝影／廖嘉展．朱心嚴） 李疾．許心怡，〈美麗的稻穗．不美麗的價格〉，頁34-45（攝影／李文吉） 李疾，〈吾鄉印象〉，頁46-57（攝影／林柏樑） 王墨林，〈流過多少五穀豐登．農村凋敝的故事……〉，頁58-71（攝影／廖嘉展） 官鴻志，〈濁水溪的體檢報告〉，頁72-74（攝影／賴春標） 內文：「任二千公噸玉米，在濁水溪上游的部落爭腐壞、滋生麴毒素，為的是我們從美國進口了傾銷性的玉米……追逐經濟作物的山地農業，在單一種植中，造成對於平地市場和山地高利貸資本的深度依賴。臺灣農業政策和山地政策正面臨著沉重的責問！」（頁22）
13 1986.11.5	「核能曝害追蹤」專輯 李文吉，〈死於惡病體質：前核電特約工邱信肝癌病故的前後〉，頁110-117（攝影／戴仁昭） 黃小農，〈致癌前後：核電工人周楊霖的賣命生涯〉，頁118-126（攝影／鍾俊陞）
13 1986.11.5	「世界報告攝影名作選讀」 樋口健二與久米三四郎（翻譯／周健子），〈被埋葬在黑暗中的核電廠被曝工人們〉，頁126-136（攝影／樋口健二）

期數・日期	專題名・著者・頁碼・內容
14 1986.12.5	「啊！美麗的臺灣」 李瑞，〈莫讓貪慾的手臂摧毀臺灣聖山之美！〉，頁20-33（攝影・口述／賴春標） 正文引言：「這樣一個在全中國，在全世界都足以驕人的美麗、壯偉、奇特的大自然卻未受到甫於11月28日成立的太魯閣國家公園的保護。」（頁20）
15 1987.1.1	「啊！美麗的臺灣」 攝影・撰文／賴春標，〈高山之雪：亞熱帶臺灣的雪境〉，頁16-29
16 1987.2.1	「人間追蹤報告」 黃小農，〈祝福您，周楊霖〉，頁62-63（攝影／鍾俊陞） 李文吉，〈邱信的工作資料〉，頁64-65（攝影／李文吉） 內文：「我們是懷著愉快的祝福心情離開基隆的。周楊霖告訴我們，他受到臺電總經理交待特案照顧……我們希望臺灣相信，重新檢討整個核能發電之政策，展開一個人道、認真、嚴肅的防止核電工人受到曝害的政策發想，將會很快地為臺電贏得社會和知識份子最由衷的讚美與支持。」（頁63）
17 1987.3.5	「人間環境」 曾蘆花，〈合歡山：美麗與恥辱〉，頁46-59（攝影／賴春標・李文吉）
17 1987.3.5	「人間世界攝影名著導讀」 攝影・撰文／樋口健二（譯寫／劉慶一），〈日本公害之鄉：四日市〉，頁108-115 內文：「樋口健二以七年時間，報告了以人間破壞和自然破壞為代價的日本高成長經濟底層的悲劇……」（頁108）
18 1987.4.5	「啊！美麗的臺灣」 陳玉峰，〈臺灣熱帶雨林低地的黃昏：臺灣的綠色滄桑（一）〉，頁94-103（攝影／陳月霞） 內文：「不幸的是，中國人似乎從來不知道想到將來，他們只享受目前，再沒有旁的什麼。」（頁102）
19 1987.5.5	「啊！美麗的臺灣」 紀惠玲，〈山的女兒〉，頁10-16（攝影／陳月霞） 陳玉峰，〈臺灣的綠色滄桑（二）〉，頁19-26（攝影／陳月霞） 內文：「隨時代進步，人口急增之後，土地和資源的需求越來越大……」（頁26）

期數・日期	專題名・著者・頁碼・內容
19 1987.5.5	「有朋自遠方來」 攝影・撰文／鍾俊陞，〈樋口先生，謝謝您！〉，頁 116-127 內文：「報導攝影的工作，特別一個『飽食』『幸福』的社會中，是一個反潮流的工作，沒有人會給你報酬、名聲和地位。真正的報導攝影家，是所謂的『五賊』；學者、官僚、財閥、大眾傳播、政客做（按：作）對的，怎麼會有好日子過？」（頁126）
20 1987.6.5	「啊！美麗的臺灣」 紀雲山，〈七彩湖的悲歌：記一個變色的山湖〉，頁 46-59（攝影／賴春標） 內文：「這些城市的文明人滿足地走了；七彩湖仍然像千年以前一樣安靜地躺在中央山脈的主脊之間；不同的是，人們在湖邊留下了一大堆的垃圾，甚至在湖中堆積了不少殘飯剩菜和洗滌物的化學品……文明的人類嚮往大自然，卻不知道尊重自然，果真如此，大自然有一天必將會遠離人類。」（頁 58）
21 1987.7.5	「人間環境」 林美娜，〈還我一瓢清淨水：記水源里民與李長榮化工的抗爭〉，頁 22-47（攝影／蔡明德） 內文：「政府看到的是表面的事情，人的內心好壞、紅黑，政府看不到的。道德最重要的。」（頁 34）
21 1987.7.5	「啊！美麗的臺灣」 攝影・撰文／賴春標，〈紅檜族群的輓歌：西林林道記事〉，頁 92-105 內文：「我望著光禿的七星崗，心神幾可與之相忘。而隔著萬里溪緊臨的西林山，現在正不由自主地步入七星崗的後塵。當現代文明終於也褫奪了西林山上美麗的黑森林，誰來為她換回慣穿的衣裳？」（頁 105）
22 1987.8.1	「啊！美麗的臺灣」 攝影・撰文／賴春標，〈保衛臺灣最後的原始森林〉，頁 44-59 內文：「今天我們的經濟已有高度的成長，並且擁有 600 億美元的外匯，但我們大量砍伐紅檜森林的腳步並沒有停止。」（頁 55）

期數・日期	專題名・著者・頁碼・內容
22 1987.8.1	「人間追蹤報告」 張文，〈輻射線外洩的那一天：核三廠緊急事故演習現場報告〉，頁 118-123（攝影／鍾俊陞） 內文：「當核三廠輻射線外洩的那一天……，那時候，水不能喝、草不能食，動物要殺滅掩埋，孕婦要墮胎以免生下畸型兒，村人要永遠離開故鄉終生流離。美麗的臺灣終將成為一座鳥不語、花不香的廢墟。」（頁 123）
23 1987.9	「人間環境」 陳啓斌，〈糟蹋了我們四十年的好鄰居：後勁地區反五輕行動現場報導〉，頁 14-24（攝影／鍾俊陞） 內文：「鹿港人反對外國汙染工業的設置，後勁人反的是一個國家獨占性汙染工業，面對的都是龐大的勢力。初步訪問後勁回來，對於工業的冷血、貧瘠、傲慢，不惜以糟踏土地、自然、牲畜和人類本身來掠奪利潤的邏輯，感到極深的震驚。」（頁 24）
23 1987.9	「啊！美麗的臺灣」 攝影・撰文／賴春標，〈丹大林區砍伐現場報告〉，頁 25-45 內文：「正當政府鼓勵平地農田休耕的同時，為著迎合現代人的口慾，一批批懷著高冷蔬菜夢的假農人，用盡了各種方法闖關開山，梨山的土地變色中毒的殷鑒不遠，當丹大的紅檜森林變成高麗菜的時候……」（頁 42）
24 1987.10.5	「嗚咽的二仁溪」 沈文英，〈啊！當一條河流死去……〉，頁 96-103（攝影／賴春標） 吳小彥，〈寧死也要在劇毒中掙錢的村莊〉，頁 104-109（攝影／賴春標） 蕭曉，〈國際垃圾堆裡的煉金師〉，頁 110-117（攝影／賴春標） 沈魚，〈老阿伯，求求您，不要再燒了……〉，頁 118-127（攝影／賴春標） 內文：「在這個外國報廢五金垃圾堆置場上，我們的確能察覺什麼樣的科技產品在美、日兩國已『不再流行』的訊息。但是這些先進國家輸出的文明廢料，卻使得我國的科技大開倒車……臺灣大部分的銅，是大發工業區運進來的美國廢電線、廢電纜中燒出來的……」（頁 110-112）

期數・日期	專題名・著者・頁碼・內容
25 1987.11.5	「世界攝影名著選讀」 攝影・撰文／樋口健二（翻譯／荊果），〈毒氣島上的棄民〉，頁 78-92 內文：「國家所遺留的罪行如不能正面提出來討論，毒氣棄民的怨恨沒有平息的可能。」（頁 92）
27 1988.1.5	「來自臺灣森林的緊急報告」 攝影・撰文／賴春標，〈制止枉法瀆職濫墾高山原林的黑手！〉，頁 106-111 攝影・撰文／賴春標，〈為丹大山區森林伸慘冤！〉，頁 112-121 賴春標，〈「保證其他林地沒有超限砍伐」：訪問林務局何德宏局長〉，頁 122-123（攝影／王靖佳） 正文引言：「林務局何德宏局長回給人間雜誌的一封信，從反面揭發了：民間農林資本及林政機構結合起來的，臺灣森林中的黑色王國，長期斲傷、蠶食、剝削和生態的資源……這是從官方說辭和現地紀實相對照下揭發出來的，令人悲痛的臺灣林務醜聞……」（頁 106）
27 1988.1.5	「和平人間」 攝影・撰文／樋口健二（翻譯／荊果），〈團結起來，……治癒地球的核能創傷〉，頁 124-133 正文引言：「全世界遭受核武器、核工業曝害的士兵、市民、少數民族、與反核・和平運動家們，第一次在美國紐約聚集一堂，向凶殘、愚妄的世界核武—核工結構發出正義的怒聲與控訴，為共同再造全人類和平生存的基盤，跨出了英勇、堅毅的第一步……」（頁 124）
28 1988.2.5	「保衛森林的緊急呼籲」 李剛，〈森林寥落山半荒：試探臺灣造林的「無底洞」〉，頁 78-84（攝影／李剛） 呂廣林，〈永久禁伐也不為過！〉，頁 86-89（攝影／賴春標） 內文：「七〇年代，在唯發展論的經濟政策下，臺灣原始森林大量、全面濫伐達到高峰。一直到臺灣原始森林已殘缺不堪的今天，一些森林專家學者的『合理砍伐』論，成為包藏和掩護貪婪的砍林政策。黑暗的官商林業資本、墮落的大學森林教育、毫無社會和環境生態良心的林務單位最冠冕堂皇的藉口和煙幕。」（頁 86）

期數・日期	專題名・著者・頁碼・內容
29 1988.3.5	「搶救臺灣原始森林報告」 攝影・撰文／賴春標，〈二百萬棵幽靈之樹〉，頁 84-93 攝影・撰文／賴春標，〈一隻手能遮蔽多少林政弊端？〉，頁 96-101 攝影・撰文／李剛，〈臺灣森林沉疴急診病歷：保持臺灣森林生機最後的十點呼籲〉，頁 102-110 內文：「臺灣自然森林、自然生態、氣候和天然景觀全面崩潰。臺灣林務的貪慾、無知、瞞盱（按：顢頇）、瀆職和違法，已經成為當前政治大改革、進步環境下最大的死角和諷刺！」（頁 102）
30 1988.4.5	「森林問題的回應」 攝影・撰文／李希聖，〈臺灣森林續絕生滅的關頭：生機待復，千萬珍重：社會人士「十大呼籲」與「臺灣森林經營管理草案」〉，頁 116-129（本文係讀者回應）
31 1988.5.1	「搶救臺灣森林」 攝影・撰文／李希聖，〈立刻擴大保安林！〉，頁 84-95 內文：「大面積的『皆伐』，在林業先進國家是完全禁止的；譬如瑞士，除非申請者能證明其絕對的必要性，光以收入為目的或便於作業為藉口是完全無法獲得准許的……『森林是國家的命脈』，『水土保持』與『水源涵養』更是森林最主要的功能；不要老著眼在伐木的一時利益上，『環境在變，潮流也自變』，林務局要知作最好最適當的選擇。」（頁 94）
32 1988.6.1	「搶救臺灣森林」 攝影・撰文／賴春標，〈呼之欲出，官商勾結盜林大慘案〉，頁 74-89 正文引言：「《人間雜誌》長達兩年，鍥而不捨的森林現場報告，終於發展成丹大八林班臺灣盜林史上規模最大、損失最鉅的官商勾結盜林慘案。偽造標高坡度；偽刻界木烙印；偷天換日，調換界木存檔照片冊；以避重就輕的調查應付盜林檢舉信……在勇敢、正直的檢察官徐永城和王兆飛和調查局的勘查下，全案逼近爆炸性的公開……」（頁 74）
32 1988.6.1	「人間反核」 顏匯增，〈尋找反核運動的意義：當前臺灣核電批判運動的反省〉，頁 118-135（攝影／鍾俊陞）

期數・日期	專題名・著者・頁碼・內容
	正文引言：「超越『反臺電』意識的限制性；超越生活功利的估算，重新反省人在自然中的位階，批評『唯開發論』和『成長崇拜』，沉思核害巨大陰影下的『生』和『生命』……也許是今後臺灣反核運動的第二個功課。」（頁 119）
34 1988.8	「人間地理・澎湖現場報告」 陸傳傑，〈危機海域：炸魚、毒魚、濫捕下的澎湖漁業〉，頁 22-38（攝影／李文吉） 李文吉，〈丁香魚・赤嵌村・吉貝嶼〉，頁 41-50（攝影／李文吉） 陸傳傑，〈馬公海內的旱村〉，頁 51-59（攝影／李文吉） 正文引言：「二十年後，漁業發展一日千里。但朝向資本化，大型化發展的澎湖漁船卻撈盡了近海魚場的魚蚧。而小型漁船也以炸魚、毒魚的手段洗劫了澎湖沿岸。在雙重的壓榨下，維繫澎湖命脈的漁業，還能繼續生存下去嗎？」（頁 22）
35 1988.9.1	「人間生態」 廖嘉展，〈劫難紅樹林〉，頁 113-124（攝影／顏新珠） 內文：「對這些被規劃在好美寮自然生態保護區內的布袋紅樹林被破壞的過程，負責這個規劃案的內政部營建署吳全安其實是很清楚的。他坦承這是營建署監督上的疏忽，在缺乏有關法令和專責管理的機關與管理人員底下和對海岸資源保育觀念共識不足的情況下，又有只顧本身利益的機關，那麼發生這次破壞紅樹林的事件，是不足為奇的。」（頁 122）
35 1988.9.1	「人間土地・嘉南區亢旱報告」 李翠瑩，〈風雨亢旱後〉，頁 125-136（攝影／吳仁麟） 內文：「在短短不到一個月間，8 月 15 日，李總統再度南下巡視嘉南地區，前次為著嚴重的旱災，這次是為著更嚴重的水災……兩項極端諷刺的災害接踵肆虐，更加顯現了水利規劃和防洪水系統的小兒痲痺症。」（頁 136）
36 1988.10.1	「人間痛土・臺灣地區土壤汙染系列報導」 官鴻志，〈鎘影幢幢的荒村〉，頁 46-57（攝影／蔡明德） 李翠瑩，〈電鍍水・枯死秧・彩色米〉，頁 61-72（攝影／吳仁麟） 李翠瑩，〈還我淨土：臺化汙染實地報告〉，頁 73-77（攝影／吳仁麟）

期數・日期	專題名・著者・頁碼・內容
	內文：「1986年，反公害運動之所以成為不可遏止的社會風暴，並非一蹴即發。而是臺灣的官僚資本與民間企業把持了農村社會的經濟路線，以經濟開發和提供農村就業機會作為意識掛帥，在現代經濟生活中逐漸顯露了貪得無厭的獨特性質。」（頁53）
38 1988.12.1	「人間 People」 陳映真，〈請安息，周楊霖〉，頁126-127（攝影／鍾俊陞） 內文：「為了否認、湮滅工業汙染的責任，堅不承認加害責任，拒絕賠償，是汙染資本的一貫技倆。」（頁126）
40 1989.2	李文吉，〈屠殺動物的修羅圖〉，頁6-7（攝影／李文吉・鍾俊陞） 內文：「部分學界、地方官與隨時荷槍上山練槍法的黨政大員、山地警察、山產批發商、山產店、乃至腦滿腸肥的食客，構成一長串虐殺瀕臨滅絕的野生動物『共犯群』。」（頁7）
40 1989.2	「人間環境」 陸傳傑，〈看哪！澎湖潭邊村〉，頁94-103（攝影／吳仁麟） 正文引言：「1985年，臺電挑定潭邊的鄰村蓋火力發電廠，用金錢買到許家村的反對，留下潭邊村民孤單地和臺灣離島政、軍、黨、國營企業聯合體，做艱難而脆弱的抗爭。」（頁94）
41 1989.3.1	「關切核電危害委員會」1989聯合聲明 關切核電危害委員會，〈人民有權決定不要核電：「關謝核能危害委員會」1989年聲明〉，頁7-8 方儉，〈核能安全靠「公關」？〉，頁9-10（攝影／李文吉） 正文引言：「『關切核能危害委員會』是由臺灣各反核組織與環保團體共同組成，他們來自不同學術領域，他們相信，反核的堅持是保護臺灣人民世世代代福祉的重要關鍵，《人間》雜誌支持他們的勇氣與論點。」（頁7）
41 1989.3.1	攝影・撰文／李文吉，〈到深山攔截：宜蘭縣陳定南的鐵血禁獵行動目睹記〉，頁12-15 內文：「人間雜誌擔心在『保護法』三讀通過之前，臺灣特有的野生動物已經滅絕殆矣！七年來一直是宜蘭縣生態與環保守護神的陳定南縣長懷著更為急切的心情，要在最短時間內全面禁止獵捕、畜養、屠殺、買賣野生動物。針對龐大的『共犯結構』，採取一連串的取締、告發行動……」（頁12）

期數・日期	專題名・著者・頁碼・內容
42 1989.4	「公害政治學」專輯 楊憲宏，〈公害政治：彰濱與核電〉，頁 56-57 陳映真，〈臺灣經濟成長的故事：臺灣公害的政治經濟學〉，頁 58-61 「彰濱系列」 王麗美，〈坑陷的噩夢・六十億資金：彰濱工業區開發失敗史〉，頁 62-69（攝影／蔡明德） 鍾喬，〈杜邦走了以後……〉，頁 70-77（攝影／蔡明德） 「核電系列」 方儉，〈奮戰巨人的大衛王：夏德鈺處長和核能管制處〉，頁 78-79 方儉，〈臺電・西屋草菅人命：原能會為人民揭發核三「控制棒事件」〉，頁 80-92（攝影／方儉） 陸傳傑，〈三貂紀事：核四建廠預定地的歷史和風土〉，頁 97-101（攝影／顏新珠） 正文引言：「為了追求利潤、成長和繁榮，儘（按：盡）情地對人、對自然環境進行不知飽足的剝削與掠奪……不斷增幅與增殖的臺灣公害背後，有複雜的、歷史的、政治的、經濟的、甚至霸權支配下的國際關係因素。除了習慣地、方便地指責國民黨，人民應該開始思想臺灣公害與汙染背後的深部構造……」（頁 58） 內文：「韓、臺的獨裁成長，離不開韓戰及東亞冷戰構造下美國在遠東的反共戰略，因此也可以稱為『冷戰下的成長』……臺灣公害問題變成普遍的社會問題以後，一般反公害的焦點，習慣性地集中在國民黨身上。當然，國民黨和政府，在關於臺灣公害問題上，絕對無法推卸它重大的咎責。但正如上文的分析，臺灣公害的形成，其實涉及冷戰結構、反共專制性的成長和世界分工體系；也牽涉到在『黨、政、企業、地方勢力結合體』下的成長與發展。獨占資本和國家行政的結合，顯現出譜系廣泛的公害加害者：以結構性公害為本質的國際分工；美國霸權支持的『專制性成長』；臺灣的『國家獨占資本主義』的形成；臺灣的『國家行政體系』；地方特權資產階級派系和廣大的警憲安全系統……」（頁 59、61）

期數．日期	專題名．著者．頁碼．內容
43 1989.5	楊憲宏，〈關渡漂鳥失樂園〉，頁 20-23（攝影／劉燕明） 內文：「關渡水鳥保護區也可能被市政府以『沒有水鳥來』為由而公布除名，關渡也就可能從低密度開發演成中密度、高密度開發。到了那時，一切的挽救行動就都太遲了。這樣的都市資本主義陰謀者的黑手，正一步步逼向前來，臺北人要警覺了！」（頁 22）
43 1989.5	簡慧蓉，〈公害「猩紅字」再現？多氯聯苯十年血淚未乾〉，頁 32-53（攝影／張淑芬）
44 1989.6	「福摩沙，福謀殺！野生動物專輯」 楊憲宏，〈滅野生動物等於滅山地文化〉，頁 28-30（攝影／鍾俊陞） 蔣家語，〈無所不殺：山產店裡血腥的暗夜〉，頁 32-36（攝影／蔣家語） 蔣家語，〈這個年輕人該改一改〉，頁 35（攝影／蔣家語） 簡慧蓉，〈五星級狩獵飯店〉，頁 36-37（攝影／何叔娟） 吳海音，〈毛毛臉和無花家族的一天〉，頁 38-45（攝影／李文吉） 吳海音，〈我的那群猴子朋友〉，頁 54-57（攝影／李文吉） 李文吉，〈關到死為止：動物園內的野生動物〉，頁 58-65（攝影／李文吉） 簡慧蓉，〈野鳥的墳場〉，頁 66-71（攝影／何叔娟） 鄭水萍，〈消失的鹿群與勇士〉，頁 72-77 林育德，〈生態保育成了政治唸白〉，頁 78-81（攝影／林育德） 黃槿，〈周旋在生態保育和體育之間：張豐緒：擦槍追尋昔日在山野狩獵的樂趣〉，頁 82-84 內文：「野生動物獵捕的『生產者』是原住民，而『銷貨人』從第一手到最後一手都是平地人。這個市場的『動力源』，則是『銷貨人』不斷的成長，要『生產者』提供更多的『貨』。」（頁 29）
45 1989.7	「人間生態」 攝影．撰文／陳文，〈小雲雀的飛唱〉，頁 38-43 內文：「唯一不同的是，『國家公園法』可以阻止一些墾伐和捕殺，卻阻止不了這些『建設』，大圓山東側另一家觀光飯店的興建就是個例子。」（頁 38）

期數・日期	專題名・著者・頁碼・內容
46 1989.8	「人間生態」 簡慧蓉，〈水鳥告別大肚溪〉，頁 50-61（攝影／何叔娟） 蔣家語，〈海豚不回家〉，頁 62-69（攝影／張詠捷） 內文：「國家的經費總是建設中央為先，邊陲地區要視重要性決定是否撥款與撥款多少；所謂的重要性，往往決定在該地能提供中央什麼。」（頁 66）
47 1989.9	「人間生態」 簡慧蓉，〈六百萬元買斷鳥世界？〉，頁 34-44（攝影／何叔娟） 沈英，〈貨櫃裡的獅群〉，頁 48-50（攝影／沈英） 吳永華，〈它會是另一個關渡嗎？〉，頁 54-57（攝影／吳永華）

※資料來源：本研究整理。

國家圖書館出版品預行編目資料

臺灣報導文學傳播論：從「人間副刊」到《人間》雜誌／張耀仁著. ——初版. ——臺北市：五南, 2020.09
面； 公分
ISBN 978-986-522-184-3（精裝）

1.臺灣文學史 2.報導文學

863.096 109011700

1ZOL

臺灣報導文學傳播論：從「人間副刊」到《人間》雜誌

作　　者— 張耀仁(219.4)
發 行 人— 楊榮川
總 經 理— 楊士清
總 編 輯— 楊秀麗
副總編輯— 陳念祖
責任編輯— 劉芸蓁、李敏華
封面設計— 姚孝慈
出 版 者— 五南圖書出版股份有限公司
地　　址：106台北市大安區和平東路二段339號4樓
電　　話：(02)2705-5066　傳　真：(02)2706-6100
網　　址：http://www.wunan.com.tw
電子郵件：wunan@wunan.com.tw
劃撥帳號：01068953
戶　　名：五南圖書出版股份有限公司
法律顧問　林勝安律師事務所　林勝安律師
出版日期　2020年 9 月初版一刷
定　　價　新臺幣800元

凝煉知識品味閱讀